SR

HEYNE <

Das Buch

Kevin Connelly wird Vi genannt. Die Eltern haben eigentlich einen Jungen erwartet, deshalb der Name. Aber selbst der konnte nicht verhindern, dass Vi ernsthaft romantisch ist – und ernsthaft hochzeitsbegeistert, seit sie im zarten Alter von sechs Jahren als Blumenmädchen dem Zauber des *Allerschönsten Tags im Leben* erlag: All die Aufmerksamkeit, das weiße Kleid, die Aufregung. Doch was bleibt der Braut auf Probe vom Mythos des Wundertags nach elf Hochzeiten in knapp zwei Jahren, wenn man vom vollen Kleiderschrank absieht?

Das perfekte Buch für hoffnungslose Romantiker und für alle Fans von Sophie Kinsella und Meg Cabot.

»Vi ist die ultimative Brautjunger – aber kann sie ihre eigene Liebe finden, während sie sich nur darum kümmert, alle anderen glücklich zu machen?« *Heat Magazine*

»Sehr treffend und unterhaltsam.« *Daily Mail*

Die Autorin

Kerry Reichs studierte an der Duke University School of Law und am Institute of Public Policy. Sie arbeitete als Anwältin in Washington DC, bevor sie sich dem Schreiben zuwandte. Kerry war auf zwölf Hochzeiten, war selbst noch nie verheiratet und hat auch keines der Hochzeitskleider je wieder getragen. *Braut auf Probe* ist ihr erster Roman. Sie lebt in Washington DC und Los Angeles. Für mehr Informationen siehe auch www.kerryreichs.com

KERRY REICHS

BRAUT AUF PROBE

Roman

Aus dem Amerikanischen
von Ursula C. Sturm

WILHELM HEYNE VERLAG
MÜNCHEN

Die Originalausgabe
THE BEST DAY OF SOMEONE ELSE'S LIFE erschien
bei Avon, an Imprint of HarperCollinsPublishers, New York

FSC
Mix
Produktgruppe aus vorbildlich
bewirtschafteten Wäldern und
anderen kontrollierten Herkünften

Zert.-Nr. SGS-COC-1940
www.fsc.org
© 1996 Forest Stewardship Council

Verlagsgruppe Random House FSC-DEU-0100
Das für dieses Buch verwendete
FSC-zertifizierte Papier *Holmen Book Cream*
liefert Holmen Paper, Hallstavik, Schweden.

Vollständige deutsche Erstausgabe 08/2009

Printed in Germany 2009
Umschlagillustration: © Kumicak + Namslau / Jahreszeiten Verlag
Umschlaggestaltung: © Eisele Grafik-Design, München
Satz: KompetenzCenter, Mönchengladbach
Druck und Bindung: GGP Media GmbH, Pößneck
ISBN: 978-3-453-40593-6

www.heyne.de

Für Katie, Bert und James, die jedes Mal die Scherben aufsammeln. Mit solchen Freunden hätte sich Humpty Dumpty glücklich schätzen können.

Dieser Roman ist eine dichterische Fiktion. Sämtliche Charaktere, Vorfälle und Dialoge entstammen der Fantasie der Autorin. Alle Anspielungen auf existierende Menschen, Ereignisse, Institutionen, Organisationen oder Schauplätze zielen lediglich darauf ab, der Geschichte eine authentische Note zu verleihen.

TEIL EINS

Meine erste, ihre dritte

Kapitel 1

Meine erste, ihre dritte

Die allererste Hochzeit, die ich je erlebte, war die dritte meiner Tante, und es sollte nicht ihre letzte sein.

Meine Tante Jackie ist wunderschön (sie hat sogar mal eine Misswahl gewonnen), und sie erregt dieselbe Aufmerksamkeit wie ein Neon-Graffiti an einer Kirchenmauer. Sie war es auch, die mir meinen ersten Alkohol verabreicht hat – einen leckeren, dickflüssigen Pfefferminzlikör, der allerdings, wie ich später herausfand, in rauen Mengen genossen eine desaströse Wirkung entfalten kann. Vor allem jedoch verschaffte mir Tante Jackie eine erste Kostprobe des ASTIL.

Mit meinen sechs Jahren konnte ich natürlich nicht wissen, dass bei besagter (dritter) Hochzeit meiner Tante der Grundstein für meine eigene Indoktrination gelegt werden sollte. Dass meine Teilnahme an diesem Ritual nur dazu diente, auch meine Schritte und Gedanken bereits in Richtung Altar zu lenken, magnetisch angezogen von einem Ereignis, das die Welt als meine größte Leistung betrachten würde: dem ASTIL – dem AllerSchönsten Tag Im Leben. Dabei drängt sich doch die Frage auf, warum alle Welt so wild darauf ist, vor den Altar zu treten, wenn es nach dem ASTIL schon per definitionem nur noch bergab gehen kann. Hält das Leben nach dem Treueschwur nur noch vergleichsweise unbedeutende Glücksmomente für uns bereit? Die leicht unbefriedigende Erwartung, dass sich der heutige Tag ja möglicherweise als der *zweit*schönste im Leben entpuppen könnte? Vorausgesetzt natürlich, er hat eine wirklich großartige Begebenheit in petto – einen Lottogewinn zum Beispiel, eine Geburt oder eine Begegnung mit Susan Bland, der Schlägertype aus der neunten Klasse, die inzwischen fett geworden ist und an einer Hautkrankheit leidet, während man selbst Röhrenjeans trägt.

So begann also meine Gehirnwäsche – mit dem bis dahin dritten ASTIL für meine Tante. Ich ahnte, wie gesagt, nicht das Geringste. Ich war seit je reichlich naiv. Ich habe tatsächlich erst in der dritten Klasse den Trick mit der neuen Lunchbox durchschaut. Jeden August suchte ich mir treudoof im Laden eine neue Lunchbox im »Mein kleines Pony«- oder »Emily Erdbeer«-Design aus und konnte es kaum erwarten, meinen Freundinnen das neue Modell ganz stolz vorzuführen. Aber erst wenn ich dann am ersten Schultag mein Marmeladenbrot auswickelte, ging mir auf, dass ich mich für ein weiteres Jahr in das Gefängnis eines Klassenzimmers hatte locken lassen. Bei der Hochzeit meiner Tante erhielt ich anstelle der Lunchbox einen Korb mit Blütenblättern, und statt in die Schule lockte man mich in die Märchenwelt des ASTIL.

Die Manipulation, die im fröhlichen Verstreuen von Rosenblättern ihren Anfang nahm, setzte sich mit der Lektüre einschlägiger Literatur fort: *Aschenputtel, Schneewittchen, Dornröschen* und *Sturm des Verlangens* (tja, ich war eine frühreife Leserin). Es folgten die üblichen vorbereitenden Puppenspiele: Ich verheiratete Barbie mit Ken und meine »Sea Wees«-Meerjungfrauen mit den »G.I.Joe«-Actionfiguren meines Bruders, wobei ich die vertrackte »Sie lebt im Wasser, er an Land«-Problematik geflissentlich ignorierte. Kein Problem für die wahre Liebe. Dieselbe Kurzsichtigkeit sollte ich später an manch einer wild entschlossenen Braut diagnostizieren, die sich blindlings in die Verwirklichung ihres eigenen glanzvollen ASTIL stürzte und dabei hartnäckig sämtliche Warnsignale »übersah«. Etwa, dass ihr Zukünftiger noch nie eine Steuererklärung eingereicht hatte, mehr Geld für Kosmetika ausgab als sie selbst oder seinen verrosteten 82er El Camino als ehrwürdigen Oldtimer bezeichnete. Kein Grund zur Beunruhigung – es ist wahre Liebe.

Insgesamt bescherte mir die Mär vom ASTIL elf Gänge zum Altar, neun nur einmal getragene Kleider in Farben, die selbst einen Blinden schaudern lassen würden, neun Paar dazu passend angemalte Schuhe, dreizehn überaus entwürdigende Augenblicke, sechs im Nachhinein zutiefst bereute Verabredungen, einen verstauchten Knöchel, vier allergische Reaktionen, sieben Stiche, zahllose Kater sowie Ausgaben in der Höhe von sechsundfünfzigtausendachthundert Dollar – nur für die Hochzeiten *anderer* Leute wohlgemerkt.

Wen wundert es da, wenn ich einen gesunden Skeptizismus in Bezug auf die Ehe entwickelt habe? Was natürlich nicht fair ist; schließlich feiere ich leidenschaftlich gern Weihnachten, obwohl ich der Weihnachtsgeschichte mindestens genauso skeptisch gegenüberstehe. Tja. Würde ich in einem Film mitwirken, dann hieße er wohl *Wie der Grinch das Hohelied der Liebe gestohlen hat.* Wer zum ersten Mal den ersten Korintherbrief (»Die Liebe ist langmütig, die Liebe ist gütig …«) bei einer Trauung hört, bekommt vielleicht noch feuchte Augen, aber spätestens beim fünften Mal wird es jede noch so geduldige Brautjungfer in den Fingern jucken, dem Pfarrer eins mit ihrem lavendelfarbenen Satinpump überzuziehen.

Im zarten Alter von sechs Jahren jedoch ahnte ich von dergleichen nichts. Bei Tante Jackies Hochzeit wollte ich lediglich im Mittelpunkt stehen und meinen Cousin ärgern.

Ich wusste, ich konnte nicht Barbie sein, doch als ich Jackie in ihrem Kleid erblickte, rückte das Prinzessinnendasein samt bauschigem weißen Satinkleid, glitzernden Ohrringen und weißen Satinschuhen plötzlich in greifbare Nähe. Ich hatte eine ausgeprägte Schwäche für Satin und Glitzer. Ich war infiziert. Eines Tages würde auch ich im vollen Bewusstsein meines erhabenen Status' am Arm meines Märchenprinzen vor mein erlesenes Publikum treten, glitzernd und lächelnd und graziös, aller Augen auf mich gerichtet. Das Gesicht des Prinzen, der natürlich einen schicken Smoking tragen würde, war zwar nur ein verschwommener Fleck (was auf seine zweitrangige Bedeutung in dieser Angelegenheit schließen lässt), und das der Heirat folgende Eheleben ließ mich ebenfalls ziemlich kalt, doch der Lockruf des Traualtars war überwältigend.

Meine Erinnerungen an Jackies Ehemann Nummer eins beschränkten sich auf die Tatsache, dass er wie einer der Bösewichte aus *Return from Witch Mountain* ausgesehen und stets nach Knoblauch gerochen hatte. Die elegante Erscheinung von Ehemann Nummer zwei hatte an glänzende Armaturen oder einen Gameshow-Moderator erinnert. Er hatte mich Däumelinchen genannt und mir runde Steine geschenkt, die er zuvor mit einer ohrenbetäubend knirschenden Maschine glattpoliert hatte. Jackie kannte ihn aus der Firma, in der sie für ihren ersten Mann gearbeitet hatte. Ich wusste, dass etwas faul an der Sache war, denn niemand sprach je darüber. Über *ihn* sprach später, als er im Gefängnis saß, auch niemand mehr.

Und nun heiratete sie Cub, über den ich nur wusste, dass Tante Jackie glücklich war, weil sie unter die Haube kam, und er ihr dabei half. Solange die beiden miteinander ausgegangen waren, hatten alle Erwachsenen gerätselt, wann sie wohl endlich heiraten würden. Heiraten war damals das erklärte Ziel, das merkte man schon an der Art und Weise, wie darüber gesprochen wurde. Aus diesem Grund gab es Hochzeiten, und die Hochzeiten waren das Höchste der Gefühle.

Gebannt verfolgte ich Tante Jackies Auftritt in ihrer großen Show, bereit, jederzeit in ihre Rolle zu schlüpfen. Mein weißblondes Haar ringelte sich (von einigen vereinzelten Strähnen abgesehen) zu Korkenzieherlöckchen, die einen krassen Gegensatz zu meinen schnurgeraden Stirnfransen bildeten. Ich trug ein bodenlanges Hollie-Hobbie-Trägerkleid und einen Korb mit rosaroten und gelben Rosenblättern. Mein Cousin Jared war sieben und steckte in einem dieser Anzüge mit kurzer Hose, in denen kleine Jungs wie Miniaturerwachsene und gerade deshalb kindlich wirken. Da man die 1970er schrieb, war der Anzug natürlich kariert.

»Du siehst aus wie ein Mädchen«, sagte Jared verächtlich. Jungs sind gegen das Hochzeitsvirus immun. Die Tragweite des Ereignisses entgeht ihnen völlig. Jared war unleidlich, weil man ihm das Herumtoben unter Androhung einer Tracht Prügel verboten hatte, und er wusste so gut wie ich, dass Jackie ihre Worte wahrmachen würde, falls er sich nicht benahm.

»Ich *bin* ein Mädchen.« Ich trat vor ihn und schenkte einem eintretenden Gast ein glückseliges Lächeln. Ich gehörte nicht zu den Kindern, die sich hinter Mutters Rockzipfel verstecken. Ich liebte es, im Mittelpunkt zu stehen.

»Bist du aber süß«, gurrte eine grauhaarige Matrone in einem zerknitterten lavendelfarbenen Kostüm und tätschelte mir die Locken. »Wie heißt du denn?«

»Kevin«, gab ich zurück. »Ich bin das Blumenmädchen.«

Ich heiße tatsächlich Kevin. Als meine Mutter mit mir schwanger war, glaubten meine Eltern felsenfest, ich würde ein Junge werden. Offenbar hatte ich beim Ultraschall die Finger *genau* an die richtige Stelle gehalten. Hocherfreut beschlossen sie, mir den gediegenen irischen Namen Kevin zu geben, nach dem Schutzheiligen des County Wicklow, da die Ahnen meines Vaters aus Glendalough stammen. Kevin steht für so positive Eigenschaften wie Schönheit, Sanftmut und Liebenswürdigkeit. Die Legende besagt zudem, der heilige Kevin sei stattliche einhundertzwanzig Jahre alt geworden, was meine Eltern auf eine ähnliche Langlebigkeit ihres Sprösslings hoffen ließ. Abgesehen davon war Kevin der einzige Name, auf den sich die beiden einigen konnten. Als ich schließlich das Licht der Welt erblickte, waren sie zu verblüfft und erschöpft, um etwaige Alternativen in Erwägung zu ziehen, also blieb es bei Kevin Adair Connelly. Normalerweise werde ich Vi genannt, für ein Mädchen noch die am ehesten passende Abkürzung. Nur wenn ich etwas angestellt habe, nennt mich meine Mutter Kevin Adair Connelly, mit unheilschwangeren Pausen dazwischen.

Die Matrone im Lavendelkostüm sah verwirrt drein. Ich lächelte gewinnend.

»Ah ja. So, so. Sehr hübsch.« Sie zögerte, enthielt sich jedoch eines Kommentars und flüchtete in die Kirche.

Nach ihr kam niemand mehr, um mich zu tätscheln. Gelangweilt trat ich nach Jared. Er wollte sich rächen, doch ich machte einen Satz und wich ihm aus. Er erwischte gerade noch ein paar meiner künstlichen Ringellöckchen. Ich brach in Tränen aus, nicht etwa vor Schmerz, sondern weil ich ihn in Schwierigkeiten bringen wollte. Meine Mutter raschelte herbei, in einem langen, steifen, geblümten Kleid.

»He, ihr zwei, was ist hier los? Jared, habe ich nicht gesagt, du sollst dich benehmen?«

»Sie hat mich getreten«, petzte er.

»Mir egal, wer was angestellt hat. Heute ist Jackies großer Tag, und ich lasse nicht zu, dass ihr ihn ruiniert. Wenn ihr euch nicht benehmt, schicke ich euch zurück ins Hotel zum Babysitter und dem Baby. Wollt ihr das etwa?« Meine Mutter ist groß und gertenschlank und eine Expertin im Ausstoßen von Drohungen.

Wir schüttelten beide den Kopf, den Blick auf den Boden gerichtet. Zum Babysitter ins Hotel verbannt zu werden, diese Schande wollten wir nicht über uns bringen.

»Benehmt euch!« Meine Mutter liebte diesen Befehl. Sie raschelte davon. Ich streckte Jared die Zunge raus, er funkelte mich böse an. Meine Mutter warf uns einen warnenden Blick zu. Ich strahlte sie an. Sie setzte ihre Unterhaltung fort.

»Blöde Kuh«, motzte Jared.

Ich schenkte ihm einen verächtlichen Blick und zog hoch erhobenen Hauptes von dannen. In einem Raum etwas abseits wurde die Prinzessin von ihren Hofdamen betüddelt. Wie ein Schwarm Stechmücken schwirrten sie herum, legten letzte Hand an, sonnten sich im Abglanz *der Braut*, wetteiferten um ihre Gunst.

»Hast du auch etwas Blaues dabei, Jackie?«, erkundigte sich Jackies gestrenge Freundin Maria. »Es bringt Unglück, wenn die Braut nichts Blaues bei sich hat.«

Jackie hob ihr Kleid und entblößte ein an den Unterrock geheftetes blaues Stück Stoff.

»Deine Wangen sind ganz blass, da fehlt noch ein Tupfer Rouge …« Tante Leigh attackierte Jackie mit einem Make-up-Pinsel.

»Schließ die Augen«, befahl Tante Rebecca und hüllte

Jackie in eine Wolke Haarspray, was bei der Braut einen Hustenanfall auslöste. Die Stechmücken stoben auseinander, formierten sich aber umgehend neu.

»Ach, du Schreck! Ein Fleck!« Emily, eine der Brautjungfern, tupfte mit einem angefeuchteten Tuch auf Jackies makellosem Kleid herum.

Man kann im Allgemeinen zwischen drei Arten von Frauen unterscheiden, die die Braut betüddeln. Frauen der Kategorie eins sind bestrebt, die Erinnerungen an ihren eigenen großen Tag noch einmal aufleben zu lassen. Sie hegen ein persönliches Interesse an den Details – etwa an den Blumen in ihrem Brautjungfernstrauß. Frauen der Kategorie zwei sind noch unverheiratet und sehnen sich nach ihrem eigenen Augenblick in der Sonne. Sie trachten danach, in diesem Spektakel wenigstens die wichtigste Nebenrolle zu spielen, und legen großen Wert auf Arrangement, Choreographie und einen möglichst vorteilhaften Platz am Altar. Den Frauen der Kategorie drei schließlich dient die Hochzeit lediglich als Rahmenhandlung für den eigenen großen Auftritt. Sie beeindrucken mit Geschick und Weitblick, etwa beim eifrigen Aufschütteln des Brautkleides oder wenn sie Sicherheitsnadel und Pflaster zücken, um in bester McGyver-Manier einen Riss in der Schleppe zu beheben. Sie sorgen dafür, dass sie gesehen werden, indem sie unmittelbar vor der Trauung an besagter Schleppe herumnesteln.

Hin und wieder kommt es natürlich auch vor, dass einer Brautjungfer ausschließlich das Wohl und Glück der Braut am Herzen liegt. Das ist allerdings eher selten der Fall. Die meisten streben unwillkürlich danach, wenigstens ein paar Sekunden lang selbst im Rampenlicht zu stehen.

Mir ging es nur um das Rampenlicht. Ich drängte mich

durch den Stechmückenschwarm in Jackies Gesichtsfeld, doch ihr Blick streifte mich bloß flüchtig und ging dann über mich hinweg. Mission vertagt.

»Ich geh mir etwas die Beine vertreten«, sagte sie. Die Stechmücken schnappten leise, aber vernehmlich nach Luft und begannen sogleich einander mit ihrem Insiderwissen in puncto Hochzeitsregeln zu übertrumpfen, obwohl Jackie diesbezüglich unleugbar über ausreichend Erfahrung verfügte.

»Es könnte dich jemand sehen!«, quiekte Emily entsetzt.

»Das bringt Unglück!« Das war Tante Rebecca, noch eine Tonlage höher.

»Niemand darf die Braut vor der Trauung zu Gesicht bekommen!« Die violette Hutfeder der Sprecherin, einer gewissen Melanie, zitterte vor Besorgtheit.

Jackie wedelte ungeduldig mit der Hand. »Ich pass schon auf.« Sie stemmte sich hoch, Schultern und Hals blieben wegen der steifen Spitzen kerzengerade. Ein Schwall weißen Satins, mit winzigen Perlen bestickt, ergoss sich auf den Boden. »Ich brauche nur eine Minute. Allein. Bitte.«

Damit trat sie die Flucht nach vorn an. Die zurückgelassenen Hofdamen schnalzten missbilligend mit der Zunge. Ich stand in der Gegend herum in der Hoffnung, bemerkt und getätschelt zu werden. Vergeblich. Ich langweilte mich. Nach ein, zwei Minuten des Schweigens verkündete Melanie, Jackie sei eine wirklich bezaubernde Braut, und sie, Melanie, hätte übrigens auf den langen Schleier bestanden. Sogleich nahmen die Stechmücken ihr eifriges Summen wieder auf. Jede brüstete sich mit dem Beitrag, den sie geleistet hatte, berauscht von der allgemeinen Erregtheit. Kein Rampenlicht für mich. Ich zog von dannen.

Ich folgte dem Korridor bis zu der Tür, hinter der Jackie eben verschwand. Dahinter studierte ein Mann im schwarzen Anzug mit einer Blume auf dem Revers einen zusammengefalteten Zettel. Jackie lächelte und ging schnurstracks auf ihn zu.

»Nick.« Sie kicherte kokett. Er blickte auf und grinste anzüglich. Ich huschte hinter die offen stehende Tür.

»Jackie.« Er grinste sie begehrlich an. »Weißt du nicht, dass es Unglück bringt, wenn die Braut vor der Hochzeit gesehen wird?« Ich spürte deutlich das Knistern zwischen den beiden. Gehörte das etwa auch zur Trauung dazu? Ich kannte den Mann nicht; ich wusste nur, er war nicht Cub. Sein wölfisches Grinsen erinnerte mich an Bluto, den Bösewicht aus Popeye. Heute würde ich seinen Blick als lüstern bezeichnen, doch mit meinen sechs Jahren kannte ich dieses Wort natürlich noch nicht. Dafür kannte ich das Wort Ärger. Meine Tante stach der Hafer, und man konnte den Ärger förmlich riechen.

»Ach, weißt du«, gurrte sie, »ich habe schon die eine oder andere Hochzeit hinter mir, und ich kann nicht behaupten, dass es *Glück* bringt, wenn man *nicht* gesehen wird.« Sie lachte. Bluto der Bösewicht stimmte mit ein. »Keine Sorge, meine Liebe. Beim dritten Mann wird alles anders. Dieser Cub ist ein Glückspilz.«

»Er ist eine gute Alternative zu dem, worauf ich eigentlich Lust habe.«

Blutos Augen blitzten auf. »Und das wäre …?«

Sie spielte ein lustiges Spiel, bei dem man ganz nah an den anderen heranrücken und ihm etwas ins Ohr flüstern musste, wie bei *Stille Post*. Sie kitzelte ihn sogar.

»Das wäre …« Sie machte es spannend. »Eine Zigarette. Und ein Drink.« Sie lachte erneut.

»Wer hätte das gedacht! Die ehemalige Miss Dolphin raucht?«

Jackie wirkte sichtlich zufrieden. Noch ein Vorbote des

anstehenden Ärgers. »Ich weiß nicht, was du meinst.« Sie schürzte die Lippen und klimperte mit den Wimpern.

»Nun«, meinte ihr williges Opfer gedehnt. »Ich schätze, ich kann dir genau das bieten, was du suchst.«

»Ach ja?« Sie hob fragend die Augenbrauen.

Bluto blinzelte und holte einen silbernen Flachmann aus der Brusttasche.

»Nicht zu fassen!« Sie stürzte sich darauf. »Mein Held!« Sie schraubte den Flachmann auf, nahm einen kräftigen Schluck und stieß einen theatralischen Seufzer aus, den Kopf in den Nacken gelegt. Dann leckte sie sich die Lippen, ganz langsam, als hätte sie eben einen Muffin mit einer Menge Zuckerguss verdrückt, wobei sie Bluto nicht aus den Augen ließ.

»Dafür«, sie legte ihm die Hände auf die Brust und lehnte sich an ihn, »gibt es eine Belohnung.«

»Was denn für eine?« Seine Hand glitt über ihren Hintern.

»Hmmm, ich weiß nicht recht. Es sollte schon etwas sein, das dir gefällt ... So wie seinerzeit im Jefferson Park.«

»Oh, ja«, sagte er. »Das gefiel mir.« Er legte ihr die andere Hand auf die Taille und ließ sie nach oben wandern. Jackie schnappte nach Luft.

»Oder wie damals bei Walter im Hinterhof.« Sie schmiegte sich an ihn.

»Das gefiel mir auch.« Seine Hand glitt höher.

»Oder damals, als wir am Ende der Flugzeuglandebahn geparkt hatten.« Ihre Gesichter waren nur Zentimeter voneinander entfernt.

»Oh, ja, das gefiel mir ganz besonders.« Er knurrte und presste ihr die Lippen auf den Mund. Ich riss die Augen auf. Ich hatte noch nie einen Zungenkuss mit angesehen.

Meine Mutter platzte herein.

»Das darf doch nicht wahr sein«, rief sie. Jackie und Bluto fuhren auseinander. Jackie hatte sich rasch wieder gefangen.

»Was ist denn?«, fragte sie mit Unschuldsmiene.

»Also wirklich, Jackie!«, schimpfte meine Mutter.

»Es ist nicht, wie du denkst.« Jetzt mimte Jackie die Entrüstete. »Ich habe eine Zigarette geraucht, und Nick hat meinen Atem überprüft.«

»Für wie dumm hältst du mich eigentlich?« Mom funkelte Jackie drohend an. Bluto trat unauffällig den Rückzug an.

»Um Himmels willen, Jackie! Du solltest längst vor dem Altar stehen, um zu *heiraten*«, wetterte meine Mutter mit einem bitterbösen Seitenblick auf Bluto, bei dem dieser wie angewurzelt stehen blieb. Er wirkte betreten. »Weißt du noch? *Cub*? Das *weiße Kleid*? Die *Gäste*? Der *Pfarrer*? Du bist hier *im Hause Gottes*, und *in fünf Minuten geht deine Hochzeit über die Bühne* – falls du es nicht vorher *vermasselst*!« Man konnte die kursiv geschriebenen Worte förmlich sehen.

»Ja, du hast ja Recht«, erwiderte Jackie trotzig. »Aber ...«

Ich knickte in meinen bunten Schnürhalbschuhen um und stolperte gegen die Tür, sodass sie mit einem Knall zuflog. Alle fuhren zu mir herum.

»Vi«, stieß meine Mutter hervor. »Was machst du denn hier?«

Ich starrte sie wortlos an. Jackie wich meinem Blick aus. Meine Mutter versuchte, mir die Sicht auf sie zu versperren. Bluto ergriff die Gelegenheit beim Schopf und verdrückte sich.

»Stehst du da schon lange, Häschen?« Mom bemühte sich um einen gleichgültigen Tonfall. Ich schüttelte den Kopf. »Ich nehme an, du hast diese hübsche Prinzessin hier gesucht.« Sie deutete mit dem Kopf in Richtung Jackie. Ich nickte. »Also gut, am besten begeben wir uns jetzt auf unsere Plätze«, sagte sie leichthin.

Und, zu Jackie gewandt: »*Wir zwei* sprechen uns noch.«

Zurück im Ankleideraum fielen die Stechmücken sofort wieder über Jackie her, bis eine forsche Lady in einem blauen Kostüm den Kopf zur Tür hereinstreckte. »Noch fünf Minuten.«

Ehe ich mich's versah, verpasste mir die Lady in Blue einen Schubs, und die Leute in den Bänken lächelten mich an. Ich ging langsam auf den Altar zu. Die blaue Lady wedelte panisch mit den Armen, bis mir meine Rosenblätter wieder einfielen. Ich griff nervös in meinen Korb und warf eine Handvoll Blüten auf den Boden. Jemand kicherte. Erneut griff ich in meinen Korb und begann, meinen Auftritt allmählich zu genießen. Am Altar wandte ich mich zu dem roten Teppich um, auf dem in unregelmäßigen Abständen Rosenblätterhäufchen verstreut lagen wie Hasenköttel. Jared kam mit einem Satinkissen in den Händen auf mich zu. Er wirkte eingeschüchtert und aufgebracht zugleich.

Es folgten meine Mutter und die Stechmücken, künstlich lächelnd und unnatürlich steif wie Soldaten, die Ellbogen krampfhaft von sich gestreckt, die Blumensträußchen umklammert. Dann ertönte ein neues Musikstück, alle erhoben sich, die Tür schwang auf, und Jackie trat ein. Ihr weißes Prinzessinnenkleid funkelte beim Gehen. Alle starrten sie an und lächelten breit. Jackie ging langsam und lächelte breit zurück. Das Rampenlicht. Ich wünschte mir so sehnlich, Jackie zu sein, dass ich es förmlich schmecken konnte. Eines Tages würde es so weit sein, das schwor ich mir. Ich würde meinen Dad oder so heiraten. Eines Tages würde ich diese Prinzessin sein.

Nach der Trauung bat der Fotograf die Familie zum Gruppenfoto. Lange bunte Kleider, dahinter Männer in Smoking und Rüschenhemd. Wir lächelten in die Kamera, bis es wehtat. Jackie lächelte am breitesten, ihr knallrosa Lippenstift glänzte. Und der Fotograf knipste Bild um Bild und hielt das glückliche Ereignis für die Ewigkeit fest.

Wie anders Tante Jackie doch aussah, als sie etwa ein Jahr später eines Abends vor unserer Tür stand, mit roten Augen und verquollenem Gesicht. Die Erwachsenen wollten unter sich sein, also wurde ich auf mein Zimmer geschickt, wo ich mein Barbie-Malbuch aufschlug. Ich erwischte eine der schönsten Abbildungen: Barbie in einem funkelnden langen Kleid auf dem Weg zum Ballabend mit Ken. Vergnügt vor mich hin summend, griff ich nach dem silbernen Buntstift und begann zu malen, und dabei träumte ich von schweren Satinkleidern und einer großen Gästeschar, die mich anlächelte.

TEIL ZWEI

Drei blaue Kleider

Kapitel 2

Oh, What a Feeling!

Widerwillig schlug ich die Augen auf. Es musste bereits Tag sein, denn es war hell. Stöhn. Ich bin *alles andere* als ein Morgenmensch. Aber wenn ich schon wieder zu spät zum Brunch mit Imogen kam, würde sie sich irgendeine grausame Bestrafung ausdenken. Diese Vorstellung genügte, um mich zum Aufstehen zu bewegen. Dass ich dabei meine Katze Clementine verscheuchte, quittierte diese mit dem üblichen vorwurfsvollen Blick. Ihr Bruder Nigel gähnte und rollte sich auf den Rücken – eine Aufforderung, ihm den herausgestreckten Bauch zu kraulen, der ich gerne nachkam. Er wand sich genüsslich, alle viere von sich gestreckt. Als ich die Streicheleinheiten einstellte und mich vom Bett erhob, riskierte er ein Auge. Clementine sah ihn an, als wollte sie sagen: »Siehst du, kein Verlass auf diese Zweibeiner.«

Zum Glück sind die beiden nicht nachtragend. Auf dem Weg ins Bad wurde ich von zwei Schatten überholt; der eine schmal und dunkel (Clementine), der andere ein orangefarbenes Fellknäuel (Nigel). Sie hopsten erwartungsvoll auf den Waschtisch. Ich schob sie beiseite und begann, mir die Zähne zu putzen, wobei ich bewusst den Hahn nicht ganz zudrehte. Die beiden lieben es, Wasser aus der Leitung zu trinken, und haben eine ganz eigene Technik dafür entwickelt: Nigel hält ungeniert den Kopf unter den Hahn und leckt das Wasser auf, das sich im Becken sammelt, während Clementine geschickt die Tropfen auffängt, die von ihm abspritzen.

»Freaks«, murmelte ich. »Katzen, die Wasser lieben, hat man so was schon gehört?« Während ich abwartete, bis das Wasser in der Dusche warm wurde, betrachtete ich prüfend mein Spiegelbild. Ich habe glattes blondes Haar, das sich an den Spitzen mit etwas Zeitaufwand, einem Föhn und einer Rundbürste leicht nach oben einrollt. Ohne diese Prozedur sehe ich allerdings aus wie eine gebadete Maus. Leider waren im Spiegel meine Beine nicht zu sehen, die meiner Meinung nach das Beste an mir sind. Wegen meiner Beine bin ich süchtig nach hochhackigen Schuhen. Ich verlasse nur selten ohne mindestens acht Zentimeter hohe Hacken das Haus und wirke deshalb auch ziemlich groß.

Im Grunde bin ich mit meinem Äußeren recht zufrieden. Als Kind konnte ich es kaum erwarten, achtzehn zu werden, um mir endlich die Haare schwarz färben und den Namen Diana zulegen zu können. Keine Ahnung, warum ich dachte, man müsste volljährig sein, um sich die Haare zu färben, aber ich bin froh, dass ich es damals durchgezogen habe. Jetzt bin ich blond und glücklich damit, und ich mag meinen schrulligen Namen.

Es folgte mein übliches Morgenprogramm: duschen (Chancen abwägen, dass jemand meine Beine sieht oder berührt, was eine Rasur erforderlich machen würde), kosmetische Generalsanierung (Bodylotion, leichtes Make-up, Augenbrauen-Check und gegebenenfalls gnadenlose Entfernung vorwitziger Härchen), Frisur (langwieriges Föhnen über die Rundbürste, um erwünschten Look zu erzielen und jeder Ähnlichkeit mit gebadeten Mäusen vorzubeugen). Dann folgte die nervenzehrende Auswahl des Outfits. Ich entschied mich für einen Pulli, Burberry-Jeans und Stiefel – ein Zugeständnis an das frische Oktoberwetter. Derart angetan verließ ich meine Wohnung am Dupont Circle und spazierte zum zwei Blocks entfernten »Kramerbooks & Afterwards«-Café, wo ich mit meiner besten Freundin Imogen verabredet war.

Imogen hatte das Café ausgesucht. Ich hasse das Brunchangebot im Kramerbooks. Erstens gibt es dort keine typischen Frühstücksgerichte wie Rührei und Bagels, sondern Frittatas, Vollkornwaffeln und importierten italienischen Prosciutto Benedetto, serviert mit »Frühstücksgebäck« (ganz banale Muffins und Brötchen). Zweitens hatte ich einmal nach dem Verzehr einer Kramerbooks-Quesadilla eine ganz, ganz üble Magenverstimmung. Zufall? Wohl kaum. Und außerdem ist man samstags meist gezwungen, im zum Café gehörigen hervorragenden Buchladen die Zeit totzuschlagen, bis ein Tisch frei wird. Imogen weiß haargenau, dass ich keine Einwände gegen das Kramerbooks erheben werde, weil ich eine Schwäche für Bücher habe. Ständig kaufe ich zwanghaft neue, wohl wissend, dass ich sie nie und nimmer alle lesen werde können. Ich schlendere gern an den Regalen entlang auf der Suche nach Büchern, die ich bereits mit Genuss verschlungen habe, um mit dem Finger über die vertrauten Buchrücken zu streichen, als würde ich einen alten Freund zur Begrüßung auf die Wange küssen. Das Personal verfolgt meine Zärtlichkeiten zuweilen etwas misstrauisch.

Kramerbooks verkauft außerdem tolle Grußkarten. Ich besitze eine umfassende Grußkartensammlung. Ist doch viel klüger, zuzuschlagen, wenn einem eine schöne, ansprechende unterkommt, als im Bedarfsfall unter Druck eine passende auftreiben zu müssen, wie das oft der Fall ist. Eines Tages *wird* meine Mutter ihren fünfundsiebzigsten Geburtstag feiern, und dann habe ich die perfekte Karte. Zugegeben, neulich kamen mir erstmals Bedenken, als ich angesichts einer Kondolenzkarte für Haustierbesitzer in einem Anfall von Morbidität überlegte, wessen Fifi wohl demnächst den Löffel abgeben würde, damit ich mit meinen Beileidsbezeugungen glänzen konnte.

Diesmal stand mir ohnehin nicht der Sinn danach, Bücher zu streicheln oder nach der perfekten Karte zum Pearl-Harbor-Day zu fahnden. Ich war damit beschäftigt, ein Gefühl, das sich in meiner Brust herumdrückte, zu analysieren, gedanklich darin herumzustochern. Immer wieder versuchte es, mir zu entfliehen, doch ich ließ nicht locker. Mitten in meiner internen Verfolgungsjagd wurde ich plötzlich gepackt und stürmisch umarmt.

»Na, gibst du im Geiste gerade das Schmerzensgeld aus, das du dir mit deiner fiktiven Klage wegen Lebensmittelvergiftung erstreiten willst?« Imogen mokierte sich gern über meinen Verdacht wegen der verdorbenen Quesadilla. Sie ist eins achtzig groß und hat wunderschöne schneeweiße Locken, bei deren Anblick ich jedes Mal vor Neid erblasse. Ich habe einmal versucht, mir zu Hause weiße Strähnchen zu färben, mit dem Ergebnis, dass ich aussah wie ein Entenhintern und tags darauf im Morgengrauen zum Friseur schlich, wo ich den Fehler für eine astronomische Summe rückgängig machen ließ.

»Nein«, sagte ich finster. »Aber du wirst es noch bedauern, wenn ich erst den Prozess gewonnen habe und dein Anteil an der Entschädigungssumme empfindlich schrumpft, weil du mich zu einem Wiederholungsbesuch in diesem unhygienischen Etablissement gezwungen hast. Mit verrenkten Mägen kann man bei den Geschworenen ordentlich punkten.«

»Mwa.« Sie küsste mich auf die Wange. »Ich sehe mal nach, ob unser Tisch schon frei ist, während du hier die Bücher befummelst.« Alle Augen im Lokal waren auf sie gerichtet, als sie zum Empfangspult flitzte, um den Kellner zu bezirzen. Besagter Kellner nickte benommen. Sie winkte mich herbei, und wir wurden zu einem Tisch in bester Lage (nämlich auf dem Bürgersteig) geleitet.

»Na, was nehmen wir denn heute?«, erkundigte sie sich aufgekratzt, als wir Platz und die Speisekarte zur Hand genommen hatten. »Nouvelle Leo? Oder lieber das Brie-Basilikum-Tomaten-Omelett?«

»Sehr witzig.« Ich bestellte die vegetarischen Huevos Rancheros.

»Mit Wurst oder ohne?«, fragte der Kellner. Im Ernst. Ich wartete. Imogen kicherte.

»Oh, ja, eine vegetarische Quesadilla mit Wurst, bitte«, sagte ich todernst.

Keine Reaktion vom Kellner. »Und zu trinken?«

Ich bestellte eine Bloody Mary, Orangensaft, Kaffee und Cola. Der Kellner beäugte mich. »Ich veranstalte gern eine kleine Getränkeparty«, erklärte ich.

Imogen verdrehte die Augen. »Lass uns anstoßen«, verkündete sie. »Darauf, dass ich dich von deinem ›Wedding Story‹-Marathon loseisen und an einem Samstag zum Brunch überreden konnte.«

»Pfff.« Ich prostete ihr zu. »Sehr lustiger Einfall übrigens, mir die erste Staffel von *Bridezillas* auf DVD zu schicken. Wer denkt sich nur diese irren Storys aus?«

»Schätzchen, das ist die Realität, darum geht es doch.«

»Quatsch. So schlimm ist das Heiraten nicht.«

Imogen schnaubte. »Du bist eine hoffnungslose Romantikerin. Na, du wirst schon noch sehen.«

Imogen stammt wie ich aus Charlotte, North Carolina, und ist nach dem College umgehend nach Washington D.C. gezogen, ohne unserer Heimatstadt auch nur eine Träne nachzuweinen. Sie arbeitet für den Children's Defense Fund

und fungiert als meine getreue Beraterin in sämtlichen Lebensfragen – insbesondere in Brautjungfernbelangen, seit ich gleich dreifach mit dieser ehrenvollen Aufgabe betraut worden war. Meine Jugendfreundinnen Amy, Lila und Jen hatten vor Kurzem in rascher Folge ihre Verlobung bekanntgegeben.

Ich war begeistert. Nachdem ich jahrelang bei romantischen Filmhochzeiten feuchte Augen bekommen hatte, durfte ich jetzt endlich ein paar echte miterleben. Es fühlte sich so erwachsen an. Andererseits …

»Warum warst du so in Gedanken versunken, als ich vorhin gekommen bin? Du hast richtiggehend schwermütig ausgesehen.«

Ich lenkte meine Aufmerksamkeit erneut auf meine Gefühlsregung von vorhin, drängte sie in die Ecke.

»Du hast wieder einmal *so ein Gefühl*, stimmt's?«, fragte Imogen.

»Stimmt. Ich kann es noch nicht in Worte fassen. Ich freue mich unbändig auf diese Hochzeiten …«

»Das ist die Untertreibung des Jahrhunderts.«

»Du sagst es. Schließlich bin ich Trauzeugin.« Was für eine Genugtuung, es auszusprechen!

»Aber?«, bohrte Imogen nach.

Ich zögerte. War ich eine illoyale Freundin? »Aber irgendwie ist mir auch mulmig bei der Sache. Ich bin begeistert, dass die drei heiraten, aber auch eine Spur enttäuscht, was die Wahl der Bräutigame betrifft.« Ich hatte angenommen, meine Freundinnen würden mit ihren zwar ganz netten, aber unspektakulären Freunden liiert bleiben, bis ihnen ihr Märchenprinz über den Weg lief. Doch wie sich nach einigen sporadischen Telefonaten und gelegentlichen Besuchen in Charlotte zu meiner Verblüffung herausstellte, waren Jen, Amy und Lila allesamt der Ansicht, sie hätten bereits einen Volltreffer gelandet, den Jackpot geknackt, die Lotto-Million gewonnen. Die Hochzeitsglocken würden läuten, und zwar binnen kürzester Zeit gleich dreimal. Für sie war der Gipfel des Glücks erreicht, und es quälte mich, dass ich mich nicht von ganzem Herzen mit ihnen freute.

»Hat dein mulmiges Gefühl womöglich irgendeine inakzeptable Kehrseite?«, erkundigte sich Imogen.

»Nein, es ist einfach nur ein mulmiges Gefühl. Okay, vielleicht gewürzt mit einer Prise Angst und Beklemmung.«

Imogen nippte an ihrem Kaffee. Ich winkte den Kellner herbei und bestellte ein Mineralwasser mit Zitrone. »Was könnte sonst noch dahinterstecken?«, fragte Imogen. »Mal ganz abgesehen von der Tatsache, dass Amy das Kleid aussuchen wird, das du tragen musst – in der Öffentlichkeit.«

»Schäm dich.« Ich schnitt eine Grimasse und kippte nachdenklich Tabasco-Sauce in meine Bloody Mary. »Wir haben so viel miteinander durchgestanden – den ersten Kuss, beschissene Beziehungen, gebrochene Herzen … Ich schätze, ich hatte mir einfach ein aufregenderes Finale erhofft.«

Imogen trommelte mit den Fingern auf die Tischplatte, während sie mir lauschte. Irgendetwas an ihr bewegt sich immer – sie leidet an chronischem Energieüberschuss.

»Ich nahm an, wir würden für die in der Jugend erlittenen Traumata belohnt werden«, fuhr ich fort. »Eines Tages würde uns als Entschädigung für Bob Untreu oder Johnny-ich-steh-nicht-so-wahnsinnig-auf-dich unser Mister Perfect über den Weg laufen – attraktiv, erfolgreich und intelligent, zuvorkommend zu seiner Mutter, aber nicht mehr an ihrem Rockzipfel hängend, Besitzer eines süßen Hundebabys, eines Segelbootes und eines Ferienhauses; freundlich zu Fremden, Kellnern und alten Leuten, mit einem Kundenkonto bei Tiffany's, schwul genug, um seine Möbel selbst zu bauen und dann mit uns zu diskutieren, wie sie in der Wohnung arrangiert gehören, geistreich, sexy, mäßig behaart, ohne abartige Wünsche im Bett und so weiter. Perfekt eben.«

»Und?« Unter dem Tisch hüpfte Imogens Bein auf und ab.

»Ich weiß auch nicht.« Ich seufzte. »Ich werde das Gefühl nicht los, dass die drei gar nicht verliebt sind. Jedenfalls nicht so, wie ich mir das vorstelle. Ihre Männer kommen mir einfach langweilig vor. Bill lebt ungefähr eineinhalb Kilometer von seinem Elternhaus entfernt, besaß nie einen Reisepass und sieht noch genauso aus wie in der elften Klasse, nur, dass er zehn Kilo zugelegt hat und gelegentlich diesen verträumten Blick bekommt, wenn er an die guten alten Highschool-Zeiten denkt.« Bill war Amys Zukünftiger.

»Was ist mit Hart?« Damit war Lilas Verlobter gemeint.

»Hart erinnert mich an einen i-bot-Microcomputer. Außerdem wittere ich bei ihm eine latente Hinterhältigkeit.«

Imogen grinste und hampelte nun zwecks Energieabbau auf ihrem Stuhl herum. »Du witterst sogar bei Barney dem Plüschdinosaurier eine latente Hinterhältigkeit.«

»Nicht ohne Grund«, sagte ich eingeschnappt. »Ist doch gruslig, wenn ein Erwachsener in ein lila Kostüm schlüpft, damit sich haufenweise Kinder auf seinen Schoß setzen.« Ich nahm einen Schluck Kaffee und spülte mit Mineralwasser nach. »Mein mulmiges Gefühl rührt daher, dass ich mir mehr Leidenschaft erhofft hatte.«

»Und die Beklemmung?«

Ich sah ihr in die Augen. »Ich habe mein Leben lang von meiner Hochzeit geträumt. Die Hochzeit soll doch der schönste Tag im Leben einer Frau sein. Der krönende Abschluss einer Bilderbuchromanze. Aber Jen, Amy und Lila hatten keine solche Romanze. Was ist, wenn sich herausstellt, dass das Ganze … total banal ist?«

Imogen griff über den Tisch hinweg nach meiner Hand und drückte sie. »Süße, wir zwei heiraten nur, wenn unser Herz lichterloh in Flammen steht, versprochen.« Sie schwieg einen Augenblick. »Kann es sein, dass du die Ehe idealisierst? Die Partnerwahl ist nicht zwangsläufig romantisch. Es hat auch etwas für sich, wenn man sich Rechnungen und Pflichten teilt. Festlegt, wer den Kühlschrank bestückt und wer beim Auto Öl nachfüllt.«

»Das glaube ich nicht.«

»Aha. Caleb.«

»Was willst du damit sagen?« Ich wusste es genau. Ich war siebzehn, als ich mich zu Silvester in Caleb Carter verliebte, und ich habe mich nie davon erholt. Imogen wirft mir immer vor, ich würde diese Beziehung verklären.

»Ich nehme an, du hast dir mehr von den Mädels erwartet.«

»Was soll das nun wieder heißen?« Jen hatte wie ich nur einen einzigen Freund in der Highschool gehabt und mit ihm auch den Großteil der Collegejahre verbracht. Genau wie Caleb und ich. Wir waren beide überzeugt, den perfekten Partner gefunden zu haben, nur leider, aufgrund einer grausamen Fügung des Schicksals, zu früh. Vermutlich hatte mein Widerstand gegen ihren Zukünftigen mit meinen eigenen Hoffnungen in Bezug auf Caleb zu tun.

»Du fühlst dich im Stich gelassen«, erklärte Imogen. »Wenn es nach dir ginge, müssten alle Frauen in Super-Woman-Manier für die wahre Liebe kämpfen. Du weigerst dich zu akzeptieren, dass Amy bloß schnellstmöglich unter die Haube kommen und Kinder in die Welt setzen will. Bill hat Geld und sabbert nicht, und Amy wird über ihr Laura-Ashley-Traumhaus regieren und ihren Sprösslingen beim

Tennisspielen zusehen, genau wie früher ihre Mutter. Jen hat die Nase voll von der Suche und Louis für gut befunden. Bei Lila ist die Angelegenheit etwas komplizierter; sie lässt sich von ihrer Familie beeinflussen. Du bist enttäuscht, weil sie sich nicht wie du verhalten.«

Ich runzelte die Stirn. »Klingt, als wäre ich ganz schön garstig.«

»Ganz und gar nicht, meine Liebe. Du bist bewundernswert. Es gibt nicht viele Frauen mit deinen hohen Ansprüchen. Genau das schätze ich an dir. Du sorgst dafür, dass ich die Latte höher lege.«

»Bist du sicher, dass es sich bei den dreien nicht bloß um einen temporären Verlust der Zurechnungsfähigkeit handelt, ungefähr so wie auf einem Konzert von The Rapture?«

»Nein, so sehr eine Massenhysterie auch meiner natürlichen Neigung zur Dramatik entgegenkommt, ich vermute, es hat mit der Südstaatenmentalität zu tun. Mit sechzehn macht man den Führerschein, mit siebzehn trinkt man amerikanisches Dosenbier und lässt sich von einem Jungen namens Brian oder Jimmy befummeln, mit neunzehn ist man Debütantin und mit sechsundzwanzig verlobt.«

Ich war die Einzige in meiner Klasse gewesen, die sich dem Debütantinnenritual entzogen hatte, aus Abneigung gegen das Konzept, dass ein Mädchen erst ab einem gewissen Alter als heiratsfähig gilt. (Ich war überzeugt gewesen, dass ich noch vor dem Schulabschluss meine Verlobung feiern würde.) »Ich bin wieder einmal der Sonderling, dabei habe ich mich diesmal, soweit ich weiß, gar nicht bewusst verweigert.«

»Geht es hier darum, dass du dich ausgeschlossen fühlst?«

»Nein. Ich nahm eben an, irgendwann zwischen dem Debütantinnendasein und der Verlobung käme noch die Phase, in der man sich Hals über Kopf leidenschaftlich in seinen einmaligen Seelenverwandten verliebt, mit Pauken und Trompeten, und diese Art der Verliebtheit vermittelt mir keine der drei. Aber ich schätze, es steht mir nicht zu, meine Freundinnen bei der Partnerwahl zu beeinflussen«, räumte ich ein.

»Wohl kaum. Außerdem ist nicht jede Frau auf der Suche nach blinder Leidenschaft. So manch eine glaubt noch nicht einmal an ihre Existenz.«

»Schon möglich.«

Imogen war wegen ihrer geschiedenen Eltern diesbezüglich desillusioniert. Ich nippte an meinem Orangensaft und an meinem Kaffee.

»Vielleicht steckt hinter meiner Beklemmung ja auch die Befürchtung, ich könnte irgendwann feststellen, dass mein Auserwählter irgendein Otto Normalverbraucher ist, der dieselben Frühstücksflocken isst wie ich und drei Kinder und zwölf Platzdeckchen will.«

Imogen überlegte: »Die Grenzen des Möglichen sind für jeden verschieden. Es muss ja nicht gleich der Nächstbeste sein, aber irgendwann musst du aufhören, die Männer in deinem Leben wie Durchreisende zu behandeln. Halt einfach die Augen offen.«

»Ich behandle niemanden wie einen Durchreisenden.«

»Vi, die Männer, mit denen du es länger als eine Woche ausgehalten hast, waren allesamt nur mit Einschränkungen verfügbar – wenn es keine Fernbeziehung war, gab es sonst irgendwelche Hindernisse.« Tatsächlich hatte ich in letzter Zeit überwiegend Fernbeziehungen geführt. Reiner Zufall.

»Voriges Jahr war ich vier Monate mit diesem Nathan zusammen«, erwiderte ich selbstgefällig.

Imogen gab mir einen Klaps auf die Hand. »Der lebte eine Stunde von hier in *Annapolis*, und du hast mit ihm

Schluss gemacht, weil er dich öfter sehen wollte. Er war sogar gewillt, den Weg auf sich zu nehmen.«

»Er konnte nicht küssen«, brummte ich.

»Wie auch immer.« Sie verdrehte die Augen. Ich bin Expertin im Hervorrufen von Augenverdrehern. »Bist du mit deinem Getränkebüffet durch? Wenn du zu dieser Signierstunde willst, müssen wir los.«

Ich verdanke meinen Job als Weineinkäuferin in einem Gourmetladen namens Darien & Dodd eigentlich bloß gutem Timing und einem Zufall und lebe in ständiger Furcht, als Hochstaplerin entlarvt zu werden. Wenn mich in regelmäßigen Abständen wieder einmal der Ehrgeiz packt, nehme ich mir vor, endlich alles über mein Gewerbe zu lernen. So hatte ich Imogen neulich nach einem peinlichen Fauxpas mit dem Distributor von Ggrich Hills beschwatzt, mich zur Signierstunde eines Weinautors bei Politics and Prose zu begleiten, doch inzwischen war mein Wissensdurst längst wieder abgeflaut.

»Wir müssen ja nicht hingehen«, warf ich ein.

»Hör auf zu quasseln und trink aus. Du wirst sehen, es ist schön, wenn du zur Abwechslung mal was von deiner Arbeit verstehst.«

Ich warf ihr ein Frühstücksbrötchen an den Kopf und machte mich auf einen langweiligen Nachmittag gefasst.

Kapitel 3

In dem einige gute Flaschen Wein gekillt werden

Tags darauf fand sich die sonntägliche Gesprächsrunde zur Happy Hour bei Clyde's ein. Die Weinkarte von Clyde's kann sich sehen lassen. Wegen meiner Arbeit präsentiere ich mich gern als Weinsnob, obwohl meine Fachkenntnisse mehr als dürftig sind. Ich halte es mit den Weinen wie mit der Modebranche: Ich kenne die wichtigen Namen, aber mit Details bin ich überfragt. Offen gesagt findet sich in meinem Haushalt auch schon mal Trader Joe's »Drei-Dollar-Fusel«, besser bekannt als der überaus erschwingliche Charles Shaw Cabernet (zwei Dollar neunundneunzig die Flasche). Bei Clyde's ist am Sonntag den ganzen Abend Wein-Happy-Hour (jede Flasche zum halben Preis), und diese Regelung ermöglicht es mir, trotz meines mageren Einkommens zumindest zum Schein die Pingeligkeit an den Tag zu legen, die mir mein Job (ungerechtfertigterweise) gebietet.

Unsere Clique bestand ursprünglich aus Imogen, Mona, meiner Mitbewohnerin aus Collegezeiten, und mir. Wir frequentieren das Clyde's, seit wir in Washington D.C. leben, und haben unseren Kreis seit den Anfängen bislang zweimal erweitert. Ellis gabelten wir auf einer Party auf, wo sie in der Mona und mir vorbehaltenen Motzecke stand und uns mit ihrem trockenen Humor und ihrer Geisteshaltung demonstrierte, dass wir auf eine Gleichgesinnte gestoßen waren. Wie Journalisten hielten wir uns etwas abseits, sezierten die Szene und verfolgten, wie sich Imogen systematisch durch den Raum arbeitete. Babette stieß als Letzte zu uns, nachdem Imogen festgestellt hatte, dass sie beide mit demselben Mann ausgingen. Die beiden gaben einander ohne zu zögern den Vorzug und dem Kerl den Laufpass. Für jeden sarkastischen, aber hoffnungsfrohen Single, der mitten im Leben steht, ist die Gruppentherapie am Sonntagabend Gold wert.

Wir hatten bereits zwei Flaschen Wein intus, und die Mädels honorierten meine Schilderung der ausufernden Anforderungen an eine Brautjungfer mit schallendem Gelächter.

In den Wochen nach dem dreifachen »Willst du mich heiraten?« hatten sich meine mit dem Amt verbundenen Verpflichtungen nämlich vermehrt wie die Realityshows im Kielwasser von *American Idol*.

»Du musst also innerhalb von drei Wochen zu drei Hochzeiten?«, fragte Imogen.

»Das ist eine ganze Menge«, stellte Mona mitfühlend fest. »Imogen, du hast mich gerade getreten. Hör auf herumzuzappeln, dafür ist der Tisch zu klein.«

Mona und ich waren im ersten Collegejahr jeden Sonntagabend gemeinsam zum Brotbacken in der campuseigenen Bäckerei eingeteilt gewesen. Aus dieser Zusammenarbeit hatte sich nicht nur eine wunderbare Freundschaft entwickelt, sondern auch das nächtliche Brotballspiel, eine Sportart, die nebst Nudelhölzern Unmengen von Shampoo erfordert, weil über kurz oder lang stets eine der beteiligten Parteien einen Teigklumpen in den Haaren kleben hat. Im zweiten Studienjahr beschlossen wir zusammenzuziehen, um uns die Shampookosten zu teilen.

Inzwischen ist Mona mit ihrem glatten braunen Haar, dem breiten Lächeln und dem riesengroßen Herzen Rechtsanwältin – und trotz ihres anständigen Gehalts chronisch pleite, weil praktisch ihr gesamtes Geld in Hilfsorganisationen für Tiere in Not fließt. Sie hängt sehr an ihrem elf Jahre alten Cairnterrier Moxie, der an einer Funktionsstörung der Schilddrüsen leidet und allmählich erblindet. Wir fürchten schon jetzt den Tag, an dem Moxie von uns geht und wir die liebe Mona über diesen Verlust hinwegtrösten müssen.

»Was ist nur in sie gefahren, dass sie ihre Hochzeiten an drei aufeinanderfolgenden Wochenenden über die Bühne bringen müssen?«, fragte Ellis. »Am Chicagoer Flughafen kann es zu Stoßzeiten auch nicht hektischer zugehen.« Ellis, unser Rotschopf, ist unglaublich dünn und stets makellos gekleidet. Die klassische Privatschulabgängerin. Sie arbeitet als Programmleiterin für das National Public Radio und trägt ausschließlich gerade geschnittene Hosen und perfekt gebügelte Blusen. Ich beneide sie um ihren eleganten Look. Ich selbst kann keine Blusen anziehen – zwischen dem zweiten und dritten Knopf klafft wegen meiner üppigen Oberweite immer der Stoff auseinander, was total geschmacklos und schlampenhaft aussieht. Da halte ich mich doch lieber an Pullis. Meine geliebten Zehn-Zentimeter-Stöckel sind schon nuttig genug.

Ellis hat einmal einen Beitrag zum Thema »Einkaufen bei T.J. Maxx und Co.« produziert. Mir bereiten Läden wie T.J. Maxx Kopfschmerzen. Sobald ich die endlosen Regale sehe, in denen zigmal befummelte Klamotten in zerwühlten Häufchen vor sich hinvegetieren, mache ich auf dem Absatz kehrt. Lieber blättere ich bei Anthropologie überzogene Summen für den erfreulich übersichtlichen Anblick von farblich sortierten Kleiderstapeln hin. Shopping ist mir ein Gräuel, und Ellis' Begabung für jede Art des Einkaufs ist mir auf meinen halbjährlichen Kreuzzügen durch das hiesige Outlet-Center eine unentbehrliche Hilfe.

»Eigentlich sind die drei nicht besonders dick befreundet. Sie waren auf verschiedenen Schulen und stammen aus unterschiedlichen Gegenden. Der gemeinsame Nenner war immer ich«, erklärte ich Ellis. »Seit ich weggezogen bin, treffen sie sich gar nicht mehr. Es ist schon ein unheimlicher Zufall, dass sie alle binnen drei Wochen heiraten.«

Mona winkte Charlie herbei, der wegen seines klasse Hinterns und der hinreißenden Wangengrübchen (wir wissen nicht, ob er sonst noch welche hat) unser Lieblingskellner ist. Mona und Babette waren etwas eher gekommen, um uns einen Tisch in seinem Bereich zu sichern. Es war halb neun, und wir mussten erst um zehn (rechtzeitig zu *Grey's Anatomy*) zu Hause sein. Wir hatten uns gerade mal aufgewärmt. Da war der Kater am Montagmorgen quasi vorprogrammiert.

»Meine Damen?« Charlie zeigte uns seine Grübchen, wohl wissend, dass er damit bei der weiblichen Kundschaft ein höheres Trinkgeld einheimsen konnte.

»Mit den Dingern hier stimmt etwas nicht.« Imogen deutete auf die leeren Weinflaschen. »Es kommt nichts heraus. Bring uns doch bitte zwei, die funktionieren.«

»Wird gemacht. Noch einen Vanilla-Stolichnaya für dich, Babette?« Babette ist Französin und schlicht umwerfend, trinkt jedoch wider Erwarten keinen Wein. Sie kleidet sich äußerst stilvoll, mit einer Vorliebe für sehr, sehr kurze Röcke und enge Oberteile, und es ist ihr völlig egal, ob sie damit die Aufmerksamkeit der Männer erregt oder nicht (und das tut sie immer). Babette ist eine sehr fähige Fachfrau in Sachen Venture Capital und abgesehen davon das schludrigste Wesen, das die Menschheit je gesehen hat. Sie kann keinen halben Tag ohne E-Mail überleben, schafft es aber nicht, auch nur eine einzige Nachricht ohne haarsträubende (und meist bedeutungsverändernde) Flüchtigkeitsfehler zu versenden. Mal schreibt sie vom allwöchentlichen Lebensmittel-Einlauf oder dem Lotto-Jackpot, den sie kacken will. Ein andermal geht es um bündelweise Geldschweine und fruchterregende Bilder in der Zeitung (liegt Obsterotik neuerdings im Trend?). Und was bitte ist ein Informationspakt (Werbebroschüren, mit denen sich die Beteiligten zugleich zur Mitteilung bestimmter Informationen verpflichten?)?

Babette hat sich für ihr Leben zwei große Ziele gesteckt: die Instandsetzung ihrer Küche zu beenden und für jede von uns den perfekten Mann zu finden. Beim Projekt Küchenrenovierung standen die Erfolgschancen bedeutend höher. Ihre Fähigkeiten als Kupplerin sind gelinde gesagt bescheiden, nicht zuletzt deshalb, weil die auserkorenen Männer meist über beide Ohren in Babette verliebt sind.

»Große Geister denken dasselbe.« Sie strahlte Charlie an. Babette liebt englische Sprichwörter, doch auch hier baut sie verlässlich jedes Mal einen Fehler ein.

»Noch ein Rootbeer, Vi?«, wollte Charlie wissen.

»Nein danke, lieber noch ein Mineralwasser.«

»Kommt sofort.« Er salutierte und wandte uns seine zweite Schokoladenseite zu.

»Ich ertappe mich gerade bei lüsternen Gedanken über einen Einundzwanzigjährigen«, stöhnte Imogen. »Mann, komm ich mir alt vor.«

»Hör bloß auf«, maulte ich. »Ich fühle mich mit meinen siebenundzwanzig Lenzen eher wie eine alte Jungfer statt wie eine Brautjungfer.«

»Beschwer dich nicht bei mir«, sagte Imogen. »Ich heirate ja nicht.«

»Wer würde dich schon heiraten wollen?« Ich wurde umgehend mit einem Tritt ans Schienbein belohnt. Hätte aber auch bloß einer ihrer Energieausbrüche gewesen sein können.

»Wartet's nur ab, ich lerne bestimmt demnächst einen ungemein attraktiven skandinavischen Prinzen mit einem gotischen Schloss in einem Fjord und massenhaft gut aussehenden, alleinstehenden, blaublütigen Cousins kennen«, prophezeite uns Imogen. »Ihr werdet noch darum betteln, für mich in Tüll und Spitze schlüpfen zu dürfen.«

Charlie, der nur den letzten Satz aufgeschnappt hatte, musterte sie konsterniert. Er trollte sich, als Imogen eine Augenbraue hob, und wir glotzten ihm lechzend hinterher. Er blieb stehen, ohne sich umzudrehen, und wackelte übertrieben mit dem Hintern.

»Ist euch klar, dass jede von uns gut und gern zehnmal zu Brautjungfernehren kommen könnte?« Schon der Gedanke ließ mein Herz höher schlagen.

»Also, was mich angeht, habt ihr Glück«, verkündete Mona. »Ich brauche keine pompösen Feierlichkeiten. Ich könnte mir sogar vorstellen, einfach durchzubrennen.«

Ich starrte sie fassungslos an. Sie wollte keine Hochzeit? Warum um alles in der Welt nicht?

»Im Ernst? Du willst nicht heiraten? Aber du bist doch *katholisch*.«

Sie lachte mich aus, weil sie wusste, dass die katholische Kirche für mich ein Haufen mysteriöser, autoritärer Intriganten ist, genau wie die Leute, die in den Casinos von Las Vegas die Spielregeln aufstellen.

»Ich mein es ernst. Ich will das alles nicht. Fühlt euch also nicht verpflichtet, mich zu eurer Hochzeit einzuladen.«

Erneut war ich vor Staunen sprachlos. Ich würde mich garantiert ausgeschlossen fühlen, wenn mich meine Freundinnen nicht einladen würden.

»Würdet ihr euch trauen, abzulehnen, wenn euch jemand bittet, Brautjungfer zu sein?«, fragte Ellis ernst. »Ich meine, wenn es jemand wäre, mit dem ihr nicht verwandt seid.« Ellis hat Unmengen von Angehörigen.

»Klar«, kam es von Babette und Imogen im Chor.

»Auf keinen Fall«, sagte ich.

Mona zögerte. »Nun, ich würde abwägen, wie wichtig es mir ist und wie wichtig es der Braut ist. Sollte sich Imogens skandinavischer Prinz als Naziverbrecher entpuppen, würde ich mich definitiv weigern. Für den weit wahrscheinlicheren Fall, dass ich zwar keine Lust habe, im Rampenlicht zu stehen oder Unsummen für ein scheußliches Kleid auszugeben, aber genau wüsste, dass die Braut schrecklich enttäuscht wäre, wenn ich Nein sage« – hier schielte Mona in meine Richtung – »dann würde ich einfach in den sauren Apfel beißen und mitspielen.« Ich fühlte mich auf unschmeichelhafte Weise ertappt.

»Ich weiß von Fällen, in denen Freundschaften deswegen zerbrochen sind«, berichtete Ellis.

»Das ist doch dämlich!«, rief Babette. »Wenn mir jemand so nahesteht, dass ich ihn an meinem großen Tag dabeihaben will, dann werde ich diesem Menschen doch wohl kaum die Freundschaft kündigen, nur weil er keine Lust hat. Die Amerikaner sind total besessen vom Thema Heiraten. In Frankreich machen wir darum längst nicht so ein Theater.«

»Genauso wenig wie um Treue, Monogamie und alle anderen Prinzipien, die eine Ehe ausmachen«, konterte Imogen.

»Ganz recht«, stimmte Babette ihr zu. »Mit fünfundzwanzig wird geheiratet, und dann geht das Leben weiter wie zuvor.«

»Was ist mit dir, Vi?«, fragte Ellis. »Du bist zu drei Hochzeiten eingeladen, dabei fürchtest du, deine Freundinnen könnten einen Fehler machen. Fällt es dir da nicht schwer, dein Amt als Brautjungfer anzunehmen?«

Ich überlegte. »Ich freue mich riesig, dabei sein zu dürfen. Das ist alles so aufregend! Aber ich kann mir gut vorstellen, dass Freundschaften zu Bruch gehen, wenn die Braut das Gefühl hat, dass sie verurteilt wird. In so einem Fall geht man unwillkürlich in die Defensive. Ich bemühe mich, solche Situationen gar nicht erst entstehen zu lassen. Ich meine, die Zukünftigen meiner Freundinnen sind völlig in Ordnung, auch wenn ich sie nicht heiraten würde. Ich frage mich bloß, ob ich eine gute Freundin bin, indem ich den Mund halte und die Wahl meiner Freundinnen billige, oder ob es besser wäre, ein paar Untersuchungen anzustellen, um sicherzugehen, dass sie die richtige Entscheidung getroffen haben. Bis dato halte ich mich an die sichere Variante und konzentriere mich auf die Hochzeiten. Das macht auch mehr Spaß.«

Ich nippte nachdenklich an meinem Wein.

»Außerdem ist das bloß meine persönliche Meinung«, fuhr ich fort. »Gut, vielleicht bin ich ein klein wenig enttäuscht, weil die drei so gar nicht nach Romantik oder Vernarrtheit streben, aber ich versuche, es aus ihrer Sicht zu betrachten. Wenn sie heiraten, muss es doch Liebe sein, oder?«

Imogen drückte mich an sich. »Du bist meine absolute Lieblingsidealistin, Vi! Dein felsenfester Glaube schenkt mir neue Zuversicht.«

»Amen«, pflichtete Mona ihr bei und hob ihr Glas.

»Ladys, ein Trinkspruch«, forderte Babette.

»Vi?« Imogen sah mich erwartungsvoll an.

Ich lächelte. »Auf alle, die durchhalten – der perfekte Mann ist irgendwo da draußen«, sagte ich und hob ebenfalls mein Glas. »Und darauf, dass es, wenn wir einmal heiraten, ein Freudenfest wird, für alle, die davon betroffen sind. Ach ja, und auf Charlies Hintern.«

»Das habe ich gehört!« Charlie kam eben mit einem Tablett Getränke vorbei.

»Jawohl! Auf Charlies Hintern!«, stimmten alle ein und stießen an.

Kapitel 4

In dem kein Handstreich getan wird

Als ich tags darauf erwachte, bereute ich es. Der Alkohol. Ich mag meinen Job (sofern ich nicht am Abend davor gegen Mitternacht aus dem Clyde's nach Hause gekrochen bin) und kann mich nicht genug darüber wundern, dass ich ihn überhaupt ergattert habe. Ich verließ die Uni mit einem Abschluss in bildender Kunst, der mich zu gar nichts befähigt, und im Übrigen mit herzlich wenig Ahnung, was ich machen wollte. Da meine Geldreserven binnen weniger Tage so gut wie versiegt waren, nahm ich »übergangsweise« einen Job in einer Weinbar in Georgetown an. Dort stand ich dann eineinhalb Jahre hinter dem Tresen, bis mir der Manager eines schönen Tages mitteilte, dass er pleite war. Ich schüttete Alfonso, einem unserer Stammkunden, das Herz aus. Alfonso ist ein untersetzter Mann um die fünfzig (Typ lustiger Witwer), der mich nicht anmachte und sich beim Trinkgeld nicht lumpen ließ.

»Und, was haben Sie jetzt vor, Vi?«, erkundigte er sich.

Gute Frage. In einer Woche würde ich bitterste Not leiden.

»Ich weiß nicht recht. Vielleicht kann ich Sean bei der Liquidierung des Inventars helfen.«

»Sie meinen, indem Sie es austrinken?«, feixte Al.

»Sie haben es erfasst.«

Er wurde ernst. »Hören Sie, Vi, Sie kennen sich doch mit Weinen ganz gut aus.«

Ich lächelte bescheiden auf den Tresen hinunter. Ich kann hervorragend bluffen.

Wie sich herausstellte, war Al der Manager von Darien & Dodd in Georgetown.

»In unserer Weinabteilung ist eine Stelle frei, auf Einstiegsniveau, aber Sie könnten eine Menge lernen. Ich glaube, Sie wären genau die Richtige.«

Und schon hatte mich meine Karriere gefunden. Natürlich war ich anfangs noch keine Einkäuferin, sondern bloß Büroassistentin. Das schaffen sogar Leute mit abgeschlossenem Kunststudium. Als die bisherige Einkäuferin mit ihrem Ehemann nach Houston zog, konnte ich sie schon ganz gut imitieren. Ich hatte bereits ein, zwei erfolgreiche Events organisiert, und war zwar nicht gerade ein Ausbund an Kreativität, aber auch nicht so grottenschlecht, dass wir in absehbarer Zeit bankrottgehen würden, also ließ mich Al als Interimseinkäuferin nachrücken. Ich verdiene keine Millionen, aber ich mag meine Arbeit. Und ich gefalle mir in der Rolle der Sommelière, obwohl sich meine Lernkurve massiv verflacht hat, seit die vorige Einkäuferin weg ist. Ich bin sehr geschickt darin, meine Berufsbezeichnung in den Raum zu stellen und nach einigen allgemeinen Bemerkungen das Thema zu wechseln, ehe jemand anfängt, mir unbequeme Fragen zu stellen.

Was ich an meiner Arbeit *nicht* mag, ist das Aufstehen. Gerade war ich mit einem Dutzend japanischer Schulkinder in eine riesige Spalte im Erdboden gestürzt und in einem Dschungel voller exotischer Vögel gelandet, als mich eine unerbittliche Pfote aus meinem Traum holte. Widerwillig ließ ich das bizarre Szenario hinter mir und riskierte ein Auge. Nigel kauerte auf meiner Brust und starrte mich aus weit aufgerissenen gelben Glupschern an. Der Radiosprecher, der eben von einem Erdbeben in Japan berichtet hatte, wandte sich dem Thema Waldsterben zu. Nigel rückte näher und schob mir betont unauffällig das Köpfchen unters Kinn. Ich schloss ihn in die Arme, um ihn in Schach zu halten, und lotete das Ausmaß meiner Kopfschmerzen aus.

»Keine faulen Tricks«, warnte ich Nigel.

Mein Kater rutschte noch etwas höher und schmiegte die kalte Nase in meine Halsbeuge.

»Im Ernst, Nigel. Ich weiß genau, was du vorhast.«

Da setzte er auch schon zum Todesstoß an und dockte an mein Ohrläppchen an. Nigel knabbert leidenschaftlich gern an Ohrläppchen. Er weiß, dass er den Überraschungsmoment nutzen und seine Opfer blitzschnell übertölpeln muss, weil er, sobald sie sich vom ersten Schreck erholt haben, meist sehr unsanft in die Flucht getrieben wird. Einmal hätte er dabei fast meinen Ohrstecker verschluckt.

»Igitt! Widerlich.« Ich setzte mich auf und bereute es sogleich. Au Backe. Das konnte ja heiter werden. Ich hatte einen ekligen Geschmack im Mund, und mein Kopf dröhnte. Wenn ich heute in einem Film mitwirken müsste, dann wäre das wohl am ehesten in *Bonnie und Clyde II – Mein Leben mit einem Loch im Kopf*. Zum Teufel mit Charlie.

Eine Stunde später wankte ich in zerknitterten Klamotten der Marke *Der Tag danach* und großzügig mit Katzenhaaren dekoriert ins Büro.

»Kater, dein Name ist Clyde's«, mokierte sich mein Kollege und Landsmann Giles, der für die Organisation der Spezial-Events zuständig ist.

Ich stöhnte nur.

Ein Mann wie Giles, groß, gertenschlank, stets perfekt durchgestylt und selbstredend schwul, gehört zur Grundausstattung jeder modebewussten Frau in Washington D.C. Mit seinem schimmernden Zartbitterschokolade-Teint könnte Giles glatt als Zwillingsbruder von Musical-Schauspieler Taye Diggs durchgehen (ein sehr dünner, sehr extravagant gekleideter Zwillingsbruder – an besagtem Tag trug er ein mandarinenfarbenes Hemd aus einem leicht entflammbaren Material). Giles ist einer meiner engsten Freunde und bietet mir im Büro verlässlich Rückendeckung, sonst wäre ich wohl längst gefeuert worden. Zum Glück kommt er selbst oft genug verkatert ins Büro.

»Hat das J.R.'s gestern etwa früher dichtgemacht?« Das J.R.'s ist eine trendige Schwulenbar.

»Nein, ich habe meine Kräfte für die Musical-Night heute Abend geschont. Kommst du mit?«, fragte er hoffnungsvoll.

Verdammt. Ich liebe die Musical-Night, und das weiß er auch. »Modern oder Oldies?«

»Well hellooo Dolly, oh hellooo Dolly, it's so nice to have you back where you belong«, intonierte er schauderhaft unmelodiös.

Mist! Ich kapitulierte, obwohl mir nach wie vor der Kopf dröhnte. Wenigstens kann ich zu Fuß hingehen, sagte ich mir, und schlafen kann ich auch nächstes Jahr noch. »Wann?«

»Yippie!!«, johlte er. »Was hältst du von acht Uhr?«

»Mal sehen«, sagte ich. Wir wussten beide, dass er mich überzeugt hatte.

Ein Blick auf den Kalender bestätigte mir, dass es ein ruhiger Tag werden würde. Dem Himmel sei Dank. Am Donnerstag fand eine Weinverkostung statt, die ich aber bereits unter Dach und Fach hatte. Ich konnte mich also getrost dem Lagerbestand widmen und meine Wunden lecken.

»Hey …« Giles drehte sich zu seinem Computer um. »Hast du schon die neuesten Babyfotos gesehen?« Wir waren beide glühende Fans des Pandajungen, das vor Kurzem im National Zoo zur Welt gekommen war. Ich bin unsäglich eifersüchtig auf die zuständigen Pfleger. Die untersuchen den Kleinen doch bestimmt viel öfter als nötig, nur weil er so süß ist. Würde ich auch tun.

»Sind sie gut?«

»Und wie.« Giles senkte ehrfürchtig die Stimme. »Er zeigt sich schon öfter und schnüffelt rum. Zum Anbeißen.«

»Echt? Haben sie die Bilder schon auf die Webseite gestellt?« Giles schenkte mir ein vielsagendes Lächeln.

»Nö, ich bin auf Pandacam«, krähte er überdreht.

»Im Ernst?«, hauchte ich. Ich hätte vor Neid erblassen können. Die Live-Pandacam war chronisch überlastet und für Normalsterbliche so gut wie gar nicht zugänglich.

»Jawohl«, sagte er selbstgefällig. »Und ich denke nicht daran, mich vor Feierabend auszuloggen. Hier, sieh dir das an.« Gut zwanzig Minuten später stießen wir in Anbetracht des goldigen kleinen Rackers noch immer begeisterte Ooohs! und Ahhhs! hervor, als sich hinter uns jemand räusperte. Giles verschüttete vor Schreck seinen Caffé Latte.

»Na, wie geht es dem kleinen Tai Shan heute?«, erkundigte sich unser Boss Al. Giles wischte panisch den Kaffee von seinem Schreibtisch. Ich wandte mich mit hochrotem Kopf um.

»Ach, das ist bloß ein Bildschirmschoner, Sir«, faselte ich. »Giles wollte mir gerade eine interessante Webseite zur Kombination verschiedener Speisen und Weine zeigen … Äh, aber das kann warten.« Ich entfernte mich unauffällig ein wenig von Giles' Computer, um Alfonso von der fiktiven Webseite abzulenken. »Was kann ich für Sie tun?«

»Als Erstes könnten Sie aufhören, mich Sir zu nennen«, befahl Al. »Da komme ich mir vor wie ein alter Knacker.«

»Geht klar … Sir.« Ich grinste. Er verdrehte die Augen.

»Ich habe mir die Planung für Donnerstag angesehen und wollte mit Ihnen abklären, wie viel Personal wir brauchen werden«, fuhr er fort. »Wie sieht es mit den Rückmeldungen aus?«

»Ganz gut bis jetzt, Sir.« Er warf mir einen bösen Blick zu. »Wie es aussieht, stößt die Veranstaltung auf reges Interesse.« Zum Glück war ich vorbereitet – mein Talent für Stegreif-Inszenierungen ist eher dürftig. Ich zupfte mir ein Katzenhaar vom Oberteil, griff nach dem Arbeitsblatt mit den Details zur Veranstaltung und hoffte inständig, dass sich meine Alkoholausdünstungen in Grenzen hielten.

»Nun«, stellte Al zufrieden fest, als wir alles besprochen hatten. »Sie haben offenbar alles unter Kontrolle, Vi.« Er klopfte mir lächelnd auf die Schulter und erhob sich. »Erinnern Sie mich daran, dass ich mich bei Sean bedanke – dafür, dass er seine Bar heruntergewirtschaftet hat und Sie loswerden musste«, sagte er im Hinausgehen. Ich hätte platzen mögen vor Stolz. Giles' dämliche Grimassen und Bemerkungen (»Streberin!«) ignorierte ich geflissentlich.

»Du bist doch bloß neidisch!«, rief ich über die Schulter und sonnte mich in meinem Erfolg. Bei meiner beschränkten Erfahrung wog ein Lob von Al doppelt. Höchste Zeit, ihm sein Vertrauen zu danken, indem ich meine Arbeit etwas ernster nahm. Kein Montagmorgen-Kater mehr, schwor ich mir. Keine stundenlangen virtuellen Shoppingtouren bei Zappos.com. Keine Pandacam. Von nun an wollte ich eine absolut vorbildliche Einkäuferin sein. Ich würde mir überraschende neue Konzepte ausdenken, dank derer unsere Firma Marktführer auf dem Weinmarkt werden würde …

Mein Telefon klingelte. Auf dem Display blinkte *Amy Bing*. Eine meiner heiratswütigen Jugendfreundinnen aus Charlotte. Ich würde mich kurz fassen.

»Kannst du dieses Wochenende zu meiner Brautgeschenkeparty kommen?«, fragte Amy.

Ich sah förmlich den flehentlichen Blick in ihren großen blauen Augen vor mir. Wir hatten uns bei einem Konzert in der Highschool angefreundet, als Amy gerade in ihrer Punkrock-Phase gewesen war – schwarze Spitzenhandschuhe und zentimeterdick Eyeliner, wie Pat Benatar, was nicht so recht zu Amys apfelbäckigem Gesicht und ihrer Veranlagung zum braven Mädchen passen wollte (weshalb sie Pats Look auch nicht allzu lange kopierte). Seit dem College hatten wir nur noch sporadisch Kontakt. Unsere Freundschaft gehörte zur nostalgischen Sorte, die für Spielkameraden aus Kindertagen reserviert ist. Meine Ernennung zur Trauzeugin kam einigermaßen überraschend – ich liebe Amy, würde sie nach all der Zeit aber nicht mehr unbedingt als *meine* beste Freundin bezeichnen. Ich sagte mir, dass man sich, wenn es um die Meilensteine des Lebens geht, eben auf alte Freunde besinnt. Das war eindeutig die attraktivere Schlussfolgerung als die Annahme, sie hätte mich nur deshalb auserkoren, weil sie einem Konkurrenzkampf unter ihren Cousinen vorbeugen wollte.

»Klar«, sagte ich, obwohl ich noch überhaupt nicht wusste, wie mein Zeitplan für das noch ach-so-ferne Wochenende aussah.

»Klasse!«, rief Amy hörbar erleichtert. »Mom fürchtete schon, das könnte ein Problem für dich werden, weil du doch jetzt so weit weg wohnst.« Ich schauderte bei dem Gedanken, es mir mit Patsy Rose Bing zu verscherzen.

»Nein, nein«, versicherte ich ihr. »Das lasse ich mir auf keinen Fall entgehen.«

»Ich möchte, dass ihr euch alle vorher kennenlernt, um für die Hochzeit eine familiäre Atmosphäre zu schaffen.«

»Hast du schon entschieden, wer deine Brautjungfern

sind?« Ich genoss meine Überlegenheit als Trauzeugin schon jetzt.

»Ja, ich glaube, ich habe jetzt alle beisammen.«

»Wie viele werden es denn?«, erkundigte ich mich abwesend, mit einem Auge auf der Excel-Tabelle für Donnerstag.

»Vierzehn.«

»Vierzehn?« Sogleich hatte Amy wieder meine volle Aufmerksamkeit. Familiäre Atmosphäre? »Im Ernst?«

»Ich weiß«, seufzte Amy. »Aber es sollen ja gleich viele Mädels wie Jungs sein, und Bill lädt so viele seiner Freunde aus der Studentenverbindung ein. Was soll ich machen?« Sie lachte. »Die Sache läuft allmählich aus dem Ruder. Mir ist inzwischen alles egal. Meine Mutter ist *total* aus dem Häuschen.«

»Dir ist alles egal?«, wiederholte ich skeptisch.

»Natürlich ist mir nichts egal«, gab sie zu. »Es muss perfekt werden.« Sie schwieg einen Augenblick. »Seit meinem ersten Kuss male ich mir meine Hochzeit aus, und jetzt ist es tatsächlich bald so weit. Ich muss mich ständig kneifen.«

Das klang schon eher nach Amy. »Ich hoffe, du lässt dich nicht von Patsy Rose überrennen.«

»Pfff! Eher lassen sich Hannibal und seine Elefanten aufhalten. Zum Glück sind wir meistens einer Meinung. Nur was das Motto angeht …«

»Das Motto?«

»Es gibt so viele Möglichkeiten! Eine bestimmte Farbe oder Ära, Renaissance oder vor dem Bürgerkrieg zum Beispiel, oder ein Deko-Motto – Western, Paris im Frühling …«

Herrje. Ich sah mich bereits in einem überdimensionalen Reifrock. »Klingt interessant«, sagte ich lahm.

»Ich dachte da an irgendwas mit den Südstaaten.«

Ach, du liebe Zeit.

»Im Grunde will ich einfach nur heiraten.«

»Warum eigentlich?« Es interessierte mich wirklich. »Von der Megahochzeit einmal abgesehen, meine ich.«

»Bill erfüllt einfach all meine Erwartungen: Er will sofort Kinder und hat einen tollen Job, ich kann also zu Hause bleiben. Unsere Familien vertragen sich, wir wollen beide in Charlotte bleiben, er sieht gut aus und leidet nicht unter Haarausfall. Und außerdem«, beschloss sie ihre prosaische Zusammenfassung, »hat er mich gefragt.«

Ich runzelte die Stirn. »Und das genügt?« Klang nicht nach dem »Ich wusste gleich, dass er der Richtige ist«-Szenario, nach dem so etwas meiner Ansicht nach ablaufen sollte.

»Aber sicher! Ich möchte Mutter werden, solange ich noch jung bin.« Amy war ein Einzelkind, und da ihre Eltern älter als der Durchschnitt waren, hatte sie auf eine ganze Reihe von Erfahrungen verzichten müssen, die einen wesentlichen Bestandteil einer normalen Kindheit ausmachen – Camping, mit Mummy und Daddy im Meer planschen und so weiter. Statt im Weihnachtsmann-Vergnügungspark hatte sie ihre Ferien in den Uffizien verbracht. »Ich möchte mein Erwachsenenleben beginnen, und das geht erst, wenn man verheiratet ist.«

Ach ja? »Aber du liebst Bill doch?«, hakte ich nach. »Ist er dein Märchenprinz?«

»Warum sollte er es nicht sein? Er ist völlig in Ordnung. Ein netter Kerl. Und wir verstehen uns.« Schweigen. »Magst *du* Bill denn nicht?«

Ups. Sehr subtil, Vi. Ich überlegte. Ich war stets erleichtert, wenn Amy ohne Bill aufkreuzte, aber ich konnte nicht behaupten, dass ich ihn nicht mochte. Er war einfach bloß *da,* wie beigefarbener Teppichboden. Zweifellos liebte er Amy, aber was sie an ihm fand, war mir schleierhaft. Würde ich mich nicht für sportliche Großereignisse interessieren, könnten Bill und ich keine drei Worte wechseln. Zugegeben, ich verlor Amy nur ungern an einen Mann, mit dem ich keinen Spaß haben konnte. In meiner Fantasie hatte ich eine Vormachtstellung im Leben meiner Freundinnen inne, bis die Betreffende einen witzigen, intelligenten Mann geheiratet hatte, und von da an würden wir ein fröhliches Dreiergespann abgeben. Stattdessen musste ich die Girl's Night mit Amy und Co. gegen gestelzte Konversationen eintauschen. Ich fühlte mich betrogen, dabei hatte es, seit ich nach Washington gezogen war, ehrlich gesagt gar keine Girl's Night mehr gegeben.

»Natürlich mag ich Bill«, sagte ich. »Ich möchte nur sichergehen, dass er dich auch verdient.«

»Oh, ja, ich glaube schon.«

»Erzähl mir von deinen Hochzeitsplänen.« Ich verbannte meine egoistischen Gefühle in die hinterste Ecke meiner Eingeweide. »Vierzehn Brautjungfern? Grauenhaft.«

Während ich abwesend Amys Ausführungen lauschte, malte ich mir aus, wie ich hoheitsvoll den Mittelgang entlangschritt, eine bezaubernde Jean Harlow in einer atemberaubenden Kreation von Parisian Nights. Nachdem wir das Gespräch beendet hatten, machte ich mich im Internet auf die Suche nach Brautjungfernkleidern. Lazaro hatte einige auf Lager, die ich Amy dringend ans Herz legen musste. Ich hing noch meinen Tagträumen nach, als erneut das Telefon klingelte.

Diesmal war es Ethan, noch einer meiner engsten Freunde.

»Hallo«, sagte er. »Ich habe deine Nachricht vom Wochenende gehört. Was liegt an?«

Ethan stammt wie ich aus den Südstaaten und fühlte sich angesichts der Ohio-Maisfeld-Atmosphäre auf unserem College-Campus genauso fehl am Platz. So etwas verbindet. Nach dem Abschluss haben wir unsere Gemeinsamkeiten im Rahmen einer Europareise weiter ausgelotet. Mit jemandem gut verreisen zu können, ist ja quasi der Ritterschlag für die Freundschaft. Allerdings nehme ich Ethan heute noch übel, dass er in Spanien am Strand eingepennt ist, als er auf unsere Rucksäcke aufpassen sollte. Auf den Fotos unserer in Madrid ausgestellten neuen Pässe sehen wir beide reichlich verwahrlost aus.

»Jen und Amy haben endlich ihre Hochzeitstermine bekanntgegeben. Du wirst es kaum glauben …« Ich nannte kichernd die beiden aufeinanderfolgenden Maiwochenenden.

»Oh-oh«, sagte er. »Sie heiraten im Mai?«

»Ja, wieso?«

»Da kann ich nicht.«

»Waaas?« Dieser Schlag kam unerwartet. Ethan und ich hatten eine Art Escort-Service-Vereinbarung, es sei denn, einer von uns war gerade vergeben, was so gut wie nie vorkam. »Tut mir echt leid. Du weißt, ich komme immer gern mit, aber Mai ist Prüfungsmonat.«

Ethan studiert in Georgetown Jura.

»Mist. Ich habe also ein halbes Jahr, um mir einen Freund zuzulegen.« Giles hob eine Augenbraue, als hätte ich verkündet, ich wolle binnen sechs Monaten einen Abschluss in Metallurgie erwerben.

»Bis Mai ist es noch lange hin. Die Kerle in Washington müssten verrückt sein, wenn sich bis dahin nicht einer in dich verknallt hätte.«

Ich kicherte nervös. »Klar. Jeremy Piven kommt bestimmt bald angekrochen. Problem erledigt.« Mir war flau im Magen.

»Ein dänischer Prinz wird das Rennen machen.« Ethan kennt meine Schwäche für Männer mit Gardemaß.

»Schon möglich.« Ich bemühte mich vergeblich um einen munteren Tonfall.

»Sei nicht so ungeduldig. Du findest schon einen Begleiter – und falls nicht, ist das auch kein Weltuntergang.« Seine tröstlichen Worte wirkten wie eine Umarmung. »Und wenn es dann doch so weit ist, wirst du dich fragen, wie du jemals daran zweifeln konntest.«

»Versprochen?«, flehte ich.

»Versprochen.«

Nachdem wir uns verabschiedet hatten, knirschte und knackste es in meinem Gehirn wie bei Deep Thought, dem Computer aus *Per Anhalter durch die Galaxis*. Ich *würde* einen Begleiter auftreiben, koste es, was es wolle.

Ich war eben damit beschäftigt, eine Liste mit potenziellen Kandidaten anzufertigen (Cassie und Christopher etwa zankten sich in letzter Zeit des Öfteren; vielleicht war er ja bis Mai Single), als Imogen anrief.

»Ich hatte gerade ein Meeting in Georgetown. Komm doch auf einen Kaffee rüber zu Barnes & Noble.« Barnes & Noble befindet sich in derselben Straße wie D&D, nur ein paar Häuser weiter.

»Ich sollte mich endlich an die Arbeit machen«, protestierte ich schwach. Bis auf meine Hochzeitsbegleiter-Kandidatenliste hatte ich bislang nichts zuwege gebracht. Im Geiste war ich jedoch bereits unterwegs.

Imogen wusste das genauso gut wie ich. »Wir sehen uns in zehn Minuten.« Um mein schlechtes Gewissen zu beruhigen, nahm ich mir vor, dafür abends länger zu bleiben. Außerdem konnte ich mit Imogen meine Ideen für die nächste Veranstaltung besprechen.

»Ich hole mir schnell einen Kaffee. Bin gleich wieder da«, informierte ich Giles. Es gehört bei uns zum guten Ton, so zu tun, als hätten wir nichts gehört, obwohl wir einander beim Telefonieren belauschen.

»Latte mit Magermilch«, entgegnete er, ohne den Blick vom Bildschirm abzuwenden.

Kurz darauf klagte ich Imogen mein Leid, während wir uns in der Hörbuchabteilung nach brauchbarer Unterhaltung für meine Autofahrt nach Charlotte zu Thanksgiving umsahen. In Ermangelung eines Tisches musste ich mich ausnahmsweise auf ein Getränk beschränken.

»Du findest einen Begleiter«, versicherte sie mir. »Was ist mit dem Knaben von der City-Tavern-Party?«

»Zu republikanisch«, winkte ich ab. »Er setzt sich für die Schusswaffenlobby der National Rifle Association ein und ist der Ansicht, wenn alle kugelsichere Westen tragen würden, gäbe es keine ›Waffenhysterie‹ mehr.«

»Und Jims Freund Christopher? War der nicht aus North Carolina?«

»Der trug auf der Fahrt nach Middleburg eine Schirmmütze und eine Hose in Knallorange. Ich wusste nicht, ob ich mir einen britischen Akzent zulegen oder den Schlachtruf der Clemson Tigers anstimmen sollte.«

»Er sah jedenfalls gut aus.«

»Aber die Mütze! So etwas trägt doch kein Mensch, außer vielleicht in einem alten Hollywoodschinken.«

»Und der Typ, mit dem du letzte Woche beim Fußball warst?«

»Der war nicht besonders helle. Als ich das Wort ›forcieren‹ verwendete, dachte er, es ginge um Blähungen.«

Imogen verdrehte die Augen. »Sind wir vielleicht eine Spur zu anspruchsvoll?«

»Es hat einfach bei keinem von ihnen gefunkt«, verteidigte ich mich.

»Wie lange ist es her, dass du dich mehr als einmal mit ein und demselben Mann verabredet hast?«, fragte sie pointiert.

Ich überlegte. »Mit Brian hatte ich mehrere Dates.«

»Der zählt nicht. Ihr habt euch nicht geküsst.«

»Nun, dann eben Caleb.« Imogen seufzte. Caleb, der inzwischen in Wharton studierte, hatte vorletzten Sommer ein Praktikum in Washington D.C. absolviert. Wir hatten jede freie Minute miteinander verbracht.

»Genau das ist dein Problem, Vi. Du lebst in der Vergangenheit.«

»Gar nicht wahr. Ich bin stets offen für neue Bekanntschaften. Ich habe nur etwas dagegen, wenn Verabredungen zum Selbstzweck werden.«

»Du musst den Fall Caleb endlich abschließen«, ermahnte Imogen mich und zog ein Hörbuch aus dem Regal. »Hier, das ist genau, was du brauchst: Abigail Grotkes *Handbuch für Verliebte – Guter Rat vom ersten Kuss bis zum Altar*.«

Ich verschluckte mich an meinem Kaffee. »Das hast du dir doch bloß ausgedacht.« Ich streckte die Hand aus.

»Von wegen.« Imogen gab mir einen Klaps auf die Hand. »›In kurios anmutender, altertümelnder Sprache formuliert, enthält dieses Werk wichtige Zitate, Erkenntnisse und Weisheiten aus der rund tausend Bücher umfassenden Ratgeberkollektion der Autorin‹«, las sie mit hochgezogener Augenbraue vor. »Zum Beispiel: ›Reinlichkeit ist oberstes Gebot. Ein Mann wird jedem weniger hübschen, dafür aber tadellos sauberen Frauenzimmer den Vorzug vor einer hinreißenden Schönheit geben, deren Kleidung auch nur den kleinsten Fleck aufweist.‹«

Ich gluckste. Imogen fuhr fort: »›Scheuen Sie keine Mühe, um Ihr Äußeres zu pflegen. Zwar sind geistige Schönheit und Großherzigkeit lobenswerte Tugenden, doch man kann von einem Ehemann wohl kaum erwarten, dass er sich ausschließlich an Ihren inneren Werten erfreut, wenn Sie Ihr Äußeres vernachlässigen.‹«

»Also, BITTE!«, entrüstete ich mich.

»Hast Recht. Hier: *Die Kunst, den Mann fürs Leben zu finden*. Viel besser.« Sie grinste dreist.

»Aas.« Ich stampfte an ihr vorbei, um den Kaffee für Giles zu besorgen, und machte mich wieder auf ins Büro. Dort fiel mein Blick auf die Uhr. Mist. Schon nach vier, und ich hatte mich bis jetzt bloß mit Hochzeitskram befasst. Entschlossen nahm ich mir die Notizen meiner vormittäglichen Besprechung mit Al vor. Ich würde ihm einen Grund liefern, stolz auf mich zu sein. Konzentration, Vi!

»Oooch! Er wacht auf!«, rief Giles aufgeregt.

Ich spurtete zu ihm, um mitzuverfolgen, wie Klein Tai Shan die Augen aufschlug.

»Sag mal, wo treffen wir uns, bevor wir zur Musical-Night aufbrechen?«, fragte Giles.

Wenn das so weiterging, war ich bis Mai garantiert meinen Job los.

Kapitel 5

Ein sehr langes Wochenende

Am Abend vor Thanksgiving verfrachtete ich Nigel und Clementine zu Imogen und machte mich auf nach Charlotte. Unterwegs plante ich in Gedanken meine eigene Hochzeit. Ich sah meine Gäste und mich barfuß an einem Strand (Charleston? Nein, Bali …) und peppte meine Fantasie mit einem herrlichen Sonnenuntergang und dem mich anschmachtenden Jeremy Piven auf. Bei den Brautjungfern kam ich ein wenig ins Strudeln. Es sollten nicht zu viele sein. Amy, Lila und Jen, meine Freundinnen von früher? Oder lieber Imogen, Mona, Babette und Ellis, die inzwischen die Hauptrolle in meinem sozialen Leben spielten? Schwierige Entscheidung. Ich zog in Erwägung, auch Ethan ins Boot zu holen, vor allem, weil mir die Vorstellung gefiel, mit einem Brautjungferich als Hochzeitsrebellin in die Familiengeschichte einzugehen. Mit derlei vertrackten Fragen ließ sich die Zeit wunderbar totschlagen.

Um zwei Uhr früh kam ich mit Koffein vollgepumpt zu Hause an. Dort wälzte ich mich schlaflos im Bett und sann darüber nach, wie viel Zeit meines Lebens ich bereits mit der Planung meiner Hochzeit zugebracht hatte. Ich wusste sogar, welche Ohrringe ich tragen würde, und hatte mir schon Gedanken gemacht, worüber meine Gäste wohl reden würden. Keine andere Zukunftsaussicht regte meine Fantasie auch nur annähernd ähnlich an. Ich habe mir nie so detailliert ausgemalt, eine Weinbar zu führen, eine bekannte Schuhdesignerin zu werden oder nach meiner Entdeckung in einer Pizza-Hut-Filiale den Oscar zu erhalten. Gut, ich habe fast gleich viel Zeit darauf verschwendet, mir zu überlegen, wie ich mein Geld ausgeben würde, wenn ich den Lotto-Jackpot knacken würde. Was ziemlich unwahrscheinlich ist, da ich nie Lotto spiele. Wenn ich mir mein Liebesleben so ansah, standen meine Chancen auf einen Ehemann allerdings noch schlechter als die auf einen Lottogewinn.

Ich hatte Imogen angelogen. Seit dem Ende von Calebs Praktikum in Washington hatte ich mich nicht ernstlich bemüht, andere Männer kennenzulernen. Ich war überglücklich mit ihm gewesen und vermisste ihn schrecklich, als er an die Uni zurückkehrte und den Kontakt schrittweise auf ein Minimum beschränkte. Dabei hätte ich es besser wissen müssen. Trotz unserer leidenschaftlichen Beziehung während der Highschool hatte sich Caleb gleich im ersten Collegejahr getreu dem Motto »Aus den Augen, aus dem Sinn« verhalten, und die Entfernung hatte ein Übriges getan. Abgesehen von gelegentlichen E-Mails und der einen oder anderen denkwürdigen Zusammenkunft im Rahmen meiner sporadischen Stippvisiten in Charlotte, war die Angelegenheit bald im Sand verlaufen. Schließlich hatte ich meine Wiederbelebungsversuche aufgegeben und mir einen neuen Freund zugelegt, um sicherzustellen, dass ich mich an meinen »Finger-weg-von-Caleb«-Vorsatz hielt. Leider hatte Steven, mein Neuer, meine Strategie sabotiert, indem er außer mit mir auch mit einer »Bekannten« namens Tara ins Bett ging. Merke: Das ist der Nachteil an Männern mit Treuhandvermögen – die Segelboote und Urlaube mit ihnen haben zwar etwas für sich, aber wer nicht arbeiten muss, kann sich getrost zwei Freundinnen zugleich halten.

Und dann kam Caleb wegen seines Praktikums nach Washington. Wir trafen uns auf einen Drink, und als wir kurz vor der Sperrstunde Knie an Knie auf dem Sofa des Russia House saßen, knisterte es erneut gewaltig zwischen uns. Noch lange danach schwelgte ich in Erinnerungen an unseren »zweiten ersten Kuss«, bei dem mich die Erregung prompt wie ein Blitz durchzuckte. Ich fühlte noch immer die Schmetterlinge in meinem Bauch. Es wurde ein perfekter Sommer: Segeltörns auf dem Chesapeake, Open-Air-Kino mit Picknick. Wir hatten vereinbart, dass es nichts Ernstes war, doch nach mehreren Wochen auf Wolke sieben war ich für andere Männer blind. Ich konnte nicht vergessen, wie sich Caleb bei jeder Einzelnen meiner Sommersprossen vorgestellt und ihnen Spitznamen gegeben hatte, um sie anschließend zu küssen. Der Herbst brach an, und obwohl ich es mir nicht eingestehen wollte, hoffte ich, Caleb würde nach dem College nach Washington zurückkehren. Doch von seiner Seite herrschte fortan Funkstille, und mein Stolz hielt mich davon ab, den Kontakt wieder aufzunehmen und ihn zu fragen, ob er Thanksgiving in Charlotte verbringen würde. Ich war verschossen in seine Grübchen, aber nicht auf den Kopf gefallen.

Ich stöhnte, als mich das Klingeln des Telefons aus dem Schlaf riss. Meine Schwester Maeve war dran.

»Gemeine Hexe.«

»Steh auf und sieh nach, ob Mom einen Truthahn besorgt hat«, befahl sie. Es klang, als würde sie gerade einen Bagel verdrücken. Maeve telefoniert immer mit vollem Mund.

»Was?« Ich fuhr hoch. »Heute ist bereits Thanksgiving! Wir essen in *sechs Stunden*.«

»Und?«

Sie hatte Recht mit ihrer Befürchtung. Unsere Mutter ist

Bildhauerin und zerstreut bis dorthinaus. Ich kletterte aus dem Bett und stieg einhändig in meine Jeans.

»Warum hast du dich nicht darum gekümmert? Du wohnst doch praktisch hier. Hat Brick nicht schon seit einer Woche Ferien?« Ich verhedderte mich in einem Hosenbein und verlor das Gleichgewicht. »Autsch!«

»Wie bitte soll ich einen Truthahn bezahlen?«, wollte meine stets hoffnungslos abgebrannte Schwester wissen. Sie geht wie mein Bruder Brick aufs College, und zwar noch etwa sieben bis neun Jahre. »Außerdem ist das dein Job, du bist die Älteste. Was treibst du denn da eigentlich?«

»Nichts.« Ich rieb mir den schmerzenden Po. »Bist du schon unterwegs?«

»Ich komme in zwanzig Minuten.«

Ich zog mich fertig an und ging nach unten, um das Ausmaß der Leere-Schränke-Krise zu ermitteln. Das Szenario, das mich im Garten hinter dem Haus erwartete, erschreckte mich jedoch weit mehr als die Aussicht auf ein Dinner ohne Truthahn: Mein Vater und Brick knieten zwischen Unmengen von Blechteilen auf der Terrasse und studierten wild gestikulierend ein Stück Papier, das wie eine Montageanleitung aussah. Und sie tranken Alkohol. Ich gesellte mich zu ihnen.

»Hallo miteinander.« Sie fuhren herum. Mein Vater strahlte mich an. Er trug einen Pulli mit dem lebensgroßen Konterfei eines Truthahns.

»Liebling! Wie war die Fahrt?« Er umarmte mich. Mein Dad ist ein großartiger Umarmer.

»Hey, Dad. Ganz okay.« Brick erhob sich und drückte mich ebenfalls an sich.

»Puh, kalt!« Ich schob ihn und die eisgekühlte Bierdose, die er mir in den Nacken gepresst hatte, von mir. »Es ist doch erst zehn, Kleiner!« Mein Bruder ist neunzehn und ein Hüne.

»Und? Ich hasse Tomatensaft«, meinte er lakonisch.

»Bloody Mary, Vi?« Mein Vater hob sein Glas.

»Gern. Schön feurig, bitte. Was soll das hier werden?« Ich deutete auf den Haufen Metallteile.

Die beiden grinsten von einem Ohr zum anderen. »Dieses Jahr wird der Truthahn gebraten«, erläuterte mein Bruder. »Das hier ist die Friteuse, da kommt das heiße Öl rein, in dem wir den Vogel schmoren.« Alkohol und potenziell explosives Spielzeug, mehr brauchen Jungs nicht zum Glücklichsein. Das filmische Motto für Thanksgiving war diesmal offenbar *Der Feuervogel*. Oder alternativ *James Bond – Feuerball*. Die Schauspielerin, die meine Rolle übernahm, musste auf jeden Fall überzeugend einen verkohlten Fleischklumpen mimen können.

»Ah ja. Und ihr wisst, wie man das Ding zusammenbaut?«, wagte ich zu fragen.

»Wir kommen schon noch dahinter«, tönte es fröhlich von der Terrassenbar, wo mir Dad meinen Drink mixte. »Ich bin handwerklich ziemlich geschickt.« Da sprach eindeutig die männliche Überheblichkeit aus ihm. Mein Vater hat zwei linke Hände, was er auch schon mehrfach bewiesen hat. Ich hütete wohlweislich meine Zunge.

»So, so. Maeve lässt fragen, ob wir überhaupt einen Truthahn haben.«

»Und was für einen! Ein Prachtstück. Um eins geht es dem Vieh an den Kragen.« Dad reichte mir meine Bloody Mary.

»Nur nichts überstürzen«, mahnte ich. »Das Wichtigste ist doch, dass ihr dieses Ding hier ordnungsgemäß zusammenbaut. Sicherheit geht schließlich vor. War keine Schutzbrille dabei?«

Meine Worte verhallten ungehört. Die beiden waren schon wieder in die Grillermontage vertieft und stritten sich jetzt um den Geflügelspieß. Gegen meinen Bruder hatte Dad keine Chance; Wortgefechte sind eine von Bricks großen Stärken. Bestimmt tritt er irgendwann in Dads Fußstapfen und wird Anwalt. Die Vorstellung, fürs Streiten auch noch bezahlt zu werden, muss für Brick das reinste Paradies sein. Wir würden bald kein Abendessen mehr in Ruhe einnehmen können. Ich verzichtete auf weitere Sicherheits- und Warnhinweise und begab mich zur Lebensmittelbestandsaufnahme in die Küche. Vielleicht stattete uns ja später ein knackiger Feuerwehrmann einen Besuch ab.

Ich zählte gerade die Kartoffeln, als Maeve hereinhopste. Maeve sieht aus wie ich, und sie hat sich nach einem verunglückten Kurzhaarexperiment geschworen, ihr Haar nie wieder schneiden zu lassen. Heute hatte sie es zu zwei Zöpfen geflochten.

»Hi!« Ich drückte sie an mich.

»Was sagst du zu dieser Pute, meine Gute?« Ich deutete auf den gewaltigen gefrorenen Vogel.

»Wow. Ganz schön groß.«

»Damit es auch eine ordentliche Explosion gibt«, sagte ich und schilderte ihr die aktuellen Aktivitäten der Connelly-Männer.

»Frittiertes Essen ist total ungesund«, bemerkte Maeve. »Wegen der teilgehärteten Fette.«

»Ach ja?« Mehr als das äußerte ich selten zu ihren Ernährungsweisheiten. Sie hatte sich eine Weile mit einer Reihe von Beschwerden herumgeschlagen und infolgedessen einen regelrechten Gesundheitsfimmel entwickelt. »Überraschenderweise sind alle Basics da – Kartoffeln, Brokkoli, grüne Bohnen, Cranberry-Sauce, Füllung. Wir brauchen natürlich Mom für die Bratensauce, aber ansonsten – kein Problem.« Maeve und ich waren daran gewöhnt,

Küchendienst zu schieben, wenn Mom an einem ihrer Skulpturenprojekte arbeitete. Für die schwierigen Fälle jedoch war Moms Expertise unerlässlich.

»Ich gehe mal rüber in ihr Atelier, um sie loszueisen«, erbot sich Maeve.

»Bring bei der Gelegenheit gleich ein paar Schutzbrillen mit«, befahl ich ihr. »Die deponiere ich nachher dekorativ auf der Terrasse.«

»Brick, reich mir doch mal den Kartoffelbrei«, bat Dad.

»Moment. Mooooment!«, rief ich. »Erst sind wir dran.« Kein Kartoffelbrei schaffte es je an Dad vorbei. Ich klatschte mir einen ordentlichen Klecks auf den Teller und gab die Schüssel an Maeve weiter, die mir im Gegenzug die Cheetos reichte.

»Möchte sonst noch jemand Erdnussflips?« Ich häufte ein paar neben die Cranberry-Sauce, während sie eins an Oliver verfütterte, der in seinem Käfig auf dem Sideboard saß. Oliver ist ein sprechender Nymphensittich, den Brick und ich ihr zum Geburtstag geschenkt haben.

Oliver nahm die Gabe entgegen und krächzte: »Feeerien! Vergiss den Vogel nicht!«

Brick begann, Truthahnbraten in sich hineinzuschaufeln. »Hey!«, rief ich. »Sollten wir nicht erst das Tischgebet sprechen und unserer Dankbarkeit Ausdruck verleihen?« Alle starrten mich verblüfft an. »Es ist doch Thanksgiving«, erinnerte ich sie. Schweigen. Unsere Familie ist weder besonders religiös noch besonders konventionell.

»Ich fange an. Äh, ich bin dankbar für meine Familie, das Essen, das wir gleich verdrücken werden, äh, und dafür, dass Nigel endlich keine Schleim-Fell-Köttel mehr auf den Teppich würgt, wo ich dann draufsteige.«

»Wie schön.« Mom lächelte. »Ich bin dankbar dafür, dass

ich hier im Kreise meiner großartigen Familie sitzen darf und dass alle gesund sind.« Sie drückte Maeves Hand. »Und dass es endlich ein Gesetz gegen diese Telemarketing-Leute gibt, die mich ständig angerufen haben, um mir Versicherungen anzudrehen. Und dafür, dass unsere Nachbarn endlich ihren Hund haben einschläfern lassen, der den lieben langen Tag gekläfft hat, sobald ein Blatt von einem Baum schwebte.« Verblüfft über diese für unsere Mutter ungewohnte geistige Klarheit legten wir eine unfreiwillige Schweigeminute für den Kläffer ein.

»Ich wäre dankbar, wenn wir endlich mit dem Essen anfangen könnten«, sagte Brick und erntete damit reihum böse Blicke.

»Ich bin dankbar für meine unglaublich großzügigen Eltern«, sagte Maeve. Brick verdrehte die Augen. Wir wussten, wie es weitergehen würde. Betont beiläufig fuhr Maeve fort: »Übrigens, Dad, den Drucker, den ich gern hätte, gibt es im Internet um einiges günstiger als im Laden. Wenn du mir deine Kreditkartennummer gibst, bestelle ich ihn.«

Dad schnaubte. »Ich werde mich hüten.« Meine Schwester ist ein finanzplanerisches Desaster ersten Ranges. Schlimmer als jedes Entwicklungsland.

»Wieso?«, stieß sie hervor. »Nur wegen der einen Sache damals?«

Brick begann erneut, sich Braten in den Mund zu schaufeln. Damit war der Danksagungsteil des Abends endgültig beendet.

»Das letzte Mal, als du meine Kreditkartennummer haben wolltest – um deine Betriebskostenabrechnung zu bezahlen –, fand ich drei Wochen später eine Abbuchung von Mellow Mushroom auf meiner Abrechnung!«, zeterte Dad und schwang die Gabel, dass wir fürchteten, das aufgespießte Stück Fleisch würde jeden Moment durch den

Raum segeln. »Nur weil du pleite bist und Lust auf eine Pizza hast, ist das noch lange kein ›Notfall‹.« Dad würde umgehend seine Kreditkarte sperren lassen, sobald Maeve auch nur einen Blick auf die Nummer erhascht hatte.

»Hey, der Truthahn ist doch spitzenmäßig, nicht?«, ging Brick dazwischen. Ich musste zugeben, dass er Recht hatte. Sehr lecker. Ich hatte einen vor Fett triefenden Vogel im Tempura-Teigmantel erwartet, aber die neue Zubereitungsart machte keinen großen Unterschied; wenn überhaupt, war der Braten dieses Jahr besonders saftig.

»Der Geschmack weckt Erinnerungen an die abstrakte Bronzeplastik, die ich für die Bibliothek des Queen's College angefertigt habe«, erwiderte Mom. Ich kenne die Skulptur und musste ihr zustimmen. »Erzähl mal, Vi, wie lange bleibst du?«, erkundigte sie sich.

»Bis Sonntagabend. Ich muss einige Hochzeitsangelegenheiten erledigen. Kleider aussuchen und so weiter. Ach ja, und am Samstagabend gehe ich mit Edward ein Bier trinken.« Edward ist ein ehemaliger Mitschüler von mir. Als wir uns vor einigen Jahren zufällig im Providence Road Sundries über den Weg gelaufen waren, hatte er mir anvertraut, er sei in der Highschool unsterblich in mich verliebt gewesen. Danach waren wir fast ein Jahr lang ein Paar, aufgrund der Distanz verlief die Sache dann aber doch irgendwann im Sand. Trotzdem sahen wir uns auch nach der Trennung noch gelegentlich, wenn ich zu Hause war, und zwar nicht bloß auf rein freundschaftlicher Basis. Natürlich nur, wenn wir beide Single waren. Edward stand auf meiner Liste der potenziellen Hochzeitsbegleiter ganz oben.

Dad musterte mich verwirrt. »Welcher Edward?«

»Also echt, Dad! Mit Edward war ich fast acht Monate zusammen!«, sagte ich ungehalten. Was die Männer in meinem Leben angeht, leidet mein Vater an chronischem Gedächtnisschwund. »Ich kann die alle nicht auseinanderhalten«, sagt er immer, was mich nervt, weil es da doch ganz *beträchtliche* Unterschiede gibt.

»Edward war der Zwerg, Schatz«, antwortete Mom und dekorierte ihr gefülltes Ei mit einem grünen M&M.

»Nein, das war Chris. Auch eine Fernbeziehung«, widersprach Maeve. Mit Chris war ich im College ausgegangen, und er war tatsächlich nicht besonders groß gewesen, dafür aber attraktiv und unterhaltsam. Nach drei Monaten hatte er seinen Abschluss gemacht und war nach Chicago gezogen, und es hatte mir nicht das Geringste ausgemacht, dass er dort bald eine andere kennengelernt und sich von mir getrennt hatte.

»Ist Chris nicht nach Alaska ausgewandert?«, fragte Mom. »Brick, schling nicht alles ungekaut runter! Verdauungsstörungen hemmen das kreative Denkvermögen.«

»Edward war der, der beim Essen mit Grandma zerrissene Jeans trug«, half ihr Maeve auf die Sprünge und zuckte mit Unschuldsmiene die Achseln, als ich ihr einen finsteren Blick zuwarf.

Dad runzelte die Stirn. »Zerrissene Jeans sind ein Zeichen mangelnden Respekts.«

»Dad, das ist drei Jahre her! Und dass Grandma mit von der Partie sein würde, konnte er doch nicht ahnen.«

»Nun, Vi, es ist an der Zeit, dass du dir ernsthaft Gedanken darüber machst, mit wem du deine Zeit verbringst. Der Rat, den ich dir im College gegeben habe, war fürs Studium gedacht, nicht für den Rest deines Lebens.« Ich unterdrückte ein Schnauben. Mein Vater war nicht gerade Bill Cosby. »Denk daran, Vi, du hast dein ganzes Leben noch vor dir«, hatte er mir vor dem College eingeschärft. »Tob dich erst mal richtig aus. Eine Familie gründen kannst du auch später noch.« Ich schätze, meine Besessenheit von

Caleb in der Highschool hat meinen Eltern ganz schön Angst eingejagt. An Caleb erinnert sich Dad nämlich *nur zu gut*. Mein Vater hatte damals noch einen zweiten guten Rat parat: »Halt dich an die Rugby-Spieler. Die wissen, wie man sich amüsiert, und du lernst manchmal zu viel.« Damit wurde ich ins Erwachsenenleben entlassen.

Brick spitzte die Ohren. »Was denn für ein Rat?«

»Geht dich gar nichts an«, brummte ich.

»Hast du zurzeit einen Freund, Schätzchen?«, fragte Mom.

Maeve grunzte. »Hallooo? Sie geht mit Edward ›ein Bier trinken‹.« Ich sah zu Brick hinüber. Dieser zwinkerte, leckte sich den Finger ab und steckte ihn Maeve ins Ohr.

»Igitt!«, heulte sie. »Das ist ja abartig! Du bist widerlich.«

Ich grinste ihn an. »Danke.«

»Was bekomme ich denn dafür?«, fragte er.

Ich schöpfte den Rest meines Kartoffelbreis, einen Rice-Krispie-Riegel und eine Dillgurke auf meinen Brotteller und reichte ihn Brick.

»Erzähl du doch mal, Mom, woran arbeitest du gerade?«, erkundigte ich mich, um vom Thema abzulenken, während ich mir eine frische Dillgurke vom Sideboard holte und mich wieder meinem köstlichen Braten widmete. Sogleich drehte sich das Tischgespräch um ihr neuestes Projekt und den aktuellen Tratsch und Klatsch.

»Puh … Ich komme mir vor, als wäre ich vollgeschleimt worden«, stöhnte Maeve schließlich. Sie lehnte sich zurück und tätschelte sich den Bauch. Dad sah bei diesem *Ghostbusters*-Zitat von seinem Schokokeks hoch.

»Bin ich der Schlüsselmeister?«, fragte er. »Wo ist das Video?«

»Ich bin der Torwächter«, verkündete Brick und erhob sich, um Popcorn zu machen.

»Oh, sehen wir uns ein Video an?«, fragte Mom. Brick verdrehte die Augen. Seit meinem fünfzehnten Geburtstag ziehen wir uns alljährlich zu Thanksgiving *Ghostbusters* rein. Warum, weiß keiner so genau. Wir amüsieren uns einfach königlich damit, selbst nach all der Zeit, und Mom ist jedes Jahr von Neuem so begeistert, als sähe sie den Film zum ersten Mal: »Ist das zu fassen? Der fiese Kerl vom Umweltschutz ertrinkt in Marshmallowmasse, haha!«

Ich begann, den Tisch abzuräumen.

»Stell die Teller einfach in die Spüle; das erledige ich nachher«, schlug Mom vor. Von wegen. Es ist jedes Jahr dasselbe: Sie schlummert selig an Dads Schulter, noch ehe Sigourney Weaver gerettet wird, Brick und Maeve lösen sich in Luft auf wie moralische Bedenken in Las Vegas, und am Ende stehen Dad und ich wieder Seite an Seite in der Küche, die Arme bis über beide Ellbogen im Spülwasser, in unser Märtyrerschicksal ergeben.

»Wir sind so weit«, ließ Dad eben aus dem Wohnzimmer verlauten, wo Brick und er bereits ihre Stammplätze eingenommen hatten und Popcorn und Rolos in sich hineinstopften.

»Feeeerien! Vergiss den Vogel nicht!«, krächzte Oliver aus dem Esszimmer.

Als ich tags darauf die Fairview Road entlangbretterte, konnte ich selbst nicht glauben, dass ich den Mut hatte, mich ausgerechnet zum Thanksgiving-Räumungsverkauf ins Getümmel zu stürzen. Normale Leute bleiben an diesem Tag zu Hause, verdauen ihr Essen und füllen Versicherungsformulare aus, weil ihnen der Truthahngrill um die Ohren geflogen ist. Doch nein. Während meine Schwester zufrieden vor der Glotze saß und sich auf TNT sämtliche Staffeln von *What Not to Wear*, einer Sendung über modische Fehlgriffe, zu Gemüte führte, eilte ich zu einer Verabredung mit Lila in die Manzetti's Tavern. Wir wollten uns Mut antrinken für den bevorstehenden Hochzeitskleiderausverkauf, bei dem sich die weniger normalen Leute vermutlich gegenseitig die Köpfe einschlagen würden.

Lila ist eins fünfundfünfzig und hat eine schlichtweg tolle Figur, so abgedroschen das klingen mag. Mit ihren Kurven und ihrer zierlichen Gestalt könnte sie geradewegs einer Folge von Baywatch entsprungen sein. Außerdem ist sie stets perfekt durchgestylt und gepflegt bis in die Fingerspitzen. Sie besitzt zu jedem Paar Schuhe die passende Handtasche. Und clever ist sie obendrein – genau das hat uns überhaupt zusammengebracht. In den Südstaaten wird ja (fälschlicherweise) gemeinhin angenommen, hübsche blonde Mädchen könnten gar nicht klug sein.

Sie winkte mir vom Tresen aus zu, als ich eintrat. Es war drei Uhr nachmittags, das Lokal war praktisch leer. Lila zog an einer dünnen Mentholzigarette.

»Da soll pulverisiertes Fiberglas drin sein«, zitierte ich eines dieser urbanen Gerüchte, die immer wieder mal kursieren, obwohl es keine Beweise dafür gibt.

»Umso besser«, entgegnete Lila lachend. Sie lacht nach fast jedem Satz, den sie von sich gibt. »Vielleicht macht das ja die Kleidersuche bei David's Bridal erträglicher.«

Ich nahm auf dem Barhocker neben ihr Platz. »David's Bridal?«

»Harts Schwester besteht darauf. Du weißt doch, wie knauserig Hart ist, und seine Familie ist noch zehnmal schlimmer. Ich habe dir übrigens einen Ggrich Hills Cabernet bestellt.« Lila ist ein ausgesprochener Weinsnob.

»Noch schlimmer? Unmöglich«, sagte ich. Hart ist ein Geizhals, wie er im Buche steht. Er gehört zu den Leuten, die nach einem gemeinsamen Dinner darauf bestehen, dass jeder genau das bezahlt, was er konsumiert hat, anstatt die Rechnung einfach durch die Anzahl der anwesenden Personen zu dividieren. Er behauptet grundsätzlich – und zwar zu Unrecht –, Lila habe nur ein Glas Wein getrunken.

»Ich habe seinen Eltern einmal eine Flasche Camus mitgebracht, als ich bei ihnen zum Essen eingeladen war, und beim nächsten Besuch habe ich seine Mutter doch glatt dabei erwischt, wie sie billigen Charles Shaw Cabernet in die leere Flasche füllte!«

»Du liebe Zeit!«, prustete ich. »Sie haben dich gezwungen, Trader Joe's ›Drei-Dollar-Fusel‹ zu trinken?«

»Keine Chance. Ich bin beim Gin Tonic geblieben.«

Der Barkeeper schlenderte herbei und lauschte dem Gespräch, die feisten Unterarme auf den Tresen gestützt. Sein makelloses Gebiss sah aus, als hätte er dafür ein Vermögen hingeblättert. »Kann ich euch zwei Hübschen noch etwas bringen?«

»Im Moment nicht, danke«, flötete Lila. Sie kann es nicht lassen. Sie flirtet mit allem und jedem. Wenn sie allein ist, flirtet sie mit sich selbst oder mit unbelebten Gegenständen. Ich fand es schwierig, sie mir als verheiratete Frau vorzustellen. Lila, attraktiv und lebhaft, war nie ohne Mann anzutreffen, wobei sich die Namen und Gesichter der Betreffenden eine Zeit lang so rasch geändert hatten, dass ich den Überblick verlor. Zweierlei hatten sie alle gemeinsam: Sie sahen gut aus und hatten Geld, das sie für Lila auszugeben gewillt waren. Ich wartete vergeblich darauf, dass sich endlich einer von der Masse abhob. Hart schien mir genauso austauschbar wie seine Vorgänger, nur ein weiteres Accessoire in ihrer Sammlung. Aber wie es aussah, war ihm eine längere Lebensdauer beschieden.

»Ein Glück, dass Albert für die Feier aufkommt.« Lilas Vater besteht darauf, von ihr Albert genannt zu werden.

»Sonst wäre meine Hochzeit ein einziges Discounter-Desaster.«

»Weiß Hart eigentlich, was ihm blüht?«

»Gott, ja. Meine Leute pochen bei jedem einzelnen Detail auf ihr Mitbestimmungsrecht. Hart heiratet nicht bloß mich, sondern meine gesamte Sippe.«

Bei der Vorstellung, dass sich die ganze Mannschaft am Altar drängte, um mit Hart den Bund fürs Leben zu schließen, musste ich lachen. Lilas Familie ist sehr katholisch, sehr traditionsbewusst und hält zusammen wie Pech und Schwefel. Es hat mich stets erstaunt, welch großen Einfluss Lilas Eltern auf sie ausüben. »Und was halten deine Leute von Hart?«

»Sie sind im siebten Himmel. Seit Guys Scheidung hat meine Mutter ihre Weinkrämpfe praktisch nur unterbrochen, um mir zuzuflüstern, dass ich auch nicht jünger werde.« Lilas Bruder hatte früh geheiratet und sich kürzlich scheiden lassen, ohne Kinder in die Welt gesetzt zu haben. Dass er nie wieder heiraten wollte, erschütterte Lilas Eltern umso mehr. Eine Scheidung! Von der Tatsache, dass sie *mit fünfundfünfzig noch enkellos* waren, ganz zu schweigen. Der reinste Horror. Gott sei Dank ticken meine Eltern in dieser Hinsicht anders. Sie führen eine erfüllte Ehe und versuchen nicht, ihre Träume durch ihre Kinder zu leben. Sie wollen, dass wir glücklich sind, und sie wissen, das erfordert seine Zeit.

»Du hast dich aber nicht bloß ihretwegen verlobt, oder?«

»*Gott bewahre*. Nein, Vi, ich habe das Gefühl, endlich eine gewisse Stabilität gefunden zu haben. Vielleicht lag es an all dem Theater um Guys Scheidung in letzter Zeit – man hätte meinen können, er wäre gestorben! Kann aber auch sein, dass sich Hart nicht so schnell aus der Ruhe bringen lässt wie andere Männer. Jedenfalls ist er mein Fels in der Brandung geworden.«

»Tatsächlich?«

»Du weißt doch, wie emotional es in einer italienischen Familie zugeht. Alle fünf Minuten ein Gefühlsausbruch. Wir schreien, wir weinen, wir fallen uns um den Hals. Und diese Scheidung … Es ist schlimmer als damals, als meine Cousine von Notre Dame nach Berkeley wechselte und aufhörte, sich die Beine zu rasieren. Was ich an Hart so schätze, ist seine Ausgeglichenheit. Er ist mein sicherer Hafen.«

»Ist er anders als Richard?« Richard war im College Lilas Freund gewesen, ein dynamischer, lustiger Kerl, der es allerdings mit der Treue nicht sehr genau nahm.

»Allerdings. Erstens hat Hart einen vielversprechenden Job. Das sollte mir zwar egal sein, aber ich gebe zu, ich bin selbst beruflich erfolgreich und möchte einen Mann, der mindestens genauso viel verdient wie ich. Richard hatte ständig neue brillante Ideen, aber er war schrecklich sprunghaft. Ich habe die Nase voll von kleinen Jungs, die nur so tun, als wären sie Männer. Hart benimmt sich wie ein Erwachsener.«

»Und es stört dich nicht, dass er verglichen mit dir eher verschlossen ist?«

»Es stört ihn nicht. Er lässt mich tun und lassen, was ich will. Die Beziehung mit Richard fand sogar ich irgendwann anstrengend. Dieser Ausbund an Charakter! Wenn ich beruflich den ganzen Tag unter Strom stehe, freue ich mich auf einen ruhigen Abend zu Hause, mit einem Menschen, bei dem ich nicht funktionieren muss.«

»Jeder sehnt sich nach einem Partner, der ihn so sein lässt, wie er ist.«

»Ganz recht. Es ist, als bräuchte ich Hart, um herunterzukommen. Er lässt quasi meine überschüssige Energie verpuffen.« Das klang für mich nicht unbedingt positiv, aber Lila schien sehr davon überzeugt.

»Du hast mir noch gar nicht von seinem Antrag erzählt.«

»Im Grunde war es ein Missgeschick. Er hatte eigentlich einen Ausflug nach Hilton Head Island geplant, aber als ich eines Tages in seiner Aktentasche nach einem Stift suchte, fand ich den Ring, also haben wir uns gleich verlobt.« Es klang wie ein dumpfer Schlag, wenn man eigentlich einen dröhnenden Gong erwartet hat. Ich träumte von einem Meer aus Blütenblättern und ergreifenden Liebeserklärungen unter Tränen.

Ich griff nach ihrer Hand. »Ist der Ring schön?«

Sie hielt mir ihren Solitär hin. Pfff. *Lang-wei-lig.* Ich stellte mir ein Unikat vor, das in der Sonne glitzerte, während ich unter den bewundernden Blicken meiner Gäste vom Rücksitz eines Oldtimer-Cabrios winkte, um den Hals einen im Wind flatternden Schal wie in einer alten Parfümwerbung. Die Verlobungen meiner Freundinnen entsprachen so gar nicht meinen Erwartungen. Sie waren so unromantisch. Kein Vergeich mit *The Wedding Story* – keine Kulisse von Rom im Mondschein, keine Heißluftballons, keine Violinen.

Ein Stereotyp wurde immerhin erfüllt. »Wie kommst du mit deiner Schwiegermutter klar?«

»Geht so. Ich lenke vom Thema ab, sobald es um Geschmacksfragen geht. Harts Familie ist genauso erzkatholisch wie meine. Wenn sie wieder einmal mit ihren Nelken anfängt, genügt es meist, sie zu fragen, ob der Kerzenständer für die Hochzeitskerze lieber aus Milchglas oder mit Kreuzen verziert sein soll.«

»Nelken? Autsch.«

»Das ist noch gar nichts gegen das, was uns jetzt erwartet«, murmelte Lila, drückte ihre Zigarette aus und setzte ein breites, gekünsteltes Lächeln auf, weil eben Harts Schwester Angela hereingekommen war.

David's Bridal ist die Kaufhauskette unter den Brautkleiderläden. Ausschließlich Ware von der Stange. Wie es sich für den Räumungsverkauf nach Thanksgiving gehörte, wimmelte es von zukünftigen Bräuten, die einander über die Kleiderständer hinweg misstrauisch beäugten. Es würde ein Blutbad geben, sobald eine von ihnen nach der letzten Gloria-Vanderbilt-Kreation mit Organza-Rüscheneinsatz in Größe achtunddreißig griff. Ängstlich schlich ich durch den Laden, begutachtete die teils bemerkenswert hässlichen Kleider und hielt mich tunlichst von den Kundinnen mit panischem Gesichtsausdruck fern.

Lila tauchte hinter einem Kleiderständer auf und packte mich an der Hand. »Komm mit, ich habe ein paar richtige Heuler gesichtet.« Sie blinzelte. Wir haben beide eine Schwäche für das Lächerliche.

In den etwas nobleren Etablissements dieser Art steht bekanntlich jeder Braut ein eigener Raum zur Verfügung, womöglich mit einer geschmackvollen Chaiselongue für die Freundinnen. Bei David's Bridal gab es nur eine lange Reihe Kabinen. Ich setzte mich gegenüber von Lilas Umkleide auf den Boden, Angela ließ sich neben mich plumpsen. Aus der Kabine zu unserer Linken schwebte eine Frau in einem glockigen Dirndlkleid mit Puffärmeln und einem Häubchen auf dem Kopf, das ihre missglückte Dauerwelle nur dürftig bedeckte. Stichwort Little Bo Peep, die Schäferin. Die reinste Tragödie. Ich wandte aus purer Höflichkeit den Blick ab, wie man es tut, wenn man sich mit einem Holzbein oder einem haarigen Muttermal konfrontiert sieht.

Eigentlich sollte es Kondolenzkarten für solche Gelegenheiten geben. Das wäre mit Sicherheit ein rentables Geschäft. Ich kenne Frauen, die Mitte der 1980er-Jahre geheiratet haben und sich beim Anblick ihres Hochzeitsbildes nun täglich grämen. Ich sann über die potenziellen Abnehmer nach. Brautjungfern, die der Braut ihr Beileid aussprechen wollten? Hm, dafür müsste die Hochzeit schon ein paar Jährchen her sein, damit die Braut darüber lachen konnte. Ehefrauen, die ihren Göttergatten um Vergebung bitten wollten? Nein, diese Büchse der Pandora sollte wohl lieber geschlossen bleiben. Töchter, die sich für die Weigerung, das Hochzeitskleid ihrer Mutter zu tragen, entschuldigen wollten? Hm ... Das klang vielversprechend. Ich bastelte eben an einem Reim à la »Mein Beileid zu dem Übermaß an Tüll – zumindest liegt dein Ehering noch nicht im Müll«, als Angela den Mund aufmachte.

»Und, weißt du schon, was Lila in Bezug auf unsere Kleider vorschwebt?«, fragte sie, wohl, um etwas Konversation zu betreiben. Sie fungierte wie ich als Brautjungfer.

»Keine Ahnung. Soweit ich weiß, kastanienbraun.«

»Oh«, sagte sie. Angela baut in jeden Satz mindestens ein »Oh« ein. »Sollen wir uns mal ein bisschen umsehen?«

Ich zählte im Stillen bis drei, ehe ich antwortete, damit mein »Nein« nicht allzu entsetzt klang. Ich bin allergisch gegen Kunstfasern. Und gegen hässliche Kleider.

»Äh, ich glaube, Lila hat da schon welche im Auge«, log ich und erprobte an Angela meinen unschuldigen »Ich bin bloß nett, nicht manipulativ«-Blick.

»Oh«, erwiderte Angela. »Okay.«

»Voilà!« Lila hopste im Schäferinnen-Look aus der Kabine. Angela machte »Oh«. Ob ihr allmählich aufging, dass sie für den Vorschlag, zu David's Bridal zu gehen, büßen würde, indem sie eine Parade der lächerlichsten, grässlichsten

Kreationen über sich ergehen lassen musste? Ich seufzte. Das versprach, ein langer Nachmittag zu werden.

***

Am Samstagvormittag raste ich erneut durch Charlotte, über Straßen, die mir unbekannt vorkamen, auf der Suche nach einem Lokal, in dem ich noch nie gewesen war. Ich ignorierte die Digitaluhr, die mich vorwurfsvoll anblinkte. Zehn Uhr einundzwanzig. Der Brunch war für zehn angesetzt. Als ich meine alte Schule passierte, fuhr ich automatisch langsamer, um nach dem »versteckten« Polizisten Ausschau zu halten, und fühlte mich urplötzlich in meine Highschool-Zeit zurückversetzt. Ich sah mich mit Amy an Sean Montgomerys Haus vorbeifahren, um zu überprüfen, ob sein Auto davorstand, und zum krönenden Abschluss des Abends wie jeden Freitag alle 7-Eleven-Filialen abklappern auf der Suche nach einer funktionierenden Slurpee-Maschine.

Es gab auch unangenehme Erinnerungen: Dort drüben hatte Brian Dent mir eröffnet, dass er nicht mit mir zum Highschool-Abschlussball gehen würde, und zwei Straßen weiter hatte dieser Typ gewohnt, den alle nur »Rader« nannten (nach Dennis Rader, dem BTK-Killer) und dem ich nach einer intensiven Begegnung mit einer Wodkaflasche mal in die Hecke gekotzt hatte. Einigermaßen erleichtert erreichte ich schließlich mein Ziel, das Providence Café, ein neues Restaurant und somit eine erinnerungsfreie Zone. Es bestand also die berechtigte Hoffnung, dass ich den Brunch hinter mich bringen würde, ohne mich zu übergeben.

Ich ließ mich hastig auf dem freien Stuhl zwischen Mary Francis und Mary Scott nieder und lächelte freundlich in die Runde. Patsy Rose Bing, die Brautmutter, lächelte unter ihrer steif geföhnten, helmförmigen Haarpracht zurück, ohne ihren Vortrag über Zuckermandeln in silberfarbenen Organzasäckchen zu unterbrechen, die bei keiner ordentlichen Hochzeit fehlen durften. Das hellblaue Strickkostüm von St. John, das aus unerfindlichen Gründen mit glänzenden Schulterklappen bestückt war, verlieh Patsy Rose das Aussehen eines weiblichen Feldwebels, bereit, ein perfekt gebügeltes, durchgestyltes und nach White Linen duftendes Corps zu befehligen. Ihre Mission bestand darin, vierzehn mehr oder weniger widerspenstige Brautjungfern trotz höchst unterschiedlicher Körperformen in ein und dasselbe Kleid zu stecken und ihnen die perfekte Haltung anzutrainieren, jedenfalls für einen Nachmittag. Sie ließ die Fanfare erklingen, indem sie mit einer Gabel an ihr Glas klopfte.

»Nachdem jetzt alle hier sind …«, begann sie. Ich schenkte Amys Cousine Mary Louise ein freundliches Lächeln, als würde mich die Bemerkung nichts angehen. Dann goss ich mir einen Kaffee, einen Orangensaft und einen Eistee ein und nahm mir ein gefülltes Ei, das mithilfe eines undefinierbaren Kräuterstängels zur Delikatesse geadelt worden war.

»Wir freuen uns von Herzen, dass ihr alle hier seid. Ich weiß, Amy ist ganz hin und weg. Ihr bedeutet ihr alle äußerst viel.« Ich musterte die anderen dreizehn Brautjungfern und fühlte mich auf einmal äußerst gewöhnlich.

»Jedes Mädchen träumt von frühester Kindheit an von ihrem großen Tag. Als Amy noch klein war, stand sie oft stundenlang am Strand und starrte hinaus auf die Wellen. Eines Tages fragte ich sie: ›Amy, Schätzchen, warum siehst du denn den lieben langen Tag aufs Meer hinaus?‹ Und sie sagte: ›Ich wünsche mir einen Mann, Mami. Ich wünsche mir, dass meine große Liebe aus dem Meer zu mir kommt.‹«

Ich verspürte unvermittelt einen leichten Brechreiz.

»Aus diesem Grund haben wir uns für Amys Hochzeit ein äußerst originelles Motto einfallen lassen«, fuhr Patsy Rose fort. »Die gesamte Deko orientiert sich am Thema Meer. Wartet, bis ihr erst eure Kleider seht!«

Amy strahlte. Beth Ann, ihre jüngste Cousine, zappelte vor Begeisterung. Ich wurde plötzlich ziemlich nervös. Patsy Rose winkte eine Frau herbei, die in ihrem Trägerkleid und ihren Nylonkniestrümpfen entschieden fehl am Platz wirkte, und stellte sie als die Näherin vor. Die Näherin überreichte Patsy Rose ehrfürchtig einen Kleidersack. Diese öffnete ihn ebenso ehrfürchtig und brachte daraus mit einer schwungvollen Handbewegung ein Kleid zum Vorschein, bei dessen Anblick Mary Margaret und Martha Ann entzückt nach Luft schnappten und in die Hände klatschten. Ich schnappte ebenfalls nach Luft, allerdings vor Entsetzen. Als die gestrenge Brautmutter in meine Richtung blickte, setzte ich rasch mein freundliches Lächeln auf, mit Zähnezeigen.

Die Kleider würden an jeder von uns abscheulich aussehen. Vielleicht war das ja kein Zufall, dachte ich mit einem nachdenklichen Blick auf die makellose, schlanke Gestalt von Patsy Rose. Das Kleid bestand aus einem marineblauen Satinmieder in der Form einer Jakobsmuschel und schmiegte sich dank der tief angesetzten Taille unvorteilhaft an Hüften und Po. Knapp über Kniehöhe kragte der Rock dann zum »Fischschwanz« aus. Oh, Gott. Ich sah einem Auftritt als *Arielle, die gedemütigte Meerjungfrau* entgegen.

»Wir waren so begeistert von diesem Meisterwerk, dass wir gleich für jede von euch eines anfertigen ließen«, verkündete Patsy Rose. »Wenn ihr also bitte alle so nett wärt, mir einen Scheck über dreihundertfünfundvierzig Dollar auszustellen … Etwaige Änderungen können direkt über Maria abgerechnet werden.«

Erneut schnappte ich entsetzt nach Luft, und diesmal war ich nicht die Einzige. Patsy Rose stellte sich taub.

»Die Wahl der Schuhe überlassen wir euch. Achtet nur bitte darauf, dass es Sandalen mit Vier-Zentimeter-Absatz sind, marineblau und vorne offen, und bitte keine glänzenden Schnallen.« Ah ja. Wir hatten freie Wahl, solange wir genau das wählten, was sich Patsy Rose in den Kopf gesetzt hatte.

Die Näherin schob einen mit Stoff bezogenen Hocker in eine Ecke. Jetzt ging der Spaß erst richtig los.

Patsy Rose lächelte mich an, als ich an der Reihe war. Ich versuchte, keinen Quasimodobuckel zu machen, als ich ungelenk in die Ecke watschelte und meinen Fischschwanz auf den Hocker wuchtete. So ein Schwanz schränkt die Bewegungsfreiheit ganz schön ein.

»Bei dir sind wir bestimmt im Handumdrehen fertig, Vi, so schlank, wie du bist.«

»Sehr freundlich, vielen Dank, Mrs. Bing«, gab ich zurück, wobei ich automatisch in den Singsang der Südstaaten verfiel. Die Näherin scharwenzelte um mich herum, nicht ohne mich mehrfach unsittlich zu berühren. Wenn das so weiterging, würde sie mir hinterher Blumen schicken müssen.

»Wie geht es dir so in Washington? So eine große Stadt ...«

»Mir gefällt es. Ziemlich sonnige Gegend«, erwiderte ich. Reichlich belanglos, diese Information. Andererseits, was sagte die Bemerkung »So eine große Stadt« schon aus? Ich zuckte zusammen, weil mich die Näherin schon wieder begrapschte. »Wie laufen denn die Hochzeitsvorbereitungen?« Mit diesem Thema hatte ich smalltalkmäßig garantiert ausgesorgt.

»Her-*vor*-ragend, meine Liebe. Wir haben eben die Umschläge für die Einladungen bestellt; äußerst elegant.«

»Äh, die Umschläge? Darüber habe ich mir ja noch gar keine Gedanken gemacht.«

Patsy Rose erstarrte zur Salzsäule, als hätte ich ihr anvertraut, es wäre mir noch nie in den Sinn gekommen, die Klotür zu schließen, wenn ich mal musste. Hastig fuhr ich fort: »Was sind es denn für welche? Bestimmt haben Sie – äh, und Amy –, etwas ganz Ausgefallenes ausgesucht.« Gleich würde mich der liebe Gott mit einem tödlichen Blitz niederstrecken.

»In der Tat.« Diese Schmeichelei ließ sie etwas auftauen. »Sie sind quadratisch, mit Büttenrand und dezentem Seidenglanz – *ganz* traditionell. Im Grunde bestehen sie aus einem quadratischen Stück Pergament, dessen Ecken einfach zur Mitte hin gefaltet werden. Durch den Büttenrand sehen sie aus wie handgefertigt.«

Ah ja. Das klang für mich ungefähr so unergründlich wie die Posaunenstimmen der Lehrer in der Serie *Die Peanuts*. Also, meiner Meinung nach interessiert sich kein Schwein für die Umschläge. Aber ich gebe gerne zu, dass mir Patsy Rose Angst einjagt. Ich verschanzte mich hinter einem neutralen »M-hmmmm. Toll!«.

Doch Patsy Rose war nicht zu stoppen. »Natürlich verlangt es die Etikette, dass wir sie von Hand adressieren, mit marineblauer Tinte, passend zum Meeresthema.«

Jetzt war ich eingeschüchtert *und* gelangweilt, also brachte ich das Gespräch auf das Wetter.

»Ein Kaiserwetter ist das heute wieder … So ein Glück, nicht?«, trällerte ich. Huch, das klingt ja fast wie in einem billigen Liebesroman. Fehlt nur noch, dass ich sage, »trällerte ich vergnügt«.

»Ja, nicht wahr? Wie war deine Fahrt nach Charlotte?«

»Bestens, bestens. Ich bin spät losgefahren, um nicht in einen Stau zu geraten.«

»Gute Idee, an Thanksgiving mit dem Auto zu kommen. Andererseits lernt man beim Fliegen immer so interessante Leute kennen. Erst neulich hatte ich bei dieser Gelegenheit einen *sehr* angeregten Plausch mit einer Kongressabgeordneten.«

»Ich hasse es, wenn mich im Flugzeug jemand anspricht«, vertraute ich ihr an. »Wenn ich erst angeschnallt bin, will ich mein Buch lesen und ersticke unerbittlich jede Unterhaltung im Keim. Mein Dad hat mir das einmal richtig übel genommen«, sagte ich. Inzwischen hatte die Näherin aufgehört, mich sexuell zu belästigen, und widmete sich nun dem Saum, was mir etwas mehr Bewegungsfreiheit verschaffte. Ich griff nach meinem Drink.

»Aha.« Rose wusste offenbar nicht recht, ob ich es ernst gemeint hatte. »Nun, wann wird denn deine bezaubernde Mutter mal unseren Golfplatz beehren, Vi?«

Ich schnaubte in meinen Pfirsicheistee. Meine Mutter auf dem Golfplatz, bei ihrer Vorliebe für Birkenstocksandalen und Naturfasern? Wohl kaum. Es war schon das Höchste der Gefühle, wenn Dad es am Donnerstagabend schaffte, sie zum Grillabend in den Club zu schleppen.

»Sie würde bestimmt wahnsinnig gern mal eine Partie mit Ihnen spielen«, versicherte ich Patsy Rose und dehnte das *a* in wahnsinnig wie ein Gummiband, damit es möglichst aufrichtig klang. »Aber sie hat zurzeit schrecklich viel um die Ohren.« Die Näherin trat einen Schritt zurück, um ihr Werk kritisch zu betrachten, und wirkte zu meiner Erleichterung zufrieden.

»Nun, vielleicht, wenn sie das Projekt beendet hat«, murmelte Patsy Rose und sah sich nach der nächsten Kandidatin um, die bereits auf die Schlachtbank zutrippelte. »Mary Scott, in diesem Kleid wirst du mit deinen blauen Augen einfach umwerfend aussehen!«

Reichlich ungraziös verließ ich meinen Posten, um mein Faschingskostüm unverzüglich gegen normale Klamotten zu vertauschen. Jemand sollte dringend ein paar Kondolenzkarten für Brautjungfern in missglückten Kleidern entwerfen.

Zu Hause schlüpfte ich in meine Jeans und machte mich auf den Weg zu Jen, die auf der gegenüberliegenden Straßenseite wohnte. Ich durchquerte die Garage und betrat das Haus durch die Hintertür.

»Hallo?«

»Bist du das, Vi?«, tönte es zurück. Jens Vater kam in die Küche. Tom McIntyre ist groß und dünn und braungebrannt und liebt nichts so sehr wie das Golfspielen, seine Azaleen und seine Tochter. Und an vierter Stelle stehe auch schon ich.

»Hey, Tom!«, sagte ich und umarmte ihn.

Er strahlte mich an. »Hallo, Junior!« Ich bin Kevin, der Sohn, den er sich immer gewünscht hat. »Du siehst großartig aus.«

»Danke.« Ich untersuchte bereits den Inhalt der McIntyreschen Speisekammer. Im Gegensatz zur unserigen finden sich dort nämlich stets Knabberzeug und dieser edle amerikanische Schaumwein namens Coca-Cola. Bei uns hatte es in meiner Kindheit keine Softdrinks gegeben, was meine jetzige Sucht erklären dürfte. Verbotene Früchte und so. Wann immer ich früher bei Jen zu Besuch war – also praktisch jeden Tag –, holte ich mir als Erstes eine Cola aus dem Kühlschrank. Wenn es nur Diät-Cola gab, wusste ich, Marilou McIntyre war wieder einmal auf Diät. Dann konnte man sich auf düstere Zeiten einstellen.

Tom setzte sich an den Küchentisch. »Wie geht's?«

Ich schnappte mir den Frischkäseaufstrich, eine Packung

Bake Rolls und eine Dose Diät-Coke (oh-oh!) und gesellte mich zu ihm.

»Ich bin erschöpft«, klagte ich. »Raus aus den Klamotten, rein in die Klamotten ...«

»Das kommt mir bekannt vor.« Er grinste. »Ich halte mich da raus und unterschreibe bloß noch die Schecks. Sie stellen mir Fragen über Schleier und gefütterte Kuverts, die ich beim besten Willen nicht beantworten kann, und dann jagen sie mich davon, verärgert über meine Antwort, und behaupten, ich hätte keine Ahnung.«

»Von wegen keine Ahnung, Sie alter Fuchs.« Ich kniff die Augen zusammen. »Sie bringen die zwei doch absichtlich in Rage, damit Sie in Ruhe Golf spielen gehen können. Lassen Sie mich raten: Sie haben Recycling-Kuverts vorgeschlagen.«

Er blinzelte mir zu. »Du wirst mich doch nicht verraten, Sohnemann?«

»Bei mir ist Ihr Geheimnis gut aufgehoben.«

Von oben ertönte Jens Stimme. »Vi? Bist du das? Los, komm rauf, ich brauche dich.«

»Jetzt geht's lo-hos.« Ich erhob mich seufzend, nur mangelhaft gerüstet mit künstlichem Süßstoff.

»Auf in den Schützengraben!«, sagte Tom ernst. »Viel Glück.«

Jen war im Alter von acht Jahren nach Charlotte gekommen, und als wir Bekanntschaft schlossen, geschah das unter nicht besonders vielversprechenden Vorzeichen, nämlich mit dem elterlichen Diktat: »Ich glaube, unsere neuen Nachbarn haben eine Tochter in deinem Alter.« Kaum hatte ich unserer Freundschaft widerstrebend eine Chance gegeben, waren wir ein Herz und eine Seele. Mit ihrer nüchternen Art hatte Jen gleich verstanden, wie wichtig es war, seine eigene Sprache zu kreieren, Golfbälle aus dem Teich zu fischen und Götterspeisenpulver direkt aus der Packung zu löffeln.

Ich schlug den vertrauten Weg zu Jens Zimmer ein, fand ihre Mutter und sie aber im Gästezimmer, das inzwischen zum Hauptquartier der großen Hochzeitsschlacht umfunktioniert worden war, über ein fünfundzwanzig Zentimeter dickes Buch mit Einladungskartenmustern gebeugt.

»Hey, hey, hello, Marilou«, trällerte ich und küsste Jens Mutter auf die Wange. Marilou McIntyre ist eine freundliche pausbäckige Frau. Ungefähr so müsste die Teenager-Detektivin Nancy Drew mit fünfzig aussehen, vorausgesetzt, sie nimmt dreißig Pfund zu.

»Hallo, Vi.« Sie lächelte mich an, obwohl sie sichtlich unter Strom stand. »Ein Glück, dass du da bist. Wir mühen uns gerade mit der Entscheidung ab, ob die Umschläge für die Einladungen einfarbig matt oder glänzend gefüttert sein sollen.«

Jen verdrehte die Augen. Von wegen »*Wir* mühen uns ab«. Ich dachte an die Diät-Cola.

»Ganz im Ernst, Mom. Es ist mir egal. Was gefällt dir denn am besten?«, erwiderte Jen und warf mir einen Blick zu, der wohl heißen sollte: Einen Versuch ist es wert. Falsch gedacht.

»Jen, der Umschlag ist das Erste, was deine Gäste zu Gesicht bekommen«, heulte Marilou verzweifelt auf. »Er ist überaus wichtig. Wenn du die Angelegenheit doch nur etwas ernster nehmen würdest!«

»Wie wäre es mit einem quadratischen Umschlag aus festem Pergament?«, schlug ich geistesgegenwärtig vor, um den drohenden Streit abzuwenden. »Mit Büttenrand und dezentem Seidenglanz – traditionell, aber elegant.«

Ich lächelte meine verdutzten Zuhörerinnen gewinnend an. So ein Vormittag mit Patsy Rose ist doch immer wieder lehrreich.

»Das klingt großartig! Was meinst du, Mom?«, rief Jen, als sie sich gefangen hatte.

Marilou blinzelte mich an. »Klingt fast, als wärst du ein Experte auf diesem Gebiet, meine Liebe. Bei Pergamentkuverts müssen wir uns über die Farbe des Innenfutters nicht weiter den Kopf zerbrechen.«

»Wenn ihr mit Farben arbeiten wollt, dann adressiert die Umschläge doch mit farbiger Tinte«, fügte ich hilfsbereit hinzu.

Jen riss erneut verwundert die Augen auf, dann fiel ihr ein, wo ich den Vormittag verbracht hatte. »Hervorragende Idee!« Sie lachte.

»In der Tat, ja. Sehr hübscher Einfall. Meine Freundin Jolene vom Garden Club hat sich netterweise erboten, die Einladungen mit der Hand zu schreiben. Marineblau auf weißem Grund, das sieht bestimmt toll aus.«

»Marineblau?«, fragte ich. »Ist das euer Ernst?«

»Natürlich. Mom hat neulich ein Kleid für dich gesehen. Und gleich gekauft. Ohne dich zu fragen.« Ich hob die Augenbrauen. In Jens Blick las ich Mitleid ... und leichte Belustigung. »Von der Stange.«

»Oh«, sagte ich, genau wie Angela beim Anblick des Schäferinnen-Kostüms. »Super.« Da ging sie hin, meine Hoffnung, dass ich mir mein Kleid diesmal selbst aussuchen durfte, da ich die einzige Brautjungfer war.

»Ach, ja.« Marilou strahlte mich an. »Probier es doch gleich an. Größe sechsunddreißig, richtig?«

Das Kleid passte wie angegossen, sofern man das von einer Nonnentracht mit einer gewaltigen Schleife unter dem Busen behaupten kann. Der Film, in dem ich diesmal mitwirken würde, hieß offenbar *Sister Act – Eine höllische Kutte*. Hinter Marilou formte Jen mit den Lippen ein lautloses *Sorry*. Als ich die Hand hob, um mich am Hals zu kratzen (der Halsausschnitt war ziemlich eng), schnippte ich mir unabsichtlich die Monsterschleife ins Gesicht. Jen bog sich vor Lachen. Marilou, der mein Missgeschick entgangen war, sah verwirrt von ihr zu mir.

»Was gibt es denn da zu lachen?«, wollte sie wissen. Jen kippte kichernd vom Bett. Marilou sah wieder zu mir. Ich lächelte tapfer, obwohl sich mein rechtes Auge, von der bösen Schleife schwer getroffen, mit Tränen füllte.

»Es tut mir sooo leid«, betonte Jen erneut, als wir später hinter dem Haus saßen und Eistee schlürften. »Ich konnte es nicht fassen, als sie es mir zeigte, aber sie hat sich darüber gefreut wie ein Schneekönig. Ich wollte ihre Gefühle nicht verletzen.«

»Ist schon in Ordnung«, log ich. »Es macht mir nichts aus.«

»Ach, komm. Das Ding ist schauderhaft. Aber ich habe einfach die Nase voll von all diesen Streitereien wegen irgendwelchem Hochzeitskram. Wegen jeder Kleinigkeit kriege ich mich mit meiner Mutter und meiner Schwiegermutter in die Haare, und dann lasse ich meine schlechte Laune an Louis aus, dabei kann er überhaupt nichts dafür. Wie schlagen sich Amy und Lila denn so?«

»Nicht übel. Amy schwelgt in Kleinmädchenfantasien, und Lila zieht mit eiserner Hand ihre Haute-Couture-Mission durch … Und für mich ist das alles ziemlich seltsam.«

»Du hast Bedenken«, stellte Jen fest.

Ich dachte daran, wie sie mir zum ersten Mal von ihrer Verlobung erzählt hatte. Mein Herz hatte so heftig gepocht wie damals, als ich in einem Coffee Shop in New York meinen potenziellen Seelenverwandten Jeremy Piven erspäht hatte, ein von der Filmindustrie verkanntes Genie, von dessen Begabung nur ich allein wusste. Ich war überzeugt, eine kurze Unterhaltung würde genügen, um dem guten Jeremy begreiflich zu machen, wie sehr er mich brauchte. Doch ich war wie gelähmt. Während ich noch dasaß, keine zwölf Meter von *meinem* Jeremy Piven entfernt, und mit mir haderte, stand er auf und ging, und ich fragte mich, ob ich meine Unentschlossenheit wohl bis in alle Ewigkeit bereuen würde. Genau dieselbe Anspannung hatte ich verspürt, als mir Jen eröffnete, sie wolle einen Mann heiraten, von dem ich nicht sicher war, ob sie ihn liebte. Welche Rolle fiel mir nun zu? Ich feilte noch an meiner Antwort, als mir aufging, was der zweite Teil ihrer Eröffnung bedeutete. Brautjungfer. Schon sah ich mich hoheitsvoll zum Altar schreiten, in den Händen einen Blumenstrauß, im Gesicht ein bezauberndes und etwas geheimnisvolles Lächeln. Die faszinierende Frau an der Seite der Braut würde die Blicke des tief beeindruckten gewöhnlichen Fußvolkes in den Bänken auf sich ziehen. Vergessen meine Bedenken, vergessen auch Piven. Her mit dem atemberaubenden Kleid! Doch jetzt kamen mir erneut Zweifel.

»Stimmt«, gab ich widerstrebend zu. »Ich hatte immer eine ganz bestimmte Vorstellung vom Heiraten; die mit dem Märchenprinz, in den die Braut unsterblich verliebt ist … Und du erweckst nicht den Eindruck, als wärst du unsterblich in Louis verliebt. Nicht so wie damals in Bo.«

»Das habe ich mir wohl selber zuzuschreiben. Ich habe doch immer betont, die Sache mit Louis sei nichts Ernstes. Aber eines Tages stellte ich fest, dass mir etwas fehlte, wenn ich nicht mit ihm telefoniert hatte. Und dann wurde mir klar, dass das Telefonat mit ihm für mich das Highlight des Tages war. Es knistert nicht so heftig wie damals mit Bo, aber ich habe meinen besten Freund gefunden.«

Das klang vernünftig, auch wenn es bei mir kein Herzklopfen hervorrief. Ich seufzte. »War ich eine miese Freundin? Habe ich dir das Gefühl vermittelt, dass du einen Besseren verdienst?«

»Lieber Himmel, nein.« Sie lachte. »Dafür hat man doch Freundinnen. Im Gegenteil, ich weiß deine Offenheit zu schätzen. Fühlst du dich jetzt besser?«

»Ja«, sagte ich. Es stimmte. »Glaubst du, es ist bei allen so? Lila und Amy scheinen an die Auswahl ihrer Männer jedenfalls auch mit einigem Kalkül herangegangen zu sein.«

»Jeder, wie er mag. Erinnerst du dich an unsere Theorie von den acht Märchenprinzen, um zu gewährleisten, dass einem zumindest einer über den Weg läuft? Wenn es für jede Frau nur einen Einzigen gäbe, könnte sie ihn ja womöglich verpassen, weil sie gerade bei der Pediküre sitzt, während er vor ihrer Haustür einen Fahrradunfall hat. Man könnte den ersten gleich mit achtzehn heiraten oder genauso gut sieben ziehen lassen und den achten nehmen, wenn man vierzig ist. Ich bin überzeugt, dass es genauso viele unterschiedliche *Varianten* der großen Liebe gibt, und jeder Mensch pickt sich die heraus, die ihm am ehesten zusagt. Du wartest auf Märchenprinz Nummer eins, weil du dramatisch-romantisch veranlagt bist, und ich heirate Märchenprinz Nummer zwei, weil es bequem ist, schätze ich.«

»Glaubst du an den Charlotte-Lucas-Ansatz?«, fragte ich, in Anlehnung an *Stolz und Vorurteil*.

»Klar. Sie hat einen Hanswurst geheiratet, weil die einzige Alternative gewesen wäre, ledig zu bleiben und damit ihren Eltern zur Last zu fallen. Dass ihr Gatte ihr den letzten Nerv raubte, störte Charlotte nicht. Sie war glücklich. Wenn sich eine Frau etwas noch sehnlicher wünscht als die große Liebe, dann macht sie der Mann, der es ihr bieten kann, glücklich. An die Stelle der Liebe treten dann die Kinder, die Villa oder die Ölquelle.«

Ich konnte ihre Argumentation nachvollziehen, doch sie

hatte einen Makel. »Vom Grundgedanken her basiert die Ehe aber auf Liebe. Wer das System austrickst und sich auf diesen Teufelspakt der ›Ersatzbefriedigung‹ einlässt, verliert zwangsläufig früher oder später den Respekt vor seinem Ehepartner. Und ohne Respekt hat eine Beziehung keinen Bestand.«

»Bei Charlotte schon. Sie wusste, was sie wollte, und sie war zufrieden, als sie es bekam. Außerdem glaube ich, die Ehe basiert auf dem Bestreben, sein Hab und Gut zu vermehren«, zog mich Jen auf.

Ich tat, als hätte ich es nicht gehört. Die mittelalterlichen Anfänge waren so meilenweit weit vom romantischen Ideal entfernt, dass ich sie nicht berücksichtigen konnte. Stattdessen dachte ich über ihr erstes Argument nach. »Dann ist es also wichtig, sich *genau* klarzumachen, was wir wollen. Aber wie unterscheiden wir zwischen unserem Wunsch zu heiraten und dem, was *dahinter* steckt? Wir werden von Kindesbeinen an darauf trainiert, den Stand der Ehe anzustreben. Selbst Menschen, die im Grunde nicht heiraten wollen, tun es, weil es von ihnen erwartet wird oder weil sie sich einreden, dass sie es wollen. Außer George Clooney natürlich.«

»Quatsch«, sagte Jen. »Eine Heirat ist doch keine heimtückische, unlautere Gehirnwäsche. Willst du denn nicht heiraten?«

Ich hatte eine flüchtige Vision von mir in einem schmalen weißes Etuikleid, eine blonde Audrey Hepburn mit elegantem Haarknoten, und von Caleb, der mich mit Tränen in den Augen am Altar erwartete. »Vielleicht schon. Ich meine, ja. Aber ich habe es nicht eilig«, schwindelte ich. »Ich warte auf den richtigen Zeitpunkt. Darauf, dass George Clooney so weit ist.«

Jen stieß mich lachend mit dem Ellbogen an. »Deine Version der Liebe orientiert sich wohl eher an Anne Elliot aus *Überredung* als an Charlotte Lucas – das unsterblich verliebte junge Paar wird getrennt, verdient sich aber mit Geduld, Geduld und nochmals Geduld schließlich eine zweite Chance.«

Ich zuckte die Achseln.

»Vergiss nicht, Anne musste verdammt lange warten«, erinnerte sie mich.

»Erzähl!«, befahl Imogen abends am Telefon. »Hatte ich recht?«

»Stell dir eine umgestülpte Tulpe vor, mit einem jakobsmuschelförmigen Bikinitop als Oberteil. In Marineblau.« Ich schnitt eine Grimasse. »Und jetzt stell dir eine Nonnentracht mit Geschenkschleife vor. In Marineblau.«

Imogen ließ vor Lachen das Telefon fallen. »Entschuldige«, keuchte sie, als sie sich wieder gefangen hatte. »Dass Amy sich selbst übertreffen würde, war ja vorherzusehen, aber Jen? So schlimm kann es doch gar nicht sein.«

»Ich sage nur Puffärmel«, schnaubte ich. »Das letzte Mal, als ich Puffärmel trug, hatte ich einen asymmetrischen Haarschnitt und quälte mich mit der Frage, ob Scotty Pitts wohl in einer nach Schweiß stinkenden halbdunklen Turnhalle zu einem Song von REO Speedwagon mit mir tanzen würde. Du solltest mal sehen, wie viel Stoff das ist. Dieses Kleid wurde vom selben Designer gemacht wie die Hosen von M. C. Hammer.«

»Hey, diese Hosen haben aus M. C. Hammer *einen Star gemacht.*«

»Und wohin hat ihn das gebracht? Meine ersten Hochzeitserfahrungen als Erwachsene entpuppen sich als der reinste Albtraum. Gebt mir mein geblümtes Hollie-Hobbie-

Trägerkleid wieder! Ich musste Marilou hundertfünfzig Dollar abtreten, für den hässlichsten Fetzen, den ich je gesehen habe. In Marineblau!«

»Immer noch besser als Fuchsia.«

»Ich weiß nicht recht. Ich wage zu behaupten, nach einer Überdosis Fuchsia mutiert man automatisch zum schwulen Broadway-Sänger, und für die hatte ich immer schon eine Schwäche. Nach einer Überdosis Marineblau endet man bei der Navy, und eine Glatze steht mir nicht.«

»Du kennst doch bloß einen einzigen schwulen Broadway-Sänger. Und was die Glatze angeht: Woher willst du das wissen? Sah an Sinéad O'Connor doch okay aus. An Demi Moore weniger.«

»Ich weiß es, weil das Geräusch, das entsteht, wenn ich mir den Kopf anschlage, an eine Kesselpauke erinnert, was darauf hindeutet, dass mein Hinterhaupt im kahl rasierten Zustand so flach und eckig ist wie das von Gargamel, dem Schlümpfehasser.«

»Ich fürchte, du hast dir den Kopf ein bisschen zu oft angeschlagen.«

»Ich ramme ihn zurzeit des Öfteren mal gegen die Wand. Es zehrt an den Nerven, stundenlang still stehen zu müssen, während eine Art Komplott geschmiedet wird, um einen möglichst unattraktiv aussehen zu lassen.«

»Wie war denn eigentlich dein Treffen mit Edward?«, erkundigte sie sich.

Ich schnaubte verärgert. »Hat nicht stattgefunden. Seine Schwester hatte eine Frühgeburt.«

»Wie rücksichtslos von ihr. Keine Sorge, du kriegst ihn beim nächsten Mal. Wann bist du zurück?«

»Sonntagabend um sieben.«

»Komm direkt zu Clyde's, und dann zeichnest du uns die Kleider auf eine Serviette. Jedes scheußliche Detail.«

Ich rief mir die Kleider mit geschlossenen Augen in Erinnerung. »Ich schaudere bei dem Gedanken an morgen.«

»Ach was«, beruhigte mich Imogen. »Die Chancen, dass das dritte auch marineblau ist, gehen gegen null.«

»Überraschung! Es ist marineblau!«, teilte mir Lila am nächsten Morgen telefonisch mit und lachte.

»Marineblau?«, wiederholte ich. Das war in der Tat eine Überraschung. »Du hattest doch Kastanienbraun geplant.«

»Stimmt, aber dann kam meine Schwiegermutter mit diesen scheußlichen Flanell-*Fetzen* an.« Lilas Tonfall deutete darauf hin, dass es ein Frevel gewesen wäre, die Dinger als Bekleidung zu bezeichnen. »Ich musste die Flucht nach vorn antreten, um diese Modekatastrophe abzuwenden. Als ich über die blauen Kleider von Nicole Miller gestolpert bin, habe ich sofort zugeschlagen, ehe die alte Schachtel weitere Monstrositäten bei JC Penney ersteht. *Flanell!*«, ereiferte sie sich. »Das ist verdammt nochmal ein Nachthemdstoff!«

Lilas Geistesgegenwärtigkeit in allen Ehren, aber: Marineblau? Schon wieder? Von Nicole Miller obendrein. Das würde ein ordentliches Loch in mein Budget reißen.

»Äh, was kostet es denn?« Ich stählte mich innerlich.

»Bloß zweihundertvierzig Dollar«, entgegnete sie leichthin.

Ich zuckte zusammen. Wenigstens hatte ich bereits blaue Schuhe.

»Ach ja, und ich habe diese reizenden Pumps aufgetrieben«, fuhr sie fort. »Für nur hundert Mäuse.«

Seufz.

Ich hatte eben die Grenze nach Virginia überquert, als North Carolina ein letztes Mal die Finger nach mir ausstreckte.

»Ein Glück, dass ich dich erwische«, schniefte es aus meinem Handy.

»Was ist passiert, Jen?«, fragte ich alarmiert.

»Ich hatte gerade einen Riesenkrach mit Janet.« Oh-oh. Die Schwiegermutter in spe. »Wegen Maeve.« Maeve? Meine Schwester? Zugegeben, Maeve ist kompliziert, aber das wusste Jen gar nicht.

»Janet spielt sich total auf wegen dem Probedinner. Sie will Maeve von der Liste streichen.«

»Nun …« Was sollte ich darauf entgegnen? »Ich bin sicher, das ist in Ordnung.«

»Nein, ist es nicht!«, beharrte Jen. »Maeve ist für mich auch wie eine Schwester.« Jen war ein Einzelkind. »Und außerdem ist sie für das Gästebuch zuständig.«

Oho! Maeve würde begeistert sein.

»Jedenfalls haben wir uns deswegen fürchterlich in die Haare gekriegt, was total lächerlich ist, weil meine Familie im Vergleich zu der von Louis winzig ist, und seine Eltern laden massenhaft Verwandte ein, die ich gar nicht kenne! Ich meine, wer heiratet denn hier?«

»Hey, das wird schon wieder«, beruhigte ich sie, obwohl ich mir da nicht so sicher war. »Lass dir von Kuhfladen-Janet nicht auf den Nerven rumtrampeln.«

»Sie geht mir so auf den Zeiger!«, heulte Jen. »Es ist doch nicht *ihre* Hochzeit, oder?«

»Hör mal, Maeve nimmt es dir bestimmt nicht übel«, versicherte ich Jen, obwohl ich es besser wusste.

»Nein, sie ist zum Probedinner eingeladen, und damit basta«, sagte Jen resolut. »Ich muss aufhören.«

Ungeduldig setzte ich meine Fahrt fort. Verblasst waren

die Hochzeitsfantasien, in denen ich mich auf dem Hinweg ergangen hatte, übertüncht von der drögen Wirklichkeit, die so gar nicht meinen Vorstellungen entsprach. Umschläge, Schwiegermütter, hässliche Kleider. Pfff. Meine Begeisterung für das Amt der Trauzeugin schwand minütlich.

Kapitel 6

Das Gegenteil von Glück

»Du musst zumindest Interesse heucheln«, schalt Mona. Ich stöhnte ins Telefon. »Es wird garantiert ein Desaster«, beharrte ich. »Du kennst doch Babette und ihr nicht existentes Urteilsvermögen.«

»Hör auf zu jammern. Wer nur zu Hause hockt, lernt keine Männer kennen. Wo geht ihr hin?«

»Wir treffen uns in der Degrees Bar, im Ritz in Georgetown«, berichtete ich widerstrebend.

»Na also«, sagte Mona denn auch gleich. »Du liebst dieses Lokal. Was ziehst du an?«

»Das Christian.« Ich besitze eine ganze Reihe von Kleidern, die nach diversen Exfreunden benannt sind. Wenn ein Mann mit mir Schluss macht, gehe ich shoppen. Ich habe eine ganze Palette von Caleb-Kleidern. Christian war nur ein kurzes Intermezzo gewesen, doch das nach ihm benannte eng anliegende moosgrüne Wickelkleid war eine Wucht und weckte bei den Männern mit seinem atemberaubenden Dekolleté un*christ*liche Gedanken.

»Du bist also doch vorsichtig optimistisch.«

»Wer Optimismus meidet, muss hinterher im Falle einer Niederlage nicht seinem fiesen Zwilling, dem Pessimismus, ins Auge sehen. Ich bin neutral eingestellt, habe mir aber die Beine rasiert und nehme ausreichend Geld für ein Taxi mit. Mit anderen Worten, ich bin für jede Eventualität gerüstet.«

»Weißt du was?«, sagte Mona. »Ich habe dich in Aktion gesehen. Wenn du dir ein bisschen Mühe gibst, verdrehst du den Männern reihenweise den Kopf. Sie lassen sich gern von dir bezirzen. In letzter Zeit hast du von deinem Talent allerdings wenig Gebrauch gemacht. Geh ruhig mal wieder etwas verschwenderischer mit deinen Zauberkräften um.«

»Es ist riskant, hemmungslos mit Zaubersprüchen um sich zu werfen. Frag Julia Roberts. Was ist, wenn ich aufwache und feststelle, dass ich mit Lyle Lovett verheiratet bin?«

»Na und? Du stehst doch auf Lyle Lovett«, konterte Mona.

»Zugegeben, aber darum geht es nicht.« Ich überlegte. »Worum geht es gleich noch mal?«

Mona lachte. »Es ist Samstagabend, Vi. Geh und amüsier dich, und gib diesem Mann eine Chance.«

Ich kam zu dem Schluss, dass Mona Recht hatte, und um ein Zeichen zu setzen, schlüpfte ich in meine Spiga mit den Acht-Zentimeter-Stöckeln.

Ein Mann, der ein Blind Date hat, ist leicht zu erkennen; daran, wie er den Blick hebt, sobald eine Frau das Lokal betritt. An der Mischung aus Hoffnung und Panik in seinem Gesicht. Die Sadistin in mir freut sich diebisch über die enttäuschte Miene, wenn eine atemberaubende Schönheit eintritt, seine Hoffnung aufflammen lässt, indem sie kurz verharrt, dann aber an ihm vorbeigeht, um einen anderen Mann zu küssen.

Dean erwartete mich an der Bar. Ich erspähte ihn sogleich und registrierte mit Genugtuung sein Mienenspiel, während ich Augenkontakt zu ihm herstellte.

»Hallo.« Er erhob sich mit einem erleichterten Lächeln und streckte mir die Hand hin. Ich ergriff sie und lächelte gewinnend zurück. Sein Händedruck war sympathisch, seine äußere Erscheinung attraktiv: zerzaustes blondes

Haar bis über den Kragen des lässigen Sportsakkos, Jeans. Ich fand den Look gut und ignorierte die innere Stimme, die mich flüsternd darauf aufmerksam machte, dass es nicht knisterte. Er sollte seine Chance bekommen. Wir setzten uns an die Bar, und Dean bestellte ein Glas Wein für mich. Es fiel mir leicht, mit ihm zu plaudern, obwohl er sehr sachlich-nüchtern wirkte. Nicht die Spur ironisch. Entweder er war nervös, oder er hatte einen trockenen Humor. Vielleicht war er ja Wissenschaftler.

»Erzähl doch mal, woher kennst du Babette?«, erkundigte ich mich. Ich weigere mich, jede neue Bekanntschaft sofort nach ihrem Beruf zu fragen, wie es in D. C. üblich ist. Natürlich plagt mich trotzdem die Neugier, also muss ich meine Informationen über Umwege einholen.

»Ich bin Investor bei einem ihrer Projekte«, erwiderte Dean. Vage, aber immerhin aussagekräftig genug, was die Begleichung unserer Zeche betraf. Ich würde ein zweites Glas Wein trinken.

»Bist du auch im Venture-Capital-Geschäft tätig?«

»Nein, offen gesagt bin ich Erfinder.« Sag ich doch, ein Wissenschaftler.

»Wie interessant. Was erfindest du denn so?« Ich lächelte ermutigend.

»Nun, ich arbeite für eine Firma, die Nanotechnologie-Anwendungen entwickelt ...« Er bemerkte, wie mein Blick in die Ferne schweifte, und fuhr hastig fort. »Und an ein paar richtig coolen privaten Projekten.«

»Ah ja? Kannst du mir ein Beispiel nennen, oder ist das alles streng geheim?«

»Nein, nein. Sobald der Antrag auf Patentierung beim Patentamt liegt, kann ich darüber reden«, erklärte er todernst.

»Aha. Verstehe.« Hm. Es sah ganz danach aus, als würden Witzlosigkeit und fehlende Ironie allmählich die Oberhand gewinnen. So trocken konnte sein Humor gar nicht sein. Optimistisch bleiben, Vi! »Und woran tüftelst du gerade?«

»Das wird dich interessieren, da du im Getränkesektor beschäftigt bist.« Er grinste mich an. »Ich habe eine tragbare Toilette entwickelt, damit man in einem Stadion oder einer überfüllten Bar zum Austreten seinen Platz nicht mehr verlassen muss. Man pinkelt einfach unbemerkt in den Behälter und trinkt weiter. Ich nenne es ›Uringlück‹.«

Hey, ein Scherz! Also doch trockener Humor. »Das ist ja ein Brüller!« Ich applaudierte lachend. »Uringlück. Sollte wirklich jemand erfinden.«

Er sah mich verwirrt an. »Ich hab's erfunden, sag ich doch. Es funktioniert.«

Ich verstummte abrupt. Es war also doch kein Scherz gewesen? »Ganz im Ernst?«, fragte ich, vorsichtshalber in neutralem Tonfall.

»Oh, ja. Es ist ein Gummischlauch, der wie ein Kondom über den Penis gestülpt wird. Die … äh … Flüssigkeit läuft in einen Auffangbeutel, den man sich an den Oberschenkel schnallt.«

Heiliger Strohsack. Ironie und trockener Humor waren eben aus dem Rennen ausgeschieden. Ich war platt. Und doch hatte mich die Faszination des Grauens fest im Griff, wie wenn man ein Zugunglück oder eine Folge von *The Bachelor* sieht.

»Äh … und wie vermarktest du deine Erfindung?« Und vor allem, wo? Auf Pantera-Konzerten?

»Dafür ist es noch zu früh. Ich feile noch an den Details. Aber es funktioniert, ich hab's getestet. Beim ersten Mal saß ich mit einem Bier in meinem Lieblingssessel und sah mir ein Baseball-Match im Fernsehen an. Und als ich musste, blieb ich einfach sitzen und ließ es laufen.« Er verzog keine Miene. »Danach habe ich die Tests auf öffentliche

Gebäude ausgedehnt, in denen sich meine potenzielle Zielgruppe aufhält – Discos, Sportstadien und so weiter. Es funktioniert wirklich, und man verpasst nichts!« Er strahlte.

Oh, Gott. Dabei wirkte er eigentlich ganz normal. Ich sah mich verzweifelt in der Bar um, auf der Suche nach etwas, das einen überstürzten Aufbruch gerechtfertigt hätte. Nichts. Kein Feuer, kein wütendes Wildschwein, nur Yuppies, die ihre Cocktails schlürften. Definitiv ungefährlich. Mist.

»Ich tüftle bereits an einer Version für Frauen«, verkündete Dean freudestrahlend. Ich fühlte Panik in mir aufsteigen. Wenn er mich bat, das Ding zu testen, würde ich auf der Stelle tot umfallen.

»Oh, wow«, plapperte ich hastig drauflos, ehe er noch auf dumme Ideen kam. »Das dürfte etwas … komplizierter werden. Ich meine, ähm, rein vom Körperbau her und so … Außerdem gehen Frauen ja auch gern auf die Toilette, um … ihr Make-up aufzufrischen … und zu tratschen.« Als würde eine Frau, die etwas auf sich hielt, mit einem Beutel voll warmem Pipi am Oberschenkel in der Öffentlichkeit herumstolzieren.

»Völlig richtig. Deshalb konzentriere ich mich auf den Nascar-Markt. Die Toiletten auf Autorennbahnen sind ja tendenziell nicht besonders sauber; oft gibt es nicht einmal Spiegel.« Wieder ein potenziell geistreicher Kommentar gnadenlos plattgewalzt von der Humorlosigkeit des *Talentierten Mister Todernst*. Dean leerte sein Glas und lächelte mich an.

»Hast du schon Hunger? Lass uns essen gehen.«

Ich lächelte matt. Hunger? Keine Spur. Du schaffst das, Vi, redete ich mir selbst gut zu. Wir würden uns weder über seine kreativen Ergüsse zum Wohle der Gesellschaft noch über Exkremente unterhalten, und ich würde das teuerste Gericht auf der Karte bestellen. Aber wenn er nicht bald mal für kleine Jungs ging, würde ich sehr, sehr misstrauisch werden.

»Es war eine *Katastrophe*!«, rief ich über das Gekicher der Mädels hinweg. »Mein Film zum Date heißt *Der irre Blonde mit dem Gummischlauch*. Das ist alles deine Schuld!« Ich deutete auf Babette, die sich wie alle anderen am Tisch bog vor Lachen.

Sie hob abwehrend die Arme. »Woher sollte ich das wissen? Er wirkte total normal. Ich finde, du solltest deinen Film *Ich weiß, was du gerade getan hast* nennen.«

»Nein, nein«, rief Ellis dazwischen. »*Pipi Harbour*! Versteht ihr? In Anlehnung an *Pearl Harbour*.« Sie warf einen Beifall heischenden Blick in die Runde.

»Ellis«, kicherte Imogen. »Wenn man erklären muss, um welchen Film es geht, ist es nicht lustig.«

»Ich hab's auch so kapiert, Ellis.« Mona verpasste Imogen einen Klaps. »Wie wär's mit *Nur der Beutel war Zeuge*?«

»Jetzt hab ich's: *Unheimliche Begegnung der flüssigen Art*!«, schlug Imogen vor.

»Oder einfach *Nur Singles gibt man den Gnadenschuss …*«, sagte ich matt.

»Dafür ist es noch zu früh«, widersprach Imogen. »Clyde's hat noch einige gute Tropfen auf Lager.« Wir sannen eine zufriedene Schweigeminute lang über diese erfreuliche Tatsache nach und nippten an unseren Drinks. Dann stieß Imogen Babettes Vanilla-Stolichnaya um, und alle sprangen auf, um die Bescherung zu beheben … und noch ehe wir damit fertig waren, kam Charlie bereits mit einem neuen Drink für Babette angewieselt.

»Mal ganz im Ernst, Mädels«, sagte ich, nachdem die Ordnung wiederhergestellt war, »ich geb's auf. Ich gehe allein zu diesen Hochzeiten, und damit basta. Und ich verweigere bis auf Weiteres jegliche Verabredungen. Keine Dates mehr für mich.« Babette taxierte mich skeptisch. Imogen lachte frech, konnte aber keine dazu passende Geste beisteuern, weil Ellis ihr befohlen hatte, drei Minuten auf ihren Händen zu sitzen. Um weiteren Überschwemmungen vorzubeugen.

»Was ist? Das ist mein voller Ernst«, beharrte ich.

»Du musst doch nicht gleich von einem Extrem ins andere fallen«, sagte Imogen. »Hör einfach auf, dir deswegen den Kopf zu zerbrechen. Viel wichtiger als ein Begleiter ist ohnehin, dass du deine Ansprache hältst, bevor du betrunken bist.«

»Ansprache?«, wiederholte Babette. »Du musst eine Rede halten?«

»Ja, und damit sind wir bei einem Thema, das mir noch unangenehmer ist als Dean der Urinmann, falls das überhaupt möglich ist. Genau genommen muss ich nicht nur eine Rede halten, sondern *drei,* gleich nach dem Trauzeugen. Heutzutage wird Gleichberechtigung ja großgeschrieben.«

»Faszinierend, wie sie es schafft, so zu tun, als wäre es ihr furchtbar zuwider, im Mittelpunkt zu stehen.« Babette wechselte einen vielsagenden Blick mit Imogen. Ich errötete. Erwischt. In der Tat fantasierte ich bereits seit Wochen von den eloquenten, geistreichen, einfühlsamen Worten, die ich unter den bewundernden Blicken aller Anwesenden an das glückliche Brautpaar richten würde.

»Weißt du schon, was du sagen wirst?«, fragte Ellis.

»Noch nicht, aber da fällt mir schon noch was ein.«

»Puh, ich beneide dich nicht«, gestand Ellis. »Ich musste bei der Trauung meiner Cousine die Lesung übernehmen und habe mir vor Angst fast in die Hosen gemacht.«

»Hm.« Mir wurde prompt flau im Magen. Ich schob meine Bedenken beiseite. Ich hatte massenhaft Zeit; es war ja noch nicht einmal Weihnachten.

Kapitel 7

Das Leben ist ein Skischuh

Ehe ich mich versah, *war* Weihnachten. Als ich, meine beiden Lieblinge in ihrem Reisekatzenkorb unter dem Arm haltend, die Küche meiner Eltern betrat, fand ich dort Maeve in die Betrachtung eines Brotlaibes vertieft vor.

»Ich bin allergisch gegen Weizen«, verkündete sie, ohne hochzusehen. Ich setzte keuchend den Korb ab und schenkte, von Maeve unterstützt, einer griesgrämigen Clementine und einem fahrigen Nigel die Freiheit.

»Seit wann?«

»Oprah hatte das Thema neulich in ihrer Sendung. Endlich weiß ich, woher meine ständigen Magenverstimmungen kommen.«

»Ich dachte eher, die kämen daher, dass du in rauen Mengen Mozzarella-Sticks, Oreos im Schokomantel und Sandwiches mit Spiegelei und Speck verdrückst«, erwiderte ich pointiert. Der Gesundheitswahn und die Ernährungsspleens meiner Schwester sind ein alter Hut, ebenso die *Oprah*-Erleuchtungen, wie ich es nannte, wenn die amerikanische Talkshow-Queen wieder einmal direkt zu Maeves Seele gesprochen hatte.

Maeve verdrehte die Augen. »Bla, bla, bla. Ich gehe einkaufen. Ich brauche weizenfreies Brot und Kartoffelwodka. Kommst du mit?«

»Klar. Bleibst du die Ferien über hier?« Maeve wohnte in der Nähe ihrer Universität.

»Äh … ja. Meine Heizung macht's nicht mehr so richtig.«

»Du liebe Güte!« Selbst in North Carolina wurde es im Dezember ganz schön frostig. »Sie bringen sie doch hoffentlich bald wieder in Ordnung?«

»Ach, es ist nicht weiter schlimm. Zweihundertachtunddreißig Dollar reichen, um das wieder ins Lot zu bringen.«

Ich stöhnte auf. »Nicht schon wieder, Maeve.«

»Ich kann nichts dafür!«, beteuerte sie. »Bei den um siebzig Prozent reduzierten Stiefeln konnte ich einfach nicht widerstehen. Außerdem bin ich in den Ferien ohnehin hier. Ich habe Oliver mitgebracht.« Ich musterte meine Stubentiger argwöhnisch. Hatte Clementine bei der Erwähnung des Vogels die Ohren gespitzt?

»Sieh zu, dass er in deinem Zimmer bleibt.«

Maeve zuckte die Achseln. »Muss ich wohl. Als letzte Woche die Batterie meines Feuermelders leer war, hat er die ganze Zeit gepiepst, und seither piepst mir Oliver rund um die Uhr die Ohren voll. Er macht mich wahnsinnig.« Oliver ist ein äußerst gelehriger – und mitteilsamer – Vogel.

Mom kam mit ihrer Pfeife im Mund herein, was darauf schließen ließ, dass sie gearbeitet hatte.

»Vi! Seit wann bist du hier?« Ich hätte ohne Weiteres schon drei Tage zu Hause sein können, je nachdem, wie sehr Mom in die Arbeit vertieft war.

»Bin gerade angekommen.« Ich ließ mich drücken. »Du weißt, dass du hier drin nicht rauchen darfst.«

»Oh, gut.« Sie paffte abwesend. »Die Rundungen machen mir noch etwas zu schaffen. Maeve, ist da noch irgendetwas Brauchbares drin?« Meine Schwester begutachtete angewidert den Inhalt des Kühlschranks.

»Eine halbe grüne Paprika, Essiggurken, kanadischer Ahornsirup, Cottage Cheese und ein paar Feigen.« Die Essiggurken sind ungefähr genauso lange Teil dieser Familie wie Brick.

»Hm. Ich esse lieber nicht noch einmal ein Sandwich mit Cottage Cheese und Feigen, davon habe ich gestern Albträume bekommen.«

Ich wechselte einen alarmierten Blick mit Maeve, die resolut die Kühlschranktür schloss. »Okay. Ich gehe zu Chic-fil-A. Möchte jemand einen vegetarischen Wrap?«

»Lass mich nur schnell meinen Kram abladen«, sagte ich. »In den Supermarkt können wir auch später noch.«

»Gut. Bringt Kartoffelwodka mit«, sagte Mom. Manchmal jagt sie mir Angst ein. Sie hob Clementine hoch, die sich, ganz gegen ihre Natur, hingebungsvoll in ihre Arme schmiegte und schnurrte.

»Na, dann mal los mit euch. Oh, und bringt Batterien für den Feuermelder mit, er piepst schon die ganze Zeit.« Damit wanderte sie wieder in ihr Studio.

Kaum war sie durch die Tür, sahen Maeve und ich uns an und seufzten.

Wir würden uns um sämtliche Mahlzeiten inklusive das Weihnachtsdinner kümmern müssen. Was bedeutete, dass ich das Geld vorstrecken und es mir später von Dad zurückholen musste. Maeve konnte sich bestenfalls noch eine Packung Kaugummi leisten, vorausgesetzt, sie borgte sich fünfunddreißig Cents. Ich überschlug im Geiste, wie viel meine Kreditkarte nach all den blauen Brautjungfernkleidern wohl noch hergeben mochte.

»Hier sind die Schleifen.« Brick hielt eine Schuhschachtel hoch, die er oben im Wandschrank ausgegraben hatte.

»Ich habe Papier besorgt.« Ich deponierte sechs Rollen

weihnachtliche Geschenkfolie auf den Boden vor dem Kamin.

Es war Zeit für das traditionelle Connelly-Weihnachtsritual: Wir setzen uns zusammen und verteilen an sämtliche Familienmitglieder Geschenke, die wir uns selbst gekauft haben, damit diese sie verpacken und uns tags darauf schenken können. Eine etwas unkonventionelle Art, Weihnachtsgaben auszutauschen, aber wir sind eine sehr praktisch veranlagte Familie. Dafür gestalten wir den Einpackabend immer sehr festlich, mit Kaminfeuer, Festmusik aus dem Radio und Wein. Diesmal hatte ich außerdem Kastanien zum Rösten organisiert. Für mich ist dieser Abend der schönste des ganzen Jahres. Ich glaube, wir freuen uns alle mehr darauf als auf Weihnachten selbst.

»Rotwein allerseits?«, tönte die Stimme meines Vaters aus den Tiefen des Getränkekühlschranks.

»Ja«, riefen wir im Chor. »Bier«, sagte Brick. Mom kam mit Popcorn aus der Küche, gefolgt von Maeve mit einem Teller Käse und Cracker. Mein Vater tauchte, mit zwei Flaschen Wein bewaffnet, wieder auf, öffnete sie und stellte sie zu den Gläsern auf den Couchtisch. Dann nahm jeder seinen Stammplatz ein – Maeve und ich auf dem großen Sofa, Mom und Dad auf dem Zweisitzer, und Brick lümmelte wie üblich auf dem Teppich vor dem Kamin.

»Okay«, sagte ich und spähte in meine Tüte. »Hier, Mom, das ist für mich, von dir.«

Sie nahm die Schachtel. »Was ist es denn, Liebes?«

»Ein sprechendes Navigationssystem für mein Auto. Brick …« Ich warf ihm einen Rucksack zu. Mein Bruder und ich schenken einander stets besonders knifflig zu verpackende Gegenstände. Aus seinem hinterhältigen Grinsen schloss ich, dass er sich wieder einmal selbst übertroffen hatte. Verflixt. »Dad …« Ich reichte meinem Vater eine

Schachtel Bordeauxgläser von Riedel und spekulierte darauf, dass er einen dazu passenden Wein springen lassen würde.

»Gute Wahl«, lobte er mich.

»Danke. Ich habe gleich acht genommen, ich hoffe, das geht in Ordnung.«

»Aber natürlich. Hier.« Er reichte mir eine Box mit vier CDs. Beethovens Klaviersonaten. »Ich glaube, die werden mir gefallen.«

»Oooh, sehr einfach zu verpacken. Klasse.« Brick hatte Mom inzwischen eine Skizeitschrift in die Hand gedrückt.

»Was soll das denn?«, wollte Maeve wissen.

»Ich bekomme Skier«, erklärte er leicht verlegen.

»Skier! Das ist ja unverschämt!«, keifte Maeve. Brick ließ sich immer unverschämt teure Sachen schenken, und er kam jedes Mal damit durch.

»Hey, ich hab sie mir gewünscht, und zwar von Mom und Dad zusammen.« Er gab ihr eine Schachtel. »Hier. Von dir bekomme ich Skihandschuhe und eine Mütze.« Dann brachte er mit einem teuflischen Grinsen einen Skischuh zum Vorschein. »Und von dir den hier«, sagte er. »Viel Spaß beim Einpacken.«

»Gib gefälligst meinen Rucksack wieder her«, befahl ich. »Du schenkst mir einen Gartenschlauch.«

»Zu spät.« Er hievte mir den Skischuh auf den Schoß.

Als Nächstes verteilte Mom diverse bizarre Gegenstände, darunter eine Harke, einen Strandsessel sowie unerklärlicherweise ein Set Plüschpuppen, die alle an demselben Gebrechen litten. Auf Maeves verdutzten Blick hin erklärte sie nur: »Sie haben mich inspiriert.« Von mir bekam sie einen Lebensmittelvakuumierer. Maeve und ich waren die Einzigen, die keine selbst ausgesuchten Geschenke austauschten. Wir trauten einander ein gewisses Maß an Kreativität beim Weihnachtseinkauf zu, und außerdem war eine Überraschung zur Abwechslung auch ganz nett. Mom beglückte uns zudem jedes Jahr mit einem Paar Socken, und von Tante Leigh, die bei J. Jill arbeitet, bekamen wir üblicherweise einen hässlichen Pulli.

»Hat jemand an das Bastelzeug gedacht?«, fragte Mom. Ich legte mehrere Rollen Klebeband, zwei Scheren, Kärtchen und Stifte auf den Couchtisch.

Damit war der Austausch beendet, es ging ans Einpacken. Den Skischuh hob ich mir für zuletzt auf. Die Unterhaltung plätscherte munter dahin, der Wein ebenfalls. In regelmäßigen Abständen ertönte ein »Wo ist das Klebeband?« oder »Maeve, rück die Schere raus«. Meine Schwester und ich wetteiferten wie immer um die lächerlichste Verpackung mit den meisten Schleifen. Dad gab lustige Geschichten von unmöglichen Klienten zum Besten, und Brick unterhielt uns mit Schilderungen von albernen Studentenverbindungsstreichen. Um die Füllung für die Weihnachtsstrümpfe würden Maeve und ich uns später kümmern. Wir hatten diese Aufgabe vor einigen Jahren in einem unblutigen Putsch an uns gerissen, weil wir uns nicht mehr mit Orangen und Nüssen abspeisen lassen wollten. Seither besorgen wir die Süßigkeiten und lassen uns von Dad das Geld dafür geben.

Ich stieß einen wohligen Seufzer aus angesichts der häuslichen Idylle, die mich umgab, während Maeve eine »Mini Slinky«-Springfeder und eine nach Katzenminze duftende Maus an einem Päckchen befestigte. Ich liebe Weihnachten im Kreise meiner Familie. Schließlich nahm ich mir den Skischuh vor. Ich würde ihn mit einer Schleife dekorieren, bei der Maeve vor Neid erblasste. Zuvor musste ich ihn aber noch mit irgendetwas Rosarotem, Mädchenhaftem verzieren, das garantiert nicht mehr abging.

Wie immer am ersten Weihnachtsfeiertag wussten wir schon gegen drei Uhr nachmittags nichts mehr mit uns anzufangen. Ich zappte mich durch das Fernsehprogramm, Maeve bearbeitete ein Kreuzworträtsel, und Brick hatte den Laptop auf dem Schoß, um E-Mails und Sportergebnisse zu checken, verfolgte aber mit einem Auge, was auf der Mattscheibe lief. Mom hielt ein Nickerchen, und Dad saß draußen auf der Terrasse in der Sonnenliege, um »die Vögel zu beobachten«, sprich, um heimlich zu rauchen oder ebenfalls ein Nickerchen zu machen. Manchmal halten die beiden ihren Mittagsschlaf auch gemeinsam – was selbst bei Eltern, die so liebevoll miteinander umgehen wie die meinen, zu abartig ist, um es sich im Detail vorzustellen, deshalb halte ich eisern an der Bird-Watching-Version fest.

»Na, hast du ordentlich abgesahnt?«, erkundigte sich Maeve bei Imogen, die den Großteil der Feiertage lieber bei uns auf dem Sofa verbrachte als bei ihren (geschiedenen) Eltern.

»Ja. Parfüm, Pullover, Bargeld. Und du?«

»Ebenfalls Parfüm. Den Pulli gebe ich zurück, dafür hab ich genau die Digitalkamera bekommen, die ich mir gewünscht hatte.«

»Du hast sie gekauft, und Mom hat sie verpackt«, mischte sich Brick ein.

»Ja, und zwar sehr hübsch«, stellte Maeve fest. »Fällt euch ein Synonym für Notsituation mit zehn Buchstaben ein?«

»Schwulität«, sagte Imogen.

»Trauzeugin«, sagte ich.

»Ha, ich hab's: Zwangslage.«

»Was hast du gekriegt, Brick?«, wollte Imogen wissen.

»Skier.« Er grinste sie an. Imogen sah mit hochgezogenen Augenbrauen zu Maeve und mir.

»Ich weiß«, ereiferte ich mich. »Es ist skandalös. Er wird immer unverschämter, und sie lassen es ihm durchgehen. Tja, der rechtmäßige Thronfolger.«

»Der sein Erbe bereits jetzt unrechtmäßig verprasst«, knurrte Maeve. »Ein Wort für Schreckschraube mit neun Buchstaben.«

»Patsyrose, zusammen geschrieben«, schlug ich vor.

»Xanthippe«, sagte Imogen.

»Ich halte mich an Murphy's Gesetz der Gegenreaktion«, erklärte mein Bruderherz, noch immer grinsend. »Es ist einfacher, Vergebung zu erlangen als eine Erlaubnis.«

Ich blieb auf dem Oxygen Channel hängen, wo gerade *Dirty Dancing* lief.

»Nur über meine Leiche«, protestierte Brick. »Ich lege mein Veto ein, gegen den Oxygen Channel ganz generell.«

»Niemand stellt Baby in die Ecke«, zitierte Imogen.

»Du siehst doch ohnehin nicht fern«, beschwerte sich Maeve. »Oh, eine großartige Szene – gleich bekommt Baby von ihrem Dad zu hören, sie hätte ihn enttäuscht, und dann wirft sie ihm vor, er hätte sie genauso enttäuscht, und …«

»Schalt um!«, forderte Brick. »Das ist mein voller Ernst. Schalt um, oder ich strecke dir meine in Stinkesocken steckenden Füße ins Gesicht. Ich warne dich, diese Socken gehören dringend in die Waschmaschine.« Ich gehorchte. Ich habe eine Stinkesocken-Phobie.

»Zum Finale schalte ich wieder zurück«, beruhigte ich Maeve.

Diese verkündete: »Jetzt brauche ich ein Wort für ermüdend, wieder mit zehn Buchstaben«.

»Marineblau«, schlug ich vor. Imogen war ausnahmsweise überfragt.

»L-A-N-G-W-E-I-L-I-G, genau wie ihr«, buchstabierte er

und verdrehte die Augen, als wären wir allesamt geistig minderbemittelt.

»Aufreibend«, krähte Maeve und füllte die entsprechenden Kästchen.

Imogen stemmte sich hoch. »Es wird Zeit, dass wir uns aufraffen. Das Spiel fängt gleich an.« Louis und Jen veranstalteten ein Football-Chili-Happening. In meinem abgeschlafften Zustand konnte ich mir zwar kaum vorstellen, die Couch zu verlassen, aber wir mussten uns wenigstens kurz blicken lassen.

»Darf ich mit?«, bettelte Brick. »Bei Louis kann es auch nicht langweiliger-ermüdender-aufreibender sein als hier. Männer und American Football, das bedeutet, es gibt auch Nacho-Cheese-Dip. Ich liebe Nacho-Cheese-Dip. Wenn ich mir noch länger den Oxygen Channel ansehen muss, bekomme ich meine Tage.«

»Nein. Du wirst schön hier bleiben und Wäsche waschen.«

»Ich gebe euch fünf Mäuse, wenn ihr mich mitnehmt. Ich habe schon Bauchkrämpfe.«

»Ich bringe dir Käse-Dip und Tampons mit.«

»Lass dich von niemandem in die Ecke stellen«, spöttelte Maeve, während Patrick Swayze auf dem Bildschirm lasziv das Becken kreiste.

Etwa zwanzig Gäste waren bereits da, hauptsächlich Pärchen. Die Männer trugen die Südstaaten-Freizeituniform – Tommy-Hilfinger-Hemd, beigefarbene Hose, Turnschuhe und Baseball-Kappe – und waren mit Bierdosen bewaffnet. Imogen und ich legten uns unverzüglich dasselbe Accessoire zu. Jen und Louis unterhielten sich mit einem Paar, das sich als Robin und Danny vorstellte. Alle verdrückten Cheese Dip.

»Vi! Imogen! Hey!« Jen drückte uns wechselweise an sich.

»Hey, Jen. Hallo, Louis«, sagte ich. Louis und ich umarmten uns, wie immer etwas unbeholfen. Es folgte das übliche »Danke für die Einladung«-»Nett, dass ihr kommen konntet«-Gestammel, dann Schweigen. Danny rettete uns, indem er nicht das geringste Interesse an uns simulierte und ein Gespräch über Nascar-Rennen anleierte.

Jen lauschte nachsichtig lächelnd, während ihr Zukünftiger begeistert eine Rennfahrerstory zum Besten gab. Zugegeben, die beiden waren ein süßes Paar. Wie glücklich sie sich angrinsten. Ich konnte Jen ihre plötzlich erwachte Liebe zu Autorennen nicht einmal zum Vorwurf machen. Im College war ich mit einem Kerl zusammen gewesen, der total auf Radrennen abfuhr. Ich fuhr total auf ihn ab – er hatte mir meinen ersten multiplen Orgasmus verschafft. Folglich war ich gewillt, ein wenig Energie zu investieren, um mir den Knaben zu erhalten, und fing an, Radzeitschriften zu lesen und mit Fachjargon um mich zu werfen, als wüsste ich Bescheid. Kaum hatten wir Schluss gemacht, ließ mein Interesse am Radrennsport rapide nach, im Gegensatz zu meinem Interesse an multiplen Orgasmen.

»Was hältst du von Dick Trickle?« Bei der Erwähnung des berühmten Nascar-Rennfahrers, dessen Name übersetzt »tröpfelnder Schwanz« lautete, begannen Danny und Louis zu kichern wie zwei Achtjährige. Seufz. Schön und gut, Jen hatte an Louis einen Narren gefressen, aber mein Fall war er definitiv nicht.

»Hast du gestern die Bobcats gesehen?« Juhu, schon waren wir bei der nächsten (nicht minder langweiligen) Sportart angelangt. Während sich die Jungs in aller Ausführlichkeit über die dürftige Leistung des hiesigen Basketballteams ausließen (»Das lag nur an diesem dämlichen Kareem Rush«), schlang Robin ihrem Danny-Schatz zärtlich die Arme um die Hüften.

»Na, hast du über die Feiertage was Schönes unternommen, Robin?«, flötete ich, um ein wenig Smalltalk zu betreiben.

»Meine Freundin Jeanine ist vorbeigekommen und hat sich um meinen Spliss gekümmert.« Sie linste prüfend auf ihre Haarspitzen hinunter und fühlte sich angesichts unserer mitfühlenden Mienen offenbar bemüßigt, uns einen zehnminütigen Vortrag zum Thema Spliss zu halten. Als Imogens ungeduldiges Klopfen mit der Fußspitze kaum noch zu überhören war, gesellten sich zum Glück Bruce und Cheryl zu uns. Bruce stürzte sich sogleich in die Basketball-Diskussion (»Dieser Kareem Rush ist ein totaler Lahmarsch«), und schon hatte sich unsere Gruppe wie durch Zellteilung erneut in Männlein und Weiblein aufgespaltet.

»Habt ihr neulich den Artikel über Infektionen nach Pediküre-Behandlungen gelesen? So was Unappetitliches ist mir ja noch nie untergekommen«, tönte Shirley mit näselndem Südstaaten-Akzent. »Solche Fotos gehören echt nicht in die Zeitung, wo sie jedes Kind sehen kann.« Aha. Man konnte einem Kind Nahaufnahmen von Toten in diversen Kriegsgebieten zumuten, nicht aber Bilder von geschwollenen Zehen.

»Worum geht's?«, erkundigte sich ein Mädchen namens Alecia.

»Um Infektionen, die man sich bei der Pediküre holt«, klärte Robin sie auf, in einem Tonfall, der gewöhnlich Ereignissen wie dem Völkermord in Ruanda vorbehalten ist.

»Igitt, den Artikel hab ich auch gesehen«, rief Alecia. »Solche Bilder gehören echt nicht in die Zeitung. Habt ihr den über die öffentlichen Toiletten gelesen? Ekelhaft!« Ich spürte Imogen neben mir beben.

»In öffentlichen Toiletten fasse ich grundsätzlich nichts mit bloßen Händen an. Ich betätige die Spülung mit dem Fuß«, vertraute uns Cheryl an. »Es wäscht sich ja kein Schwein die Hände!« Allgemeines Kopfschütteln angesichts des katastrophalen Hygienebewusstseins der Menschheit.

»Erzähl doch mal von deinen Plänen für Silvester, Jen«, sagte ich verzweifelt, um endlich das Thema zu wechseln. Imogens Aufmerksamkeit war unversehens geweckt.

»Dieses Jahr gehen wir nicht aus, sondern schmeißen hier eine Party. Das kommt billiger und macht genauso viel Spaß.«

»Oh«, sagten Imogen und ich. Die übrigen Mädels nickten lächelnd und sichtlich erleichtert – saubere, keimfreie Toiletten, yippie!

»Irgendwo steigt bestimmt eine Riesenparty«, sagte Imogen zuversichtlich, als wir ein paar Tage später über die I-95 in Richtung Washington brausten.

Ich grunzte. »Ich hasse Silvester. Diese zwanghaften und meist vergeblichen Bemühungen, dem Abend eine besondere Note zu verleihen …«

»Als du mit Caleb zum Jahreswechsel in Atlanta warst, hast du einen Toten gesehen«, erinnerte mich Imogen.

»Stimmt, das war ein cooler Abend … Morbid, aber cool«, räumte ich ein. »Caleb hat behauptet, ich sei eine reiche Erbin und er mein Bodyguard. Er hat ständig in seine Armbanduhr gemurmelt, mit der Verschlusskappe meines Chapstick im Ohr. Es war zum Schießen.«

»Wir werden schon noch irgendeine tolle Fete auftun«, versicherte mir Imogen.

»Bestimmt.« Vom Rücksitz ertönte ein klägliches Miau. Wir gackerten los.

»Du sagst es, Clementine«, stimmte Imogen ihr zu.

»Warum fährst du eigentlich nicht öfter nach Charlotte?«, erkundigte ich mich nach einer Weile.

»Da fragst du noch? Ich passe da einfach nicht mehr rein.«

Zugegeben, nach einer Woche in North Carolina freute auch ich mich auf daheim. Daheim – dieser Ausdruck war immer Charlotte vorbehalten gewesen. Jetzt fühlte es sich komisch an.

»Ich glaube, ich auch nicht.« Auch wenn ich es mir bislang nicht hatte eingestehen wollen.

»Es ist einfach eigenartig, und ich schaffe es nicht, mich so nahtlos einzufügen wie du. Wie machst du das nur?«

»Es ist, als befände ich mich in einer Art Niemandsland, in dem ich in die Rolle der Charlotte-Vi schlüpfe. Als wäre ich nie weggezogen. Aber das bin nicht ich – ich tue nur so, als ob.«

»Und wie geht es dir dabei?«

Ich überlegte. »Ich fühle mich eingeengt und ausgegrenzt zugleich. Ich versuche, die Vi zu spielen, die ich geworden wäre, wenn ich geblieben wäre. Total dämlich. Ich mag mein Leben, wie es jetzt ist.«

»Diese Zeitreisen tun dir also nicht gut?«

»Ich komme mir in Charlotte immer leicht neben der Spur vor, als wollte ich etwas haben, das ich nicht kriegen kann. Das passiert mir in Washington nicht.«

»Wir müssen zurück in die Realität«, stellte Imogen fest.

»Ich fürchte, bis ich diese ganzen Hochzeiten hinter mir habe, stecke ich mit einem Bein im Teenageralter fest und mit dem anderen in der Gegenwart. Dank diesem Großaufgebot an freudigen Ereignissen wird mein Leben in Washington in nächster Zeit wohl auf Sparflamme laufen …

Hey, ich wette, Lance organisiert wieder seine traditionelle Silvesterparty.« Ich drückte aufs Gas, um an der Schnarchnase im Taurus vor uns vorbeizuziehen und ein bisschen eher nach Washington zu kommen.

Kapitel 8

Es geht bergab

»Drei, zwei, eins … Hurra!« Das neue Jahr hatte soeben begonnen. Allenthalben bliesen Leute in ihre Partytröten und küssten sich. Ich fiel Imogen und Ethan um den Hals und sah zu Mona hinüber, doch die knutschte mit einem Kerl, der Dave Navarro aufs Haar glich, bis hin zu den Tätowierungen. Ich kicherte und wollte Imogen gerade darauf aufmerksam machen, doch die küsste nun Ethan, und dann verstellte mir jemand die Sicht. Es war Garrick, der hübsche Knabe, den ich vorhin an der Jägermeister-Eisskulptur kennengelernt hatte.

»Tja. Mitternacht.« Er grinste. Ich grinste ebenfalls, und er beugte sich zu mir und drückte mir einen Kuss auf den Mund. Einen langen Kuss. Und gleich noch einen. Einen ziemlich ausführlichen. Es war definitiv eine gute Idee gewesen, zum Jahreswechsel nach Washington zurückzukehren. Etwas verlegen wegen meiner öffentlichen Knutscherei schielte ich zu Imogen hinüber, doch die war nach wie vor mit Ethan beschäftigt.

Huch? Moment mal. Imogen und Ethan knutschten noch immer??? Ich kniff ungläubig die Augen zusammen.

»Sollen wir das neue Jahr begrüßen, indem wir dorthin zurückkehren, wo wir uns zum ersten Mal begegnet sind?« Garrick lächelte mich an. Mann, er war echt süß. Grübchen und blondes Haar, wie geradewegs aus einer Chapstick-

Werbung. Ich sah förmlich vor mir, wie er mit bewegter Miene das Podest erklomm, die olympische Goldmedaille im Abfahrtslauf hoch erhoben, und mir, seiner Inspiration, diesen Sieg widmete. Er führte mich zur Eisskulptur, um uns zwei Jägermeister zu besorgen. Das konnte man doch als Wintersport durchgehen lassen, nicht?

Diese Silvesternacht war zur Abwechslung mal ein voller Erfolg. Alle amüsierten sich blendend, und ich hatte einen gut aussehenden potenziellen Hochzeitsbegleiter gesichtet. Yippie! Ein frohes neues Jahr! Zu verdanken hatte ich das meinem Freund Lance, der diese coole Fete mit DJ und Gratisdrinks an mehreren Bars in seinem riesigen Haus in der Foxhall Street organisiert hatte.

Gegen zwei Uhr morgens tippte mir jemand auf die Schulter.

»Ich mach mich auf den Heimweg«, brüllte Ethan über die Musik hinweg.

»Was?«, schrie ich mit der Hand hinter dem Ohr. Er klimperte mit seinen Autoschlüsseln. »Neiiiiiin ...«, heulte ich auf. Er nickte grinsend: »Oh, doch.« Wenn Ethan erst einmal einen Entschluss gefasst hat, lässt er sich nicht mehr umstimmen, das wusste ich. Diskussion zwecklos. Ich wechselte einen Blick mit Imogen. Diese zuckte die Schultern. Mona tanzte noch immer mit Dave Navarros Doppelgänger.

»Sollen wir noch bleiben und dann ein Taxi nehmen?«, brüllte ich. Imogen nickte und deutete auf Mona.

»Ich schätze, sie ist dabei.« Aber todsicher.

Ich bedeutete Garrick, dass ich gleich zurück sein würde, und begleitete Ethan zur Tür.

»Frohes neues Jahr.« Ich schloss ihn in die Arme.

»Dir auch ein frohes neues Jahr.« Er drückte mich an sich.

»Fahr vorsichtig, ja?« Es hatte angefangen zu schneien, wunderschöne dicke Flocken. Höchst ungewöhnlich für Washington. Für dieses Wetter ist hier auch kaum jemand gerüstet, weder KFZ-technisch noch fahrstilmäßig.

»Ich passe auf«, versicherte er mir und wickelte sich den Schal um den Hals.

»Hey, was war das eigentlich vorhin auf der Tanzfläche mit Imogen? Ihr habt geknutscht! *J'accuse!*«

»Haben wir nicht.« Und warum wurde er dann feuerrot?

»Und ob ihr habt«, beharrte ich. Hatte ich Ethan jemals rot werden sehen?

»Dich hab ich doch auch geküsst«, erinnerte er mich und wich meinem Blick aus, während er seine Handschuhe hervorzog. Ich schnaubte.

»Aber nicht so lang, und schon gar nicht mit der Zunge, igitt!«, erwiderte ich. Er küsste mich auf die Wange, um das Verhör zu beenden.

»Kümmere du dich lieber um deinen kleinen Verehrer, ehe ihn dir eine vor der Nase wegschnappt. Komm gut heim und nimm keine Süßigkeiten von Fremden an!«

Ich gesellte mich wieder zu Imogen, Garrick und Mona. Letztere war noch immer am Knutschen, also holten Garrick, Imogen und ich uns noch eine Runde Drinks von der Bar. Ich befand mich in einem angenehm beschwipsten, beglückten Schwebezustand. Wir hatten bereits beim Dinner zwei Flaschen Wein geleert, und auf der Party hatte ich dann den Schoko-Martini, den Cosmopolitan, den Wodka Tonic und den Jägermeister verkostet. Auch der Cranberry-Wodka war nicht zu verachten, wie ich nun feststellte. Wann immer das Getränk meiner Wahl nicht mehr verfügbar war, wechselte ich einfach zum nächsten. Ich bin ziemlich anpassungsfähig.

Danach mischten wir uns wieder unter die Tanzenden

und zappelten ausgelassen zu »I Believe« von Cher über das Parkett. Mit Garricks Hand auf meiner Taille bemühte ich mich um einen sexy Hüftschwung, möglichst ohne zu straucheln. Ganz schön knifflig. Und dann tauchte hinter meiner Schulter jemand auf, bei dessen Anblick Garricks Grinsen plötzlich wie weggewischt war. Schneller als ein Zweierbob die Eisbahn hinunterflitzt, war seine Hand von meiner Hüfte verschwunden.

»Meredith! Äh, hi! Seit wann bist du hier? Ich dachte, du wolltest mich anrufen?«, stammelte Garrick und wich vor mir zurück. Die Angesprochene, eine attraktive Brünette mit grimmiger Miene, war von der sich ihr bietenden Szene sichtlich wenig angetan.

»Ich. Habe. *Versucht*. Dich. Anzurufen«, presste sie hervor. »Du bist nicht rangegangen, Garrick.« Sie bedachte mich mit einem bösen Blick. »Du warst wohl zu *beschäftigt*.« Ich hielt wohlweislich den Mund. Inzwischen hatte sich meine treue Freundin Imogen unauffällig hinter mich geschoben.

»Äh, tja, tut mir leid, Baby«, stotterte Garrick. Baby? »Äh, darf ich vorstellen: Vi. Vi ist, äh, eine Bekannte von, äh, Jay.« Meredith interessierte es ganz offensichtlich nicht die Bohne, wer ich war. »Vi, das ist meine Freundin Meredith.« Mit desperater Miene schlang er ihr den Arm um die hochgezogenen Schultern. Ich kochte vor Zorn. Freundin? Dieser Wichser! Meine Visionen von Mister Chapstick als mein Begleiter im Mai löste sich auf einen Schlag in Luft auf. Dann bemerkte ich Merediths starre Miene. Sie tat mir leid.

»Ja, Jay ist echt ein klasse Typ«, sagte ich. Garrick atmete erleichtert auf. »War nett, dich zu sehen, Garrick.« Ich winkte flüchtig und zerrte Imogen zur Bar. Meredith schleifte ihr Opfer zur Tür mit den Worten »Der. Bedauernswerte. Taxifahrer. *Wartet*. Schon. Eine. *Ewigkeit*. Und. Es. *Schneit*.« Ich drehte mich nicht um.

»Alles okay?«, fragte mich Imogen.

»Ja, alles bestens.« Es war nicht gelogen. »Wenn er sie betrügt, würde er mich auch betrügen. Immerhin habe ich einen Neujahrskuss gekriegt, der sich gewaschen hat.« Ich kicherte.

»Auch wieder wahr.« Imogen war sichtlich beeindruckt von meiner Nonchalance. Da an der Bar mittlerweile auch kein Wodka und kein Cranberry-Saft mehr ausgeschenkt wurden, begnügte ich mich mit einem Bier. I'm a survivor. Ohne hochprozentigen Nachschub, dafür aber in Hochstimmung, kehrten wir zur Tanzfläche zurück. Von diesem dämlichen Garrick ließ ich mir nicht den Abend verderben.

»Sag mal, was ging da eigentlich vorhin mit Ethan ab?«, rief ich. Imogen reagierte nicht, aber ich glaube fast, sie tat nur so, als hätte sie mich nicht gehört. Mich konnte sie nicht täuschen, und wenn sie sich noch so selbstvergessen zur Musik wiegte, mit den Haaren im Gesicht. Pfff.

Kapitel 9

Drei Brautgeschenkepartys und eine begrabene Hoffnung

»Bitte, bitte, bitte«, flehte ich Giles an.

»Das wird allmählich zur Gewohnheit«, sagte er, nur um mich zu quälen, und wischte sich einen imaginären Fussel von der Paisley-Hose, dabei wussten wir beide, dass er nachgeben würde.

»Du weißt doch, wenn ich nicht um drei losfahre, stecke ich ewig im Stau.« Ich hatte die anfallende Arbeit im Rekordtempo erledigt, um früher Feierabend machen zu können. Blieb nur zu hoffen, dass ich diesmal nur elf Flaschen Pink Truck Rose bestellt hatte und nicht eintausendeinhundert wie beim letzten Mal. Es hatte einiger kreativer Werbekampagnen bedurft, um diesen Fehler zu kaschieren.

»Vielleicht habe ich ja auch noch etwas vor und muss diesen Freitag selber früher weg.«

»Dann wärst du mir doch schon die ganze Woche damit in den Ohren gelegen«, entgegnete ich. »Sag einfach Ja, Giles. Tu mir den Gefallen. Dafür komme ich einen Monat lang jeden Montag mit zur Musical-Night im J. R.'s«, gelobte ich. Es war kurz vor drei. Höchste Zeit, sein »Ich ziere mich noch etwas, bevor ich kapituliere«-Ritual etwas abzukürzen.

Giles seufzte theatralisch. »Okay.« Dann hielt er vier Finger hoch und imitierte den fiesen Schuldirektor aus *Der*

Frühstücksclub: »Aber du gehörst mir, Connelly. Einen Monat lang gehörst du jeden Montagabend mir.«

Ich warf ihm eine Kusshand zu und schnappte mir meinen Mantel. Wenn dieser Hochzeitsmarathon endlich vorbei war, musste ich Giles vermutlich bis Jahresende zu jeder Musical-Night begleiten, denn nebst den Hochzeiten erforderten auch die drei Junggesellinnenabschiede in Charlotte einen frühen Dienstschluss am Freitagnachmittag. Wehe, wenn ich am Ende ohne Job dastand, während meine Freundinnen allesamt einen Mann abgekriegt hatten.

Mein Programm für das Wochenende war ziemlich dicht gedrängt: Samstag, vierzehn Uhr – Jens Brautgeschenkeparty, Samstag, neunzehn Uhr – Lilas Brautgeschenkeparty, Sonntag elf Uhr – Amys Brautgeschenkeparty. Jen und Lila waren so nett gewesen, ihre Partys auf dasselbe Wochenende wie Amy zu legen (und die hatte mir einfach das von ihrer Mutter ausgewählte Datum mitgeteilt).

Dummerweise hatte ich noch kein einziges Geschenk. Nicht, dass ich allgemein unfähig wäre, mir stilvolle Geschenke auszudenken, doch hatte Amy für ihre Brautgeschenkeparty das Motto »Rund um die Uhr« gewählt, und zu drei Uhr nachmittags wollte mir partout nichts einfallen. Abgesehen davon, dass mich um diese Zeit mit schöner Regelmäßigkeit mein Nachmittagstief (so tief, dagegen ist der Marianengraben ein Kratzer im Meeresboden) übermannte. Dann sank mein Kopf einige paradiesische Minuten auf die Schreibtischplatte, bis ich heftig blinzelnd hochfuhr und hektische Betriebsamkeit mimte, sobald Giles aus der Pause zurückkam. Es kam ihm teuer zu stehen, als ich einmal zu Hause feststellen musste, dass mir eine Büroklammer an der Stirn klebte.

Ich benötigte außerdem ein Geschenk zum Thema

»Hausflur« für Jen (Motto: »Rund um das traute Heim«) und eines zum Thema »März« für Lila (Motto: »Rund um das Kalenderjahr«). Ich würde wohl noch ein, zwei Runden im Einkaufszentrum drehen müssen. Ich griff nach meinem Handy.

»Warze«, rief Imogen über den ohrenbetäubenden Krach hinweg. Vielleicht hatte sie aber auch »Warte« gesagt. Der Lärm wurde leiser.

»Sorry, ich musste nur schnell vor die Tür gehen.«

»Wo bist du?«, erkundigte ich mich neidisch.

»Im Rosa Mexicano mit Ellis. Komm doch auf eine Granatapfel-Margarita vorbei.«

»Geht nicht, ich bin schon auf dem Weg nach Charlotte.«

»Ach, richtig. Hatte ich vergessen. Brautgeschenkeparty?«

»Und nicht nur eine. Dieses Wochenende wird die reinste Partymeile. Hör mal, was für ein Geschenk fällt dir zu ›drei Uhr nachmittags‹ ein? Oder zu ›Hausflur‹? Oder zu ›März‹?«

»Drei Uhr nachmittags im Hausflur … Klingt nach einer schnellen Nummer mit dem UPS-Boten. Besorg ihr eine Schachtel Kondome und ein sexy Dienstmädchen-Kostüm.«

»Sag mal, wie viele Margaritas hast du denn schon intus?«

»Und was den März anbelangt: Wie wärs mit einem Stapel CDs von Marion Maerz? Ich zahle dir einen Dollar für jeden, dem du eine schenkst.«

»Das Geld kannst du dir sparen.«

»Kauf ihnen eine Vase«, riet sie mir ungeduldig. »Ich muss wieder rein, mir ist kalt, und außerdem will ich nicht, dass mir jemand den Adonis, den ich vorhin gesichtet habe, vor der Nase wegschnappt. Wir sehen uns Sonntagabend!«

Ich seufzte. »Das werde ich kaum schaffen.«

»Waaas? Du hast seit Weihnachten schon zweimal gefehlt. Diese ganzen Hochzeiten beeinträchtigen allmählich auch *mein* soziales Leben«, beschwerte sie sich.

»Was soll ich da erst sagen? Ich sehe nur noch weiß.«

Als ich am nächsten Morgen einer Kaffeeduftwolke in die Küche folgte, fand ich dort meine Mutter in die Zeitung vertieft vor.

»Ach, hallo.« Sie sah verdattert hoch. »Du bist dieses Wochenende hier?«

»Brautgeschenkepartys«, erklärte ich.

»Aha. Dann bist du also das ganze Wochenende beschäftigt? Dein Vater und ich haben nämlich Lisa und Andrew McCabe eingeladen. Wir haben wohl völlig vergessen, dass du hier sein würdest«, sagte sie kleinlaut. Ich finde es süß, dass meine Eltern noch Dates und Doppeldates arrangieren. Und ich konnte ihr keinen Vorwurf machen – in letzter Zeit verbrachte ich mehr Zeit in Charlotte als Maeve.

»Nein, keine Sorge, das war eine reichlich spontane Aktion.« Ich schenkte mir Kaffee ein. »Sag mal, woran denkst du, wenn du drei Uhr nachmittags hörst? Ich brauche ein Brautgeschenk, das ›drei Uhr‹ symbolisiert. Und eines zum Thema ›Hausflur‹. Und eines zum Thema ›März‹.«

»Puh, das ist heutzutage aber ganz schön kompliziert.«

»Hattest du auch eine Brautgeschenkeparty, als du Dad geheiratet hast?«

»Oh, nein. Auf derlei Brimborium haben wir verzichtet. Ich wollte nicht noch so eine große Hochzeit ganz in Weiß.«

Ich runzelte die Stirn. »Wie, noch so eine?«

Meine Mutter wandte sich abwesend ihrer Zeitung zu.

»Ich fand diesen ganzen Trubel äußerst anstrengend. Kannst du dir vorstellen, dass sich Jackie das sogar fünfmal angetan hat?« Ach, richtig.

»Kannst du ihnen nicht einfach eine Vase kaufen?«

Seufz.

Als ich eine halbe Stunde später aufbrach, rief sie mir »Vi, warte!« zu und schlenderte gemächlich zur Hintertür. Mom ist nie in Eile. Ich trat ungeduldig auf der Stelle. Sie reichte mir lächelnd einen zusammengefalteten Zettel. »Schönen Nachmittag!«

»Danke, Mom.« Ich gab ihr einen Kuss und hüpfte ins Auto, auf dessen Rückbank sich hoffentlich schon bald drei hübsch verpackte Geschenke befinden würden. An einer roten Ampel faltete ich den Zettel auseinander.

März ist Pflanzzeit. Soweit ich weiß, haben Lila und Hart bereits ein Haus gekauft. Bei Yardley's gibt es derzeit blühende Birnbäume im Angebot.

Drei Uhr ist die traditionelle Tea-Time. In der Zen-Boutique drüben in Park Place findest du bestimmt ein hübsches Teeservice, das du dir dort auch gleich als Geschenk einpacken lassen kannst.

Ein dekorativer Spiegel macht sich gut im Vorraum und ist außerdem sehr praktisch. Judy Fletcher erzählte mir neulich, sie hätte einige wunderschöne Spiegel mit schmiedeeisernem Rahmen bei Jacobsen's gesehen.

Da hatte Mom wohl einen ihrer seltenen lichten Momente gehabt! Für jemanden, der bei der eigenen Hochzeit zu viel Trubel vermeiden hatte wollen, kannte sie sich mit Brautgeschenken jedenfalls erstaunlich gut aus. Lag wohl an Tante Jackie. Ein Hoch auf meine Mutter! Ich schlug unverzüglich den Weg zu Jacobson's ein.

Als ich zwei Stunden später in unsere Straße einbog und vor Jens Haus parkte, ragte ein mit flatternden Bändern geschmücktes Bäumchen aus dem Fenster auf der Beifahrerseite.

Eine weitere Stunde später kauerte ich auf einem überfüllten geblümten Sofa, balancierte eine kitschige Teetasse samt Untertasse auf den Knien und lauschte dem Geschwätz von Jens Tante Harriet, während meine Schulterpartie langsam aber sicher verkrampfte. Harriet stammt aus einer Kleinstadt im Osten von North Carolina, näselt schauderhaft und erinnert mich an ein Beuteltier – langsam, nicht besonders helle, aber zäh.

Sie musterte mich prüfend. »Na, wann ist es denn bei dir so weit? Nachdem Jen jetzt den großen Schritt wagt, kannst du es bestimmt auch kaum erwarten, unter die Haube zu kommen.« Nur zu, reib es mir unter die Nase.

Ich fletschte künstlich lächelnd die Zähne. »Ach, wissen Sie« – ich senkte die Stimme – »es ist gar nicht so einfach, meine erste Ehe annullieren zu lassen. Man müsste annehmen, die Kirche würde ein wenig Milde walten lassen angesichts der Tatsache, dass mein Mann bereits verheiratet war und im Gefängnis sitzt … Aber der zuständige Pfarrer lässt sich nicht umstimmen, so viel ich auch mit ihm flirte.« Ich seufzte tief. »Sie glauben gar nicht, was ich mitmache. Bei einem meiner Besuche im Gefängnis habe ich mich nämlich Hals über Kopf in einen anderen Insassen verliebt, der bald auf Bewährung entlassen wird.« Ich stierte eine Weile nachdenklich auf den Grund meiner Tasse. »Entschuldigen Sie mich bitte, ich brauche Nachschub.« Damit erhob ich mich und bahnte mir einen Weg durch das Laura-Ashley-Blumenmeer zum Büffet, wo ich meine hauchdünne Porzellantasse gegen eine Flasche Perrier eintauschte, ehe sie womöglich zu Bruch ging.

»Was hast du bloß Tante Harriet erzählt?«, erkundigte sich Jen belustigt. »Sie sieht schwer geschockt aus.«

»Du willst es gar nicht wissen«, versicherte ich Jen. »Aber sie hat es verdient. Wo liegt übrigens das nächste Gefängnis, nur für den Fall, dass mich jemand nach der Verkehrsanbindung fragt?«

»Ach, du liebe Zeit! Darüber sprechen wir noch.« Sie lachte.

»Hey, *du* hattest doch einen Brieffreund im Gefängnis.«

Jen errötete. »Erinnere mich nicht daran.« Wir hatten eines schönen Sommers am Strand zwei Jungs kennengelernt, von denen sich einer bis über beide Ohren in Jen verliebte. Er schrieb ihr lange leidenschaftliche Liebesbriefe, selbst dann noch, als er wegen grenzüberschreitender Hehlerei im Gefängnis gelandet war. Marilou war beim Anblick der Absenderadresse (»staatliche Besserungsanstalt«) total ausgeflippt, fürchtete sie doch, Jen könnte mit dem Kerl durchbrennen. Dass die Einkerkerung einer der betroffenen Parteien dieses Unterfangen vor einige logistische Schwierigkeiten stellte, kam ihr gar nicht in den Sinn.

Als das Klingeln von Silber auf Glas ertönte, packte mich Jen am Arm.

»Du weichst nicht von meiner Seite«, zischte sie und zerrte mich mit ins Wohnzimmer, um die Geschenke auszupacken. Jen beherrschte das Ritual perfekt. Ich saß daneben und machte Notizen.

»Seht nur! Ein Brotbackautomat für die Küche, von Mrs. Kramer! Darauf hatten wir spekuliert. Großartig. Wo stecken Sie, Mrs. Kramer? Vielen Dank.« Alles bewunderte gehorsam den Backautomaten. Tante Harriet sammelte die Geschenkbänder ein, um sie später auf einen Pappteller zu kleben.

»Das wird der Brautstrauß für die Generalprobe.« Sie

kicherte. »Für jede zerrissene Schleife bekommst du ein Baby.« Jen schnitt eine Grimasse und griff nach dem nächsten Geschenk. Mit äußerster Vorsicht löste sie die Schleife.

»Oh, seht nur, eine schöne Vase fürs Wohnzimmer von meiner Collegefreundin Rebecca. Danke, Rebecca. Was für ein Prachtstück. Ich reiche sie gleich mal herum …«

»Lieber Himmel, Tante Harriet, das wäre doch nicht nötig gewesen! Ein Nachthemd, für das Schlafzimmer natürlich. Hier, lasst es mal herumgehen …«

»Seht nur!«, rief auch Lila wenig später. »Ein Brotbackautomat! Wir hatten gehofft, dass wir einen bekommen würden. Das perfekte Geschenk für den November von Mrs. Smith. Wo stecken Sie, Mrs. Smith? Ah, da hinten. Ich danke Ihnen.« Erneut erschallte ringsum bewundernd »Ah!« und »Oh!«. Ich thronte neben Lila auf einer überfüllten geblümten Couch und stenografierte mit. Angela stürzte sich auf die Geschenkbänder und klebte sie auf einen Pappteller.

»Für jedes zerrissene Geschenkband werdet ihr ein Kind bekommen, Lila«, bemerkte Harts Mutter schmunzelnd.

Lila lächelte sie an. »Das werden meine Pille und ich zu verhindern wissen«, murmelte sie verhalten.

»Oh, wie clever! Teller im Weihnachtsdekor für den Dezember von meiner Arbeitskollegin Whitney. Wo steckt sie denn?« Während sich Lila nach dem nächsten Geschenk bückte, flüsterte sie mir zu: »Wozu gibt es wohl Hochzeitslisten? Wenn ich dieses ätzende Geschirr hätte haben wollen, dann hätte ich es auf die Liste gesetzt.« Ich steckte die Nase in mein Weinglas, um nicht lauthals zu lachen. Eines muss man Lila lassen – sie weiß, was sie will. Ein Glück, dass auf ihrer Party Wein statt Tee serviert wurde. Sie kam lächelnd mit der nächsten Schachtel hoch.

»Mal sehen. ›Für den Juni, für eure Hochzeitsreise‹. Meine Güte, Susan, ein Nachthemd! Was für eine reizende Farbe ...« (Zu mir gewandt: »Brechreizend.«) »Susan, du sollst doch nicht ...« (Aus dem Mundwinkel: »Sie hätte es wirklich besser bleiben lassen sollen. Als würde ich Kunstfaser-Fähnchen aus dem Kaufhaus anziehen.«)

»Wie originell! Eine Wassermelonen-Fahne für den Vorgarten, wie es sich in den Südstaaten gehört. Für den Juli, von Mrs. Leland, meiner Lehrerin an der Sonntagsschule.« (Zu mir, hinter vorgehaltener Hand, mit einem Räuspern kaschiert: »Hochzeitsliste!«)

»Eine Maiglöckchen-Vase für den Mai! Hier, ich gebe sie mal herum ...« (Zu mir gewandt: »Vielleicht lässt sie ja gleich jemand fallen.«)

Dann kam mein Geschenk. Einigermaßen ratlos betrachtete Lila die kleine Kelle für vier Dollar neunundneunzig Cent. Dann las sie die Karte: »März. Marsch, in den Vorgarten mit dir!« Sie sah mich fragend an. »Vi lässt mich für mein Geschenk arbeiten. Also, los.« Sie öffnete die Haustür. Dort stand mein Bäumchen, mit Bändern geschmückt, der Wurzelballen in Sackleinen gewickelt. Lila wirbelte herum und klatschte in die Hände.

»Klasse! Ein Bäumchen für unser neues Zuhause! Danke, Vi!« Ein Raunen ging durch das Wohnzimmer.

»Ist das ein Baum?«

»Was für ein Monat soll das sein? März? Nicht schlecht.«

»Hübsche Idee!«

»Wie passend, für das neue Heim.«

»Mein Mann liebt es, im Garten herumzuwerkeln.«

Ich glühte vor Stolz. Ich hatte das perfekte Geschenk gefunden. Keine abfällige Bemerkung von Lila für mich. Genau in diesem Augenblick sagte die Gastgeberin: »Das Ding hinterlässt doch hoffentlich keinen Dreck auf meiner Veranda, oder?«

Lila grinste mich breit an, beide Daumen nach oben gereckt. Dann rief sie: »Das war's, Leute. Ich danke euch für all die wohlüberlegten Geschenke. Genießt weiterhin das Essen, den Wein und die exzellente Gesellschaft. Will noch jemand Wein? Ich schon …« Damit kehrte sie schnurstracks zurück ins Wohnzimmer. Ich folgte ihr auf dem Fuß.

Zu vorgerückter Stunde schob ich mich auf der Suche nach meinem Exfreund Edward durch eine Bar im Zentrum von Charlotte. Ich freute mich auf das Wiedersehen. Mit seinem zerzausten Haar und den Lachfältchen in den Augenwinkeln sieht er nicht nur gut aus, er ist auch ein richtig liebenswürdiger, netter Kerl, nur leider für eine Beziehung auf Dauer viel zu planlos. Aber als Hochzeitsbegleiter tat er es allemal.

Es wunderte mich allerdings, dass er ausgerechnet das Graduate Pub, einen wahren Tummelplatz für Idioten, für unser Date gewählt hatte. Wir verkehrten normalerweise in anderen Lokalen. Zum Glück winkte er mir, sonst hätte ich Edward gar nicht wiedererkannt, so sehr hatte er sich verändert. Bei seinem Tisch angekommen, versuchte ich, mir meine Überraschung nicht allzu sehr anmerken zu lassen. Er trug enge weiße Jeans und Mokassins, ohne Socken, und das einst zerzauste Haar hatte er sich mit so viel Gel zurückfrisiert, dass man noch die Spuren des Kammes erkennen konnte. Wären wir in einer Rodeobar für Schwule gewesen, hätte ich auf einen Wechsel ans andere Ufer getippt.

»Edward«, sagte ich nonchalant. »Schön, dich zu sehen! Du siehst … toll aus!«

Er strahlte. »Danke, ich weiß! Ich habe angefangen zu trainieren.« Er ließ seine Armmuskeln spielen. Ich blinzelte ungläubig, doch er verzog keine Miene. Wir setzten uns.

»Schön, dass du Zeit hattest«, sagte ich.

»Tja, ich bin zurzeit ziemlich eingespannt, aber meine Verabredung für heute Abend hat abgesagt, also ...« Er lächelte mich an.

Ah ja.

»Was hättest du gerne? Ich trinke Corona Light.« »Täte dir auch gut – hast du zugenommen?«, witzelte er und zwinkerte mir zu. Meine Kinnlade klappte nach unten.

»Äh, okay«, stotterte ich und verfolgte, wie er zum Tresen stolzierte, seine Bestellung aufgab und dabei dem Barkeeper zublinzelte. »Also, wow; du ... hast dich echt verändert«, sagte ich, als er zurückkam. »Ist das etwa ein Muskelshirt?«

Er grinste selbstgefällig. »Ja. Toll, nicht? Ein völlig neuer Look.«

In der Tat. Hulk Hogan lässt grüßen.

Er hob seine Bierflasche, um mit mir anzustoßen. »Ich habe eine Frau kennengelernt, die mein Leben verändert hat.«

Oh.

Ich mimte Begeisterung. »Toll!« Meine Fantasie von einem haargelfreien Hochzeitsbegleiter im geschmackvollen Dreiteiler löste sich in Luft auf. »Erzähl.«

»Sie heißt Sheila und ist ein richtiger Schatz. Wir haben uns beim Bowling kennengelernt.« Die Frau auf dem Foto, das er zückte, verkörperte den personifizierten schlechten Geschmack, wie man ihn nur in North Carolina antrifft – gebleichte Dauerwellenmähne mit kurzem Pony, weißer Fransen-Denim-Mini, transparente Plastiksandalen. Ich rief mir in Erinnerung, dass ich Edward schon eine ganze Weile nicht mehr gesehen hatte.

»Sieht ... nett aus«, sagte ich lahm. Zum Glück bemerkte Edward in seiner Begeisterung es nicht.

»Ist sie auch«, pries er seine Eroberung. »Sie arbeitet als Hand- und Nagelpflegerin bei Wish You Were Hair im Einkaufszentrum und ist dort wahnsinnig beliebt. Und sie hat eine Schwäche für Body Sculpting. Sie brachte mich auf diesen John Basedow und sein Fitnessprogramm. Sieh dir das an!« Erneut zeigte er seinen Bizeps.

Beeindruckend, in der Tat.

Er taxierte mich. »Mit etwas Einsatz schaffst du das auch, Vi. Informier dich doch mal auf Johns Webseite – www.muscleweb.com. Er ist die pure Inspiration.« Ich musste mich zwingen, den Mund zuzumachen. Und spannte vorsichtshalber auch gleich meine schlaffen Bauchmuskeln an.

Zeit für einen Themenwechsel. »Äh, wie geht es denn deinen Eltern?« Äußerst sympathische Menschen, die beiden.

»Großartig! Sie sind ganz hin und weg von Sheila!« Er lächelte. »Sie nennt sie Onkel Bob und Tante Lou. Sie ist ja so ein Scherzkeks ...«

»Wie schön.« Ich fragte mich, wie oft im Laufe des Abends wohl noch die Worte *nett, schön* und *toll* fallen würden. Wie es aussah, war diese Sheila in der Lage, Männern beim Beischlaf über den Penis die grauen Zellen abzusaugen. Ihre Vagina hatte dem armen Edward das Gehirn amputiert. Vor mir saß ein Fremder.

»Wie geht's denn so in Washington?«, erkundigte er sich.

»Gut. In der Arbeit läuft es spitzenmäßig. Ich ...«

»Sheila ist voriges Jahr mit ihrer Mutter zum Shoppen nach Washington geflogen. Potomac Hills«, unterbrach mich Edward. »Sheila hat ein Händchen für Shopping. Toller Geschmack.« Er hielt inne und ließ den Blick über mein stilvolles Outfit – schwarze Seidenhose, rotes Top mit V-Ausschnitt – gleiten. »Ruf sie doch an, falls du mal ein paar Tipps brauchst. Sie macht das gern. Sie ist wahnsinnig hilfsbereit.«

Klapp. Meine Kinnlade.

»Ich hole Nachschub!« Er sprang auf, obwohl meine Flasche noch fast voll war. »Sheila trinkt nur Corona Light.«

Nachdem er von der Bar zurückgekehrt war, betrieben wir eine Weile schwerfällig Smalltalk, gespickt mit so faszinierenden Informationen wie »Sheila liebt das Meer«, als wir über meine Reise nach Charleston sprachen, »Sheila hält diese Martha Stewart für ein Biest« bei der Erwähnung der Brautgeschenkepartys und »Sheila war schon mal in Mexiko«, als es um Benicio del Toros neuesten Film ging.

»Tja, du wirkst sehr glücklich«, stellte ich schließlich fest. Höchste Zeit, nach Hause zu fahren, ehe ich in dieser unerschöpflichen Flut an Sheilaismen ertrank.

»Das bin ich auch«, versicherte er mir. Dann musterte er mich scharf. »Du dagegen siehst ein bisschen ramponiert aus. Arbeitest du zu viel? Oder bist du krank? Dein Teint wirkt irgendwie grau, und dein Haar so saft- und kraftlos. Nimm doch ein paar Vitamine. Empfehlung von John – John Basedow, meine ich.« Er gluckste. »Wir werden alt, Mädel. Wir müssen uns um unseren Körper kümmern, sonst geht es bergab, sagt Sheila.«

Ich war sprachlos. Als die Jukebox »Crazy« von Gnarls Barkley spielte, begann Edward, sich im Takt zu wiegen. »Sheila liebt diesen Song!« Crazy, das traf den Nagel auf den Kopf. Es war verrückt gewesen, zu glauben, ich könnte mir einen Begleiter für die anstehenden Hochzeiten aufreißen, indem ich eine Beziehung wiederbelebte, die so tot war, wie mein Haar offenbar wirkte.

»Oh, sieh nur, Mutter!«, quiekte Amy aufgeregt. »Ein Brotbackautomat! *Danke,* Mrs. Morgan! Der kommt von Mrs.

Morgan.« Ich saß mit einem Notizblock auf dem Schoß neben Amy auf einem überfüllten geblümten Sofa. »Wo sind Sie, Mrs. Morgan? *Toll* ist der.« Alles bewunderte den Backautomaten. Mary Francis reichte die Geschenkschleifen an Mary Scott weiter, die sie auf einen Pappteller klebte.

»Amy, du weißt hoffentlich, dass du für jede zerrissene Schleife ein Baby bekommst«, scherzte Mary Louise. Amy kicherte und zerfetzte mit tollkühner Unbekümmertheit das nächste Geschenkband.

»Hoppla!«, zwitscherte sie. Alle kicherten mit ihr. »Oh, seht doch! Eine Cappuccino-Maschine für acht Uhr morgens von meiner Highschool-Freundin Peggy. Danke, Peggy!«

Peggy zwinkerte mir zu. Ich schnaubte. Als wäre acht Uhr eine Herausforderung. Pah. Pflichtbewusst notierte ich die Cappuccino-Maschine, gefolgt von einem Waffeleisen (neun Uhr), einem weiteren Waffeleisen (zehn Uhr), einem Limonadenkrug (elf Uhr), einem Picknickkorb (zwölf Uhr), einem Tablett (ein Uhr) und einer Vase (zwei Uhr), während sich Amy übermütig ein Geschenk nach dem anderen vorknöpfte und keinen Deut um die Schleifen scherte.

Nachdem sie mein japanisches Teeservice ausgepackt hatte, drückte sie mich fest an sich.

»Es ist *wunderschön*, Vi. Als kleines Mädchen habe ich so gerne Teestunde gespielt. Jetzt kann ich eine richtige Teestunde mit erwachsenen Gästen abhalten!« Sie lachte, strahlend vor Glück.

Insgesamt erhielt Amy zwei Waffeleisen, drei Vasen und vier Kuchenplatten, und sie freute sich über jedes einzelne Geschenk mit derselben Aufrichtigkeit. Ich war stolz auf mein Teeservice. Schließlich war nur noch ein Geschenk übrig.

»Das Letzte ist von mir, Liebling.« Patsy Rose reichte Amy ein Päckchen in edler silberner Geschenkfolie.

»Für Mitternacht, von meiner Mutter«, informierte mich Amy und nahm das Päckchen entgegen. Es enthielt ein hinreißendes elfenbeinfarbenes Satinnachthemd samt Negligé. »Oh, Mama, das ist ja wunderschön.«

»Für deine Hochzeitsnacht, Schätzchen.« Patsy Rose lächelte ihre Tochter an. Ich verfolgte es mit einem Anflug von Neid. Ihre künstlerische Ader in allen Ehren, aber dass meine Mutter bei La Perla ein derart exquisites Kleidungsstück für meine Hochzeitsnacht erstand, war genauso unvorstellbar wie Ivana Trump im Target-Supermarkt. Bei meiner Episode der *Wedding Story* würde niemand feuchte Augen kriegen. Etwas niedergeschlagen sammelte ich meine Siebensachen ein und verabschiedete mich von Amy, nicht ohne ihr eine Einladung zum Tee zu entlocken. Ich war jetzt schon müde, dabei lag noch eine sechsstündige Autofahrt vor mir.

Kapitel 10

Ohne Begleitung

Am späten Samstagnachmittag sah ich mich mit Imogen bei Crate & Barrel um. Wer hätte gedacht, dass es so viele verschiedene Küchengeräte gibt. Uninspiriert umklammerte ich die Hochzeitsliste.

»Hochzeiten erfordern ganz schön viel Shopping«, motzte ich.

»Lass deine schlechte Laune nicht an mir aus, du Shopping-Muffel«, ermahnte mich Imogen und griff nach einem Fondue-Set. »Hat sie bereits.« Sie zeigte auf einen Brotbackautomaten. »Hat sie bereits.« Sie hob ein Waffeleisen hoch. »Hat sie bereits. Doppelt.« Imogen warf mir einen warnenden Blick zu. »Was hältst du davon?« Sie hielt mir eine Nudelmaschine unter die Nase.

Ich schüttelte zum hundertsten Mal den Kopf.

Imogen runzelte die Stirn. »Okay, was ist dein liebstes Küchengerät?« Ich ging in Gedanken mein Kücheninventar durch.

»Mein Korkenzieher. Und meine beste Bratpfanne.«

»Na, also. Hier – eine geradezu lächerlich teure Bratpfanne.«

Ich zögerte. »Findest du die nicht zu … langweilig?« Keine Ahnung, weshalb, aber ich war wild entschlossen, ja, davon besessen, originelle Geschenke zu machen.

»Vi, es ist bestimmt schwierig, mit anzusehen, wie all deine Freundinnen aus Kindertagen hingehen und heiraten, zumal du dich in Washington gerade erst eingewöhnst …«

»Allerdings, und ich schaffe es nicht, die nötige Distanz zu wahren – im Gegenteil. Ich lasse mich in lange Telefongespräche über jedes noch so unwichtige Detail verwickeln.« Ein Gefühl schlängelte sich an die Oberfläche. Ich identifizierte es. Es hatte auch einen Schatten. »Ich komme mir arrogant und ausgeschlossen zugleich vor.« Ich seufzte. »Wie dämlich ist das denn?«

»Überhaupt nicht.« Imogen ließ sich auf einem Stapel Brotkästen nieder. »Du schwimmst im Kielwasser von Patsy Rose und ihrem Gefolge, mitgerissen von ihrem Sog, und sie sagen dir, was du tun und lassen, was du anziehen und denken sollst. Da ist die Wahl der Geschenke deine einzige Entfaltungsmöglichkeit. Aber du wirst dich noch zugrunde richten, wenn du weiterhin versuchst, dich auf diese clevere, unauffällige Art und Weise bei den Hochzeiten anderer Leute ins rechte Licht zu rücken. Glaub mir, Vi, du musst nicht unbedingt dasselbe wollen wie deine Freundinnen.«

»Schon komisch, was für einen unwiderstehlichen Reiz dieser ganze Heiratskram auf mich ausübt, obwohl er mich zugleich melancholisch stimmt. Hast du nicht den Eindruck, dass wir etwas verpassen?«, fragte ich sie.

»Nein«, sagte sie wie aus der Pistole geschossen, und dann, angesichts meiner ungläubigen Miene: »Okay, vielleicht alle heiligen Zeiten einmal, gegen drei Uhr früh, eine Nanosekunde lang. Aber dann sage ich mir, dass es bestimmt irgendwann so weit sein wird und ich mich vorher noch gründlich austoben will.«

Ich spielte mit einem Pfannenwender. »Das dachte ich auch immer«, sagte ich nachdenklich. »Und dann bekam ich plötzlich das Gefühl, ich hätte das Boot verpasst.«

»Hast du nicht. Du nimmst eben später eine elegante große Segeljacht. So, was ist jetzt mit dieser lächerlich teuren Bratpfanne? Zugegeben, kein sonderlich originelles Geschenk, aber andererseits: Was ist schon so originell am Heiraten?«

»Auch wieder wahr.« Ich war nicht gerade außer mir vor Begeisterung, erkannte jedoch, dass ich zwar vielleicht nicht zur Kategorie der »Hier geht es nur um mich«-Brautbetüddlerinnen gehörte, aber im Begriff war, mich in eine Geschenkemacherin ebendieser Kategorie zu verwandeln.

»Na also.« Sie streckte mir die Hand zum Low-Five hin. »Dann lass uns jetzt ins Tabard Inn eilen und eine Käseplatte, eine Cola, ein Mineralwasser und zwei Gläser Wein bestellen. Dieser ganze Küchenkram macht mich hungrig.«

Im Tabard Inn warteten bereits Ellis und Mona auf uns. Es war überraschend frisch für April; das perfekte Wetter für das Tabard Inn. Angesichts der knarrenden Holzböden, der niedrigen Decken und des knisternden Feuers im uralten gemauerten Kamin kann man sich lebhaft vorstellen, ein Reisender aus einem Roman von Jane Austen zu sein, dessen Kutsche auf dem Weg zur Familie Darcy in Pemberley hier Station macht.

»So«, sagte Imogen, sobald wir saßen. »Wie läuft es mit der Rede?«

»Ugh.« Obwohl sie mir ständig damit in den Ohren lag, hatte ich den Gedanken daran bis jetzt erfolgreich verdrängt. Selbstverständlich spielte meine Ansprache eine entscheidende Rolle in meinen Fantasien von der klugen Trauzeugin, die die Gäste mit ihrem *Je ne sais quoi* in ihren Bann schlug. »Ich habe da so einiges im Hinterkopf.« In Wahrheit hatte ich bis dato nicht viel mehr als ein paar über den Boden verstreute Papierknäuel produziert.

»Mhm.« Imogen musterte mich aus schmalen Augen.

»Im Ernst!«, beharrte ich vergeblich. Ich war durchschaut.

»Wie wär's damit: ›Aus der Kirche, in den Alltag – Achtung, Ödnis, jetzt geht's los‹«, schlug Imogen vor.

Ich funkelte sie erbost an.

»Du könntest Ödnis auch durch Bettstatt ersetzen«, fügte sie hilfsbereit hinzu.

»Gedichte kommen immer gut.« Mona warf mir über den Rand ihres Weinglases hinweg einen mitfühlenden Blick zu.

»Okay«, tschilpte Imogen.

»Es war einmal eine glückliche Braut,
die hatte sich grad erst frisch getraut.
Ihr Mann war zwar ein Rind,
doch sie wollte ein Kind
und reich war er zudem – und stattlich gebaut.«

»Wow, danke«, sagte ich. »Wie üüüüberaus hilfreich.«

Giles steuerte im Geiersturzflug (und in einem schicken lila Sakko) auf uns zu. »Meine Damen.«

»Giles!«, quietschte Imogen. Die beiden vergöttern einander, wie das bei Menschen, die einen Seelenverwandten an seiner Neigung zur Extravaganz erkennen, häufig der Fall ist.

Giles begrüßte sie mit einem Küsschen. »Hallo, meine Liebe. Was habe ich verpasst?«

»Ja, gibt es einen Grund für dieses Emergency-Meeting?«, wollte die eben angekommene Babette wissen und quetschte sich neben Mona auf die Couch. Der Kellner eilte herbei, um ihre Bestellung aufzunehmen, und stolperte dabei fast über seine eigenen Füße.

»Nun?«, hakte Babette nach, nachdem er sich mit einem

beseelten Lächeln auf den Weg gemacht hatte, um ihre Vanilla-Stolichnaya zu holen. Giles musste ihn zurückrufen, damit auch wir unsere Bestellung aufgeben konnten.

Ich stöhnte.

»Mit oder ohne Date, das ist hier die Frage.« Imogen sprang auf, nahm aber gleich wieder Platz. »Vi muss Amy morgen Bescheid geben, ob sie alleine kommt oder nicht.«

»Oooh.« Ich erntete reihum bedauernde Blicke.

»Wie wirst du dich entscheiden?«, fragte Ellis.

»Keine Ahnung. Wenn ich mit Begleitung hingehe, müsste der Betreffende eine sechsstündige Autofahrt und eine Übernachtung bei meinen Eltern in Kauf nehmen, nur um bei einer Hochzeit, auf der er niemanden kennt, allein herumzusitzen und auf meine Handtasche aufzupassen. Ein Mann, der ein solches Opfer bringt, müsste entweder wahnsinnig in mich verknallt sein, oder ich mache ihn mir mit dem besten Oralsex seines Lebens gefügig. Oder er ist ein noch größerer Loser. Optionen eins und zwei kann ich mir abschminken, und Option drei erscheint mir wenig reizvoll.«

»Hochzeiten sind angeblich die perfekte Singlebörse«, bemerkte Ellis, die ihren aktuellen Verehrer auf die altmodische Art und Weise kennengelernt hatte, nämlich in einer Bar.

»Ich gebe zu bedenken, dass dank meiner Kleider wohl kaum jemand *Verrückt nach Vi* sein wird. Ich sage nur *Meine teuflischen Näherinnen*. Oder *Ein (un)modischer Härtefall*. Oder *Schneiders Werk und Teufels Beitrag*.«

»Schreib doch einfach ins Gästebuch: *Brautjungfer, weiblich, ledig sucht ...*«, schlug Mona vor.

»Vergiss es. Außerdem fürchte ich fast, es werden ausschließlich *Ehemänner und Ehefrauen* anwesend sein.«

»Auf Hochzeiten herrscht *unleugbar* eine paarungsfördernde Atmosphäre«, sagte Imogen. »Ist ja auch kein Wunder, bei all dem Gefasel vom künftigen Glück zu zweit.«

»Also, erstens ist es meiner Meinung nach ein Gerücht, dass man auf Hochzeiten Leute kennenlernt. Was die Paarungsfreudigkeit angeht, magst du ja recht haben, aber kaum hat tags darauf die postkoitale Euphorie nachgelassen, folgt unweigerlich die herbe Enttäuschung. Zweitens wage ich zu bezweifeln, dass ich mich für die Typen aus Bills Studentenverbindung erwärmen kann, womit wir wieder bei Punkt eins wären. Und drittens fällt ein Mann, der in Charlotte wohnt, für mich in die Kategorie geografisch unerreichbar ... Was ist?«

Imogen prustete vor Lachen, Mona grinste hinter vorgehaltener Hand.

»Nichts«, kam es unschuldig von den beiden.

»Ich ziehe es *sehr wohl* vor, wenn mein Freund in meiner Nähe wohnt!«, stieß ich hervor.

»Wenn du das sagst«, beschwichtigte mich Imogen, konnte jedoch ihre Belustigung nicht verbergen.

»Wieso gehst du nicht mit Ethan hin?«, fragte Mona, um weitere Beteuerungen meinerseits im Keim zu ersticken.

Ich stöhnte. »Er kann nicht – Prüfungen. Sehr zum Leidwesen meines Vaters.« Dad liebt Ethan heiß und innig. Die Tatsache, dass ich wenigstens mit einem Mann befreundet bin, der Ethan und nicht Connor heißt, kommt für ihn einem Sieg in der erbitterten Namensschlacht gleich, die er sich mit Mom seit je geliefert hat.

»Moment mal!«, warf Giles ein. »Ich dachte, ich wäre der Lieblingsschwiegersohn deiner Eltern?«

Er ließ theatralisch den Kopf an Imogens Schulter sinken, die ihn mitfühlend tätschelte.

»Nein, nur der meiner Mutter, die einen Schwulen nicht einmal dann als solchen erkennt, wenn er in einem buntschillernden Catsuit bei der Regenbogen-Parade in San Francisco mitmarschiert. Mom findet, ich sollte mit dir ausgehen.«

»Ihre Mom liebt mich«, sagte Giles mit verklärtem Blick.

»Ich weiß, Darling.« Imogen kraulte ihm den Kopf.

Der Kellner brachte die Getränke.

»Wie wär's mit Giles als Begleiter?«, wollte Babette wissen. »Wo wir ihn schon mal unter dem Messer haben.«

Wir wechselten ratlose Blicke, bis Mona flüsterte: »Sie meint, wir könnten ihm das Messer an die Brust setzen«, worauf alles »Ah!« machte.

Giles war das Lachen prompt vergangen. »Oh, nein. Nein, nein, nein. Ich habe eine Calla-Allergie, und diese Patsy Rose jagt mir auch unbekannterweise schon eine Heidenangst ein.«

»Heißt sie wirklich Patsy Rose?«, fragte Babette.

»Allerdings«, murmelten Imogen und ich unisono. Wir kennen jede Menge Frauen namens Patsy Rose, Pansy Ann, Pebbles, Buffy, Bunny, Binky, Mary Scott, Mary Francis oder Mary-Laura-Nate.

»Und außerdem – könnt ihr euch vorstellen, was die da unten in den Südstaaten mit einem Mädel wie mir anstellen würden?«

»Mach mal halblang«, warnte ich ihn und nippte an meinem Sodawasser. Ich hasse es, wenn sich jemand in Platitüden über meine Heimat ergeht. Kommt mir mit North Cackilacky, und ich gehe glatt an die Decke.

»Jetzt mal im Ernst, Giles, was spricht dagegen?«, hakte Mona nach.

Ich kam ihm zuvor. »Giles hat ausnahmsweise recht. Ich glaube kaum, dass er sich zusammenreißen könnte – es wäre geradezu provokant, ihn zu Amys Hochzeit mitzubringen.« Patsy Rose würde garantiert Amok laufen, wenn sie Giles in einem rosa Anzug auf der Tanzfläche herumtollen und mit dem Frontman der Hochzeitsband flirten sah. »Außerdem muss einer von uns im Büro die Stellung halten.«

»Hast du keinen Reservespieler in Charlotte?«, fragte Giles, um von seiner Person abzulenken.

»Nein. Edward fällt leider aus.« Außer Imogen wusste niemand von dem Horror-Date mit meinem Ex.

»Dann gehst du also allein hin?« Imogen zwirbelte eine Haarsträhne und wippte mit dem Bein.

»Sieht ganz danach aus.« Ich war mit meiner Kandidatenliste durch.

»Es wird bestimmt trotzdem lustig«, versuchte Ellis, mich aufzumuntern. »Wahrscheinlich hättest du gar keine Zeit für deinen Begleiter. Bei der Hochzeit meiner Schwester bin ich nur von einem Fototermin zum nächsten gehetzt. Ohne Date hast du weit weniger Stress.«

»Ich bin für jede Art der Stressreduktion. Hochzeiten sind ohnehin traumatischer, als ich dachte.«

»Dann ist es also entschieden«, verkündete Imogen. »Kein Begleiter.«

»In Ermangelung eines passenden Kandidaten.« Ich gestattete mir einen kurzen wehmütigen Traum von einem perfekten Freund, der diese Diskussion überflüssig hätte machen können, und versuchte, nicht an Calebs Hände zu denken. Caleb hat tolle Hände. Sehr geschickt und nur ganz leicht rau.

»Und nun zur Ansprache«, sagte Charles.

»Nur über meine Leiche«, wehrte ich ab. »Babette, erzähl uns von deiner gestrigen Verabredung.«

Tags darauf saß ich in der Mittagspause allein im Büro und starrte minutenlang auf eine leere E-Mail. Ich schwitzte, ohne auch nur einen Finger zu rühren. »Lächerlich«, brummte ich schließlich und begann zu tippen.

An: CCarter@wharton.upenn.edu
Von: ViViVooom@gmail.com
Datum: 6. April
Betreff:

Hallo, Fremder,

lange nichts voneinander gehört. Mir geht es großartig. Ich arbeite immer noch als Weineinkäuferin bei D&D. Zurzeit verbringe ich allerdings den Großteil meiner Freizeit auf der Autobahn nach Charlotte – gleich drei meiner Freundinnen heiraten demnächst, und ich fungiere bei allen als Trauzeugin. Da musste ich natürlich an Dich denken (wegen Charlotte, nicht wegen der langen bauschigen Kleider). Wie geht's denn so? Was macht die Uni? Wann seh ich Dich mal wieder?
Ich hoffe, bei Dir ist alles im grünen Bereich!

Liebe Grüße
Vi

Er schrieb umgehend zurück. Mein Puls raste.

An: ViViVooom@gmail.com
Von: CCarter@wharton.upenn.edu
Datum: 6. April
Betreff: Re:

Hi, Vi,

schön, von Dir zu hören! Ich bin heilfroh, dass ich in Deiner Vorstellung nichts mit langen bauschigen Frauenkleidern zu tun habe. Fände ich doch

etwas eigenartig, wenn Du mich in so einem Aufzug in Erinnerung behältst.
Hier ist alles okay. Ich bin im Stress, die Examen stehen unmittelbar bevor, und danach heißt es »Willkommen im richtigen Leben«. Philadelphia wird mir fehlen, aber die geplante Segeltour in der Karibik wird meinen Abschiedsschmerz sicher lindern. Keine Ahnung, was ich nach dem Sommer mache, kann also im Moment nicht sagen, wann wir uns wiedersehen.
Freut mich, dass es Dir auch gut geht. Lass Dich von deiner Heimatstadt nicht unterkriegen, schließlich bist Du eine ihrer Vorzeigetöchter!

See you
C.

Ich starrte lange auf seine Zeilen. Und was hieß das jetzt? Implizierte »im Moment nicht« so viel wie »aber bestimmt irgendwann später«? Wie *sollte* ich ihn denn seiner Meinung nach in Erinnerung behalten? Den ganzen Tag über las ich die Nachricht immer wieder, doch als ich meinen Computer abends herunterfuhr, konnte ich nicht einmal mir selbst weismachen, dass sie Anlass zur Hoffnung lieferte.

Kapitel 11

Dieses war der erste Streich: Amy ∞ Bill

Um halb sechs hielt ich vor Mary Scotts Wohnung, wo Amy ihren Junggesellinnenabschied feierte. Ich war gespannt. Ich hatte noch nie eine Junggesellin verabschiedet. Auf der Einladung war von Drinks, Snacks und Geschenken die Rede gewesen (sprich: wieder ein Einkauf fällig). Am späteren Abend würde uns dann eine Limousine zum Dinner bringen.

Mary Francis öffnete mir die Tür. »Vi! Du hast es geschafft! Wir sind gerade dabei, Amy einzukleiden. Hier.« Mary Francis drückte mir einen pinkfarbenen Drink in die Hand. Auf der Spitze des Strohhalmes steckte ein Minipenis aus Gummi, der nach Latex schmeckte, genau wie der Drink. Ich folgte Mary Francis ins Wohnzimmer. Amy winkte mir kichernd. Sie trug einen mit einem riesigen Gummipenis verzierten Hut, gekrönt von Tiara und Schleier, sowie ein T-Shirt mit der Aufschrift KÜSS MICH, ICH BIN DIE BRAUT!, auf das jemand eine ganze Tüte LifeSavers-Bonbons genäht hatte.

»Sieh dir das an, Vi! Ich muss Männer dazu bringen, die Rettungsringe zu essen und auf dem T-Shirt zu unterschreiben!« Sie kicherte wieder. Es trudelten weitere Mädels ein. Als alle versammelt und mit Latexdrinks versorgt waren, konnte die Party beginnen. Wir spielten erotisches Bingo, roMANNtisches Trivial Pursuit und »Kleb den

Schlauch an den Feuerwehrmann«, dann öffnete Amy unter viel Gekreische und Gelächter ihre anzüglichen Geschenke, unter anderem Plüschhandschellen, phallusförmige Lutscher, essbare Unterwäsche, das Kamasutra samt Massageöl (von mir), diverse Sex-Gimmicks und eine Feder. »Oh, Gott!«, quietschte sie ein ums andere Mal. Der Alkohol floss in Strömen. Obwohl Amy bereits glasige Augen und rote Wangen hatte, wurde sie in einem fort mit neuen bunten Drinks mit Penisstrohhalmen versorgt. Ich versuchte vergeblich, ihr dazwischen ein Glas Wasser einzuflößen. Mitten in diesem Tumult klingelte es an der Tür, und gleich darauf kehrte Mary Francis zurück und jammerte: »Ohgottohgott, jemand hat die Bullen gerufen …« Hinter ihr erspähte ich die billigste Polizistenimitation, die ich je gesehen hatte. Knackenge »Uniform«, Schlagstock und … CD-Player.

Der falsche Cop entblößte eine Reihe Zähne, auf die selbst Donny Osmond neidisch gewesen wäre. »Wo steckt die junge Dame, die für diesen Aufruhr verantwortlich ist?«, dröhnte er und schwang drohend seinen Schlagstock. »Wo ist die Braut?« Die schwankende Amy wurde von der quietschenden Meute nach vorne geschoben. »Hier ist sie!«

»Sooooo«, sülzte Wachtmeister Superfreundlich, »wie ich höre, warst du ein *sehr* unartiges Mädchen!« Er warf mittels Fernbedienung seinen Ghettoblaster an und begann, im Rhythmus der stampfenden Disco-Beats mit den Hüften zu zucken. Nachdem er eine Weile um die aufgeregt quiekende Braut herumscharwenzelt war, riss er sich mit einer einzigen Handbewegung Hemd und Hose vom Leibe (wie praktisch!) und setzte seinen Paarungstanz in Stringtanga und Springerstiefeln fort. Ich fragte mich, wie er es wohl schaffte, sich seine »Uniform« nicht mit Öl zu versauen. Ganzkörperrasur vermutlich.

Die Vorstellung verlief ziemlich routinemäßig. Nachdem der Pseudobulle sich ausgiebig um die Braut gekümmert hatte, kam auch ich in meiner Funktion als Trauzeugin in den zweifelhaften Genuss eines Lap Dance und durfte seine Familienjuwelen aus nächster Nähe begutachten. Da ich beim besten Willen keinen weiteren Latexdrink mehr hinunterbrachte, war außer mir bald niemand mehr auch nur annähernd nüchtern, und so fand ich mich in der für mich eher ungewohnten Rolle des besorgten Beobachters wieder. Mein mahnendes »Sollten wir nicht allmählich zum Dinner aufbrechen?« verhallte auch beim zweiten und dritten Mal ungehört, und nachdem der lange … ähm … des Gesetzes seine Klamotten eingesammelt und einen Abgang gemacht hatte, überraschte uns Mary Scott mit Jell-O-Shots in – erraten – phallusförmigen Schnapsgläsern.

Eine Stunde später kauerte ich neben Amy vor der Kloschüssel und hielt ihr das Haar zurück, während sie sich die Seele aus dem Leib kotzte. Ich hatte den Verdacht, dass sich in der Gästetoilette ähnliche Szenen abspielten – jedenfalls war Mary Francis vorhin ziemlich grün im Gesicht gewesen, als ich Amy ins Bad nachgelaufen war. Stöhnend richtete sich Amy auf. Ich wischte ihr mit einem feuchten Waschlappen die Stirn ab.

»Bill«, wimmerte sie. Ich tätschelte ihr den Kopf und reichte ihr ein Glas Wasser. Es war gerade mal neun Uhr, und wir hatten das Haus noch gar nicht verlassen. »Nigsch Bill. Diesche Pardy isch für Jungsch verboden«, lallte Mary Scott von der Tür her. »Un überhaup. Bill isch mi scheinen Kumpelsch underwegsch.«

»Bill. Ich will Bill«, quengelte Amy. Ich tätschelte weiter und überlegte. Außer mir war niemand mehr imstande, Entscheidungen zu treffen. Es war vielleicht nicht ratsam, wenn Bill seine Verlobte in diesem Zustand sah. Noch ehe ich zu einem Schluss gekommen war, erschien Mary Margaret mit einem grasgrünen Drink (natürlich mit Penisstrohhalm) an der Tür und verkündete: »Die Jungsch ind hier!« Sie torkelte von dannen. Problem gelöst.

»Bill!« Amy rappelte sich auf und schwankte in Richtung Tür. Ich hielt sie zurück.

»Warte, Amy.« Sie blinzelte mich mit glasigen Augen an. »Du hast gereihert«, erinnerte ich sie.

»Stimmt.« Sie legte die Stirn in Falten und dachte kurz nach, dann stakste sie zum Waschbecken und griff nach Mary Scotts Zahnbürste. Als sie fertig war, geleitete ich sie ins Wohnzimmer.

»Bill!«

»Schätzchen!« Bill war definitiv in besserer Verfassung als Amy. »Nach den Steaks und den Zigarren haben wir uns bald gelangweilt ohne euch, also haben wir uns auf die Suche nach euch gemacht.« Amy sank mit einem zufriedenen Seufzer an seine Schulter und schloss die Augen. Er drückte sie zärtlich an sich, und ich verspürte ein Ziehen in der Brust, als stünde ich draußen im Schnee und sähe in ein Wohnzimmer mit einem knisternden Kaminfeuer. Selbst wenn sie übelsten Mundgeruch hatte, behandelte er sie wie ein kostbares Juwel. Bill nickte mir über Amys Schulter hinweg beruhigend zu: Ich kümmere mich um sie. Ich verdrängte die Sehnsucht danach, von Caleb ähnlich umsorgt zu werden. Der Anblick der sturzbetrunkenen Opfer unseres Gelages heiterte mich auch gleich wieder auf. Es war erst zehn – ich konnte also gepflegt noch einen Happen essen gehen. Ich hatte Hunger, und außerdem musste ich diesen ekligen Latexnachgeschmack loswerden.

Am Tag der Hochzeit erwachte ich herrlich ausgeruht in einem verlassenen Haus. Dank der eisernen Faust von Patsy

Rose war das Probeessen *äußerst* manierlich über die Bühne gegangen. Zu meiner grenzenlosen Enttäuschung hatte sie sämtliche Gäste kurzerhand um halb elf nach Hause geschickt mit dem Befehl, schnurstracks zu Bett zu gehen. Ich hatte ein Besäufnis erwartet und eine Tupperware-Party bekommen. Was für eine Verschwendung meiner schärfsten Dessous (schwarz-pink!). Tja, neuer Tag, neues Glück.

Die Hochzeit war für sechs Uhr angesetzt, doch die Brautjungfern sollten sich bereits um drei bei Amy zu einem Imbiss sowie zum Friseur- und Schminktermin einfinden. Ich kam zehn Minuten zu spät und nahm neben Peggy Platz, die mich mit den Worten »unpünktliches Flittchen« begrüßte.

»Nikotinjunkie«, murmelte ich zurück. Wir verstummten gehorsam, als Patsy Rose an ihr Glas klopfte und uns anlächelte. Ihr pinkfarbener Lippenstift schimmerte.

»Wir freuen uns sehr, dass ihr an Amys großem Tag alle hier versammelt seid. Es bedeutet Amy und mir äußerst viel.« Für mich bedeutet es auch äußerst viel, dachte ich missmutig, nämlich Ausgaben in der Höhe von gut vierhundertfünfzig Dollar, Benzin und Geschenke nicht eingerechnet.

»Deshalb wollen wir uns mit einem kleinen Präsent bei euch bedanken, das ihr hoffentlich heute tragen werdet.« Patsy Rose deutete auf die Tüten, die sie an alle Brautjungfern verteilt hatte. Wir spähten hinein. Eine schmale Handtasche, Ohrringe sowie zwei haarspangenartige Gegenstände, alles im Muscheldesign. Ich vernahm vierzehn artige Ooohs! und Aaaahs!, von denen einige sogar aufrichtig erfreut klangen. Meine nicht.

»Wozu die Haarspangen?«, flüsterte ich Peggy zu.

»Die klemmst du dir auf die Schuhe«, flüsterte sie zurück und verdrehte die Augen.

Seufz. Sogar meine Schuhe musste Patsy Rose noch verschandeln. Wenigstens wollte sie diesmal keine Knete.

Nach dem Imbiss – Hummercremesuppe und Hummersalat – und einer viel zu kurzen Kaffeepause, in der Peggy sage und schreibe neun Zigaretten rauchte (auf Vorrat, wie sie meinte), folgte das traditionelle Kriegsbemalungsritual.

»Meine Damen«, verkündete Patsy Rose, »das einheitliche Aussehen der Brautjungfern ist äußerst wichtig, damit unser Motto auch richtig zur Geltung kommt. Graciela, unsere Make-up-Spezialistin, und Rosemary, unsere Friseurin, werden darauf achten, dass euer Look bis ins kleinste Detail stimmt.«

Ich witterte eine Katastrophe.

»Ich habe die beiden bereits für ihre Dienste entlohnt«, fuhr Patsy Rose fort. Puh. »Wenn ihr mir also jeweils einen Scheck über zweiundsechzig Dollar ausstellen würdet …« Waaas? Ich überschlug im Geiste, wie viel mein überstrapaziertes Konto wohl noch hergeben würde. Ob Patsy Rose wohl gewillt war, einen Scheck anzunehmen, der auf das Datum meines nächsten Zahltages ausgestellt war?

Ich war Gracielas erstes Opfer. Beunruhigt betrachtete ich ihr zugespachteltes Gesicht. Hm, flaschengrüner Lidschatten. Meine Bedenken mehrten sich, als Graciela den Stuhl herumdrehte, sodass ich mit dem Rücken zum Spiegel saß. Ich finde, Grün- und Blautöne lassen mich nuttig aussehen. Gracielas Farbpalette enthielt ausschließlich Grün- und Blautöne.

»Die Light-Version, bitte«, sagte ich. Zu spät, sie hatte bereits einen fetten Klecks Grundierung auf ihr Schwämmchen gedrückt.

»Mrs. Bing will gleiche Styling für alle«, winkte sie ab und ging zum Angriff über.

»So, ferrrtig!«, verkündete sie zwanzig Minuten später

und wirbelte meinen Stuhl herum. Ich fuhr zurück. Ich sah aus wie eine Mischung aus Alien und Drag Queen – orangefarbener Teint dank der großzügigen Schicht Grundierung, die Augen dick mit Eyeliner umrandet, dazu blauer Lidschatten und rosaroter Metallic-Lippenstift. Passte eigentlich perfekt zu dem potthässlichen Kleid. Kichernd begab ich mich zu Rosemary, der Friseurin.

Nach einem Blick auf ihre künstliche Dauerwellenmähne ergab ich mich in mein Schicksal. »Ich hätte gern mehr Fülle«, sagte ich. »À la Peggy Bundy. Geht das?« Wenn schon, denn schon.

»Mal sehen.« Rosemary ließ ihre Kaugummiblase platzen. »Bei diesen dünnen Haaren …«

»Leg dich ins Zeug«, ermutigte ich sie. »Ich hätte wenigstens gern deine Locken.«

Wenig später betrachtete ich zufrieden meine Betonfrisur im Spiegel. Ich sah grauenhaft aus. Nach der Hochzeit konnte ich gleich zu einem Casting für *Mars Attacks!* gehen.

»Perfekt.« Ich nickte. Kein Härchen bewegte sich.

»Hübsch, hübsch«, feixte Peggy. Ich bedachte sie mit einem Blick, bei dem Dschingis Khan seinen Einfall in China noch einmal überdacht hätte, dann grinste ich hinterhältig – Graciela erwartete sie bereits.

Um fünf stand unser Trupp zur Inspektion bereit. Sergeant Bing nahm jede Brautjungfer genauestens unter die Lupe, zupfte hier, rupfte da und rückte bei jeder einzeln die Muschelclips auf den Schuhen zurecht. Schließlich war sie zufrieden und erteilte den Marschbefehl. Mit Patsy Rose hätten die Südstaaten den Bürgerkrieg garantiert nicht verloren.

St. Gabriel ist eine moderne Kirche, die optisch nicht meinen Vorstellungen von einem Gotteshaus entspricht. Im

Gegensatz zu der Presbyterianer-Kirche, die meine Familie zu Ostern und zu Weihnachten beehrt und die aussieht wie ein Postkartenmotiv irgendwo in Vermont, hat St. Gabriel etwas von einem Künstleratelier in Aspen. Dafür ist Father Ted ein Pfarrer wie aus dem Bilderbuch – groß, hager, gebildet, gütig und grauhaarig. Er hätte wunderbar in die heile Welt von Jan Karons Mitford-Romanen gepasst.

Punkt fünf Uhr neunundfünfzig hieß es antreten, und wehe dem oder der zu spät Kommenden. Um sechs musste Patsy Rose zähneknirschend die Befehlsgewalt abgeben und sich zu den anschwellenden Klängen von Pachelbels Kanon in D-Dur an ihren Platz geleiten lassen, wobei sie ihren Untertanen in den Bänken rechts und links huldvoll zunickte. Amy registrierte es gar nicht. Sie strahlte, eine Porzellanpuppenbraut mit roten Wangen und bauschigem weißen Kleid, dessen eineinhalb Meter lange Schleppe ich nachher aufschütteln sollte, damit sie auch schön locker fiel. Sie bot ein Bild purer Glückseligkeit, und nicht einmal Patsy Rose konnte ihr die Show stehlen. Ich drückte ihr die Hand.

»Na, aufgeregt?«, fragte ich lächelnd.

»Oh, Vi«, hauchte sie, »es ist *unglaublich*. Ich *heirate*!« Sie konnte nicht aufhören zu lächeln. »Heute ist wirklich der schönste Tag meines Lebens. Ich kann's kaum erwarten, bis es bei dir so weit ist.« Ihre Worte versetzten mir einen Stich. Mein ASTIL würde wohl noch eine Weile auf sich warten lassen.

»Geht mir genauso«, flüsterte ich, drückte ihr noch einmal die Hand und rüstete mich für den Gang zum Altar.

Zum ersten Mal seit meinem Auftritt als Blumenmädchen im Alter von sechs Jahren spürte ich wieder die Blicke einer brechend vollen Kirche auf mir ruhen. Ich marschierte los, hochkonzentriert, um nicht aus dem Kleid zu purzeln, ein breites Lächeln im Gesicht, den Oberkörper kerzengerade, das Sträußchen vor der Brust, exakt wie von Patsy Rose instruiert. Wenigstens passte meine steife Haltung zur Frisur.

Nach einer halben Ewigkeit erreichte ich den überbevölkerten Altar und quetschte mich an meinen Platz neben Mary Francis. Der Organist stimmte den traditionellen Hochzeitsmarsch an, und Amy, die Bilderbuchbraut, schwebte herbei. Ich spürte, wie mir Tränen in die Augen stiegen. Father Ted begann die Trauung mit einem wohlwollenden Lächeln in Richtung Brautpaar, wirkte allerdings während der Lesung (erster Korintherbrief, das Hohelied der Liebe, was sonst), stockend vorgetragen von Ann Elizabeth, etwas abwesend.

Zweiundzwanzig Minuten später war es vollbracht.

Die Gäste versammelten sich vor der Kirche und verabschiedeten sich winkend von den Frischvermählten, die die knapp zwei Kilometer zum Empfang in einer Limousine zurücklegten. Father Ted streckte mir die Hand zum High-Five entgegen.

»Reife Leistung«, stellte er anerkennend fest.

»Danke. Ich bin heilfroh, dass ich es ohne zu stolpern hinter mich gebracht hab.«

»Gut gemacht. Tja, dann bis nächste Woche.«

Die Lippen meines Tischnachbarn Alan bewegten sich, aber das Gesagte drang nicht zu mir durch. Wir hatten eben unsere Steaks *au poivre* mit Riesencrevetten verdrückt (allmählich hingen mir die Meeresfrüchte schon zum Hals heraus), und irgendetwas an ihm wirkte merkwürdig vertraut, obwohl ich ihn noch keine halbe Stunde kannte. Was war es nur? Die vermeintlich tiefe Konzentration, mit der ich ihm lauschte, entlockte ihm ein Lächeln, bei dem eine zwischen Vorder- und Eckzahn steckende Fleischfaser sichtbar wurde.

»Und da wurde mir klar, dass ich gut mit Menschen umgehen kann«, brüstete er sich. Ich versuchte vergeblich, mir das Thema seiner unendlichen Geschichte in Erinnerung zu rufen. Ich wusste nur noch, dass sie in Pittsburgh spielte.

»Leckeres Bier haben die in Pittsburgh. Yuengling, oder?«, bemerkte ich dümmlich. Er nickte und lächelte breit. *Au poivre*. Alan war Bills Trauzeuge und hielt es offenbar nur für selbstverständlich, dass ich ihn unwiderstehlich fand. Ach, herrje. Ich musste herausfinden, was mir an ihm so vertraut vorkam, ohne ihm das Gefühl zu vermitteln, dass er mir gefiel.

Er sah eigentlich nicht übel aus, – dichtes braunes Haar, ebenmäßige Züge und olivbrauner Teint –, aber was mir Amy über ihn erzählt hatte, wirkte ungefähr so anziehend wie das Absperrband am Schauplatz eines Verbrechens: Er hatte sich kürzlich von seiner Freundin getrennt, lebte aber noch mit ihr zusammen, weil sie sich nicht einigen konnten, wer von ihnen aus der gemeinsamen Wohnung ausziehen sollte (was die beiden nicht daran hinderte, sich bereits nach neuen Partnern umzusehen). Bevorstehende Obdachlosigkeit *und* eine potenziell psychopathische Ex als Mitbewohnerin, ein absolutes No-go.

Moment mal. Das durfte doch nicht wahr sein. Ungläubig starrte ich auf seine leicht glänzende Stirn. Sogleich plusterte er sich unter meinem aufmerksamen Blick erneut auf. Und dann fiel es mir wie Schuppen von den Augen: Seine dichten dunklen Brauen waren von einer leichten Rötung umrahmt, die ich an mir selbst alle vier bis sechs Wochen beobachtete. Der Trauzeuge ließ sich die Augenbrauen zupfen!

Ich war fasziniert und angewidert zugleich. Jetzt konnte

ich mich erst recht nicht mehr auf die Unterhaltung konzentrieren. Immer wieder kehrte mein Blick zu seinen ordentlich gezupften Brauen zurück. Nicht ein vorwitziges Härchen, das aus der Reihe tanzte. Ich mahnte mich zur Nachsicht. Was war mir in puncto Männerbehaarung lieber: regelmäßige kosmetische Entfernung oder Wildwuchs à la Cro-Magnon-Mensch? Nachdenklich griff ich zu meinem Drink. Hm. Und wie kam das Selters in mein Glas? Wo zum Teufel war der Alkohol?

»Also habe ich gesagt, ich glaub nicht an diesen ganzen metrosexuellen Quatsch. Sind doch alles Schwuchteln. Ein richtiger Mann geht nicht zur Maniküre«, sagte er prompt.

Ich verschluckte mich an meinem Wasser. Alan der Gezupfte mokierte sich über metrosexuelle Männer?

»Metrosexualität beschränkt sich ja nicht auf die Fingernägel«, widersprach ich. »Es geht um ein gepflegtes Äußeres ganz allgemein, um Stilempfinden und …«

»Wie auch immer«, unterbrach er mich. »Ich bin jedenfalls nicht darauf angewiesen, dass fünf wildfremde Leute zu mir nach Hause kommen, um mich bei der Eroberung einer Frau zu unterstützen. Die würde ich gleich zum Teufel jagen.«

Ach ja? Mit einer Pinzette? Wen meinte er überhaupt, die Frau oder die Wildfremden? Ein grammatikalisches Mysterium.

Verzweifelt ließ ich den Blick schweifen. Es war deprimierend – nicht ein einziger interessanter Single, genau wie vor zwei Minuten. Ich lächelte hilfesuchend zu Mary Francis und Mary Scott hinüber, die mir gegenübersaßen, und die beiden erwiderten es, ohne ihre Unterhaltung zu unterbrechen.

Es war Peggy, die mich schließlich erlöste. »Brautjungfern-Notfall. Komm mit«, befahl sie grinsend. Ich wäre ihr beinahe um den Hals gefallen.

»Bedaure, die Pflicht ruft«, entschuldigte ich mich bei Alan dem Gezupften ohne einen Anflug von Bedauern und folgte ihr an die Bar.

Wir hievten unbeholfen unsere Fischschwänze auf einen Hocker und gaben bei Monty, der dort schon seit Jahrhunderten seinen Dienst tut, unsere Bestellung auf.

»Wird blitzschnell erledigt.« Von wegen. Monty hatte sich seit dem Krimkrieg nicht mehr blitzschnell bewegt.

»Mann, dieses Kleid!« Peggy zerrte an ihrem Muschelmieder.

»Das trägst du bestimmt irgendwann noch mal.« Ich lachte.

»Sicher«, brummte sie. »Wenn ich einen Zweitjob als Prinzessin bei Walt Disney annehme.«

Monty servierte uns unsere Drinks. Peggy nahm dankbar einen Schluck. »Das Schlimmste haben wir hinter uns. Prost!«

Ich stöhnte. »Du vielleicht! Ich muss noch eine Rede halten.«

»Du Ärmste.« Sie steckte sich eine Zigarette an. »Weißt du schon, was du sagen wirst?«

»Ist ›mehr oder weniger‹ eine unpassende Antwort?«

Peggy lachte. »Für mich nicht. Es gibt doch nichts Erfrischenderes, als wenn sich jemand öffentlich bis auf die Knochen blamiert.«

»Oh, Gott.« Vielleicht war Spontaneität in diesem Fall doch nicht die richtige Taktik. Keine Sorge, Vi, sagte ich mir. Du schüttelst doch immer etwas aus dem Ärmel. Üben ist was für Anfänger.

»Vielleicht sollte ich dir meine Rede mal vortragen«, sagte ich nervös.

»Zu spät«, erwiderte Peggy. Patsy Rose steuerte bereits auf uns zu. In der Tat, zu spät.

Die Brautmutter bugsierte mich in den Ballsaal und zur Bühne, wo Alan eben den Inbegriff einer geschmacklosen Trauzeugen-Ansprache hielt: Anzüglichkeiten, die Patsy Rose die Schamesröte ins Gesicht trieben, lahme Witze (»Die Ehe ist mehr als ein Wort … Sie ist ein Urteilsspruch«) und altbackene Ratschläge (»Denkt immer an die magischen drei Worte: »Hast recht, Schatz!«). Ganz schön abgedroschen. Das konnte ich besser.

Alan schloss mit den Worten: »Genug gescherzt. Sollte irgendjemand hier auch nur die leisesten Bedenken wegen der Ereignisse des heutigen Tages hegen, dann liegt das vermutlich daran, dass du Bill das Jawort gegeben hast, Amy. Aber keine Sorge, das gibt sich nach ein paar Drinks.« Patsy Rose hatte bereits den Gehstock ihrer Mutter im Visier. »Darum erhebt mit mir die Gläser – auf das glückliche Brautpaar!« Die Gäste prosteten einander folgsam zu. Dann überreichte mir Alan das Mikro. Shit. Die Angst schnürte mir die Kehle zu.

Benommen lächelte ich ins Publikum. Patsy Rose wirkte gelassen. Wenigstens das.

Dann mal los. »Hi. Ich heiße Vi und bin Amys Trauzeugin, deshalb ist meine Rede in erster Linie an die Braut gerichtet. An den Bräutigam natürlich auch, wir sind schließlich auf einer Hochzeit, aber ich komme eben doch von Amys Seite.« Lieber Himmel, was faselte ich da bloß für einen Mist? Konzentration, Vi. Die Anwesenden lauschten mir mit höflicher Miene.

»Ich möchte vorausschicken, was für ein toller Kerl Bill ist und wie sehr ich mich für Amy gefreut habe, als die beiden ein Paar wurden. Bill ist stets galant und liebenswürdig, und zwar gegenüber ausnahmslos allen Mitmenschen. Es ist geradezu unheimlich. Aber die beiden ergänzen sich auch als Paar perfekt – Bill sorgt dafür, dass Amy auf dem Boden der Tatsachen bleibt, und Amy stellt sicher, dass Bill kein Langeweiler wird.« Klarer Fall von akuter Verbal-Diarrhö.

»Äh, wie dem auch sei, wir sind heute der Liebe wegen hier versammelt, deshalb möchte ich an dieser Stelle einige Zitate zum Thema Liebe zum Besten geben. Der Journalist Henry Louis Mencken etwa sagte: ›Liebe ist der Triumph der Fantasie über die Intelligenz.‹« Oh, nein, klang das womöglich so, als hielte ich Bill für geistig unterbelichtet? Shit. »Selbst Zyniker wie Friedrich Nietzsche glauben an die Liebe; besser gesagt glaubten – mittlerweile ist er ja tot, aber als er noch lebte, schrieb er: ›Es ist immer etwas Wahnsinn in der Liebe. Es ist aber auch immer etwas Vernunft im Wahnsinn.‹ Marthin Luther King pries die Vorzüge der Liebe mit den Worten: ›Hass lähmt das Leben. Liebe macht es frei. Hass verwirrt das Leben. Liebe ordnet es. Hass verdunkelt das Leben. Liebe erhellt es.‹« Herrje, war das womöglich zu politisch? Darf man auf einer Hochzeit politisch werden? Höchste Zeit für etwas Romantik. Poesie. Genau. Poesie ist romantisch.

»Wenn man Rainer Maria Rilke Glauben schenken will, werden Amy und Bill reich sein, denn er sagte: ›Denn dies ist das Wunder, das an den wirklichen Liebenden jedes Mal geschieht: je mehr sie geben, je mehr besitzen sie (…)‹«

Okay. Mehr Zitate fielen mir beim besten Willen nicht mehr ein. Ich versuchte krampfhaft, mich an eine Geschichte zu erinnern, die mir im Zuge meiner mangelhaften Vorbereitung auf diesen Moment untergekommen war.

»Ich hörte einmal von einem hilfreichen Ratschlag für Eheleute, der da lautet: ›Lernt Tandem fahren.‹ Die Story dazu geht ungefähr folgendermaßen: Ein Ehepaar macht zusammen einen Radurlaub. Die beiden amüsieren sich blendend, beschließen aber, im nächsten Urlaub mit einem Tandem zu fahren, weil – um es mit den Worten des Mannes zu sagen – ›sie nicht in unterschiedliche Richtungen fahren wollen‹. Ich glaube, das trifft den Nagel auf den Kopf. Auf einem Tandem bewegt man sich gemeinsam in dieselbe Richtung. Vielleicht kennen Sie ja das berühmte Zitat von Antoine de Saint-Exupéry: ›*Aimer, ce n'est pas se regarder l'un l'autre, c'est regarder dans la même direction*‹; soll heißen, ›In der Liebe geht es nicht darum, einander anzuschauen, sondern in dieselbe Richtung zu blicken‹.« Na, das war doch gar nicht übel. Vielleicht sollte ich mich künftig bloß noch an die Gleichnisse halten.

»Im Grunde sollte die Liebe wie ein Gummiband sein: ein Kreis ohne Anfang oder Ende, wie der *Ehering,* nur biegsamer; dehnbar und elastisch, um sich verändern und unter Druck nachgeben zu können. Sich anschmiegen, ohne zu zerbrechen. Und genauso formbar und anpassungsfähig sollte auch die Ehe sein. May the circle be unbroken.« Du liebe Güte, stimmte ich gleich noch »Kumbaya, my Lord« an?

Mein Blick fiel auf Patsy Rose, die, man glaubt es kaum, mahnend auf ihre Armbanduhr tippte. Schluck.

»Tja, also, äh … Das menschliche Gehirn ist doch ein Wunder der Natur, nicht? Funktioniert von Geburt an einwandfrei, bis zu dem Augenblick, an dem man eine Rede halten muss.« Hier erntete ich endlich Gelächter. Dem Himmel sei Dank! Die vergangenen fünf Minuten waren mir ungefähr so qualvoll vorgekommen wie ein Spaziergang mit gebrochenem Bein.

»Zum Abschluss möchte ich mit Ihnen allen auf Amy und Bill anstoßen und ihnen ein langes, glückliches Leben zu zweit wünschen.« Damit stürzte ich zutiefst beschämt von der Bühne. Amy strahlte mich dankbar an, was nicht anders zu erwarten war. Kritik ist für sie ein Fremdwort. Ich dagegen bin kritisch für zwei, und für diesen Auftritt war gnadenlose Selbstgeißelung bis mindestens Dezember fällig.

»Hier.« Peggy drückte mir ein Glas Wein in die Hand, das ich dankbar entgegennahm. Sie lachte, als sie meine gequälte Miene sah.

»Mach dir nichts draus«, sagte sie. »Nächste Woche kannst du dich rehabilitieren.« Ich stöhnte.

»Oh, Gott. Ehe ich erneut durch diese Hölle gehe, muss ich erst einmal gründlich meine Wunden lecken.«

»Du solltest wohl doch zumindest einmal vorher proben«, zog sie mich auf.

»Ach, ich übernehme einfach Alans Rede Wort für Wort.« Ich leerte mein Glas. »Ich brauche mehr Alkohol. Mein Glas hat offenbar ein Loch.«

»Allerdings«, erwiderte sie. »Das ist für den Mund.«

»Und dort müssen jetzt noch ungefähr dreiundsechzig weitere Ladungen rein, um mich diese Schande vergessen zu lassen«, stellte ich grimmig fest und schob mich durch die Massen zur Bar.

Kapitel 12

Schlachtplanung

»Zum Glück konnte bei diesem Riesenaufgebot an Brautjungfern niemand mit Gewissheit sagen, von welcher die hochoffiziell peinlichste Ansprache der Welt stammte.« Ich vergrub das Gesicht in den Händen.

»Verträgst du schon wieder Wein?«, fragte Ellis sanft.

Es war der »Tag danach«, sprich, nach Amys Hochzeit, und ich hatte einen scheußlichen Kater. Peggy und ich hatten uns nach Kräften bemüht, die Alkoholvorräte der Bar zu vernichten, und auch auf der After-Wedding-Party noch ordentlich gebechert. Ich war ziemlich sicher, dass ich Alan geküsst hatte – warum sonst war ich heute früh mit dem Nachgeschmack von Zigarrenrauch im Mund aufgewacht, ohne gestern eine Zigarre geraucht zu haben, im Gegensatz zu Alan und Bill? Eigentlich wollte ich es gar nicht so genau wissen. Nach einer Stippvisite beim Post-Hochzeits-Brunch hatte ich mich sofort ins Auto gesetzt und von unterwegs aus die Mädels angerufen, um aus aktuellem Anlass unser Sonntagsmeeting vorzuverlegen. Es war gerade mal halb sieben, als ich bei Clyde's eintraf, aber Mona und Ellis hatten sich bereits zum Notfallgipfel eingefunden.

»Oh, ja, immer her damit.« Mona winkte Charlie herbei.

»Du siehst ja aus wie vom Trecker überfahren«, stellte dieser mit einem mitfühlenden Blick in meine Richtung fest.

Ich seufzte. »Ein Mineralwasser, eine Cola und einen Kaffee, bitte ... Oder, nein, habt ihr Eiskaffee?«

»Klar«, sagte er. »Kommt der Rest der Crew auch noch?«

»Ja, Babette wird gleich hier sein«, sagte Ellis. Charlie lief rot an. »Also, halt die Augen offen. Wir werden eine Menge Drinks gebrauchen. Es hat sich ein Drama ereignet.« Sie deutete auf mich.

»Das seh ich.« Er tätschelte mir grinsend den Kopf. Schmerz, lass nach!

»Es war ganz furchtbar, ehrlich«, jammerte ich.

»Fang ja nicht ohne mich an!« Imogen hopste herbei, gefolgt von Giles, dessen knallgelbes Hemd mir in den Augen wehtat. »Ich will jedes blutige Detail hören!«

»Ich auch«, sagte Giles.

»Du bist beim Damenabend gar nicht zugelassen«, brummte ich.

»Sie hat gesagt, ich bin keine Dame«, beschwerte sich Giles bei Imogen.

»Du Ärmster.« Imogen tätschelte ihm den Kopf.

»Können wir die Tuntennummer jetzt abhaken?«, ätzte ich.

Giles ließ Gnade vor Recht ergehen und umarmte mich. »War es wirklich so schlimm?«

»Allerdings. Und wenn du bleiben willst, dann setz dich als Puffer zwischen Imogen und mich, sonst explodiert mir noch der Kopf bei ihrem Herumgehopse.« Imogen schnippte sich das Haar über die Schulter und stolzierte auf die andere Seite unserer Sitznische. Kaum saßen die beiden, traf Babette ein, und Charlie kam mit den Drinks.

»So«, befahl Imogen, während Mona reihum Wein ausschenkte. »Schieß los.«

»Mal dir das Peinlichste aus, das dir je passiert ist, und multiplizier es mit zehn.« Ich krümmte mich schon bei der

Erinnerung an die Ereignisse. »Am liebsten würde ich den Mantel des Schweigens darüberhüllen.«

»Hattest du einen sitzen?«, wollte Ellis wissen.

»Bei der Rede noch nicht. Ich kann mich auch nüchtern wunderbar zum Affen machen. Ich war total unvorbereitet, und kaum stand ich auf der Bühne, bekam ich Sprechdurchfall.«

»Einzelheiten, bitte«, forderte Imogen.

»Oh, Gott. Erst habe ich Bill einen Langweiler genannt.« Ellis lachte. »Dann habe ich Nietzsche zitiert und daran erinnert, dass er ein Zyniker war und tot ist.« Ich ließ den Kopf auf die Tischplatte sinken. Au weia, zu schnell. Stöhn!

»War das schon alles?«, bohrte Imogen nach.

»Du gehörst wohl zu den Leuten, die anhalten, um ein Foto zu schießen, wenn sie an einem Unfall vorbeikommen, wie?«, fragte ich bissig.

»Nein, ich halte die Szene mit Wasserfarben fest«, entgegnete sie. »Und berufe mich dabei auf die künstlerische Freiheit.«

»Stellt euch vor, Patsy Rose hat doch glatt auf ihre Uhr getippt! Den Rest des Abends hab ich mich an der Bar verkrochen.«

»Abgesehen von einem mutmaßlichen Knutsch-Intermezzo mit dem Trauzeugen, der sich die Augenbrauen zupfen lässt«, erinnerte mich Mona erbarmungslos.

»Er lässt sich die Augenbrauen zupfen?«, johlte Imogen.

Ich versteckte mich hinter meiner Cola. »Es deuten nur einige dürftige Indizienbeweise darauf hin, dass wir geknutscht haben. Ich ziehe es vor, den Fall nicht weiter zu verfolgen und etwaige Unklarheiten zu meinen Gunsten auszulegen. Damit bleibt die Angelegenheit bis auf Weiteres ein weißer Fleck auf der Landkarte meiner Erinnerung.«

»War Amy wegen deiner Rede sauer?«, wollte Ellis wissen.

»Nein, dafür ist sie zu nett. *Aber ich* kann mich einer derartigen Erniedrigung *unmöglich* noch einmal aussetzen. Das nächste Mal muss ich *vorbereitet* sein.«

»Du hörst dich ja an wie ein Pfadfinder!«, witzelte Giles.

Ich verpasste ihm einen Klaps. »Sie hat mich gehauen!«, verpetzte er mich bei Imogen.

»Schluss jetzt, ihr zwei, sonst setze ich euch auseinander«, drohte sie.

»Ich mein's ernst«, betonte ich. »Ich habe die klügsten Köpfe aus ganz Washington D. C. herbestellt, weil ich zwei zündende, witzige, rührende Reden brauche, und zwar flott!«

»Warum fängst du nicht mit der Ankündigung an, die Braut sei schwanger?«, schlug Giles vor. »Dann sagst du: ›Kleiner Scherz‹, und danach sind alle so geschockt, dass sie ohnehin nicht mehr zur Kenntnis nehmen werden, was du von dir gibst.« Wir taten, als hätten wir das nicht gehört.

»Ich wäre total aufgeschmissen, wenn ich eine Rede halten müsste«, verkündete Babette. Sie entnahm ihrer Tasche Block und Stift. »Ich würde nur herumstottern und lachen, und das wär's dann gewesen. Aber ich werde dir helfen, so gut ich kann ... wenn dich meine Rechtschreibfehler nicht stören.« Sie lächelte.

»Okay.« Imogen trommelte mit den Fingern auf den Tisch. »Wir brauchen eine geistreiche Einleitung, in der du dich vorstellst, drei lustige Einzeiler, eine Story über die Braut, einen Kommentar zum Bräutigam, zwei ergreifende Zitate zum Thema Liebe, ein romantisches – kurzes – Gleichnis von der Ehe sowie ein, zwei humorvolle Ratschläge. Und eine aufrichtige, herzliche Schlussbemerkung. Alles in allem nicht länger als fünf Minuten. Giles und

Mona sind für die Scherze zuständig, Vi und Ellis für die persönlichen Details zu Lila und Hart, und Babette und ich überlegen uns ein paar zu Herzen gehende Weisheiten. Wenn wir halbwegs neutral bleiben, können wir diese Vorlage auch für Jen und Louis verwenden.«

»Hey, das ist wie damals, als mir Vi bei der Silberhochzeit meiner Eltern unter die Arme gegriffen hat«, bemerkte Ellis.

»Und ich kann mich endlich für die Party revanchieren, die Vi organisiert hat, als meine zwölf Cousinen wie die Heuschrecken bei mir eingefallen sind«, pflichtete Mona ihr bei.

»Mir hat sie auch schon oft geholfen, wenn ich in der Mühlzwicke saß«, bestätigte Babette.

Wir spielten Reise nach Jerusalem, bis jeder neben seinem Partner saß, und füllten unsere Gläser auf. Der Anblick der paarweise über den Tisch gebeugten Köpfe rührte mich zutiefst. Wenn sich dieses warme Gefühl in der Magengegend doch nur auffangen und zu Worten destillieren ließe! Das wäre die perfekte Rede.

Kapitel 13

Dieses war der zweite Streich: Lila ∞ Hart

Ich wusste, bei Lilas Junggesellinnenabschied konnte ich mit einem stilvollen Dinner rechnen, und meine Hoffnungen wurden nicht enttäuscht. Bei einem Glas Wein schilderte ich ihr Amys Junggesellinnenabschied.

»Echt, ein Stripper? Wie geschmacklos.« Lila schüttelte zum wiederholten Male ungläubig den Kopf.

»Du sagst es. Und dann hat Mary Scott noch vierzig Dollar für Sex Toys von mir kassiert!«

Der Abend wies dieselbe einstudierte Präzision auf wie eine Choreographie von Startänzer Alvin Ailey. Lila hatte acht Freundinnen zu sich nach Hause eingeladen. Von dort ging es in einer Limousine (Albert sei Dank!) ins Pewter Rose. Vor dem Essen hatten wir ihr die obligatorischen erotischen Geschenke überreicht – Plüschhandschellen, diverse scharfe Dessous mit und ohne Leopardenmuster oder Kunstpelzbesatz, Strapse, gewagtes Negligé, essbares Höschen, Kamasutra samt Massageöl (von mir). Nach dem vorzüglichen Dinner wollten wir sie auf eine Junggesellinnen-Schnitzeljagd schicken, und sie würde die zu erledigenden Aufgaben zweifellos bravourös meistern. Lila liebt die Herausforderung. Ehe der Morgen anbrach, würden in diversen Bars einige Männer ziemlich breitbeinig, will sagen, ohne Unterhose, den Heimweg antreten.

Lila leerte ihr Glas und warf einen Blick auf ihre »Schatzkarte«. »Dann mal los«, sagte sie. »Ich verspüre das dringende Bedürfnis, Telefonnummern, Socken, Kondome, Boxershorts und jede Menge Gratisdrinks zu hamstern und mir ein Ständchen bringen zu lassen. Und ich kann es kaum *erwarten*, das Lineal und die Polaroidkamera einzusetzen!« Sie blinzelte mir zu, dann tippte sie sich nachdenklich an die Unterlippe. »Wir gehen zuerst ins Tutto Mondo; dort ist die Kundschaft halbwegs gebildet und kann mit Liedern und Gedichten aufwarten. Im Ri Ra habe ich bestimmt Glück, was die Gratisdrinks und Blödeleien angeht, und später schauen wir im Cosmos Café vorbei. Bis dahin werfen die Männer freiwillig die Klamotten ab, und ich kann das Thema Kleider abhaken.« Sie lächelte mich an. »Sollen wir? Und bleibt mir verdammt noch mal mit diesem Ding vom Leibe«, befahl sie und verdrehte die Augen, als sich ihre Freundin Elizabeth mit einem Schleier näherte. »Also bitte. Seid ihr bereit?«

Tja, wir schon, aber was die ahnungslose männliche Bevölkerung von Charlotte anbetraf, hegte ich so meine Bedenken. In Deckung, Jungs!

Gegen Mitternacht saß ich erschöpft auf einem Barhocker im Cosmos Café, während Lila unermüdlich die Horde Männer bezirzte, von der sie umringt war. Sie hatte ihre Aufgabenliste im Rekordtempo abgearbeitet. Das Beweismaterial schleppte ich in einer großen Tüte mit mir herum. Eben ging der größte ihrer aktuellen Verehrer in die Knie, damit sie auf seinen Schultern eine Runde durch die Bar drehen konnte. Somit war Punkt sechzehn abgehakt. Ich verstaute die Kamera und überlegte, ob ich noch einen Martini vertrug, bestellte dann aber Mineralwasser.

»Kannst du mal auf den Krempel hier aufpassen?«, bat ich Angela. Ich interpretierte ihr »Oh« als Zustimmung und schob mich durch das Gedränge in Richtung Toiletten. Ich war schon fast am Ziel, als ich plötzlich einen mir bekannten und bestens vertrauten Rücken erspähte. Ich blieb wie angewurzelt stehen.

Manche Menschen kennt man so in- und auswendig, dass man sie jederzeit und überall binnen einer Zehntelsekunde anhand einzelner Körperteile identifizieren kann. Diesen Gang, diese Locken, diese Handbewegung hätte ich selbst auf hundert Meter Entfernung wiedererkannt. Dort am Tresen stand Caleb Carter. Ich boxte mich zu ihm durch und holte tief Luft.

»Caleb?«

Er fuhr herum, und mir stockte bei seinem Anblick der Atem. Caleb ist gerade so viel größer als ich, dass ich zu ihm aufsehen muss, und er hat wunderschöne braune Augen, dichtes braunes Haar und eine unwiderstehliche Locke, die ihm stets in die Stirn hängt. Seine Kumpels in der Studentenverbindung nannten ihn deswegen »Lockvogel«. Die Mädels können gar nicht anders, als sie ihm aus der Stirn zu streichen. Die hübsche Blondine auf dem Barhocker neben ihm, mit der er sich gerade unterhalten hatte, schien es auch schon in den Fingern zu jucken.

Wir standen uns einen Augenblick verlegen gegenüber, dann schloss er mich fest in die Arme. »Vi, was zum Teufel machst du hier? Sind das deine Freundinnen, die da drüben so einen Krach machen? Hätte ich mir denken können.«

»Lila heiratet und hat mich zur Trauzeugin ernannt, deshalb bin ich in der Stadt.« Ansonsten wollte mir partout nichts einfallen. Schließlich baggerte er gerade eine andere an, nicht gerade die Konstellation meiner Träume.

»Lila steuert den Ehehafen an, jetzt schon? Wer hätte das gedacht. Ihr Zukünftiger ist zu beneiden.«

»Und was treibst du hier? Solltest du nicht in Philadelphia sein?«

»Mom hatte eine Operation und wollte, dass ich Chauffeur und Krankenpfleger für sie spiele.«

»Oh. Hat sie den Eingriff gut überstanden?« Calebs Mutter und ich sind einander seit je nicht ganz grün – sie findet meine Röcke zu kurz und meinen Einfluss auf ihren Sohnemann schädlich. Wenn die wüsste.

»Ja, ja. War keine große Sache. Ich habe sie ins Bett gesteckt und mich mit Chandler auf ein Bier verabredet.« Chandler war mit Caleb in der Studentenverbindung gewesen und lebte in Charlotte. Als er nun seinen Namen hörte, fuhr er herum, sah von mir zu Blondie und wieder zurück und suchte dann blitzartig das Weite. Schweigen im Walde.

»Wie lange bist du in der Stadt?«, erkundigte ich mich schließlich. Vielleicht bestand ja eine klitzekleine Chance, dass Caleb mich zu Lilas Hochzeit begleitete?

»Nur bis Sonntag, und ich habe Mom versprochen, bis dahin die Sonnenterrasse zu reparieren.« Wie sollte ich diese Antwort deuten? Wimmelte er mich mit einer Ausrede ab?

Wir stierten einander an. Offiziell waren wir Freunde, aber die lange gemeinsame Vergangenheit und die unterschwelligen Anziehungskräfte ließen die Grenzen verschwimmen. Ich wusste nicht recht, welche Rolle mir zugedacht war. Er fuhr mir flüchtig mit dem Daumen über die Wange.

»Hi, ich bin Bonnie«, schaltete sich die Blondine ein und streckte mir die Hand hin.

»Vi.« Widerwillig löste ich den Blick von Caleb und analysierte die Schwingungen zwischen den beiden. Man konnte es förmlich knistern hören.

»Wir haben uns gerade kennengelernt«, beeilte sich Caleb zu erklären. »Sie war auch an der University of Virginia.«

»Wow, eine Absolventin aus Virginia, hier in Charlotte! So ein Zufall aber auch!«, sagte ich spöttisch.

Bonnie fletschte die Zähne zu einem Lächeln, bei dem es mir kalt über den Rücken lief. Sie wähnte sichtlich ihre Beute in Gefahr.

»Caleb …«, setzte ich an, als mich plötzlich jemand rief.

»Vi? Wo steckst du, Vi? Wo ist meine Trauzeugin?«

»Oh, die Pflicht ruft.« Caleb deutete mit dem Kopf in die Ecke. Es tat fast körperlich weh, als würde er mich von sich stoßen. Autsch. Bonnie grinste schadenfroh. AUTSCH!

»Komm doch mit rüber«, schlug ich vor. »Lila würde sich bestimmt freuen, dich mal wiederzusehen.«

Er schüttelte bedauernd den Kopf. »Sorry, ich kann nicht. Ich hab Bonnie versprochen, sie nach Hause zu fahren, als ihre Freundinnen vorhin gegangen sind.« Er wirkte zerknirscht. Das hatte er gut drauf. »Tut mir echt leid – ich hatte ja keine Ahnung, dass du hier bist. Schlechtes Timing … Aber es war schön, dich zu sehen.«

Oh.

Ich nickte stumm und zwang mich zu einem gleichgültigen Lächeln. »Tja, schade. Lila hat noch einige interessante Aufgaben vor sich!«

Er drückte mir lächelnd einen langen Kuss auf die Wange und drückte mich kräftig an sich. »Mach's gut, Vi.«

Ich wandte mich zum Gehen. Tiiief durchatmen!

Auf dem Heimweg in der Limousine sah ich zum hundertsten Mal nach, ob jemand angerufen hatte. Nichts. Seufz. Ich ließ mein Handy zuschnappen und überlegte. Ich würde Caleb auf die Mailbox sprechen, ganz beiläufig, damit er wusste, wo ich dieses Wochenende anzutreffen war. Ich klappte mein Telefon wieder auf. Lila entwand es mir mit sanfter Gewalt.

»Nach so vielen Drinks darfst du dieses Gerät nicht mehr

bedienen.« Sie schlang mir den Arm um die Schultern. »Es wird bestimmt alles gut. Das Leben besteht aus Höhen und Tiefen, aber Gott hat einen Plan. Manchmal habe ich wegen Hart auch so meine Zweifel, aber er ist ein anständiger Kerl, und das ist schon mal eine gute Basis. Alles andere wird sich geben. Ich schätze, mehr kann man nicht erwarten.«

Ich rief mir in Erinnerung, was ich nur allzu gern vergaß – dass ich Caleb nicht nur die schönsten und intensivsten Momente meines Lebens verdankte, sondern auch die schlimmsten. Lilas und Jens unaufgeregt beschauliche Vision der Partnerschaft versprach zwar etwas weniger Leidenschaft, aber ich musste zugeben, Stabilität hatte durchaus ihren Reiz.

»Her mit meinem Telefon, ich muss einen wichtigen Anruf tätigen«, sagte ich und fuhr, ehe Lila widersprechen konnte, fort: »Bei Dominos wartet eine Pizza auf mich, die ich unbedingt haben muss. Hat jemand die Nummer parat?«

»Es sieht nach Regen aus, findest du nicht? Ich schon«, wiederholte Lila zum hundertsten Mal und spähte aus dem Fenster, während ich ihr Stephanotisblüten ins Haar flocht.

»Quatsch«, schwindelte ich. »Es ist bloß bewölkt. Das wird noch.«

»Du lügst«, warf sie mir vor.

»Ja, ich lüge«, gab ich zurück. »Ich habe Angst, eine Frau aus dem Tritt zu bringen, die den Mumm hat, Rotwein zu trinken, obwohl sie ein blütenweißes Kleid trägt und gleich zum Traualtar schreiten wird. Ganz abgesehen davon, dass Besäufnisse in einer Kirche verboten sind.« Lila hatte eine Flasche Cabernet Silver Oak hereingeschmuggelt, die wir sehr, sehr vorsichtig leerten.

»Die Katholiken saufen doch sogar *während der Messe*«, winkte Lila spöttisch ab.

»Ja, bei der Kommunion«, belehrte ich sie und steckte ihr eine weitere Blüte ins Haar. »Und geizig sind sie obendrein – es gibt nur einen winzigen Schluck für den Pfarrer.«

»Diese Blumen sollen Glück in der Ehe bringen«, bemerkte Lila aus heiterem Himmel und starrte abwesend aus dem Fenster, vor dem sich ein Sturm zusammenbraute.

Ich hielt inne. »Ganz recht. Du wirst jede Menge Glück haben«, versicherte ich ihr.

»Oh, ja. Alle sind glücklich«, sagte sie. »Meine Eltern überschlagen sich förmlich vor Begeisterung.«

»Und du, bist du auch glücklich?«

Sie wandte sich lächelnd zu mir um. »Na klar!« Sie lachte. »Ich bin bloß froh, wenn ich dieses ganze Theater hinter mir habe.« Ich steckte ihr die letzte Blume zwischen die blonden Locken, und sie erhob sich und schüttelte ihr cremeweißes Kleid, Vera Wang mit zarter Perlenstickerei, zurecht. Sie war wunderschön.

Ich umarmte sie vorsichtig. »Du siehst atemberaubend aus.« Sie leuchtete richtiggehend.

»Danke. Du auch.« Das stimmte. Die dunkelblauen Kleider der Brautjungfern waren ausnehmend hübsch; knöchellang und leicht ausgestellt mit dünnen Spaghettiträgern. Dazu trug ich entzückende spitze Fünfzigerjahre-Pumps mit Fersenriemchen und hohen Hacken, passend eingefärbt. Sündteuer, aber sehr feminin. Schade, dass mich Caleb nicht so sehen konnte … Draußen klopften die ersten Regentropfen an die Scheiben, als wollte der liebe Gott höchstpersönlich seine Missbilligung zum Ausdruck bringen. Hastig verdrängte ich den Gedanken an meinen Ex. Lila seufzte und wandte sich resigniert vom Fenster ab.

»Regen am Hochzeitstag bringt Glück, Lila«, sagte Angela.

»Quatsch!« Lila lachte. »Ist dir schon mal aufgefallen, dass alles, was angeblich Glück bringt, ärgerlich ist? Zum Beispiel, wenn es am Tag der Hochzeit regnet oder wenn man von einem Vogel angekackt wird. Diese ganze gequirlte Scheiße ist doch bloß ein Trost für die Unglücksraben.«

Alle Anwesenden verstummten erschrocken, merklich verunsichert in Bezug auf Lilas Stimmung. Ich musste lachen. Lila ist und bleibt eben Lila.

»Ich glaube nicht, dass man in einer Kirche Wörter wie Scheiße oder kacken in den Mund nehmen darf«, flüsterte ich vernehmlich wie im Theater.

»Scheiß drauf.« Lila stolzierte zu ihrem Weinglas. Die Hochzeitskoordinatorin stürmte herein. Sie sah aus wie Tante Bee aus der *Andy Griffith Show.* In einem Blaubeerkostüm.

»Okay, Mädels!« Sie klatschte atemlos in die Hände. »Gleich geht's los. Schnappt euch eure Blumensträuße. Vi, hast du den Ring?«

Oh, Shit. »Äh, der liegt im Auto«, stammelte ich. Tante Bee riss entrüstet die Augen auf. Sie war eine beeindruckende Erscheinung für eine Frau von einem Meter fünfundfünfzig.

Ich hätte mich ohrfeigen können. »Kein Problem. Es steht draußen vor der Kirche. Mit dem Ring drin.« Alles starrte mich an. Alles, außer Lila, die sich Wein nachschenkte. »Ich laufe schnell und hole ihn.« Ich war bereits an der Tür.

Lila winkte mir nach. »Wir sehen uns in der Eingangshalle.«

Ich nickte und eilte zum Hinterausgang, der zum Parkplatz führte. Dort stieß ich mit Father Ted zusammen.

»Da ist ja mein erster Offizier!« Er grinste. »Na, bereit?«

»Aber klar doch.« Wir boxten die Fäuste zusammen, dann verschwand er in seinem Büro.

Als ich die Tür öffnete, traf mich fast der Schlag. Es schüttete wie aus Kübeln, und nirgendwo ein Schirm oder ein Hut in Sicht. Mist, Mist, Mist! Wenn ich gleich zum Altar schritt, wollte ich doch nicht aussehen wie eine gebadete Maus oder wie das tote Mädchen in *The Ring*. Hey, guter Witz – *The Ring* als mein filmisches Tagesmotto … bei einer Hochzeit … Okay, doch nicht witzig. Ich wollte auf gar keinen Fall so schaurig aussehen wie die nasse Tote in diesem Horrorfilm. In der Kirche erklangen die ersten Pachelbel-Takte. Ich geriet in Panik. Zu dieser Musik wurden die Großmütter an ihre Plätze geleitet. Da, eine Mülltonne, so gut wie leer! In meiner Verzweiflung kippte ich den hauptsächlich aus Papier bestehenden Inhalt auf den Boden, klaubte die Plastiktüte heraus, riss ein Sichtfenster hinein und zog sie mir über den Kopf. Nicht gerade glamourös, aber funktionell.

Derart geschützt flitzte ich zu meinem Auto – gesenkten Hauptes, um Make-up und Frisur zu schonen –, schnappte mir den Ring und wieselte zurück in die Kirche. Puh, Katastrophe abgewendet. Rasch schälte ich mich aus der Tüte und steckte sie wieder in die Tonne, warf einen schnellen Blick in den Spiegel und strich mir Kleid und Haare glatt. Alles in bester Ordnung. Erleichtert atmete ich auf, rückte die Riemchen an meinen Schuhen zurecht und öffnete dann die Samtschachtel, um mir den Ring an den Daumen zu stecken.

Ich erstarrte. Besagter Daumen war leuchtend blau. Alle anderen Fingerspitzen ebenfalls. Ich kniff vor Angst die Augen zusammen, ehe ich es wagte, einen Blick auf meine Pumps zu werfen. Oh, SHIT! Der rechte war halb blau, halb weiß; man konnte genau die Tiefe der Pfütze erkennen, in die ich getreten war. Den Linken zierten vier kreisrunde weiße Flecken.

Drinnen ertönte nun »Jesus bleibet meine Freude«, was bedeutete, dass sich Lilas Mutter auf dem Weg zum Altar befand. Höchste Zeit. Nichts wie los zu den anderen Brautjungfern in die Lobby. Dummerweise reichte mir das Kleid nur bis zu den Knöcheln, die ruinierten Schuhe würde es also nicht verbergen. Vielleicht, wenn ich etwas vornübergebeugt ging …? Nein, ich würde aussehen wie Quasimodo. Besser, ich knickte ein wenig in den Knien ein und machte dafür den Oberkörper lang.

Na also, auf diese Weise war der Saum nur ein paar Millimeter über dem Boden. Perfekt. Wenn ich jetzt noch ganz kleine Schritte machte, würde niemand das Schuhmalheur bemerken. Lila musterte mich zwar etwas misstrauisch, aber noch ehe sie etwas sagen konnte, trat die Hochzeitskoordinatorin zwischen uns.

»Da bist du ja!«, rief sie. »Hast du den Ring?« Ich nickte und konzentrierte mich auf meine gebeugten Knie. »Gut. Hier.« Sie knallte mir meinen Blumenstrauß vor die Brust, sodass ich beinahe das Gleichgewicht verloren hätte. Lila versuchte, mich zu stützen; ein kühnes Unterfangen nach zwei Gläsern Wein. Wir taumelten gegen ihren Vater und wären um ein Haar beide zu Boden gegangen.

»Huch, alles okay bei dir?«, fragte Lila erstaunt.

Ich lächelte gekünstelt. »Alles bestens.« Konzentration, Vi! Nach Lilas Blicken zu urteilen, wirkte meine Haltung allen Anstrengungen zum Trotz nicht sehr natürlich.

Als das nächste Stück erklang, waren wir an der Reihe. Tante Bee lief zu Höchstform auf. Mit militärischer Präzision gab sie jeder Brautjungfer einzeln das Startsignal. »Jetzt du. Hopp, hopp!« Ich spurtete los, um nicht von ihr geschubst zu werden. Ich wäre garantiert hingefallen. Ich setzte ein extrabreites Lächeln auf und machte mich im Entengang auf den langen Weg zum Altar. Na also, das klappte doch prima!

»Oje«, flüsterte jemand vernehmlich. »Ich hoffe, sie kann sich bis nach der Messe zusammenreißen! Sie hätte vorher aufs Klo gehen sollen.« Erde, tu dich auf und verschling mich.

Am Altar angelangt, bezog ich mit gebeugten Knien Stellung und wich Father Teds gütigem Blick starr lächelnd aus. Als schließlich der Hochzeitsmarsch einsetzte und Lila am Arm ihres Vaters auf uns zukam, musste ich mein Lächeln nicht mehr faken. Sie war wirklich zauberhaft anzusehen.

Sie gesellte sich zu Hart und reichte mir ihren Blumenstrauß. Ich wankte, als ich danach griff, was mir erneut einen fragenden Blick von ihr eintrug. Immer schön lächeln! Father Ted hob die Arme über dem Brautpaar und begann mit der Trauung. Auf meine unbequeme Haltung konzentriert, registrierte ich durch einen Nebelschleier der Schmerzen hindurch, dass er diesmal deutlich gesprächiger war als neulich bei Amy, bis mir einfiel ein, dass die Katholiken ja eine ganze Messe feiern, inklusive Kommunion – sehr zum Leidwesen meiner Oberschenkelmuskeln, die binnen kürzester Zeit brannten wie Feuer. Mit zusammengebissenen Zähnen lauschte ich dem ersten Korintherbrief und rief mir sämtliche Yogastunden meines Lebens in Erinnerung. Was hatte Nietzsche noch gleich über das Leiden gesagt? Und warum dachte ich bei Hochzeiten ständig an Nietzsche?

Nach einer halben Ewigkeit küssten sich Lila und Hart endlich und verließen ihre Plätze am Altar. Ich lockerte erleichtert meine steifen Beine und watschelte hinterher. Die Gäste sammelten sich im Eingangsbereich, weil es draußen nach wie vor in Strömen goss. Die Hochzeitskoordinatorin verteilte Regenschirme. Wo hatte sie die denn her? War sie inzwischen zur Zentrale von Burberry geflogen? Zeit genug hätte sie gehabt. In Anbetracht des Durcheinanders kam mir eine teuflische Idee. Ich schnappte mir vier Schirme und wandte mich an die Brautjungfern.

»Hey, Kathy. Wir müssen helfen. Siehst du Harts Großmutter da drüben in der Ecke? Hier, nimm diesen Schirm und bring sie zu ihrem Wagen, damit sie nicht nass wird und sich womöglich erkältet«, trug ich der ersten auf, obwohl dieses Risiko bei den Ende Mai herrschenden sommerlichen Temperaturen denkbar gering war. Als Nächstes schickte ich Angela mit ihrer Mutter los. Sie gehorchte widerstandslos, daran gewöhnt, Befehle auszuführen. Ellen, Brautjungfer Nummer drei, beauftragte ich mit der Rettung von Lilas betagter Tante, während ich ganz selbstlos die ruhmvolle Aufgabe übernahm, Lilas Großmutter zu ihrem Auto zu geleiten.

»Kommen Sie mit, Nana!«, rief ich unüberhörbar. »Ich bringe Sie zu Ihrem Wagen. Wir wollen doch nicht, dass Sie nass werden!« Ehe die Ärmste protestieren konnte, scheuchte ich sie unter meinem Schirm nach draußen in den Regen.

»Äh, danke, sehr freundlich.« Sie hechelte neben mir her.

»Vorsicht, Pfütze!«, schrie ich. »*Ich* habe kein Problem mit Pfützen, aber Ihre Füße sollten unbedingt trocken bleiben.« Ich schielte zur Kirche. Sah uns überhaupt jemand zu? Und ob: Der Brautvater beobachtete mich wohlwollend lächelnd. Ich winkte ihm freundlich, bugsierte Nana ins Auto und nahm huldvoll den Dank von Lilas Onkel entgegen. Auf dem Rückweg zur Kirche sah ich gerade noch, wie Ellen in eine Lache trat. Meine Schadenfreude wurde merklich gedämpft, als ich hörte, wie eine ältere Dame zu ihrer Freundin sagte: »Ich hätte ja gedacht, dass die Trauzeugin schnurstracks das stille Örtchen aufsucht. Sie muss eine bemerkenswert große Blase haben.«

Wie auf ein Stichwort musste ich pinkeln und schlich unter den wissenden Blicken der Gäste zur Toilette.

Unterwegs stieß ich auf Father Ted. »Gut gemacht«, lobte er mich augenzwinkernd.

»Danke.« Ich nahm an, er sprach von meiner Rettungsaktion für gestrandete alte Damen. Dann fiel mir ein, dass er von seinem Büro aus auf den Parkplatz sah.

»Tja, dann bis nächste Woche!«, rief er beschwingt und verschwand im Kirchenschiff.

Der Empfang verlief ohne besondere Ereignisse. Nachdem die Brautjungfern allesamt im Sitzen fotografiert worden waren, damit man ihre fleckigen Schuhe nicht sah (Herrje, wer konnte auch ahnen, dass die Farbe *nicht wasserfest* war?), begaben wir uns zu Tisch. Ich trank zur Beruhigung ein Glas Wein und flirtete mit Chad, einem von Harts Arbeitskollegen, der wunderschöne blaue Augen hatte. Ich amüsierte mich prächtig, bis die Band verstummte und der Zeremonienmeister an das Mikrofon klopfte.

»Darf ich um Ihre Aufmerksamkeit bitten. Wenn sich jetzt bitte alle vor der Bühne versammeln würden … Die Trauzeugen möchten ein paar Worte an das Brautpaar richten.«

Prompt rutschte mir das Herz ins Spitzenhöschen. Mein peinlicher Auftritt bei Amys Hochzeit war mir noch lebhaft in Erinnerung. Chad, der neben mir stand, grinste mich an. Schluck. Mein Lächeln geriet zur Grimasse. Von der Ansprache des Trauzeugen bekam ich vor Angst kein Wort mit. Dann ertönte plötzlich Applaus, und die Gäste erhoben die Gläser. Mist! Ich hätte meine Rede schnell noch einmal durchgehen sollen! Im Grunde war ich vorbereitet, aber was, wenn ich einen Blackout hatte? Panik! Wie in Trance registrierte ich, dass mich alle erwartungsvoll anstarrten und der Zeremonienmeister mit dem Mikrofon winkte. Ich stieg auf die Bühne.

»Ob sie wohl wieder für kleine Mädchen muss?«, flüsterte jemand vernehmlich. »Vielleicht hat sie ja eine schwache Blase.« Bei dem Gedanken, dass ich mich vorhin bereits lächerlich gemacht hatte, ließ meine Anspannung ein wenig nach. Dann machte ich mich eben erneut zum Affen, na und?

Mit zitternder Hand ergriff ich das Mikro. Okay, Vi. Reiß dich zusammen.

»Hallo.« Das Mikro fiepte, ich machte vor Schreck einen Satz.

»Mehr Abstand«, rief der Zeremonienmeister. Ich räusperte mich und hielt das Mikrofon unbeholfen etwas weiter weg.

Beim zweiten Anlauf klappte es besser. Ich atmete tief durch und rief mir meine auswendig gelernte Rede in Erinnerung.

»Ehe ich anfange, möchte ich sagen, Lila, du siehst einfach unglaublich aus … und du, Hart, ziemlich ungläubig.« Gelächter. Dem Himmel sei Dank.

»Für alle, die mich nicht kennen: Ich heiße Vi und bin mit Lila seit fast zwanzig Jahren befreundet. Für die, die mich kennen: das Übliche, bitte.« Erneutes Gelächter. Allmählich wurde ich etwas lockerer.

»Als Trauzeugin, die ihre Pflichten sehr ernst nimmt, habe ich, nachdem mir Lila dieses Amt übertragen hat, zunächst ein paar Recherchen angestellt. Wie ich inzwischen weiß, gab es früher verschiedene Bräuche zum Schutze der Braut. Damals wurden Frauen nämlich nicht selten geraubt und zwangsverheiratet. Aus diesem Grund wurden die Jungfrauen …«

Hier bemerkte ich augenzwinkernd: »Keine Sorge, Lila, bei mir ist dein kleines Geheimnis sicher.« Sie kicherte. Lila und Hart wohnten seit geraumer Zeit zusammen.

»Wie gesagt, die, ähm, *Jungfrauen* wurden von ihren

Familien bewacht, damit sie nicht entführt wurden. Hier kommen nun die Brautjungfern ins Spiel: Sie wurden in ähnliche Kleider gesteckt, um potenzielle Entführer und böse Geister zu verwirren.«

Ich legte eine Kunstpause ein und warf einen bedeutungsvollen Blick ins Publikum.

»Schöne Aussichten, oder? ›Lass *du* dich doch an meiner Stelle verschleppen oder schänden ... Es ist eine *große Ehre*, ich schwör's! Hier, zieh das an.‹« Alles lachte. Ich fand fast schon Gefallen an meinem Amt.

»Da fragt man sich doch: Warum nimmt jemand freiwillig das Risiko in Kauf, geraubt und misshandelt zu werden ... oder ein hässliches Kleid anziehen zu müssen? Ich verrate es Ihnen: um der Liebe willen.« Plötzlich hatte ich einen Frosch im Hals. Ich schluckte.

»Und damit meine ich zum einen die Liebe zwischen engen Freundinnen und zum anderen die ganz besondere Liebe zwischen Lila und Hart.

Ich habe nicht vor, dem Brautpaar kluge Ratschläge zu erteilen oder aufschlussreiche Geschichten zu erzählen, wie das die Trauzeugen üblicherweise tun; ich bin nämlich Single und kann somit zum Thema Beziehungsmanagement nicht viel beisteuern ...« An dieser Stelle warf mir Chad eine Kusshand zu. Ich verspürte ein Kribbeln in der Magengegend. »Als Lilas langjährige enge Freundin kann ich Hart aber immerhin eines ans Herz legen: Am besten stellst du gleich am Anfang ein paar Grundregeln auf und tust dann einfach, was Lila dir sagt. Und keine Sorge, sie wird dich bestimmt nicht verlassen – nach all der Zeit, die sie auf deine Dressur verwendet hat, gibt sie dich nicht so bald wieder her.« Kam es mir nur so vor oder wirkte Hart leicht verunsichert angesichts des schallenden Gelächters, insbesondere von Lila?

»Was die peinlichen Geschichten angeht, bin ich in die meisten von ihnen irgendwie verwickelt, ich werde also den Teufel tun und mich selbst anschwärzen, zumal unsere Eltern von den wenigsten unserer Missetaten wissen.« Damit erntete ich dröhnendes Lachen von Albert und ein breites Grinsen von Lila. Ich war auf dem besten Wege, die perfekte Ansprache zu halten! Eine Welle der Zuneigung zu Lila, Hart, Albert, Father Ted und alle anderen erfasste mich.

»Danke für die Liebe, die du mir immer entgegengebracht hast, Lila. Wie sagte Christopher Robin zu Pu dem Bären: ›Versprich mir, dass du mich nie vergisst, nicht mal, wenn ich hundert bin.‹« Ich stockte. Der Frosch war wieder da, Tränen stiegen mir in die Augen.

»Ich freue mich sehr für dich, dass du deinen Märchenprinzen gefunden hast …«, nuschelte ich, zusehends aufgewühlt, dabei hatte ich noch eine persönliche Bemerkung über Hart, zwei Zitate zum Thema Liebe und die ergreifende Schlusssentenz vor mir! Meine Stimme war kaum mehr als ein Flüstern.

»Lasst uns miteinander das Glück feiern, das die beiden einander bereiten … und … (schnief) … und (schnief) ihren Mitmenschen … und …« Inzwischen heulte ich wie ein Schlosshund. Meine stilvolle Rede löste sich in Luft auf. Alles starrte mich an, während ich vergeblich um Fassung rang.

»Auf Lila und Hart«, schluchzte ich, hob tränenblind mein Glas und stürmte von der Bühne. »Auf Lila und Hart!«, stimmten die Leute ringsum mit ein.

Ich flüchtete in die Toilette, wo mich Lila wenig später aufstöberte.

»Hey, du Heulsuse«, sagte sie.

»Entschuldige«, schniefte ich und putzte mir die Nase.

»Ich bin so eine dumme Kuh. Hast du was dagegen, wenn ich den Rest des Abends hier verbringe? Ich kann sogar die Musik hören.« Es stimmte. Eben spielte die Band den Hochzeitshit »I Will Survive« – reichlich früh. War wohl mir gewidmet.

»Du bist keine dumme Kuh. Deine Rede war wunderschön.« Sie setzte sich auf den geblümten Hocker neben mir und legte den Arm um mich. Ihr Kleid umspülte unsere Beine. »Überaus herzergreifend. Richtiggehend inbrünstig.«

Ich machte mich von ihr frei und musterte sie argwöhnisch. Sie stellte eine unschuldige Miene zur Schau, aber ihre Lippen zuckten verräterisch. »Ehrlich«, versicherte sie mir. »Du warst eben bis ins tiefste Innerste gerührt. Erschüttert. Überwältigt.« Ich verpasste ihr einen Klaps, und sie prustete los.

Jetzt musste auch ich lachen. »Miststück.« Ich umarmte sie.

»Ab heute Mrs. Miststück, bitte schön«, korrigierte sie mich.

»Ach, richtig.«

»Oh, ich hab uns Wein mitgebracht.« Sie reichte mir eins der beiden Gläser. Typisch Lila, sie weiß ihre Prioritäten zu setzen.

»Ich hab dich lieb, Vi.«

»Ich dich auch, Lila.« Wir stießen an. Draußen stimmte die Band den nächsten Song an. Lila erstarrte und hob den Kopf wie ein wildes Tier, das den Geruch von Schießpulver wittert. Sie schnitt eine Grimasse.

»Das ist doch nicht etwa … dieser ALBERNE ENTENTANZ?«, zischte sie und knallte ihr Glas auf den Waschtisch. »Oh, nein. Auf *meiner* Hochzeit nicht!« Damit sprang sie auf und stürmte hinaus, ohne mich eines weiteren

Blickes zu würdigen, eine wutschnaubende Walküre mit grimmiger Miene und wehendem Brautkleid. Ich nippte an meinem Wein und legte eine Gedenkminute für den Zeremonienmeister ein.

Kapitel 14

Kürzer!

»Kürzer«, beharrte ich.

»Noch kürzer?«, fragte Babette.

»Ja. Mir bleiben womöglich keine zwei Minuten, ehe ich die ersten Tränen hinunterschlucken und das Handtuch werfen muss. Es war ein Desaster. Das filmische Motto war diesmal eindeutig *Titanic* – Trauzeugin versinkt in einem Meer aus Tränen, während sie von der Liebe schwadroniert.«

»Okay«, sagte Imogen nachdenklich. »Streicht die Ratschläge und die Bemerkung über den Bräutigam und beschränkt euch auf die humorvolle Einleitung, die Anekdote über die Braut und das ergreifende Zitat, abgerundet durch einen Trinkspruch, den wir eventuell noch mit einem Gleichnis aufpeppen. Und *vergesst* Pu den Bären.«

»Alles klar, Frau Kommissarin.« Giles krempelte die Ärmel hoch.

»Diesmal habe ich meinen Computer dabei.« Babette stellte ihren Laptop auf den Tisch. »Ich habe Zitate recherchiert.«

»Und ich habe Nachschlagewerke mitgebracht.« Mona hielt ein Zitatenlexikon und zwei Ratgeber hoch. *»Hochzeitsreden* und *Reden, Glückwünsche und Verse zur Hochzeit. Mit Musterreden und Textbausteinen.«* Imogen riss sich sogleich die *Hochzeitsreden* und das Lexikon unter den Nagel.

Ellis zückte einen Notizblock. »Erzähl mir etwas über Jen – Details, die deine *Zuneigung* zu ihr widerspiegeln, aber nicht *zu gefühlsduselig*.«

»Ihr seid die Besten«, sagte ich. »Ich liebe euch.«

»Oh-oh, gleich fängt sie an zu heulen«, feixte Imogen.

»Schnauze«, fauchte ich.

»An die Arbeit«, befahl Imogen. »Babette, könntest du Charlie winken? Falls er überhaupt schon da ist. Ich kann mich nicht entsinnen, je um halb fünf Uhr nachmittags im Clyde's gewesen zu sein.«

Kapitel 15

Dieses war der dritte Streich: Jen ∞ Louis

»Das ist definitiv mein coolster Junggesellinnenabschied bisher«, erklärte ich.

Jen grinste. »Meiner auch.«

Es war noch angenehm warm für zwei Uhr früh, und wir saßen im Mondschein auf einem Hügel, von dem aus wir das sechste Loch des Golfplatzes in unserer Nachbarschaft überblicken konnten. Wir hatten nach dem Dinner bei Sir Edmund Halley's auf einen Sprung in der Gin Mill vorbeigeschaut, wo Maeve in Teilzeit hinter der Bar steht, und waren nach einem Abstecher im Providence Road Sundries in einer Bar gelandet, die wir den Highschoolabsolventen-Treff nannten. Als das Selwyn Pub schließlich dicht gemacht hatte, waren wir noch nicht in der Stimmung gewesen, nach Hause zu gehen. Also hatte ich den elterlichen Kühlschrank geplündert (in dem wie üblich weitgehend gähnende Leere herrschte) und dann mit Jen, Bagels und Bier unseren alten Treffpunkt aufgesucht.

Ich reichte ihr ein Bier und öffnete das andere für mich. »Ich kann nicht fassen, dass du in achtundvierzig Stunden heiratest«, stellte ich fest und nahm einen Schluck. Es war herrlich kühl und erfrischend.

»Geht mir genauso«, sagte Jen. »Ich fühle mich nicht anders als sonst.«

Ich gab ihr einen Bagel. »Bist du glücklich?«

»Hmmmm.« Sie kaute. »Zufrieden. Und heilfroh, dass die Planungsphase vorbei ist, das kannst du mir glauben. Wenn ich dieses Wochenende hinter mir habe, muss ich hoffentlich bloß noch zu Weihnachten und Thanksgiving mit Janet reden.«

»Genau, und Ralph Nader wählt die Republikaner, Britney Spears zieht sich plötzlich geschmackvoll an, und ich heirate Johnny Depp.«

Sie stieß mich mit dem Ellbogen an. »Die Hoffnung stirbt zuletzt.«

Ich boxte zurück und schwieg eine Weile. »Irgendwie seltsam, dass du heiratest«, murmelte ich schließlich.

»Ich weiß. Aber wir bleiben trotzdem Freundinnen.«

»Natürlich«, sagte ich melancholisch. »Ich bin ein Egoist.«

»Quatsch. Solche Gefühle sind normal, wenn man so eng befreundet ist wie wir.«

»Es kommt mir vor wie das Ende einer Ära.« Jetzt war es heraus. »Mit deiner Heirat ist die Kindheit ein für alle Mal vorbei. *Meine* Kindheit. Dabei habe *ich* gar nichts dazu getan. Es kommt mir vor, als wäre ich einer Phase meines Lebens entwachsen und stünde nun mit gegrätschten Beinen über einem Graben.«

»Da ist vielleicht was dran, jedenfalls, wenn du hier in Charlotte bist. Erinnerst du dich an deine Stippvisite am College ein Jahr nach dem Abschluss? Es war alles quasi unverändert, aber du hast nicht mehr dorthin gehört. Neue Studenten waren nachgerückt.«

»Stimmt«, pflichtete ich ihr bei. »Ich habe mich unbehaglich gefühlt; als würde ich in einen alten Mantel schlüpfen, der mir zu eng geworden ist.«

»Ich glaube, jetzt geht es dir ähnlich. Deine Freundinnen sind in die nächste Phase des Lebens eingetreten, während du noch in der vorigen bist. Aber es kann nicht ewig alles beim Alten bleiben.«

Ich seufzte. »Ich weiß.« Sie hatte recht. In Washington, in meinem richtigen Leben, hatte ich dieses Gefühl nicht. Wir nahmen beide einen Schluck Bier.

»Zwischen uns wird sich nichts ändern«, versprach sie. Das war gelogen, aber tröstlich.

Ich lehnte den Kopf an ihre Schulter. »Ich hab dich lieb.«

»Ich dich auch.« So saßen wir noch lange Seite an Seite und starrten auf den in Mondlicht getauchten Golfplatz hinunter.

Eine gepresste Stimme riss mich aus dem Schlaf. »Wach auf. Ich kann nicht schlafen. Ich hyperventiliere.« Ich schlug benommen die Augen auf. Ich lag in Jens Gästezimmer und spürte ihren Blick in der Dunkelheit auf mir ruhen.

»Wie spät ist es?«, fragte ich benommen.

»Fünf Uhr früh. Ich bin seit Stunden auf und habe vier Gläser Schnaps intus. Die Hochzeit ist abgeblasen.«

Schlagartig war ich hellwach. »Was? Was soll das heißen?«

»Dass sie abgeblasen ist. Louis hat mich angelogen.«

»Was? Als wir ins Bett gegangen sind, war doch alles in bester Ordnung!« Ich knipste die Nachttischlampe an. Jen hatte rote, geschwollene Augen und sah aus, als würde sie gleich eine Panikattacke erleiden. »Erzähl!«

»Er hat mich nach seinem Junggesellenabschied angerufen. Ich kann ihn nicht heiraten.«

Nach dem Junggesellenabschied? Heilige Sch… Was hatte er bloß angestellt? Ich legte Jen eine Hand auf die Schulter. »Was hat er gesagt?«

»Du weißt doch, dass ich ihn gebeten hatte, keine Stripperin zu engagieren. Er hat es mir *versprochen*. Und stell dir vor, es gab doch eine. Daran ist dieser Wichser Jesse schuld.«

Oh, Gott. Louis hatte mit einer Stripperin geschlafen. »Und?«, fragte ich, auf das Schlimmste gefasst.

»Was, und? Sie hatten eine Stripperin. Louis hat sein Versprechen gebrochen. Ich könnte kotzen.«

»Äh, hat er denn irgendetwas mit ihr *getan*?«, erkundigte ich mich behutsam, um sie nicht noch mehr auf die Palme zu bringen.

»*Getan*? Louis? Mit einer *Stripperin*? Das ist ja ekelhaft! Nein, *getan* hat er nichts, aber ich habe ihn um etwas gebeten, das mir wichtig war, und er hat sein Versprechen gebrochen. Wenn er *einen Tag vor unserer Hochzeit* nicht Wort halten kann, wie wird das erst *danach*?« Sie vergrub das Gesicht in den Händen.

»Beruhige dich, Jen.« Ich erhob mich und zog sie an mich. »Alles wird gut.« Hier ging es offenbar nicht bloß um die Stripperin. Der heutige Film hieß *Die Braut, die sich nicht traut*.

»Wie?«, schluchzte Jen. »Wie soll alles wieder gut werden?« Ich zermarterte mir das Hirn. Ich war nicht gerade der größte Fan ihres Auserwählten, aber es kam mir doch etwas kleinlich vor, wegen einer Stripperin beim Junggesellenabschied ein derartiges Drama zu veranstalten. Ich hatte mit ansehen müssen, wie meinem Dad an seinem fünfzigsten Geburtstag die Riesentitten einer Stripperin um die Ohren geflogen waren, und ich hatte es überlebt, also würde Jen das hier auch überleben.

Dann packte mich das schlechte Gewissen. Wie kam ich dazu, mir ein Urteil über sie anzumaßen? Jen wagte immerhin den Schritt ins Eheleben, während ich bislang in meiner Funktion als Trauzeugin bloß die Braut auf Probe gemimt hatte, nicht gewillt, meine Überzeugungen von ihren Entscheidungen untergraben zu lassen. Höchste Zeit, eine etwas aktivere Rolle zu übernehmen.

»Okay«, sagte ich bestimmt. »Jetzt beruhige dich erst mal.«

»Wie soll ich mich denn da beruhigen?«, heulte sie auf.

»Louis hat dich ja nicht betrogen«, erinnerte ich sie.

»Das nicht«, räumte sie ein. »Aber er hat *gelogen*. Er hat mir *versprochen*, es würde keine Stripperin geben.«

Herrje. Das war ja komplizierter als erwartet.

»Möchtest du Louis heiraten?«, fragte ich.

Sie zog die Nase hoch. »Ja.«

»Okay.« Ich versuchte es mit dem Problemlösungsansatz von Fisher und Ury. »Konzentrieren wir uns auf das, was du *wirklich* willst. Du willst Louis heiraten, aber er hat sein Versprechen gebrochen.«

»Richtig.« Sie nickte heftig.

»Nun, vielleicht wusstest du ja insgeheim, dass es ziemlich schwierig sein würde, dieses Versprechen zu halten. Und dass Louis ohnehin nicht sonderlich auf diese Art von, ähm, Unterhaltung steht.« Jen sah mich erwartungsvoll an. Schweigen. »Also … Vielleicht steckt ja noch mehr dahinter …«, deutete ich an.

»Du meinst, dass ich Angst vor dem Heiraten habe?«

»Vielleicht. Hast du?«, fragte ich knapp.

»Keine Ahnung«, flüsterte sie.

»Es ist völlig okay, heiraten zu wollen und zugleich Angst davor zu haben«, versicherte ich ihr. »Das eine schließt das andere nicht aus. Mach nur nicht denselben Fehler wie Lady Macbeth – du musst es nicht um jeden Preis durchziehen, bloß, weil die meisten schon ein Geschenk für euch besorgt haben. Wenn du glaubst, die Hochzeit ist ein Fehler, dann blas sie ab. Basta.«

Schweigen.

»Aber wenn nicht …«, fuhr ich fort, ohne sie aus den Augen zu lassen.

»Sie ist kein Fehler«, stieß sie schließlich hervor. »Ich fürchte mich bloß davor, meine Eigenständigkeit aufzugeben, mich jemandem anzuvertrauen, der dich mit einer einzigen Dummheit ruinieren kann.«

»Ich weiß. Man wird so schrecklich verwundbar. Aber wie sieht die Alternative aus? Abend für Abend mit einem Becher Häagen-Dazs vor der Glotze.« Ich konnte nicht fassen, wie ich mein Leben verunglimpfte, aber ein Körnchen Wahrheit steckte dahinter, obwohl mein Fall völlig anders gelagert war. Natürlich.

Jen überlegte. »Ich will Louis heiraten, aber ich muss doch dem Menschen, den ich heirate, hundertprozentig vertrauen können. Und die Sache mit der Stripperin war mir wichtig.«

»Hast du nicht gesagt, dieser Jesse sei schuld?« Jesse ist Louis' bester Freund.

»Ja. Wie ich diesen Wichser hasse.«

»Okay, aber du liebst Louis. Konzentrier dich lieber auf das, was du wirklich willst, als auf deinen Standpunkt.«

»Wie meinst du das?« Jetzt war ihr Interesse geweckt.

»Nun, statt unsere wahren Ziele im Auge zu behalten, versteifen wir uns oft auf unseren Standpunkt, zum Beispiel, weil wir sauer oder anderer Meinung sind und nicht klein beigeben wollen. Du bist verärgert, aber du willst nicht ernsthaft die Hochzeit abblasen«, hörte ich mich zu meiner Verblüffung sagen. Ich drängte Jen ja förmlich zu dieser Ehe! Aber es schien mir das einzig Richtige. »Also. Louis kann nichts dafür, dass Jesse ihm eine Stripperin besorgt hat. Und immerhin hat er es dir gleich gestanden.«

»Ich weiß nicht recht …«

»Morgen redest du mit ihm, und dann sehen wir weiter.«

»Soll ich wirklich?« Sie warf mir einen flehentlichen Blick zu.

»Ja. Und jetzt musst du schlafen … sofern du kannst.«

»Weiß nicht. Vielleicht.« Ihr fielen bereits die Augen zu.

»Deine Mom weckt uns um neun, und dann treffen wir uns mit Louis, aber das behalten wir für uns. Weiß er denn, dass du die Hochzeit abblasen willst?«

»Ja. Ich musste das Handy ausschalten, weil er immer wieder angerufen hat«, sagte sie dumpf.

»Gut«, stellte ich erleichtert fest. »Das heißt, er ist gesprächsbereit.« Ich strich ihr über den Kopf. »Das wird schon wieder«, versprach ich.

»Meinst du?«

»Sicher. Warte hier.« Ich huschte in ihr Zimmer, schenkte ein Glas Schnaps ein und brachte es ins Gästezimmer.

»Oh, nein, ich kann nicht«, protestierte sie, aber ich ließ nicht locker. Sie brauchte den Schlaf.

»Willst du hier bei mir bleiben?« Jen nickte, schlüpfte unter die Decke und kuschelte sich an mich. Ich legte den Arm um sie, und sobald sie tief und gleichmäßig atmete, döste auch ich wieder ein.

»Jen? Wo steckst du?« Marilou steckte den Kopf herein. »Nun sieh sich das einer an! Genau wie früher. Aufwachen! Heute ist dein großer Tag!«, trällerte sie.

»Oh, Gott. Licht aus«, stöhnte Jen.

Ich hätte Marilou am liebsten einen Schuh an den Kopf gepfeffert. Einen spitzen, hochhackigen. Stattdessen zwang ich mich, die Augen zu öffnen und mein Gehirn in Schwung zu bringen. Wir mussten Louis treffen. Gleich begann meine Karriere als Mediatorin.

»Huch? Neun Uhr? Jen, wir müssen los, die Maniküre wartet.« Ich hob vielsagend eine Augenbraue.

»Was, heute?«, fragte Marilou verdattert. »Ich dachte …«

»Ja, Mom, heute.« Jen verbarg ihre perfekt manikürten Nägel unter dem Kissen. Wir hatten am Vortag zwei volle Stunden im Schönheitssalon verbracht.

»Na gut, okay …«, stotterte Marilou. Ich hatte ein schlechtes Gewissen; wir hatten ihre Vergesslichkeit schon leidlich ausgenutzt. »Wann kommt ihr zurück?«

»In etwa einer Stunde. Jen, wir sollten einen Zahn zulegen.«

»Tja, dann viel Spaß, Mädels. Seht zu, dass ihr zu Mittag wieder hier seid – es gibt viel zu tun.« Kaum war ihre Mutter draußen, ließ sich Jen mit dem Gesicht voran in die Kissen plumpsen.

Ich stupste sie an. »Los, ruf Louis an.« Sie griff nach ihrem Handy und schaltete es ein.

»Zweiundzwanzig Anrufe in Abwesenheit«, stöhnte sie.

»Gut«, sagte ich. »Gehen wir.«

Eine halbe Stunde später fuhren wir bei Starbucks vor, unsere Baseballmützen tief ins Gesicht gezogen. Ich bin mit Kopfbedeckung quasi unsichtbar, weil ich so selten eine trage. Selbst Maeve übersieht mich dann. Sehr praktisch, so eine Tarnkappe. Jen stieg zögernd aus dem Wagen.

»Los, los«, drängte ich. »Wird schon schiefgehen.« Als wir das Café betraten, war Louis bereits da, in Begleitung von Jesse. Jen schnaubte aufgebracht. Oh-oh.

»Zuerst die Drinks.« Ich winkte Louis und bugsierte Jen an die Theke, wo wir unseren Caffè Latte bestellten.

»Denkst du an die vier Prinzipien?«, fragte ich. Ich hatte ihr unterwegs die Grundpfeiler des *Harvard-Konzepts* von Fisher und Ury eingebläut.

»Erstens: Menschen und Probleme getrennt voneinander betrachten. Zweitens: Fokus auf Interessen statt auf Positionen. Drittens: verschiedene Lösungsmöglichkeiten in Betracht ziehen. Viertens: Einigung auf der Basis objektiver Kriterien«, kam es wie aus der Pistole geschossen.

»Und?« Ich stupste sie mit dem Ellbogen an. Sie seufzte.

»Ich bin nicht auf Louis sauer. Louis ist kein schlechter Mensch. Ich muss ihm klarmachen, dass ich verunsichert bin, weil er sein Versprechen nicht gehalten hat, damit er meine Reaktion versteht und sein Verhalten entsprechend ändert, um solche Situationen künftig zu vermeiden. Ach ja, und Jesse mache ich einen Kopf kürzer.«

»Du bist so weit, Grünschnabel. Ich rede nur noch kurz mit Louis.«

Louis bot ein Bild des Jammers, Jesse stellte eine verächtliche Miene zur Schau. Beide trugen wie ich eine Baseballmütze. Ich klopfte Louis auf das Schild.

»Wir müssen uns unterhalten. Jesse, Abgang.«

»Meinetwegen. Die Tussi ist doch total gaga.« Er verzog sich.

Ich nahm Platz. »Wie geht's dir?«

Louis fixierte mich mit traurigen Hundeaugen. »Ich wollte nicht, dass sich Jen aufregt. Ich hab gar nichts *getan*!«

»Weiß ich doch«, beruhigte ich ihn. »Lass mich die Situation kurz umreißen: Sie ist sauer. Was gestern passiert ist, hat sie erschreckt, und jetzt muss sie sich erst einmal über ihre Gefühle klar werden und deine Reaktion darauf abwarten, ehe sie sich ruhigen Gewissens auf eine lebenslange Partnerschaft mit dir einlässt.«

Er verstand offensichtlich nur Bahnhof.

Seufz. Wie sollte ich es ihm begreiflich machen? »Da du dieses Versprechen nicht gehalten hast, befürchtet sie, du könntest auch andere Versprechen brechen.«

»Ich *wollte* diese blöde Stripperin überhaupt nicht.«

»Es geht nicht um die Stripperin. Wenn ich verspreche,

dich zur Arbeit zu fahren, dann aber nicht auftauche, würdest du mir beim nächsten Mal noch vertrauen?«

»Vermutlich nicht. Aber das war garantiert das letzte Mal, dass ich mit einer Stripperin zu tun habe.«

»Hervorragend. Aber was jetzt viel wichtiger ist: Du musst Jen signalisieren, dass du ihre Gefühle nachvollziehen kannst und sie deswegen nicht verurteilst.« Er nickte. »Und dass sie sich auf dich verlassen kann.«

»Kann sie auch«, versicherte er mir.

»Super. Hast du schon mal vom Harvard-Konzept gehört? Es liefert echt hilfreiche Strategien für die Lösung von Konflikten.«

»Harvard-Konzept? Sagt mir gar nichts.«

Ich grinste ihn an. »Hast du Lust auf einen Crashkurs?«

Er sah zu Jen, die wie ein Häufchen Elend ein paar Tische weiter saß und ihren Becher umklammerte. »Definitiv.«

Als ich mit Maeve beim Probedinner eintraf, war die Cocktail Hour bereits in vollem Gange. »*Dem* würde ich ja zu gern mal *den Hintern versohlen*«, murmelte Maeve verhalten, nachdem sie von einem Kellner im Smoking ein Glas Wein entgegengenommen hatte. Sie hat eine Schwäche für uniformierte Kerle, die ich nicht teile. Da ich zur Abwechslung ein normales, ja, sogar vorteilhaftes Outfit trug (Caleb No. 2), war ich durchaus gewillt, mich ein bisschen in Positur zu werfen, doch von den anwesenden Männern schien mir keiner eines Flirts würdig, also ließ ich es bleiben.

»Na«, fragte ich sie, »hast du noch deine Weizenallergie?«

»Lieber Himmel, nein. Weißt du überhaupt, wie weizenfreies Brot schmeckt? Irgendwann hing es mir so zum Hals raus, dass ich eines Abends ein prickelndes Tête-à-tête mit einer Wolfman-Pizza hatte.«

»Hey.« Jen gesellte sich zu uns. »Gott, besorgt mir einen Drink. Ich könnte meine Schwiegermutter glatt erdrosseln.«

Ich lachte. »Was ist jetzt wieder los?«

»Du willst es gar nicht wissen«, winkte sie verärgert ab.

»Keine Sorge, wenn dich Kuhfladen-Janet ins Visier nimmt, hechte ich in die Schusslinie und fange die Kugel ab.«

»Ähm, das dürfte schwierig werden …«, sagte Jen zögernd.

»Wieso?«

»Weil du leider nicht an meinem Tisch sitzt.«

»Oh, okay. Ist der für die Familie reserviert?«

»Äh, nicht unbedingt … Janet war für die Sitzordnung zuständig, musst du wissen.« Jen wich meinem Blick aus.

»Ja und?«, bohrte ich neugierig nach.

»Ach, verdammt, Vi, es tut mir leid«, stöhnte sie. »Du sitzt mit Onkel Sal irgendwo im Outback.«

»Onkel Sal?«, wiederholte ich ungläubig. »Den *kennst* du doch gar nicht.«

»Ich weiß«, heulte sie auf. »Das ist die Strafe für die Sache mit Maeve. Ich hab's eben erst erfahren, und jetzt ist es nicht mehr zu ändern, sorry.«

»Was denn für eine Sache?«, wollte Maeve wissen.

»Vergiss es«, sagten Jen und ich unisono.

»Hör mal, Jen, mach dir deswegen keine Gedanken. Lass dich von Janet nicht auf die Palme bringen. Heute ist dein Tag.« Hmpf. Das entsprach ganz und gar nicht meiner Vorstellung von Trauzeuginnen-Ehren.

»Ganz ehrlich?«, schniefte Jen.

Ich drückte sie an mich. »Aber natürlich. Und jetzt misch dich unters Volk. Keine Trauermiene mehr, ja?«

»Danke«, sagte sie und tat wie geheißen.

Kaum war sie außer Sichtweite, kippte ich meinen Wein in den nächstbesten Blumentopf. Mit Maeves verfuhr ich genauso.

»Hey!«, protestierte sie. »Was zum Teufel soll das?«

»Los, komm mit«, sagte ich und schleppte sie zur Bar. »Dafür wird diese Janet blechen.«

Maeve erwiderte mein diabolisches Grinsen. »Und von welcher ›Sache‹ hat Jen da vorhin geredet?«

Als wenig später ein (wiederum livrierter) Kellner mit einer Glocke bimmelte, machten wir uns auf die Suche nach unseren Namenskärtchen. Maeve sichtete sie schließlich an Tisch Nummer sechzehn. Im Theater hätte man unsere Plätze unter der Kategorie »eingeschränkte Sicht« zu ermäßigten Preisen verkauft. Ahnte Louis' Mutter, dass ich sie Kuhfladen-Janet nannte?

Immerhin konnte ich von meinem Stuhl aus einen Blick auf die Braut erhaschen, wenn ich mich gaaaanz weit zurücklehnte. Maeve saß neben mir. Außerdem gehörten zu unserer Tischgesellschaft besagter bislang unbekannter Onkel Sal samt Gemahlin und Sohnemann sowie ein unscheinbares Ehepaar, das sich als Janets Hundefriseur und dessen Frau Cecily entpuppte. Der Mann hieß Rufus – meines Erachtens ein Beleg für die These, dass unser Name unsere Berufswahl beeinflusst. Um Smalltalk bemüht, fragte ich Rufus, welche Hundesorte ihm stylingtechnisch am liebsten sei, was mir verdutzte Blicke von seiner Gattin und ihm eintrug.

»Rassendiskriminierung gibt es bei uns nicht«, erklärte er steif. Ich versicherte ihm, das hätte ich ihm auch gar nicht unterstellen wollen.

»Ich zum Beispiel verkoste als Weineinkäuferin eine ganze Menge roter und weißer Weine«, erzählte ich. »Aber privat ist mir Cabernet am liebsten.«

Rufus straffte die Schultern. »Ich trinke nicht bei der Arbeit.« Seine Frau schaute schockiert drein. Maeve biss sich auf die Lippe, um nicht laut loszuprusten.

Ich seufzte. »Schon klar, bei all den gefährlichen Scheren.« Ich schielte sehnsüchtig zu Jens Tisch (das heißt, zu der kleinen Ecke, die ich davon sehen konnte) und wünschte mir ein scharfes Trimmmesser, um mir die Pulsadern aufzuschlitzen. Da trat Onkel Sal an unseren Tisch. Mit seinem riesigen Bierbauch und der roten Knollennase sah er genauso aus, wie man sich einen Onkel Sal vorstellt. Kaum hatte er Platz genommen, winkte er auch schon einem Kellner und bestellte eine Flasche Wein sowie einen Scotch auf Eis. Als der Kellner zögerte, bellte Sal: »Hopp, hopp, Junge!« Er hatte die Cocktail-Hour offenbar in vollen Zügen genossen. Ich dachte an Janets steigende Zeche und kam zu dem Schluss, dass mir Onkel Sal sympathisch war.

Der Kellner kehrte zurück, schenkte reihum Rotwein ein, stellte Sal jedoch nur den Scotch hin und wandte sich zum Gehen.

»Halt, halt!«, donnerte Sal. »Wo bleibt mein Wein?«

Der Kellner fuhr herum. »Sie … Sie wollten auch Wein, Sir?«

»Warum auch nicht?«, fragte Sal.

»Nun, Sie hatten doch einen Scotch bestellt …«

»Na und? Ich habe schließlich zwei Hände, oder etwa nicht? Also, los, schenken Sie mir ein, und dann ziehen Sie Leine! Aber bleiben Sie in der Nähe. Ich will an diesem Tisch heute Abend keine leeren Gläser sehen.« Der Kellner warf einen Blick durch den Saal in Richtung Janet und versuchte offenbar abzuwägen, wer von den beiden wohl das geringere Übel darstellte. Sal machte klar das Rennen. Hastig goss ihm der Kellner einen guten halben Liter ein. Ich spähte auf das Flaschenetikett. Puh. Bei diesem Fusel würden wir ganz schön bechern müssen, um Janet eine ordentliche Getränkerechnung zu bescheren. Ob mein Gaumen da wohl mitspielen würde?

»Na, was meinst du«, wandte sich Sal an mich, »wer wird sich als Erster zum Idioten machen? Ich setze auf den Texaner.« Er deutete auf einen Burschen, dessen Krawatte ihn als Absolventen der Southern Methodist University auswies. »Die Stumpfnase lässt auf mangelnde Trinkfestigkeit schließen.«

Der Salat wurde aufgetragen. Unser privater Mundschenk überschlug sich geradezu vor Aufmerksamkeit, während Onkel Sal Hof hielt. Es folgte das Hauptgericht – Steaks mit Kartoffelpürree und Spargel. Für alle.

»Ähm, entschuldigen Sie«, flüsterte Maeve einem der Kellner zu. »Für mich bitte das vegetarische Menü. Ich esse kein Fleisch.« Und zwar seit *Oprah Winfrey* im Mai 1999.

Sie erntete einen ratlosen Blick. »Es gibt kein vegetarisches Menü. Nur das Steak.«

»Ich esse aber kein Steak. Es muss doch eine vegetarische Alternative geben!«, beharrte Maeve.

»Es gibt Steak für alle. Mit Kräuterbutter.« In der Tat schmolz auf dem Filet ein ansehnlicher weißgrüner Klecks vor sich hin. Mir lief das Wasser im Mund zusammen. Ich hatte mir abgewöhnt zu warten, bis Maeves ernährungstechnisches Problem gelöst war – da wäre ich schon längst verhungert –, und machte mich sogleich über mein saftiges medium durchgebratenes Steak her. Es schmeckte fantastisch. Hervorragende Wahl, das musste man Janet zugutehalten.

»Einfach göttlich«, seufzte ich verzückt. Maeve funkelte mich verärgert an.

Jen ging zwischen uns in die Hocke. »Na, alles klar?«

»Ja, ja«, flötete ich und warf Maeve einen warnenden

»Wenn du brav den Mund hältst, fahre ich nachher mit dir zu Pancho and Lefty«-Blick zu.

»Findet ihr es auch nicht ätzend hier?«, flüsterte Jen.

»Aber nein«, beruhigte ich sie. »Alles bestens. Sal ist zum Brüllen.«

Jen beäugte überrascht Maeves Teller. »Isst du etwa wieder Fleisch?«

Maeve riss die Augen auf. Sie freute sich wie ein Schneekönig über ihre erste Hochzeitseinladung und wollte alles richtig machen.

»Äh, ja«, sagte sie zögernd, schnitt eine winzige Ecke von ihrem Steak ab und schob sie sich in den Mund, wohl aus Angst, ihre Antwort könnte nicht überzeugend genug gewesen sein. »Mmh, lecker!« Sie kaute angestrengt, wobei sie offensichtlich versuchte, das Stück Fleisch nicht mit der Zunge zu berühren. Dann schluckte sie und lächelte matt.

»Dann ist ja alles in Butter«, sagte Jen. »Ich hab noch versucht, dir einen Salat zu organisieren, als ich hörte, dass es kein Vegetariermenü gibt.« Sie spähte über die Schulter. »Ich muss zurück. Viel Spaß noch.«

Kaum war sie weg, widmete ich mich wieder meinem köstlichen Steak. Ich hatte den ganzen Tag noch nichts gegessen, und das nach den kräfteraubenden Friedensverhandlungen zwischen Jen und Louis. »Keine Sorge, Schwesterherz, ich bringe dich hinterher in ein Restaurant deiner Wahl.«

»Lass mal.« Schon diese Antwort hätte mir zu denken geben sollen, doch ich registrierte Maeves seltsamen Gesichtsausdruck erst, als ich mein Essen verputzt hatte und nach ihrem Teller griff, um mir wie gewöhnlich ihre Portion Fleisch unter den Nagel zu reißen.

»Au!«, jaulte ich erschrocken auf. Sie hatte mir mit der Rückseite der Gabel auf die Hand geschlagen!

»Pfoten weg«, befahl sie und schaufelte das Steak in sich hinein. Ich verfolgte es fassungslos.

»Maeve! Du isst doch gar kein Fleisch!« Schon hatte sie es zu zwei Dritteln verschlungen.

»Aber nur, weil mir keiner gesagt hat, wie verdammt gut es schmeckt. Dass ich darauf sechs Jahre verzichtet habe! Was für eine Verschwendung!« Sie musterte mich. »Was kannst du mir sonst noch empfehlen?«

»Rippchen«, sagte ich bestimmt. »Mit Maurice's Barbecuesoße. Und die Sandwiches mit Pulled Pork und Barbecuesoße von Allen und Sons. Und Speck … Hmmm. Die Cheeseburger von Five Guys. Die Chili-Hotdogs von Ben's Chili Bowl …« Ich verstummte, weil jemand an das Mikrofon klopfte. Sal hob den Kopf und bedeutete dem Kellner, uns nachzuschenken, dann lehnte er sich erwartungsvoll zurück und grinste schadenfroh. Ich entspannte mich. Wenn sich gleich jemand blamierte, dann war das zur Abwechslung nicht ich. Und auf morgen war ich vorbereitet.

Um halb acht klingelte zum ersten Mal mein Handy. Im Ernst.

»Vi?«, tönte es panisch aus der Leitung. »Darla hier, die Hochzeitskoordinatorin?!«

War das jetzt eine Frage oder eine Feststellung? Ich grunzte etwas ins Telefon.

»Ich rufe an, weil das Podest nicht da ist, äh, ich meine, die Säule für das Blumenbouquet in der Saalmitte?!« Wieder dieser fragende Tonfall. Ich blinzelte mühsam. Meine Lider waren verklebt, und ich hatte einen ekelhaften Geschmack im Mund. Onkel Sal war nicht mehr mein Freund, er war ein hinterhältiger Fiesling, der mich absichtlich abgefüllt hatte.

»Was soll ich tun?«, krächzte ich. Mal davon abgesehen, dass ich es Jen verschweige.

»Wir brauchen ein Podest.« Darla klang besorgt. »Das Gesteck bildet den zentralen Blickfang. Der Florist hätte es mitliefern sollen, aber gekommen sind nur die Blumen?!«

»Ein Podest. Und wo bekommt man so ein Podest her?«, erkundigte ich mich. »Das war übrigens eine echte Frage.«

»Wie bitte?«

»Vergessen Sie's. Wo soll ich anfangen zu suchen?«

»Äh, vielleicht bei KaBloom, Jens Blumenladen? Falls die keines haben, können sie hoffentlich einen anderen Laden empfehlen. Wir brauchen es allerdings möglichst bald … Bis zwölf?«

»Bis zwölf. Alles klar.« Ich wankte ins Bad, schluckte ein paar Aspirin und putzte mir die Zähne. Na, also. Schon viel besser. Ich begutachtete den Schaden im Spiegel. Etwas verquollen, aber nicht irreparabel. Bis der Florist öffnete, konnte ich mich noch eine Stunde aufs Ohr hauen. Ich wollte eben unter die Decke schlüpfen, als erneut das Telefon klingelte.

»Vi? Hier ist Marilou«, flüsterte Jens Mutter.

»Hey, Mrs. Mac. Warum flüstern Sie?«

»Nun, Vi, wir haben ein klitzekleines Problem, aber ich will Jen nicht beunruhigen. Die Druckerei hat uns nur einen Teil der Programme geliefert, der Rest liegt noch dort. Es ist bereits jemand unterwegs, um den Laden für uns aufzusperren, das heißt, wir bräuchten jemanden, der …?«

Bei Marilou bestand kein Zweifel, ob sie eine Frage stellte oder nicht. »Mach ich doch gerne.« In mein Schicksal ergeben, kletterte ich aus dem Bett und schlüpfte in meine Jeans. Als ich meine White-Sox-Tarnkappe aufsetzte, fiel mir etwas ein, das mich definitiv aufheitern würde.

Mit einem diabolischen Grinsen hämmerte ich an Maeves

Tür, ehe ich mich der Länge nach auf ihr Bett plumpsen ließ und ihren scheinbar leblosen Körper unter mir begrub.

»Guten Morgen, Sonnenschein!«, krähte ich laut. »Wir haben eine wichtige Mission vor uns! Schwesterlein, komm, spiiiiel mit mir!«

»Könnest du bitte tot umfallen?«, tönte es unter der Decke. Onkel Sal hatte wohl auch ihr arg zugesetzt.

1. *Zu extrem unchristlicher Stunde quer durch die Stadt fahren, um restliche Programme bei Druckerei abzuholen – erledigt*
2. *Programme von Marilou inspizieren lassen, obwohl es haargenau dieselben sind wie die, die sie bereits zu Hause (und inspiziert) hat; sodann sämtliche Programme in der Kirche abliefern, die sich praktisch gegenüber der Druckerei befindet – erledigt*
3. *Kaffee besorgen, um motzende Maeve ruhig zu stellen – erledigt*
4. *Bei McDonalds für Maeve den ersten McMuffin ihres Lebens besorgen, wo wir schon mal früh genug für ein McDonalds-Frühstück sind (ein Wunder!) – erledigt*
5. *Anschiss von Imogen kassieren, weil ich sie in aller Herrgottsfrühe anrufe, um ihr meine Rede vorzutragen – erledigt*
6. *Zwischenstopp zu Hause zwecks dreißigminütiger Klopause für Maeve (bedingt durch die Ernährungsumstellung) einlegen – erledigt*
7. *Desinteressiertem Dad meine Rede vortragen – erledigt*
8. *Auf der Suche nach neunzig Zentimeter hohem weißen Podest vergeblich sämtliche Floristen der Stadt abklappern – erledigt*
9. *Zu Chic-fil-A, um motzende Maeve ruhig zu stellen – erledigt*

10. *Zum ersten Blumenladen zurückfahren, wo inzwischen irgendwo gaaaanz hinten im Lager das Podest aufgetaucht ist – erledigt*
11. *Podest um 11:59 bei (vor Erleichterung?) weinender Darla abliefern – erledigt*
12. *Maeve meine Rede vortragen – erledigt*
13. *Im Einkaufszentrum zusätzliche Teelichter und Kerzenhalter für heute Abend besorgen – erledigt*
14. *Kerzen etc. bei hektischer Darla abliefern – erledigt*
15. *Ethan telefonisch meine Rede vortragen – erledigt*
16. *Mit Monogramm bestickte Servietten bei McIntyre abholen – erledigt*
17. *Servietten bei rasender Darla abliefern – erledigt*
18. *Noch einmal zu McIntyre, um vergessene Ringe zu holen – erledigt*
19. *Ring der Braut bei Trauzeuge Jesse abliefern und seine »Vielleicht verliere ich ihn ja, dann ist die Hochzeit abgeblasen«-Witze ertragen – erledigt*
20. *Mona telefonisch meine Rede vortragen – erledigt*
21. *Nachsehen, ob ich den Ring für den Bräutigam noch habe – erledigt*
22. *Ein drittes Mal zu McIntyres, um gravierte Sektflöten und silbernes Kuchenmesser zu holen – erledigt*
23. *Nachsehen, ob ich den Ring für den Bräutigam noch habe – erledigt*
24. *Gläser und Messer bei hysterischer Darla abliefern (und überlegen, ob ich ihr ein Valium verabreichen soll) – erledigt*
25. *Nachsehen, ob der Ring noch da ist – erledigt*
26. *Kleider und andere Utensilien für den Notfall von zu Hause holen – erledigt*
27. *Fieberhafte Entfernung eines Flecks von Maeves marineblauem Rock – erledigt*

28. *Von Maeve Klaps auf die Finger bekommen, als ich zum x-ten Mal nachsehen will, ob der Ring noch da ist – erledigt*
29. *Fieberhafte Entfernung von Katzenhaaren vom Kleid der Trauzeugin – erledigt*
30. *Mir von Maeve das Handy entwenden lassen bei dem Versuch, Ellis meine Rede vorzutragen – erledigt*

»Mannomann! Sind wir endlich fertig?« Maeve sank auf das Sofa. Ich ließ mich neben sie plumpsen.

»Ja, bis auf die Hochzeit selber haben wir jetzt alles abgehakt«, ächzte ich. »Wie spät ist es?«

»Höchste Zeit.« Imogen kam angehopst, wunderbar erholt dank ihres vormittäglichen Müßiggangs. »Hopp, hopp! Wir sollten schon seit fünf Minuten bei Jen sein. Ihr wollt doch nicht, dass sie sich an ihrem großen Tag aufregen muss.«

Imogen hievte mich von der Couch hoch, und ich bedachte sie mit einem unmissverständlichen Blick. »Ich sorge seit halb acht dafür, dass sich Jen nicht aufregen muss.«

Meine Mutter schwebte durch den Raum. »Wir sehen uns in der Kirche, Mädels.«

»Die Trauung beginnt um sechs«, riefen Maeve und ich ihr unisono nach. Sie winkte uns über die Schulter.

»Sag Dad, wann und wo sie stattfindet«, trug ich Maeve auf.

Als wir über die Straße zu Jens Haus gingen, reichte mir Imogen einen Becher. »Hier, ich war unterwegs bei Starbucks. Magermilch-Latte, lauwarm, wie du ihn am liebsten hast.« Ich nahm ihn dankend entgegen.

Wir waren noch nicht über die Schwelle getreten, da fiel Jen bereits über uns her.

»Tina wartet schon oben in meinem Zimmer. Hi, Imogen.« Sie umarmten einander.

»Wie kann ich helfen?«, fragte Imogen.

Jen überlegte. »Eigentlich gar nicht, es läuft alles wie am Schnürchen. Wir sind top organisiert.«

Ich unterdrückte ein Schnauben.

Um Viertel vor fünf kamen wir bei der Kirche an und wurden fortan unbarmherzig vom Hochzeitsfotografen verfolgt, der auf der Jagd nach »ungestellten« Aufnahmen war. Jen knabberte trockene Fruit Loops und war die Ruhe selbst.

»Ich bin so was von bereit.« Sie grinste von einem Ohr zum anderen. »Ich fühl mich großartig. Gleich *heirate* ich!« Ihr Grinsen schlug ins Dümmliche um. »Louis hat mir heute Morgen Rosen vor die Tür gelegt, mit einem Briefchen, in dem stand, wie sehr er sich auf unser gemeinsames Leben freut. Er fürchtet wohl, ich könnte noch böse sein.« Sie drückte meine Hand. »Danke für deine Hilfe gestern, Vi. Das ist der schönste Tag meines Lebens. Ich bin so glücklich, und das verdanke ich nur dir.«

»Ich bin auch glücklich.« Hm. Was war das bloß für ein bittersüßes Ziehen in meiner Brust? Ich verdiente ihren Dank nicht – ich hatte nur getan, was meiner Ansicht nach das Beste für sie war, ohne zu wissen, was *ich* wollte. Ich wusste nur, dass ich Jen lieb hatte. Sie würde mir fehlen.

Zehn Minuten später marschierten wir auf den Altar zu, und nach vierundzwanzig Minuten und dem obligatorischen Hohelied der Liebe wurden Jen und Louis zu Mann und Frau erklärt. Nach getaner Arbeit vollzogen Father Ted und ich unser kleines Hand-Five-Ritual und sahen den frisch Vermählten hinterher.

»Wir haben's geschafft«, stellte Father Ted fest.

»Ja, jetzt sind sie alle unter der Haube. Hach, was bin ich stolz auf unsere Kleinen«, scherzte ich.

»Ich werde meinen ersten Offizier vermissen«, sagte er,

und ich wusste, er meinte es ernst. Prompt bekam ich feuchte Augen.

»Ich werde Sie auch vermissen.« Ich drückte ihn an mich.

Er wünschte mir alles Gute für meine Ansprache.

»Danke. Diesmal bin ich gerüstet.« Wir boxten ein letztes Mal die Fäuste zusammen, dann ging ich hin und ließ mich zu Tode fotografieren.

Das Dinner verlief höchst erfreulich. Diesmal saß ich neben dem Brautpaar und amüsierte mich dank Jens Vater blendend. Das Essen war eine Wucht. Ich wählte den Lachs; Maeve, die ganz in der Nähe saß, nahm das Steak und verdrückte danach noch Moms übrig gebliebene Hälfte.

Als sich Jesse erhob, um seine Rede zu halten, straffte Jen die Schultern. Ich füllte ihr Sektglas bis zum Anschlag.

»Hallo, ich bin Jesse, der Trauzeuge von Louis. Ich hab mir extra ein Buch gekauft, um mich in das Thema Hochzeit einzulesen. Als ich auf Seite fünf las, der Trauzeuge müsse den ganzen Tag nüchtern bleiben, damit er einen klaren Kopf behält, hab ich es weggeworfen.« Hier genehmigte er sich demonstrativ einen großen Schluck Gin Tonic. Seine Kumpels von der Studentenverbindung johlten. Ich griff unter dem Tisch nach Jens Hand, und sie klammerte sich daran wie eine Ertrinkende.

»Drei Dinge habe ich dank der Lektüre dieser fünf Seiten immerhin gelernt. Erstens, aus dem *Ich* wird bei der Trauung ein *Wir*. Zweitens, die Eheschließung ist das *Ende* einer *Ära*. Und drittens, die Ehepartner stecken einander bei der Trauung einen *Ring* an den Finger. Ich nehme an, Jen hat dasselbe Buch gelesen, denn ich könnte wetten, als sie vorhin zum Altar marschierte, hörte ich sie flüstern: ›Ich ändere ihn, ich ändere ihn, ich ändere ihn.‹« Jesses Kumpels bogen sich erneut vor Lachen, Jen schnappte nach Luft. Meine Hand wurde taub.

»Louis, es ist mir eine Ehre, dein Trauzeuge zu sein. Auch, wenn ich es dir vergeblich auszureden versucht habe … Äh, kleiner Scherz, Jen. Ich freue mich, dass Louis ein Mädel gefunden hat, von dem er glaubt, dass es ihn glücklich machen wird. Er hat eine anständige Frau verdient.«

Meine Hand war inzwischen so gut wie abgestorben. »Lass dir deinen Tag nicht verderben«, flüsterte ich Jen ins Ohr, worauf sie ihre schraubstockgleiche Umklammerung etwas lockerte. Entwarnung für das Amputationsteam.

»Und nun möchte ich im Namen von Braut und Bräutigam und ihren Familien mit allen Anwesenden auf Louis und Jen anstoßen und den beiden alles Gute wünschen.« Endlich! Er nahm wieder Platz, und Jen ließ meine Hand los, um reichlich halbherzig zu applaudieren.

Damit war ich an der Reihe. Mit der Selbstsicherheit eines gut trainierten Sportlers nahm ich das Mikrofon. Diesmal durfte ich es nicht vermasseln – meine *Eltern* waren anwesend.

Ich lächelte in die Runde.

»Hallo zusammen«, begann ich fröhlich. »Ich heiße Vi und bin Jens Trauzeugin. Jen und ich kennen uns von frühester Kindheit an, und wie alle Busenfreundinnen hatten auch wir so unsere Hochs und Tiefs. Oft genug kam es vor, dass wir uns wegen Kleinigkeiten in den Haaren lagen, einander blöde Ziege oder dumme Pute nannten, und am Ende gab es sogar Tränen. Doch tags darauf hat mir Jen noch jedes Mal eine E-Mail aus dem Büro geschickt, und im Nu waren wir wieder versöhnt.« Alles lachte.

»Sie können sich bestimmt vorstellen, wer sich am meisten darüber freute, als Jen mit siebzehn einen roten VW Karmann Ghia von ihrer Cousine erbte … Ganz recht, mein Vater.« Erneutes Gelächter. »Ich war ihm nämlich eine Ewigkeit mit dem Wunsch nach einem solchen coolen

Schlitten in den Ohren gelegen. Tja, und als Jen den ihren bekam, meinte Dad, damit hätte sich die Angelegenheit wohl erledigt. Ich sollte mich einfach an Jen wenden, wenn ich einen fahrbaren Untersatz benötigte. Er hat wohl nicht damit gerechnet, dass ein eigenes Auto nicht das Einzige bleiben sollte, was sie lange vor mir haben würde. Die Frage ist nur: Wird Jen ihren Gatten ebenso großzügig mit mir teilen wie damals ihren Ghia?« Kichern. »Aber noch sehnlicher als ein Auto wünschen sich doch alle Menschen einen Seelenverwandten, die große Liebe. Jen und Louis haben dieses seltene Juwel gefunden, und ich habe, was Liebe und Vertrauen angeht, viel von den beiden gelernt. Zum Beispiel, dass es der größte Liebesbeweis ist, wenn zwei Leute danach streben, sich weiterzuentwickeln und zu verändern, um das Beste aus sich zu machen, obwohl sie fürchten müssen, verletzt zu werden. Gegenseitige Unterstützung und Inspiriration lautet das Erfolgsrezept. Das gilt übrigens auch für Freundschaften. Ohne Jen wäre ich nicht der Mensch, der ich heute bin. Und ich weiß, dass Louis der Richtige für dich ist, meine Liebe, weil ich miterlebt habe, wie ihr aneinander wachst … Das Schöne an einer Hochzeit ist, dass man Altvertrautes plötzlich wieder mit neuen Augen sieht und sich in Erinnerung ruft, worauf es eigentlich ankommt. Ich kann mich glücklich schätzen, denn meine Eltern führen mir das mit ihrer perfekten Ehe täglich aufs Neue vor Augen.« Einige meiner Zuhörer nickten einander mit feuchten Augen zu. Manche hielten sich an den Händen. Meine Eltern strahlten mich an. Bingo!

»Der Bräutigam erhält an dieser Stelle üblicherweise ein paar gute Ratschläge, aber ehrlich gesagt, Louis, ich wüsste nicht, was ich dir raten sollte. Jen scheint dich ganz gut im Griff zu haben. Und keine Bange, es kann im Laufe einer Ehe eigentlich nur zweimal vorkommen, dass der Mann seine Frau nicht versteht: vor der Hochzeit und nach der Hochzeit.« Alles lachte.

»Leute, ich habe mich neun Monate auf diese Ansprache vorbereitet, und ihr habt vermutlich den Eindruck, als würde ich schon ebenso lange reden, deshalb komme ich jetzt zum Abschluss. Ich wünsche Jen und Louis das Allerbeste für ihre gemeinsame Reise. Wenn sie in einigen Jahren an diesen Tag zurückdenken, dann hoffentlich in der Gewissheit, dass ihre Liebe in der Zwischenzeit noch tiefer geworden ist. Erhebt mit mir die Gläser – auf Jen und Louis.«

Ich prostete dem freudestrahlenden Brautpaar zu und trank meinen ersten Schluck Alkohol an diesem Abend. Imogen nickte anerkennend. Ihr »Perfekte Rede, bravo!« ging im Applaus unter. Ich nickte lächelnd zurück und formte mit den Lippen ein »Besorg mir ein Glas Wein, aber dalli!«.

Kapitel 16

Lebenshaltungskosten

Ich wühlte mich durch den Stapel Post der vergangenen drei Wochen, in denen mein Leben in Washington D. C. auf Sparflamme gelaufen war. Entsetzt starrte ich auf meine Kontoauszüge und rechnete fieberhaft nach. Neun Kurztrips nach Charlotte (davon dreimal per Flieger) plus drei Brautgeschenkepartys plus drei Hochzeitsgeschenke plus drei Paar Schuhe plus drei blaue Kleider plus Extraausgaben macht zusammen über viertausendzweihundert Dollar. Dafür bekam man ein einfaches Ticket für einen Flug auf die andere Seite der Erdkugel. Oder einen nur leicht verbeulten Kleinwagen. Ich konnte nur hoffen, dass mir wenigstens mein Arbeitsplatz erhalten geblieben war.

»Sieh es doch so«, hatte Imogen mir geraten. »Du hast quasi einen Riesenhaufen Erfahrungen gekauft. Das ist eigentlich unbezahlbar.« Ich dachte an einen Film, in dem eine Mutter zu ihrer Tochter gesagt hatte: »Du magst es kaum erwarten können, deine Unschuld zu verlieren, aber wenn du sie kampflos aufgibst, werde ich an deiner Stelle kämpfen.« Da war was dran. Ich sehnte mich nach der Ehrfurcht, der Entschlossenheit, die ich bei Tante Jackies Hochzeit verspürt hatte, doch drei blaue Kleider hatten beides für immer verwässert. Gut, die Hochzeiten selbst waren wunderschön gewesen, aber die Rationalität, mit der sich meine Freundinnen sich ihre Lebenspartner ausgesucht hatten, war mir unbegreiflich. Ich hegte die unerschütterliche Überzeugung, dass bei *mir* alles anders ablaufen würde. Zugegeben, Jen wirkte zufrieden, aber ich, ich wollte mehr. Ich wollte überschwängliche, leidenschaftliche, romantische Liebe. Ich wollte Magie. Alles andere war mir zu wenig. Vielleicht setzte ich ja auf das falsche Pferd, aber meiner Ernüchterung zum Trotz nährte ich in meinem Herzen die Hoffnung, dass ich das große Los ziehen konnte, wenn ich nur durchhielt.

Imogen hatte natürlich Recht. Wenn ich die wahre Liebe finden wollte, war es Zeit, den Männern eine Chance zu geben. Ich musste aufhören, mir einzureden, dass Caleb mich irgendwann aus dem Dating-Sumpf retten würde, das war mir seit unserer letzten Begegnung klar. So sehr ich ihn auch liebte, mich selbst liebte ich mehr.

Ich war melancholisch. Caleb war nicht der Einzige aus meiner Vergangenheit, von dem ich geistig Abschied nahm. Als ich mich nach Jens Hochzeitsbrunch auf den Weg nach Washington gemacht hatte, war das gewissermaßen ein Schlussstrich gewesen. Meine Heimatstadt würde mich so bald nicht wiedersehen. Welche Ironie, dass mich an dem Tag, an dem ich meinen Freundinnen in meiner Funktion als Trauzeugin näher denn je sein hätte müssen, eigentlich nicht mehr viel mit ihnen verband. Und je weiter sie sich in das unbekannte Terrain des Ehelebens vorwagten, desto größer würde die Kluft zwischen uns werden. Wir würden weiterhin befreundet sein, aber ich wusste, ohne es als Niederlage zu betrachten, dass ihr Interesse abflauen würde. Wer weiß, vielleicht wäre es umgekehrt genauso. Häufig bleibt man ja nur deshalb mit jemandem befreundet, weil man sich schon ewig kennt – wer sonst kann sich an die Zeit erinnern, als noch Poster von Sänger Adam Ant in unserem Zimmer hingen? Ich war melancholisch, weil ich endlich wusste, was hinter dem bittersüßen Gefühl steckte, das mich bei Jens Hochzeit erfasst hatte: Erleichterung. Im vergangenen Jahr war ich immer wieder in meine Vergangenheit eingetaucht, hatte eine Rolle gespielt, der ich entwachsen war und deren Text ich nicht kannte. Es war Zeit, mich weiterzuentwickeln. Alte Freundschaften schaffen Geborgenheit, aber sie können auch einengen, wenn man versucht, sie mit derselben Intensität wie früher zu erleben. Man muss lockerlassen, damit alle Beteiligten genügend Luft zum Atmen bekommen. Ich war froh, nach Washington zurückzukommen, wo ich wieder ich selbst sein konnte.

Eine bunte Ecke, die aus meinem Poststapel ragte, erregte meine Aufmerksamkeit. Sie gehörte zu einer Postkarte aus Los Angeles. Neugierig drehte ich sie um.

Liebling, wann kommst du zu mir zurück? Mein Leben ist so leer ohne dich. Ich vermisse dich und sehne mich nach dir. Tausend Küsse! In Liebe, Jeremy Piven

Ich lachte. Sah nach Monas Handschrift aus. Ich dachte an meine Sonntagabende mit den Mädels, Ethan und Giles. Sie waren jetzt meine Familie. Vielleicht war das Erwachsenwerden gar nicht so angsteinflößend, wenn man das richtige Team um sich scharte. Ich hatte mein altes Team in Charlotte gegen ein neues in Washington ausgetauscht.

»Wie dem auch sei«, sagte ich mir mit Blick auf die Kontoauszüge, die mir tadelnd entgegenstarrten, »jetzt kommt erst mal eine schöne lange Rehabilitationsphase. Das neue Team ist nicht mit dem Heiratsvirus infiziert. In den kommenden zwölf Monaten ist keine Hochzeit in Sicht.« Ich lächelte glücklich bei diesem Gedanken.

Ein Jahr später musste ich bei der Erinnerung an diesen Moment derart lachen, dass ich mir in die Hose pinkelte.

TEIL DREI

Vierzehn Hochzeiten in zwölf Monaten

Kapitel 17

Mission Impossible

»Ich möchte einen Toast ausbringen.« Ethan klopfte mit der Gabel an sein Glas, um die Aufmerksamkeit auf sich zu lenken. »Auf Vi Connelly, die heute achtundzwanzig wird.«

»Auf Vi«, kam es im Chor zurück, untermalt von Gläserklirren. Meine Freunde hatten mich zur Feier des Tages zu Sushi Taro ausgeführt. Achtundzwanzig. Argh!

»Welches Ziel hast du dir für dein neues Lebensjahr gesteckt?«, fragte Jack, der inzwischen hochoffiziell Ellis' Freund war. Wir hatten ihn in unseren Kreis aufgenommen, nachdem er ihr einen Diamantring an den Finger gesteckt hatte.

Ich musste nicht lange nachdenken. »Einfach überleben.«

»Setzt dir der Washingtoner Hexenkessel allmählich etwas zu?«, spottete Imogen.

»Eher die Preise für Teekessel bei Crate & Barrel – ich bin in den kommenden zwölf Monaten zu zwölf Hochzeiten eingeladen.« Nach Jens Heirat hatte ich auf eine schöne lange Pause spekuliert, doch wie sich bald zeigte, war der vergangene Frühling erst die Aufwärmphase gewesen. Binnen eines halben Jahres hatte eine wahre Flut von »Bitte Termin vormerken«-Karten und dicken Pergamentumschlägen mit Einladungen meinen Briefkasten überschwemmt. Meine Pinnwand hatten zuletzt so viele ähnlich lautende Schriftstücke geziert, seit ich nach dem Collegeabschluss aus Motivationsgründen sämtliche Jobabsagen dort nebeneinandergetackert hatte.

»Zwölf Hochzeiten!«, wiederholte Giles ungläubig und unterdrückte ein Schaudern.

»So stelle ich mir die Hölle vor«, bemerkte Braxton Barnett, Ethans Mitbewohner, der sich bei unseren Gruppenaktivitäten des Öfteren einklinkte. Braxton stammt aus North Carolina und ist ein typischer Südstaatenbewohner, der stets Cowboystiefel trägt und gerne jagt und Bier trinkt. Mona behauptet immer etwas atemlos, er sähe Christian Bale (in einer Tarnanzugjacke) zum Verwechseln ähnlich, aber ich habe deswegen nie nachgehakt.

»Ethan vermutlich auch – wer sonst sollte ihr Begleitschutz geben?«, stellte Imogen ungewöhnlich bissig fest.

»Kein Kommentar«, gab Ethan knapp von sich.

»Ich kenne gar keine zwölf Leute, die ich so gut leiden kann, dass ich ihretwegen einen Anzug tragen würde«, flachste Jack. »Beerdigungen allerdings … Gegen ein paar Beerdigungen hätte ich nichts einzuwenden.« Jack provoziert gern mit geschmacklosen Aussagen, deren Effekt allerdings von seinen Grübchen und seinen warmen braunen Augen untergraben wird.

»Nun, ich entschuldige mich für meinen Beitrag zu deiner Misere«, sagte Ellis, die Jack im Mai zu ehelichen gedachte. »Aber glaubt jetzt nicht, ihr könntet euch drücken.« Mona und Imogen stöhnten auf.

»Wir sollten Vis Ziele für das kommende Jahr erweitern«, schlug Ethan vor. »Suchen wir ihr einen Freund und Begleiter.«

»Oooooh«, sagte Imogen. »*Mission Impossible*.«

»Gemeinheit«, schmollte ich, obwohl ich mir vorkam, als wäre ich asexuell. Meine einzigen potenziellen Hochzeitsbegleiter waren Schwule oder Kumpels. Ich wurde von sämtlichen männlichen Bekannten als »gute Freundin« betrachtet. Nicht, dass ich von ihnen angebaggert werden wollte, Gott bewahre, aber sie hätten wenigstens ein bisschen Interesse heucheln können.

Der Kellner stellte uns eine riesige Sushi-Platte hin, worauf das übliche »Was ist was«-Chaos ausbrach. Wir bestellten mehr Sake und machten uns über das Essen her, wobei ich tunlichst die Finger vom Aal ließ.

»Also.« Imogen ließ keine Gelegenheit aus, Salz in meine Wunden zu streuen. »Wie muss der Mann an Vis Seite sein?«

»Locker.« Ethan, der den Verzehr von rohem Fisch verweigert, schnüffelte misstrauisch an einer California Roll, obwohl ich ihm versichert hatte, sie sei vegetarisch.

»Willst du andeuten, ich sei anstrengend?«, schnaubte ich.

»Genau«, sagte er ungerührt und deponierte die California Roll auf den äußersten Tellerrand, als könnte sie sein Steak infizieren.

»Ich liebe die Abwechslung, wenn es um Getränke geht, das ist alles«, verteidigte ich mich. »Zu jedem Bissen der passende Drink.« Um meine Worte zu untermauern, nahm ich einen Schluck Mineralwasser und nippte an meinem Sake, dann steckte ich mir eine Spicy Tuna Roll in den Mund und spülte mit Ichiban-Bier nach. Auf Ethans verächtlichen Blick hin riss ich den Mund auf und präsentierte ihm wie eine Achtjährige den unappetitlichen Inhalt. Er verdrehte die Augen.

»Er sollte kein Morgenmensch sein«, meinte Giles.

»Ha, ha, sehr witzig«, sagte ich.

»Aber clever«, sagte Babette. Ich errötete erfreut. Dann kamen mir Zweifel. Brauchte ich einen cleveren Mann, weil ich selbst nichts auf die Reihe kriegte? Hm.

»Und aus den Südstaaten«, fügte Braxton hinzu.

»Du findest, jeder sollte aus den Südstaaten kommen«, schnaubte Imogen. »Und auf alles schießen, was sich bewegt.«

»Liberal«, schlug Ethan vor. »Irgendein Kommunist von der rosaroten Fraktion mit denselben verqueren Ansichten wie Vi. Dann können die zwei mit lauter unrasierten, stinkenden Alternativen bei Kundgebungen mitmarschieren und einander ›Mein-Müsli-Mäuschen‹ nennen. Er sollte mindestens drei Batik-T-Shirts besitzen, von denen er zwei selbst gefärbt hat.«

»Versteht sich«, stimmte Imogen ihm zu.

Ethan zwinkerte mir zu. »Du weißt doch, du bist meine Lieblingsliberale.«

»Ich schlafe eben ruhiger, wenn ich weiß, dass meine Stimme die deine aufhebt«, sagte ich zuckersüß und tätschelte ihm den Arm. Wir vertraten in Bezug auf zentrale politische Themen wie die Reform des Sozialsystems oder die Integrität republikanischer Politiker verschiedene Ansichten, hatten aber vereinbart, dass ich, wenn Ethan eines Tages für den Posten des Präsidenten kandidierte, das erste und letzte Mal in meinem Leben einen Republikaner wählen würde. Im Gegenzug würde er mich zum Generalstabschef ernennen.

»Gesellig muss er sein, um uns und diese Hochzeitsepidemie zu verkraften«, bemerkte Mona.

»Dem kann ich nur zustimmen«, sagte Jack, der die Feuertaufe bereits bestanden hatte.

»Hast du irgendwelche besonderen Wünsche, was Mr. Connelly angeht, Vi?« erkundigte sich Giles.

»Mr. Connelly ist immer noch mein Dad, danke. Und jetzt würde ich gerne mein Essen genießen. Ohne Verdauungsstörung.« Ich lächelte unschuldig in die Runde. »Wozu brauche ich einen Freund, wenn ich euch habe?« Ich hatte nicht vor, sie in den geheimen »Carpe diem«-Plan einzuweihen, den ich nach Jens Hochzeit geschmiedet hatte. Es war an der Zeit, aktiv zu werden und mir ein Liebesleben nach meinen Vorstellungen zuzulegen. Schon bald würde ich mich daranmachen, meinen Plan in die Tat umzusetzen.

Ringsum ertönten »Hört, hört«-Rufe.

»Glaubt sie ernsthaft, wir kaufen ihr das ab?«, erkundigte sich Imogen bei Giles.

»Schnauze«, befahl ich. »Ich will meine Geschenke, und zwar ein bisschen plötzlich, wenn ich bitten darf.«

Kapitel 18

Sturm in der Teetasse

Mein Vater musste die Scharniere an der Küchentür geölt haben, denn auf meinen leichten Schubs mit der Hüfte hin knallte sie gegen die Wand, dass das ganze Haus wackelte wie bei einem Erdbeben der Stärke sieben auf der Richterskala. »Typisches Beispiel für gefährliche Reparaturen im Haushalt«, murmelte ich vor mich hin und erschreckte mich prompt noch einmal, als ich die Küche betrat und dort im Dämmerlicht meine Mutter am Tisch sitzen sah, in die Betrachtung einer Teetasse versunken.

»Huch! Hey, Mom.« Keine Reaktion. Sehr seltsam.

»Mom? Ich bin's, Vi.«, sagte ich überflüssigerweise. »Ich komme wegen meines Geburtstagsessens.« Was sonst.

Sie hob den Kopf und lächelte matt. »Ach, Vi. Willkommen zu Hause.«

»Was treibst du denn?« Meine Mutter neigt sonst nicht zu Melancholie. Die Rolle der Drama-Queen ist mein Fachgebiet. »Möchtest du Tee?«, fragte ich, weil sie noch immer den leeren Becher anstarrte. Vielleicht handelte es sich ja um ein Experiment – Teeherstellung durch pure Kraft der Gedanken. Ich wollte ihr die Tasse aus der Hand nehmen, doch sie hinderte mich daran.

»Nein … nicht …« Ich setzte mich und wartete ab. »Sie ist ein Geschenk.« Mom seufzte, dann runzelte sie die Stirn. »Stimmt nicht ganz. Ich habe sie geerbt.«

»Geerbt? Wer ist denn gestorben?«

»Maggie. Maggie hat mich in ihrem Letzten Willen bedacht.« Sie rieb sich das Gesicht.

»Wer ist Maggie?« Ich hatte Mom nie von einer Maggie reden hören.

Sie sah mich mit müden Augen an. »Maggie war die Mutter meines ersten Mannes.«

Ich blinzelte.

»Sie ist vorige Woche gestorben. Ich habe sie zuletzt vor dreißig Jahren gesehen.« Ihre Finger glitten über den Henkel.

Ich musste mich verhört haben. »Die Mutter deines ersten Freundes, meinst du?« Mom war nicht geschieden.

Sie griff sich an die Kehle. »Ich trug bei der Hochzeit ihre Perlen.«

»Das waren die Perlen von Grandma Kate«, korrigierte ich sie.

»Sag mal, hast du etwas an den Ohren, Vi?« Plötzlich klang die Stimme meiner Mutter bedeutend weniger verträumt. »Maggie war Daniels Mutter, und Daniel war der Mann, mit dem ich verheiratet war, ehe ich deinen Vater kennengelernt habe.« Sie sah mich an und seufzte. »Entschuldige, ich sollte dich nicht anfauchen. Ich bin emotional ein bisschen angeschlagen. Ist lange her, dass ich an diese Zeit gedacht habe. Das kommt wohl etwas überraschend für dich.«

»Überraschend?«, quiekte ich, nach Luft ringend. Meine Mutter hatte eine geheime Vergangenheit! Etwas Funkelndes in meiner Vorstellung hatte soeben seinen Glanz eingebüßt. »Wie konntest du mir das antun?«

»Dir antun?«, fragte sie verwirrt. »Was hat denn das mit dir zu tun? Du warst doch damals noch gar nicht auf der Welt. Es ist ewig her.«

»Aber …« Ich schüttelte den Kopf. Mein Leben lang hatte ich angenommen, die Ehe meiner Eltern sei absolut makellos, ein leuchtendes Vorbild, mein Ideal. Ich hatte mich auf sie verlassen, und sie hatten mich getäuscht. »Ich …« Erneut brach ich ab. Ich war wie vor den Kopf gestoßen. Am liebsten hätte ich geweint. Das was nicht fair. Wie sollte ich an meinen Überzeugungen festhalten, wenn die Beziehung meiner Eltern nicht durch und durch perfekt war? Ich hatte angenommen, wenn man von Anfang an alles richtig machte, dann konnte auch nichts schiefgehen, dann blieben einem Mittelmaß oder gar Enttäuschungen erspart. Aber …

Mom legte eine Hand auf die meine. »Vi, als ich noch sehr jung war, zu jung, habe ich meine große Liebe aus der Highschool geheiratet …«

Ich schnappte fassungslos nach Luft. »Dad ist nicht deine einzige große Liebe?« Meine heile Welt fiel in sich zusammen.

»Sei doch realistisch, Vi. Wir waren beide mit anderen Partnern zusammen, ehe wir uns kennengelernt haben. Alles andere wäre naiv. Aber das bedeutet nicht …«

Ich entzog ihr meine Hand und sprang auf.

Mom runzelte die Stirn. »Vi, du bist …« Aber ich konnte ihr nicht zuhören. Erschüttert suchte ich das Weite. An der Tür stieß ich mit meinem Vater zusammen.

»Da bist du ja!«, rief er und breitete die Arme aus, doch ich drängte mich an ihm vorbei und stürmte in mein Zimmer. Wenigstens dort war noch alles genau wie früher.

Kapitel 19

Macht hoch die Tür des Holiday Inn

Holly ∞ Eli, Washington D. C., Dezember

»Ich kann nicht fassen, dass das Hotel an Holiday Inn verkauft wurde, zwei Wochen vor meiner Hochzeit! Das ist so was von unfair!«, echauffierte sich Holly am Telefon.

Ich gab einen tröstenden Laut von mir.

»Ich verbringe den schönsten Tag meines Lebens doch nicht in einem Holiday Inn! Aber jetzt müsste ich jeden einzelnen Gast persönlich anrufen, die Einladungen habe ich nämlich schon vor *Wochen* verschickt, und auf Eli kann ich diesbezüglich nicht bauen. Die Trauung findet übrigens in der Calvary Baptist Church statt.«

Ich lachte. »Du bist Atheistin und Eli Jude!« Holly litt an einer ausgeprägten Form des Perfekte-Hochzeit-Syndroms.

»Und? Dort war ein Termin frei, und von der Kirche zum Hotel sind es zu Fuß nur ein paar Minuten.«

»Und? Findet der Empfang trotzdem im Holiday Inn statt?«, fragte ich vorsichtig.

»Ja, es bleibt alles beim Alten, nur das Schild wird ausgetauscht. So kurzfristig finde ich in den Ferien nie und nimmer einen anderen Saal.«

»Also, ich freue mich drauf.« Es war meine erste Hochzeit seit der von Jen und Louis, und ich freute mich wirklich, zumal ich diesmal nicht die Trauzeugin geben musste. Als Statistin machte die Sache bestimmt noch viel mehr Spaß.

Außerdem wird ja immer behauptet, Hochzeiten seien ideal, um Singles kennenzulernen. Diese These wollte ich, da ich diesmal durch keinerlei Pflichten abgelenkt sein würde, überprüfen. Die psychologische Assoziation, dass ich den Beobachterstatus der Rolle der aktiv Beteiligten vorzog, ließ ich lieber unerforscht.

Ein zweiter Anrufer klopfte an. Das Display zeigte die Nummer meiner Eltern. Prompt verspürte ich ein Ziehen in der Brust. Ich war meiner Mutter aus dem Weg gegangen – nicht unbedingt, um sie zu bestrafen, vielmehr, weil mir ihre Gegenwart ein Unbehagen verursachte, dem ich bislang ganz bewusst noch nicht auf den Grund gegangen war.

»Ich habe dich neben einen von Elis Schulfreunden gesetzt«, berichtete Holly. »Angeblich sieht er recht gut aus.«

Bei mir schrillten die Alarmglocken. »Du kennst ihn nicht?«

»Noch nicht, aber er ist sicher sehr nett«, tat sie meine Bedenken ab. »Und er ist Single.«

»Es kommen doch bestimmt viele Singles, oder?«

»Äh, ja. Klar.« Das klang nicht überzeugend. »Einige.«

Hmpf. »Einige« entsprach nicht ganz meiner Vision von ausgelassenem Schäkern mit Herden von attraktiven, superschick angezogenen Kerlen, die mir dezent auf der Tanzfläche zublinzelten.

»Wie heißt er denn?«

»Irving«, sagte Holly. »Du wirst ihn lieben.«

Völlig ausgeschlossen. Einen Mann namens Irving würde ich niemals lieben können. Aber ich war amüsiert. Holly hatte sich knapp zwei Wochen vor ihrer Hochzeit in eine Bilderbuch-*Bridezilla* verwandelt, die keine noch so unüberwindbare Hürde vom Gang zum Traualtar abhalten konnte. Ich wette, es wäre ihr gelungen, die Übernahme verschieben zu lassen, hätte sie rechtzeitig den Generaldirektor des Holiday Inn an die Strippe gekriegt. Ich versuchte gar nicht erst, sie zu einer Änderung der Sitzordnung zu überreden, damit ich Ethan mitbringen konnte.

»Ich muss jetzt aufhören. Ich habe noch eine *Million* Anrufe zu erledigen. Bye, Vi!« Aufgelegt.

Während ich mir unser Gespräch noch einmal durch den Kopf gehen ließ, musste ich zugeben, dass ich ungemein optimistisch war, was diese Hochzeit betraf. Ich freute mich auf diese Chance, jemanden kennenzulernen.

Derart zuversichtlich wandte ich mich wieder der Webseite von Sid Dickens zu, die ich vor Hollys Anruf unter die Lupe genommen hatte. Dort bietet ein kanadischer Künstler handgemachte Deko-Keramikkacheln an, die man sich wie Bilder an die Wand hängen kann. Manche sehen aus wie verwitterte alte Steinplatten, andere wie Porzellan. Jede einzelne ist ein Meisterwerk. Ich hatte endlich das perfekte Geschenk gefunden – gerade noch rechtzeitig, ehe die Hochzeitslawine so richtig ins Rollen kam. Gut gelaunt wählte ich die angegebene Nummer.

»Sid Dickens, Ben am Apparat. Wie kann ich Ihnen helfen?«

»Hallo, Ben, Vi Connelly hier«, stellte ich mich vor.

»Äh, hallo, Vi. Was kann ich denn für Sie tun, ey?«

»Wow«, rutschte es mir heraus. »Ihr Kanadier sagt tatsächlich ›ey‹? Oder ist das nur eine Marketingmasche, um die Amerikaner mit eurem Charme einzuwickeln? Können Sie die Nummer des Anrufers sehen?«

»Das kann ich, ja«, entgegnete er höflich. Es klang, als würde er lächeln, aber das war auch schon alles.

Ich gab mich geschlagen. »Okay, okay, behalten Sie Ihre Marketingstrategien für sich. Hören Sie, Ben, ich bestaune gerade die wunderschönen ›Memory Blocks‹ auf Ihrer Homepage und möchte gern einen bestellen. Als Hochzeitsgeschenk.«

Er nahm das Lob eher gelassen hin. »Gute Idee.«

»Meine Freundin Ellis ist in einer Zeitschrift für Dekorateure auf Ihre Deko-Kacheln gestoßen. Ich hasse shoppen, müssen Sie wissen«, verriet ich ihm, wohl wissend, dass sich beim Umgang mit Telefonverkäufern ein freundlich-vertraulicher Umgangston lohnt. Aufgrund der fehlenden optischen Komponente lassen sich ja selbst die nettesten Gesprächspartner allzu rasch zu gereizten Bemerkungen, Beleidigungen und Verunglimpfungen aller Art hinreißen.

Doch Ben ging nicht auf mein Geschwafel ein. »Viele unserer Memory Blocks werden gern zu diesem Anlass verschenkt.«

Hervorragend. Es war riskant, etwas zu schenken, das nicht auf Hollys Geschenkeliste stand, aber ich weigere mich rundheraus, Vasen oder Suppenterrinen zu verschenken. »Welche sind denn am beliebtesten?«

»Je nachdem. Es gibt da eine ganze Reihe geeigneter ...«

»Sie klingen wie ein Katalog, Ben. Seien Sie so gut und helfen Sie einem blutigen Anfänger, ja?«

Ben hüstelte. »Wie wär's mit einem unserer Klassiker – Nummer T-18, ›Schriftzug‹?«

Ich scrollte nach unten auf der Suche nach T-18.

»Die ist aber nicht sehr romantisch«, hauchte mir jemand ins freie Ohr. Ich ließ vor Schreck den Hörer fallen.

»Herrgott, Giles! Musst du dich immer so anschleichen?« Hechelnd tappte ich unter dem Tisch nach dem Telefon.

»Das ist auch *mein* Büro, und da ich vor einer guten Stunde in die Mittagspause gegangen bin, war mit meiner Rückkehr durchaus zu rechnen«, verteidigte sich Giles blasiert.

»Tut mir leid, Ben«, keuchte ich. »Mein Kollege hat sich einen kleinen Spaß mit mir erlaubt. Aber ich stimme ihm zu, sonderlich romantisch ist T-18 nicht.«

»In der Tat.« *In der Tat,* wiederholte ich tonlos in Richtung Giles, der rechthaberisch den Kopf reckte. »Was halten Sie von T-02 oder T-66?«

Die lehnte ich rundheraus ab. »Puh, nein. Keine Herzen.« Giles nickte heftig.

»Dann vielleicht T-125, ›Baum des Lebens‹. Oder T-57, ›Blätter‹. Die wachsende Pflanze als Symbol für das Eheleben, für die beginnende Verwurzelung.«

»Sehr poetisch«, lobte ich.

»Ich finde die Blätter gut«, bemerkte Giles. »Passend zur Jahreszeit.«

Ich nickte. »Okay, Ben. Ich nehme die T-57.«

»Hervorragende Wahl«, konstatierte er. Ich diktierte ihm meine Kreditkartennummer und meine Adressdaten. Der Spaß kostete mich so viel wie ein Paar Schuhe von Charles David. Autsch.

»Was soll denn auf der Karte stehen?«, wollte Ben wissen.

»Was für eine Karte?«

»Wir legen jedem Geschenk eine Grußkarte bei, damit der Empfänger weiß, von wem es kommt.«

Ich blinzelte ungläubig meinen Hörer an. Wollte er mich auf den Arm nehmen? »Was halten Sie von ›Für Holly und Eli, herzlichen Glückwunsch und vielen Dank, dass ich diesen Tag mit Euch feiern durfte. Möge Euer gemeinsames Leben täglich von Freude erfüllt sein. Ich hoffe, mein Geschenk kann ein wenig dazu beitragen. Alles Liebe, Vi.‹«

»Klingt gut«, meinte Ben. »Ihre Bestellung wird in etwa acht Wochen verschickt.«

»Im Februar?«, rief ich. »Da ist die Hochzeit längst vorbei!«

»Leider haben wir zu Weihnachten immer schrecklich viel zu tun, aber laut Hochzeitsetikette kann das Geschenk binnen eines Jahres nachgereicht werden. Wer weiß, ey, vielleicht kommt es ja um den Valentinstag rum an.« Okay. Er machte sich eindeutig über mich lustig.

»Da war es wieder, dieses ›Ey‹. Jetzt weiß ich, dass Sie mich veralbern. Dafür erwarte ich, dass mein Geschenk *am* Valentinstag ankommt.«

»Ich werde sehen, was sich machen lässt«, sagte Ben. Seinem Tonfall nach zu urteilen, dachte er nicht im Traum daran.

»Dieses war der erste Streich«, sagte ich zu Mona am Tag nach Hollys Hochzeit.

»Wie war's?«, tönte es verschlafen aus der Leitung.

»Effizient. Ich hatte auf sechsundzwanzig Minuten getippt, aber Hollys Cousinen sind wahre Meisterinnen des Speed-Reading. Dank ihnen war die Liebe keine dreizehn Sekunden lang gütig, langmütig, bescheiden und so weiter, und nach knapp dreiundzwanzig Minuten verließen wir hinter dem trauten Paar die Kirche.«

»Dreiundzwanzig Minuten für ein derart einschneidendes Erlebnis? Da dauert ja selbst Teleshopping länger!« Da hatte sie Recht. »Wie war dein Tischherr?«

Ich schnaubte. »Selbstgefällig.«

»Oh.«

»Was die Sehschwäche anging, hätte ich ja noch ein Auge zudrücken können, aber der Name …«

»Wieso, hieß er *Irving*?«, fragte sie mit näselnder Stimme.

»Hab ich dir das etwa schon erzählt?«

Sie lachte. »Nein, ich hab nur geraten. Im Ernst?«

»Ja, aber laut K.U.S.-Taktik darf man ohnehin nicht gleich aufs Ganze gehen, es sei denn, der Betreffende ist einem davor schon mindestens einmal begegnet oder die Braut hat ausreichend Hintergrundinfos über ihn geliefert.«

»Was zum Geier ist die K.U.S.-Taktik?«

»Nun, eine einzelne Hochzeit erstreckt sich ja heutzutage auf bis zu sieben zusammengehörende Feierlichkeiten, da zahlt sich die Anwendung der sogenannten Kurz-und-schmerzlos-Taktik aus: Man beschränkt die Vorbereitungen auf das absolute Minimum, erscheint in einem atemberaubenden Kleid und verzieht sich ohne größere Verwicklungen wieder, möglichst mit einem Freund des Bräutigams im Schlepptau.«

»Du musst nicht auf jede Hochzeit gehen«, bemerkte Mona.

Ich war überrascht. »Was? Wieso? Ich liebe Hochzeiten.« Wer lässt sich schon freiwillig eine Hochzeit entgehen?

»Wie du meinst. Erzähl mir mehr über die K.U.S.-Taktik.«

»Okay. Erstens: Effizientes Feiern. Du gehst *entweder* zur Verlobungsparty *oder* zur Brautgeschenkeparty *oder* zum Junggesellinnenabschied, aber nicht zu allen dreien, es sei denn, du bist mit einer der Parteien blutsverwandt. Zweitens: Effizientes Schenken. Finde das perfekte Geschenk und bleib dabei.« Letzteres erfüllte mich mit besonderem Stolz.

»Und, hast du das perfekte Geschenk gefunden?«

»Hab ich dir schon von Ben erzählt?«

Kapitel 20

Rückkehr in die Ära Caleb
Katrina & James, Pittsford, New York, Januar

»Sid Dickens, Sie sprechen mit Ben. Wie kann ich Ihnen helfen?«

»Hi, Ben, hier ist Vi Connelly. Erinnern Sie sich? Der Memory Block mit den Blättern, ey?«

»Aber natürlich, Miss Connelly. Gab es ein Problem mit Ihrer Bestellung?«

»Vi, bitte. Nein, alles bestens. Im Gegenteil«, versicherte ich ihm. »Ich möchte eine neue Bestellung aufgeben.«

»Aber gern. Stets zu Diensten.« Das klang halbwegs aufrichtig. »Okay. Diesmal ist der Memory Block für ein Paar, mit dem mein Exfreund Caleb und ich ziemlich dick befreundet waren, jedenfalls bis wir uns getrennt haben. Zum zweiten Mal. Seither ist mein Verhältnis zu Katrina und James nicht mehr ganz so eng, aber wie gesagt, davor … Es ist kompliziert.«

»Verstehe.«

»Und deshalb, äh …«, stotterte ich, »muss mein Geschenk absolut perfekt sein. Mehr als das …« Ben schwieg abwartend. »Soll heißen, es muss um Welten besser sein als Calebs Geschenk«, sprudelte ich hervor.

»Das hatte ich schon vermutet«, erwiderte Ben. »Keine Sorge, ich helfe Ihnen, genau das Richtige zu finden.« Ich atmete erleichtert auf. Er verstand mich. Ben war ein echter Schatz. Wenn alle dort so nett waren wie er, sollte ich vielleicht nach Vancouver ziehen.

Ich erzählte ihm, was ich über Katrina und James wusste.

»Die beiden haben also eine Weile eine Fernbeziehung geführt?«, resümierte Ben. »Da haben wir genau das passende Motiv im Sortiment: T-112, ›Poststempel‹. Ein Brief verbindet, über Ort und Zeit hinweg.« Perfekt!

»Ich stehe tief in Ihrer Schuld, Ben. Ich bezahle wieder mit Visa.«

»Dann bräuchte ich bitte noch einmal die Nummer.«

»Die haben Sie nicht mehr? Jetzt bin ich aber beleidigt«, flachste ich und rasselte dann die benötigten Informationen hinunter. »Als Kartentext hätte ich gern: ›Liebe Katrina, lieber James, ich freue mich riesig für Euch – Ihr seid wirklich wie füreinander geschaffen. Ich fühle mich geehrt, diesen großen Tag mit Euch feiern zu dürfen. Liebe Grüße, Vi.‹«

»Wie überaus originell.«

»Veralbern kann ich mich selbst, ey.«

»Na, kommst du an Dads Geburtstag heim?« Maeve kaute knirschend Eiswürfel am Telefon.

»Ich kann nicht.« Das war nur zum Teil geschwindelt. Ich hatte Al eine Liste der Tage, die ich hochzeitsbedingt freinehmen musste, vorgelegt, und er hatte mir zwar alle genehmigt, doch seine Begeisterung darüber hielt sich sichtlich in Grenzen. Keine Spur des üblichen Lächelns, und sein »Sehen Sie bloß zu, dass Ihre Arbeit nicht liegen bleibt« hatte schroffer als sonst geklungen. Ich machte mir ernsthaft Sorgen. Jetzt da ich meinen Job in Gefahr wähnte, wurde mir bewusst, dass ich ihn nicht verlieren wollte. Eigentlich hatte ich keine Zeit für private Telefonate.

»Etwa wegen Mom? Wo liegt das Problem? Ich versteh das nicht«, bemerkte Maeve. Mir ging es ehrlich gesagt genauso. Bei dem Gedanken, dass meine Mutter vor Connelly den Namen eines anderen Mannes getragen hatte, wurde mir flau im Magen. Ich fühlte mich in der Gegenwart meiner Eltern befangen. Obwohl ich sie nach wie vor liebte, kam es mir vor, als hätten sie mich hintergangen. Das war abstrus, aber ich wollte meine Gefühle nicht näher analysieren. Hier im sicheren Washington konnte ich den beiden aus dem Weg gehen, und außerdem konnte ich unmöglich noch einen Tag blaumachen.

»Hast du keine Sehnsucht nach Edward?«, witzelte Maeve.

»Keine Zeit. Ich muss zum Body Sculpting«, entgegnete ich.

»Ethan kann einem leidtun.« Maeve kannte mein dicht gedrängtes Hochzeitsprogramm. »Ständig muss er dran glauben, nur weil du unfähig bist, dir einen Mann zu angeln.«

»Pass auf, was du sagst. Ich habe einen Plan.« Ups. Mist.

Maeve hörte auf zu kauen. »Das riecht verdächtig nach Caleb.«

»Ich muss jetzt weiterarbeiten.« Hastig legte ich auf.

»Ich hab nichts anzuziehen!«, heulte ich auf und drosch auf die Kleiderbügel in meinem Schrank ein. Nigel und Clementine tollten ausgelassen umher und schlugen mit den Pfoten nach den verlockend flatternden Klamotten.

Mona saß derweil auf meinem Bett und las die neueste Ausgabe von *Us*. Lesen ist genau genommen übertrieben – die einzigen Texte in dieser Zeitschrift sind die Bildunterschriften. Ich liebe *Us*.

»Trag doch etwas aus der Collection Caleb«, schlug sie vor, ohne die Nase aus der Zeitschrift zu nehmen.

»Nein«, stieß ich hastig hervor. *Das* wäre echt eigenartig. Mona hob überrascht den Kopf. »Äh, ich meine, das passt einfach nicht. Nicht für heute Abend. *Gar nichts* passt.« Ich steckte den Kopf in den Schrank.

Mona musterte mich. »Ich weiß gar nicht, warum du dich da so hineinsteigerst«, sagte sie. »Ist doch bloß eine Verlobungsparty. Zieh ein stinknormales schwarzes Cocktailkleid an, und damit basta.«

Ich runzelte die Stirn. »Ich möchte hübsch aussehen. Und schwarz ist mir zu langweilig.«

»Verstehe.« Mona starrte mich ausdruckslos an. Ich wand mich unter ihrem Blick. Sie kehrte zu ihrer Lektüre zurück. »Also, wenn du mich fragst, *die* leidet eindeutig unter Essstörungen.« Sie hob die Zeitschrift hoch. »Gebt dem Mädel ein Sandwich!«

»Mmm-hmm.« Ich setzte missmutig die Untersuchung meines Schrankinhaltes fort. Vielleicht ging ich die Sache ja falsch an. Ich sollte bei den Schuhen anfangen. Mona erhob sich beiläufig, flitzte dann an mir vorbei und schnappte sich mein Handy, um die Liste der letzten Telefonate durchzusehen. Ich versuchte vergebens, sie aufzuhalten.

»Ich hab's geahnt!«, stöhnte sie. »Nicht schon wieder, Vi!«

»Was ist?« Ich wich ihrem Blick aus. »Wir gehen auf dieselbe Party, mehr nicht. Schließlich hat mich Caleb mit Katrina und James bekanntgemacht.« Ich griff mir mein Telefon. Sie musste ja nicht wissen, dass ich mehr als einmal mit meinem Ex telefoniert hatte.

»Hältst du das echt für eine gute Idee?« Sie musterte mich mit verschränkten Armen.

»Was denn? Ja. Nein. Ich weiß auch nicht.« Ich sank auf das Bett. »Keine Ahnung. Es ist nicht so, als hätte ich es geplant. Er hat angerufen, um zu fragen, ob ich hingehe.«

»So, so.« Mona klang nicht überzeugt.

»Ich gebe zu, ich bin ein bisschen nervös. Ich hab ihn ewig nicht gesehen.«

Genauer gesagt seit dem Ende seines Praktikums in Washington. Ähm. Und diversen erotischen Fantasien meinerseits.

»Schätzchen«, sagte Mona. »Willst du dir diesen Psychostress wirklich noch einmal antun? Manchmal ist das, was wir für einen Sieg halten, eigentlich gar keiner. Und Stolz kann den Blickwinkel ganz schön verzerren.«

»Was soll das heißen? Was hat Stolz damit zu tun?«

»Nun, ihr habt zweimal von vorne angefangen und euch jedes Mal wieder getrennt, weil Caleb beziehungsunfähig ist. Vielleicht versuchst du nur aus Stolz, ihn erneut zu verführen, weil du *willst*, dass er dich will.«

»Pah. Wer sagt denn, dass ich ihn wiederhaben will? Ich möchte bloß gut aussehen, wenn ich ihm gegenübertrete.« Okay, das war eindeutig gelogen. Ich hatte ein schlechtes Gewissen. Wen wollte ich überhaupt täuschen? Wenn es um Caleb geht, setzt einfach mein Hirn aus. Das macht es dann umso schwieriger, meine Gefühle zu entwirren.

Mona war anzusehen, dass sie mich durchschaute. »Es ist, als wolltest du dieses Szenario mit Caleb immer wieder durchspielen, in der Hoffnung, dass er sich endgültig für dich entscheidet, wenn du nur irgendwann alles richtig machst. Aber er ist b-b-b-b-beziehungsunfähig!« Ich musste lachen. »Willst du wirklich mit ihm zusammen sein oder geht es dir nur um den Sieg?«

Hm, so ausgedrückt klang das alles ziemlich grauenhaft. Ich überlegte. »Keine Ahnung. Manchmal denke ich, wir sind wie füreinander geschaffen und haben uns bloß zu früh kennengelernt. Vielleicht sind wir ja inzwischen alt genug.«

»Vielleicht. Bitte sei vorsichtig. Du bist …« Sie wählte

ihre Worte sichtlich mit Bedacht. » … emotional höchst impulsiv. Ich finde deinen Glauben an die positiven Eigenschaften deiner Mitmenschen bewundernswert, aber sieh dich vor. Wer einen Menschen idealisiert, der ignoriert seine negativen Seiten. Und noch etwas: Bei der Hochzeitshysterie in deinem Bekanntenkreis wundert es mich nicht, wenn deine Sicht verzerrt ist. Hochzeiten werden hochgradig idealisiert.«

»Das musst du mir nicht erzählen.« Ich ließ mich aufs Bett plumpsen. »Ich bin fast dreißig, Single und lasse jedes zweite Wochenende ein glückliches Brautpaar hochleben. Und was ist mit *mir*? Was mache ich falsch?«

Mona ließ sich neben mich auf das Bett fallen. »Nichts.« Sie schob Nigel beiseite, der sich sogleich unauffällig an ihr Ohr heranpirschte. »Wenn man etwas Besonderes anstrebt, muss man sich eben in Geduld fassen.«

»Langsam bin ich mit meiner Geduld am Ende«, murrte ich.

Sie schwieg kurz. »Hast du schon mit deiner Mom geredet?«

»Nein.«

»Findest du nicht …«

»Nein«, sagte ich energisch. Ich hatte meine diesbezüglichen Gefühle noch nicht seziert. Wenn Mom für ihren ersten Mann auch nur ansatzweise dasselbe empfunden hatte wie ich für Caleb, war dann ihre zweite Ehe, meine *Familie*, ein Lügengespinst? Ich wollte nicht darüber nachdenken. Vielleicht half mir ja das Wiedersehen mit Caleb weiter.

Mona gab sich geschlagen. »Also gut. Suchen wir dir ein Outfit, bei dem ihm die Augen aus dem Kopf fallen. Egal, wie du dich entscheidest; wenn er dich sieht, soll ihn nur ein Gefühl beherrschen.«

Ich rappelte mich auf. »Bedauern?«

»Okay, zwei Gefühle.« Sie zwinkerte grinsend.

Wir einigten uns auf ein schimmerndes bronzefarbenes Cocktailkleid, das ich gekauft hatte, weil es mir gefiel, und nicht, um mich über eine Trennung hinwegzutrösten. Das sorgte für gutes Karma, wie wir beide fanden. Das Kleid reichte mir bis zur Mitte der Oberschenkel, und mit den dazu passenden acht Zentimeter hohen Pumps würde ich darin aufregend viel Bein zeigen.

»Perfekt«, stellte Mona fest. »Ich setze dich unterwegs ab.«

»Unterwegs wohin?«, wollte ich wissen.

Sie errötete und wich meinem Blick aus. Erst jetzt fiel mir auf, dass sie ihren Lieblingsrock und ihre Lieblingsstiefel trug. »Ich habe gewissermaßen ein Date.«

Ich strahlte sie an. »Hey, das ist ja großartig! Mit wem?«

»Mit dem Typ, den ich bei der Benefizveranstaltung der Demokraten kennengelernt habe. Mal sehen. Ich weiß noch nicht, wie er zu Hunden steht«, gab sie zu bedenken.

Ich warf ihr einen gestrengen Blick zu. »Wenn ich – wie hast du es formuliert? – ›emotional höchst impulsiv‹ bin, dann bist du viel zu vorsichtig. Genieß das Date einfach, statt gleich seine moralischen Grundsätze auszuwerten«, mahnte ich mit erhobenem Zeigefinger.

»Okay, hör zu: Für jedes Quäntchen Zurückhaltung, das du gegenüber Caleb an den Tag legst, drehe ich ein bisschen mehr auf.«

»Ohooo!«, quiekte ich begeistert. »Du wirst heute Abend auf dem Tisch tanzen!«

Sie lachte.

»Dann mal los«, sagte Mona. »Wir haben beide eine Verabredung mit dem Schicksal.«

»Von wegen«, schnaubte ich. »Hab ich dir nicht erzählt,

dass ich mit dem Schicksal leider Schluss machen musste? Es ging an jedes Unterfangen mit enervierender Unvermeidbarkeit heran, ließ ständig ominöse Bemerkungen fallen und bestand *immer* darauf, das letzte Wort zu haben.«

Als sie weg war, strich ich mir unnötigerweise das Kleid glatt. Ich schwitzte, der kühlen Februarluft zum Trotz, und hob die Arme, um etwas Luft an die Achselhöhlen zu lassen, ehe ich eine unbekümmerte Miene aufsetzte und eintrat. Katrina und James empfingen mich im Vorraum. Ich sah mich unauffällig um.

»Caleb ist noch nicht hier«, bemerkte Katrina. Mist. Sehr subtil, Vi. Ich lächelte matt.

»Ach, richtig, er hat erwähnt, dass er auch kommen würde«, sagte ich, nicht sehr überzeugend. »Na, freut ihr euch auf die Hochzeit?«

»Wir sind mehr als bereit«, verkündete James zweideutig und legte Katrina lässig den Arm über die Schultern. Sie strahlte ihn an. Ich verspürte einen Anflug von Neid.

»Wir freuen uns, dass du kommen konntest«, sagte Katrina.

»Ich freue mich, dass ich dabei sein darf«, antwortete ich pflichtbewusst. Die Tür schwang auf, und ich fuhr zusammen. Es war nicht Caleb. Trotzdem hatte ich Schweißränder unter den Armen. Verdammt. Selbst seine Abwesenheit machte mich nervös.

»Lass uns später weiterplaudern.« Katrina drückte mich kurz, dann wandte sie sich den Neuankömmlingen zu.

Ich suchte die Toilette auf, um mir mit Nobelpapiertüchern im Renoir-Design die Achselhöhlen trockenzulegen. Dann überprüfte ich Make-up (perfekt) und Outfit (atemberaubend) und gesellte mich zu den anderen Gästen. Ein umherschlendernder Kellner reichte mir ein Glas Wein. »Nimm zwei«, hauchte mir eine Stimme ins Ohr, die all meine Bemühungen um ein schweißfreies Erscheinungsbild zunichtemachte. Ich wandte mich zu Caleb um.

»Sieh an, Caleb Carter, wie er leibt und lebt«, sagte ich. Er lächelte, und sein Anblick schnürte mir die Kehle zu.

»Hi, Vi. Toll siehst du aus.« Er prostete mir zu. Dabei fiel ihm die verlockende Locke in die Stirn. Ich umklammerte mein Weinglas, um sie ihm nicht automatisch aus dem Gesicht zu streichen, und konzentrierte mich auf eine Stelle unterhalb seines Adamsapfels. Ein paar Brusthaare schauten aus dem offenen Kragen seines blütenweißen Hemdes heraus. Er roch männlich.

»Schön, dich zu sehen, Vi«, sagte er, ohne mich aus den Augen zu lassen. Oh, ja. Die Freude ist ganz meinerseits.

Ich gedachte nicht, es mir anmerken zu lassen. »Tatsächlich? Wär ich nie drauf gekommen.« Er hob mein Kinn an und zwang mich, ihn anzusehen.

»Ich weiß, es ist unüblich, dass zwischen Freunden« – so, wie er es sagte, wog das Wort sechshundert Pfund – »wie uns schon so lange Funkstille herrscht, aber seit ich die Stelle bei McKinsey angenommen habe, bin ich ständig auf Achse und nur selten in Charlotte. Übrigens, entschuldige bitte mein Verhalten neulich. Ich hatte überhaupt nicht mit dir gerechnet. Reichlich komisch war das. Ich hätte den Abend viel lieber mit dir verbracht, das weißt du doch, oder? Wie sollte es auch anders sein?« Er sah mir tief in die Augen, während er das sagte, und mit einem Mal entspannte ich mich. Caleb war kein mystisches Wesen, kein menschlicher Mount Everest. Er war mein Caleb, der seit meinem siebzehnten Lebensjahr immer wieder mal auf- und dann wieder abtauchte. Ich lächelte ihn an.

»Wie gefällt dir dein Job?« Er erwiderte mein Lächeln und legte mir besitzergreifend eine Hand auf den Rücken. Ein Kellner ging vorbei, und Caleb nahm seinerseits zwei

Gläser Wein, obwohl ich bereits zwei randvolle in der Hand hielt.

»Folge mir unauffällig«, flüsterte er mir ins Ohr. »Dann erzähle ich dir alles …« Ich schauderte wohlig und spürte das altvertraute Kribbeln, genau wie früher.

»Meinst du nicht, wir sollten uns unters Volk mischen?«, fragte ich pro forma, dackelte aber artig hinter ihm her.

»Ich habe zwei Minuten mit dem Brautpaar geplaudert, und ansonsten bin ich hier, um mit dir zu reden. Und genau das werde ich jetzt tun.« Eine Stimme in meinem Kopf drängte mich, herauszufinden, weshalb er mich urplötzlich derart hofierte. Ich ließ es bleiben. Mona wäre alles andere als beeindruckt gewesen.

Wir betraten einen gemütlichen Raum, in dem ein kleines Kaminfeuer loderte, und nahmen auf einem Zweiersofa Platz. Ich registrierte, dass sich unsere Beine berührten, von der Hüfte bis zum Knöchel. Caleb sprühte förmlich vor Charme. Nicht, dass ich es ihm schwergemacht hätte. Ich fühlte mich entspannt und glücklich. Irgendwann erhob er sich, um Nachschub zu holen.

Als er zurückkam, beäugte ich ihn unschlüssig. »Gleich bin ich beschwipst. Wenn ich vier Gläser vor mir stehen habe, enthalten sie normalerweise lauter verschiedene Getränke, mindestens eines davon Wasser.« Caleb zwinkerte und zog eine Miniflasche Mineralwasser aus der Tasche. Er kannte mich viel zu gut.

Er schob sein Weinglas über den Couchtisch, lehnte es an das meine und piepste mit Fistelstimme: »Wer hat den Antialkoholiker zu unserer Party eingeladen?« Ich lachte.

»Weißt du noch, wie wir damals …« Ich brach ab und errötete. Er hob eine Augenbraue.

»Wie könnte ich das vergessen?« Er grinste anzüglich. Meine Gesichtsfarbe wechselte von hellrot zu burgund.

»Du warst umwerfend«, sagte er sanft. »Du *bist* umwerfend.« Ich hielt die Luft an und starrte ihn an. Er stieß mit mir an, ohne den Blick abzuwenden.

»Versuchst du, mich abzufüllen?«, fragte ich.

»Absolut.« Er legte mir lächelnd die Hand aufs Knie. »Macht es dir etwas aus?«

Absolut nicht. »Die Geschworenen beraten sich noch.«

Caleb lachte und gab dann eine Geschichte über seinen Schöffendienst zum Besten, in der es um einen Hundebiss ging. »Hör mal«, sagte er anschließend und drückte mir eines der verbleibenden vollen Weingläser in die Hand. Herrje, war das wirklich schon mein viertes? »Du musst nach Pittsford, ich muss nach Pittsford – wo in Gottes Namen liegt das überhaupt? –, sollen wir uns zusammentun? Wäre doch das Vernünftigste.«

Von Vernunft war ich im Augenblick meilenweit entfernt. Ein warmes Glücksgefühl hatte mich erfasst, das nicht nur auf den Wein zurückzuführen war. Dieses Gefühl stellte sich ein, wenn mir Caleb seine ungeteilte Aufmerksamkeit schenkte. Ich kam mir vor, als sei ich für ihn der Mittelpunkt der Welt. War ich doch auch, oder? Schließlich kam er stets zu mir zurück. Er sah mich erwartungsvoll an. Ich dachte daran, was alles geschehen *konnte*, wenn wir uns ein Zimmer teilten. Lauter wunderbare Dinge …

»Klar«, willigte ich ein. Falls ich mich ansatzweise unter Druck gesetzt fühlte, verdrängte ich es.

»Großartig. Was hältst du davon, wenn wir am Samstag kurz vor der Hochzeit hinfliegen und zusehen, dass wir am Sonntagnachmittag rechtzeitig zum Football-Match wieder zurück sind?«

»Meinetwegen.« Schade. Er gedachte also nicht, das ganze Wochenende in Pittsford zu verbringen. Moment mal, hieß das etwa, er wollte sich das Match mit mir gemeinsam ansehen?

»Das hör ich gern.« Er streckte die rechte Hand zum High Five in die Luft, und als ich abklatschte, hielt er meine Hand fest, führte sie zum Mund und küsste die Innenseite des Handgelenks, wo mein Blut aufs Heftigste pulsierte. In dieser Haltung erstarrten wir. Dann drückte er meine Hand an seine Wange und beugte sich langsam zu mir herunter.

»Ach, hier steckt ihr!«, fuhr Katrinas fröhliche Stimme dazwischen. Kichern. »Nicht schon wieder, ihr zwei! Los, kommt mit nach draußen. Caleb, James hat dich schon schmerzlich vermisst. Wenn er noch einmal ›Danke fürs Kommen‹ oder ›Ja, wir sind total aufgeregt‹ sagen muss, dreht er glatt durch. Er erwartet dich mit einer Flasche Tequila an der Bar. Nicht, dass du es nötig hättest …«, sprudelte sie mit einem Blick auf die zahlreichen leeren Gläser vor uns. »Los, los! Raus mit euch!«

Wir ließen uns von ihr hinausscheuchen, wobei mir Caleb einen bedauernden Blick zuwarf. Es kam mir sogar so vor, als hätte er mir »Wir machen später weiter« zugeflüstert. Ganz sicher war ich nicht, denn als ich mich schwankend erhob, machte sich schlagartig der Alkohol bemerkbar. Ich brauchte etwas zu essen. Vorsichtig stakste ich zum Büffet und häufte ein paar Häppchen auf einen großen Teller. Ich stopfte mich gerade mit Chicken Wings und Frühlingsröllchen voll, als ich Calebs verzweifelten Blick auffing. Er stand mit James und der prophezeiten Tequilaflasche an der Bar. Ich erbarmte mich und gesellte mich mit meinem Teller zu ihnen. James wandte sich zu mir um.

»Weißt du noch, Vi, unser Trip auf die Outer Banks? Das Beuteltier im unteren Schlafzimmer? ›Ein Bär! Ein Bär!‹, hat Katrina gekreischt, dabei war es noch ein Baby, gerade mal fünfzehn Zentimeter lang. Und du bist eiskalt reinmarschiert, hast den kleinen Burschen in ein Badetuch gewickelt und draußen ausgesetzt.« James lachte.

»Das war noch ein Klacks gegen den Brand auf der Sonnenterrasse, weil *irgend so ein Schlaumeier* den Whirlpool eingeschaltet hatte, ohne erst nachzusehen, ob überhaupt Wasser drin war«, schnaubte ich.

»Das hatte mir unser dämlicher Makler leider verschwiegen«, verteidigte sich Caleb. Er schlang mir den Arm um die Taille und stibitzte sich ein Häppchen von meinem Teller. Ich lehnte mich an ihn, und es fühlte sich goldrichtig an. Wir hatten uns verändert, und doch war es wie immer. Diesmal würde es anders laufen.

Kapitel 21

Vi + Caleb = Plural

»Ich fürchte, ich bin noch immer blau«, sagte ich und nahm das Weinglas entgegen, das mir Ellis reichte.

»War's schön?«, fragte sie und schenkte sich ein. Babette nippte an einer milchigen Flüssigkeit auf Eis. Ich wollte gar nicht wissen, was sie da wieder trank.

»Mmm-hmm«, erwiderte ich unverbindlich.

»Irgendwelche interessanten Typen?«, erkundigte sich Babette. Ich überlegte. Die Wahrheit würde unweigerlich ans Licht kommen, aber ich wollte die Strafpredigt möglichst lange hinauszögern.

»Nichts Neues«, entgegnete ich wahrheitsgemäß. »Was habt ihr so gemacht?«

»Jack und ich hatten ein grauenhaftes Wochenende. Wir haben uns Einladungen angeschaut, Tapes von grässlichen Hochzeitscombos angehört und uns viermal gezankt – wegen der Band, seiner Mutter, dem Smoking und seiner Mutter.«

»Schlimm?«

»Mittel; der heftigste nur etwa vier Komma fünf auf der Richterskala. Natürlich ging es um seine Mutter. Jack *besteht* darauf, sie einzuladen.« Sie grinste. »Ich schätze, ich werde mich geschlagen geben, aber nur, wenn er mir beim Smoking entgegenkommt.« Sie seufzte. »Bis jetzt haben wir es lediglich geschafft, einander auf die Nerven zu gehen, das heißt, wir werden noch einige Wochenenden auf die Planung verschwenden. Und das Dämlichste ist …« Sie zögerte. »Ich dachte immer, das Thema Smoking würde mir total am Arsch vorbeigehen. Falsch gedacht. Spaß macht das alles nicht. Der einzige Vorteil an der Hochzeitsplanung ist, dass man massenhaft Kuchen verkosten kann.«

Mona und Imogen kamen angaloppiert, man hörte sie schon von Weitem. Eigentlich galoppierte bloß Imogen, Mona ging ganz normal.

»Und?« Mona durchbohrte mich förmlich mit Blicken, während sie nach dem Wein griff. Seufz. Game over. Ich machte mich auf das Verhör gefasst. »Hast du gestern mit Caleb geschlafen?«

Volltreffer. Mannomann, das wurde ja schlimmer als befürchtet. Am Tisch herrschte Grabesstille. Ich senkte den Blick und schielte schuldbewusst nach rechts und links. Geschockte Mienen, wohin ich nur sah. Imogen hatte sich als Erste wieder gefangen.

»Waaaas?«, kreischte sie. Ich zog den Kopf ein. Alle anderen auch.

»Pass bloß auf, dass die Gläser nicht springen, Mann«, rief Charlie im Vorbeigehen.

Ich bedachte Mona mit einem bitterbösen Blick. Sie grinste selbstgefällig. »Na, hast du?«

»Nein, hab ich nicht.« Aber nur, weil James darauf bestanden hatte, nach der Party noch mit Caleb um die Häuser zu ziehen und ich viel zu betrunken gewesen war, um diesen Plan zu vereiteln. Ich war nach Hause gewankt und ins Bett gefallen. Dass Caleb mehrfach angerufen hatte, verschwieg ich wohlweislich. Ich hatte es ohnehin nicht mitgekriegt.

Imogen starrte mich an. »Du hast Caleb getroffen?«

»Meine Güte!«, ereiferte ich mich. »Du tust gerade, als

wäre er ein Serienmörder oder dieser Karl Rove, der politische Berater von George Bush. Wir sind alte Freunde und waren auf derselben Party, das ist alles.« Ich verschränkte die Arme, bereit für die nächste Attacke. Sie kam von Landminen-Mona.

»Eigentlich finde ich es gar nicht schlecht, dass ihr mal wieder Neuigkeiten ausgetauscht habt«, sagte sie. Na, also. Entwarnung. Imogen holte tief Luft, um ihr den Marsch zu blasen, als Mona fortfuhr: »Das macht es weniger peinlich, wenn ihr euch in Pittsford, New York, das Hotelzimmer teilt.« Sie grinste niederträchtig.

»Vi! Bist du von allen guten Geistern verlassen?«, brüllte Imogen und ruderte windmühlenartig mit den Armen. »Muss ich dich nach Hause prügeln und dir den Inhalt deines Kleiderschranks vorführen?« Ich rutschte ein Stück auf meinem Stuhl nach unten. »Caleb ist nicht gut für dich, hörst du? Bist du total übergeschnappt? Wie konnte es nur so weit kommen?« Während Mona und Ellis erst ihre, dann meine Getränke in Sicherheit brachten, rutschte ich tiefer, bis mein Hintern an der Stuhlkante angelangt war. Am liebsten hätte ich mich unter der Tischdecke verkrochen.

Babette fasste sich ein Herz und legte Imogen eine Hand auf die Schulter. »Du machst eine Fliege zum Elefanten.« Imogen stellte abrupt das Rudern ein, stöhnte theatralisch auf und sank leise murmelnd in sich zusammen.

»Mannomann«, tönte ich von meiner Position halb unter dem Tisch. »Jetzt kriegt euch mal wieder ein. Es war doch überhaupt nichts.« Ich erntete skeptische Blicke.

»Setz dich gefälligst aufrecht hin.« Widerstrebend leistete ich Monas Befehl Folge. »Und jetzt erzähl. Wie war's?«

»Es war … es war …« Ich seufzte. »*Herrlich*. Aber es ist nichts passiert!«, versicherte ich Imogen.

»Noch nicht«, murrte sie finster.

»Er war charmant und aufmerksam. Und zuvorkommend.« Bei der Erinnerung an den gestrigen Abend musste ich lächeln.

»Und nach wie vor superscharf, nehme ich an«, bemerkte Ellis trocken.

»Wie?« Ich erwachte aus meinem Tagtraum. »Oh, ja. Absolut. Mmm-hmm.« Ich nickte und sah Verständnis heischend in die Runde. »Vielleicht ist er ja doch meine große Liebe. Wenn ich an meine Zukunft denke, denke ich an ihn. Ich vergleiche alle anderen Männer mit ihm. Und seit unserer Trennung hat kein einziges Mal meine Kopfhaut gekribbelt.«

»Kopfhaut? Kribbeln?«, wiederholte Ellis.

»Meine Kopfhaut kribbelt nur, wenn ich jemanden küsse, bei dem es richtig knistert. Ich weiß, Caleb hat mir das Herz gebrochen. Aber damals waren wir neunzehn und haben auf entgegengesetzten Seiten des Kontinents gelebt. *Neunzehn.* Wer meint es in dem Alter schon ernst? Denkt doch mal daran, was ich alles verpasst hätte, wenn wir zusammengeblieben wären.« Ähm. Dieses Argument war zwar theoretisch hieb- und stichfest, doch wenn ich ehrlich war, hatte ich in der Zwischenzeit keine weltbewegenden neuen Erfahrungen gesammelt. »Aber irgendwie kommen wir seither nicht voneinander los. Wir sehen uns zwischendurch anderweitig um und kehren dann doch wieder zueinander zurück. Und wir haben uns weiterentwickelt. Vielleicht ist unsere Zeit ja endlich gekommen.«

»Das ändert alles nichts daran, dass du am Ende eurer ›unverbindlichen Sommeraffären‹ jedes Mal total am Boden zerstört warst. Schon möglich, dass er unschuldig war, aber *du* hast gelitten«, erinnerte mich Imogen.

»Imogen ...«, flehte ich. Sie ergriff meine Hand.

»Ich versuche wirklich, es zu verstehen, Vi«, sagte sie

sanft. »Ich hab euch als Paar erlebt und kann es besser nachvollziehen, als du vielleicht glaubst. Aber es war auch schwer für mich, dich so untröstlich zu sehen. Ich will nicht, dass du erneut das vermeidbare Risiko eingehst, derart verletzt zu werden.«

»Diesmal wird alles anders«, wandte ich ein. »Da bin ich ganz sicher. Du hättest ihn gestern sehen sollen. Er war so aufmerksam und liebevoll und … *reif.*« Ich wusste nicht, was ich damit sagen wollte. Eine Tequilasaufkur und nächtlicher Telefonterror zeugten nicht gerade von Reife, aber es klang einigermaßen überzeugend, also blieb ich dabei.

»Glaub nicht, ich würde Caleb nicht mögen«, erwiderte Imogen. »Im Gegenteil. Ich fürchte bloß, er ist nicht der Typ, der sich an eine Frau bindet und eine Familie gründet. Und ich bezweifle, dass man eine Beziehung erfolgreich wiederbeleben kann.«

»Ich schätze, du wirst mir vertrauen müssen, um es herauszufinden«, sagte ich nachdenklich. »Mal sehen, wie es in Pittsford läuft. Vielleicht läuft ja auch gar nichts.« Das kaufte mir natürlich niemand ab.

»Du bist ein cleveres Mädchen, das auf sich selbst aufpassen kann.« Babette drückte mich an sich. »Wir hoffen doch nur, dass du weißt, was du tust.«

»Tu ich, tu ich«, versicherte ich ihnen.

❊ ❊ ❊

»Du tust was?«, rief Ethan ungläubig. Ich umklammerte den Telefonhörer etwas fester.

»Ähm, ich gehe mit Caleb zu einer Hochzeit, zu der wir beide eingeladen sind.«

»Caleb? *Der* Caleb? Der ›Die große Liebe meines bisherigen Lebens‹-Caleb?« Klang nicht eben, als würde sich Ethan für mich freuen. »Der ›Er brach mir dreimal das Herz und ließ mich für eine Tussi namens Edna sitzen‹-Caleb?« Alles klar.

»Sie hieß Agda. Und, äh, ja, der Caleb. Aber die Sache mit Agda war kompliziert.« Nach dem ersten Jahr am College hatte mich Caleb gebeten, den Sommer mit ihm in San Francisco zu verbringen. Ich war aus finanziellen Gründen zu Hause geblieben, und er hatte Agda kennengelernt und mit mir Schluss gemacht. »Darf ich dich daran erinnern, dass Agda mit ihm Schluss gemacht hat, weil er ›noch total auf mich fixiert war‹?«, widersprach ich. Ich wurde nicht gern an diese Episode erinnert.

»Quatsch«, entgegnete er streng. »Soweit ich weiß, war es ziemlich simpel: Junge trifft Mädchen. Junge trifft anderes Mädchen. Junge vergisst erstes Mädchen. Total Schema F.«

»Du hältst mir eine Strafpredigt?«, schmollte ich. »Ich hatte gehofft, du würdest dich ein klitzekleines bisschen für mich freuen.«

Er schwieg. »Das würde ich nur zu gerne, aber ich befürchte eben, dass die Sache für dich wieder mit Tränen und Herzschmerz endet. Und dann muss ich allein einkaufen gehen, weil du daheim sitzt und heulst wie ein Schlosshund … Und Imogen ist wieder die Leidtragende.«

»Interessiert es eigentlich jemanden, welche Auswirkungen diese Beziehung auf mich haben wird? Alle sorgen sich bloß um Imogen!«

»Vor allem sie selbst«, stimmte mir Ethan zu.

»Nicht, dass es eine *Beziehung* wäre«, beeilte ich mich zu berichtigen. »Wir legen lediglich unsere Ressourcen zusammen.«

»Und in Pittsford legt ihr euch dann zusammen. Ins Bett.«

»Pfui, Ethan«, sagte ich, obwohl mir schon bei der Vorstellung warm wurde.

»Hör zu, Kleines, du weißt, ich will, dass du glücklich bist. Ich bin mir nur nicht sicher, was Caleb angeht.«

»Ich werde vorsichtig sein, Ethan. Großes Indianerehrenwort.«

»Ich hoffe nur, du weißt, was du da tust.«

»Tu ich, tu ich.«

»Wow«, sagte Jen am anderen Ende der Leitung.

Ich interpretierte es zu meinen Gunsten und lachte. »Ja.«

Sie schwieg eine Weile. »Ihr zwei hattet seit je einen Narren aneinander gefressen. Wenn es klappt, wäre das ja fast wie im Märchen.«

»Oder Schicksal.«

»Sei bloß vorsichtig.«

»Ich weiß schon, was ich tu.«

»Im Ernst?«, fragte Maeve.

»Ja.« Ich versuchte, nicht aggressiv zu klingen.

»Ich hoffe, du weißt, was du da tust.« Es klang, als würde sie beim Sprechen einen Apfel essen.

»Das tu ich, ganz bestimmt.«

Was zum Henker tu ich hier eigentlich?, fragte ich mich und ließ den Sicherheitsgurt einschnappen. Ich fühlte mich wie in Watte gepackt, noch ganz benommen von meinem Nickerchen im Flugzeug. Nickerchen sind nicht mein Ding. Ich schlafe immer viel zu tief.

»Ist da jemand noch ein bisschen benebelt?« Caleb massierte mir den Nacken. Ich blinzelte ihn trübe an.

»Hm? Nö, alles bestens.« Ich riss die Augen auf, um den Anschein von Wachheit zu erwecken.

»Ich hab hier was für dich.« Er ließ grinsend eine eisgekühlte Dose Cola vor meiner Nase baumeln. Ich schnappte sie mir dankbar und nahm einen großen Schluck. Ahh.

Er lachte leise und legte mir den Arm um die Schultern. »Ich freue mich, dass du hier bist.«

»Ich mich auch.« Schweigen.

Er ziepte mich an den Haaren. »Was meinst du, wie ist Pittsford so?«

Ich lachte. »Klein.« Ich hatte mich im Internet informiert. »Erst war ich ganz aus dem Häuschen, Pitts*town* liegt nämlich im Hudson Valley, und es gibt riesige wunderschöne Parks und über fünfhundert Seen dort.«

»Und?« Er sah lächelnd zu mir herüber.

»Was, und?«

Er zupfte erneut an meinen Haaren. »Wie ich dich kenne, hast du bestimmt ein paar unterhaltsame Fakten über dieses Pittstown oder Pittsford ausgegraben.«

»Also«, holte ich aus. »Pitts*town* liegt im Rensselaer County, benannt nach dem Mann, der die älteste Schule für Diplomingenieure in der englischsprachigen Welt gegründet hat. In der Gegend wurde Eisenerz abgebaut und die *Monitor*, ein altes, gepanzertes Kriegsschiff konstruiert. Du erinnerst dich, die Seeschlacht zwischen der *Monitor* und der *Merrimack*? Aber auch die Nachfolgerin der gesprungenen Liberty Bell und der Spitzname ›Uncle Sam‹ entstanden dort. Letzteren verdanken wir einem Fleischer, der amerikanische Truppen mit Proviant versorgte. Ach ja, und Hermann Melville schrieb seine ersten beiden Romane in Pittstown.«

»Aber …?« Caleb hob lächelnd eine Augenbraue.

»Aber leider heißt unser Reiseziel nicht Pitts*town*, sondern Pitts*ford*. Keine Parks und statt fünfhundert Seen bloß ein einziger Kanal«, sagte ich enttäuscht.

Caleb lachte und küsste meine Hand. »Du bist echt

etwas Besonderes. Ich amüsiere mich immer königlich mit dir.« Er lehnte sich im Sitz zurück, ohne meine Hand loszulassen. »Dann erzähl mir jetzt etwas über Pitts*ford*.«

»Pittsford ist eine historische Siedlung am Eriekanal …«

So verging die Fahrt zum Hotel im Nu. Als wir vor dem »Renaissance Del Monte Lodge Resort and Spa« parkten, kehrte meine Nervosität zurück. Wir hatten unseren Status noch nicht geklärt. Flirten und Händchenhalten gehörten bei uns fast zum Standard; vielleicht wollte er sich ja wirklich bloß aus Kostengründen ein Zimmer mit mir teilen. Was natürlich völlig in Ordnung wäre, redete ich mir ein. Ich hätte nur gern Bescheid gewusst, um mich nicht total zum Affen zu machen. Man kennt ja diese Missverständnisse – ein Kerl lächelt dich an, du lächelst zurück, und hinterher stellt sich raus, er hat mit der Tussi neben dir geflirtet. Am besten also gar nichts erwarten und ganz ruhig und gelassen bleiben. Distanziert.

Caleb marschierte bereits mit unseren Taschen zur Rezeption. Ich folgte ihm, ruhig und gelassen. Jedenfalls nach außen hin. Innerlich vollführte ich einen Freudentanz. Er trug meine Tasche – wenn das kein Zeichen war, was dann? Hinter dem Empfangstresen erwartete uns Dani, ein brünetter Besenstiel mit Brüsten.

»Ah, Mister Carter. Ein Nichtraucherzimmer mit Doppelbett für eine Nacht, richtig?«, gurrte Dani. Ich hielt den Atem an. Würde er getrennte Betten verlangen?

Doch nein, er schenkte dem Besenstiel sein charmantestes Lächeln und sagte: »Richtig.«

Dani erledigte mit klimpernden Wimpern die Formalitäten. Ich war zu überdreht, um mich darüber aufzuregen. Ein Doppelbett! Yippie! Mir stand ein romantisches, erotisches Wochenende mit meinem Ex, der großen Liebe meines Lebens, bevor. Plötzlich liebte ich Hochzeiten.

»Sie gehören zur Milhorn-Hochzeitsgesellschaft?«, fragte Dani. Kam es mir nur so vor, oder zog sie die Anmeldung absichtlich in die Länge?

»Ganz recht«, gab Caleb augenzwinkernd zurück. Sie strahlte ihn an. Blöde Kuh. Ich wünschte, ich könnte Caleb lässig den Arm um die Schultern drapieren, doch dafür war es noch zu früh, und außerdem bin ich nicht der Drapier-Typ. Reiß dich zusammen, Vi, schalt ich mich. Caleb sah mir tief in die Augen, als könnte er meine Gedanken lesen. Ich lächelte matt.

»Ich habe hier noch eine Kleinigkeit für Sie.« Dani reichte ihm eine Tüte, nicht ohne seine Hand zu streifen. So, jetzt ist das Maß voll, du Miststück.

»Eigentlich müssten es *zwei* Tüten sein«, schaltete ich mich ein und fuhr mir mit den Fingern durch die Haare. »Vi Connelly.« Sie taxierte mich. Caleb schien sich königlich zu amüsieren. Er blinzelte mir zu, während Dani nach meiner Tüte suchte.

»Sie müssen entschuldigen«, flötete sie gleich darauf ganz und gar nicht entschuldigend. »Auf meiner Liste steht bloß ein Kevin Connelly.«

»Das bin ich«, erklärte ich. Sie musterte mich argwöhnisch. »Wollen Sie meinen Ausweis sehen?«

»Diese hübsche Lady ist in der Tat Kevin Connelly«, kam mir Caleb zu Hilfe, was mich etwas besänftigte, aber meine Nackenhaare blieben gesträubt, solange ich mich mit Dani im selben Raum befand. Diese Zicke sollte gefälligst die Finger von *meinem* Kerl lassen!

»Na gut.« Sie wandte sich erneut Caleb zu, der jetzt ungeniert grinste. »Voilà, Ihre Schlüssel«, säuselte sie. »Ich gebe Ihnen unser schönstes Zimmer.« Keine Ahnung, wie sie es schaffte, aber das »Sie« bezog sich eindeutig nur auf Caleb und nicht auf uns beide.

»Vielen Dank.« Er schenkte ihr ein letztes kesses Lächeln und nahm den Umschlag mit den Schlüsselkarten entgegen.

»Ich wünsche Ihnen (Singular) eine gute Nacht. Sie (Singular) können sich jederzeit an mich wenden, falls Sie (Singular) noch etwas benötigen sollten«, versicherte ihm Dani. Ich wäre ihr am liebsten an die Gurgel gesprungen. Warum nur mutierte ich in Calebs Gegenwart zur Psychopathin mit Mordabsichten?

Caleb schlang mir einen Arm um die Taille. »Danke, ich habe alles, was ich brauche.« Er sah mich an, drückte mich kurz an sich, und dann gingen wir (Plural) auf unser Zimmer. Dani verfolgte es mit niedergeschlagener Miene. Ha. Spiel, Satz, Sieg!

Im Aufzug schwiegen wir. Caleb betrat als Erster das Zimmer, das von einem riesigen Doppelbett dominiert wurde, hängte seinen Kleidersack auf und stellte meine Tasche auf die Gepäckablage. Dann drehte er sich mit ernster Miene zu mir um, ergriff meine Hände und inspizierte sie sorgfältig.

»Was soll das?«

»Wollte nur sichergehen, dass du deine Krallen wieder eingefahren hast«, neckte er mich. »Nicht, dass ich noch einen Kollateralschaden davontrage.« Ich lief feuerrot an. Himmel, wie peinlich! Caleb kann besitzergreifende Weiber nicht ausstehen, wie alle Männer. Bestimmt war ihm die Szene eben total peinlich gewesen, und jetzt wollte er, dass ich verschwand.

»Eins sollten wir vielleicht klären, mein kratzbürstiges Kätzchen«, fuhr er ernst fort. Oh, Gott. Es war so weit. Jetzt würde er mir eröffnen, dass er keine Beziehung wollte und ich ihn total missverstanden hatte. Dass wir nur Freunde waren, die sich das Zimmer teilten. Dass er mit Dani, sobald sie Feierabend machte, noch einen heben gehen würde und ich bitte nicht hereinkommen sollte, falls eine Socke an der Türklinke hing.

»Äh, nicht nötig«, wehrte ich hastig ab. Ich wich seinem Blick aus, versuchte, mich aus seinem Griff zu befreien. Höchste Zeit für einen Drink an der Bar, um den kümmerlichen Rest meines Stolzes zu retten. Unter derart widrigen Umständen war es völlig vertretbar, seine Schande bereits um zwölf Uhr mittags in Alkohol zu ertränken.

»Vi.« Caleb hob mein Kinn an. »Sieh mir in die Augen.«

Ich hob unglücklich den Kopf.

»Ich will mit niemandem zusammen sein außer mit dir.« Noch ehe ich mich von meinem Schock erholt hatte, beugte er den Kopf und küsste mich. Ich spürte, wie die Luft aus meiner Lunge wich, mein Puls in die Höhe schoss und meine Kopfhaut kribbelte. Ich liebe es, Caleb zu küssen … und zu küssen … und zu küssen … Und genau das tat ich.

Als er den Kopf hob, seufzte ich. Er tippte mir lächelnd mit dem Finger auf die Nase. »Ich bin froh, dass wir das geklärt haben. Ein Zimmer, ein Bett, ein Paar. Ganz simpel.« Eine Nacht, dachte ich, verdrängte den Gedanken aber gleich. »Also«, er schmiegte den Kopf in meine Halsbeuge und schlang mir die Arme um die Taille. »*Wie* um Himmels willen sollen wir die vier Stunden bis zur Hochzeit überbrücken?«

»Hochzeit?«, murmelte ich. »Was für eine Hochzeit?« Er lachte leise in sich hinein. Sein Atem war wie ein Streicheln auf meiner Haut. Ich zitterte.

Als wir einige Stunden später im Auto saßen, versuchte ich vergeblich, mein dämliches Dauergrinsen zu unterdrücken. Ich trug ein trägerloses Tüllkleid im Stil der Fünfzigerjahre und dazu zierliche Riemchensandaletten, Caleb einen schmucken schwarzen Anzug. Er ertappte mich dabei, wie ich ihn anschmachtete, ergriff meine Hand und küsste sie. »Wahnsinn!«, murmelte er. Meine Eingeweide schlugen Saltos.

Die Hochzeit war überaus elegant und dauerte länger als zweiundzwanzig Minuten, denn Katrinas Cousine ist Sängerin. Beim Dinner saßen wir mit Calebs Kumpels vom College an einem Tisch. Wir konnten kaum die Finger voneinander lassen, wie zwei total ineinander vernarrte Turteltauben. Es war ein seltsames Gefühl, miteinander so vertraut und trotzdem frisch verliebt zu sein. Die Stunden verflogen. Nach dem Dessert spielte eine Swing-Band auf, und Caleb hielt mir die Hand hin. Ich kam der Aufforderung nur zu gerne nach. Für mich gab es nichts – ähm, *fast* nichts – Schöneres, als mit Caleb zu tanzen. Dank meiner Südstaaten-Abstammung bin ich eine geübte Tänzerin, und mit Caleb schwebte ich förmlich dahin. Leichtfüßig glitt ich in seinen Armen übers Parkett, wirbelte in eine Dimension ungetrübter Glückseligkeit, die nur noch gesteigert wurde, als wir uns zeitig entschuldigten, um hastig Hand in Hand auf unser Zimmer zu schleichen. Oh, ja, dachte ich. Diesmal lief alles richtig. Goldrichtig.

»Hallo-ho!« Babette schnippste vor meiner Nase mit den Fingern.

»Ja?« Erschrocken kehrte ich in die Gegenwart zurück. Es war Sonntagabend, und ich saß mit den Mädels im Clyde's. Caleb und ich waren am Nachmittag aus Pittsford zurückgekehrt. Ich lächelte vor mich hin. Caleb …

»Es geht schon wieder los«, stellte Ellis fasziniert fest.

»Unglaublich«, staunte Babette. »Sie ist auf der siebten Wolke. Das habe ich ja noch nie erlebt!«

»Ich schon«, ätzte Imogen. »Ungefähr vier- oder siebenmal.«

»Sie ist total weggetreten«, bemerkte Ellis. »Wir sollten sie ein paar rechtlich bindende Dokumente unterschreiben lassen. Mona, setz einen Vertrag auf.«

»Ich kann nicht fassen, dass sie nur Wein bestellt hat, sonst nichts.« Babette klang ergriffen.

»Hmmm?« Ich lenkte meine Aufmerksamkeit auf unsere Runde.

»Also.« Mona prustete in ihren Drink. »Erzähl uns von der Hochzeit.«

»Oh, die war schön. Wunder-wunder-wunderschön.« Ich nickte. »Oh, ja. Traumhaft.«

»Das sehen wir.« Mona grinste. »Und wie war's mit Caleb? Ist er überhaupt mitgekommen?«

»Und ob er gekommen ist – sogar mehrfach, wie es aussieht«, brummte Imogen und trommelte mit den Fingern auf den Tisch.

»Was?« Konzentrier dich, Vi. Meine Tischgenossinnen grinsten. Bis auf Imogen, deren Augenbrauen in der Mitte zusammenzuwachsen drohten. »Ich fühl mich großartig.«

»Sprach die Frau, die zum ersten Mal seit über einem Jahr Sex hatte«, spöttelte Mona.

»Nicht bloß Sex. *Guten* Sex. *Unglaublichen* Sex. Sex, bei dem du vier Tage danach noch wohlig schauderst, wenn du nur daran denkst«, korrigierte ich sie.

Babette kicherte. »Also, ich freue mich für dich.« Wenn es um Sex geht, sind die Franzosen immer für mehr.

»Ich kann nur hoffen, das hält an«, sagte Imogen säuerlich.

»Nicht jetzt, Imogen«, tadelte Mona sie.

»Mach dir keine Sorgen«, versicherte ich Imogen. »Caleb war unheimlich süß. Hab ich erwähnt, dass er gesagt hat, er will mit niemandem zusammen sein außer mit mir?«

»Hast du«, sagten Ellis, Babette und Mona im Chor.

»Und zwar gut hundertmal«, fügte Imogen hinzu.

»Na also. Wenn das nicht süß ist. Oh, und er …«

»Hat zu dieser Dani gesagt, er hätte alles, was er braucht«, beendeten Mona und Babette lachend den Satz.

Ellis wechselte einen Blick mit Mona. »*The Sexth Sense?*«

»Eher *Die Chroniken von Pornia*«, konterte Mona.

»Okay, okay.« Ich wedelte mit meiner weißen Serviette. »Ich geb's ja zu, ich führ mich dämlich auf. Aber ich sage euch, es war ein *wunderschönes* Wochenende. Er ist einfach perfekt.«

»Hat sie gerade das achte Mal ›wunderschön‹ gesagt?«, erkundigte sich Ellis bei Mona.

»Ja. Aber erst das vierte Mal ›perfekt‹«, erwiderte diese.

»Ihr könnt mich mal, ihr sexmäßig unterversorgten Weiber«, murrte ich. »Ihr seid doch bloß neidisch.«

»Deine Euphorie grenzt ans Lächerliche, Vi«, konstatierte Imogen. »Warst du überhaupt auf der Hochzeit oder hast du das Hotelzimmer gar nicht verlassen?«

»Natürlich! Die Hochzeit war traumhaft …«

»Oho, ›traumhaft‹ übernimmt mit neun Punkten die Führung vor ›wunderschön‹«, murmelte Mona Ellis zu. Ich tat, als hätte ich es nicht gehört.

»Die Braut war eine Augenweide, das Essen ein Gedicht und die Band ein Hammer. Wir haben die ganze Nacht getanzt. Caleb ist *so* ein toller Tänzer.« Imogen verdrehte die Augen, bis die Pupillen praktisch nicht mehr zu sehen waren.

»Und wann ist die nächste Hochzeit?«, fragte Ellis.

Ich plumpste jäh auf den Boden der Tatsachen zurück und schnitt eine Grimasse. »Am Valentinstag. Ist das zu fassen? Welcher Schnulzen-Junkie legt seine Hochzeit auf diesen Tag? Das ist nicht romantisch, sondern kitschig. Würde mir nicht einmal im wildesten postsexuellen Sinnestaumel einfallen.«

»Aber du gehst trotzdem hin?«, fragte Mona.

Ich sah sie überrascht an. »Selbstverständlich.«

Mona lachte. »Wie gesagt, du musst nicht.«

»Doch, natürlich.« Ich wäre gekränkt gewesen, wenn ich keine Einladung bekommen hätte.

Imogen betrachtete ihre Fingernägel. »Geht Caleb auch hin?«

»Hackst du absichtlich auf mir rum?«, fragte ich argwöhnisch.

Sie wirkte eine Spur schuldbewusst, schüttelte jedoch den Kopf. »Nein, ich bin bloß neugierig.« Sie wartete. Ich wand mich.

»Weiß nicht. Ich hab noch nicht gefragt. Wir sind doch gerade erst zurückgekommen.«

»Und wann seht ihr euch wieder?« Imogen versuchte vergeblich, desinteressiert zu klingen.

»Keine Ahnung.« Ich versuchte vergeblich, nonchalant zu klingen. »Er ist bis Freitag beruflich in Houston.« Ehrlich gesagt hatte ich mir diese Frage auch schon gestellt. Caleb hatte versprochen, sich zu melden. Aber nach diesem Wochenende würde der Anruf garantiert nicht lange auf sich warten lassen.

»Oh«, sagte Imogen.

Kapitel 22

Unter einem schlechten Stern

Chris ∞ Chris, Sugarbush, Vermont, 14. Februar

Ich starrte ungläubig auf den dicken DIN-A5-Umschlag in meiner Hand und ging im Geiste die Liste meiner Freundinnen durch, die demnächst vor den Traualtar traten. Wer kam als Absender infrage? Die angegebene Adresse (Harrisburg, Pennsylvania) sagte mir nichts, also öffnete ich die cremeweiße Papierbombe. Zum Vorschein kam ein weiterer Umschlag. *An Miss Kevin Connelly.* Seufz. Kein *und Begleitung*. Die Einladung kam von Dee, einer Bekannten. Ich hatte gehört, dass sie heiraten wollte, aber nicht im Entferntesten mit einer Einladung gerechnet. Normalerweise hätte ich mich geschmeichelt gefühlt, doch diesmal hielt sich meine Begeisterung in Grenzen. Wenn man auf die dreißig zugeht, gehört es ja quasi zum Übergangsritus, einer ganzen Reihe von Trauungen beizuwohnen, aber gleich dreizehn? Bei der Hochzeit unserer gemeinsamen Freundin Adele hatten Mona und ich überlegt, was man wohl anstellen müsste, um *nicht* auf die vierhundert Personen umfassende Gästeliste zu kommen. Mit dem Vater des Bräutigams ins Bett gehen, hatte sie mit einem alarmierenden Funkeln in den Augen gemutmaßt. Trotzdem musste ich ihr Recht geben – es war schwierig, sich angesichts der Gegenwart von vierhundert weiteren Ehrengästen geehrt zu fühlen. *Ich* würde Dee nicht zu *meiner* Hochzeit einladen. Aber ich hatte an dem besagten Wochenende noch nichts vor. Zu dumm, dass die liebe Dee in Harrisburg heiratete. Ich sah bedauernd auf meine geliebte, aber teure Sonntagsausgabe der *New York Times* hinunter.

»Leb wohl, du holde Literaturbeilage«, murmelte ich und griff zum Telefon, um mein Abo zu kündigen.

»Sid Dickens, Ben am Apparat. Womit kann ich dienen?«

»Hey, Ben, hier ist Vi.«

»Miss Connelly. Welche Freude. Was kann ich heute für Sie tun?«, tönte es fröhlich aus der Leitung.

»Erstens: Nennen Sie mich Vi«, befahl ich. »Und außerdem möchte ich drei Memory Blocks bestellen.«

»Dieses Brautpaar liegt Ihnen wohl sehr am Herzen.«

»Oh, nein, es sind drei verschiedene Brautpaare. Habe ich Ihnen noch gar nicht erzählt, dass ich zu dreizehn Hochzeiten eingeladen bin?« Ich ließ eigentlich keine Gelegenheit aus, mich darüber auszulassen.

»Sie sind eben eine beliebte junge Dame.«

»Dass es Einladungen hagelt, liegt garantiert nur an meinen tollen Geschenken. Was die letzte angeht, habe ich mich noch nicht entschieden – die Cousine meiner Friseurin oder der Automechaniker meines Chefs.« Ben gluckste. Sieh an, ich hatte dem edlen Herrn ein Lachen entlockt! Das war der Beginn einer wunderbaren Freundschaft.

»Also«, er wurde wieder ernst. »Was darf es diesmal sein?«

»Okay, für das erste Paar, Chris und Chris …« Ben hüstelte, und ich konnte mir ein »Sie sollten diesen Husten dringend mal untersuchen lassen« nicht verkneifen.

»Nach diesem Telefonat gehe ich schnurstracks zum Arzt.« Wer's glaubt …

»Gut. Okay, Chris und Chris …« Kein Husten diesmal. Ben lauschte mir geduldig.

»Das letzte Motiv finde ich selbst äußerst hübsch«, bemerkte er. Oho, Ben lobte meinen Geschmack?! Es war lächerlich, aber ich freute mich. Dann kam die kalte Dusche: »Bezahlung wie üblich per Visa-Karte?«

»Äh, nein, diesmal müssen wohl auch die anderen dran glauben.« Gott, wie peinlich. Ich kam mir vor wie ein Student, der ein Konzertticket für Dave Matthews mit drei verschiedenen Kreditkarten abstottert.

»Kein Wunder, diese Hochzeitsepidemie muss ja ins Geld gehen«, meinte Ben mitfühlend.

»Wem sagen Sie das.« Ich diktierte ihm sämtliche Kreditkartennummern (und ich meine, sämtliche) und beschloss, künftig auf den Showtime-Kanal zu verzichten. Leb wohl, »Weeds – Kleine Deals unter Nachbarn«. Leb wohl, »L-Word – Wenn Frauen Frauen lieben«, die einzige garantiert hochzeitsfreie Fernsehserie.

Chris und Chris heißen eigentlich Christopher und Christina. Keiner der beiden hielt es für nötig, sich einen neuen Spitznamen zuzulegen, obwohl sie nach der Hochzeit zu allem Überfluss auch noch denselben Nachnamen tragen würden. Sie verlassen sich (fälschlicherweise) darauf, dass alle, die ihnen einen Brief schicken, die Initialen des jeweiligen zweiten Vornamens verwenden. Die Chrises sind sportlich und unterhaltsam und besiegeln ihre Liebe gern mit der gemeinsamen Ausübung von Extremsportarten und der zärtlichen gegenseitigen Versorgung der dabei davongetragenen Blessuren. Ich verbringe gern Zeit mit ihnen, wenngleich ich mich nach all der körperlichen Anstrengung, gefolgt von Schulterklopfen und Bierkrügestemmen, schon des Öfteren wie ein zerschundener Hockeyspieler fühlte. Rafting-Touren, Wanderungen oder Skiurlaube lasse ich deshalb von vornherein aus und halte mich stattdessen an

Aktivitäten, bei denen ich eine Chance habe zu gewinnen. Cocktails trinken gehen zum Beispiel. Die Hochzeit von Chris und Chris war als Gruppen-Ski-Event in Sugarbush, Vermont, konzipiert. Am Valentinstagswochenende, sprich, Samstag in zwei Wochen.

Ich war mit Begleitung eingeladen, hatte allerdings keinen Begleiter zur Hand. Chris (Y-Chromosom) mangelte es nicht an attraktiven, sportlichen Kumpels, ich konnte also damit rechnen, dass sich der eine oder andere Skifahrer unter den Hochzeitsgästen befand. Und dann war da noch Caleb. Chris (X-Chromosom) hätte jederzeit eingewilligt, hätte ich sie in letzter Minute gebeten, doch noch jemanden mitbringen zu dürfen. Dummerweise war das ausgeschlossen, weil ich Caleb noch nicht gefragt hatte. Korrigiere: nicht fragen hatte *können*. Verdammt.

Es war Donnerstagabend, und ich lag Eis löffelnd und vor Wut schäumend auf der Couch. *Kevin – Allein zu Haus, Teil fünfundzwanzig.* Hasserfüllt starrte ich das Telefon an. Schon vier Tage kein Ton von Caleb dem Anti-Telefonschreck. Angeblich kam er morgen aus Houston zurück. Natürlich hatte ich keine Pläne für das Wochenende geschmiedet, in der Annahme, wir würden es gemeinsam verbringen. Erbärmlich. Seit Mitte der Woche schwand meine Zuversicht rapide. Es gibt Telefone in Houston. Mein Cousin Jared lebt dort, und er wunderte sich sehr, als ich ihn anrief, zum ersten Mal seit einer halben Ewigkeit, einfach so. Sein Telefon funktionierte tadellos.

Das Datum bildete einen beträchtlichen Teil des Problems – Valentinstag, der fieseste Tag des Jahres, das heiße Eisen, das niemand anzupacken wagt. Da kann man nicht so tun, als wäre es ein ganz normaler Tag; genauso gut könnte man sich fragen, wie eigentlich das Neue Testament endet. Wer eine romantische Beziehung mit einem empfindungsfähigen Wesen führt, muss sich der Thematik stellen, sei es im Scherz oder mit tierischem Ernst.

Der Zeitdruck tat ein Übriges. Ich hasse es, wenn ich etwas plane und die Beteiligten nicht in die Gänge kommen. Sprich: Ich war mit den Nerven am Ende, während Caleb nicht einmal ahnte, dass er die Schuld daran trug. Ich boxte auf ein Sofakissen ein, sodass Nigel aufschreckte.

»Du würdest mit mir nach Vermont fahren, nicht, Nigel?«, gurrte ich. Er gab blinzelnd einen trägen Laut von sich, der klang wie ein »Bäh«, und begann, mir mit den Pfoten rhythmisch die Brust zu massieren. Reines Ablenkungsmanöver, um dann blitzschnell auf mein Ohr loszugehen.

»Igitt!« Ich wischte mir seinen Sabber ab und schob ihn ans andere Ende der Couch, wo er sich zufrieden zusammenrollte, wohl wissend, dass das Thema Ohrläppchen für heute gegessen war. Clementine hatte von ihrem Platz auf der Sofalehne aus mit verächtlichem Blick und zuckender Schwanzspitze zugesehen.

Ich zappte mich weiter durchs Fernsehprogramm. Langweilig. Ich rief Mona an.

»Ist Valentinstag nicht der fieseste Tag, den es gibt?«, fragte ich.

»Absolut«, sagte sie ohne Umschweife. »Er hat also noch nicht angerufen?«

»Nein. Muss ich mir Sorgen machen?«

»Nein. Du steigerst dich da nur hinein, weil du ein Kontrollfreak erster Güteklasse bist und endlich Nägel mit Köpfen für das Wochenende in Vermont machen willst. In Wirklichkeit gibt es keinen Grund zur Beunruhigung.«

»Danke.«

»Gern geschehen. Ich muss aufhören.« Sie nuschelte hinter vorgehaltener Hand etwas Unverständliches.

»Ach so, du bist nicht allein. Bis später! Ciao.« Ich legte auf.

Tags darauf, halb fünf. Missmutig checkte ich zum ungefähr neunhundertsten Mal meine E-Mails. Nichts. Freitagabend, und ich hatte keinerlei Pläne, genauso wenig wie für Samstagabend. Nicht, dass ich in Ausgehstimmung gewesen wäre. Ich würde zu Hause sitzen und mich den Rest meines Lebens in Selbstmitleid suhlen, und in ein paar Jahren würde man mich finden, vor mich hin brabbelnd und mit nervösen Zuckungen, langen, gekrümmten Fingernägeln und einer Frisur wie Cousin Itt aus der *Addams Family*.

Das Telefon klingelte.

»Mir ist das Pflanzenöl ausgegangen. Kann ich stattdessen auch Olivenöl für einen Schokokuchen verwenden?«, fragte Maeve. Es klang, als würde sie Chips knabbern.

Ich verzog das Gesicht. »Ih, bloß nicht. Nimm Margarine.«

»Genial. Wie geht's? Was macht das Pandababy?«

»Hab heut noch nicht nach ihm gesehen«, sagte ich lustlos.

»Warum so down, Charlie Brown?«

»Einfach so.« Ich seufzte.

»Oje. Das war ein Caleb-Seufzer, oder?«

Ich seufzte erneut. »Er hat nicht angerufen.«

»Erzähl.« Ich erzählte. Sie schwieg. »Er meldet sich«, sagte sie schließlich. »Hab Geduld. Nach Pittstown …«

»Pitts*ford*.«

»Pittsford, Pittsville … Er ruft an. Vi, du weißt, ich mag ihn sehr, aber sei vorsichtig.« Hmpf. Sehr beruhigend.

Ich guckte zum neunhundertundersten Mal in meine Inbox. Nichts. Sollte ich Giles bitten, mir eine Test-Mail zu senden? Was zog ich vor, seine Sticheleien oder die schreckliche Gewissheit, dass mit G-Mail alles in bester Ordnung war? Meine Arbeit zu erledigen, kam mir gar nicht in den Sinn. Wieder klingelte das Telefon.

»Vi Connelly«, sagte ich lustlos.

»Hallo, Darling.« Ich musste mich an der Schreibtischplatte festhalten, um nicht vom Stuhl zu kippen, als ich so plötzlich Calebs volltönende Stimme vernahm. Giles hob eine Augenbraue.

»Caleb!« Tief durchatmen, Vi. »Woher hast du diese Nummer?«

»War gar nicht so einfach. Du hast keine Ahnung, wie ich gelitten habe, Vi. Es war die reinste Folter, dich nicht anrufen zu können.«

Sieh an, sieh an. Ich tat gelassen. »Wovon redest du?«

»Erstens: Ich vermisse dich.« Er stockte. »Ganz ehrlich. Neulich trug ich zu einem Geschäftsessen dieselbe Krawatte wie zu James' Hochzeit. Sie riecht noch nach deinem Parfum. Ich wär am liebsten im Boden versunken, als mein Kunde mich dabei ertappt hat, wie ich daran geschnuppert hab.« Das war Balsam für meine Seele.

»Wie auch immer, ich musste vier Tage nach Dubai und hab mein Handy in meiner Jackentasche zu Hause gelassen, ich Esel. Da saß ich dann, im Nahen Osten, abgeschnitten von der Cyberwelt, und konnte mich nicht bei dir melden. Du kennst das ja, man merkt sich keine Nummern mehr, wenn man sie erst einmal eingespeichert hat. Klingt haarsträubend, ich weiß, aber ich schwöre, es stimmt. Als ich heute endlich an einen Computer kam, hab ich dich sofort gegoogelt.« Vergeben und vergessen. »Ich halte dich hoffentlich nicht von der Arbeit ab?«

»Keineswegs.« Vergebung hin oder her, du legst auf keinen Fall auf, ohne ein Date mit mir zu vereinbaren, mein Lieber.

»Ich hab leider nicht viel Zeit, gleich geht mein Flug nach

Washington, aber falls du für morgen Abend noch keine Pläne hast, würde ich dich gern sehen. Ich hab nur am Wochenende Zeit, dann muss ich zurück. Dieses Projekt ist echt heftig.«

»Samstag? Lass mich nachsehen …« Giles verdrehte die Augen. »Okay, Samstag passt.« Ja, ja, ja!!! Caleb kam nach Hause und wollte mich sehen! Yippie! Ich vollführte einen kleinen Freudentanz im Sitzen. Huch! Bloß nicht vom Stuhl fallen jetzt.

»Das freut mich«, sagte Caleb ruhig, aber ich hörte ihn lächeln. »Ich kann's kaum erwarten. Wir könnten nett essen gehen und dann gemütlich bei mir eine DVD ansehen. Oder wir bestellen uns was.« Er klang hoffnungsvoll und müde.

»Klingt hervorragend.« Ich war völlig von den Socken. »Mir ist alles recht.«

»Fein. Ich muss los. Ich melde mich morgen.« Ich schickte ihm ein Küsschen und legte beschwingt auf. Ich war wie ausgewechselt. Kapellmeister, bitte einen Tusch!

»Giles, was hast du heute Abend vor? Ich bin in Feierlaune. Let's party!« Ich stürzte mich auf ihn. Er tat, als würde er in Deckung gehen.

»Huch! Du jagst mir Angst ein, wenn du Substantive als Verben verwendest. Das verstößt gegen deine eigenen grammatikalischen Grundsätze.«

»Los, komm.« Ich zog ihn lachend vom Stuhl hoch. »Wir lassen uns von Ethan in der City Tavern auf ein paar Drinks einladen, zum Aufwärmen.«

Ich verbrachte den Samstagvormittag damit, meine Wohnung aufzuräumen und Nigel und Clementine mit Streicheleinheiten zu verwöhnen. Ich war so gut gelaunt, dass ich sogar kurz meine Eltern anrief. Das Gespräch beschränkte sich auf neutrale Themen, aber immerhin. Zu Mittag begab ich mich mit Imogen und Ethan ins Peacock Café in Georgetown. Nach dem Essen eilte ich nach Hause, um mich für mein Date fertig zu machen. Meine Vorbereitungen, taktisch mindestens genauso ausgeklügelt wie die Invasion der Normandie, benötigten etwa zwei Stunden und waren allesamt schmerzhafter oder zumindest unangenehmer Natur: wachsen, zupfen, schrubben, peelen, eine unnötig juckende Gesichtsmaske, dann das langwierige Föhnen der Haare, gefolgt von der kniffligen Auswahl des Outfits (hier hatte ich extra einen zeitlichen Puffer eingeplant). Calebs Vorbereitungen würden vermutlich keine zwanzig Minuten dauern und (vielleicht) eine Dusche sowie (vielleicht) das Kämmen seiner Haare umfassen.

Um halb sieben war ich fertig, früher als erwartet, weil ich bei der Kleiderwahl (7-For-All-Mankind-Jeans, Sweater von Juicy Couture, rote Cowboystiefel) rigoros berechnend vorgegangen war. Somit war ich gezwungen, eine halbe Stunde reglos dazusitzen und Nigels Schmuseattacken abzuwehren, bei denen er immer massig Haare verlor. Ein sinnloses Unterfangen. Um Punkt sieben enthaarte ich mich mittels Fusselroller und rief ein Taxi.

Mein Herz setzte einen Takt aus, als mir Caleb mit seinem atemberaubenden Lächeln die Tür öffnete. Er zog mich an sich, um mich zu küssen. »Schön, dass du da bist«, murmelte er.

»Finde ich auch«, stimmte ich ihm atemlos zu und schmiegte mich an ihn.

»Komm rein.« Er machte sich von mir los. »Ich hab dir etwas mitgebracht.«

»Tatsächlich? Was denn?« Ich folgte ihm hocherfreut. Er warf mir grinsend eine Plastiktüte zu. Ich spähte hinein. Ein »I ❤ HOUSTON«-T-Shirt!

»Ohhh, wie süß! Vor allem, dass ›Love‹ im Herzen ausgeschrieben wird, für die ganz Begriffsstutzigen.«

»Dachte ich mir, dass dir das gefallen würde«, sagte Caleb. »Die Auswahl war nicht berauschend. Alternativ gab es noch ein paar von der Gay-Asian-Pride-Parade in Houston oder mit Regenbogen-Yin-Yang-Aufdruck. Und eins mit der Aufschrift ›Alles ist größer in Texas (außer dem Schniedel meines Freundes)‹, und das kam *nicht* infrage.«

Freund?!? Mein Herz hüpfte vor Freude.

»Ich liebe es. Danke.«

»Ich hab noch etwas.« Er reichte mir einen weißen Umschlag, auf den er mit rotem Stift eine Schleife gemalt hatte. Neugierig öffnete ich ihn. Er enthielt den Abschnitt eines Flugtickets von Houston nach Dubai. »Damit du weißt, dass ich dich nicht angelogen habe«, erklärte er und küsste mich ausführlich. Ich schmolz dahin.

»Komm mit ins Wohnzimmer.« Er zog an meiner Hand. »Im Kamin brennt ein Feuer. Möchtest du ein Glas Wein?«

»Gern.« Ich setzte mich zufrieden auf sein weiches Ledersofa und war gleich *noch* zufriedener, als er sich neben mich plumpsen ließ und mich an sich drückte.

»Erzähl, wie war deine Woche?«, murmelte er in mein Haar.

Ich berichtete. »Und wie war's in Houston?« Er sank stöhnend nach hinten und ich mit ihm.

»Erinnere mich nicht daran. Houston ist so feucht und heiß wie eine riesige Achselhöhle. Nächste Woche muss ich wieder hin.«

»Die ganze Woche?« Der böse, böse Valentinstag zeichnete sich bedrohlich am Wochenhorizont ab, und Caleb hatte das Thema noch mit keinem Wort erwähnt. An solche Anlässe muss man Männer eben erinnern, oder?

»Ja, aber daran will ich jetzt gar nicht denken. Ich möchte die Zeit mit dir genießen.« Wieder drückte er mich. »Was sollen wir bestellen? Mir ist nach Thailändisch.« Ich war hin- und hergerissen. Sollte ich ihn gleich auf Vermont ansprechen, da wir gerade beim Thema waren? Oder besser später, wenn er sich ein wenig entspannt hatte? Hm. Später.

»Was meinst du?«, fragte er. Also, definitiv später.

»Äh, Caleb, ich fahre nächstes Wochenende zu einer Hochzeit in Sugarbush, Vermont«, platzte ich heraus. »Willst du nicht mitkommen? Es wären nur zwei Tage, und wir könnten Skifahren gehen. Das Zimmer ist bereits bezahlt.« Er zog den Kopf ein. »Ich weiß, du wirst fix und fertig sein, aber vielleicht ist das ja genau das Richtige … Die Anti-Houston-Medizin sozusagen.« Oh, Gott. Was war nur in mich gefahren? Noch keine zehn Minuten da und bereits Forderungen stellen.

Caleb richtete sich auf. »Süße, es ist meiner Aufmerksamkeit nicht entgangen, dass am Samstag Valentinstag ist.« Ich wandte mich verlegen ab. Er drückte mir einen Kuss auf die Schläfe und flüsterte: »Und ich würde ihn liebend gern mit dir verbringen.« Schwupp, war mein Puls auf hundertachtzig. Ich hatte eine regelrechte Hitzewallung, ohne Übertreibung. »Wenn ich könnte.« Er lehnte sich zurück und sah mich an. »Aber ich kann nicht. Ich hänge die ganze Woche in Houston fest, und das Wochenende verbringe ich mit ein paar Kumpels in Austin. Ich hab's versprochen – schon *vor* Pittstown.« Er lächelte.

»Pitts*ford*«, korrigierte ich ihn missmutig.

Er lachte. »Das Wochenende danach bin ich hier. Was hältst du davon, wenn wir den Valentinstag einfach um eine Woche verschieben? Dann können wir ihn feiern, ohne uns um eine Tischreservierung prügeln zu müssen.«

»Kannst du nicht Austin verschieben?«, quengelte ich.

»Nein.« Er lachte erneut und tippte mir an die Nase.

Ich seufzte. »Also gut, aber dafür will ich ein Geschenk.«

»Das wird dann vermutlich das T-Shirt von der Gay-Asian-Pride-Parade.« Er umarmte mich und zog mich an sich. »Was ist nun mit Thailändisch?«

»Du bist ihm nicht böse?«, fragte Mona verschlafen. Es war noch ziemlich früh für Samstagmorgen. Um diese Zeit ist ein Anruf bei Imogen ausgeschlossen, deshalb musste Mona dran glauben.

»Nein. Er hatte eben bereits Pläne.«

»Wie ist der Schnee?« Mona fährt auch gerne Ski. Ich sah aus dem Taxifenster. »Sieht gut aus.« Sie gähnte. »Ich lass dich jetzt weiterschlafen.«

»Okay.«

»Und, was hast du heute Abend vor?« Schweigen. »Mona?«

»Öh, ich … ich bin zum Dinner verabredet. Mit Brad.« Aha?

»Brad? Der Typ von der Benefizveranstaltung?«

»Äh, ja. Aber es ist keine große Sache. Nur ein Essen …«

»Ein *Valentinstags*essen!« Ich summte *Going to the Chapel,* sie legte auf.

Im Gästehaus wurde ich sogleich eingecheckt und durfte, mit einer Tüte Hochzeitskram ausgestattet, mein Zimmer beziehen. Vom Fenster aus hatte ich einen atemberaubenden Blick auf die Pisten. Es war halb elf, und ich konnte es kaum erwarten, endlich auf den Skiern zu stehen. Aber vorher wollte ich noch mit Caleb reden.

»Hallo? Hier bei Carter.« Das war eindeutig eine Frau! Ich brachte vor Schreck kein Wort heraus. »Hallo?«

»Äh, hallo …«, stotterte ich. »Könnte ich Caleb sprechen?«

»Caleb ist noch nicht da. Ich nehme alle Anrufe für ihn entgegen, er hat nämlich sein Handy im Büro vergessen.

Wollen Sie ihm eine Nachricht hinterlassen?«, säuselte sie, die Ruhe in Person. Ganz im Gegensatz zu mir.

»Oh. Okay. Sagen Sie ihm doch bitte, Vi hätte angerufen.«

»Ach, Sie sind's, Vi. Caleb lässt ausrichten, dass er sich später melden wird. Ich habe ihm schon mal die Nummer rausgesucht«, tönte es eilfertig aus der Leitung. Ah, ja. Sehr beruhigend.

»Ähm, okay. Danke. Bye.« Ich sank auf das Bett, von Zweifeln geplagt. War die Angelegenheit harmlos, wie diese Zuckerschnute behauptet hatte, oder sollte ich misstrauisch werden? Ich musste an Agda denken, mit der ich mehrfach telefoniert hatte. Sie hatte jedes Mal eine harmlos klingende Erklärung zur Hand gehabt. Wie sich später herausstellen sollte, gab es auch eine weniger harmlose Erklärung. Andererseits ließ Caleb *tatsächlich* ständig irgendwo sein Telefon liegen. Bitte, lieber Gott, flehte ich inbrünstig, wobei ich an die Zimmerdecke starrte, als könnte dort plötzlich ein Augenpaar erscheinen, gib, dass Caleb sich gebessert hat. Das habe ich doch echt verdient, oder? Ich gehöre nicht zu den Menschen, die Gott vorschnelle Versprechungen machen (»Ich werde keinen Alkohol mehr anrühren« oder »Ich spende mehr Geld«). Schließlich ist er allwissend. Und Lügen daher zwecklos. Aber ich bin mir nicht zu schade, ihn um etwas anzubetteln. Mein Telefon klingelte. Unbekannte Nummer.

»Vi, ich bin's, Caleb.« Klang er nervös?

»Hey«, sagte ich neutral.

»Liebes, es tut mir so leid. Ich wollte dich anrufen und vorwarnen, dass Audrey womöglich an mein Handy gehen wird, aber ich wusste nicht, wann dein Flieger landet. Du siehst, kein Grund, dich aufzuregen. Ich bin einfach ein Schussel, was Handys angeht.« Ich taute etwas auf, wurde aber gleich wieder misstrauisch. Hatte Audrey etwa behauptet, ich hätte mich aufgeregt? Meines Wissens hatte ich mich nämlich definitiv *nicht* aufgeregt. »Vi?«

»Ich bin noch da. Hey, kein Problem, ich lass mein Handy doch auch die ganze Zeit irgendwo liegen.« Von wegen. »Von wo rufst du an?«

»Sanjeev hat mir sein Telefon geliehen. Austin ist der Hammer. Schade, dass du nicht hier bist.«

»Finde ich auch. Vermont ist allerdings auch der Hammer. Ich geh gleich auf die Piste.«

Caleb lachte. »Ich bin hin- und hergerissen! Am liebsten würde ich mich zweiteilen.« Er senkte die Stimme. »Gestern Nacht habe ich kein Auge zugetan. Ich musste immerzu an deine weiche Haut denken.« Hach! So demonstrativ zeigte er mir seine Zuneigung sonst nie. So etwas sagt man doch nicht, wenn man es nicht ernst meint. Außer, man hat ein schlechtes Gewissen, stichelte eine leise Stimme in meinem Kopf. Ich ignorierte sie.

»Ich vermisse dich auch«, sagte ich. »Es kommt mir vor, als hätte ich dich seit Wochen nicht gesehen. Hm, hab ich ja tatsächlich nicht.« Das war nur halb im Scherz gemeint. Allmählich nervten mich seine vielen Geschäftsreisen.

»Ich weiß, aber wir sehen uns nächste Woche. Willst du mein Valentinchen sein?«, flirtete er.

»Darauf kannst du wetten. Und es wird dich einiges kosten.«

»Ich kann's kaum erwarten«, murmelte er ins Telefon.

»Geht mir genauso.«

»Ich muss los, die Jungs warten. Rufst du mich nachher an?«

»Klar, unter welcher Nummer?«

»Auf meinem Handy. Audrey bringt es mir heute Nachmittag vorbei.«

»Ach?« Schon hatte ich wieder ein flaues Gefühl im Magen.

»Ja, sie zieht heute Abend mit uns in Austin um die Häuser. Klasse Mädel. Kann dir natürlich nicht das Wasser reichen. Ich schwärme ihr immer von dir vor. Bis bald!« Aufgelegt.

Hm.

Gegen halb fünf marschierte ich durch den knirschenden Schnee hinter das Gästehaus. Dort, am Fuße des Hügels, wo die blaue und die rote Piste zusammenliefen, wuselte ein Platzanweiser zwischen Klappstühlen umher, die vor einem mit Efeu dekorierten breiten Spalier arrangiert waren. Meine Hoffnung, ich würde in meinem schokobraunen Samtrock mit passendem Top nicht frieren, zerschlug sich im Nu. So ein Webpelz-Besatz wärmt nur äußerst dürftig. Ich verfolgte, wie Chris' Bruder eine alles andere als begeistert wirkende Omi zu einem Stuhl in der ersten Reihe bugsierte. Die Ärmste hatte Mühe, auf dem rutschigen Untergrund vorwärtszukommen, und auch die anderen Gäste trippelten wie auf rohen Eiern umher und zogen die Mäntel enger. Um Viertel vor fünf hatten alle ihre Plätze eingenommen und warteten auf den Beginn der Trauung. Ich legte das Programmheft beiseite, steckte meine frierenden Hände in die Taschen und fantasierte von sprudelnden Whirlpools. Ich fühlte mich schon jetzt wie ein Eiszapfen.

Rechts von mir verfluchte ein Mann ganz ungeniert die verrückten Ideen des Brautpaars. »Können die beiden nicht im Warmen heiraten, mit Alkohol und gepolsterten Sitzen, wie es sich gehört?« Ich nickte, glaube ich jedenfalls. Vielleicht zitterte ich auch bloß. Los, mach dir warme Gedanken, Vi. Stell dir Caleb vor, nackt …

Endlich erschien der Priester. Das Gemurmel verstummte. Prompt fürchtete ich, alle könnten meine Zähne klappern hören. Den Temperaturen zum Trotz musste ich einräumen, dass die Kulisse überwältigend war: die schneebedeckte Piste, die Efeuzweige da und dort, die Sessellifte, die in der untergehenden Abendsonne funkelten. Wenn doch nur Caleb hier wäre! Im Hintergrund hörte man geschmackvolles Klaviergeklimper. Als »Chariots of Fire« gespielt wurde, musste ich dann allerdings ein Kichern unterdrücken.

»Was kommt als Nächstes, ›Iron Man‹? Ich habe mein Black Sabbath-T-Shirt nicht dabei«, flüsterte der Komiker zu meiner Rechten unüberhörbar. Just in diesem Moment erblickte ich auf der linken Piste eine Gestalt in einem seltsam bauschigen Outfit: Chris(tina) in einem Brautkleid samt wehendem Schleier. Auf Skiern. Ich schnappte nach Luft und musste prompt husten, als die Eiseskälte in meine Lunge drang. Keine Ahnung, warum mich der Anblick derart überraschte; Christina würde ja wohl kaum im Skioverall heiraten.

»Himmel, sie wird sich den Tod holen«, murmelte eine Frau hinter mir.

Nein, *ich* werde mir den Tod holen, wenn ich noch lange hier herumhocke, dachte ich. Chris bewegt sich wenigstens.

»Hoffentlich stürzt sie nicht«, bemerkte ihr Begleiter verschlafen.

»Es ist ein Vogel, es ist ein Marshmallow … der Geist der vergangenen Weihnacht … Schneeflittchen!«, flachste der Komiker. Inzwischen hatte ich eine zweite Figur erspäht, die im Smoking die andere Piste hinunterwedelte.

Es war offenbar geplant, dass die beiden zugleich am Fuße des Hügels ankamen. Allerdings war Chris (XY) bedeutend schneidiger und mit wesentlich mehr Kanteneinsatz unterwegs als Chris (XX), die langsame, präzise Bögen fuhr, was in ihrem Aufzug bestimmt auch nicht einfach war. Dafür schien sie ihre Skier besser unter Kontrolle zu haben. Zum Schluss drosselte sie das Tempo und hielt zentimetergenau an ihrem Platz vor dem Geistlichen, das Gesicht den Gästen zugewandt. Ihr Zukünftiger dagegen kam in einem Affenzahn auf uns zu, vermutlich, um im letzten Augenblick abzuschwingen und, untermalt von einem Tusch, sein beeindrucktes Publikum mit Schnee zu bestäuben. Dummerweise vergaß er, als er Christina erblickte, die ihn mit roten Wangen, glänzenden Augen und Schneeflocken im wehenden Haar am Altar erwartete, zu bremsen. Seine Kinnlade klappte herunter, und dann raste er unter dem Gekreisch der in ihren Skiern gefangenen Braut ungebremst in die Menge und begrub nebst seiner Großmutter sechs weitere Gäste unter sich. Alle Umsitzenden, die noch nicht steif gefroren waren, sprangen auf, um der alten Dame zu Hilfe zu eilen. Schnell klopfte man ihr den Schnee von den Kleidern, stellte die umgekippten Stühle wieder auf, brachte Smoking und Frisur des Bräutigams in Ordnung und schob ihn an seinen Platz am Altar. Puh. Alle noch einmal mit dem Schrecken davongekommen.

»Wie lange soll ich mir hier denn noch den Hintern abfrieren?«, hörte ich die Omi bellen, als sie wieder auf ihrem Stuhl saß. »Bringt endlich diese gottverdammte Trauung hinter euch, damit wir reingehen und uns aufwärmen können.«

Ich hoffte inständig, wir würden am selben Tisch sitzen.

Kapitel 23

Die Besitzlosen
Traci ∞ Tim, Washington D.C., März

»Ich kann nicht fassen, dass sie eine Tiara trägt«, zischte Caleb aus dem Mundwinkel.

»Psst.« Ich boxte ihn kichernd in die Rippen.

Wir befanden uns mit einhundertfünfzig weiteren Gästen im Manor Country Club in Rockville. Soeben waren sechs Brautjungfern in knappen roten Fähnchen zur Melodie von *Friends are Friends Forever* von Michael W. Smith zum Altar marschiert und hatten sich zu sechs jungen Männern in roten Westen gesellt, die aussahen, als würden sie gleich ein Lied der Comedian Harmonists anstimmen. Auftritt der Braut. Traci, die bei D&D an der Kasse arbeitet, trug ein großzügig mit Perlen besetztes Schneewittchen-Kostüm mit V-Ausschnitt und langen Satinärmeln. Michael W. Smith durfte gerade mal zwei Strophen zum Besten geben, ehe sie beim Altar angelangt war und einem jungen Mann etwas abseits ungeduldig bedeutete, den CD-Player abzustellen. Was dieser denn auch tat, mitten in der dritten Strophe. Ein Zwölfjähriger lispelte sich durch den ersten Korintherbrief, und nach einer neuen Rekordzeit von nur siebzehn Minuten war es vollbracht und die Gäste wurden nach nebenan zum Empfang gescheucht.

Am Eingang zum Festsaal wurde uns ein Namenskärtchen überreicht, auf dem jedoch statt der erwarteten Tischnummer lediglich

Mrs. Vi Connelly
und
Mr. Caleb Carter

stand. Caleb kannte weder Braut noch Bräutigam, doch da wir nach zwei himmlischen Monaten nun hochoffiziell ein Paar waren (okay, und wegen der Aussicht auf Gratismahlzeit und -getränke), hatte er sich bereiterklärt, mich zu begleiten. Wir hatten die kitschige Trauung kichernd über uns ergehen lassen und warteten nun gut gelaunt auf die nächsten Programmpunkte. Ratlos drehte und wendete ich mein Kärtchen. Wozu sollte das gut sein? An der Karte des Mannes, der neben mir stand –

Mr. Niall Devlin

– war ein Plastikbändchen befestigt. Als ich den Kopf hob, um ihn danach zu fragen, stockte mir der Atem. Mr. Devlin war gut eins neunzig groß und *haargenau* mein Typ. Ein Körper, bei dem selbst Maeve schwach geworden wäre, auch ohne Uniform. *Insbesondere* ohne Uniform, dachte die unanständige Vi in mir. Er hatte fein geschnittene Gesichtszüge, markanteWangenknochen, wirre rotbraune Locken und große dunkelbraune Augen mit langen Wimpern, wie sie an einem Mann die reinste Verschwendung sind. Als er mich anlächelte, enthüllte er eine Reihe perfekter weißer Zähne.

»Puh, Glück gehabt.« Oh, Gott, ein irischer Akzent. Ich hatte keine Ahnung, was er mir damit sagen wollte, weil ich mich darauf konzentrieren musste, nicht aus den Schuhen zu kippen angesichts dieser sexy Erscheinung mit ihrer sexy Aussprache. Jetzt bloß nicht in Ohnmacht fallen, Vi. Ich schnupperte vorsichtig. Er roch männlich und holzig.

»Vi?« Caleb schnipste mir mit den Fingern vor der Nase herum. »Jemand zu Hause?«

»Hä?« Ich blinzelte. »Oh, sorry. War kurz weggetreten.« Das war der Typ mit den langen Beinen und den langen Wimpern inzwischen ebenfalls. Ich wandte mich Caleb zu. War er plötzlich geschrumpft? »Komm, wir suchen die Bar.«

Wir steuerten den von einer Samtkordel umspannten Tresen an, wurden jedoch von einem Schrank im Smoking angehalten, der ein grimmiges Pokerface machte wie Wrestler Stone Cold Steve Austin. Ich reichte ihm meine Karte.

»Kein Armband?« Er deutete auf mein Handgelenk.

»Wie bitte?«

Er seufzte, als wäre ich außerordentlich begriffsstutzig und wiederholte übertrieben langsam: »Haben ... Sie ... kein ... Armband?«

Das war also das Plastikding an Mr. Devlins Karte gewesen. Und wir hatten keines erhalten.

»Diese Bar ist Angehörigen und VIP-Gästen vorbehalten.«

Ich riss ungläubig den Mund auf. »Sie müssen dort rüber.« Er deutete auf eine zweite Bar jenseits der Tanzfläche.

»Pfff.« Caleb grunzte ungläubig. »Hier wird wohl das gute Zeug gehortet.« Auf dem Weg zum Ausschank für die Normalsterblichen sah ich, wie ein Hochzeitsgast das Portemonnaie zückte. Oh-oh.

Caleb hatte es auch gesehen.

»Ich glaub, ich träume! Fünf Mäuse für ein Bier? Sechs fünfzig für ein Glas Wein? Das muss ein Scherz sein! Wir sind hier in einem Country Club, da läuft doch alles bargeldlos! Und überhaupt, seit wann braucht man auf einem Hochzeitsempfang *Geld*?«, zischte er entrüstet, als wäre es unter seiner Würde, Bares bei sich zu haben. Er wandte sich zu mir um. »Wie viel hast du dabei?« Ich wühlte verzweifelt in meiner Handtasche, wohl wissend, dass ich nur einen Zwanziger eingesteckt hatte, den ich Caleb nun reichte.

»Na toll«, schimpfte er. »Dafür kriegen wir mit meinen zehn Dollar genau fünf Drinks, inklusive Trinkgeld. Hoffentlich ist wenigstens das Essen gratis.« Er tippte mir mit dem Finger an die Brust. »Du trinkst heute Abend Bier, Prinzessin. Und Sprudel ist gestrichen, wir müssen sparen.« Ich hatte ein schlechtes Gewissen, obwohl aus der Einladung nichts dergleichen hervorgegangen war. Widerstandslos nahm ich mein Bier entgegen und schnappte mir, als ein Kellner mit einem Teller Chicken Fingers und Mini-Hot-Dogs vorbeikam, gleich auch ein paar Häppchen. Caleb rümpfte bloß die Nase, also nahm ich noch welche nach, für den Fall, dass er seine Meinung noch änderte. Mehr gab es für die Gäste der niedrigeren Kasten wohl nicht.

Ich blieb optimistisch. »Vielleicht gibt es beim Trinkspruch ja Sekt zum Anstoßen.«

»Nö«, sagte ein Mann im Vorbeigehen. »Keine Gratisdrinks für den gemeinen Pöbel. Mist, und ich habe nur zwanzig Kröten mit.« Caleb folgte ihm nach draußen, weil dort angeblich Zigarren die Runde machten. Ich bezog in einer Nische zwischen zwei französischen Fensterläden Stellung und beobachtete das Treiben auf der Tanzfläche. Hinter dem Seil zu meiner Rechten taten sich die bereits angetrunkenen Vip-Gäste an Schaumwein, gefüllten Pilzen, Krabbenhäppchen, Satay-Spießchen und Lachs gütlich.

»Und nun, meine Damen und Herren: die Braut und ihr Vater!« Traci näherte sich der Tanzfläche und entledigte sich zur Verblüffung aller Anwesenden mit einem raschen Handgriff ihres weiten Überrocks. Darunter kam ein knappes Tutu zum Vorschein. Der DJ legte »Baby Got Back« auf und die Braut mit ihrem Dad eine äußerst kesse Sohle aufs Parkett, wobei sie kräftig mit dem stattlichen Hinterteil wackelte. Eine so frivole Choreographie hätte ich Traci gar nicht zugetraut.

»Sie sehen eigentlich nicht aus wie eine Frau, die Bier aus Pappbechern trinkt«, tönte es plötzlich mit charmant irischem Akzent von jenseits der Samtkordel.

»Ich wollte mal testen, ob Hopfen wirklich so gut für die Haut ist«, witzelte ich, obwohl mein Puls raste.

Mr. Devlin taxierte mich. »Für mich sieht Ihr Porzellanteint absolut makellos aus.« Er grinste spitzbübisch. »Nicht weglaufen, ja?« Als könnte sich ein Mensch, der dabei ist, zu zerfließen, von der Stelle rühren.

Kaum war er in der Menge untergetaucht, kam es mir im Raum gleich etwas düsterer vor. Den sah ich *garantiert* nicht wieder. Der Kerl spielte doch in einer völlig anderen Liga. Trotzdem blieb ich, wo ich war. Und ehe ich mich's versah, schlenderte Mr. Devlin in Geheimagentenmanier herbei, ohne mich eines Blickes zu würdigen, die Hände hinter dem Rücken, und blieb unweit von mir auf der anderen Seite der Kordel stehen, wobei er unschuldig pfeifend Löcher in die Luft starrte. Dann sah er gaaanz beiläufig über die Schulter und zischte: »Ich habe die Ware. Zu niemandem ein Wort, sonst bin ich mein Armband los.« Er trat näher und kehrte mir den Rücken zu, um mir die zwei vollen Weingläser zu zeigen, die er mitgebracht hatte. Ich schlich unauffällig an ihn heran und nahm ihm eines aus der Hand, wobei ich angestrengt in die andere Richtung blickte. Nach erfolgter Übergabe stoben wir auseinander. Als ich kichernd über die Schulter sah, zwinkerte er mir zu und tippte sich mit zwei Fingern an die Nase. Wohl eine Art Geheimagentengruß. Dann löste sich eine gertenschlanke

Brünette aus der Menge, und er baute sich vor ihr auf, um mir Deckung zu geben.

»Niall! Wo hast du gesteckt?«, quengelte sie. »Und wo bleibt mein Wein?«

»Tut mir leid, den hat mir Gregory, dieser Nichtsnutz, gemopst. Ich besorge dir ein neues Glas.« Er legte ihr den Arm um die Schulter und führte sie zurück ins Gedränge, nicht ohne mir ein letztes Mal zuzugrinsen. Ich nickte dankend, dann wurden meine Gedanken von Calebs verärgerter Stimme auf die falsche Seite der Kordel zurückgezerrt.

»Vi! Sag bloß, du hast unser Geld für Wein verschwendet! Du solltest doch beim Bier bleiben.«

Klassentrennung bei einer Hochzeit, davon hatte auch keine meiner Freundinnen je gehört, wie eine unter ihnen durchgeführte Mini-Meinungsumfrage ergab.

»Das ist ja das Allerletzte«, ereiferte sich Ellis. »Es gab allen Ernstes Hot Dogs?«

»Nur für das Proletariat. Der Noblesse wurden Krabbenhäppchen und Satay-Spießchen serviert. Aber am schlimmsten fand ich, dass wir für die Getränke blechen mussten. Ich bin derart pleite wegen all dieser Hochzeiten, dass ich ohnehin schon den Gürtel enger schnallen muss. Die Gratismahlzeiten und -drinks sind mein einziger Trost.«

»Wie, den Gürtel enger schnallen?«, wollte Ellis wissen.

»Billig-Shampoo und Billig-Klopapier zum Beispiel.« Alle verzogen das Gesicht, zu Recht. »Und normaler Kaffee statt Latte. Ich enthaare mich selbst, habe mein Abo für die Sunday Times und den Premium-Kabelkanal storniert sowie sämtliche Reisen, die nichts mit Hochzeiten zu tun haben, eingestellt.«

»Ich hab mal einen Monat nur Spaghetti mit Butter gegessen, um für einen Urlaub auf Jamaika zu sparen«, erzählte Imogen. »Ich konnte jahrelang kein italienisches Essen mehr sehen.«

»Ich habe als Studentin Plasma gespendet«, berichtete Ellis. »War ganz schön ätzend.«

»Ich habe in Ohio bei Rax gejobbt«, sagte Mona. »Klingt, als würde man sich übergeben, nicht? Dabei ist Rax eine Fastfood-Kette. Ich war für die Milchshakes zuständig und musste eine scheußliche Polyesteruniform samt Sonnenschild tragen. In der dritten Woche kam Robert, mein damaliger Schwarm, mit seiner Freundin herein und bestellte sechs Milchshakes bei mir. Ich hab noch am selben Tag gekündigt.«

Imogen tätschelte sie. »Tut's noch weh?«

»Oh, ja.«

»Eine meiner ehemaligen Mitbewohnerinnen hat sich ihre Miete als Versuchskaninchen für medizinische Experimente verdient«, erzählte Babette.

»Für so etwas wird man bezahlt?«, fragte Imogen.

»Klar. Sie ließ alles Mögliche über sich ergehen – achtundvierzig Stunden Schlafentzug mit anschließendem IQ-Test oder auf dem Laufband laufen, nachdem sie lauter unmögliches Zeug gegessen hatte. Einmal musste sie vier Tage im Bett verbringen, ohne einen Finger zu rühren. Sie durfte nicht mal zum Pinkeln aufstehen.«

»Pfff. Das macht Jack auch ohne Bezahlung«, sagte Ellis.

»Klingt nach einem Fall für Deans Uringlück«, flachste ich.

»Diese Experimente sind ziemlich gut bezahlt. Man muss sich bloß beim National Institute of Health auf die Liste setzen lassen«, sagte Babette. Ich spitzte die Ohren. Das NIH war gleich um die Ecke.

»Was denn für eine Liste?«, fragte ich. Imogen musterte mich argwöhnisch.

»Keine Ahnung, aber es werden wohl ständig Leute gesucht. Ich war einmal da, weil ich mir für eine Party ein bisschen Bargeld dazuverdienen wollte. Ich musste eine Woche lang täglich tausend Milligramm Vitamin C einnehmen und dann diverse Tests machen. Ich sage euch, mir war die ganze Zeit schwindlig, und mein Pipi war neongelb. Schauderhaft.« Für mich klang das nach leicht verdientem Geld. Als ich auch noch Monas misstrauischen Blick auf mir ruhen fühlte, wechselte ich das Thema.

»Tja, ich hoffe, das war die erste und letzte Selbstversorger-Hochzeit. Mein Spielraum für weitere Sparmaßnahmen ist begrenzt.«

»Klingt, als wäre Caleb ganz schön sauer gewesen«, bemerkte Babette.

Ich seufzte. »Kann ich ihm nicht verdenken. Wir sehen uns ohnehin nur an den Wochenenden, und dann schleppe ich ihn auf eine kitschige Hochzeit, bei der er niemanden kennt, kein vernünftiges Essen bekommt und die Drinks aus der eigenen Tasche bezahlen muss. Von der Musik à la Vanilla Ice ganz zu schweigen. Eigentlich ein Wunder, dass wir bis zehn geblieben sind.«

»Was für eine Zeitverschwendung«, sagte Imogen. Ich dachte an das erheiternde Intermezzo mit dem irischen Lockenkopf, beschloss jedoch, mich in Stillschweigen zu hüllen. Wir würden uns nicht wiedersehen, und außerdem bekamen nur gertenschlanke Brünette mit Schmollmund solche Männer ab.

»Wie läuft's überhaupt mit Caleb?«, erkundigte sich Mona.

Gestern Nachmittag hätte ich mich noch in Lobhudeleien ergangen, doch nach dem verpfuschten Abend war meine Zuversicht gedämpft. Caleb hatte nach der Hochzeit vergeblich versucht, seine Freunde zu erreichen, also waren wir zu ihm gefahren, wo er sich missmutig durch das Fernsehprogramm gezappt und Bier getrunken hatte. Um eins war ich erschöpft ins Bett gegangen – allein. Heute Morgen war er gleich in aller Herrgottsfrühe ins Fitnessstudio gefahren, und dann hatte ich ihn auf dem Weg zu Clyde's am Flughafen abgesetzt. Ich war gekränkt; schließlich war das alles nicht *meine* Schuld. Seufz.

»Im Grunde läuft es super, aber er hat sich bei dieser Hochzeit *echt* ziemlich aufgeregt. Und ich hatte ein schlechtes Gewissen, als wäre ich dafür verantwortlich.«

»Bist du aber nicht, und er sollte dir nicht das Gefühl vermitteln, du wärst es.« Imogen hob abwehrend die Hände, als sie meinen Blick aufschnappte. »Hey, ich gebe zu, ich bin beeindruckt – immerhin hat er bislang jedes Wochenende mit dir verbracht und sogar versprochen, dich diesen Sommer zu allen Hochzeiten zu begleiten. Dazu wäre ich nicht bereit.« Ich streckte ihr die Zunge heraus.

»Ich weiß, er hat sich vorbildlich verhalten. Aber seine ewige Hin- und Herfahrerei nervt. Er ist die ganze Woche weg, und am Wochenende gehen wir ständig mit seinen Kumpels aus. Wir haben kaum Zeit für uns.«

»Er arbeitet ja nicht ewig in Houston«, beschwichtigte mich Ellis.

»Genug von Caleb. Was habt ihr am Wochenende gemacht?«

»Nichts«, sagte Mona.

»Nichts«, sagte Babette.

Ellis grunzte. »Hochzeitsvorbereitungen.«

»Ich war mit Ethan im Theater. Im Arena Stage lief *An American Daughter.* Große Klasse.« Aha? Imogen und Ethan trafen sich jetzt auch ohne mich?

»Ach ja? Hat er gar nicht erwähnt«, sagte ich verwundert.

»Hat er wohl vergessen. Er war den ganzen Tag an der

Uni. Du weißt doch, wie er ist, wenn er viel lernen muss.« Imogen wich meinem Blick aus. Hmmm.

»Allerdings«, sagte ich nachdenklich. »Und, wie habt ihr …«

Mein Telefon klingelte. Caleb – er meldete sich stets, sobald sein Flieger gelandet war. »Entschuldigt mich.« Ich erhob mich. Kam es mir nur so vor, oder wirkte Imogen erleichtert?

»Hallo?«

»Hey, Süße.«

»Hey. Bist du schon gelandet? Das war ja ein kurzer Flug.«

»Lang genug, um mir Vorwürfe zu machen.« Er schwieg. »Hör mal …« Mein Magen zog sich schmerzhaft zusammen. Oh, Gott. Bitte nicht am Telefon. »Ich hab mich idiotisch verhalten, und es tut mir leid. Das hast du nicht verdient …«

Ich umklammerte mein Telefon, sprachlos vor Verblüffung. Vor Erleichterung waren mir die Knie weich geworden.

Da ich schwieg, fuhr er fort: »Was hältst du davon, mich dieses Wochenende in Houston zu besuchen? Ich besorg dir ein Ticket.« Bildete ich es mir bloß ein, oder war er nervös? »Du fehlst mir.«

Damit hatte er mich endgültig weichgeklopft. »Du mir auch. Und wegen dieser blöden Hochzeit … mir tut es auch leid.« Ich wusste nicht recht, wofür ich mich entschuldigte, aber ich wollte, dass zwischen uns wieder alles in Ordnung kam.

»Schon okay. Ich muss los, Audrey holt mich ab, und ich will sie nicht warten lassen.« Ich rümpfte die Nase, wohl wissend, dass meine Abneigung gegen Audrey völlig irrational war. »Schreib mir per E-Mail, mit welcher Maschine du kommen möchtest, dann buche ich dir den Flug.« Es klang, als verließe er gerade das Gebäude. »Ich freue mich tierisch auf dich.«

Als ich in Gedanken versunken zum Tisch zurückkehrte, brach Imogen mitten im Wort ab, griff nach ihrem Weinglas und zappelte unter dem Tisch mit dem Bein. Babette, die eben noch gegrinst hatte, bemühte sich um eine ernste Miene.

Ellis plapperte etwas von »Ich liebe Pinot Noir«. Ich warf ihr einen verwunderten Blick zu, ging aber nicht weiter darauf ein.

»Wer war das?«, fragte Mona und warf Ellis einen warnenden Blick zu.

»Caleb«, berichtete ich nachdenklich.

»Gute Neuigkeiten?«, wollte sie wissen.

Ich musste lächeln. »Ich glaube schon.«

Kapitel 24

What's In a Name?
Barbara ∞ Norman, The Poconos, Pennsylvania, April

»Norman möchte, dass ich seinen Namen annehme.« Meine College-Freundin Barbara rührte ihren Tee um. Wir saßen im Pocono Cinema and Coffee Shop. In vierundzwanzig Stunden würde sie ihrem Verlobten im Skytop Lodge das Jawort geben.

»Du nicht?« Ich hätte Barbara in dieser Frage keine feministischen Tendenzen zugetraut, immerhin hieß sie mit Nachnamen Slutsker.

Sie lachte. »Machst du Witze? In meinen ersten Freund habe ich mich verliebt, weil sein Familienname Smith lautete.«

Ich lachte ebenfalls. »Was ist dann das Problem?«

»*Normans* Familienname.« Ich konnte mich nicht erinnern.

»Tut mir leid, ich hab ihn vergessen«, beichtete ich.

»Mein teurer Verlobter heißt Norman J. Cartland.«

Vor meinem geistigen Auge erstand sogleich die in Taft gehüllte gedrungene Gestalt der beliebten Romanautorin, gekrönt vom Haupt meiner Freundin. Ich prustete los.

»Hör auf zu lachen!«, bat mich die angehende Mrs. Barbara Cartland II. »Es ist nicht lustig. Da kann ich mich endlich von Slutsker verabschieden, und dafür werde ich den Rest meines Lebens mit der Grande Dame des schwülstigen Liebesromans verwechselt. Wenn ich mich künftig am Telefon vorstelle, werden alle den Hörer auf die Gabel knallen, weil sie denken, ich will ihnen eine Buchklubmitgliedschaft aufschwatzen!« Sie schüttelte den Kopf. »Du hast Glück. Carter ist so ein netter, normaler Name.«

Ich verschluckte mich an meinem Tee, verbrühte mir die Kehle und hörte erst auf zu husten, nachdem Barbara mir ein paarmal kräftig auf den Rücken geklopft hatte.

»Diese Hochzeit ist genau mein Fall.« Caleb drückte mir einen salzigen Kuss auf den Mund. Ich schwenkte mein leeres Glas, und er tänzelte im Sambaschritt zur Margarita-Bar. Ich schmolz dahin. Wo hatte er bloß den Sombrero abgestaubt? Dann rief ich meine Gedanken zur Ordnung. Seit Barbaras Kommentar am Vortag erging ich mich in völlig irrationalen Hochzeitsfantasien. Vi Carter.

»Ihr zwei wirkt richtig glücklich«, meinte Barbara prompt, als sich unsere Blicke kreuzten.

Ich lächelte. »Sind wir auch.« Zum ersten Mal in meinem Leben diagnostizierte ich einen zarten ersten Ansatz von Beständigkeit, was Caleb und mich anging. Meine Eltern mochten erst auf den zweiten Anlauf die große Liebe gefunden haben, aber ich hatte es beim ersten geschafft. Ich hatte Recht behalten: Man musste nur Geduld haben.

Caleb kam zurück und zog mich auf die winzige Tanzfläche, wo sich die Paare dicht aneinandergedrängt tummelten. »Salsa-Time!«, verkündete er und lächelte mich an. »Arriba!« Gott, was für ein schöner Mann.

»Arriba«, wiederholte ich und schmiegte mich willig an seinen Körper. Die Hormonlawine rollte Richtung Süden.

Er beugte den Kopf und flüsterte mir ins Ohr: »Come on, baby, and salsa with me.« Das musste er mir nicht zweimal sagen.

Ich hatte kaum den Kopf aufs Kissen gebettet, als Caleb mich unter der Decke wach kitzelte. Ich schnappte nach Luft. »Hör auf. Gnade!«, bettelte ich und wand mich unter seinen Fingern. Mir dröhnte der Kopf. Zu viele Margaritas.

»Wach auf«, sagte er. »Wir müssen doch dieses Bett ausnützen!« Caleb hatte darauf bestanden, nicht im Skytop Lodge zu nächtigen, sondern in einem der typischen Pocono-Hotels mit herzförmigem Bett und einem Whirlpool in der Form eines überdimensionalen Champagnerglases. Beides hatten wir in der Nacht zuvor ausgiebig getestet.

»Kitsch pur«, murmelte ich.

»Sündsationell«, korrigierte er mich und küsste meinen Nacken, meine Schultern … und so weiter.

Paradiesische Zustände.

Einige Stunden später saßen wir in einem Festzelt und studierten das Programmheft.

»Sieh an, der erste Korintherbrief.« Das war Calebs Running Gag.

»Sieh auf die Namen«, sagte ich und wartete, bis der Groschen fiel. Klimper.

»Das darf nicht wahr sein!«, prustete Caleb. »Sie nimmt doch nicht etwa seinen Namen an, oder?«

»Wenn es nach Norman geht, schon.« Ich zögerte, dann sagte ich leichthin: »Was würdest du an ihrer Stelle tun?«

Caleb lachte. »Wer weiß? Hab nie drüber nachgedacht. Nichts liegt mir im Moment ferner als heiraten.« Er schlang mir den Arm um die Schultern, wandte sich auf dem Stuhl um und spähte den Mittelgang hinauf. »Ich hoffe, es geht bald los. Ich bin am Verhungern.«

Seine beiläufige Antwort legte die mentale Wunde frei, an deren Schorf meine Unsicherheit unentwegt kratzte. Verdammt. Ich hatte mir ausgemalt, wie wir mit einer Schar lockenköpfiger Kinder in einem sonnigen Garten herumtollen würden und er mir lachend in die Augen sah. Wollte ich heiraten oder sehnte ich mich bloß nach einem Leben wie in einem Immobilien-Werbespot? Egal, Caleb hatte ohnehin nur sein leibliches Wohl im Sinn.

Ein neues Musikstück ertönte, die Trauung begann. Ich sah auf die Uhr, inzwischen eine fixe Angewohnheit. Einunddreißig Minuten später hielt der Geistliche die Hände über das strahlende Brautpaar und verkündete: »Liebe Gemeinde: Mr. und Mrs. Norman und Barbara Cartland.«

War Barbara gerade zusammengezuckt?

Nach dem Essen saß ich allein unter einem Partypavillon auf dem Rasen des Skytop und trommelte mit den Fingern auf den Tisch. Andere Paare schwangen das Tanzbein, mein Herzallerliebster stand an der Bar und rauchte Zigarren. Ich wurde ignoriert und zusehends fuchsiger. Ich gesellte mich mit meinem Weinglas zu einer Frauenrunde, nicht etwa, um der Unterhaltung zuzuhören, sondern um Caleb finstere Blicke zu schicken. Nach einer unerquicklichen halben Stunde schäumte ich vor Wut, weil er (1) noch immer an der Bar stand und (2) mein Schäumen nicht bemerkte. Nicht zum ersten Mal trieb mich die Eigenschaft, die ich am meisten an ihm liebte – seine Fähigkeit, sich binnen kürzester Zeit mit wildfremden Leuten anzufreunden – in den Wahnsinn. Ich fühlte mich ausgeschlossen und um meine Zeit mit ihm betrogen. Na warte, unsere Flitterwochen verbringen wir auf einer Insel am anderen Ende der Welt, wo du die Landessprache nicht beherrschst, damit ich dich ganz für mich habe. Oh, Shit. Jetzt malte ich mir schon unsere Hochzeitsreise aus. Und sie war wie ein Werbespot für eine Karibikkreuzfahrt.

Okay. Schluss mit Trübsalblasen. Ich marschierte zu Caleb und seinen fröhlichen Gesellen an die Bar. Als er seine

Geschichte beendet hatte, zupfte ich ihn am Ärmel. Er wandte sich grinsend um. »Hey, Süße! Wo hast du gesteckt?«

Ich machte eine vage Handbewegung. »Ich würde gern tanzen, Caleb.« Die Band spielte Swing, meine Lieblingsmusik.

»Hör mal, mir ist heute nicht nach tanzen. Hast du was dagegen, wenn ich mich noch etwas unterhalte?« Was denkst du wohl, wenn ich deswegen extra zu dir komme? Einige seiner neuen Bekannten taten, als fände diese peinliche Unterhaltung gar nicht statt.

»Kann ich dich kurz allein sprechen?« Seine Miene signalisierte »null Bock«, aber er folgte mir nach draußen.

Ich steuerte auf eine Gartenlaube zu.

»Was gibt's?«

»Sag du es mir«, konterte ich. »Du lässt mich schon die ganze Zeit links liegen.«

»Quatsch. Wir haben den ganzen Tag miteinander verbracht. Ich war der, der beim Essen neben dir gesessen ist und dir die Butter gereicht hat, erinnerst du dich? Da kannst du mich doch mal eine Minute von der Leine lassen, oder?«

»Von der Leine lassen?«, wiederholte ich ungläubig.

Er schaute reumütig drein. »Lass uns nicht streiten, sondern reingehen und einen schönen Abend miteinander verbringen. Es ist alles in bester Ordnung, also mach dich bitte nicht unglücklich, indem du wieder alles überinterpretierst.«

»Bitte entschuldige, dass ich dir nicht vertraue«, fauchte ich.

Er erstarrte. »Geht das jetzt wieder los?« Seine Stimme klang hart. Ich schämte mich. Ich war ungerecht.

»Nein. Tut mir leid.« Ich ließ den Kopf hängen. »Es ist nur … Ich weiß auch nicht. Ich schätze, was du heute Nachmittag übers Heiraten gesagt hast, hat mich ziemlich aus der Bahn geworfen.« Ich konnte selbst nicht glauben, dass ich das Thema zur Sprache brachte.

Er seufzte. »Ich hab schon vermutet, dass es damit zu tun hat. Ich will doch bloß ehrlich sein, Vi. Ich möchte mit dir zusammen sein, aber abgesehen davon kann ich dir nichts versprechen. Ich muss mich auf meine Karriere konzentrieren. Ich dachte, wir hätten es schön miteinander. Ich dachte, du wärst glücklich.«

»Ich bin glücklich«, schniefte ich kläglich.

»Dann schenk mir ein Lächeln.« Er hob mein Kinn an und wischte mir eine Träne von der Wange. Ich sah in sein hübsches Gesicht. Ich liebte ihn. Warum kam es mir bloß so vor, als würde ich ein Foto betrachten, das im Rahmen verrutscht war, sodass die Pappe dahinter hervorlugte?

»Hallo? Ist mein Mädel da drin?«

Ich nickte und sagte: »Ich liebe dich.«

Er küsste mich, zärtlich und ausführlich, dann ergriff er meine Hand und führte mich wieder hinein, wo er sich weiter mit seinen neuen Freunden unterhielt, ohne meine Hand loszulassen. Als die Band *It Had to Be You* anstimmte, ging er mit mir auf die Tanzfläche. Erst viel später, als ich im Bett lag und ihm beim Schlafen zuhörte, sann ich darüber nach, was ich davon hielt, dass er nichts erwidert hatte.

Kapitel 25

Für immer schweigen
Alfonso ∞ Carmen, Alexandria, Virginia, Mai

An: Ben@siddickens.com
Von: ViViVooom@gmail.com
Datum: 12. April
Betreff: Ihr verdient wieder Geld mit mir

Hallo Ben,
ich brauche wieder mal ein Geschenk. Würden Sie bitte einen Memory Block T-110 an Mr. Alfonso Muñoz, 121 Prince Street, Alexandria, Virginia, 22314 schicken? Al ist mein Boss. Hab ich schon erwähnt, dass ich Weineinkäuferin in einem Feinkostladen bin? Deshalb das Traubenmotiv. Wenn Sie mir verraten, welche Sorte Wein Sie am liebsten trinken, lasse ich Ihnen eine Flasche zukommen. Als Kartentext stelle ich mir vor: »Lieber Al, ich hoffe, Ihre Ehe mit Carmen wird mit jedem Jahr noch besser, genau wie ein guter Wein. Herzliche Glückwünsche zur Vermählung, Vi.« Oder ist das zu kitschig? Seien Sie ruhig ehrlich.
Übrigens hat Barbara klein beigegeben und den Namen ihres Mannes angenommen. Sie heißt jetzt hochoffiziell Barbara Cartland (hihi!). Ist das nicht zum Schreien? Oh, und stellen Sie sich vor, bei der Hochzeit meiner Arbeitskollegin Traci musste ich doch glatt für die Getränke bezahlen! Knickerige Bande. Kann ich meine Bestellung widerrufen???

Viele Grüße!
Vi
PS: Sagen Sie Sid, er soll seinen Maserati nach mir benennen.

An: ViViVooom@gmail.com
Von: Ben@siddickens.com
Datum: 13. April
Betreff: Re: Ihr verdient wieder Geld mit mir

Hallo Vi,

unglaublich, zu wie vielen Hochzeiten Sie eingeladen sind. Sie sind ganz schön hart im Nehmen. Ich hoffe, Sie wenden sich weiterhin vertrauensvoll an uns, wenn Sie ein Geschenk benötigen. Nicht zu fassen, dass Sie bei Tracis Hochzeit zur Kasse gebeten wurden. Leider ist die Kachel bereits unterwegs. Am besten geben Sie Ihre Bestellung künftig erst *nach* dem großen Tag auf.
Um den Auftrag für Mr. Muñoz kümmere ich mich gleich. Gute Wahl. Da freut er sich bestimmt. Und der Text für die Grußkarte ist keineswegs kitschig.
Die frisch vermählte Mrs. Cartland hat mein vollstes Mitgefühl, aber vielleicht hat die Sache ja auch Vorteile. Sie sollte das Elizabeth Arden Spa in NY besuchen und dort einfach alles auf die Rechnung von Barbara Cartland setzen lassen. Ich kann nur hoffen, Sie lernen nie einen Mr. Agra kennen und lieben!

Mit freundlichen Grüßen
Ben Applegate
Handelsvertreter
Sid Dickens

PS: Soweit ich weiß, fährt Sid einen Mercedes.

An: Ben@siddickens.com
Von: ViViVooom@gmail.com
Datum: 16. April
Betreff: Re: Re: Ihr verdient wieder Geld mit mir

Hallo Ben, Sie Scherzkeks,

zurzeit besteht keine Gefahr, dass ich Mrs. Vi Agra werde, ich bin nämlich seit Kurzem wieder mit meiner alten Flamme zusammen. Sie erinnern sich vielleicht, ich war mit Caleb auf der Hochzeit von Katrina und James. Es läuft großartig. Meistens jedenfalls. Manchmal nicht. Ach, ich weiß auch nicht. Keine Ahnung, was ich davon halten soll. Ich könnte einen guten Rat gebrauchen.

V.

PS: Was passiert denn mit meinem Geld? Kauft Sid damit Zahnspangen für seine Kinder? Es würde den Schmerz etwas lindern, wenn ich Bescheid wüsste.

An: ViViVooom@gmail.com
Von: Ben@siddickens.com
Datum: 16. April
Betreff: Re: Re: Re: Ihr verdient wieder Geld mit mir

Hallo Vi,
ich sitze an meinem Schreibtisch. Sie können mich jederzeit anrufen.

Gruß
Ben

PS: Soweit ich weiß, unterstützt Sid über World Vision mehrere Kinder in Entwicklungsländern. Hilft das?

»Tja, danke schon mal fürs Mitkommen«, murmelte ich.

»Schon gut.« Caleb sah stur geradeaus auf die Straße. Wir waren auf dem Weg zu Alfonsos Hochzeit in Old Town, Virginia.

»Wir müssen auch gar nicht lange bleiben«, versicherte ich ihm. »Ich weiß, dir hängen die Hochzeiten schon zum Hals raus. Wir könnten uns ja danach noch mit James und Katrina treffen.«

»Kein Problem, Vi. Ehrlich. Hör auf, dich zu entschuldigen.«

Ich rutschte nervös auf dem Beifahrersitz herum. »Wie läuft's in Houston?«

»Alles wie gehabt. Tut mir leid, dass ich voriges Wochenende nicht kommen konnte und nur noch die Arbeit im Kopf habe. Zurzeit bin ich ein richtiger Langweiler.« Ich zermarterte mir das Hirn. Wie konnte ich ihn aufheitern? Die Frage »Was denkst du gerade?« brannte mir auf der Zunge, aber ich weigerte mich, auf dieses Niveau zu sinken. Wir fuhren schweigend dahin. Als ich nach seiner Hand griff, sah er mich endlich an, lächelte sanft und küsste flüchtig meinen Handrücken.

Al und Carmen waren verwitwet und wie füreinander geschaffen. Beide heirateten zum zweiten Mal, und es sollte eine Hochzeit im engsten Kreise werden – Familie und einige wenige Freunde. Entsprechend überrascht und geschmeichelt hatte ich die Einladung entgegengenommen. Al sah uns hereinkommen und gesellte sich sogleich zu uns. Ich umarmte ihn lächelnd. »Schick sehen Sie aus!«

»Ja? Ist schon eine Weile her, dass ich so was anhatte.« Er nestelte am Kragen herum, bis das Hemd Falten schlug.

Ich strich sie glatt. »Absolut«, versicherte ich ihm. »Halten Sie nach der Braut Ausschau?«, neckte ich ihn, weil er fahrig wirkte und mehrfach nach rechts und links spähte.

»Wie? Nein, nach meinem Sohn. Entschuldigt mich, da kommt Carmens Familie.« Er straffte die Schultern. »Setzt euch, es geht gleich los.«

Ich drückte ihm die Hand. »Ich freue mich sehr für Sie, Al.« Er lächelte dankbar.

»Was ist denn mit dem los?«, murmelte Caleb. »Man könnte fast meinen, er wird gleich an die Wand gestellt.«

»Keine Ahnung«, flüsterte ich. »Vielleicht fürchtet er, Carmen könnte kalte Füße kriegen.« Eine Frau, die aus der Wäsche guckte, als hätte sie an einer Zitrone gelutscht, reichte uns ein Programmheft. Vielleicht war ihre sauertöpfische Miene ja auf ihre strenge Frisur zurückzuführen. Mir tat schon beim Anblick ihres straffen kleinen Dutts die Kopfhaut weh.

»Braut oder Bräutigam?«, wollte sie wissen, was mir bei knapp dreißig Gästen etwas überflüssig vorkam.

»Bräutigam«, sagte ich. Sie spitzte die Lippen und verwies uns auf die rechte Seite der Kirche. Wir nahmen Platz.

»Sieh an, der erste Korintherbrief«, sagte Caleb nach einem Blick ins Programmheft.

Giles ließ sich neben mir nieder und flüsterte: »Hab ich schon was verpasst?«. Er trug einen limettengrünen Anzug.

»Nein. Die Trauung hat doch noch gar nicht angefangen.«

»Ich meine das *Familiendrama*, nicht die Trauung.«

»Welches Familiendrama?«

»Das weißt du nicht?« Giles sah mich ungläubig an und verdrehte die Augen. »Die Angehörigen der beiden sind vehement *gegen* diese Eheschließung. Angeblich sind die Kinder am Boden zerstört. Haben den Tod der verstorbenen Elternteile noch nicht verwunden und finden, Al und Carmen würden überstürzt heiraten.«

Caleb spitzte die Ohren. Plötzlich hatte das bevorstehende Ereignis doch seinen Reiz. Wir sahen uns um. Kaum einer der Anwesenden lächelte. Carlos, der Sohn des Bräutigams, saß in der ersten Reihe und machte ein Gesicht wie drei Tage Regenwetter. Mit seiner Leichenbittermiene passte er perfekt zu der finster dreinblickenden Frau auf der anderen Seite des Mittelganges, vermutlich Carmens Tochter. Neben ihr thronten diverse weitere Gäste, die ähnlich verdrießliche Mienen zur Schau stellten, darunter die Programmverteilerin mit den herben Zügen, ein energisch aussehender Kerl, der in puncto Brillantine offenbar das Motto Quantität vor Qualität vertrat, sowie eine verweinte junge Göre, die dreinschaute, als wäre gerade ihr Hilary-Duff-Konzert abgesagt worden. Alles in allem hätten diese Gestalten besser in eine Gerichtsverhandlung für Kriegsverbrecher gepasst als hierher.

Es erklang Orgelmusik. Mit der Haltung eines zum Tode Verurteilten, der vor das Erschießungskommando tritt, bezog Al am Altar Stellung. Dann schritt Carmen ohne jede musikalische Untermalung den Mittelgang entlang, feierlich und entschlossen zugleich. Sie trug einen eleganten elfenbeinfarbenen Zweiteiler. Als sie Al zulächelte, entspannte er sich ein wenig. Giles rieb sich die Hände.

»Du bist krank«, flüsterte ich.

»Schnauze. Du hoffst insgeheim doch auch auf einen Eklat«, gab er zurück.

»Ich kann es jedenfalls kaum erwarten«, murmelte Caleb.

Carmen und Al reichten einander die Hände, und die Messe begann. Der Pfarrer verwies dezent darauf, dass beide Beteiligten schon einmal verheiratet gewesen waren und den Verlust ihrer Ehepartner nach wie vor betrauerten, aber bereit waren, die Vergangenheit hinter sich zu lassen. Alles verlief reibungslos, bis Carlos schwerfällig das Podium erklomm, um ein Gedicht vorzutragen. Er leierte es herunter, als handle es sich um die Entlassungsliste einer General-Motors-Fabrik in Flint, Michigan, bis ihm plötzlich die Stimme versagte. Der Rest verkam zum mühsam hervorgewürgten Gestammel. Das Mädchen brach in Tränen aus.

Al sah aus, als hätte man ihn mit einer Elektroschockpistole attackiert. Der Pfarrer wirkte etwas konsterniert, fasste sich aber sogleich und rief den Brillantinefritzen zu sich. Dieser bellte etwas Unverständliches ins Mikrofon und schloss mit einer Formulierung, die nach »Diebe listig Klöße Minen« klang, hinter der ich jedoch das zu diesem Anlass so gern zitierte »aber die Liebe ist die Größte unter ihnen« vermutete. Das Schniefen der Göre schwoll an. Ich zog den Kopf ein. Caleb zitterte – vor Lachen, wie mir klar wurde, als ich den Kopf wandte. Eine Harfenspielerin betrat das Podium und begann, auf ihrem Instrument zu klimpern. Die Gäste starrten sie angestrengt an, als wäre alles in bester Ordnung, bis der Ärmsten unter all den bohrenden Blicken der kalte Schweiß ausbrach.

Das Mädchen weinte inzwischen hemmungslos. Caleb presste sich die Hand vor den Mund, als wäre er tief in Gedanken versunken. Ich vermied es tunlichst, ihn anzusehen, um nicht nervös loszugackern. Giles blickte stur geradeaus, doch ein Zucken um die Mundwinkel strafte seine fromme Miene Lügen. Die Harfenspielerin beendete ihr Stück und verließ fluchtartig und sichtlich erleichtert das Podium.

Der Geistliche stürzte sich unbeirrt in die Predigt, während Al und Carmen einander unverwandt anstarrten, die Finger ineinander verschränkt. Carmens Fingerknöchel waren schneeweiß. Die Göre schluchzte und hatte offenbar den Großteil der Gäste in der ersten Reihe angesteckt. Endlich kam der Treueschwur.

»Sollte einer der Anwesenden Einwände gegen die Schließung dieser Ehe erheben, so möge er jetzt sprechen oder für immer schweigen.«

Alles hielt gespannt die Luft an, während der Pfarrer die obligatorischen eineinhalb Sekunden abwartete. Giles spähte sensationslüstern umher. Das Mädchen war jetzt völlig in

Tränen aufgelöst, die Leute rechts und links davon schnieften mitfühlend. Der Geistliche nahm hastig den Faden wieder auf. Nach neununddreißig quälenden Minuten bedeutete der Pfarrer dem frisch vermählten Paar, sich zur Gemeinde umzudrehen, und verkündete strahlend: »Mr. und Mrs. Alfonso und Carmen Muñoz.«

Al und Carmen fassten einander an den Händen und lächelten steif in das von Schluchzern erfüllte Kirchenschiff. Ich saß neben Caleb, ohne ihn zu berühren, und wusste genau, wie sich die beiden fühlten.

Al und Carmen hatten auf einen Empfang verzichtet und ihre Gäste stattdessen zum Essen ins La Bergerie eingeladen. Wir machten uns unmittelbar nach dem Dinner auf den Nachhauseweg und waren gegen neun in Washington. Ich freute mich auf einen ruhigen Abend mit Caleb und hing meinen Gedanken nach, weshalb ich zusammenfuhr, als er plötzlich etwas sagte. Ich kicherte angesichts seiner verdatterten Miene.

»Entschuldige.« Er zauste mir lächelnd die Haare. »Ist es okay, wenn ich dich einfach absetze? Ich bin total erledigt. Ich sehne mich nur noch nach meinem Bett.« Für seinen Gesichtsausdruck gebührte ihm der erste Preis beim Todernste-Miene-Wettbewerb.

»Äh, klar«, log ich. Wir hatten seit drei Wochen keine Nacht miteinander verbracht. »Ich verstehe das.« Weit davon entfernt.

»Danke.« Er schlug den Weg zu meiner Wohnung ein. Es fühlte sich an, als hätte ich ein Déjà-vu-Erlebnis. Kaum wurde es ernst, trat er den Rückzug an. Oder noch schlimmer.

Er stellte nicht einmal den Motor ab. Zugegeben, er sah erschöpft aus. Um seine Augen zeichneten sich Falten ab. Er lächelte. »Komm her, Kleines.« Ich beugte mich zu ihm, und er küsste mich. »Danke für dein Verständnis.«

»Danke fürs Mitkommen«, entgegnete ich.

»Ich rufe dich morgen an. Vielleicht können wir uns vor meinem Abflug zum Essen treffen?«

»Das wäre schön«, sagte ich und stieg aus dem Wagen. Ich schloss die Tür und wollte ihm noch etwas durchs offene Fenster zurufen, doch er war bereits davongebraust. Frustriert starrte ich seinen Rücklichtern nach. Warum hatte ich auch unbedingt zu dieser Hochzeit gehen müssen? Warum musste ich praktisch jedes Wochenende zu einer Hochzeit? Dachte er etwa, ich wollte ihm damit etwas signalisieren? Warum hatte ich nicht lockerer sein können, statt mich wegen seiner Laune zu grämen? Warum …?

»Warum bist du an einem Samstagabend zu Hause?«, fragte ich Maeve kurz darauf. Ich hätte eigentlich lieber mit meiner Mutter geredet – die hätte mich bestimmt verstanden. Doch ich wollte ihr partout nicht eingestehen, dass ich Rat brauchte, also musste stattdessen Maeve dran glauben.

Sie knabberte Kartoffelchips. »Es ist feucht draußen, und ich habe kein Echinacin mehr. Ich darf auf keinen Fall krank werden.« Ich beschloss, sie wegen ihrer hypochondrischen Ader nicht auf die Schippe zu nehmen. »Was ist los, Rhinozeros?«

»Ich weiß nicht recht.« Ich rieb Nigel den Bauch. Wenigstens einer, der sich darüber freute, dass mir Caleb eine Abfuhr erteilt hatte. »Nüchtern betrachtet ist alles in bester Ordnung, aber es liegt was in der Luft, wenn du weißt, was ich meine.«

»Oh, ja. Ging mir mit Andy genauso.«

»Andy hat vor deinen Augen mit einer anderen geknutscht.«

»Ja, da lag zentnerschwer was in der Luft.« Wenigstens brachte mich Maeve immer zum Lachen. »Und, kommst du zum Muttertag?« Knusper, knusper, Knäuschen.

»Hab ich nicht vor, nein.«

»Doch hoffentlich nicht noch immer wegen Mom und ...«

»Nein, nein«, unterbrach ich sie. »Zu viele Hochzeiten. Wenn ich mal ein Wochenende freihabe, möchte ich ausspannen.« Nigel schnurrte zustimmend.

»Ich finde ja, dass du total überreagierst. Mom war also schon mal eine Nanosekunde lang verheiratet; als sie jünger war als ich jetzt. Na und? Krieg dich wieder ein.«

»Gib Bescheid, wenn das für dich klingt, als würde ich auflegen«, sagte ich und legte auf. Dabei wusste ich gar nicht mehr genau, warum ich auf die ganze Chose eigentlich so zimperlich reagierte. Meine Überzeugung, die heimliche erste Ehe meiner Mutter würde ihre scheinbar glückliche zweite untergraben, kam mir allmählich lächerlich vor. Außerdem fehlte mir Mom. Aber was meine eigene große erste Liebe anging, lag eindeutig etwas in der Luft, und das beunruhigte mich zusehends. Wenn Caleb doch nicht der Richtige war, hieß das dann, dass ich dazu verdammt war, ledig zu bleiben? Oder konnte ich einen anderen Mann so sehr lieben wie ihn? Das schien mir kaum vorstellbar. Ich schüttelte den Kopf und folgte dem Ruf des Häagen-Dazs-Bechers in meinem Tiefkühlfach. Ich musste aufhören, so negativ zu denken. Man ist, was man denkt, und es war zu früh für Pessimismus. Mit Caleb und mir war alles okay. Ganz sicher. Und meine Jack-Johnson-CD war genau das Richtige, um die zweifelnde Stimme in meinem Kopf zu übertönen.

Kapitel 26

Meine neue medizinische Laufbahn

»Sieht ganz danach aus, als wären Sie die perfekte Kandidatin für eine ganze Reihe von Experimenten.« Evelyn, die resolute Versuchskoordinatorin des National Institute of Health, zeigte breit lächelnd auf ihren Computerbildschirm. »Sie können gleich anfangen, falls Sie Zeit haben.« Huch, das ging mir fast ein bisschen zu schnell. Klar, ich hatte mich darauf gefreut, mir als Versuchskaninchen etwas Geld dazuzuverdienen, aber damit hatte ich nicht gerechnet.

»Oh, was steht denn an?«

»Eine Studie zu den Auswirkungen von Koffein auf die kognitiven Reaktionen. Dauert bloß etwa eine Stunde.« Wie gesagt, resolut. »Und es gibt zweiundvierzig Dollar dafür.« Wow. Fürs Kaffeetrinken? Dann mal los.

Ich lächelte breit. »Wo muss ich hin?«

Zwei Stunden und gute viertausend Liter Kaffee später hatte ich mich durch eine Art Uni-Einstufungstest gezittert und saß heftig transpirierend in meinem Auto, das Lenkrad fest umklammert. Mein Herz fühlte sich an, als wollte es mir gleich aus dem Brustkorb springen.

»Trinken Sie viel Wasser«, hatte mir die Versuchsleiterin geraten und mich mit einem Schulterklopfen verabschiedet, bei dem ich vor Schreck fast umgekippt wäre.

Zu Hause raste ich geradewegs in die Küche und trank

vor dem offenen Kühlschrank einen ganzen Liter Wasser. So etwas konnte nicht gesund sein. Das war garantiert mein erstes und letztes Experiment für das National Institute of Health. Womöglich hatte ich gerade einen Herzanfall? Ich rief Maeve an. Sie kannte sich mit allen möglichen Symptomen aus – ein Vorteil ihrer Hypochondrie.

»Ich sterbe«, teilte ich ihr mit.

»Woran?« Es klang, als würde sie Karottenstäbchen knabbern.

»Koffein. Ich war beim NIH, und jetzt habe ich einen Herzanfall.«

»Hast du die typischen Symptome – ein minutenlanges Ziehen in der Brust, das sich bis zu den Schultern erstreckt? Benommenheit, Ohnmacht, Übelkeit oder Kurzatmigkeit? Kalter Schweiß?«

»Nein.«

»Du hast keinen Herzanfall.«

»Sicher? Es fühlt sich nämlich wie ein Herzanfall an.«

»Ganz sicher.«

»Vielleicht ist es ein Herzinfarkt? Ein kleiner?«

»Nein. Trink Wasser. Musstest du einen Test schreiben?«

»Was? Ja. Woher weißt du das?«

»Ich bin als Versuchsperson beim Carolinas Medical Center registriert. Gutes Zubrot, und eine Vorsorgeuntersuchung gibt's gratis dazu. Nur die Sachen, von denen man Dünnpfiff bekommt, mach ich nicht so gern.« Jetzt klang es, als würde sie ein Sandwich verdrücken.

»Hör bloß auf.«

»Mach die Koffeinversuche in Zukunft lieber vormittags.«

Großartig. Ich würde die ganze Nacht kein Auge zu tun. Das war definitiv das erste und letzte Mal gewesen.

»Wie läuft's mit Caleb?«

Ich zögerte. »Es liegt definitiv was in der Luft. Ich empfange negative Schwingungen, und die trügen nicht. Es ist wieder das alte Spiel.«

Schweigen. »Schwingungen trügen nie. Tut mir leid für dich. Er hat dich nicht verdient.«

»Danke.«

»I love you, babaloo«, sagte sie.

»Ich hab dich auch lieb.«

Nachdem ich aufgelegt hatte, hievte ich mich von der Couch hoch und holte meine Post. Hm. Ein elfenbeinweißer Pergamentumschlag. Seufz. Wie oft führte das NIH wohl seine Versuche durch?

»Sid Dickens, Ben am Apparat. Was kann ich für Sie tun?«

»Hey, Ben, hier ist Vi.«

»Vi! Was für eine nette Überraschung! Ich wollte gerade Mittagspause machen, aber in diesem Fall bleibe ich natürlich lieber hier, um mit dir zu quatschen. Es stört dich doch nicht, wenn ich esse, während wir reden?« Als wäre das etwas Neues für mich. Ich hörte Papier rascheln.

»Was gibt es denn Leckeres?«, fragte ich neugierig. Wir duzten uns zwar inzwischen, aber Ben ließ sich nach wie vor keinerlei persönliche Details entlocken. Ein Mysterium. Die Stimme ließ keine Rückschlüsse auf sein Alter zu, und mit seiner ewigen Höflichkeit hätte er zweiundzwanzig genauso gut wie zweiundsechzig sein können. Vielleicht verriet ja sein Essen etwas über ihn. Vorausgesetzt, es war kein Putensandwich.

»Ein Putensandwich, selbst gemacht«, sagte er.

Verflixt. Nächster Versuch. »Sehr löblich. Ich hole mir dann doch immer irgendwo einen Imbiss.«

»Ist bei mir auch eher die Ausnahme. Ich gehe meistens zum Deli um die Ecke, aber heute hat mich meine Mutter versorgt.« Aha!

»Ach ja? Hat sie dir einen Zettel in die Superman-Lunchbox gelegt, neben den Früchteriegel?«

»Dein Humor ist höchst erfrischend. Sie wohnt zurzeit bei mir, weil sie kürzlich einen Unfall hatte. Im Gegenzug versorgt sie mich mit Essen. *Ich* weiß mütterliche Fürsorge zu schätzen.«

Ich überhörte den Tadel geflissentlich, weil ich das Thema heute nicht anschneiden wollte, zumal ich mir wegen der Angelegenheit zusehends dumm vorkam. »Hoffentlich nichts Schlimmes.«

»Sie ist bloß gestolpert.« Voilà! Ein weiteres Puzzleteil.

»Tja, sie sollte vorsichtig sein … in ihrem Alter …«, bemerkte ich einladend.

»Du sagst es.« Bens Stimme bebte vor unterdrücktem Lachen. Mistkerl. Er spannte mich bewusst auf die Folter. Es war, als hätte ich ein körperloses Wesen zum Freund – den lieben Gott oder Harvey, den imaginären Hasen. »Na, steht wieder einmal eine Hochzeit an?«, erinnerte mich Ben an den Grund meines Anrufes.

»Ja. Ellis und Jack. Ich dachte da an zwei Kacheln.«

»Vielleicht kann ich einer so treuen Kundin wie dir ja eine Art Empfehlungsrabatt gewähren, damit du die nächsten drei umsonst bekommst. Welche hättest du denn gern?«

Wir diskutierten eine halbe Stunde über diverse Kombinationen.

»Okay«, sagte ich schließlich. »Klasse. Klappt das noch rechtzeitig?«

»Ich versuch's.« Das klang zur Abwechslung sogar glaubwürdig. »Ellis wird begeistert sein. Gut, dass du in Bezug auf T-05 Einsicht gezeigt hast. Die war einfach unpassend.«

»Du hättest mich deswegen noch lange nicht Dumpfbacke nennen müssen«, schmollte ich.

»Entschuldige.« Ich hörte ihn lächeln und lenkte ein.

»Angenommen – wenn mir deine Mutter ein paar Früchteriegel schickt.«

»Gebe ich sofort in Auftrag.« Er zögerte. »Und, was tut sich sonst so bei dir?«

»Ach …« Ich seufzte. »In letzter Zeit gar nichts mehr. Er ist immer so weit *weg*. Sogar, wenn wir zusammen sind.« Es kostete mich einige Überwindung, auszusprechen, was ich am liebsten geleugnet hätte; als würde es dadurch erst real werden. Andererseits tat es gut, mit jemandem darüber zu reden, der mir nicht so nahestand. Ben, mein kostenloser Seelenklempner. Mona oder Imogen gegenüber war mir das Ganze schon peinlich, weil ich mich ständig wiederholte. Ben dagegen war ein unvoreingenommenes neues Opfer, und er maßte sich kein Urteil an.

»Die Sache zwischen Caleb und mir ist … unheimlich intensiv. Ich nenne es die Lichtschaltertheorie: In seiner Gegenwart ist mein Licht *an* – ich bin lustiger, klüger, attraktiver, selbstbewusster … Weil *er* mich so sieht. Aber er bringt auch meine schlechten Eigenschaften viel stärker zum Vorschein. Unsicherheit und Eifersucht zum Beispiel, dabei bin ich normalerweise gar nicht eifersüchtig.«

»Klingt anstrengend.« Mann, das traf den Nagel auf den Kopf. »Manchmal ist etwas Positives nicht mehr so positiv, wenn man erst das gesamte Bild betrachtet.«

Ich überlegte. »Wie beim Recycling – an sich ist es eine gute Sache und sehr löblich, wenn man eine Limodose davor bewahrt, als Müll in der Landschaft rumzuliegen, aber von der Kosten-Nutzen-Seite her betrachtet zeigt sich, dass die Wiederverwertung von Dosen umweltschädlich ist, weil sie unheimlich viel Energie verbraucht.«

Ben lachte. »Dein Ansatz ist wie immer ungewöhnlich, Vi.«

»Trotzdem sind alle für Recycling, Ben. Dass diese eine

Dose die Landschaft nicht verschandelt, ist offenbar wichtiger als sämtliche rational angestellten Kalkulationen. Vielleicht ist es bei Beziehungen dasselbe – vielleicht wiegt ein Funke Leidenschaft mehr als die Tatsache, dass unter dem Strich ein Defizit rauskommt. Vielleicht würden sich meine Ängste auch in Luft auflösen, wenn Caleb und ich verlobt wären und ich mir seiner sicher sein könnte.«

»Leidenschaft hin oder her, man sagt doch, wenn zwei Menschen füreinander bestimmt sind, dann macht die Beziehungsarbeit keine Arbeit.«

»Ach ja? Und wer ist ›man‹?«, maulte ich. Ben wusste, dass es nicht gegen ihn ging.

»Ich schätze, dieselben Leute, die in Vegas die Spielregeln aufstellen.« Das war natürlich auf meine Theorie von der Casino-Intrige gemünzt. Ich schnaubte entrüstet, aber meine Laune besserte sich augenblicklich.

»Ben, du schaffst es immer, mich aufzuheitern, ey.« Ich lächelte. »Danke, Kumpel.«

»War mir eine Freude, Vi.« Er gab sich ungerührt, aber ich meinte, einen Hauch Genugtuung herauszuhören.

»Vi, hier ist dein Vater.« Das ist Dads Standardbegrüßung am Telefon.

»Hallo, Dad.« Welch seltene Ehre. Steckte ich womöglich in Schwierigkeiten?

»Folgendes, Vi: In Kürze kommt der Domaine Lamarche Echezeaux Grand Cru aus dem Burgund, Jahrgang 2005 auf den Markt, und ich überlege, ob ich eine Kiste kaufen soll, obwohl es angeblich einige Schwierigkeiten mit diesem Jahrgang gegeben hat. Was meinst du als Insider dazu?«

Zu Hilfe! Ich hatte keine Ahnung. »Ähm …«

»Erwartet ihr eine große Nachfrage nach dieser Sorte?«

Tief durchatmen, Vi. Denk nach. Du musst Zeit gewinnen. »Entschuldige, Dad, kann ich dich zurückrufen? Al ist gerade reingekommen.«

»Klar, keine Eile. Die Entscheidung hat bis nächste Woche Zeit.«

Ich legte beschämt auf. Es war lachhaft, dass ich die Frage meines Vaters nicht hatte beantworten können. Ich dachte an den Blick, mit dem mich Al vor einigen Tagen gemustert hatte, und das Herz zog sich in meiner Brust zusammen. »Du gibst dir keine Mühe mehr«, hatte dieser Blick ausgedrückt. Hatte ich das jemals?

Oh, Gott. Ich war ziemlich sicher, dass ich Caleb verloren hatte, da wollte ich nicht auch noch meinen Job verlieren. Höchste Zeit für eine Internetrecherche.

Vier Stunden später schickte ich meinem Vater stolz eine E-Mail mit der gewünschten Information, als zu meiner Überraschung Jen anrief. Wir hatten seit einer Ewigkeit nichts voneinander gehört. Seit ihrer Hochzeit waren wir beide mit unserer jeweiligen Zukunft beschäftigt gewesen.

Sie begrüßte mich wie immer mit: »Was treibst du so?« Ich musste grinsen.

»Den Himmel beobachten, der bald seine Schleusen öffnen wird, und hoffen, dass ich noch vorher loskomme. Und du?«

»Ich habe bereits Feierabend und bin auf dem Weg zu Chic-fil-A. Wie läuft's mit Caleb?«

Was sollte ich sagen? »Nicht gut«, gestand ich. »Er lässt seit zwei Wochen nichts von sich hören.«

Schweigen. »Das tut mir leid. Ich hatte gehofft, diesmal wäre es anders.«

»Aber sicher warst du nicht, oder?«, fragte ich gespannt.

Sie seufzte. »Wer ist das schon? Ich weiß nur, dass ich nach ein paar Runden auf der Gefühlsachterbahn mit Bo die Nase voll hatte. Ich wollte Stabilität, und die hab ich nun.«

»Und, bist du glücklich?«

»Ja.« Sie lachte. »Deshalb rufe ich an. Ich bin schwanger!«

Ich war baff. »Schwanger?«

»Ja. Achte Woche – zu früh, um es an die große Glocke zu hängen, aber dich wollte ich schon mal einweihen.«

»Das ging ja flott.« Die Hochzeit war noch kein Jahr her.

»Ich weiß.« Sie lachte erneut. »Aber wir sind bereit. Und Amy war noch bedeutend flotter – ich hab sie neulich beim Einkaufen getroffen. Ihr Bauch ist riesig!«

Das war mir neu. »Amy ist schwanger?«, rief ich perplex.

»Sie ist im siebten Monat. Hat sie es dir nicht erzählt?«

»Nein. Sie ist nach der Hochzeit in Bill Country verschwunden und ward nie mehr gesehen«, scherzte ich.

»Oh. Tja …« Uns war beiden bewusst, dass auch wir nur noch selten telefonierten.

»Ich freue mich riesig für dich«, beeilte ich mich, ihr zu versichern. Sie erzählte von der Schwangerschaft, ich von der Arbeit, kurz, wir taten so, als wäre alles wie früher. Nachdem wir aufgelegt hatten, saß ich noch eine Weile untätig da. Ich konnte förmlich hören, wie die Kluft zwischen Jen und mir immer breiter wurde.

Ich pfefferte den *Wine Spectator*, auf den ich mich ohnehin nicht konzentrieren konnte, in die Ecke, und stierte griesgrämig aus dem Fenster. Es regnete, passend zu meiner miserablen Laune.

»Bist du sicher?«, fragte Imogen sanft.

»Anfangs haben wir täglich telefoniert, und in den drei Wochen seit Als Hochzeit bloß ein einziges Mal. Ich habe ihm mehrfach Nachrichten hinterlassen, und zwar wohlgemerkt keine total durchgeknallten, sondern völlig gerechtfertigte, wenn man davon ausgeht, dass er mein *Freund* ist und ich *keine Ahnung* habe, *was los ist*. Er hat genau einmal zurückgerufen, und auch da nur, weil ich gesagt hatte, dass ich ins Kino gehen wollte.«

»Vielleicht ist er ja in Dubai?«

»Quatsch. Wenn ein Kerl nicht zurückruft, dann nicht etwa deswegen, weil er unter einem Kühlschrank begraben liegt oder an einer Krankheit leidet, die das Hirn schädigt, sondern weil er keinen Bock hat«, widersprach ich finster. Ich vergrub das Gesicht in den Händen, auf Imogens Sofa zusammengesunken. »Er serviert mich wieder ab.« Meine Stimme klang dünn.

»Ich kann mir nicht vorstellen, dass er so herzlos ist.«

»Wenn ich es doch nur *sicher wüsste!* Ach, wem versuche ich noch, etwas vorzumachen – es ist so offensichtlich aus und vorbei. Er meldet sich seit Wochen nicht. Aber ehe ich es aus seinem Mund gehört habe, klammere ich mich an die lächerliche Hoffnung, dass ich mich irre. Dass er womöglich *doch* unter einem Kühlschrank gelegen und sich nach mir die Seele aus dem Leib gebrüllt hat.« Ich seufzte brunnentief. »Ohne Schlussstrich kann ich die Sache nicht hinter mir lassen.«

»Tja, du weißt, was du zu tun hast, nicht?«, drängte Imogen. »Sprich ihm auf die Mailbox. Sag einfach, du gehst ins Kino, und warte auf seinen Rückruf.«

»Ganz schön hinterhältig.« Mein Lachen blieb mir im Hals stecken. Ich holte tief Luft. »Es tut weh.«

»Ich weiß«, sagte Imogen. »Ich weiß.«

Kapitel 27

Zuwachs für die Caleb-Sammlung

Wir hatten uns bei Rizik's zur Anprobe eingefunden. Unsere Brautjungfernkleider von Lazaro, knielang und limettengrün, waren wunderschön. Meins passte wie angegossen. Imogens wurde gerade enger gesteckt, als mein Handy klingelte. Auf dem Display blinkte »Caleb«. Ich war wie elektrisiert. Mit einem flauen Gefühl im Magen stellte ich mich etwas abseits.

»Hallo«, sagte ich ausdruckslos.

»Hi, hier ist Caleb.« Er versuchte offenbar, meine Stimmung abzuschätzen. Ich machte es ihm absichtlich schwer.

»Hi. Wo bist du?«

»Dupont Circle. Sag mal, können wir uns treffen?« Aha. Endlich. *Das Gespräch* nahte. Ich hegte noch einen Funken Hoffnung, dass ich mich täuschte, dass er bloß viel um die Ohren gehabt hatte, dass er mich noch liebte. Aber auf die negativen Schwingungen war Verlass. Cool bleiben, Vi.

»Klar. Wo?«

»Was hältst du von Teaism?«

»Okay. Jetzt gleich?« Mein Wortschatz hatte sich in Luft aufgelöst.

»Hast du Zeit?«

»Gib mir zwanzig Minuten.«

»Gut, bis dann.« Nachdem wir aufgelegt hatten, blieb ich

noch eine Weile, wo ich war, um mich für das bevorstehende Ereignis zu wappnen.

»Vi?«, rief Ellis. »Wo steckst du?« Zögernd ging ich zurück zu den anderen.

»Hey«, sagte ich. »Ich muss mich leider ausklinken.« Sie wandten die Köpfe. Meine Miene verriet mich.

»Was ist los?«, erkundigte sich Ellis besorgt.

»Das war Caleb. Wir treffen uns in zwanzig Minuten. *Das Gespräch* steht an«, sagte ich bedrückt.

»Bist du sicher?«, fragte Mona mitfühlend.

»Es lag schon länger in der Luft.« Reihum Kopfnicken. »Tut mir leid, dass ich das Essen sausen lassen muss, Ellis, aber ich muss das jetzt hinter mich bringen.«

»Hey, kein Problem.« Sie zögerte. »Ähm, viel Glück?«

Auf dem Weg nach draußen blieb ich vor einem Spiegel stehen und betrachtete prüfend mein Gegenüber. Es wirkte ganz geknickt. Imogen tauchte hinter mir auf. Unsere Blicke kreuzten sich im Spiegel. Sie nickte kaum merklich und schloss mich fest in die Arme.

»Komm nachher bei mir vorbei«, schlug sie vor. »Ich sehe zu, dass ich in spätestens einer Stunde daheim bin. Ellis versteht das sicher.«

Ich nickte. »Das sollte reichen.« Sie drückte mich noch einmal, dann ließ sie mich gehen.

Ich war ein nervliches Wrack, als ich das Lokal betrat. Caleb war bereits da und hatte für mich mitbestellt – Passionsfrucht, meine Lieblingssorte. Ich fand ihn noch immer atemberaubend attraktiv. Als ich mich zu ihm hinunterbeugte, um ihn zu begrüßen, wandte er den Kopf leicht zur Seite und küsste mich auf die Wange, also machte ich es genauso, während in mir der letzte Hoffnungsschimmer erlosch. Ich setzte mich ihm gegenüber. Legte die Hände um meine Tasse, um mich zu wärmen und jegliches

Zittern zu unterbinden. Zwang mich zu einem breiten Lächeln.

»Hallo, Fremder«, sagte ich leichthin. Unbekümmert.

»Schön, dich wiederzusehen, Vi.« Er sah mir in die Augen.

»Das hättest du auch schon eher haben können«, sagte ich ohne Umschweife. Wozu noch Smalltalk betreiben, womöglich übers Wetter reden? Schließlich war ich seine Freundin, und er war einfach abgehauen.

»Ja.« Er wandte den Blick ab. »Ich bin dir wohl eine Erklärung schuldig.«

»Allerdings.« Ich blieb wortkarg. Manchmal tut es gut, sein Gegenüber aus der Fassung zu bringen, indem man nur das Allernötigste sagt. Ich hatte nicht vor, ihm die Überbringung der schlechten Nachrichten leichtzumachen.

»Äh, ja. Sieh mal, in meiner derzeitigen Situation ist eine Beziehung eben nicht drin.«

»Das hast du mir deutlich zu verstehen gegeben«, entgegnete ich ruhig. »Allerdings kann ich nicht nachvollziehen, warum wir diese Unterhaltung nicht schon vor drei Wochen geführt haben – oder warum du dich überhaupt auf eine Beziehung mit mir eingelassen hast, obwohl dir sonnenklar war, dass du im Moment keine Freundin haben willst.«

»Um Himmels willen, Vi, für mich ist das alles auch nicht einfach. Ich weiß, ich hab mich dir gegenüber falsch verhalten. Ich war diesem unheimlichen Druck ausgesetzt. Ich fühl mich schrecklich.« Interessant, dass wir nur über seine Gefühle sprachen.

»Wo liegt eigentlich das Problem?«, fragte ich.

»Ich muss mich jetzt auf meine Arbeit konzentrieren, da kann ich mir nicht die ganze Zeit Gedanken machen, ob ich dich womöglich enttäusche. Und für eine unverbindliche Affäre gehen unsere Gefühle zu tief. Viel zu tief.«

»Das wusstest du doch alles schon vorher. Warum hast du dich trotzdem wieder mit mir eingelassen?«

Er sah mich ernst an, streckte die Hand aus und fuhr mir mit dem Zeigefinger über die Wange. »Weil ich dir nicht widerstehen kann. Du bist meine erste große Liebe, und ein Teil von mir wird dich immer lieben. Du warst bislang die wichtigste Frau meines Lebens. Der egoistische Caleb in mir will mit dir zusammen sein, sooft es geht, aber der rationale weiß, das ist nicht fair, denn ich bin noch nicht bereit für eine ernste Beziehung. Und du verdienst mehr.«

Worauf du Gift nehmen kannst. »Ein Teil von mir«, das reichte nicht. Ich betrachtete ihn aufmerksam, abwartend. Das »bislang« ließ auf weitere Enthüllungen schließen.

»Und?«, hakte ich nach. Er spielte mit einem Zuckertütchen, mied meinen Blick. Räusperte sich.

»Tja, und dann ist da noch … Also, im Grunde ist es nichts, nicht so *richtig*. Oder vielleicht doch. Ich weiß auch nicht. Jedenfalls … habe ich jemanden kennengelernt. In Houston.« Aha. *Das* kam mir bekannt vor.

»Ist es Audrey?« Ich stählte mich innerlich.

Er schwieg. Spielte mit dem Zuckertütchen. »Es ist einfach passiert«, sagte er schließlich.

»Ist es Audrey?«

»Macht das einen Unterschied?« Er zuckte ungeduldig die Schultern, wich weiter meinem Blick aus.

»Ist es Audrey?«

Er stöhnte. »Ja. Es war nicht geplant, und es tut mir leid. Aber ich empfinde etwas für sie, und im Moment möchte ich mit ihr zusammen sein. Und ich will dich nicht anlügen.«

Er wartete gespannt auf meine Reaktion, ein kleiner Junge, der nach außen hin den starken Mann markiert, aber innerlich zittert. Ich wandte den Blick ab von dem Gesicht, das ich noch immer so liebte. Die Vorstellung, künftig ohne

Caleb zu sein, ließ mich in ein schwarzes Loch fallen, doch da war noch ein anderes Gefühl. Ich schloss die Augen, um es zu erforschen.

»Alles okay?«, fragte er.

»Offenbar ja, denn mein Herz schlägt noch«, sagte ich, in Anlehnung an einen Song von Joss Stone. Ich machte die Augen auf und betrachtete ihn erneut, auf Schmerz, Kränkung, Kummer gefasst. Nichts. Ich starrte ihn an, hörte in mich hinein. Er sah so … normal aus. Kleiner also sonst, bei genauerer Betrachtung, das Gesicht entstellt von seiner verhätschelten Miene. Plötzlich empfand ich doch etwas, und ich hätte schwören können, dass ich das Rauschen von Flügeln hörte, als ich losließ, was ich so lange in meiner Brust festgehalten hatte, damit es davonfliegen konnte. Man hört so oft von der rosa Brille, aber der Augenblick, als sie mir nun abhandenkam, war derart filmreif, dass ich überrascht auflachte, was Caleb völlig unerwartet traf. Er beäugte mich nervös, als fürchtete er, ich könnte hysterisch werden.

Ich fühlte mich erleichtert. Frei. Nie mehr Angst haben, ob es diesmal halten würde, ob ich gut genug für ihn war. *Er* war nicht gut genug für *mich*. Er war unreif, beziehungsunfähig und irgendwie belanglos. Armselig. Er weckte … mütterliche Gefühle in mir. Ich betrachtete sein hübsches Gesicht und lächelte.

»Es geht mir gut«, versicherte ich ihm und ergriff seine Hand. Er versteifte sich kaum merklich, als wäre ihm die Berührung unangenehm; eine winzige Geste der Ablehnung, wie ich sie täglich Millionen Mal erlebt, gesammelt und analysiert hatte. Doch das war vorbei. Er konnte mir damit nichts mehr anhaben. Ich drückte seine Hand.

»Ich hoffe, du bist glücklich«, sagte ich. »Ich hoffe, es klappt. Ach, und der Tee geht auf dich.« Ich erhob mich, nahm meine Tasche, hielt inne, um ihm ein letztes Mal, als eine Art Abschiedsgeste, die Locke hinters Ohr zu stecken. »Machs gut, Süßer. Ich liebe dich.«

»Vi …« Er starrte mir verdattert nach, während ich lächelnd ins Freie trat. Gut möglich, dass er irgendwann wieder angetrabt kam, aber ich fiel nicht mehr auf ihn herein.

Der fehlende Schmerz hinderte mich nicht daran, wenig später auf Imogens Sofa Rotz und Wasser zu heulen. Ich wusste nicht recht, warum ich weinte, aber meine Tränen waren echt, und ich spürte, es musste sein.

Imogen tätschelte meinen zuckenden Rücken. »Gut so, Vi. Lass alles raus.« Ich weinte, bis meine Tränen versiegt waren, dann schluchzte und wimmerte ich noch gute zehn Minuten vor mich hin. Imogen saß schweigend daneben und rieb mir den Rücken, wohl wissend, dass man manchmal keine guten Ratschläge braucht, sondern bloß eine Schulter zum Ausweinen. Nachdem ich mich wieder beruhigt hatte, fragte sie sanft: »Möchtest du Tee? Oder etwas Häagen-Dazs?«

»Ndee«, schniefte ich rotznasig. Als sie weg war, gab ich die tröstliche Fötuslage auf und nahm zögerlich eine meinem Erwachsenenalter eher angemessene Haltung ein. Dann tappte ich ins Bad und betrachtete angewidert mein Spiegelbild: die Augen rot und wässrig, das Gesicht aufgedunsen, tränennass und mit Wimperntusche verschmiert. Ich wusch mich mit kaltem Wasser und putzte mir die Nase, dann kehrte ich ins Wohnzimmer zurück und nahm dankbar eine Tasse Tee von Imogen entgegen.

»Okay?« Sie lächelte mich an. Ich nickte.

»Unheilbar doof«, sagte ich. »*Dumm und Dümmer,* Teil zwei.«

»Das Herz ist ein eigenartiges Organ«, gab Imogen zu bedenken. »Es tut oft unerlaubte Dinge.«

Ich nippte schniefend an meinem Tee. »Ist es seltsam, wenn ich mich irgendwie gut fühle?«, fragte ich zögernd.

Sie vollführte einen kleinen Hopser, von einem Ohr zum anderen grinsend. »Ich hatte gehofft, hinter all den Tränen könnte eine Art Übergangsritus stecken«, frohlockte sie.

»Schon möglich«, sagte ich zögernd. »Ich habe Caleb heute mit völlig neuen Augen gesehen. Obwohl *er* Schluss gemacht hat« – meine Augen füllten sich erneut mit Tränen, aber ich kämpfte dagegen an –, »habe *ich* das Gefühl, ich hätte meine Freiheit wiedererlangt.«

»Ich bin so froh, das zu hören, Vi.«

Ich seufzte. »Trotzdem, traurig ist es auch. Das Ende einer Ära. Aus und vorbei, nicht nur die Sache mit Caleb, sondern auch der naive, romantische Optimismus, der diese Beziehung ausgemacht hat. Ich komme mir … alt vor. Zynisch.«

»Das vergeht«, erwiderte Imogen.

»Wie denn? So unsterblich verliebt ist man doch nur beim ersten Mal. Dann bricht uns jemand das Herz, und uns wird klar, dass die Liebe nicht ewig währt, und danach lassen wir uns nie wieder hundertprozentig darauf ein. Ein wenig halten wir uns immer zurück, damit es beim nächsten Mal nicht wieder so schrecklich wehtut. Und je öfter es schiefgeht, desto reservierter verhalten wir uns. Ich frage mich, ob wir vor Selbstschutz nicht gar irgendwann *verlernen*, uns richtig zu verlieben.«

Imogen musterte mich nachdenklich. »Schon möglich, aber ich glaube doch, dass wir mit der Zeit klüger werden und nicht mehr so schnell auf Mogelpackungen hereinfallen. Wer sich einbremst, gibt im Endeffekt sogar mehr von sich, weil er realistischer ist und keiner Fantasie mehr nachjagt.« Sie zögerte. »Sieh dir nur deine Eltern an.«

Ich seufzte. »Caleb war definitiv eine Fantasie. Ich habe

alles darangesetzt, meine erste, wahre Liebe zu retten, als hätte sie übernatürliche Kräfte. Dabei existierte das, wofür ich gekämpft habe, gar nicht. Der echte Caleb aus Fleisch und Blut saß direkt vor meiner Nase, aber ich bin einem Phantom hinterhergerannt. Einem *Wunsch*traum.«

»Da bist du nicht die Erste, der es so geht.«

»Und all die Leute, die so Hals über Kopf heiraten? Wie können die sich so sicher sein?«

»Wer weiß, ob sie sich so sicher sind«, spekulierte Imogen. »Aber wir leben eben in einer eheorientierten Gesellschaft. Jeder redet uns ein, wir müssten heiraten – unsere Mitmenschen, unsere Religion, die Popkultur.«

»Und wie finden die sich alle? Warum nimmt mich keiner?«, jammerte ich mit glasigen Augen.

Imogen verpasste mir einen Klaps auf die Stirn. »Sei nicht so melodramatisch, du Dussel. Dich wird auch einer nehmen, aber bislang warst du dank deiner Besessenheit von Caleb ja mit Blindheit geschlagen.« Da hatte sie Recht. »Außerdem ist bei Weitem nicht jede Eheschließung eine gute Idee. So mancher macht sich falsche Vorstellungen. Dass uns ein Mensch jeden Tag unseres Lebens auf Händen trägt, ist ein verlockendes Ammenmärchen, das uns eine falsche Sicherheit vorgaukelt. Die Hochzeit macht uns nicht zu neuen Menschen, und die Ehe genauso wenig. Sie wird als Allheilmittel betrachtet, als Rüstung, die eine Beziehung, wenn man erst den Treueschwur abgelegt hat, quasi unverwundbar macht. Aber so läuft das nicht.«

Ich überlegte. Die Ehe stellte für mich in der Tat eine Art Firewall zum Schutz vor Untreue und jeglichem Übel dar. Ich war überzeugt gewesen, ich würde mich sicher fühlen, wenn Caleb mir einen Antrag machte. Alles wunderbar. In Wahrheit wäre er derselbe Mann mit denselben Neigungen geblieben, und mich hätte weiterhin jede kleinste Gemütsregung aus der Bahn geworfen. Ich kam mir albern vor.

»Die Ehe spiegelt uns eine Sicherheit vor, die es gar nicht gibt«, murmelte ich nachdenklich.

»Schon möglich«, sagte Imogen. Mir war gleich leichter ums Herz. Ich hatte mich wie ein Versager gefühlt, weil ich abserviert worden war, während alle meine Freundinnen heirateten. Von wegen. Hätte ich Caleb geheiratet, um nicht allein zu bleiben, dann wäre ich *wirklich* ein Versager gewesen.

»Mir fällt da gerade ein passender Spruch für eine Grußkarte ein«, verkündete ich hintergründig.

Nach zehn tollen Jahren – Spaß, Sex und Saufen –
hast du dich aus dem Staub gemacht.
Jetzt kann ich mir die Haare raufen,
und ich frag mich,
warum blieb ich?
Was hab ich mir dabei gedacht?

Imogen applaudierte. »Oder wie wär's mit: ›Als wir noch zusammen waren, warst du bereit, für mich zu sterben. Lös doch jetzt dein Versprechen ein, dann könnt ich dich beerben.‹«

»Du siehst, das ist nur recht und fair, das Cyanid spendier ich dir«, fügte ich hinzu. Wir kringelten uns vor Lachen.

»Dummerweise ist mir das Cyanid gerade ausgegangen.« Imogen wischte sich die Lachtränen aus den Augen. »Hast du Lust auf einen Happen im Bistrot du Coin?«

»Ja, aber erst muss ich schnell meine Mutter anrufen.«

»Vi! Wie schön, deine Stimme zu hören.« Mom klang überrascht, und ein wenig auf der Hut.

Ich ging gleich in medias res. »Mom, es tut mir leid. Ich

hab mich dämlich verhalten.« Sie schwieg, also fuhr ich fort. »Wie soll ich es erklären …? Ich schätze, es lag daran, dass ich so träge bin«, gestand ich ihr. »Ich habe dich bestraft, weil du mir die Augen geöffnet hast für die Tatsache, dass Beziehungen schwierige Entscheidungen erfordern und manchmal auch Fehler sind. Damit konnte ich einfach nicht umgehen.«

»Tja, du wirst dich mit dieser Tatsache anfreunden müssen.« Ihr Lachen klang mitfühlend.

»Ich weiß.« Ich seufzte. »Ich habe mich an die Vorstellung geklammert, dass alles vorbestimmt ist, weil sie das Leben einfacher macht – wenn mein Seelenverwandter bereits feststeht, muss ich ihn nur kennenlernen, alles andere ergibt sich dann von selbst. Man muss keine Risiken eingehen, sich nicht anstrengen. Bloß abwarten.«

»Wenn es nur so einfach wäre.«

»Jetzt, wo alle meine Freundinnen heiraten, jagt es mir Angst ein, dass man nie sicher wissen kann, ob man sich richtig entschieden hat oder nicht. Und wenn nicht, ist man selber schuld und muss es auch noch ausbaden.«

»Schuld ist ein starkes Wort, Vi.«

»Okay, aber man ist für sein Leben selbst verantwortlich. Man muss Entscheidungen treffen. An das Schicksal zu glauben, ist da viel unkomplizierter. Deshalb habe ich beschlossen, dass Dad und du füreinander bestimmt wart, und Caleb und ich ebenfalls. Aber von dieser Theorie musste ich mich natürlich verabschieden, als sich herausstellte, dass du dich schon mal hast scheiden lassen – noch dazu von deiner ersten großen Liebe.«

»Ist doch verständlich, Vi«, sagte sie mit warmer Stimme.

»Nein, Mom. Ich habe dir nicht gestattet, ein Mensch aus Fleisch und Blut zu sein. Du warst viel mutiger als ich. Deine Scheidung war kein Scheitern; du hast auf eine zweite

Chance gesetzt. Du hast dich deiner Verantwortung gestellt. Ich wäre wohl auf ewig bei Caleb geblieben, wenn er es zugelassen hätte. Ich scheute mich davor, selbst zu denken, also habe ich mich an eine Fantasie geklammert.«

Mom schwieg einen Augenblick. »Vi, es gibt kein Patentrezept, das vor einer Scheidung schützt.« Zu schade, auch wenn ich das bereits befürchtet hatte. »Aber du bist eine intelligente junge Frau, vernünftig und großherzig, und ich bin sicher, du schaffst das alles mit links.«

»Danke, Mom.« Ich blinzelte, um nicht erneut loszuheulen.

»Gern geschehen. Ich muss los – bei Joseph Beth gibt es alte Anatomielehrbücher im Ausverkauf, und da will ich zuschlagen, ehe die guten weg sind.«

An: ViViVooom@gmail.com
Von: Ben@siddickens.com
Datum: 23. Mai
Betreff: Von deinem Freund Ben

Hallo Vi,

Du bist eine bemerkenswerte junge Lady. Caleb hat Dich nicht verdient. Wenn Du eines Tages den Mann Deiner Träume gefunden hast, wirst Du Dich zurückerinnern und Dich fragen, weshalb Du auch nur eine Träne an ihn verschwendet hast. Versprochen.

Herzliche Grüße
Dein Freund Ben

Kapitel 28

Ja, oh ja!

Ellis ∞ Jack, Eastern Shore, Maryland, Mai

»Tja, meine Damen, es ist so weit«, strahlte Ellis. Wir hielten alle einen guten halben Meter Respektabstand zu ihr und ihrem steifen Kleid, das sie umschloss wie eine Muschel die Perle. Der makellose Faltenwurf passte zur makellosen Choreographie des gesamten Events – ich hatte noch nie eine derart perfekte Hochzeit erlebt.

Wie wir die Braut so in unseren limettengrünen Tüllkleidern umringten, hätten wir geradewegs einem Werbespot für Seven Up entsprungen sein können. Ich sah direkt vor mir, wie der Bräutigam mit dem Fallschirm auf einer Klippe landete, um vor den Freiluft-Traualtar zu treten, die Dose noch in der Hand. »Seven Up – der Frischekick für die Liebe.«

Wir befanden uns in einem romantischen Landgasthaus namens The Oaks an der Eastern Shore von Maryland, und ich war wegen Caleb noch etwas durch den Wind. Ich hatte nicht erwartet, ohne ihn zu Ellis' Hochzeit gehen zu müssen, weigerte mich aber strikt, um ihn zu trauern. Es war vorbei und damit basta. Ich zwang mich zu einer rationalen Betrachtungsweise und konzentrierte mich auf die Tatsache, dass er mich verunsichert und unglücklich gemacht hatte. Trotzdem vermisste ich ihn. Ich tat, als würde da nicht eine gewaltige Kluft gähnen, manövrierte mein

Hirn möglichst weit vom Abgrund weg. Am besten gar nicht erst in Versuchung kommen, hinunterzuschielen, denn wenn ich es tat, würde ich womöglich den Halt verlieren.

»Gleich kommt die erste Clyde-Braut unter die Haube«, stellte Ellis fest. »Eine weniger. Wer ist die Nächste?« Der Abgrund gähnte. Bis vor Kurzem hätte die logische Antwort »Vi« gelautet.

Die Hochzeitskoordinatorin huschte herein. Auch sie hatte etwas von Tante Bee. Vielleicht ist das ja eine der Voraussetzungen für diesen Job. Freudestrahlend hauchte sie: »Können wir, meine Damen?« Ihr Kleid war mit pinkfarbenen Rosenblüten gesprenkelt, wie es der mädchenhafte Tonfall gebot.

»Ja!« Ellis strich sich unnötigerweise das Brautkleid glatt, das selbst einen Flug auf die Fidschi-Inseln faltenfrei überdauert hätte. »Höchste Zeit.«

»Aufstellung im Kreis!«, befahl Imogen, und wir steckten die Köpfe zusammen. Ellis streckte die Hand in die Mitte, und Babette, Mona, Imogen und ich legten unsere darauf. »Loooos, Team! Huaaah!« Ellis blickte mit feuchten Augen in die Runde.

»Oh, nein, tu das nicht.« Mona blinzelte heftig. Prompt stiegen auch mir Tränen in die Augen.

»Clyde-Bräute, die Erste!«, verkündete Babette. Ich sah mich einen erschreckenden Moment lang runzlig und einsam an einem leeren Tisch sitzen, bewirtet von einem ergrauten Charlie. Ich konnte nur hoffen, Ellis würde nicht wie Amy, Lila und Jen einfach aus meinem Leben verschwinden.

»Mädels, ihr seid das beste A-Team, das es gibt«, sprudelte Ellis. Wir fielen einander um den Hals, dann rief sie: »Okay. Aufstellung, im Gleichschritt, Marsch!«

Die Trauung fand auf einem Hügel statt, der sanft zum Ufer hin abfiel. Ellis und Jack, in goldenes Sonnenlicht getaucht, reichten einander die Hände und sahen sich in die Augen. Ich setzte mein Brautjungfernlächeln auf und ließ den Blick unauffällig über die Gästeschar gleiten. Ethan saß in Reihe vier auf der Seite der Braut. Er zwinkerte mir zu. Ich versuchte, zurückzublinzeln, kniff dabei jedoch wie immer beide Augen zusammen. Ich habe ein Blinzel-Handicap – einseitig klappt es bei mir nicht. Hoffnungslos. Ethan grinste. Ich wollte mich eben wieder Jack und Ellis zuwenden, da blieb mein Blick an jemandem hängen. Meine Kinnlade klappte nach unten, und da blieb sie auch, bis mir wieder einfiel, wo ich mich befand. Dort, in derselben Reihe wie Ethan, saß Mr. Niall Devlin, irischer Adonis der Extraklasse.

Ich starrte ihn an. Kein Zweifel, er war es, der schönste Mann auf Erden, in einem eleganten schwarzen Anzug und mit zerzausten Haaren. Muy sexy! Er saß so lässig auf seinem Stuhl, wie nur schlaksige Männer es sich erlauben können, ohne rüberzukommen wie Ichabod Crane, klopfte mit dem Finger gedankenverloren auf das Hochzeitsprogramm – und sah mir dabei direkt ins Gesicht. Ich fuhr zusammen, als sich unsere Blicke kreuzten. Zing! Aufruhr in den südlichen Gefilden! Huch, ich glotzte ihn ja bereits minutenlang an. Bestimmt fragte er sich, ob ich a) total durchgeknallt war, b) ihn für einen landesweit gesuchten Verbrecher hielt oder c) nicht alle Tassen im Schrank hatte. Ich riss mich am Riemen und wollte gerade die Augen abwenden, da blinzelte er mir zu, und es war erneut um mich geschehen. Fast hätte ich wie in einer schlechten Sitcom einen Blick über die Schulter geworfen, um zu sehen, ob auch wirklich ich gemeint war. Aber ich war sicher, dass hinter mir nur der Pfarrer stand und dass der nicht der

Grund für das amüsierte Grinsen des irritierenden Iren war. Kein Zweifel, er hatte *mir* zugeblinzelt.

Jetzt bloß nicht zurückzwinkern, sonst glaubt er womöglich, ich leide an nervösen Zuckungen. Ich wagte ein angedeutetes Lächeln, worauf er schmunzelnd einen Mundwinkel hob. Ich grinste hingerissen und ziemlich doof zurück, bis mir auffiel, dass seine Sitznachbarin mich anstarrte, genau wie der Mann daneben … und alle anderen Gäste. Ich sah zum Altar. Ellis durchbohrte mich mit Blicken.

»Ähm, die Ringe?«, sagte der Pfarrer, wohl nicht zum ersten Mal.

»Ach ja, die Ringe! Die habe ich!« Mit dunkelrot glühenden Wangen zog ich mir hastig die Ringe vom Daumen. Imogen konnte sich vor Lachen kaum noch halten, ich sah es aus dem Augenwinkel. Am liebsten wäre ich im Boden versunken. Hatte etwa die versammelte Mannschaft mitbekommen, dass ich Mr. Teuflisch Gutaussehend angeschmachtet hatte wie ein liebestoller Teenager? Ich linste verstohlen in seine Richtung. Mist. Beide Mundwinkel zeigten nach oben. Er grinste. Wissend. In meine Richtung. Oh, Gott, lass mich tot umfallen, auf der Stelle. Wenigstens würde ich glücklich sterben.

Der Pfarrer segnete die Ringe und begann, von Verpflichtungen zu schwafeln. Ging das nicht ein bisschen schneller? Schön und gut, es war Ellis' Hochzeit, aber ich musste dringend unter vier Augen mit ihr reden und sie nach Niall Devlin befragen. Okay, Vi, gaaanz ruhig. Tief durchatmen, nicht rumzappeln. »Ja, ja, ja«, hätte ich am liebsten gekreischt, »das haben wir doch alle schon tausend Mal gehört. Los, los, erklären Sie die beiden endlich zu Mann und Frau!« Es kostete mich eine große Portion Selbstbeherrschung, nicht in den für immer in meine Gehirnwindungen eingebrannten Korintherbrief mit einzustimmen.

Nach einer gefühlten Ewigkeit (gerade mal achtunddreißig Minuten), in der ich es tunlichst vermied, Niall noch einmal anzusehen, war die Trauung vorüber. Mr. und Mrs. Ellis und Jack Brent wandten sich glücklich lachend zu ihren Gästen um und trabten beschwingt über den Rasen davon. Ich folgte ihnen am Arm von Jacks Bruder Jed, wobei ich mir einen flüchtigen Blick auf das Objekt meiner Begierde gestattete – und erneut in Nialls amüsiert aufblitzende Augen sah. Mist. Sofort weggucken, Vi. Immer schön lässig.

»Sag mal, schwitzt du an den Händen?«, fragte Jed. MIST.

Kaum hatten wir die letzte Sitzreihe hinter uns gelassen, sprintete ich auf Ellis zu, wurde jedoch kurz vor dem Ziel so abrupt aufgehalten, dass ich beinahe gestürzt wäre. Imogen hatte mich am Kleidersaum erwischt.

»Brrr, du lüsternes Weib«, rief sie grinsend.

»Was? Was soll das heißen?«, stotterte ich mit hochrotem Kopf. Sie bedachte mich mit einem mitleidigen Blick.

»Meine liebe linkische Freundin. Zweifellos warst du auf dem Weg zur frisch gebackenen Braut, um sie keine fünf Minuten nach dem mutmaßlich glücklichsten Augenblick ihres Lebens über einen Frackträger auszuquetschen, den du im Publikum erspäht hast. Doch ich, selbstloses Wesen, das ich bin, und treuer Beistand bei Pleiten, Pech und Pannen deinerseits, habe es mir zur Aufgabe gemacht, dir den Weg abzuschneiden und dir ans Herz zu legen, dass du dein unpassendes Verhör um, sagen wir, eine gute halbe Stunde verschieben solltest.«

Seufz. Sie hatte ja Recht. Ich war wieder einmal in die Filmwelt abgedriftet (*Schwer verliebt*? Oh, ja, den mochte ich) und dachte nur an mich selbst. Ich sah zu Ellis hinüber, die strahlend und kichernd die Glückwünsche ihrer Gäste entgegennahm. Jack grinste, als hätte er gerade in der Lotterie gewonnen, und drehte ständig an seinem blitzenden Ehering, als müsste er sich erst daran gewöhnen.

»Komm mit.« Imogen zerrte mich am Saum hinter sich her. »Und reiß dich zusammen!«

»Versprochen.« Wir begaben uns zu Ellis, umarmten sie kichernd, bestaunten die Ringe. Die anderen Mädels stießen dazu, und anschließend scheuchte uns der Fotograf kreuz und quer über das Anwesen. Er nahm seine Aufgabe sehr ernst: unterm Magnolienbaum, mit Sonnenlicht gesprenkelt, auf der Terrasse, auf dem Rasen und so weiter. Ich wurde wegen Schwätzens gerügt. Schließlich entließ er uns, dank guter Führung, allerdings mit der Warnung, dass wir jederzeit wieder abberufen werden konnten.

»Endlich«, jammerte Mona. »Mir tut das Gesicht weh.«

»Schmerz lass nach«, stimmte Imogen mit ein.

Ich fand, nach dieser Treibjagd durchs Gelände war ausreichend Zeit verstrichen. Mal sehen, ob sich die erste Post-Trauungs-Euphorie inzwischen gelegt hatte. Unauffällig pirschte ich mich an Ellis heran, wobei ich höllisch achtgeben musste, um nicht mit den Stöckeln in der Erde hängen zu bleiben und unfreiwillig den Rasen aufzulockern.

»Ach, Vi, war es nicht himmlisch?« Ellis klammerte sich an meinen Ellbogen und hob mit der anderen Hand ihr Kleid etwas an, ein Schwan mit nur einem Flügel.

»Perfekt«, stimmte ich ihr zu und stakste wie auf Eiern neben ihr her. »Bis auf die Tatsache, dass ich mich nur schweren Herzens von den Ringen trennen konnte …« Sie kicherte. Das tat sie heute ständig. »Stell dir vor, ich kenne einen deiner Gäste von Tracis Hochzeit«, bemerkte ich beiläufig, als wir den mit Pflastersteinen ausgelegten Weg erreicht hatten. »Sagt dir der Name Niall Devlin etwas?«

»Nicht, dass ich wüsste, aber ich muss zugeben, dass ich nicht alle kenne. Vielleicht hat ihn jemand mitgebracht.«

Verdammt. Daran hatte ich noch gar nicht gedacht. Stöhn. Obwohl es vermutlich keinen Unterschied machte – heiße Typen wie er stehen erfahrungsgemäß nicht auf Frauen wie mich. Mir fehlte der Pep einer Audrey, das hatte mir Caleb unmissverständlich klargemacht. Plötzlich kam ich mir alt vor. Vergiss Niall Devlin und Caleb Carter, sagte ich mir, heute amüsierst du dich. Ellis' strahlendes »Ich bin ja so verliebt«-Lächeln schmerzte zwar ein wenig, aber ich bemühte mich, ebenso fröhlich zurückzulächeln.

»Sollen wir?«, drängte ich.

»Cocktailbar, wir kommen«, trällerte sie. Babette hatte uns inzwischen eingeholt, Mona war unterwegs im Rasen stecken geblieben und musste von Imogen befreit werden.

Ich mimte noch eine Weile die viel beschäftigte Brautjungfer, dann verzog ich mich auf die Toilette, um Babettes besorgten Blicken zu entkommen. Mit einem Seufzer der Erleichterung sperrte ich mich in einer Kabine ein und lehnte die Stirn an die kühle Wand. Endlich mal ein Moment allein. Was war nur mit mir los? Ich freute mich ungemein für Ellis, aber mein Herz blutete.

Schluss jetzt, mahnte ich mich. Alles bestens. Meinem Herzen geht es blendend. Ich straffte die Schultern, holte tief Luft, lächelte, um meinen Gefühlen die richtige Richtung zu weisen, und verließ entschlossen die Toilette. Babette, die sich im Korridor herumtrieb, musterte mich mit einem kurzen Nicken und geleitete mich zur Terrasse.

»Es gibt lauter Spezialcocktails«, berichtete sie. Auf der Getränkekarte fanden sich nebst MetropEllis (Cosmopolitan) und Jack Attack (Dirty Martini) auch süffige Curaçao-Kreationen wie White Lady (mit Gin), Honeymoon (mit Calvados) oder Between The Sheets (mit Brandy). Ich wackelte mit der Augenbraue. »Zweimal Between The Sheets?«

»Zwischen den Laken … Wer könnte da widerstehen?«, flachste sie.

Ich lachte. »Ich nicht. Ein Königreich für ein Bett!«

»Was für ein verlockender Gedanke«, murmelte mir eine samtene Stimme ins Ohr. Ich fuhr herum und sah geradewegs in die wunderschönen braunen Augen von Niall Devlin. Der Adrenalinschock ließ mich gefährlich schwanken. Gott, diese Wimpern. Eindeutig verschwendet an einen Mann.

»Oh … äh …«, stammelte ich einfallsreich.

Sein Lächeln jagte mir Stromstöße durch die Wirbelsäule. Jetzt reiß dich zusammen, Vi, du fängst ja gleich an zu sabbern! Babette verfolgte die Szene interessiert.

Ich rang nach Fassung und Worten. »*Dafür* benötigen Sie ein Armband«, rügte ich ihn und deutete auf sein Handgelenk. »Ts, ts, wie ich sehe, haben Sie diesmal keines.« Ha! Im Geiste rang ich ebenfalls, nämlich ihn auf meinem Bett nieder. Egal, ob auf oder zwischen den Laken.

Er murmelte etwas, das nach »Ein Glück aber auch« klang. Heiliger Strohsack. Das war's dann mit den trockenen Achselhöhlen. Meine Schweißdrüsen arbeiteten auf Hochtouren. Mal kurz die Ellbogen etwas anheben; gaaanz unauffällig, es soll ja nicht aussehen, als wollte ich zum Ententanz ansetzen. Er schien auf eine Antwort zu warten, doch mein Hirn hatte vor Schreck auf Leerlauf geschaltet, also lächelte ich dümmlich.

»Ein bekanntes Gesicht, wie schön«, sagte er schließlich.

»Genau genommen kennen wir uns noch gar nicht.«

»Ein Geheimagent enthüllt nie seine Identität«, erinnerte er mich. »Aber Niall Devlin, mein Alter Ego, ist hocherfreut, Ihre Bekanntschaft zu machen.« Er streckte mir die Hand hin. Ich ergriff sie lächelnd und hoffte inständig, dass die Schweißdrüsen an meinen Handflächen nicht so hyperaktiv wie ihre Kollegen waren.

»Vi Connelly.« Er zuckte nicht zurück, im Gegenteil; er hielt meine Hand sogar zwei Herzschläge länger als nötig. Besser gesagt, neunundzwanzig, denn mein Herz pochte so heftig, dass ich mich unwillkürlich fragte, ob Herzrasen wohl eine Ohnmacht verursachen kann.

»Ich weiß«, sagte er mit seiner samtenen Stimme und ließ sichtlich widerstrebend meine Hand los. Ha! Er hatte sich nach mir erkundigt! Er schwenkte das Programmheft. Ach so. Da stand mein Name, schwarz auf weiß. »Eine tragende Rolle«, stellte er anerkennend fest.

»Kinderspiel«, winkte ich ab. »Man sollte möglichst nicht stolpern, einschreiten, wenn die Braut ihre Antidepressiva mit Alkohol runterspült, dem Bräutigam das Bein stellen, wenn er noch vor dem Jawort die Flucht ergreift, und gut auf die Ringe aufpassen …«

Sein Grinsen wurde breiter. Mist. Ich verzog das Gesicht.

»Zugegeben, ich hab kurz mit dem Gedanken gespielt, mir damit einen Luxusurlaub auf Aruba zu finanzieren«, scherzte ich, »aber in einem elektrischen Golfwagen wäre ich nicht weit gekommen. Außerdem wollte ich unbedingt den MetropEllis probieren.«

»Ja, was das anbelangt …«, schaltete sich Babette ein. Niall und ich starrten sie an, als fiele uns erst jetzt auf, dass es außer uns noch andere Lebewesen auf der Erde gab. Seufz. Jetzt blieb mir nichts anderes übrig, als die beiden einander vorzustellen, womit ich ihn wohl abschreiben konnte. Der reizenden und liebenswerten Babette konnte noch keiner widerstehen.

Niall lächelte sie gewinnend an. »Sehr erfreut, eine weitere Limetten-Fee kennenzulernen.« Ich wappnete mich für die unvermeidliche Enttäuschung, doch er wandte sich zu meiner Verblüffung sogleich wieder mir zu. »Tja, Miss Connelly, diesmal sind wir zwar getränkemäßig gleichberechtigt, dafür halte ich Sie nun von der Alkoholbeschaffung ab. Da schlüpfe ich doch lieber wieder in meine Rolle als Getränkeversorger. Wenn mich nicht alles täuscht, gelüstet es den Damen nach zwei Gläsern Between The Sheets? Darf ich?« Oh, bitte. Nur keine Hemmungen.

»Sie dürfen«, gestattete ihm Babette lächelnd.

Niall ließ mich nicht aus den Augen. »Zu Befehl.«

Kaum war er weg, stellte Babette von einem Ohr zum anderen grinsend fest: »Sieh einer an! Da hat wohl jemand ein paar Neuigkeiten für sich behalten! Wer war denn dieser holde Knabe?«

Ich wurde rot. Dann fiel mir wieder ein, dass Niall ohnehin in einer anderen Liga spielte.

»Ach, niemand. Wir kennen uns von einer anderen Hochzeit.«

Babette schmunzelte ungläubig. »So, so. Niemand. Soll ich Imogen fragen?«

»Nein!«, platzte ich heraus. Das fehlte mir noch, dass Imogen versuchte, mich mit Niall zu verkuppeln, weil es in ihren Augen das Beste für mich war. »Sie kennt ihn nicht. Ehrlich. Wir haben auf Tracis Hochzeit nur ein, zwei Worte miteinander gewechselt.«

»Tracis Hochzeit? Die, auf der ihr zahlen musstet? Da warst du doch mit Caleb.« Sie runzelte die Stirn.

»Genau.« Puh, damit dürfte das Thema gegessen sein.

Doch sie grinste. »Hm! Jetzt wird's richtig interessant!« Dann tätschelte sie mir beruhigend den Arm. »Keine Sorge, meine Liebe, ich halte mich da raus. Nur so viel vorweg: Er hatte nur Augen für eine von uns beiden, und das war definitiv nicht ich. Mann, und was für Augen!«

Niall kehrte im Handumdrehen mit drei Cocktails zurück, verteilte die Gläser und erhob dann das seine. »Prost.«

»Kompliment«, lobte ihn Babette. »Drei auf einen Streich, damit wäre ich hoffnungslos überfordert.«

»Heute ist die Getränkebeschaffung vergleichsweise unkompliziert«, bemerkte Niall. »Hat Ihnen Vi von der letzten Hochzeit erzählt, auf der wir gemeinsam waren?« Es klang so zwanglos pärchenhaft, dass ich unwillkürlich nach Luft schnappte und prompt eine Vision hatte, in der wir, von Freunden umringt und bewundert, nebeneinander standen, sein Arm ganz selbstverständlich über meine Schulter drapiert, während er davon berichtete, wie »wir in Afrika kleinen Kindern das Lesen beibrachten«. Dann schreckte ich aus meinem Tagtraum auf und ertappte mich dabei, wie ich mich sachte in Richtung Niall neigte. Hastig stellte ich mich wieder gerade hin.

»... die Jagd nach Gratisgetränken endete beinahe in einer Prügelei«, schloss er eben seine Schilderung. Babette lachte. »Diese Hochzeit gefällt mir ungleich besser, in jeder Hinsicht. Vor allem die hübschen Brautjungfern ...« – seine Augen ruhten auf mir – »...*kleider.*«

»Doch bloß, weil Sie als Ire quasi verpflichtet sind, ein Faible für Grün zu haben«, konterte ich und beäugte seinen braunen Anzug. »Wo ist denn Ihr Grünanteil abgeblieben?«

»Meine Unterwäsche ist mit grünen Kleeblättern bedruckt, reicht das?«, witzelte er.

»Leider nicht.« Es kostete mich einige Mühe, mir mein Gegenüber nicht in Unterhosen vorzustellen. »Es sei denn, da tummelt sich ein Kobold dazwischen.« Babette verschluckte sich an ihrem Drink und begann zu husten. Als mir aufging, was ich da gerade von mir gegeben hatte, wäre ich am liebsten im Boden versunken. Niall musste sich sichtlich zusammenreißen, um nicht lauthals loszulachen, doch er erbarmte sich meiner und kehrte meine ungewollte Zweideutigkeit galant unter den Teppich.

»So läuft das jedes Mal, wenn meine Ich-bin-ein-Amerikaner-Scharade auffliegt.« Als könnte er sich mit seinem verräterisch singenden Tonfall ernsthaft als Ami ausgeben. »Da werde ich dann mit sämtlichen Klischees konfrontiert. Man erwartet von mir, dass ich einen Topf voller Gold besitze und bei jeder Gelegenheit meine kleine Flöte auspacke oder einen Jig tanze. Einfach haarsträubend.«

Ich lachte und ließ bezüglich der kleinen Flöte Gnade walten, da er nicht weiter auf meine Kobold-Bemerkung eingegangen war. »Kann ich Ihnen nachfühlen. Ich habe mich anfangs gegen mein irisch-amerikanisches Erbe gewehrt, aus Empörung über die Tatsache, dass Irland von Hollywood ausschließlich auf das rustikale Landleben reduziert wird. Ich fand diese total übertrieben romantische Darstellung echt abschreckend – als wären von Kerzen beleuchtete Pubs mit Strohdächern die einzigen frei stehenden Gebäude in Irland! Als bestünde die Bevölkerung nur aus vor sich hin fiedelnden Greisen, vergnügt Flöte spielenden, rassigen Rothaarigen und stämmigen, Guinness trinkenden Stallburschen, die Lebensweisheiten mit einem mystischen Anstrich von sich geben. Lächerlich.«

»Und?« Niall hob eine Augenbraue.

»Bei meiner ersten Irlandreise musste ich etwas betreten feststellen, dass von Kerzen beleuchtete Pubs mit Strohdächern die einzigen frei stehenden Gebäude sind, dass die Bevölkerung vornehmlich aus Greisen und rassigen rotmähnigen Frauen besteht, die allesamt Guinness trinken, und dass in den Pubs stämmige Stallburschen gerne mal zur Fidel greifen oder Lebensweisheiten mit einem mystischen Anstrich von sich geben.«

Niall warf den Kopf in den Nacken und lachte schallend, dann sagte er, wie um sich zu verteidigen: »In Galway gibt es immerhin einen Universitätscampus mit einigen recht ansehnlichen Gebäuden aus Stein, die sogar elektrisch beleuchtet werden.«

»Klar, irgendwo müssen die Einheimischen ja lernen, wie man Stout braut und die Fidel spielt.«

»Sie sagen es. Als ich nach Amerika kam, gab es in meiner Siedlung übrigens in jedem Häuserblock entweder einen McDonalds« – er sagte Mac, nicht Mäc, wie reizend – »oder eine Kirche, und den Weg dazwischen legten die Leute ausschließlich mit ihrem riesigen Geländewagen zurück.«

»Und als ich in Irland war, erzählte mir ein Mann mit schlohweißem Haar, der einen Aran-Wollpullover trug, Geschichten von irgendwelchen Urahnen, die alle früher oder später in Seehunde verwandelt wurden.«

»Okay, okay«, gab er sich lachend geschlagen. »Es ist wahr. Offen gesagt war ich selbst einmal … ein Seehund.«

»Mal ehrlich: Ich weiß, wie Sie sich fühlen«, räumte ich schließlich ein. »Ich wurde in Irland doch tatsächlich gefragt, ob es bei uns in North Carolina schon geteerte Straßen und Häuser mit fließendem Wasser gibt und ob mein Vater Mitglied des Ku-Klux-Klans ist.«

»Und?«, fragte Niall erneut, mit todernster Miene.

»Also, bittä!«, entrüstete ich mich im breitesten Südstaatenakzent. »Wär braucht schon Täär auf den Straßen?« Wir glucksten in uns hinein, bis sich erneut unsere Blicke trafen. Es funkte nicht, es blitzte förmlich. Ich hielt die Luft an, vergaß, dass wir uns auf einem Hochzeitsempfang befanden, umgeben von Menschen, vergaß zu atmen, bis Niall von jemandem angerempelt wurde und herumfuhr. In meiner Verlegenheit wandte ich mich zu Babette um, doch sie war verschwunden, ohne dass ich es bemerkt hatte. Keine Ahnung, wann.

»Tja, Miss Vi Connelly«, sagte Niall und räusperte sich. Er wirkte etwas fahrig. »Wie es aussieht, blockieren wir hier auf schändliche Weise den Zugang zur Bar. Sollen wir uns etwas abseits postieren?« Ich folgte ihm durch das Getümmel an den Rand der Terrasse, unter der sich das Ufer erstreckte, und lächelte ihn über den Rand meines Cocktailglases hinweg an, in eine Luftblase aus purem Glück gehüllt. Nicht zu fassen, dass ich hier stand und mit Niall Devlin plauderte, auf geistreiche, vernünftige Art und Weise (okay, abgesehen von der Sache mit dem Kobold)!

»Sagen Sie, Niall, wie kommen Sie eigentlich …« Oh-oh. Eine attraktive Rothaarige steuerte geradewegs auf uns zu.

»Niall?«, rief sie. Ich erstarrte. Gott, was bin ich blöd. Ich hatte völlig vergessen, dass er vermutlich als Begleiter hier war. Wahrscheinlich hatte er sich bloß die Zeit vertreiben wollen, bis seine Freundin von der Toilette wiederkam. Verdammt. Hoffentlich hatte ich nicht allzu offensichtlich kokettiert. Es war aber auch echt unfair! Ledige Nicht-Singles sollten ähnlich wie Verheiratete einen sichtbaren Hinweis am Körper tragen, der einen vor derartigen Peinlichkeiten bewahrt. Ein Etikett am Ohr meinetwegen.

Niall runzelte die Stirn, wandte sich dann jedoch mit einem liebenswürdigen Lächeln zu der hübschen Unbekannten um. Sie hatte langes gelocktes Haar und ein fröhliches Lachen.

»Hallo!« Sie streckte mir ihre perfekt manikürte Hand hin. »Ich bin Fiona. Ihr Kleid ist einfach hinreißend, und mit welcher Anmut Sie sich darin bewegen! Und Ihre Sitzhaltung vorhin bei der Trauung – vorbildlich. Ich sagte bereits zu Niall, Sie sind die beste Brautjungfer, die ich je erlebt habe.« Sie sprach wie Niall mit irischem Akzent und war von ebenso eindrucksvoller Statur wie er. Zudem wirkte sie aufrichtig erfreut, meine Bekanntschaft zu machen, und freundlich obendrein. Ich musste sie einfach sympathisch finden.

»Vi Connelly.« Ich erwiderte ihr Lächeln und kam mir zu kurz geraten vor. »Ich habe bereits eine ganze Menge Übung als Brautjungfer.«

»Das freut mich für Sie. Tut mir leid, wenn ich störe«, sagte sie mit entschuldigendem Blick, »aber jetzt wäre ein guter Zeitpunkt, um dich den Leuten vorzustellen, von denen ich dir erzählt habe, Niall. Sollen wir?«

»Ja, ja, natürlich.« Er lächelte mich an. »Vi, es war mir eine Freude, aber ich muss mich kurz entschuldigen. Ich werde nachher Ausschau nach Ihnen halten, damit wir unsere Unterhaltung fortsetzen und vielleicht sogar einen Irish Reel auf der Tanzfläche wagen können.«

Fiona lachte. »Sehen Sie sich vor«, warnte sie mich jovial. »Der Gute wird Sie um die eigene Achse wirbeln, bis Sie die Sterne sehen. Ich habe meine Lektion gelernt.«

Ich zwang mich zu einem matten Lächeln. Die beiden gaben ein bezauberndes Paar ab. Eifersucht war ihnen offensichtlich völlig fremd.

»Alles klar«, sagte ich. »War schön, Sie kennenzulernen.« Kaum waren sie weg, überkamen mich Niedergeschlagenheit und Erschöpfung. In den vergangenen fünfzehn Minuten hatte ich sämtliche Stadien meiner aufreibenden Beziehung(en) mit Caleb durchlebt: Nervenkitzel, Vorfreude, Hoffnung, Freudentaumel, Enttäuschung, Niederlage. Mir war seltsam weinerlich zumute. Auf meinen emotionalen Sicherheitspuffer war ungefähr so viel Verlass wie auf die argentinische Landeswährung – eine unüberlegte Aktion, und schon gingen sämtliche Reserven den Bach runter und das System drohte zu kollabieren. Mein Selbstvertrauen stand auf reichlich wackligen Füßen.

Zum Glück hatten die Mädels offenbar eine Art Babysitter-Schichtdienst für mich organisiert. Imogen musste als Nächste an der Reihe sein, denn sie steuerte eben mit zwei rosaroten Cocktails in der Hand auf mich zu. Entschlossen rief ich mir meinen Vorsatz von vorhin in Erinnerung, zog ihn mir über wie eine Rüstung. Am besten hielt ich mich eine Weile vom anderen Geschlecht fern. Niall war ein Ausrutscher gewesen – verzeihlich aufgrund der Umstände, aber nichtsdestoweniger unzulässig. Ehe ich mich wieder in die vor Haifischen wimmelnde Sea of Love wagte, galt es, mein emotionales Sicherheitspolster aufzustocken.

»Hey.« Imogen reichte mir einen Cocktail. »MetropEllis.«

Ich nahm ihn entgegen und prostete ihr zu. »Gesundheit!« In der Ecke spielte eine Band Bossa Nova. Sie wiegte sich auffordernd in den Hüften. »Sollen wir?«

Wir tänzelten zu dem Rudel limettengrün gekleideter Brautjungfern hinüber, wobei wir, um unsere Cocktails nicht zu verschütten, spontan eine Kombination aus Salsa und Limbo kreierten, die vermutlich ziemlich albern aussah.

Braxton stieß ebenfalls gerade dazu und reichte Mona einen Cocktail. »Hier, ein Meto… Cosopol… ein rosa Drink für dich. Ist mir ein Rätsel, wie ihr dieses pastellfarbene Gesöff trinken könnt. Da lob ich mir mein Miller Light.«

»Banause.« Giles gesellte sich mit Ethan zu uns, Ersterer in einem Anzug in Knallpink. Wusste ich's doch.

»Wo hast du das Bier her?«, wollte Ethan wissen. »Und wieso musst du es nicht aus einem Cocktailglas trinken?«

Braxton gluckste. »Südstaatencharme.«

»Du meine Güte, Braxton, ist das etwa eine Krawatte zum Anstecken?«, entrüstete sich Giles.

Der Angesprochene grinste. »Die zwei können von Glück sagen, dass ich mich in diesen läppischen Smoking gezwängt hab. Ganz schön viel verlangt von einem Mann an einem Samstag. Da trage ich normalerweise meine Cowboystiefel.«

»Du *trägst* deine Cowboystiefel, wie ich soeben mit Bewunderung und Entsetzen zugleich feststelle«, bemerkte Giles. Wir starrten auf die staubigen Stiefelspitzen, die unter Braxtons Anzughose hervorlugten.

»Oh, stimmt. Tatsächlich.« Braxton grinste und nahm zufrieden einen großen Schluck Bier.

Ein Gong ertönte. Wir begaben uns zu unserem Tisch, wo Brad, Monas Angebeteter, bereits wartete.

»Hey«, sagte Brad zu Braxton. »Wieso darfst du das Bier aus der Flasche trinken?«

Das Essen war vorzüglich. Ich hielt bewusst nicht Ausschau nach Mr. Ich-bin-bereits-vergeben-Devlin. Reiner Zufall, dass ich Fiona und ihn neben einem von Jacks Arbeitskollegen an einem Ecktisch erspähte. Er hatte die Krawatte gelockert und saß mit dem Gesicht zu mir. Ich hatte praktisch freie Sicht auf ihn, wann immer der Typ, der ihm gegenübersaß, aufstand und zur Bar ging und ich meinen Stuhl gaaanz zufällig etwas nach hinten kippte. Da war Blickkontakt quasi vorprogrammiert. Nur eine Frage der Zeit. Einmal zeigte sich die Zeit tatsächlich gnädig, und unsere Blicke kreuzten sich. Er lächelte, ich wandte mich hastig ab und tat, als hätte ich es nicht bemerkt. Meine Hormone wollten die Finger-weg-von-Niall-Rundmail, die mein Hirn ausgesendet hatte, partout nicht zur Kenntnis nehmen.

Nach dem Essen tanzten Ellis und Jack verliebt zu Israel Kamakawiwo'oles Version von »Somewhere Over the Rainbow«. Beim nächsten Song gesellten sich die Brautjungfern mit ihren männlichen Pendants hinzu. Während ich mit Jed übers Parkett wirbelte, kam es mir so vor, als würde Niall jede meiner Bewegungen verfolgen. Klarer Fall von Sinnestäuschung, schließlich saß er neben Fiona, seiner liebenswürdigen Landsmännin. Und doch sah er mir, als ich wie zufällig über Jeds Schulter schielte, geradewegs in die Augen. Er wirkte nachdenklich. Ich zwang mich, den Blick abzuwenden, und eilte, sobald der Tanz vorbei war, erleichtert zu unserem Tisch zurück.

»Na, was macht der charmante Mr. Devlin?«, fragte Babette.

»Er kümmert sich um seine nicht minder charmante Begleiterin«, sagte ich.

»Welcher Mr. Devlin?« Imogen sank auf ihren Stuhl.

Babette legte die Stirn in Falten. »Was soll das heißen?«

»Dass er schon vergeben ist«, erläuterte ich.

»Welcher Mr. Devlin?«, fragte Imogen noch einmal.

»Unsinn.« Babette schüttelte den Kopf. »Er steht auf dich, eindeutig. Er hat dich förmlich … *quel est le mot* … mit Blicken *verspeist*.«

»Nein, er war bloß höflich und nett«, widersprach ich.

»Welcher Mr. Devlin?«, wiederholte Imogen, zwei Oktaven höher.

»Nie und nimmer. Ich hab doch Augen im Kopf! Er hat gegraben wie ein Maulwurf.«

»Gegraben?«, fragte Mona und setzte sich.

»Jawohl, gegraben. Geflirtet. Du weißt schon: lange sehnsuchtsvolle Blicke, unnötige Berührungen, ein schief gelegter Kopf, eine Hand auf dem Knie zur Untermauerung.«

»Du meinst, er hat Vi angegraben?«, hakte Mona nach.

»Und wie«, insistierte Babette. »So lange dauert kein Handshake.«

»Geht es um Gartenarbeit?«, erkundigte sich Ethan.

»Ich bin blind, taub und stumm«, sagte Giles. »Ich habe mich ausgeklinkt.«

»Er ist nicht interessiert«, beteuerte ich. »Bloß nett.«

»Welcher Mr. Devlin?«, rief Imogen schrill.

»Pst!« Ich schielte ängstlich über die Schulter. Niall neigte eben den Kopf, um Fiona besser zu verstehen. Der Anblick versetzte mir einen Stich. Ich war enttäuscht. Entrüstet. Wie hatte ich mir nur einreden können, er würde mir quer über die Tanzfläche hinweg schöne Augen machen, wo er doch mit seiner Freundin hier war? Seufz. Selbstherrlichkeit ist ein schlechter Gefährte.

»Niall Devlin ist ein äußerst sympathischer Mann, mit dem ich bei Tracis Hochzeit ungefähr eine Nanosekunde lang geredet habe und der heute in Begleitung seiner ebenso sympathischen und obendrein ausnehmend hübschen Freundin hier ist«, erklärte ich Imogen. »Nichtsdestotrotz ist Babette der fixen, aber leider falschen Überzeugung, dass er auf mich steht.«

»Der Typ in Reihe vier.« Imogen beäugte mich eingehend. »Du bist dabei, dich zu verknallen«, stellte sie fest.

Ich machte den Mund auf, um es zu leugnen, klappte ihn aber gleich wieder zu. Erstens kennt mich Imogen in- und auswendig, und zweitens duldet sie keinen Widerspruch. Besser ihr gleich reinen Wein einschenken, das würde die Inquisition merklich abkürzen. »Ja, er gefällt mir«, gab ich zu. »Er ist *umwerfend. So* liebenswürdig, geistreich *und* clever. Und sein irischer Akzent klingt so *wahnsinnig* sexy«, schwärmte ich.

»Sie spricht in *Kursivschrift*«, bemerkte Mona. »Sie findet ihn *echt* toll.«

»Und er ist *echt* vergeben«, erwiderte ich. »Können wir das Thema Vi und die Männer jetzt bitte abhaken? Ich habe mich nämlich eben erst von einem getrennt, und ehrlich gesagt fände ich die Vorstellung tröstlich, dass es ein Universum gibt, in dem ich einfach nur Vi sein kann, ganz ohne Begleiter. Ich habe nicht die nötige Energie, um mich neu zu verlieben.« Prompt bekam ich feuchte Augen. Ich schluckte. Jetzt bloß nicht losheulen. Vielleicht hatten sie es ja nicht bemerkt. Mona guckte erschrocken aus der Wäsche, Imogen beschämt. Sie ging neben mir in die Hocke und umarmte mich.

»Entschuldige. Wir wollen doch bloß nicht, dass du traurig bist, und eine neue Liebe ist ein praktisches Trostpflaster. Blöde Idee. Natürlich ist es besser, allein glücklich zu sein. Jungs sind doof.«

»Hey«, protestierten Ethan und Giles.

»Auf jeden Fall«, pflichtete Mona ihr bei.

»Ihr könnt sagen, was ihr wollt«, beharrte Babette stur. »Er steht auf Vi, und sie wird ganz zappelig in seiner Gegenwart.«

»Ich bin an der Bar«, verkündete ich und rauschte mit wichtiger Miene von dannen, um ein Glas Wein zu bestellen, obwohl an meinem Platz ein randvolles stand.

»Hey, Vi«, sagte Brad, der am Tresen lehnte und sich mit einem außergewöhnlich kleinen Mann unterhielt.

»Hey, Leute.« Ich ließ den Blick durch das Festzelt schweifen, während ich abwesend dem Gespräch der beiden lauschte. Sollte ich je ein paar richtig gute Chili-Rezepte benötigen, würde ich Brad anrufen, so viel stand fest. Die meisten Gäste tanzten, einige standen in Grüppchen beisammen und schwatzten. Einer kam mit Riesenschritten auf mich zu. Niall. Ich quiekte auf vor Schreck. Brad und sein Gesprächspartner verstummten.

»Hast du etwa gerade gequiekt?«, fragte Brad.

»Wie? Oh, äh, schon möglich. Ich muss los.« Bloß weg hier! Ich flüchtete an unseren Tisch, wo ich mich auf den Stuhl zwischen Giles und Braxton plumpsen ließ.

»Was geht ab, Süße?« Braxton beäugte mich fragend.

»Och, nichts. Ich mach mich bloß ein bisschen lächerlich.«

»Ganz was Neues.« Er wandte sich wieder Mona zu.

»Verzeihung«, sagte die verführerischste Stimme, die man sich vorstellen kann. »Ich würde gern meinen abrupten Abschied von vorhin wiedergutmachen.« Ich hob den Kopf. Niall lächelte sein umwerfendes Lächeln. »Kann ich Sie zu einem Tänzchen überreden?« Seine Augen funkelten.

Sämtliche Unterhaltungen am Tisch verstummten, alles starrte ihn an. Hilfe! Wenn ich mit Niall tanzte, würden alle im Nu spitzkriegen, wie toll ich ihn fand. Schmachtende Schulmädchenblicke sind das weibliche Äquivalent zur einschlägigen Ausbuchtung an einer Männerhose. Verdammt. Ich war noch nicht *bereit*, mich neu zu verlieben, schon gar nicht in einen Mann, der bereits liiert war! Wo zum Teufel trieb sich Ethan, mein Alibifreund, herum? Ah. Auf der Tanzfläche. Mit Imogen. Bei dieser Gelegenheit fiel mir auf, dass die Band einen langsamen Song spielte. Niemals. Dazu konnte ich *unmöglich* mit Niall tanzen. Während er noch erwartungsvoll zu mir hinuntersah, klatschte ich Braxton in meiner Panik die Hand auf den Oberschenkel, sodass er erschrocken zusammenfuhr.

»Ähm, ich fürchte, ich kann gerade nicht«, sagte ich betont lässig und versuchte, nicht feuerrot zu werden angesichts der Tatsache, dass meine Finger gefährlich nah an Braxtons Familienjuwelen ruhten. »Diesen Tanz hatte ich dir versprochen, nicht, mein Lieber?« Ich warf Braxton einen Blick zu, der ihm die Todesstrafe verhieß, falls er nicht mitspielte.

»Äh, ja«, stimmte er verdattert zu.

»Oh. Verstehe«, sagte Niall lahm. »Tja, dann vielleicht ein andermal.«

»Ja, vielleicht«, flötete ich gut gelaunt. Er lächelte matt und trollte sich mit hängenden Schultern. Puh. Ich lehnte mich erleichtert zurück.

»Sag mal, spinnst du?«, zischte Babette entrüstet.

Ich bemerkte, dass meine Hand noch auf Braxtons Oberschenkel lag. Hastig zog ich sie zurück. Braxton wackelte mit der Augenbraue. »Du willst mich nackt sehen, stimmt's?«

»Halt den Mund«, brummte ich. »Und komm mit, wir müssen tanzen.« Ich stampfte voran.

Etwa eine Stunde später flüchtete ich mit Ellis schweißüberströmt an die Bar.

»Puh, ist mir heiß«, keuchte sie.

»Kein Wunder. Du fegst ja über's Parkett wie ein tanzender Derwisch«, feixte ich.

»Super Anti-Stress-Programm nach der hektischen Planungsphase.« Sie grinste. Wir prosteten einander zu und lehnten uns erschöpft an einen Tisch.

»Na, amüsierst du dich gut?«

Sie strahlte von einem Ohr zum anderen. »Und wie! Danke vielmals, Vi. Für alles.«

»Ich danke dir – dafür, dass ich keine Rede halten muss.« Sie lachte und hielt dann nach ihrem Göttergatten Ausschau. »Ich habe übrigens diesen Niall Devlin kennengelernt. Seine Schwester ist eine Arbeitskollegin von Jack. Jetzt ist mir klar, warum du dich nach ihm erkundigt hast.« Sie boxte mir grinsend den Ellbogen in die Rippen.

Ich erstarrte. »Seine Schwester?«, wiederholte ich.

»Ganz recht, seine Schwester. Sag bloß … Hast du etwa gedacht …?« Sie kicherte. »Vi, du bist echt unschlagbar. Seine Schwester für seine Freundin zu halten, das ist derart abgedroschen – wie aus einer billigen John-Hughes-Komödie.«

Ich starrte sie mit weit aufgerissenem Mund an.

»Er ist zu haben«, rief sie lachend, als wäre ich geistig minderbemittelt, und gab mir einen Schubs. »Los, such ihn.«

»Oh, nein. Auf keinen …«

»Ganz wie du willst«, unterbrach sie mich und schüttelte gutmütig den Kopf. »Ich gehe jetzt meinen Göttergatten suchen.« Damit drückte sie mir einen Kuss auf die Wange und schlenderte davon.

Ich bewegte mich nicht vom Fleck. Niall Devlin war Single. Nein, korrigierte ich mich, nicht zwingend Single, er war bloß nicht Fionas Freund. Hatte Babette doch Recht gehabt? Mochte er mich? Ich dachte an meine Hand auf Braxtons Oberschenkel und verfluchte mich. Warum hatte ich gleich so dick auftragen müssen? Nicht, dass ich ernsthaft interessiert wäre. Ich wollte definitiv eine Weile allein sein. Aber er war ein netter Mensch, und ein bisschen freundlich sein schadet schließlich nichts. Ich sollte mich wenigstens verabschieden. Und ich würde ganz beiläufig erwähnen, dass Braxton Imogens Freund war. Ganz ohne Hintergedanken. Ich reckte den Hals.

»Wen suchst du denn?«, wollte Mona wissen. Eigentlich sollte es nicht weiter schwer sein, den irischen Hünen auszumachen, trotzdem konnte ich ihn nirgendwo sehen. Mist. Was, wenn ich meine Chance vertan hatte?

»Sag mal, hast du diesen Niall gesehen?«, fragte ich. Mona hob erstaunt die Augenbrauen.

»Nicht, seit du an Braxton eine Prostatauntersuchung vorgenommen hast«, entgegnete sie trocken. Ich lief rot an. »Warum, was ist los?«

»Nichts«, sagte ich ausweichend. Sie musterte mich abwartend. Ich seufzte. »Fiona ist seine Schwester«, brummte ich. Mona gackerte los.

»Ich glaub, ich träume. Das nennt sich Karma. Oder Dharma. Seine Schwester! Nicht zu fassen. Dein Leben ist ja die reinste John-Hughes-Verwechslungskomödie!« Sie ließ mich kichernd stehen. Ich schnitt eine Grimasse hinter ihr her. Da hatte ich wohl wieder für reichlich Gesprächsstoff gesorgt.

Ethan kam angebummelt. »Was war das denn gerade?«

»Ach, Mona hatte mal wieder Recht. Hey, hast du zufällig diesen Niall Devlin gesehen?«

»Den Iren? Ich glaube, der ist gegangen. Stand vorhin mit seiner Freundin an der Garderobe.«

»Sie sind Geschwister«, stöhnte ich. »Und komm mir jetzt bitte nicht mit John Hughes.«

Ethan sah mitfühlend auf mich hinunter. »Ach, Vi.«

»Ich hab's versaut«, brummte ich unglücklich.

»Nicht unbedingt. Du hast doch gesagt, du wärst emotional bankrott. Vielleicht solltest du wirklich erst mal deine Akkus wieder aufladen. Du bist noch Caleb-geschädigt. Sich kopfüber in eine neue Beziehung zu stürzen, obwohl man die letzte noch nicht verarbeitet hat, *das* ist ein Kardinalfehler.«

»Vermutlich hast du Recht«, sagte ich nachdenklich. »Schade nur, dass mir dieser Niall garantiert nie wieder über den Weg laufen wird.« Ich seufzte tief.

»Du lernst einen anderen kennen«, versicherte er mir. »Wenn du bereit bist.«

Die Band stimmte »I Will Survive« an, und Ellis winkte uns vom Rand der Tanzfläche. »Kommt schon!« Wir galoppierten umgehend zu Mona, Imogen, Babette und ihr hinüber und stürzten uns ins Vergnügen. Ellis lachte ausgelassen, und ich stimmte mit ein. Vielleicht hatte ich ja schon alles, was ich zum Glücklichsein brauchte.

Kapitel 29

Mein Freund Pedro

Paula ∞ Mark, Washington D. C., Juni

An: Ben@siddickens.com
Von: ViViVooom@gmail.com
Datum: 12. Juni
Betreff: Ich schon wieder

Hallo Ben,

Ellis und Jack waren von meinem Geschenk begeistert! Anbei ein Foto von ihrer Hochzeit – Ellis ist die ganz in Weiß, haha. Ich stehe neben ihr. Nicht schlecht, die Kleider, oder? Die lange Latte mit den blonden Haaren neben mir ist Imogen, und daneben ist Mona (die Hundebesitzerin), leider mit geschlossenen Augen.

Als Nächstes sind Paula und Mark dran. Ich glaube, die kriegen T-169, Porcelaine Royale. Paula ist ein ziemlich nüchterner Mensch. Kannst du es von meiner Visakarte mit der 2716er-Endung abbuchen? Da sollte ich inzwischen wieder genügend Spielraum haben. Ich sage dir, wenn ich noch ein einziges Erdnussbutterbrot mit Marmelade essen muss, geb ich mir die Kugel.

Wie geht's Deiner Mutter? Ist die Schwellung zurückgegangen? Ein Glück, dass es nur der Knöchel war. Ich hoffe, Dein Bruder hilft inzwischen etwas mehr im Haushalt.

Ciao!
Vi

An: ViViVooom@gmail.com
Von: Ben@siddickens.com
Datum: 13. Juni
Betreff: Re: Ich schon wieder

Hi Vi,

danke für das Bild. Eine entzückende Braut. Freut mich, dass Ellis die Memory Blocks gefallen. War uns eine Ehre, die junge Dame zu beliefern, die uns empfohlen hat. Übrigens: Wer ist die junge Lady neben Mona?
Meiner Mutter geht es viel besser, danke der Nachfrage. Sie kann schon wieder einigermaßen selbstständig durch die Gegend hopsen und für sich selbst sorgen, zu meiner großen Erleichterung, wie du dir vorstellen kannst. Ich hoffe nur, sie stürzt nicht noch einmal von der Veranda. Sie hat sich riesig über Deine Blumen gefreut. Sehr aufmerksam von Dir.
Die Bestellung für Paula und Mark habe ich soeben weitergeleitet, sollte in sechs Wochen ankommen.

Bis demnächst
Ben

An: Ben@siddickens.com
Von: ViViVooom@gmail.com
Datum: 14. Juni
Betreff: Re: Re: Ich schon wieder

Et tu, Ben?

Dass nicht einmal Du immun bist ... Die hübsche Lady neben Mona ist die berühmt-berüchtigte Babette. Wenn Du mir ein Foto von Dir schickst, leite ich es an sie weiter.

Vi

An: ViViVooom@gmail.com
Von: Ben@siddickens.com
Datum: 15. Juni
Betreff: Re: Re: Re: Ich schon wieder

Habe leider keine Digitalbilder von mir. Ich hoffe, Du kommst nicht um vor Spannung!

Ben
PS: Danke vielmals für den Pinot Noir. Ein äußerst süffiger Tropfen!

Imogen lümmelte mit dem schnurrenden Nigel auf dem Schoß auf meinem Bett, während ich die Wäsche zusammenlegte. Clementine hatte sich auf einem Kissen zusammengerollt und zuckte mit der Schwanzspitze.

»Und, wer gibt sich dieses Wochenende die Ehre?«

»Paula und Mark.«

Imogen lachte. »Das wird eine Power-Trauung.« Allerdings. Paula ist das reinste Energiebündel. Sie arbeitet als Immobilienmaklerin und hat sich auf Lofts im Stadtzentrum spezialisiert – um begehrte Junggesellen aufzugabeln, wie ich vermute. Bei unseren gemeinsamen Pediküreterminen hatte sie sich oft lauthals über ihren Singlestatus beschwert. Dann kam Mark Boyd, ein attraktiver, anspruchsloser Anwalt, ließ sich von ihr einwickeln und ein Loft andrehen, und die Sache war gegessen.

»Ist Ethan mit von der Partie?«, erkundigte sich Imogen.

Ihr auffällig beiläufiger Tonfall veranlasste mich hochzusehen. »Weißt du etwas, das ich nicht weiß?«, fragte ich. Warum sah sie so erschrocken drein? »Plant Babette etwa wieder ein Blind Date für mich?«

»Nein, äh …« Sie schluckte hinunter, was immer sie hatte sagen wollen. »Man wird wohl noch fragen dürfen.«

Ich wusste nicht recht, ob ich erleichtert oder enttäuscht sein sollte. »Ich habe Ethan freigegeben. Du kennst doch Paula, sie hat mich bestimmt total verplant.« Der Umgang mit Paula gleicht zuweilen einem Verhandlungsgespräch mit einer fünf Meter hohen Welle.

»Besteht die Chance, dass du jemanden kennenlernst?«

»Schwer zu sagen.« Ich überlegte. »Mark ist ein Goldstück. Wenn seine Kollegen genauso sympathisch sind und gleich gut verdienen wie er, dann läuft keiner von ihnen mehr frei rum.«

»Ganz schön optimistisch, ohne Ethan hinzugehen«, bemerkte Imogen. War ich das? Ich war gerade dabei, die Trauerphase abzuschließen, und begann, mein neues Leben zu genießen. Seit der Trennung von Caleb machte ich mir auch ernsthaft Gedanken über meine Arbeit. Ich gab mir Mühe, Al nicht zu enttäuschen, aber auf Dauer würde mich das nicht ausfüllen. Ich hatte mich ohne meine aktive Beteiligung von meinem Job auserwählen lassen, genau wie von Caleb. Allmählich musste ich mich entscheiden: Wollte ich mich langfristig an D&D binden oder war es Zeit für einen Wechsel?

»Eher gleichgültig. Du weißt doch, ich lege eine Pause ein. Ich gehe nur wegen Paula hin. Sie ist eine gute Freundin, vor allem, wenn sie mal fünf Pfund leichter ist als ich.«

Imogen verdrehte die Augen. »Du bist förmlich besessen. Es ist okay, wenn du mal eine Hochzeitseinladung ausschlägst.«

Prompt schlängelte sich durch meine Gehirnwindungen der Gedanke, wie schön es wäre, mal wieder ein Wochenende freizuhaben. Ich zerquetschte ihn. »Was gibt es gegen Hochzeiten einzuwenden?«

»Nichts, solange du deinen Spaß hast. Aber es kommt mir fast vor, als wären sie für dich eine Art Beweis deiner

Beliebtheit. Du würdest sogar hingehen, wenn dich Alexis Carrington Colby alias ›das Biest‹ aus *Denver Clan* zu ihrer Vermählung mit dem Teufel einladen würde. Du wirfst mit Hochzeitseinladungen um dich wie andere Leute mit den Namen von berühmten Leuten.«

»Unterstellst du mir etwa, ich würde all diese Einladungen annehmen, um gesellschaftlich aufzusteigen?«, quiekte ich aufgebracht.

»Unsinn«, beschwichtigte sie mich. »Du bist ein liebenswürdiger, großzügiger Mensch, den man gern um sich hat. Aber du brauchst doch keine Hochzeitseinladungen als Beweis! Wenn Mona heiraten und dich nicht einladen würde, wärt ihr trotzdem noch dicke Freundinnen, oder?«

»Nein«, entgegnete ich stur. Wenn Mona heiraten und mich nicht dazu einladen würde, wäre ich am Boden zerstört! War Mona etwa sauer auf mich? »Was willst du mir damit sagen?«

Imogen seufzte. »Vielleicht hab ich mich ungeschickt ausgedrückt … Ich meine doch bloß, du solltest nicht so viel Wert darauf legen, eingeladen zu werden. Nimm das alles nicht ganz so wichtig.«

»Die Hochzeit ist der allerschönste Tag im Leben zweier Menschen«, wandte ich ein. »Es ist eine Ehre, dabei sein zu dürfen.«

»Schon möglich. Aber es kommt auch vor, dass das Brautpaar irgendwelche Freunde seiner Eltern einlädt, die es kaum kennt und danach nie wiedersehen wird. Denk an Onkel Sal. Lieber verzichte ich auf die Hochzeit, wenn ich dafür zu den Leuten zähle, mit denen sich das Brautpaar davor oder danach zum Dinner trifft.«

»Bist du beleidigt, weil dich Paula nicht eingeladen hat?«

»Aaargh!« Imogen erhob sich, sodass Nigel von ihrem Schoß purzelte. Er blinzelte verschlafen und rollte sich zusammen, als wären seine Knochen aus Gummi. »Komm schon, Mona erwartet uns.«

Ich hievte mich nachdenklich hoch und folgte ihr gehorsam.

»Ist Mona sauer auf mich?«, fragte ich. Imogen hob lediglich abwehrend die Hand und ging weiter. Seufz. Vielleicht war ich seit der Trennung von Caleb tatsächlich ein bisschen dünnhäutig. Kein Wunder, bei all diesen Hochzeiten.

»Na«, sagte ich jovial zu Paula. »Bist du bereit?« Wir hatten uns im Sequoia am Washington Harbour zum Lunch verabredet. Es war ein herrlicher Tag – die unerträglich feuchte Hitze hatte etwas nachgelassen, Fahnen knatterten im Wind, ein lehmiger Geruch hing in der Luft. Paula wirkte wie üblich wie aus dem Ei gepellt in ihrem D&G-Outfit. Sie hatte ihren Umzug nach Washington mit Anfang zwanzig für einen kompletten Relaunch genutzt. Die Frage nach ihrer Herkunft zum Beispiel beantwortet sie nur noch mit »etwas außerhalb von Philadelphia« (Trenton vermittelt eben nicht ganz die Mondänität einer Stadt an der Ostküsten-Hauptverkehrsachse). Was nicht gelogen ist, Seattle und Dubai liegen schließlich auch »außerhalb von Philadelphia«.

Paula nickte gelassen. »Bis auf ein paar allerletzte Details.« Ihrem gnadenlosen Adlerauge entging nie etwas. »Ich wollte dich treffen, weil ich etwas abzugeben habe. Eines der erwähnten ›allerletzten Details‹.« Sie lachte und holte eine große flache Schachtel unter dem Tisch hervor. »Voilà – mein Phantomfreund Pedro«, verkündete sie, ohne eine Miene zu verziehen.

»Dein was?« Ich blinzelte. Ich musste mich verhört haben.

»Mein Phantomfreund Pedro.« Sie verzog keine Miene.

»Ich brauche ihn nicht mehr.« Sie schob mir die Schachtel hin, die praktisch die gesamte Tischfläche einnahm.

»Du hast einen Phantomfreund?« Ich bemühte mich um einen neutralen Tonfall.

»Hatte, ja. Eine äußerst praktische Einrichtung. Ich habe vier verheiratete Geschwister, die mich ständig mit der Frage nervten, wann ich endlich eine Familie zu gründen gedachte. Irgendwann hatte ich es so satt, dass ich Pedro erfand. Er kommt aus Spanien und arbeitet für IBM. Solide amerikanische Firma. Allerdings im internationalen Vertrieb, wo man ständig auf Achse ist. Deshalb haben sie ihn nie kennengelernt. Er hat natürlich eine Green Card, alles total legal. Ist alles da drin.« Sie klopfte auf die Schachtel.

»Wie, alles?«, fragte ich ungläubig. Sie sprach von diesem Pedro, als gäbe es ihn wirklich.

»Na, du weißt schon. Fotos, Briefe, Andenken, Mitbringsel von gemeinsamen Reisen und so weiter. Sogar ein paar von seinen Sachen – Boxershorts, alte Turnschuhe, Zahnbürste, Deo. Die hab ich dekorativ in meiner Wohnung verstreut, wenn meine Familie zu Besuch kam. Mit Fotoshop könnte man sogar gemeinsame Bilder basteln, aber das war mir zu aufwendig.«

Nicht zu fassen. »Und das haben sie dir abgenommen?«

»Kindchen, meine Leute haben ihm *Weihnachtsgeschenke* gekauft. Ich musste bloß ein paar spanische Souvenirs übers Internet bestellen und ein paar Anrufe fingieren. Sie haben es gefressen. Die Leute glauben, was sie gern glauben möchten. Sie waren am Boden zerstört, als Pedro und ich uns getrennt haben.«

Ich stellte mir vor, wie es wäre, meiner Familie einen spanischen Phantomfreund unterzujubeln, und unterdrückte ein Kichern. »Und wie hast du das bewerkstelligt?«, fragte ich fasziniert.

»Das war nicht weiter schwierig. Pedro wurde dauerhaft nach Spanien zurückversetzt. Natürlich war er weiterhin verrückt nach mir, aber ich war nicht bereit, nach Europa zu ziehen. Und dann kam auch schon Mark.«

»Und wie hat der es aufgenommen?«

»Ich glaube, er fand es anfangs beruhigend, dass ich einen Freund hatte. Praktischerweise war mit Pedro genau in dem Moment Schluss, als ich mir sicher sein konnte, dass Mark interessiert war. *Adiós y gracias*, Pedro.«

Ich starrte sie an, als hätte sie nicht mehr alle Tassen im Schrank. Sie tat, als wäre Pedro ein Mensch aus Fleisch und Blut. Und sie vererbte ihn mir.

»Warum ich?«, fragte ich beunruhigt. Paula hob lediglich eine Augenbraue.

Es herrschte die ganze Woche Kaiserwetter in Washington – bis zu dem Tag, an dem Paula heiratete. Als ich morgens zum Himmel emporsah, wusste ich, es würde Regen geben. Ich wusste auch, dass Regen ganz und gar nicht Paulas Hochzeitsvision entsprach. Beim Brunch im Mayflower Hotel, zu dem Paula nebst ihrer Mutter, ihrer Schwester Helen und ihren Brautjungfern Claire und Mary auch mich eingeladen hatte, zitterte sie förmlich vor Anspannung. Alle anderen waren sichtlich auf der Hut.

»Hallo zusammen.« Ich nahm mir ein Croissant und eine Tasse Kaffee und winkte dann dem Kellner, um Orangensaft und Mineralwasser zu bestellen.

»Hi«, entgegnete die ansonsten unerschütterliche Braut knapp. »Was meinst du, wird es regnen? Soll ich die Feier in den Ballsaal verlegen? Ich muss das jetzt entscheiden.«

»Ja«, sagte ich bestimmt. Alles starrte mich erschrocken an. Ich wagte es, Paulas perfekte Hochzeitsplanung auf den Kopf zu stellen? »Wenn du es nicht tust, wirst du dir entweder die ganze Zeit Sorgen machen oder es wird in allerletzter Minute superstressig. Verleg die Hochzeit gleich nach drinnen, dann kannst du dich entspannen.«

Sie klammerte sich noch an ihre Vision. »Aber es wäre so hübsch draußen auf dem Rasen.«

»Selbst wenn es trocken bleibt, ist es ziemlich frisch. Darauf sind deine Gäste garantiert nicht eingestellt«, argumentierte ich nicht ganz uneigennützig – ich hatte vor, das Steven anzuziehen, ein Kleid mit Spaghettiträgern.

Paula nickte. »Du hast vermutlich Recht.« Sie ging über Leichen, um ihre Pläne durchzusetzen, verfügte aber auch über einen gesunden Menschenverstand. »Wir ziehen um.«

Paulas Mutter atmete erleichtert auf. Der Kellner servierte das Essen.

Paula beäugte es mit gerunzelter Stirn. »Sind das etwa Schalotten? Ich sagte keine Schalotten oder sonstigen Zwiebeln. Das kann ich nicht essen.« Sie schob ihr Omelett von sich. Der Kellner bedachte sie mit einem bitterbösen Blick und nahm den Teller wieder mit.

»Sie heiratet heute«, erklärte ihm Paulas Mutter im Flüsterton. Ich sah Paula im Geiste schon mit dem Buttermesser auf sie losgehen.

»Der Ballsaal ist bestimmt hübsch dekoriert«, sagte ich.

»Oh, ja«, pflichteten mir alle bei.

Paula sah mich flehentlich an. »Meinst du?« So entnervt hatte ich sie ja noch nie erlebt.

»Garantiert«, versicherte ich ihr. Es geht doch nichts über gute Überzeugungsarbeit. Hey, alles kein Problem! Regen? Wir feiern einfach drin! Laufmasche? Her mit dem Nagellack!

»Gut.« Sie nickte bedächtig, einigermaßen beruhigt angesichts meiner unerschütterlichen Zuversicht.

Bis sich ihr Vater zu uns gesellte. »Schlechte Neuigkeiten, Schatz.«

Schon war sie erneut ein nervliches Wrack. »Was ist jetzt schon wieder?«

»Schlechtwetterfront in Jersey. Es wurden Flüge gestrichen. Einige deiner Gäste sitzen fest.«

»Oh, Gott.« Paula wirkte gehetzt, wie ein Reh im Scheinwerferlicht. »Aber ich habe stundenlang an der Sitzordnung herumgetüftelt!«

Ihre Mutter tätschelte ihr die Hand. »Die wird sich ohnehin ändern. Draußen hatten wir fünfundzwanzig Tische zu je acht Personen, drin sind es zwanzig zu je zehn.« Paula riss in heller Panik die Augen auf.

»Ich … kann nicht … Ich …« Alles starrte sie an. Gleich würde sie anfangen zu hyperventilieren.

»Da müssen bloß ein paar Stühle verschoben werden. Ich übernehme das«, erbot ich mich ungeduldig. »Was du jetzt brauchst, Paula, ist eine Massage. Ich mache gleich einen Termin im Black Horse für dich aus, und während du dich entspannst, erledige ich das mit der Sitzordnung.«

»Das würdest du tun? Aber die Orangen, und die Programme …«

»Das schaffen wir schon.« Diese neue Paula brachte mich ganz aus dem Konzept. Und sie ließ das Heiraten nicht unbedingt in einem besseren Licht erscheinen. »Mary kümmert sich um die Blumen …« Mary nickte. » … Claire um die Programme und ich um die Sitzordnung.« Ich leerte meine Kaffeetasse und erhob mich. »Bin gleich wieder da.« Alles lächelte dankbar, sichtlich erleichtert, dass jemand das Kommando übernahm. Fünfzehn Minuten später kehrte ich zurück.

»Okay, Paula, Massage in einer Stunde. Auf geht's.«

Am Gasthaus angekommen, reichte sie mir ein Bündel

wiederverschließbarer Klarsichtbeutel mit Namensschildchen und einen Umschlag.

»Hier. Pro Tisch ein Beutel, aber du weißt ja, erst waren es Achtertische, jetzt sind es Zehnertische, und einige kommen gar nicht …« Sie wirkte schon wieder panisch.

»Ich mach das schon«, sagte ich fröhlich. »Ist doch ein Kinderspiel.«

»Okay, aber setz die Torrances und die McFarlands möglichst weit auseinander. Sie hassen sich. Die Franklins aus Maryland reden kein Wort mit denen aus Pennsylvania, und Maggie George und Tom George sind geschieden und sollten ebenfalls auf keinen Fall Tischnachbarn sein. Dafür müssen die Hathaways am selben Tisch sitzen wie die Simons, weil sie die Einzigen sind, die Mrs. Simon ertragen. Oh, und versuch, die Boyds möglichst alle zusammenzupferchen, damit sie unter ihresgleichen sind. Sie werden leicht aggressiv. Ach ja, und sorg dafür, dass John Gorman irgendwo sitzt, wo meine Mutter ihn nicht sieht, sie kann den Kerl auf den Tod nicht ausstehen. Habe ich schon erwähnt, dass die Torrances und die McFarlands …«

Ich stenografierte hastig mit, wer wen nicht leiden konnte und wer auf irgendeiner Rollbahn festsaß und verbittert Flugzeugknabbergebäck in sich hineinstopfte. Dann verfrachtete ich Paula zu ihrer Massage, ehe sie völlig die Nerven verlor, und begab mich in den Ballsaal. Dort waren die Angestellten eben mit der Tischwäsche zugange. Allenthalben schwebte gestärktes weißes Leinen auf die Tische, mit einer sanften Anmut, die »Alles wird gut« zu flüstern schien.

»Ist doch total egal, ob drinnen oder draußen, solange die Getränke gratis sind«, murmelte ich und ließ mich an einem der Tische nieder.

Bald schwirrte mir der Kopf. Wer hasste noch gleich die

Franklins – die McFarlands? Oder doch die Simons? Verzweifelt versuchte ich, aus meinem Gekritzel schlau zu werden: M.G. + T.G. = ↯!! Verflixt, ich hätte statt ± _ _ _ wohl doch lieber Verben verwenden sollen. Der Totenkopf mit den gekreuzten Knochen neben den Buchstaben J.G. war auch nicht wirklich hilfreich. Am Ende achtete ich einfach darauf, dass sämtliche Gäste, deren Namen ich mir notiert hatte, an unterschiedlichen Tischen saßen, bis auf einen, den ich beim besten Willen nicht mehr entziffern konnte. Tja, Pech für ihn oder sie.

»Heute werden sie sich eben mal wie Erwachsene benehmen müssen«, brummte ich.

Nachdem ich sämtliche Gäste auf Zehnertische aufgeteilt hatte, öffnete ich den Umschlag mit den handgeschriebenen Platzkärtchen und las Paulas Anweisungen.

Auf jeden Platz kommt eine Orange, an der mit einer Stecknadel das Namensschild befestigt ist. Abwechselnd Stecknadeln mit grünen und gelben Köpfen verwenden!

Hinten an der Wand stand eine große Obstkiste mit Orangen. Ach, du Schreck. Eine pro Person, bei gut zweihundert Gästen? Wie es schien, spielte ich heute die Hauptrolle in »Fuhrwerk Orange«. Ich zog kurz in Erwägung, die Orangen verschwinden zu lassen und einfach die Namenskärtchen auf den Tischen zu verteilen. »Orangen? Welche Orangen? Mein Name ist Hase …« Nein. Paula würde durchdrehen, wie jede Braut, sobald die Hochzeit auch nur im kleinsten Detail von ihrer Vision abwich. Ich schleppte die Kiste heran und machte mich an die Arbeit.

Zweihundert Nadelstiche später war es mit meiner Rücksicht auf die Braut nicht mehr weit her. Kein Obst auf *meiner* Hochzeit, es sei denn, geschält und mit einem großen Kleks Schlagsahne garniert. Wer lädt überhaupt zweihundert Leute zu seiner Vermählung ein? Autsch! Ich leckte mir den klebrigen Finger, in den ich mich gerade gepiekst hatte, und sah auf die Uhr. Mist. Jetzt aber dalli. Ich erhob mich hastig, worauf die letzte Orange davonkullerte. Hastig stellte ich Michael McFarland wieder an seinen Platz und rückte das Namensschild von Ellen Torrance zu seiner Linken zurecht. Hm … Was hatte mir Paula noch gleich zu Ellen Torrance eingeschärft? Ich hatte es vergessen, und mir blieb auch keine Zeit mehr, darüber nachzugrübeln. In einer halbe Stunde musste ich in der Kirche erscheinen, möglichst ohne die Wolke Zitrusduft, die mich umgab.

Paula sah sagenhaft aus in ihrem schweren Satinkleid. Wie ein Brautmoden-Mannequin, das vom Laufsteg Reißaus genommen hatte. Sie war wieder ganz die Alte, gelassen und perfekt gestylt, das blonde Haar zu einem seidig glänzenden Knoten hochgesteckt. Orangen hin oder her, ich freute mich, Teil ihres Stechmückenschwarms zu sein, das machte wenigstens meinen Soloauftritt etwas erträglicher. Ich brauchte kein Date. Niall hatte ich schließlich auch *während* einer Hochzeit kennengelernt … Hm. Jetzt bloß nicht dieser verpassten Gelegenheit nachtrauern, Vi. Konzentrier dich auf die vor dir liegenden Möglichkeiten.

Das Programmheft beschränkte sich auf die Basics: Lieder und Liturgie. Schwer zu sagen, wie lange die Trauung dauern würde. Da bloß eine Lesung vorgesehen war (der erste Korintherbrief, wetten?), setzte ich auf zweiundzwanzig Minuten. Zehn waren bereits vorüber.

»Als Text für die Lesung hat sich das Brautpaar das Hohelied der Liebe gewünscht«, verkündete der Pfarrer. Wer sagt's denn? »Wenn sich der oder die Zuständige nun also bitte erheben würde …« Niemand rührte sich. Ich unterdrückte ein Grinsen und warf einen Blick ins Programm. Dort stand bloß »Lesung«. Kein Name.

»Mist!«, stieß Paula hervor. »Das hab ich ja total vergessen.« Die Gäste erstarrten, der Pfarrer riss entsetzt die Augen auf, ich den Mund. Paula hatte etwas *vergessen*? Sie wandte sich zu mir um.

»Vi, *du* bist für die Lesung eingeteilt. Wollte ich dir vorhin noch sagen.« Sie sah mich flehentlich an. Nach einer Schrecksekunde klappte ich den Mund zu und sprang auf.

»Entschuldigen Sie.« Hastig trampelte ich über diverse Füße aus der Bank und spurtete zum Altar. Hoffentlich waren meine BH-Träger nicht verrutscht! Der Pfarrer reichte mir etwas verdattert seine abgegriffene Bibel. »Hier geht's los«, flüsterte er und deutete auf eine Zeile Kleingedrucktes.

»Alles?«, flüsterte ich nervös zurück.

»Ja, bis hier.« Er zeigte auf eine Zeile Kleingedrucktes etwas weiter unten.

Ich eilte zum Lesepult und sah ins Publikum, das meinen Blick gespannt erwiderte. Ich holte tief Luft. Nur keine unnötige Panik jetzt, schließlich konnte ich das Hohelied der Liebe im Schlaf herunterbeten. Ha. Also, los!

»Wenn ich mit Menschen- und Engelszungen redete …«

Nach der Trauung tanzten wir durch die Regentropfen zum Gasthaus. Paula stolzierte voran, gefolgt von einem Kometenschweif an Hochzeitsgästen, und lächelte jeden, insbesondere Mark, strahlend an. Nicht zum ersten Mal fiel mir auf, dass die Braut, sobald die Trauung vorüber ist, keinen Gedanken mehr an so unwichtige Details wie die Sitzordnung verschwendet. Die Stimmung war ausgelassen, wenngleich es bei unserer Ankunft in einer Ecke des Ballsaales kurz Aufruhr gab. Ich konnte nicht erkennen, weshalb, und das Geschrei war auch bald wieder verstummt.

Ich hätte platzen mögen vor Stolz. Paula überschlug sich

förmlich vor Dankbarkeit. Ich hatte mich bei der Lesung ja auch echt selbst übertroffen, während sie vor versammelter Mannschaft im Hause Gottes geflucht hatte (»Die Nerven, Herr Pfarrer, ... stressbedingtes Tourette-Syndrom«, rechtfertigte sie sich später). Ich habe heute etwas gelernt, dachte ich bei mir, wie Stan Marsh aus *South Park*. Es war egal, dass ich nicht Brautjungfer gewesen war. Es war egal, dass ich den Tag gerettet hatte. Daran würde sich selbst Paula in ein paar Stunden nicht mehr erinnern. Ich hatte gelernt, dass all die Kleinigkeiten, um die bei einer Hochzeit so viel Aufhebens gemacht wird, am Ende genau das sind – klein, unwichtig, vernachlässigbar.

Ich sonnte mich in meinem Ruhm, bis die Band zum Tanz aufspielte und die Gäste von den Tischen weglockte, bis nur noch ein paar traurige Gestalten übrig waren. Meine Euphorie schwand. Was machte ich hier, mutterseelenallein an einem Tisch für zehn Personen? Während ich noch versuchte, den Gedanken an meinen Streit mit Imogen zu verdrängen, die mir unterstellt hatte, ich würde die Leere in meinem Leben mit falschen Idealvorstellungen füllen, fiel ein unheilvoller Schatten auf den Tisch.

»Verzeihung«, sagte eine quengelige Stimme. Ich hob den Kopf. Vor mir stand ein untersetzter Typ mit einem hochroten Baby-Face, der hervorragend in eine Sitcom gepasst hätte – als nerviger Hanswurst namens Richie, mit Propellermütze auf dem Kopf.

»Ich heiße Richie.« Er schob mir die Hand praktisch in die Nase, wobei der zu kurz geratene Ärmel seines karierten Sakkos zurückrutschte und einige Zentimeter seines feisten Handgelenks freilegte. »Sie können wunderbar vorlesen. Sagen Sie, würden Sie vielleicht mal mit mir ausgehen? Ich gehe gern ins Kino. Sie auch?« Er sah mich hoffnungsvoll an.

»Oh, vielen Dank, Richie, sehr liebenswürdig, aber ich … äh … habe einen Freund. Er heißt Pedro. Leider ist er gerade in Spanien. Wollen Sie ein Foto von ihm sehen?«

Kapitel 30

Eine ausschlaggebende Entscheidung

»Ich bin soooo pleite«, jammerte ich.

»Redest du mit jemand Bestimmtes?«, fragte Giles.

»American Airlines.« Ich starrte auf meinen Computerbildschirm. Das war eine Menge Moos.

»Urlaub oder Hochzeit?«

Ich ignorierte ihn einfach. Die Ticketpreise verursachten mir ein Gefühl der Beklemmung in der Brust. Ein Gedanke kroch durch meine Gehirnwindungen: Ich *konnte* absagen.

»Wohin geht's denn?«, hakte Giles nach.

Nein, ich hatte Aurora versprochen zu kommen.

»Amherst«, sagte ich geistesabwesend. Es führte kein Weg daran vorbei. Mein sparsames Über-Ich jaulte auf und verzog sich schwer getroffen in die Ecke, während ich meine Kreditkartennummer eintippte. Nachdem ich auf Senden geklickt hatte, warf ich einen Blick auf meine Online-Kontoauszüge. Stöhn. Ich war total abgebrannt, meine Kreditkartenrechnungen stapelten sich, und zu allem Überdruss konnte ich mir mit niemandem die Hotelzimmerkosten teilen. Was für eine Verschwendung.

»Wer kommt diesmal mit?«, erkundigte sich Giles, als könnte er meine trübseligen Gedanken lesen. Ich fuhr zusammen.

»Niemand. Zu teuer. Das kann ich Ethan nicht zumuten.« Ich erntete bloß einen mitfühlenden Du-armer-Single-Blick.

Giles hatte seit einigen Monaten einen festen Freund und schwebte nur noch auf Wolke sieben. Seine Pärchenattitüden nervten mich schon jetzt.

»Giles, könntest du heute Nachmittag für mich einspringen?«

»Klar. Was liegt an?« Er musterte mich neugierig. Es war erst halb elf, und ich hatte mich in letzter Zeit im Büro absolut mustergültig verhalten.

»Ach, das Übliche … Kontrolltermin. Im Notfall erreichst du mich übers Handy, im Warteraum ist der Empfang ziemlich gut.« Bingo. Giles' Miene spiegelte sogleich jene Alarmiertheit wider, die man generell an Männern beobachten kann, wenn sie fürchten, gleich in ein Gespräch über »Frauenleiden« verwickelt zu werden. Er vertiefte sich in das Studium eines Bestellscheines. Sollte sich Al zu meiner Abwesenheit äußern, würde ihn Giles mit einer gemurmelten Bemerkung von wegen »Weiberangelegenheiten« abwimmeln. Die beiden mieden mich ohnehin wie die Pest, seit ich beschlossen hatte, meinen Job ernster zu nehmen, und sie deswegen ständig mit Fragen löcherte. Mein Wissensdurst war schier unstillbar, und ich sprühte vor Ideen für Veranstaltungen. Zurzeit hegte ich ein besonderes Interesse an Weinen aus Virginia. Al hegte ein besonderes Interesse daran, mir aus dem Weg zu gehen.

Ich verfasste eine E-Mail an Ben mit der Bitte, mir für die letzte Deko-Kachel noch etwas Zahlungsaufschub zu gewähren, dann machte ich mich, von grimmiger Entschlossenheit getrieben, auf den Weg. Eine halbe Stunde später parkte ich vor dem National Institute of Health. Evelyn, die resolute Versuchskoordinatorin, trug diesmal eine weiße Plastikhaarspange, wie ich sie mit neun besessen hatte. Ihre Ähnlichkeit mit den weiblichen Figuren der *Far Side*-Comics war geradezu erschreckend.

»Vi! Wie schön, Sie zu sehen!«, begrüßte sie mich überschwänglich.

»Ich bin nur hier, um zu helfen«, erwiderte ich im würdevollen Tonfall einer Bestattungsinstitutsangestellten.

»Mal sehen, wofür Sie eingeteilt sind. Ach ja, eine Creme muss getestet werden, und – oho! – am Wochenende heißt es nicht bewegen. *Dolce far niente* von Freitagnachmittag bis Montagmorgen.« Sie beäugte mich durch ihre Dame-Edna-Brille hindurch und kicherte. »Das wird der reinste Liege-Marathon.«

Den Ausdruck »Marathon« fand ich eher unpassend in Anbetracht der Tatsache, dass ich mich drei Tage nicht von der Stelle rühren durfte. Sechzig Stunden Fernsehen im Bett. Yippie. Es soll ja Menschen geben, die von solchem Müßiggang träumen; ich fürchtete eher, dass mich das Herumliegen total irremachen würde. Aber ich bekam vierhundert Dollar dafür, das entschädigte fast für den Gebrauch einer Bettpfanne. Ich hatte vor, ein Minimum an Flüssigkeit zu mir zu nehmen.

»Dann mal los! Sie sind in Salon sechs.« Nicht zum ersten Mal fragte ich mich, was so intelligente Leute wie die Ärzte des NIH wohl zu der Annahme verleiten mochte, die Bezeichnung »Salon« für eine zugige Zelle mit Neonbeleuchtung, sterilen PVC-Möbeln und erbsengrünen Wänden würde verlockender klingen als »Kabine«.

»Haben Sie Lesestoff dabei? Normalerweise ist das ja nicht üblich, aber da Sie sich allmählich zur Stammkundin entwickeln, gewähre ich Ihnen Zugang zu meinem geheimen Zeitschriftenlager.«

Ich winkte ab – ich hatte ein Buch mitgebracht, aber sehr liebenswürdig, vielen Dank. Stammkundin beim NIH mit Zugang zum geheimen Zeitschriftenlager, dachte ich bei mir. Oh, Mann, was war ich nur für eine verkrachte

Existenz. Im »Salon« sechs erwartete mich eine freundliche junge Wissenschaftlerin. Auf ihr Geheiß machte ich mich frei und schlüpfte widerstrebend in den bereitgelegten Krankenhauskittel. Immerhin durfte ich Top und Höschen gnädigerweise anbehalten. Ich bin überzeugt, die Erfindung des Krankenhauskittels geht auf eine Verschwörung der Ärzteschaft zurück und zielt nur darauf ab, die Patienten abzulenken und ruhigzustellen. Ich meine, mit den heutigen Möglichkeiten in den Bereichen Technologie und Design sollte es doch möglich sein, ein Kleidungsstück zu entwerfen, das genauso praktisch, aber etwas weniger luftig ist. Doch solange ein Patient in ständiger Sorge um die statthafte Bedeckung seines Hinterteils ist, tendiert er vermutlich weniger dazu, über Schmerzen zu klagen oder gar mit einer bei Ärzten so überaus beliebten Selbstdiagnose aufzuwarten. Ich streckte mich etwas verkrampft auf der Liege aus, darauf bedacht, die Wissenschaftlerin nicht mit allzu vielen nackten Tatsachen zu konfrontieren, und lauschte dabei mit halbem Ohr ihren Anweisungen.

»Okay. Beine nicht aneinanderreiben, Lotion drauflassen, liegen bleiben. Alles klar«, fasste ich zusammen und steckte die Nase in mein Buch. Sie verteilte eine übelriechende Paste auf meinen Beinen, stellte die Zeit auf dem Timer ein und verkrümelte sich.

Ich versuchte, mich in meine Lektüre zu vertiefen. Dieser Jasper Fforde wird mit jedem Roman noch besser, sagte ich mir erwartungsvoll. Doch meine grauen Zellen fielen nicht darauf rein, sondern konzentrierten sich ganz auf meine Unter- und Oberschenkel, die bereits anfingen zu jucken. Der beißende Geruch ließ nach, das Brennen nahm zu. Mist, jetzt las ich ein und dieselbe Textstelle schon zum neunten Mal. Wenn ich sogar in der Lage war, in total verkatertem Zustand Bikram Yoga zu betreiben, sollte ich auch das hier aushalten.

»Das ist ja nicht auszuhalten.« Nach einer gefühlten halben Stunde schob ich mein Buch beiseite und sah mit zusammengekniffenen Augen auf den Timer. Was? Erst sieben Minuten? Der Zeiger war noch beunruhigend weit von der Null entfernt, und meine Hautzellen gaben Feueralarm. Na, wenigstens fror ich jetzt nicht mehr. Im Gegenteil.

»Das ist die fünfzig Dollar nicht wert.« Ich versuchte, mich aufzurichten – wohlweislich mit gespreizten Beinen, was mich in eine bekleidungstechnisch höchst kompromittierende Lage brachte. Ein Glück, dass ich allein war. Ich zupfte mir den Kittel zurecht und betrachtete prüfend meine glühenden Schenkel. Entwickelte sich da etwa ein Ausschlag unter der Creme? Ich ging so nahe ran, dass ich versehentlich mit der Nase ans Knie stieß. Oh, Gott. Entsetzt fuhr ich zurück. Das fehlte mir noch, dass ich Pusteln im Gesicht bekam!

Hm. Meine Haut zeigte eindeutig eine Reaktion, und zwar keine positive. Eigentlich bin ich kein Hypochonder, aber meine Beine fühlten sich an, als stünden sie in Flammen, und wenn mich nicht alles täuschte, war die Haut unter der dicken gelben Cremeschicht knallrot. Okay, vielleicht *bin* ich hypochondrisch veranlagt, aber längst nicht so schlimm wie Maeve, die mal einen ganzen Sommer lang behauptet hatte, sie leide an Malaria. Oder war das doch ich gewesen? Egal. Jetzt war ich von der Mitte der Oberschenkel bis zu den Waden mit irgendeiner fleischfressenden Masse bedeckt!

Gab es hier vielleicht eine Sprechanlage? Nichts, nur ein Telefon – aber wen sollte ich anrufen? Ich schob mich von der Liege und hoppelte zur Tür, wobei ich darauf achtete, dass ich keusch bedeckt blieb und sich meine Schenkel nicht berührten. Zwei unvereinbare Ziele, wie sich herausstellte. Ich spähte in den (menschenleeren) Korridor. Zählte bis zehn. Nichts, nur das einsame Heulen des Windes. Ich zählte noch einmal bis zehn. Immer noch nichts. Verdammt.

Ich überlegte. Sollte ich bleiben, wo ich war, und mir weitere – ich sah auf die Uhr – zwanzig Minuten die Beine wegätzen lassen? Oder auf der Suche nach Hilfe durch den Korridor schleichen und hoffen, es würde nicht weiter auffallen, dass sich auf meinem Slip kleine pinkfarbene Elefanten tummelten? Ich warf erneut einen Blick auf den Timer. Okay. Schleichen und hoffen lautete die Devise.

Ich stahl mich bis zur Ecke. Dort vernahm ich Stimmen. Dem Himmel sei Dank! Meinem peinlichen Outfit zum Trotz setzte ich zum Spurt an, bereit, meinen ahnungslosen Retter zu umarmen … und erblickte an der nächsten Ecke Niall Devlin, ins Gespräch mit einem grauhaarigen Arzt vertieft.

Ich schnellte so heftig zurück, dass ich mit dem Hinterkopf an die Wand knallte. Aua. Wenigstens lenkte der Schmerz vorübergehend von meinen brennenden Oberschenkeln ab. Ich geriet in Panik. Was wollte Niall Devlin hier? Und, was noch wichtiger war, wie konnte ich ihm aus dem Weg gehen? Eher wollte ich sterben, als ihm in einer mit Dickhäutern bedruckten Unterhose gegenübertreten. Von der bestialisch stinkenden Salbe ganz zu schweigen. Die beiden hatten mich zwar nicht bemerkt, kamen aber rasch näher. Gehetzt sah ich mich um. Meine Möglichkeiten waren denkbar begrenzt. Ich machte einen Satz auf die andere Seite des Korridors und riss eine Tür auf, ohne zu wissen, wohin sie führte. Das geringere Übel war es allemal. Ich knallte die Tür hinter mir und meinem wehenden Kittel zu und lehnte mich keuchend und angestrengt lauschend dagegen. Puh. Jetzt musste ich nur noch überlegen, wie ich den vier Angestellten, die mich entgeistert anstierten, meine Anwesenheit darlegen sollte. Natürlich blieben Niall und sein Begleiter ausgerechnet genau vor der Tür stehen.

»In etwa einer halben Stunde können Sie ihn nach Hause bringen.« Das klang nach dem Arzt.

»Gut. Kann ich sonst noch etwas für ihn tun?« Ah, da war er, der göttliche irische Singsang.

»Er sollte viel trinken«, fuhr der Arzt auf der anderen Seite der Tür fort. »Aber natürlich weder Alkohol noch Koffein. Sehen Sie zu, dass er etwas Nahrhaftes zu sich nimmt und dann schlafen geht.«

»Alles klar«, sagte Niall erleichtert. »Vielen Dank. Darf ich jetzt zu ihm?«

»Natürlich. Salon vierzehn, den Gang runter links.«

Als ich hörte, wie sich ihre Schritte entfernten, sank ich erleichtert an die Tür. Wenn ich mich beeilte, ließ sich vielleicht ein »zufälliges« Zusammentreffen mit Niall am Eingang arrangieren. Zu dumm, dass ich gerade heute meinen pinkfarbenen XL-Sweater (mit Fleck und Katzenhaar-Deko) aus dem Jahre 1988 angezogen hatte. Retro, aber total *anti*- hip. Von meinem Gebadete-Maus-Look ganz zu schweigen.

»Entschuldigen Sie«, sagte eine näselnde Stimme hinter mir gereizt. »Den Patienten ist der Zutritt zum Pausenraum nicht gestattet. Wenn Sie also bitte …«

»Es wird ohnehin höchste Zeit für mich. Ich muss in dreißig Minuten im Studio sein, um die letzte Folge meiner Undercover-Dokumentation über medizinische Einrichtungen fertigzustellen. Würden Sie bitte veranlassen, dass mir jemand die Entlassungspapiere bringt? Salon Nummer sechs. Wenn Sie sich sputen, drücke ich vielleicht ein Auge zu und erwähne in meinem Beitrag nicht, mit welcher Leichtigkeit man hier als Patient in die dem Personal vorbehaltenen Bereiche eindringen kann.« Damit stolzierte ich hinaus. Kaum hatte ich die Tür hinter mir geschlossen, raste ich den Korridor entlang zu Salon sechs. Laut Timer blieben mir noch elf Minuten. Hastig drehte ich den Zeiger neun Minuten weiter. Kaum war ich auf die Liege gehüpft, stürmte die Wissenschaftlerin herein.

»Meine Kollegen haben mich angepiept. Was ist hier los?«, wollte sie aufgebracht wissen.

»Ach ja, tut mir leid. Ich habe Sie gesucht – ich glaube, ich vertrage diese Creme nicht.«

»Für diesen Fall gibt es hier doch das Telefon mit der direkten Verbindung zum Empfang.«

Oh. Das musste ich vorhin überhört haben.

»Die Creme hat wohl meine Denkfähigkeit beeinträchtigt.« Ich zappelte ungeduldig auf meiner Liege. Niall verließ in fünfundzwanzig Minuten das Gebäude. Wie auf ein Stichwort machte der Timer »ping«. »Und außerdem ist mir gerade eingefallen, dass ich in Eile bin ...«

Die junge Frau führte mich zu einer Duschkabine und legte sich Latexhandschuhe an. Ich streckte den Kopf in die Höhe, während sie mir die Salbe von den Beinen spritzte, damit der Gebadete-Maus-Look nicht noch schlimmer wurde.

»Ach, du liebe Güte.«

»Was ist los?« Ich blickte auf meine Beine hinunter. Sie waren von oben bis unten mit roten Pusteln übersät, wie die Wangen eines fünfzehnjährigen Star-Trek-Fans.

»Sieht mir nach einer allergischen Reaktion aus«, stellte sie besorgt fest und berührte behutsam meinen Oberschenkel. Ich zuckte zusammen.

»Aua! Das sieht ja aus, als wäre ein Schwarm Bienen über mich hergefallen! Und es fühlt sich auch so an!«

»Tut mir schrecklich leid für Sie«, sagte sie mitfühlend. »Ich bringe Ihnen etwas, das die Schwellung zurückgehen lässt. Sie können hierbleiben, solange Sie wollen.«

»Was? Nein. Keine Zeit.« Ich hatte noch fünfzehn Minuten. »Ich muss los.«

»Es wäre aber wirklich ratsam, wenn Sie …« Doch ich schüttelte bereits den Kopf. Sie zuckte die Achseln, hielt die Auswirkungen der Creme mit der Kamera fest und machte sich umfassende Notizen, während ich vor Ungeduld zappelte.

»Lassen Sie mich wenigstens eine Heilsalbe auf den Ausschlag auftragen«, bat sie mich, als sie endlich fertig war. »Und gegen die Schwellung gebe ich Ihnen eine Steoridinjektion.« Ich sah auf die Uhr. Acht Minuten.

»Also gut, aber machen Sie schnell«, willigte ich unwirsch ein, als wäre sie eine Avon-Beraterin, die mir irgendeinen scheußlichen Lidschatten andrehen wollte.

Während sie die Salbe holte, bürstete ich mir das Haar, zog mir die Lippen nach und sah zum x-ten Mal auf die Uhr. Sie kehrte mit dem versprochenen Medikament zurück, das ungleich besser roch als die Testcreme und gleich eine so herrlich kühlende Wirkung entfaltete, dass ich einen Seufzer der Erleichterung ausstieß.

»Sind Sie sicher, dass Sie nicht noch hierblei…«

»Nö, danke. Geht nicht.« Noch drei Minuten. »Ich muss los.«

»Wie Sie wollen«, sagte sie kopfschüttelnd. »Sie können gehen.«

Ich stopfte den Kittel in den Mülleimer. Wie sollte ich bloß in meine Hose reinkommen? Zwei Minuten. Ach, zum Teufel! Vorsichtig stieg ich ich in meine Jeans und zog mir den Hosenbund über den Po. Es fühlte sich an, als würde Clementine mit ausgefahrenen Krallen an mir hochklettern. Okay. Einatmen. Ich wagte einen Schritt. Ausatmen. Ich sah auf die Uhr. Mist!

Du schaffst das, ermutigte ich mich, schlüpfte in meine Schuhe und verließ den »Salon«. Der steife Jeansstoff scheuerte beim Gehen an den Schenkeln, aber da musste ich jetzt durch. Also, los! Bauch herein, Brust heraus, und immer schön lässig. Ach, ist sowieso schon egal. Ich raste in Richtung Lobby. Evelyn sah erstaunt hoch, als ich an ihr vorbeihetzte.

»Vi«, rief sie mir nach, aber ich rannte einfach weiter. In der Lobby angekommen, bremste ich abrupt ab. Kein Niall. Okay. Ich ging zum Trinkwasserbrunnen. Trank. Stand ein Weilchen in der Gegend herum. Trank noch einmal. Die Empfangsdame verfolgte es mit Argusaugen. Ich studierte ein Plakat über lebensrettende Sofortmaßnahmen, als wäre mir der Inhalt gänzlich unbekannt: Ach, *so* rettet man also einen Erstickenden! Ich schlenderte hin und her (immer schön gelassen!). Ach, *hier* befindet sich also der Notausgang! Ich sah auf die Uhr. Seit Nialls Gespräch mit dem Arzt war eine Dreiviertelstunde vergangen. War er etwa schon weg? Ich unterdrückte den Impuls, mich zwanghaft am Mobiliar zu reiben, wie es wilde Tiere tun.

Nach fünf weiteren Minuten kam ich zu dem Schluss, dass ich ihn verpasst haben musste. Meine Beine juckten wie verrückt. Wenn ich nicht bald meine Jeans auszog und in die Waschmaschine steckte, waren sie bestimmt verseucht, und dann konnte ich sie nie mehr bedenkenlos tragen. Ich verfluchte das NIH, als könnte es etwas dafür, dass Niall nicht auftauchte. Doch kaum hatte ich die Hoffnung aufgegeben und mich zum Gehen gewandt, da vernahm ich seinen vertrauten Akzent. »Lass dir nur Zeit, Kumpel.«

Gleich darauf bog seine schlanke Gestalt um die Ecke.

»Mir geht's gut, Mann«, sagte ein Kerl mit gerötetem

Gesicht, der sich bei ihm untergehakt hatte. »Was muss ich tun, um hier rauszukommen?« Niall zeigte auf den Check-out-Schalter und verfolgte grinsend, wie sein Begleiter unsicher darauf zudackelte. Dann wandte er sich um. Als er mich an der Tür erblickte, kam er sogleich auf mich zu.

»Ach, hallo!«, sagte er erfreut. Hach, dieses Lächeln! »So sieht man sich wieder.« Ich lächelte dümmlich. »Was führt Sie denn in diese ehrwürdige Institution?«

»Oh …« Ich blinzelte und überlegte fieberhaft, dann kam mir eine geniale Idee. »Eine Bekannte von mir arbeitet hier. Sie erinnern sich vielleicht an ihren Verlobten – das war der, dem ich auf Ellis' Hochzeit den Tanz versprochen hatte. Na, egal. Braxton ist stolzer Besitzer eines Hängebauchschweins, um das sie sich kümmert, wenn er verreist; nur leider war er diesmal vor der Abfahrt so im Stress, dass er es nicht mehr geschafft hat, ihr den Schlüssel zu bringen, also habe ich das übernommen.« Ein Unidozent sagte mir einmal: Wenn schon lügen, dann im großen Stil. Ich lächelte gewinnend. »Und Sie?«

»Sie werden es nicht glauben, aber einer der Jungs aus meinem Rugby-Team hat sich doch tatsächlich hier als Testperson verdingt, weil er in Geldnöten ist.« Er schüttelte lachend den Kopf. »Hat sich mit Koffein abfüllen lassen, bis er plötzlich Krämpfe bekam und wild um sich schlug. Wie sich herausstellte, verträgt er kein Koffein. Hat ganz schön für Aufregung gesorgt, der Bursche. Er wird wohl keine bleibenden Schäden davontragen, aber in diesem Zustand kann er unmöglich Auto fahren, also hat er mich gebeten, ihn abzuholen.«

»Du lieber Himmel«, murmelte ich. »Der arme Kerl.«

»Von wegen arm. Er ist ein Hohlkopf. Wie kann man nur seine Gesundheit für medizinische Versuche aufs Spiel setzen? Stellen Sie sich vor, als Nächstes sollte er drei Tage lang nur liegen, nur damit irgendwelche Ärzte, denen ihre eigenen Muskeln zu wertvoll sind, als dass sie sie im Selbstversuch verkümmern lassen, die Auswirkungen erforschen können.«

Ich brachte kein Wort heraus. Meine Beine juckten noch heftiger, wie um Nialls Meinung zu unterstreichen. Ich ignorierte es. Verlegenes Schweigen.

Er räusperte sich. »Haben Sie sich neulich noch gut amüsiert?«

»Oh, ja, sehr. Ich habe Sie gesucht, aber da waren Sie schon weg«, bemerkte ich mutig, dankbar für den Themenwechsel. »Ihre Freundin wollte wohl nach Hause?«

Er wirkte perplex. »Freundin? Fiona ist meine Schwester.« Dann lachte er. »Ach, und Sie dachten …? Das ist ja fast wie in einer seichten Verwechslungskomödie, nicht?« Hmpf.

Ich machte unverbindlich »Hm, ja«. Meine Beine wollten sich nicht mehr ignorieren lassen. »Tja, ich liebe Hochzeiten. Man kann das Hohelied der Liebe nicht oft genug hören.«

Niall lachte. »Klingt eindeutig zweideutig. Ich enthalte mich jeden Kommentars. Schade nur, dass wir nicht mehr miteinander getanzt haben.« Er sah mich eindringlich an.

Mir wurde ganz warm. Und ich konnte dem Drang, meine Waden aneinanderzureiben, nicht mehr widerstehen. Ah, tat das gut! Ich musste mich zwingen, meine Aufmerksamkeit wieder auf mein charmantes Gegenüber zu richten. Ich wollte eben das Bein absetzen, da gab ohne Vorwarnung mein Knie nach, und ich taumelte. Das war's dann, dachte ich noch, mit den Armen rudernd. Das ist hochoffiziell der peinlichste Moment meines Lebens. Oscarreif. Wenigstens befand ich mich bereits in einem Krankenhaus.

Doch ehe ich mich's versah, hatte mich Niall gepackt

und an seine stählerne Brust gedrückt. Erleichtert klammerte ich mich an seinen Revers, das Gesicht an das gestärkte Hemd geschmiegt, und atmete seinen herben männlichen Körpergeruch ein. Wie wundervoll geborgen man sich in seinen Armen fühlte! Ich hob mit zitternden Knien den Kopf.

»Äh, danke …«, stammelte ich. Wir starrten uns an.

»Alles in Ordnung?«, erkundigte er sich und fuhr mir sacht mit der Hand über den Rücken. Die Schmetterlinge flatterten.

»Ja. Vielen Dank, dass Sie mich aufgefangen haben.« Ich löste mich widerstrebend aus seiner Umarmung.

Er ließ die Arme sinken und lächelte schief. »Jederzeit …«

Wir sahen einander erneut tief in die Augen, aber noch ehe er fortfahren konnte, ertönte eine quengelnde Frauenstimme, die mir nur allzu bekannt vorkam. Aus der Traum.

»Niall! Wie lange willst du mich denn *noch* warten lassen? Wo steckt Simon? Wir haben doch einen Tisch reserviert.« Die gertenschlanke Brünette von Tracis Hochzeit stöckelte auf uns zu, umwerfend attraktiv wie schon damals. Seidig glänzendes Haar und ein Make-up, wie es Schminkexpertin Bobbi Brown an mir selbst in drei Tagen nicht hinbekäme. Ich kam mir selten dämlich vor in meinem ausgeleierten Sweater. Was hatte ich mir bloß dabei gedacht, hier mit meinem Traummann zu schäkern, in einem Aufzug wie aus der Altkleidersammlung?

Nialls Blick schwenkte von ihr zu mir. Sah ich da etwa einen Funken Bedauern in seinen Augen?

»Auch eine Schwester von Ihnen?«, fragte ich hoffnungsvoll.

Sie hakte sich bei ihm unter. »Seine Freundin. Vanessa. Und Sie sind …?«

»Vi Connelly.« Ich streckte ihr vergeblich die Hand hin. Miststück.

»Sehr erfreut.« Das sah ich. »Hübsches Outfit. So was ist mir zuletzt untergekommen, als die Vokuhila-Frisur von Country-Sänger Billy Ray Cyrus noch *en vogue* war.«

»David Bowie hatte auch eine Vokuhila-Frisur, und der ist eine glamouröse Rock-Ikone«, kam mir Niall galant zu Hilfe.

»Michael Bolton ebenfalls«, konterte Vanessa frostig. »Ach, da kommt Simon ja endlich. Wir müssen jetzt wirklich los, Niall.« Es wunderte mich fast, dass sie nicht das Bein hob und Niall anpinkelte, um ihr Territorium zu markieren. Ich war am Boden zerstört, weil ich sein Süßholzgeraspel völlig falsch interpretiert hatte. Also, Rückzug antreten!

»Ich auch, ich werde zum Dinner erwartet.« Und zwar von meinen Stubentigern. »War nett, Sie kennenzulernen, Vanessa. Schönen Abend noch!« Ich wandte mich um und stelzte davon, wurde jedoch nach wenigen Schritten von Evelyn abgefangen.

»Vi! Sie sind noch hier? Dabei waren Sie vorhin so in Eile!« Sie kicherte. »Wir müssen uns doch noch über das Wochenende unterhalten.«

»Evelyn«, keuchte ich. »Ich … musste mal schnell telefonieren.« Lieber Gott, bitte erspare mir weitere Peinlichkeiten! Niall beäugte sie erstaunt. Zweifellos fragte er sich, warum mich meine »Bekannte« siezte. Und was Braxton mit einer vierundsechzigjährigen Verlobten wollte.

»Ich hole nur schnell die Unterlagen«, zwitscherte Evelyn.

»Ach, richtig! Moment, ich komme einfach mit.« Ich hakte mich kurzerhand bei ihr unter, winkte dem etwas verdatterten Niall noch einmal zum Abschied – »Also, bis demnächst! Schön, Sie wiederzusehen!« – und bugsierte Evelyn um die Ecke. Verdammt. Er hatte ja gar keine Möglichkeit, mich zu kontaktieren. Dann fiel mir Vanessa ein. Seufz. Bedarf hatte er auch keinen. Ich schluckte meine Enttäuschung hinunter. Hatte ich mir nicht vorgenommen, eine Pause einzulegen? Na, also.

»Ich genieße mein Leben als Single. Ich genieße mein Leben als Single«, murmelte ich mein Mantra vor mich hin.

»Wie bitte? Ach so. Das ist gut. Und nun zu Ihrem nächsten Versuch, meine Liebe«, sagte Evelyn.

Kapitel 31

Die Martha-Stewart-Verschwörung
Dee ∞ Jerry, Harrisburg, Pennsylvania, Juli

An: Ben@siddickens.com
Von: ViViVooom@gmail.com
Datum: 10. Juli
Betreff: Nachschub, bitte!

Hallo Ben,

ich bin wieder mal Hochzeitsgast, diesmal in Harrisburg. Könntest Du einen Memory Block für mich aussuchen? Bitte mit den üblichen Phrasen als Kartentext. Du weißt schon – freue mich sehr, große Ehre, herzliche Glückwünsche, bla, bla, bla.

Schönes Wochenende!
V.

»Tut mir leid, dass ich zu spät komme.« Kaum hatte ich Platz genommen, brachte Charlie auch schon ein Weinglas und ein Mineralwasser.

»Wie war die Hochzeit?«, fragte Mona.

»Unglaublich.« Ich stand noch unter Schock. »Das Brautpaar hatte eine ganze Reihe von Sponsoren.«

Am Tisch herrschte Schweigen. Das ist nicht oft der Fall.

»Wie bitte?«, sagte Ellis.

»Dee und Jerry haben ihre Hochzeit mit dem Verkauf von Werbeflächen finanziert«, erklärte ich. »Überall hingen Transparente und Plakate, wie in einem Baseballstadion. Über den Mittelgang war ein Miller-Light-Banner gespannt.«

»Genial«, prustete Imogen. »Bier kommt die Braut!«

»Tja, so viel zum Thema Geld und Liebe«, sinnierte Babette.

»Bei Hochzeiten geht es immer ums Geld«, verkündete ich finster. »Eine durchschnittliche Hochzeit kostet achtundzwanzigtausend Dollar und dauert zweiundzwanzig Minuten. Nur Bungee-Jumping ist noch teurer, auf die Minute umgerechnet. Ich sage euch, das ist eine Verschwörung von Vera Wang, Kodak, dem Wedding Channel, *Town & Country*, Williams-Sonoma Haushaltswaren und Uncle Ben, angeführt von Martha Stewart.«

Imogen hob eine Augenbraue. »Ich vermute ja schon lange, dass die liebe Martha etwas im Schilde führt.«

»Und wie bist du diesem infamen Geheimbund auf die Schliche gekommen?« Mona kaschierte ihr spöttisches Grinsen geschickt hinter ihrem Weinglas.

»Nun, ich musste damals für Amys Hochzeit etwas besorgen, das sich im Fachjargon ›Tussy mussy‹ nennt. Nein«, unterbrach ich Imogens Gekicher, »das ist kein Vibrator, sondern eine Art Metallmanschette, in die man ein Blumensträußchen steckt, und gehört wie der Pogo-Springstab zu jenen maßlos überteuerten Gegenständen, die man im Leben genau ein einziges Mal benutzt. Tussy mussys waren seit dem viktorianischen Zeitalter ausgestorben, bis Oprah Winfrey sie in einer Sendung als ihren aktuellen Lieblingsgegenstand präsentierte. Seither sind sie der letzte Schrei. Wofür die liebe Oprah zweifellos eine ordentliche Provision eingestrichen hat.«

»Und ein paar Plätzchen von Martha«, fügte Mona hinzu.

»Lacht ihr nur«, fuhr ich fort. »Aber ich finde die dunklen Machenschaften dieses Geheimbundes erschreckend. Da wird ganz normalen Leuten eingeredet, sie müssten all diesen lächerlichen Kram kaufen, den sie gar nicht haben wollen. Habt ihr gewusst, dass auf der Website von David's Bridal die ›Strahlende Braut‹-Barbie als absolutes Must-Have angepriesen wird? Und Baseballkappen mit der Aufschrift ›Brautvater‹? Und herzförmiges rosa Pfefferminz mit der Aufschrift ›Mint to be together‹, in einer Metalldose mit Namensgravur? Ganz zu schweigen von dem Buch *Warum es prima ist, ein Blumenmädchen zu sein*. Schon seltsam, wenn man bedenkt, dass die meisten Blumenmädchen nicht lesen können und viele Väter standrechtlich erschossen würden, wenn sie bei der Hochzeit mit einer Schildkappe aufkreuzen.«

»Bist du auch gegen Tauben und altkluge Kinder in Miniatur-Erwachsenengarderobe?«

»Hey, meine Einstellung gegenüber der Liebe ist zynisch und unerschütterlich hoffnungsvoll zugleich. Ich bin eine sarkastische Optimistin«, verteidigte ich mich.

»Stimmt. Selbst McDonalds-Werbespots rühren sie zu Tränen«, flachste Babette. Das war tatsächlich einmal vorgekommen, aber nur, weil ich krank zu Hause gelegen war und mir zu viele Folgen von *Unsere kleine Farm* reingezogen hatte. Da verliert man schon mal das seelische Gleichgewicht. In diesem Zustand wäre ich sogar beim Lesen eines Garantiescheins in Tränen ausgebrochen.

»Ist doch egal. Worauf ich hinauswill, ist, dass die Ziele von Hochzeit und Ehe immer weiter auseinanderdriften. Ich ziehe den Hut vor Dee und Jerry; die zwei machen sich diesbezüglich wenigstens nichts vor.«

»Aber eine Heirat ist doch etwas ganz Natürliches«, wandte Ellis ein.

»Genauso natürlich, wie von einem Raubtier verschlungen zu werden, das doppelt so groß ist wie wir, und trotzdem kämpfen wir mit allen Mitteln dagegen an«, konterte ich.

»Du willst also nicht mehr heiraten?«, fragte Ellis. »Was ist mit der Trauung am Strand von Charleston, barfuß, im Etuikleid?«

»Ich bin mir nicht sicher.« Ich wusste, das war gelogen, genau wie alle anderen am Tisch. Und sie wussten, dass ich wusste, dass sie es wussten, aber das ist das Schöne an Freundinnen – sie drücken auch mal ein Auge zu, wenn du etwas total Lächerliches von dir gibst, und ziehen dich deswegen nicht auf. Jedenfalls nicht gleich.

Ellis tätschelte mir die Hand. »Das gibt sich. Sogar von Schokolade hat man nach einer Überdosis mal die Nase voll.«

»Schon möglich«, sagte ich unverbindlich. Hoffentlich ging es mir nicht wie Bruce Banner alias *Der unglaubliche Hulk*, der nach zu vielen Experimenten mit Gammastrahlen bleibende Schäden davontrug. »Wie dem auch sei, es sind ja nur noch fünf. Ich weiß nicht, wer sich mehr darüber freut, Ethan oder ich.« Erneut trat eine unnatürliche Stille ein.

Mona räusperte sich und sagte: »Imogen.« Ich wandte den Kopf. Imogen starrte auf ihre Hände. »Imogen«, wiederholte Mona streng. »Raus damit.«

»Womit denn?«, fragte ich misstrauisch.

»Also, äh, Vi, ich wollte dir nur sagen, dass Ethan und ich in letzter Zeit ziemlich viel Zeit miteinander verbringen.«

»Ja, und?« Ich war verwirrt. Fühlte sie sich etwa von mir vernachlässigt?

»Ähm …« Imogen war noch immer in die Betrachtung ihrer Hände vertieft. »Herrgott, Mona, hör auf, mich zu treten«, rief sie und hob endlich den Kopf. »Wir gehen miteinander aus.« Sie verzog das Gesicht. »Als Paar, meine ich.«

Imogen und Ethan? *Ein Paar?* Ich glotzte sie an. Glotzte in die Runde. Alle wichen meinem Blick aus.

»Das ist ja … Wie lange denn schon?«, fragte ich. Das war ja echt schräg.

»Äh, nun, noch nicht allzu lange …«, stotterte Imogen. »So ungefähr ein halbes Jahr?«

Ein halbes Jahr? War ich *blind*? Mir schwirrte der Kopf.

»Wir wollten dir erst Bescheid sagen, wenn es auch wirklich etwas zu sagen gibt … Wir nahmen an, es wäre wohl etwas seltsam für dich.« Imogen sah zerknirscht drein. »Erst war es nur ein bisschen Knutschen ab und zu, aber vor gut zwei Monaten haben wir dann beschlossen, es ernsthaft zu versuchen. Tja, es läuft gut.«

»Wow.« Ich war wie vor den Kopf gestoßen, überfordert mit dieser Neuigkeit. Nicht, dass ich mich daran gestört hätte – mir war bloß etwas unbehaglich dabei. Andererseits liebte ich die beiden über alles, und hatte ich mir bei Jen nicht *genau diese Konstellation* gewünscht? Ich würde mich schon daran gewöhnen. Mit wem sonst würde ich Imogen teilen wollen? Klar, wir würden uns ein wenig voneinander entfernen – ich stand noch auf dem Steg und sehnte mich nach dem Boot, während sie bereits den See der Einsamkeit überquert und im Hafen der Zweisamkeit angelegt hatte. Aber das war ohnehin nicht mehr zu ändern.

Ich sah mich am Tisch um. Ellis verheiratet mit Jack. Mona mit Brad zusammen. Und nun Imogen und Ethan. Nicht zu vergessen Babette, natürlich, die zwar nicht das geringste Interesse an einer festen Beziehung hegte, aber immerhin unermüdlich Scharen von Verehrern abwimmeln musste. »Bleibt also nur noch meine Wenigkeit«, sagte ich nachdenklich. Schweigen. Ich verkniff mir bewusst das selbstmitleidige »Wieso will mich keiner?«-Gejammer. Seit dem Ende der Ära Caleb war ich ein neuer Mensch, und ein glücklicher dazu. Ich straffte die Schultern.

»War ich euch eine miese Freundin, die nur ihre eigenen Probleme im Kopf hatte?«

»Aber nein«, beruhigte mich Babette. »Du hattest eben viel auf den Ohren.«

»Ich war damals während meiner Jobsuche doch mindestens genauso mies drauf«, sagte Mona mitfühlend. »Und ihr habt euch mein pausenloses Gejammer angehört, habt mir gute Tipps gegeben und Stellenanzeigen gemailt.«

»Wir waren sehr, sehr erleichtert, als du deinen neuen Job gefunden hattest.« Ellis tätschelte Mona die Hand, worauf diese die Augen verdrehte. »Und ich habe euch fast das ganze Jahr mit meinen Hochzeitsvorbereitungen und meiner Schwiegermutter gelangweilt. Aber genau dafür haben wir ja unsere Gruppentherapie ins Leben gerufen.«

»Das ist das Tolle an Freundinnen, dass sie dich lieben, was auch immer passiert«, versicherte mir Babette. »Ihr wart nach dem Tod meines Vaters meine Rettung, das war für euch bestimmt auch kein Honiglecken. Du bist sogar nach Frankreich geflogen, um mir bei der Beerdigung beizustehen, Vi. Zum Dank dafür höre ich mir gern bis in alle Ewigkeit deine Klagen über Orangen und Tischkärtchen an.«

Mona gluckste in sich hinein. »Und überhaupt«, sagte sie mit einem Blick in Richtung Imogen, »bleiben so manche Ereignisse selbst dem aufmerksamsten Beobachter verborgen, wenn es jemand darauf angelegt hat, sie geheim zu halten.« Imogen zog den Kopf ein.

»Also, dann.« Ich leerte mein Weinglas. »Von nun an bin ich offiziell wieder unter den Lebenden und gelobe hoch und heilig Besserung. Keine Hochzeitsmanien mehr.« Ich sah zu Imogen hinüber. »Ethan ist ein Glückspilz. Aber wenn du Ethan kriegst, kriege ich leihweise einen Monat lang deine hochhackigen roten Pumps von Prada.« Sie wirkte sichtlich erleichtert. Ich war zufrieden. Besagte Pumps sind nämlich echt scharfe Treter.

Kapitel 32

Allergisch

Aurora ⚭ Laken, Salem, Massachusetts, August

»Sid Dickens, Ben am Apparat. Was kann ich für Sie tun?«

»Hallo, hier ist Vi. Wie läuft's in Raincouver?«

»Vi, was für eine Freude. Hier ist es … feucht.«

Ich lachte. »Immer noch besser als zu trocken. Ich komme gerade von der Hochzeit von Aurora und Laken. Eine Feldmesse vor den Toren von Salem, Massachusetts, an einer Kreuzung mehrerer Ley-Linien. Nach einer kurzen Kristallzeremonie mit einem spirituellen Wegbegleiter haben wir ›den mystischen Weg unserer Ahnen eingeschlagen‹, sprich, wir sind auf einer staubigen Wiese Achterschleifen gelaufen, wobei ich mir meine Schuhe – täuschend echt aussehendes Christian-Louboutin-Imitat – ruiniert habe. Eigentlich war geplant, dass wir Mutter Erde durch ehrfürchtiges Schweigen Respekt zollen, aber plötzlich musste alles niesen. Die Ahnen hatten ihre Wege wohl schon eine ganze Weile nicht mehr gefegt. Klarer Fall von *Salem's Rotz*.«

»Kapier ich nicht«, sagte Ben.

»Du hast echt keine Ahnung von amerikanischer Popkultur, Ben. Das war eine Anspielung auf den Horrorfilm *Salem's Lot*.«

»Ich sehe mir lieber Dokumentationen an. Ist so eine Eheschließung überhaupt rechtsgültig?«

»Keine Ahnung. Aber ehrlich gesagt habe ich schon jede Menge Hochzeiten miterlebt, die ungleich belangloser gewirkt haben. Das Brautpaar hat sich auf den Treueschwur konzentriert, nicht auf Orangen und Stecknadeln.«

»Hör endlich mit diesen Orangen auf, Vi.«

»Hör du endlich auf zu sticheln, ey! Also, egal ob rechtsgültig oder nicht, die beiden kriegen ein Geschenk. Nicht, dass ich mir womöglich irgendwelchen Hexenzauber zuziehe. Kannst du das orangieren?«

»Hmmmm. Sid hat da ein neues Motiv entworfen, das könnte passen.«

»Ach, ja? Ein Kräuter-Orangment?«

»Ich maile dir ein Bild.«

»Super, danke, Ben. Ich mache heute früher Feierabend, kann also sein, dass du erst morgen wieder von mir hörst.«

»Ich will lieber gar nicht wissen, wieso. Wenn man bedenkt, wie viel Zeit du mit dubiosen medizinischen Tests und Telefonaten nach Kanada verbringst, frage ich mich, wann du überhaupt zum Arbeiten kommst.«

»Ach, komm, Ben. Du freust dich doch, wenn ich anrufe, ey.«

Kapitel 33

Lady In Red

Adele ⚭ Peter, Washington D. C., September

»Du bist schon auf der Zielgeraden«, erinnerte mich Imogen am Telefon. »Nur noch vier.«

»Ich kann nicht mehr«, sagte ich aufrichtig. »Ich fand Trauungen immer toll und höchst romantisch, aber allmählich habe ich meinen Status als *Herrin der Ringe* gründlich satt … Und ehrlich gesagt fühle ich mich ein bisschen ausgegrenzt. Wie kann man etwas verachten und zugleich neidisch sein, weil man es selber nicht hat?«

»Die Antwort, mein Freund, kennt wohl allein Voltaire«, scherzte Imogen. »Ich schätze, dein gesunder Menschenverstand setzt sich gegen die gesellschaftliche Gehirnwäsche zur Wehr.«

»Schon möglich. Jedenfalls deprimiert mich das Ganze. Mein Liebesleben ist eine Wüste, durchsetzt von Oasen bühnenreifer öffentlicher Demütigung.« Ich hatte Imogen von meiner »zufälligen« Begegnung mit Mr. Devlin erzählt – die Kurzversion, ohne meinen kleinen Nebenverdienst beim NIH.

»Ach, es war bestimmt nicht halb so peinlich, wie du sagst«, meinte Imogen.

»Und ob, dafür hat schon mein Outfit gesorgt. Und Niall Devlin ist ja nur das Tüpfelchen auf dem *i*. Nicht nur, dass ich ein ums andere Mal die Braut auf Probe geben muss, nein, ich befinde mich auch noch in einer Art Endlosschleife, in der ich mich wieder und wieder vor dem irischen Traum meiner schlaflosen Nächte zum Affen mache.«

»Willst du überhaupt noch heiraten, nachdem du gesehen hast, wie das Ganze künstlich aufgebauscht wird?«

Ich überlegte. »Ich will diese absolut perfekten, unvergesslichen Momente – die Sekunde, in der dem Bräutigam Tränen in die Augen steigen; das strahlende Lächeln der Braut, wenn er sie beim Tanzen noch fester umarmt. Ich will mich in der Gegenwart eines Mannes beruhigt zurücklehnen können, in dem Wissen, dass er mich auffängt.« Ich dachte an den frischen Duft von Nialls Brust.

»Und Kindern in Afrika das Lesen beibringen«, sagte Imogen.

»Genau.«

»Vielleicht solltest du deine Ansprüche etwas zurückschrauben, Vi. Vielleicht musst du gar nicht den perfekten Partner finden, sondern einfach einen netten Mann, der dich anständig behandelt.«

»Du klingst wie Jen«, murrte ich. »Ich kann das nicht. Ich bin überzeugt, dass es sich lohnt, auf den Richtigen zu warten. Das sollte es uns doch wert sein, oder?«

»Ich weiß nicht«, sagte sie. »Ist doch nichts dabei, wenn man erst den Falschen erwischt und beim zweiten Anlauf dann den Richtigen. Sieh dir deine Eltern an.« Wir schwiegen. Bei Imogens Eltern hatte es keinen zweiten Anlauf gegeben. »Wann holt dich Mona ab?«

Ich sah auf die Uhr. »Um halb fünf. Adele hat uns gebeten, schon etwas eher zu kommen.«

»Hat sie Muffensausen?«

»Keine Ahnung. Wahrscheinlich will sie sich bloß ein bisschen betüddeln lassen.«

»Was ziehst du an?«

»Ich soll ein rosa Kleid tragen.«

»Vergiss es. Trag etwas, in dem du dich gut fühlst. Du glaubst doch daran, dass dein Traumprinz da draußen herumläuft. Es könnte jeder sein, sogar dieser Niall. Ist ja nicht auszuschließen, dass ein absolut umwerfender Typ dich genauso umwerfend findet. Alle, die dich kennen, finden dich toll. Vergiss das nicht.«

»Das war süß, Imogen«, sagte ich gerührt.

»Stimmt ja auch. Du weißt, dass er eingeladen ist, also zieh etwas an, in dem du dich hübsch findest, und mach dir einen schönen Abend.«

»Pfff. Ich kann es kaum erwarten, Vanessa die Verächtliche wieder zu sehen.«

»Erstens ist nicht gesagt, dass sie kommt. Niall weiß, dass du eingeladen bist, oder?«

»Ja, Adele sagte, mein Name sei gefallen. Peter und Niall sind im selben Rugbyteam, und Jennifers Freund Henry auch.« Adele und ich hatten mehrere gemeinsame Bekannte.

»Washington ist echt ein Kaff«, bemerkte Imogen. »Aber ich mag Henry. Gut, dass er kommt, er könnte sich als nützlich erweisen. Also, ich will ja nicht schon wieder darauf herumreiten, aber was ist, wenn dieser Niall allein aufkreuzt? Babette schwört, er steht auf dich.« Ich schnaubte. Ziemlich unwahrscheinlich. Trotzdem flammte ein winziger Funken Hoffnung in mir auf. Unverbesserlich.

»Zweitens: Selbst wenn diese Vanessa da ist, wirst du diesmal ein Kleid anhaben, bei dem ihm Hören und Sehen vergeht. Also, schärf deine Krallen. Besinne dich auf deine innere Göttin.«

Ich grunzte.

»Drittens: Wenn er dir nicht die gebotene Beachtung schenkt, bist du ohne ihn besser dran. Was nützt dir ein Freund, in dessen Gegenwart du dich minderwertig fühlst?«

Gutes Argument. Nie wieder wollte ich das nervliche Wrack sein, das Caleb aus mir gemacht hatte. Und selbst wenn Niall bislang stets überaus charmant gewesen war, ging es nicht darum, ob ich mich in seiner Gegenwart minderwertig fühlen würde. Die Frage lautete vielmehr: Hegte ich Erwartungen, die er womöglich nicht erfüllen konnte?

»Rot ist doch fast dasselbe wie Rosa, nicht?«, fragte ich.

»Absolut«, stimmte sie mir zu.

Als ich mit Mona die Kirche betrat, bereute ich meinen Anfall von Rebellion bereits. »Glaubst du, es ist ein Problem, dass ich nicht Rosa trage?« Ich beäugte ihr roséfarbenes Kleid. In meinem engen roten Cocktailkleid von Shelli Segal und den hochhackigen silbernen Sandalen sah ich zwar atemberaubend aus, aber ich hatte ein schlechtes Gewissen. Am heutigen Tag sollte sich alles darum drehen, die Braut glücklich zu machen, und nicht, Niall zu beeindrucken.

»Quatsch«, beruhigte mich Mona. »Rot ist doch nichts anderes als ein sehr kräftiges Pink. Ich wette, es fällt ihr gar nicht weiter auf.« Wir betraten einen Raum am Ende des Korridors, aus dem Gekicher drang.

»Hallo, Mädels!«, rief Adele. »Schön, dass ihr so früh kommen konntet.« Dann bemerkte sie mein Kleid. »Oh … Rot?«

»Tut mir leid, Adele, ich hab einfach nichts in Rosa«, schwindelte ich. »Dafür habe ich Rosé-Sekt mitgebracht!«

»Oooh, suuuper!« Sie kicherte. Außer uns waren noch Lori, Jennifer und Lesley zugegen, die ich alle kannte und sympathisch fand. Alle drei trugen Rosa, keine sah aus wie eine Brautjungfer. Ich fühlte mich sehr … unübersehbar. Adele blickte von einer zur anderen und konnte gar nicht mehr aufhören zu kichern. Gleich darauf stieß eine weitere holde Maid in Rosa zu uns, die uns als Gabrielle vorgestellt wurde.

»Ah, wunderbar«, sprudelte Adele. »Jetzt sind alle hier.«

»Ich freu mich so für dich!«, strahlte Gabrielle sie an.

»Ich freu mich für *euch*«, sagte Adele. »Ich hab nämlich eine Überraschung für euch!« Sie schwenkte eine große Tüte.

»Was denn?«, fragte Lori gespannt. Mir schwante Fürchterliches.

»Hiermit ernenne ich euch alle zu meinen Brautjungfern«, verkündete Adele und überreichte uns je eine Schmuckschatulle. Mona warf mir einen Blick zu, der sich nur mit dem Attribut panisch beschreiben ließ.

»Ich wollte nicht, dass ihr ein Kleid kaufen müsst, das ihr danach nie wieder anzieht«, erläuterte Adele. »Deshalb habe ich mir überlegt, ihr könntet einfach alle dieselbe Farbe tragen und dazu die hier.« Sie verkniff es sich netterweise, mit dem Finger auf mich zu zeigen und »Spielverderber« zu rufen. In der Schatulle befanden sich ein rosa Halsband mit unserem Namen und glitzernder rosaroter Lipgloss.

»Oh«, sagte Mona.

»Nur zu, zieht sie an!« Adele klatschte in die Hände. »Klasse.« Wir legten uns artig unsere Hundehalsbänder um. »Hach, das wird großartig. Ihr schreitet vor mir zum Altar, wie sich das gehört.« Jennifer schickte mir ein dickes fettes Lipgloss-Küsschen quer durch den Raum.

Oh, Gott. Ich war der unübersehbare Schandfleck im Dunstkreis der Braut. *Der scharlachrote Buchstabe* in der rosa Brautjungfernprozession. Eine entzündete Pustel auf makelloser Haut. Ich schloss die Augen. Dass Mona aussah, als wollte sie sich am liebsten von der Empore stürzen, war nur ein schwacher Trost.

»Eine Flasche Sekt wird da nicht reichen«, murmelte Lesley.

»Du hast Glück«, flüsterte Lori. »Jennifer hat entweder eine Erektion oder eine zweite Flasche unter dem Kleid.« Jennifer hatte tatsächlich flüssigen Nachschub hereingeschmuggelt, der mir alsbald aus der Nase schoss, während wir alle über Adeles gelungene Überraschung lachten. Alle bis auf Mona, die noch immer leichenblass war. Um sechs bezogen wir angeheitert Stellung, der Größe nach aufgereiht wie Orgelpfeifen. Ich stand hinter Mona, die an ihrem Halsband zerrte.

»Dieses Folterinstrument verstößt garantiert gegen die Genfer Konvention«, jammerte sie.

»Wenigstens hast du ein rosa Kleid an. Ich komm mir vor wie ein Papagei unter Flamingos.«

Wir marschierten ausgesprochen ungraziös in Richtung Altar, die Hände in Ermangelung eines Blumenstraußes leer und unnatürlich steif. Mein rotes Kleid schien zu glühen. Nachdem Adele ihrem Zukünftigen übergeben worden war, standen wir etwas ratlos in der Gegend herum, bis uns der Pfarrer bat, Platz zu nehmen, also setzten wir uns.

»Hör endlich auf rumzuzappeln, sonst hau ich dir eine runter«, zischte mir Mona irgendwann aus dem Mundwinkel zu, genau in dem Moment, als auf der Kanzel ›Die Liebe ist langmütig, die Liebe ist gütig …‹ verlesen wurde. Ich hielt unauffällig nach Niall Ausschau – gar nicht einfach von der vordersten Reihe aus – und zupfte an meinem Halsband, das mich schier wahnsinnig machte.

Zum Glück dauerte die Trauung nicht allzu lange. Bald erklang das Schlusslied, und das etwas unkoordinierte »Spontan-Brautjungfern«-Team formierte sich für den Auszug.

Draußen galoppierten Mona, Lesley und ich sogleich in Richtung Meridian House, wo der Empfang stattfand, doch Adele pfiff uns zurück. »Huuu-hu! Mädels! Fototermin!«

Mist. Also wieder zurück. Nach weiteren dreißig Minuten waren wir endlich entlassen.

»Wie findet ihr denn diese Halsbänder?«, brummte Lesley, als wir erneut den Weg zum Meridian House einschlugen.

»Ich hab keine Zeit zum Reden, ich muss meinen Knochen suchen«, hechelte ich. »Der liegt hier irgendwo vergraben.« Mona schnaubte nur, den Blick starr geradeaus gerichtet.

»Siehst du ihn?«, flüsterte ich ihr zu, als wir endlich an der Bar standen. Ich war frustriert. Hoffentlich hatte ich die Gelegenheit, mit Niall zu sprechen, nicht schon vertan.

»Nein. Noch immer nicht.« Wir holten uns einen Chardonnay. Mona bestellte ein drittes Glas »für eine Freundin« und leerte das erste gleich in einem Zug.

»Alles okay?«, erkundigte ich mich.

»Wird schon«, sagte sie knapp und griff zum zweiten Glas.

Ich zog an meinem Halsband. »Wann kann ich das ablegen?«

»Gar nicht«, presste Mona hervor. »Es ist eine Ehre.«

Bald hatten sich sämtliche Spontan-Brautjungfern in einer Ecke zusammengerottet, eine überdimensionale rosafarbene Hirnmasse auf Beinen mit einem knallroten Hämatom. Wir reckten die Hälse.

»Ich finde den Typ mit der Ananaskrawatte gut«, sagte Lori.

»Zu viele Muckis«, winkte ich ab. Wir blickten uns weiter um.

»Wie wär's mit dem in der violetten Hose?«, schlug Jennifer vor.

»Ich bitte dich. Violette Hose«, sagte ich entrüstet. Ich hielt nach einem ganz bestimmten Mann Ausschau.

»Der Kerl im Leinenanzug?«, sagte Lesley. Hm. Der hatte Potenzial. Allerdings war ich nicht die Einzige, die das dachte – zack, schon war seine Freundin zur Stelle und schlang ihm den Arm um die Taille. Wir seufzten unisono.

»Ziemlich magere Ausbeute, meine Damen. Wir sollten uns ein bisschen unters Volk mischen, aber mit diesem Kropfband komm ich mir dämlich vor«, klagte ich.

»Wir doch auch«, sagte Jennifer. Unsere rosa-rote Gehirnmasse bekam Zuwachs: Henry gesellte sich zu uns, ein dunkler Tumor in seinem graphitgrauen Anzug.

Niall war nirgends zu sehen. Ich verlor allmählich den Mut. Vielleicht hatte er ja abgesagt oder ging mir aus dem Weg, damit ich mich ihm nicht wieder an den Hals werfen konnte. Oder er knutschte in einer Besenkammer mit Vanessa. Oder …

»Niall!«, rief Henry da. »Wo hast du gesteckt, Mann?« Meine Achselschweißdrüsen taten umgehend ihre Anwesenheit kund (ungefähr so diskret wie ein rotes Kleid auf einer rosa Hochzeit) und produzierten auf einen Schlag genügend Gleitmittel, um Jabba, den fettleibigen Alien aus *Star Wars*, in Nicole Ritchies Minirock zu zwängen. Ich wandte mich um. Da stand er, sonnengebräunt, in einem todschicken olivgrünen Anzug, und sah mir geradewegs ins Gesicht. »Wir sind hier! Wir funktionieren!«, jubilierten meine Schweißdrüsen. »Im Schweiße unseres Angesichts!«

»Ich musste nach der Trauung mal rasch telefonieren, ehe es in Irland zu spät wurde«, sagte Niall, ohne mich aus den Augen zu lassen. »Eine Art Notfall in der Familie. Möchte vielleicht jemand einen Drink? Vi?«

»Ein Glas Wein wär toll«, sagte ich.

»Selbstverständlich.« Er wandte sich an Mona. »Hallo, ich bin Niall. Kann ich Ihnen auch etwas bringen?«

»Oh, ja.« Mona leerte ihr Glas. »Auf jeden Fall.«

»Okay. Bin gleich wieder da.« Er lächelte und ging zur Bar.

Mona sah mich an. »Mannomann.«

»Sag ich doch.«

»Oh, ja. Mannomann«, wiederholte sie. »Jetzt ist mir alles klar.«

Jennifer kicherte. »Wenn ich nicht schon vergeben wäre …«

»Was ist los?«, schaltete sich Henry ein.

»Nichts«, sagten wir im Chor.

Niall kehrte zurück, reichte Mona und mir je ein Glas Wein und schenkte mir ein strahlendes Lächeln.

»Wie schön, Sie wiederzusehen. Wir zwei scheinen ja wirklich außerordentlich beliebte Hochzeitsgäste zu sein.«

»Allerdings.« Ich lachte.

»Ihr heutiger Auftritt wirkte ja äußerst inspiriert«, spöttelte er.

»Tja, ich musste mein rosarotes Super-Brautjungfernoutfit leider in der Telefonzelle zurücklassen, in der ich mich immer umziehe, ehe ich auf Verbrecherjagd gehe.«

»Ich wollte schon immer mal eine Superheldin kennenlernen«, sagte er. »Verfügen Sie denn über besondere Fähigkeiten?«

»Nun, ich kann durch den Verzehr von Häagen-Dazs-Eis meinen Körperumfang verändern, mit bloßen Händen einen Autoschlüssel stemmen, Menschen mit einem einzigen Satz in Verwirrung stürzen und mich zuweilen unsichtbar machen.«

»Oho. Hat ihr Super-Alter-Ego einen Namen?«

»Man nennt mich die Charmeuse, und wenn ich wütend werde, was im Kampf gegen die dunklen Mächte schon mal vorkommt, Zimtzicke. Verfügen Sie auch über Superkräfte?«

»Oh, ja. Mein zweites Ich ist darauf spezialisiert, durch gezielte Kontrolle und Missachtung die zerstörerischen Machenschaften des despotischen Gebieters *Kein Blasser Schimmer* zu durchkreuzen, und ich bin dabei, mir die nötigen Fähigkeiten für den Aufstieg in den Kreis seiner potenziellen Nachfolger anzueignen, denn auf lange Sicht strebe ich die Alleinherrschaft über sein Imperium an.«

»Nehmen Sie viel Vitamin B zu sich«, riet ich ihm.

Eine Glocke ertönte.

»Soweit ich weiß, sind wir Tischnachbarn«, sagte Niall. Halleluja! »Darf ich bitten?« Er streckte die Ellbogen zur Seite, und Mona und ich hakten uns bei ihm unter.

Im Festsaal waren fünfzehn Tische um eine Tanzfläche gruppiert. Auf der Bühne standen diverse herrenlose Instrumente aufgereiht, und mittendrin turnte ein Komiker in einem mit Pailletten bestickten Sakko herum, der in ein Mikrofon bellte und dabei seine riesigen Zähne bleckte. »Nur herein in die gute Stube, Leute! Let's get this party started! Ich liebe Hochzeiten, da kann man richtig *herz*haft feiern, wenn Sie wissen, was ich meine.« Er malte mit beiden Händen ein Herz in die Luft und lachte schallend über seinen lahmen Spruch. Mona und ich blieben wie angewurzelt stehen.

»Hat er gerade *herz*haft feiern gesagt?«, fragte Mona.

»Er hat.« Niall starrte den Kerl wie wir fassungslos an.

Unser Tisch befand sich direkt neben der Bühne. Niall rückte uns die Stühle zurecht und nahm neben mir Platz. Hach! Jennifer, Henry und Lori saßen ebenfalls an unserem Tisch.

»Soooo … Wir werden uns heute Abend garantiert köööniglich miteinander amüsieren. Ich bin bekannt für meine *schillernde* Persönlichkeit …« Der Komiker, der als Zeremonienmeister fungierte, wirbelte einmal im Kreis herum, wobei er demonstrativ mit den Aufschlägen seines Paillettensakkos wedelte, für die ganz begriffsstutzigen Hochzeitsgäste.

»Sagen Sie, Vi, können Sie in Ihrer Funktion als Super-Brautjungfer auch jemanden wegzaubern?«, erkundigte sich Niall. Nur Caleb, aber das behielt ich lieber für mich.

»Da müsste ich auf Knoblauch, einen Splitter des Heiligen Kreuzes und Abhandlungen über meine biologische Uhr zurückgreifen, aber das liegt jetzt leider alles zu Hause.«

Er wirkte einen Augenblick konsterniert, dann lachte er. »Verstehe. Tja, schade, dass Sie Ihr Handwerkszeug nicht dabeihaben … Oder vielleicht ist es auch besser so.«

Der Komiker feuerte indessen munter einen abgedroschenen Gag nach dem anderen ab. »Bitte nehmen Sie Platz, es erwartet Sie eine vorzügliche Mahlzeit … Und kann mal jemand einen Rettungsring für den Bräutigam bringen? Er droht in den Augen der Braut zu versinken …«

»Oh, Gott, bringt ihn zum Schweigen«, ächzte Henry.

»Tja, Leute, ich freue mich schon darauf, Sie heute Abend zu unterhalten. Ich hoffe nur, diesmal komme ich glimpflich davon. Als ich zuletzt vor einem Saal voller Menschen gestanden bin, wurde ich für schuldig befunden und zu zweihundert Dollar Strafe verurteilt.« Kollektives Stöhnen.

»Klingt, als würde er einen auf Rodney Dangerfield machen, und zwar absichtlich.« Mona schüttelte ungläubig den Kopf.

»Zuletzt habe ich einen solchen Schwachsinn bei der Hochzeit von Tim und Traci gehört, aus dem Mund meiner damaligen Begleiterin«, bemerkte Niall zu Henry, sah dabei aber mich an. »Und ich hatte schon gehofft, nach der Trennung von ihr würde mir derart hirnverbranntes Gefasel erspart bleiben.« Er sprach von Vanessa! Mein Herz tat einen Sprung. Niall signalisierte Interesse! Ich strahlte ihn an. Er zupfte lächelnd an einer meiner Haarsträhnen und murmelte: »Sie war kein netter Mensch.«

Die Vorspeisen wurden aufgetragen, doch der Zeremonienmeister kannte keine Gnade. Als er irgendwann doch verkündete, er bräuchte mal »ein Päuschen«, atmete alles erleichtert auf.

»Gott sei Dank. *Das Schweigen der Hämmer*«, brummte ich.

»Sie sagen es.« Niall erhob sich. »Trotzdem muss ich mich kurz entschuldigen, so leid es mir tut.«

»Natürlich.« Endlich konnte am Tisch eine Unterhaltung in Gang kommen. Als Niall zurückkehrte, hatte mich mein Gegenüber in ein Gespräch über kalifornische Weine verwickelt, doch Mona trat mir so lange unter dem Tisch ans Schienbein, dass ich schon fürchtete, nie wieder gehen zu können, und ich begann, umgehend wieder mit Niall zu flirten, damit sie endlich von mir abließ. Pff. Als müsste man mich ernsthaft dazu zwingen. Nach einer Weile bemerkte ich, dass auf der Tanzfläche eine heftige Diskussion zwischen dem Zeremonienmeister und dem Oberkellner im Gange war, wobei Ersterer heftig mit den Armen wedelte und Letzterer abwechselnd den Kopf schüttelte und die Schultern zuckte.

»Was da wohl los ist?«, sagte ich.

Nialls unschuldiger Blick war ungefähr so überzeugend wie der eines kleinen Jungen mit Schokolade an den Fingern.

»Wer weiß? Vielleicht hat er erfahren, dass die Gags von Rodney Dangerfield urheberrechtlich geschützt sind.«

Ich musterte ihn mit zusammengekniffenen Augen. »Sie stellen sich doch absichtlich unwissend.«

»Ich habe keine Ahnung, wovon Sie reden. Erzählen Sie mir mehr von diesem Studiengang in London.« Ich verdrehte die Augen, bohrte aber nicht weiter nach. Der erboste Zeremonienmeister unterhielt sich nun wild gestikulierend mit Adele und Peter. Die beiden wechselten einen ratlosen Blick und erhoben sich dann.

»Da ist was im Busch«, stellte Mona fest und verfolgte, wie das Brautpaar mit dem Zeremonienmeister von Tisch zu Tisch ging.

»Die kurze Stille war wohl zu schön, um wahr zu sein«, seufzte Henry.

Die drei waren inzwischen bei unserem Tisch angelangt. »Hallo, Leute«, sagte Adele. Der sichtlich verärgerte Zeremonienmeister baute sich mit verschränkten Armen neben ihr auf.

»Ähm, wie es aussieht, hat George sein Mikrofon *verlegt* …« George blähte aufgebracht die Nüstern, hielt sich jedoch zurück. »Habt ihr es vielleicht gesehen oder, äh, irrtümlich woanders deponiert?« Adele sah erwartungsvoll nach rechts und links. Ich schielte zu Niall, der meinem Blick geflissentlich auswich. Seine Mundwinkel zuckten.

»Tja, dann …« Adele wandte sich gerade zum Gehen, als George einen empörten Schrei hervorstieß und auf das Blumengesteck in der Tischmitte zeigte, aus dem wie eine exotische Blüte das Mikrofon herausragte.

»Banausen!«, fuhr er uns an und zog seinen Schatz heraus.

Peter gab einen seltsamen Laut von sich, eine Mischung aus Grunzen und Husten.

»Ähm, okay«, stammelte Adele erleichtert. »Ich bin froh, dass wir das Problem gelöst haben.« Mittlerweile waren die Musiker eingetroffen. »Und gerade rechtzeitig, um die Band vorzustellen!« Sie scheuchte Peter hastig zum Tisch zurück.

George stolzierte davon, nicht ohne uns einen letzten vernichtenden Blick zuzuwerfen, und setzte zum Folter-Finale-Grande an.

Kaum war er außer Hörweite, prusteten wir los.

»Auf dich, Kumpel!« Henry prostete Niall zu.

»Ich weiß nicht, was du meinst«, wehrte dieser ab und blinzelte mir zu.

Zum Dessert übernahm die Band die Unterhaltung, zu unser aller Erleichterung. Die Zeit verflog. Es wurde getanzt, doch mir stand der Sinn nur nach reden – mit Niall.

»Sie vibrieren«, stellte er irgendwann fest.

»Wie bitte?« Ich lachte zu ihm hoch. »Kokettieren, transpirieren, schwadronieren meinetwegen, aber dass ich vibriere, das wäre mir neu.«

»Ähm, genauer gesagt nicht Sie, sondern die hier.« Er zeigte auf meine Handtasche, die in der Tat vibrierte.

»Oh.« Ich lief rot an. »Verzeihung.« Hastig wühlte ich mein Handy hervor und ließ es aufschnappen, ohne auf das Display zu sehen. »Hallo?«

»Vi? Bissu das? *Vi?*« Das war Calebs Stimme, und sie klang belegt. Ich war geschockt. Man sah es mir wohl an, denn Mona musterte mich besorgt, und Niall interessiert.

»Alles okay?«, fragte Mona. Ich nickte bloß.

»Vi? Hier isss Caleb. Ich mussmiddirredn, Baby«, lallte er.

Ich entschuldigte mich tonlos und hetzte in Richtung Toilette. »Caleb, was ist los?«

»Ah, jess hör ich dich endlich. Was treibssu denn?«

»Ich bin auf einer Hochzeit. Was willst du?«

»Ich hab viel anich gedacht. Den ganzen Tag. Du fehlssmir.«

»Ach, tatsächlich?«, sagte ich frostig.

»Ja, Baby. Ich mussich sehen.«

»Du bist doch betrunken.« Schweigen. »Caleb?«

»Nur ein bisschn«, bekannte er. »War mit James un Katrina aufm Boot. Hab ein, swei Bierchen gesswitschert.« Wohl eher vier oder fünf. »Ich vermisse dich. Kommssu kurz rüber?«

»Hast du sie noch alle? Ich werde ganz sicher nicht kommen?«, zischte ich aufgebracht, außer mir vor Wut. Größtenteils auf mich selbst, weil die schadenfrohe Vi in mir einen wahren Freudentanz vollführte. Dann übernahm die vernünftige das Steuer.

»Caleb, du bist betrunken, und dein Benehmen mir gegenüber ist äußerst respektlos. Schlaf deinen Rausch aus und ruf mich morgen an, wenn du mich wirklich sehen willst.«

Ich hasste mich selbst für den letzten Satz, aber meine Flügel der Unabhängigkeit waren noch so neu, dass ich es nicht wagte, ganz ohne Sicherheitsnetz zu fliegen. »Ich lege jetzt auf.«

»Vi, warte …« Ich klappte das Telefon zu und atmete ein paar Mal tief durch.

»Es geht mir gut«, sagte ich mir. »Es geht mir gut.« Ich holte ein letztes Mal tief Luft und kehrte zum Tisch zurück. Mona sah besorgt zu mir hoch.

»Alles in Ordnung?«, fragte sie.

»Ja.« Ich knallte mein Handy auf den Tisch.

Niall verfolgte es wortlos.

»Komm mit.« Mona erhob sich und zerrte mich hinter sich her zur Toilette. Wir setzten uns auf das Sofa im Vorraum.

»Das war Caleb«, sagte ich. »Er wollte mich sehen.«

»Im Ernst?«

»Im Ernst.«

Sie musterte mich. »Und, wie fühlst du dich?«

»Bestens! Klasse!« Ich verstummte. »Ach, keine Ahnung. Ich weiß nicht, was ich fühlen soll. Was sollte ich fühlen?«

»Was *fühlst* du denn?«, fragte Mona sanft.

»Willst du das wirklich hören? Alles?« Sie nickte. »Teils freue ich mich – darüber, dass er mich zurückhaben will.«

»Das ist normal.«

»Ist es auch normal, dass ich gern ja sagen würde?«

»Klar. Willst du das? Möchtest du ihn sehen?«

Ich überlegte. »Nein. Ich glaube nicht. Irgendwie schon, aber eigentlich nicht … Es ist wie rauchen, wenn man blau ist. Es reizt dich, aber wenn du's dann tust, ist es gar nicht so toll und hinterlässt einen ekligen Nachgeschmack. Und tags darauf bereust du's. Aber das blendest du in dem Moment aus.«

»Klingt einleuchtend.«

Ich nickte. »Ja«, sagte ich, mehr zu mir selbst. »Ich will, dass er mich will, aber ich will nicht zu ihm zurück. Ich habe so viel seinetwegen durchgemacht, das kann ich nicht mehr ausblenden.«

»Gut«, stellte Mona fest. »Dieser Niall ist nämlich echt su-per-heiß.«

Ich hob den Kopf. »Ja, nicht?«

»Worauf warten wir dann noch?« Sie erhob sich. Als wir zu unserem Tisch zurückkehrten, kicherten Lori und Jennifer überdreht. Ich setzte mich und lächelte Niall an, doch seine Miene wirkte hart.

»Vi, rate mal, wer dich eben angerufen hat, und zwar gleich *drei*mal!«, frohlockte Lori und wedelte mit meinem Handy. Oh, nein. Mona machte ein betroffenes Gesicht.

»Der Mann mit der Schmalzlocke, deine große Liebe!«, platzte Lori triumphierend heraus. Ich starrte sie entsetzt an. »Caleb ›Locke‹ Carter! Ich kann nicht fassen, dass du ihn unter diesem Namen eingespeichert hast.«

Ich schloss gequält die Augen. Warum hatte ich den Eintrag nicht längst gelöscht? Und warum hatte das Leben keine Rückspultaste? Ich war wie gelähmt, bis Mona unter dem Tisch nach mir trat. Okay. Notanker auswerfen!

»Ähm, also eigentlich …«

»Beim dritten Mal bin ich rangegangen, weil ich dachte, es ist bestimmt dringend«, unterbrach mich Lori. »Caleb lässt dir ausrichten, du sollst gleich zu ihm kommen, er bleibt so lange wach. Er *sehnt* sich nach dir!« Und ich sehnte mich nach einer Laserpistole, um Lori das Hirn wegzupusten.

»Wir sind eigentlich …« Ich zermarterte mir das Hirn.

»Ich muss ehrlich gesagt auch langsam los«, verkündete Niall und erhob sich abrupt. »Das war ein äußerst vergnüglicher Abend.« Nein. Nein! Ich versuchte verzweifelt, den Schaden noch irgendwie einzudämmen, aber mein Hirn hatte auf Leerlauf geschaltet.

»Müssen Sie wirklich schon gehen?«, würgte ich hervor.

»Leider ja.« Er wich meinem Blick aus. »Wünsche noch einen schönen Abend allerseits.« Und weg war er.

Ich saß mit offenem Mund da, wie ein Karpfen. »Aber … aber …«

»Scheiße«, sagte Mona.

»Was ist denn los?«, wollte Lori wissen.

»Nichts.« Ich sank in mich zusammen. »Ich mach mich nur gerade unsichtbar.«

Eine Woche später stolperte ich beim Surfen im Internet über ein Blog zu Grey's Anatomy. »Ich hoffe sehr, Meredith und Derek kommen wieder zusammen«, stand dort. Ich dachte an Caleb. Du willst ihn gar nicht wiederhaben, Meredith. Glaub mir. Ist das grundlegende Vertrauen in einer Beziehung erst einmal erschüttert, dann ist dieser Riss nicht mehr zu kitten. Man wartet immer auf den nächsten Fehltritt. Der zweite Versuch ist zum Scheitern verurteilt. Und der dritte, vierte und fünfte erst recht.

Ich öffnete mein E-Mail-Programm und klickte zum hundertsten Mal auf Calebs Nachricht.

An: ViViVooom@gmail.com
Von: Caleb.Carter@McKinsey.com
Datum: 25. September
Betreff:

Hi Vi,

ich weiß, Du willst nicht, dass ich Dich anrufe. Es war dumm von mir, das zu tun, noch dazu, wo ich betrunken war. Aber ich habe viel nachgedacht, und ich weiß jetzt, dass ich einen riesigen Fehler gemacht habe. Seit wir uns getrennt haben, fühle ich mich ständig einsam, selbst, wenn ich von Menschenmassen umgeben bin. Mir ist klar geworden, dass ich Dich vermisse. Und dass ich die schönste Zeit meines Lebens Dir verdanke, weil Du die besten Seiten an mir aktivierst. In deiner Gegenwart bin ich ein besserer Mensch. Ich weiß jetzt, wie wichtig das ist. Wie wichtig Du bist.
Letzte Woche habe ich Audrey gesagt, dass ich nicht mehr mit ihr zusammen sein kann, weil ich eine andere liebe. Ich schätze, das habe ich immer getan. Ich weiß, ich habe viel falsch gemacht, aber diesmal setze ich die richtigen Prioritäten. Ich möchte bei Dir sein. Am Freitag fliege ich endgültig nach Washington zurück. Mein Projekt ist beendet. Können wir uns treffen, sobald ich da bin? Ich möchte Dir beweisen, wie viel Du mir bedeutest, und die Zeit nachholen, die wir verloren haben, weil ich so dämlich war.
Ich liebe Dich – für immer, und diesmal meine ich es auch so.

C.

Ich starrte noch eine Weile auf seine Zeilen. Wie lange hatte ich darauf gewartet? Zwei Tage hatte es mich in den Fingern gejuckt, waren mir Tausende von Wörtern durch den Kopf gewirbelt, hatten danach gedrängt, die Flügel auszubreiten und sich auf den Weg zu ihm zu machen. Aber ich fasste mich kurz. Dann schaltete ich lächelnd den Computer aus und ging nach Hause.

An: Caleb.Carter@McKinsey.com
Von: ViViVooom@gmail.com
Datum: 27. September
Betreff: Re:

Lieber Caleb,

bitte lösch mich aus Deinem Verteiler.

Vi

Kapitel 34

Keine Hochzeiten in meinem Film!
Lisa ⚭ David, Washington D. C., November

Ich saß in der dritten Reihe der St. Matthew's-Kirche in Washington D. C. und musste mich sehr zusammennehmen, um nicht ungeduldig mit den Beinen zu wippen. Die Braut schlich *im Schneckentempo* zum Altar. Los, los, beweg deinen Hintern! Es war, als würde man Getreidehalme beim Wachsen beobachten. Meine Sitznachbarin musterte mich ungehalten unter ihrem Hut, der aussah, als versuchte ein halber Fasan aus einer Schachtel zu entfliehen. Hoppla. Ich hatte mich so darauf konzentriert, die Beine ruhig zu halten, dass ich darüber angefangen hatte, mit den Fingern auf die Bank vor mir zu trommeln. Ich beendete mein kleines Solokonzert und schenkte ihr ein künstliches Lächeln. Was wohl der anderen Hälfte des armen Vogels zugestoßen war? Ich wandte mich wieder der Schnecke von Braut zu. Gott. Da waren ja die Beamten in der KFZ-Zulassungsstelle schneller!

Im Grunde war es nicht die Braut, die mich nervte, sondern die Tatsache, dass ich hier festsaß. Es war mein neunundzwanzigster Geburtstag, und er fiel auf einen Samstag, wie das nur alle paar Jahre einmal der Fall ist. Deshalb war ich stinkig, und ich schob es auf Lisa, eine absolut reizende Freundin von mir, deren einziges Vergehen darin bestand, dass sie beschlossen hatte, an meinem Geburtstag zu heiraten und mich dazu einzuladen. Ich hätte sogar in Begleitung erscheinen dürfen, aber ich hatte mir gar nicht erst die Mühe gemacht, Ethan zu fragen. Seit er Imogens Freund war, fühlte sich das irgendwie seltsam an. Ich hatte beschlossen, die Hochzeit als große Dinnerparty zu betrachten und allein hinzugehen. Es würde ja nicht lange dauern … vorausgesetzt, die liebe Lisa erreichte jemals den Altar. Die Fasanenlady warf mir erneut einen bösen Blick zu. Hoppla, jetzt wippte ich doch mit den Beinen. Seufz. Aber falls wir uns in die Haare kriegten, waren die Tierschützer garantiert auf meiner Seite.

Ich dachte an den Vorsatz zurück, den ich vor einem Jahr im Scherz gefasst hatte – dass ich die nächsten zwölf Monate einfach überleben wollte. Ich lächelte. Ich hatte es geschafft, und ich freute mich auf eine laaange Pause in Sachen Hochzeiten. Das hatte ich nach Jens Hochzeit allerdings auch schon getan, und da war dann die Hochzeitslawine erst richtig ins Rollen gekommen. Doch diesmal fühlte ich mich sicher. Für das kommende Jahr stand bislang eine einzige Hochzeit in meinem Terminkalender, nämlich die meiner Cousine Michelle, und bis dahin gingen noch einige Monate ins Land. Aber es fühlte sich an, als hätte ich hunderte hinter mir.

Ich rief mir die allererste Trauung in Erinnerung, bei der ich so begierig jedes Detail aufgesogen hatte, um mich danach in Tagträumen von meinem eigenen ASTIL zu verlieren. Ich schauderte. Die Vorstellung, eine Hochzeit planen zu müssen, rief bei mir mindestens genauso viel Unbehagen, ja, Ekel hervor wie der Gedanke an erkaltetes Bratenfett oder an meinen Vater im Adamskostüm. Ich lenkte meine Aufmerksamkeit kurz auf die aktuellen Ereignisse. Wir waren noch nicht einmal am Ende des ersten Aktes. Gleich kam das Hohelied der Liebe. Ich schaltete wieder auf Durchzug.

Schon seltsam, dass offenbar keiner Braut auffällt, wie platt das ist – der erste Korintherbrief als Lesung bei einer Trauung, das ist in etwa so ungewöhnlich wie eine Melone auf einem Magritte-Gemälde. Banal bis zur Bedeutungslosigkeit. Doch bei der Hochzeitsplanung kommt den meisten Frauen jeglicher Sinn für Ironie abhanden. Die Rationalität wird einfach ausgeblendet.

Ich warf einen Blick in Richtung Altar. Ah, zweiter Akt: Lisa und David zündeten die Hochzeitskerze an. Meine nüchternen Betrachtungen über das mangelnde Urteilsvermögen so mancher Braut verursachten mir Unbehagen. Ich konnte den Gedanken nicht ertragen, mich selbst eines Tages in eine mit Blindheit geschlagene, beschränkte Braut zu verwandeln. Nein, beschloss ich. Nicht mit mir.

»Ich möchte nicht heiraten. Niemals«, murmelte ich zu meiner eigenen Verwunderung.

Meine gefiederte Sitznachbarin schnaubte empört. Hatte sie meine Worte verstanden oder lag es daran, dass ich es überhaupt gewagt hatte, den Mund aufzumachen? Vielleicht hielt sie mich ja für eine dieser Verrückten, die nervöse Zuckungen hatten, Selbstgespräche führten und mit einer in eine Tüte gewickelten Flasche Whiskey in der Hand einen Einkaufswagen durch die Gegend schoben, an dem ein Rad fehlte. Es war mir egal. Ich saß da und staunte über mich selbst, damit beschäftigt, die eben gewonnene Erkenntnis von allen Seiten zu betrachten und auf ihren Wahrheitsgehalt zu überprüfen. Doch je länger ich darüber nachdachte, desto sicherer war ich: Ich wollte nicht heiraten. Ich wollte das alles nicht.

Als die ersten Takte eines Kirchenliedes erklangen, tauchte ich, noch leicht verblüfft über meine ketzerischen Gedankengänge, wieder in die Wirklichkeit ein. Ich schielte auf das Programm. War das Schauspiel etwa schon vorüber?

Nein, weit gefehlt – eine Solistin gab ein Stück zum Besten. Ein kleines Intermezzo zur Auflockerung. Das konnte dauern. Ich wandte mich wieder meinen profanen Überlegungen zu.

War ich womöglich lesbisch? Ich ließ den Blick über die Anwesenden schweifen, um zu testen, ob ich die Welt anders sah, jetzt, da es mir wie Schuppen von den Augen gefallen war. Hm. Nur ein paar hässliche Hüte und … oh, *hallo!* Heißer Knabe in Reihe sechs! Okay. Doch nicht lesbisch. Ich reckte den Kopf. Der heiße Knabe kratzte sich am Hals, sein Ehering blitzte auf. Mist. Zu schade, dass ich doch noch auf Kerle stand. Ich kannte jede Menge Frauen, die noch zu haben waren.

Ich kehrte mit den Gedanken zu Lisa und David zurück, die einander jetzt die Ringe tauschten. Dritter Akt. Ich setzte mich aufrecht hin. Ich hatte das Gefühl, zu einer wichtigen Einsicht gelangt zu sein. Ich wollte wirlich keine Hochzeit, und zwar nicht etwa, weil die Trauben zu hoch hingen. Ich hatte einfach zu viele miterlebt, und sie hatten mit meinen romantischen Vorstellungen vom ASTIL gründlich aufgeräumt. Ich war fast ein wenig aufgeregt. Vasco da Gama hätte nicht stolzer auf sich sein können. Huch, warum klatschten denn plötzlich alle? Hatte ich meine Gedanken etwa schon wieder laut ausgesprochen? Ach so. Der Beifall galt Lisa und David, dem frischgebackenen Ehepaar. Schlussakt, Happy End, Vorhang. Ich applaudierte ebenfalls, und zwar mir selbst.

Kurz darauf stand ich an der Bar des Hay Adams und bereitete mich seelisch darauf vor, den ahnungslosen Damen und Herren an Tisch Nummer zwölf, die höchstwahrscheinlich ein aufrichtiges Interesse an einer ungestörten Unterhaltung miteinander hatten, meine Aufwartung zu machen. Meine vibrierende Handtasche gewährte mir Aufschub.

»Hallo?« Unverständliches Gebrabbel am anderen Ende.

»Vi, hier isd Mona.« Oh-oh. Das klang gar nicht gut.

»Mona? Was ist los? Weinst du etwa?«, fragte ich besorgt.

»Ja.« Sie keuchte, rang nach Luft, schluchzte auf.

»Was ist denn passiert? Nun sag schon!«

»Es isd wegen Brad«, stieß sie zwischen zwei unterdrückten Schluchzern hervor, gefolgt von weiterem unergründlichem Gestammel. Ich verstand lediglich »Schluss gemacht«. Jetzt heulte sie Rotz und Wasser. »Kannsu vorbeikommen?«

Einen Augenblick fühlte ich mich in der Zwickmühle. Lisa und David waren eben hereingekommen, die meisten anderen Gäste waren bereits da. Vielleicht konnte ich mich ja nach dem Hauptgang davonschleichen … Dann schüttelte ich den Kopf. Was war nur los mit mir? Ich mochte Hochzeiten doch überhaupt nicht mehr! *Natürlich* würde ich zu Mona fahren. Es waren über zweihundert Gäste anwesend – Lisa würde mein Fehlen gar nicht bemerken, und wenn doch, würde das unserer Freundschaft keinen Abbruch tun. Ich spürte, wie weitere Ketten von mir abfielen, wie ich leichter atmete. Ich musste nicht bei jeder Hochzeit auf dem Planeten Erde mit von der Partie sein, nur um zu beweisen, dass man mich liebte. Mona brauchte mich.

»Ich hab's endlich kapiert«, sagte ich, mehr zu mir selbst.

»Was?«, fragte Mona.

»Nichts. Ich bin gleich da.«

»Danke«, schniefte sie.

Ich schlängelte mich zu David und Lisa durch. »Vi! Ich freue mich riesig, dass du kommen konntest«, strahlte Lisa und drückte mich an sich. Ich umarmte die beiden.

»Du siehst umwerfend aus.« Das tat sie wirklich.

»Danke!« Wir kauten die üblichen Beglückwünschungsphrasen durch, dann stahl ich mich unauffällig hinaus. *Die Hochzeitscrasher* einmal andersrum.

Vielleicht, dämmerte es mir auf dem Weg zu Mona, war Lisa über meinen sang- und klanglosen Abgang ja ebenso erleichtert wie ich. Wie viele weitaus interessantere Unterhaltungen hatten wir schon an einem ganz gewöhnlichen Donnerstagabend im Café Deluxe geführt, und wie viele weitere würden noch folgen! Ich fühlte mich … frei.

Zwanzig Minuten später öffnete ich Monas unversperrte Wohnungstür und rief ihren Namen.

»Hier bin ich«, tönte es aus dem Wohnzimmer. Sie klang schon etwas gefasster, aber das Licht war aus. Schlechtes Zeichen. Ich überquerte den Korridor und trat ein.

Das Licht wurde angeknipst. »Überraschung!!«, brüllte ein ganzer Chor.

»Heiliger Strohsack!!« Ich machte vor Schreck einen Satz rückwärts. Meine Schweißdrüsen schalteten auf Hyperaktiv-Modus und öffneten sämtliche Schleusen auf einmal.

Es dauerte, bis mein Hirn die Tatsache verarbeitet hatte, dass mich etwa dreißig Leute anstrahlten und »Happy Birthday« sangen, einschließlich Brad und Imogen.

»Alles Gute zum Geburtstag.« Imogen und Mona umarmten mich.

»Dir geht es gut«, stellte ich dümmlich fest.

Mona wirkte zerknirscht. »Tut mir leid. Wir wollten nicht, dass du an deinem Geburtstag auf einer dämlichen Hochzeit herumhängst, da musste ich richtig dick auftragen.«

»Nicht zu fassen, dass ihr mich von einer Hochzeit weggelockt habt.«

Babette und Ellis gesellten sich zu uns. »Du bist doch

nicht sauer, oder?«, fragte Ellis kleinlaut. Ich ließ lächelnd den Blick durch den Raum schweifen, in dem all meine Freunde versammelt waren. Ich war *hingerissen*.

»Quatsch!« Sie lachten erleichtert auf und umarmten mich. Da stand ich nun, umringt von Menschen, die ich gern hatte, und hatte keinen Finger dafür krümmen müssen. Keine monatelange Planung. Ich hatte lediglich ich selbst sein müssen.

»Na, freust du dich?«, fragte auch Imogen.

»Und wie. Rate mal, was mir heute klar geworden ist.«

»Erzähl.«

»Ich möchte nicht heiraten. Niemals.«

»Hast du dir schon wieder *Vier Hochzeiten und ein Todesfall* reingezogen?«

»Nö, eher *Vierhundert Hochzeiten und eine Erleuchtung*. Ich habe festgestellt, dass eine Hochzeit nichts Besonderes ist. Dass ich keine Lust hatte, dort zu sein. Dass ich das niemandem abverlangen will. Und dass ich keine Vasensammlung will.«

»Klingt ernst zu nehmend.«

»Genau. Und eine Hochzeit ist alles andere als das. Eine aufrichtige, liebevolle Partnerschaft, das ist ernst zu nehmend, und nicht, in einem weißen Kleid zum Altar zu hopsen – oder anderen Frauen dabei zuzusehen.«

»Ich glaube, heute bekommst du dein ›Endlich erwachsen‹-Abzeichen verliehen.« Sie stieß mit mir an. »Könnte aber sein, dass ich dich eines Tages auf meiner Hochzeit erwarte«, sagte sie.

»Da komme ich bestimmt«, erwiderte ich. »Und von mir bekommst du garantiert keine Vase.« Sie schnaubte, verschluckte sich dabei am Wein und hustete. »So. Ist das da drüben Kuchen?«

An: Ben@siddickens.com
Von: ViViVooom@gmail.com
Datum: 24. November
Betreff: Merci!

Hallo Ben,

danke für das Geburtstagsgeschenk! Was für eine schöne Überraschung. Eigentlich unglaublich – mein erster eigener Memory Block von Sid Dickens, und Du hast ihn höchstpersönlich für mich ausgesucht. Ich weiß es zu schätzen. Verrätst du mir Deinen Geburtstag?

Liebe Grüße
Vi

An: ViViVooom@gmail.com
Von: Ben@siddickens.com
Datum: 25. November
Betreff: Re: Merci!

Hallo Vi,

freut mich, dass dir das Geschenk gefällt. Die Freude ist ganz meinerseits. Ich feiere meinen Geburtstag jedes Jahr am 29. Januar.

Viele Grüße
Ben

Mist.

Kapitel 35

Wilde Sause im Hotel William Tell

»Laut Onkel Tom ist hier mal jemand erschossen worden«, berichtete Maeve, als wir in LaGrange, Illinois, aus dem Wagen kletterten. LaGrange hat eines mit Pittsford gemein: Es ist genauso langweilig und unspektakulär. Die Hochzeit unserer Cousine Michelle fand im William Tell Holiday Inn statt, offenbar eine Art Mekka für Feierwütige. »Angeblich sind zwei Hochzeitsgesellschaften aneinandergeraten, und am Ende hat jemand eine Schusswaffe gezogen. Deshalb wird hier nach dreiundzwanzig Uhr kein Alkohol mehr ausgeschenkt.«

Na toll. Meine irischen Verwandten würden punkt dreiviertel elf zur Bar stürzen, um sich vorsorglich mit Getränken einzudecken und die gefürchtete Ausnüchterungsphase möglichst lange hinauszuzögern. Kein Alkohol mehr. Welch ein Horror, welch ein Horror.

An der Schwelle blieben wir wie angewurzelt stehen. Vor uns eröffnete sich eine Art Kommandozentrale gigantischen Ausmaßes. Fehlten nur noch Captain Kirk und Mr. Spock. Von der kreisrunden Halle gingen in sämtliche Himmelsrichtungen Korridore ab, die sich mehrfach verzweigten und an deren Ende je zwei Festsäle lagen. Ich kam mir vor wie in einem Kaninchenbau. Auf einer elektronischen Anzeigentafel, die der Grand Central Station alle Ehre gemacht hätte, waren sämtliche Feierlichkeiten aufgelistet.

Uniformierte mit Walkie-Talkies huschten umher. Der abgestandene Mief gekochter Hühner und unlustiger Ansprachen hing in der Luft.

»Super, da seid ihr ja«, begrüßte uns Michelle lächelnd, als wir sie ausfindig gemacht hatten. Meine Cousine verdient sich ihre Brötchen zu meiner grenzenlosen Bewunderung als KFZ-Mechanikerin. Sie hantiert unter der Motorhaube mit Autobestandteilen, vor denen ich einen Heidenrespekt habe, weil sie mir womöglich die Augenbrauen versengen könnten. Michelle war im Begriff, ihren Freund Steven zu heiraten, der – wiederum zu meiner grenzenlosen Bewunderung – Schiffsmechaniker ist und den sie in der Werkstatt ihrer High School kennen- und liebengelernt hat. Steven ist groß, unfassbar dünn und Vokuhila-Träger. Dazu muss ich anmerken, dass dieser Frisurentyp in West-Chicago genauso weit verbreitet ist wie die Bezeichnung »Pop« für kohlensäurehaltige Limo oder eine Fahne des örtlichen Football-Teams vor dem Haus. Haben Michelle und Steven übrigens auch im Vorgarten. Allerdings trinken die beiden lieber »Pabst Blue Ribbon«-Bier als »Pop«.

Unsere Cousinen Kate und Alice fungierten wie Maeve und ich als Brautjungfern. Kate, eine angehende Jurastudentin, die am liebsten Twin-Sets trägt, ist im Allgemeinen recht zurückhaltend, es sei denn, ihre Loyalität gegenüber dem Familienclan ist gefordert. Wähnt sie ihre Lieben in Gefahr, dann sollte man lieber in Deckung gehen. Alice stammt aus Glen Ellyn, einem noblen Chicagoer Vorort, und hat eine Kindheit hinter sich, die ungefähr so spannend ist wie ein Wiegenlied. Seit einem kurzen Intermezzo als Aufseherin in einem Sommerlager sieht sie allerdings zum grenzenlosen Entsetzen ihrer Mutter eher aus wie ein Mitglied der Straßengang aus *Die Warriors* – Nasenring, knallrote Haarsträhne, sprich, alles, was eine typische Vertreterin der New-Wave-Ära ausmacht. Und auch sprachlich haben ihre Kolleginnen aus Brooklyn auf sie abgefärbt (»Redest du etwa mit mir, Mann?«).

Unsere Kleider waren körperbetont geschnitten und schlicht gehalten; bodenlanger Satin, Mieder, Spaghettiträger. Das einzig Erwähnenswerte daran war die Farbe, eine bizarre Mischung aus Braun und Orange. Maeve und ich waren nach ausführlichen Diskussionen zu dem Schluss gekommen, dass sie am ehesten an Yamswurzeln erinnerte. Michelle hatte die Kleider zum halben Preis bekommen, weil die Farbe aus dem Sortiment genommen wurde. Tja, es gibt eben meist einen triftigen Grund, weshalb etwas im Sonderangebot verkauft wird, sei es nun ein gläserner Hammer oder Gummistiefel mit Lüftungslöchern an den Zehen.

»Die sind ja abscheulich«, flüsterte Maeve, als sie mir den Reißverschluss zuzog.

»Oh, Grünschnabel«, sagte ich im Tonfall eines asiatischen Gelehrten. »Du musst noch viel lernen.«

Nachsichtig lächelnd stieg ich in meinen Petticoat. Ach, ihr armen, ahnungslosen Greenhorns. Ihr wisst doch gar nicht, was ein wahrhaft hässliches Brautjungfernkleid ist. Wartet, bis ihr erst in eure ersten Puffärmel schlüpft.

Dann wagten wir uns in den unüberschaubaren Kaninchenbau vor auf der Suche nach »Grünanlage C«, wo Michelles Trauung stattfinden sollte. Ich wollte schon vorschlagen, Markierungen an jeder passierten Ecke anzubringen, als wir endlich doch noch ein Licht am Ende des laaaangen Tunnels erblickten.

Im Allgemeinen wird das Chicagoer Klima als »herbstlich« bezeichnet, selbst im Frühling. Da der April dieses Jahr jedoch »so warm wie noch nie« gewesen war – und ganz nebenbei bemerkt auch wegen einer Doppelbuchung –

hatte man Michelles Trauung ins Freie verlegt. Ich hatte ihre Ankündigung mit zwiespältigen Gefühlen (soll heißen: entsetzt) aufgenommen, doch die Wettergötter zeigten sich tatsächlich gnädig. Ein Glück, denn Michelle war wild entschlossen, unter die Haube zu kommen. Im O-Ton klang das folgendermaßen: »Am Montag werden wir zu unseren gottverdammten Flitterwochen in Disney World antraben, und da will ich verdammt noch mal verheiratet sein, selbst wenn wir auf Schneeschuhen vor den Altar treten und die Gäste wegen Unterkühlung notärztlich versorgt werden müssen.« Tja, dem gibt es wohl nichts entgegenzusetzen.

Auf dem schmalen Stück Rasen von »Grünfläche C« hatte jemand ein Spalier sowie zwölf Reihen Klappstühle aufgestellt, zwischen denen der sichtlich aufgeregte Bräutigam umherwanderte und dabei nervös an seiner Ansteckfliege herumfummelte. Von nebenan drangen Kindergekreisch und Chlorgeruch herüber. Ich spähte hinter die Hecke, die uns vor neugierigen Blicken schützen sollte. Aus dem Fenster des benachbarten Gebäudes hing ein Kind mit Schwimmflügeln und brüllte: »Guck mal, Mami, der Onkel da ist ja angezogen wie ein Pinguin!« Es kam mir so vor, als würde Michelle im YMCA heiraten.

»Wer ist denn die Glückliche?«, quäkte jemand. Klang nach Iowa, unverkennbar. Ich drehte mich um und fand mich einem untersetzten Glatzkopf in Badehose und Flipflops gegenüber. Unter seiner Wampe hätte man ohne Weiteres eine Schmerztablette festklemmen können. Wir blinzelten ihn an, eine weiße Rose umringt von vier Yamswurzelknollen.

»Na, was glauben Sie wohl? Der Fettwanst in der Hawaii-Badehose sicher nicht, also muss es die Prinzessin im weißen Kleid sein, oder? Himmel«, schnaubte Michelle.

Die Intelligenzbestie aus Iowa zuckte die Achseln, schlenderte über den Rasen und ließ sich auf einen Klappstuhl plumpsen.

»Im Film waren die Hochzeitscrasher aber bedeutend attraktiver«, murmelte Maeve.

»Das ist hier auch nicht *Die Hochzeitscrasher*, sondern *Das Yams*«, flüsterte ich zurück.

Michelle nahm es gelassen. »Solange er sich nicht auf meine Kosten volllaufen lässt … Wo zum Geier bleibt der Pfarrer? Ich bin so weit.«

Wie auf ein Stichwort kam ein Geistlicher angehetzt. »Bin schon da«, keuchte er und polierte sich mit einem Taschentuch die Brille. Er sah aus wie Drops der Comic-Basset. Mit Halskrause. »Tut mir schrecklich leid, ich habe heute insgesamt achtzehn Trauungen …« (hechel, hechel) »… und bei der letzten ging es ziemlich drunter und drüber. Die Braut war fürchterlich nervös – wer könnte es ihr verdenken? … Hat ihrem Zukünftigen ein original irisches Hufeisen auf die Zehen fallen lassen. Mussten Erste Hilfe leisten, und dann gleich noch einmal, als der Bräutigam Schokomünzen in die Gästeschar warf. Es kam zu tumultartigen Szenen; einige der Anwesenden hatten wohl angenommen, es handle sich um echtes Geld. Ts, ts.« Wir glotzten ihn mit offenem Mund an. »Also.« Er klatschte eilfertig in die Hände. »Können wir?« Damit flitzte er zu Steven an den Altar.

Kaum hatte Onkel Leo seinen Platz an Michelles Seite eingenommen, ließ der Pfarrer aus dem Ghettoblaster zu seinen Füßen Pachelbels Kanon in D erklingen. Wir marschierten zum Altar, und zwanzig Minuten später wurden Michelle und Steve unter dem romantischen Gejohle der Marco Polo spielenden Badegäste nebenan zu Mann und Frau erklärt.

Danach strömte alles in den Bankettsaal gegenüber vom Schwimmbad. Maeve und ich waren uns ohne Worte einig – wir steuerten geradewegs auf die Bar zu. Kaum hatten wir an unseren Getränken genippt, wurde bereits darum gebeten, an den Tischen Platz zu nehmen. Wir holten uns lieber noch eine zweite Runde. Man weiß ja nie – womöglich wird beim Essen kein Alkohol serviert, und es gibt nichts Peinlicheres als eine Großmutter, die einem quer durch den Saal nachbrüllt: »Geht Vi etwa schon wieder zur Bar? Die braucht sich gar nicht einzubilden, dass sie meine Leber kriegt, wenn ihre wegen einer Zirrhose den Geist aufgibt.«

Nachdem wir sechs weitere Cousins und Cousinen beiseitegeboxt hatten, die wohl dieselben Befürchtungen hegten wie wir, begaben wir uns mit unseren Drinks zu Tisch. Ein absolut androgyn aussehendes Wesen in einem grauen Holiday-Inn-Polyesteranzug warf die Stereoanlage an. Sogleich dröhnte »Your Really Got Me Now« von Van Halen aus den Boxen, und eine Discokugel ließ funkelnde Lichter durch den Raum tanzen. Beim ersten »You really got me, you really got me …« hopsten Michelle und Stephen herein und rockten Luftgitarre spielend und die Beine in die Höhe werfend in die Mitte der Tanzfläche (»you got me so I can't sleep at night«). Kaum waren sie erhitzt und strahlend auf ihre Ehrenplätze gesunken, ertönte auch schon das Kommando »Küs-sen! Küs-sen!«, dem das frischgebackene Brautpaar unter lautstarkem Gejohle von Tisch acht artig Folge leistete.

Meine Sorge, allzu häufige Besuche an der Bar könnten womöglich negativ auffallen, erwies sich als unbegründet. Mechaniker und Iren sind gleichermaßen passionierte Trinker. Das gab um Viertel vor elf garantiert ein Gemetzel. Maeve und ich ließen uns am Tresen nieder, lauschten der

Rockballaden-Endlosschleife und beobachteten die Tanzenden. Als Michelles Mutter, Tante Marty, auf uns zusteuerte, glitt Maeve urplötzlich von ihrem Hocker. »Ich muss mal«, rief sie mir über die Schulter zu, dann düste sie in Speedy-Gonzales-Manier davon.

Ich starrte ihr noch verdattert hinterdrein, da hielt mir Tante Marty bereits ein Mikro unter die Nase. »Zeit für den Dollar-Tanz, Vi!« Eins muss man Maeve lassen, sie wittert unangenehme Arbeiten kilometerweit gegen den Wind. Besser als Paris Hilton eine Fotogelegenheit. Ich verfluchte sie und nahm das Mikrofon.

Zehn Minuten später stand ich auf der Tanzfläche und rührte für meine Cousine die Werbetrommel. Mein Schwesterherz verfolgte es mit Unschuldsmiene von der Tür aus. »So, jetzt geht die Party richtig ab!«, rief ich mit künstlichem Enthusiasmus und bedachte sie mit einem giftigen Blick. Auf Knopfdruck ertönte eine Polka. Es sollte die längste, qualvollste Polka in der Geschichte der Menschheit werden.

»Meine Herren, zücken Sie die Brieftaschen und wagen Sie ein Tänzchen mit der Braut! Nur zu! Freiwillige vor!« Niemand rührte sich. »Ah, Brick Connelly! Hervorragend. Nur keine Hemmungen.« Der böse Blick meines Bruders stand dem, den ich vorhin Maeve zugeworfen hatte, um nichts nach.

»Du bist so gut wie tot«, zischte er und reichte mir mit einem aufgesetzten Grinsen einen Zwanziger.

»Das ist die Retourkutsche für den Skischuh!« Ich grinste ebenfalls. Nach Brick ließ ich erbarmungslos sämtliche männlichen Gäste antreten: Onkels, Cousins und Mechaniker. Mein Geldstapel wuchs, doch die Polka wollte und wollte nicht enden. Mann, wie lange *dauerte* denn dieses dämliche Musikstück?

»Wer hat noch nicht, wer will noch mal?«, schrie ich verzweifelt. Ich kam mir vor wie eine Pfadfinderin beim Plätzchenverkauf. »Wer hat ...« Die Musik verstummte, und meine Worte dröhnten in ohrenbetäubender Lautstärke aus den Boxen. Alles starrte mich an. Tante Marty entwand mir das Mikrofon, Maeve führte mich zu einem Barhocker.

»Neunhundertfünfundachtzig!«, krähte ich gleich darauf und fächelte mir mit meiner, äh, Michelles Beute Luft zu. »Knapp tausend Dollar, ey! Ich bin die Polka-Königin!«

»Gut gemacht.« Maeve tätschelte mich anerkennend, wie eben schon Tante Marty, und griff nach meinem, äh, Michelles Geld. Ich riss die Hand zurück. Meins!

»Vi!«, bellte Maeve. »Komm zu dir!«

Das saß. »Oh, Gott. Was war das?«, sagte ich benommen.

»Du hast eine Überdosis Polka abgekriegt«, stellte sie fest und reichte mir einen Tequila. »Das wird wieder. Hier, trink das ... Über Risiken und Nebenwirkungen informiert Sie Ihr Arzt oder Apotheker.« Sie grinste hinterhältig.

»He, und wo ist deiner? Barkeeper!«

Nachdem ich sie gezwungen hatte, ebenfalls einen Tequila zu kippen, fühlte ich mich bedeutend besser. Ich stopfte die Geldscheine in einen Umschlag und den Umschlag in mein Mieder. Diese hart verdienten Mäuse gab ich so schnell nicht aus der Hand.

Meine Eltern schlenderten herbei.

»Gute Arbeit, Vi«, lobte mich Dad.

»Danke, Dad.«

»Und?«, fragte er. »Kein Begleiter?« Ich fühlte einen Stich hinter meinem linken Augapfel.

»Nein, Dad, kein Begleiter.«

»Das heißt, kein Caleb?« Ich hatte sie in einem schwachen Moment zwar informiert, als wir wieder zusammengekommen waren, von der endgültigen Trennung wussten sie allerdings noch nichts, und ich war auch nicht scharf darauf, das Thema ausgerechnet jetzt abzuhandeln. Es gibt Dinge, die verstehen Eltern einfach nicht. Ich schätze, sie können ihrem Nachwuchs aus Gründen der Arterhaltung weder Liebe noch Sex noch Schmerzen zugestehen. Wenn sie wüssten, welche Seelenqualen auf sie zukommen, würden sie nämlich erst gar keine Kinder in die Welt setzen. Für meine Eltern werde ich ewig neunzehn bleiben.

»Nö«, sagte ich betont beiläufig.

»Es gibt also zurzeit keinen Mann in deinem Leben?«

»Nein, Dad.«

Maeve erbarmte sich meiner. »Und was ist mit dem Ex-Snooker-Champ, der groß ins Gummistiefelbusiness eingestiegen ist?«, flunkerte sie. »Er liest ihr jeden Wunsch von den Augen ab.«

»Ist das der, mit dem du am Grand Canyon warst?«, hakte Dad zu meiner Verblüffung nach. Soweit ich wusste, war ich zuletzt im Alter von neun Jahren am Grand Canyon gewesen.

»Nein, das war der Hip-Hop-Mogul mit den tätowierten Fingerknöcheln«, setzte Maeve noch eins drauf.

»Ach, ich kann die alle nicht auseinanderhalten«, winkte Dad jovial ab, sichtlich erleichtert, dass ihm die Unterhaltung über töchterlichen Herzschmerz doch erspart blieb. Er zerzauste mir die Haare und wandte sich zu Mom um. »Lust auf ein Tänzchen, Liebes?«

»Autsch«, sagte Maeve, sobald sie weg waren.

»Ach, schon okay.« Ich zuckte die Achseln. So, wie ich mich vor Kurzem dazu durchgerungen hatte, meine Eltern nicht mehr zu idealisieren, hatte ich auch irgendwann aufgehört, ihnen beweisen zu wollen, dass ich erwachsen war.

Es war zu frustrierend, und zu kraftraubend obendrein. Sie mussten mich nicht in- und auswendig kennen; es genügte mir zu wissen, dass sie mich liebten. Wie sich herausgestellt hatte, kannte ich sie genauso wenig, aber das tat meiner Liebe zu ihnen keinen Abbruch.

»Oh, Gott.« Maeve stieß mich mit dem Ellbogen an und zeigte auf die Tanzfläche. Ich wandte den Kopf und wünschte sogleich, ich hätte es bleiben lassen. Mom und Dad tanzten zu Whitesnake, und zwar nicht gerade jugendfrei. Meinem Bruder, der eben vorbeikam, ging es wie mir.

»Ah, meine Augen bluten!« Er schüttelte sich und zog mit Cousin Jimmy los, um Zigaretten zu stibitzen.

»Warum«, fragte ich Maeve gequält, »kann ich keine normale Familie haben?«

Sie verdrehte die Augen. »Jede Familie ist irgendwie neurotisch. Normalität gilt neuerdings als dysfunktional. Komm, wir gehen nach nebenan und spielen Hochzeitscrasher.«

»Das können wir doch nicht machen!«

»Warum nicht? Alle hier sind entweder mit uns verwandt oder trinken Pabst Blue Ribbon. Oder beides.« Während ich noch überlegte, fuhr sie fort: »Was hältst du von einer kleinen Erkundungstour? Wir gehen aufs Klo, checken im Vorbeigehen unauffällig die Lage, und wenn wir problemlos reinkommen, wagen wir einen Vorstoß.«

Ich nickte, und wir boxten die Fäuste zusammen.

Die Toiletten befanden sich im Korridor zwischen den beiden Festsälen. Wir spazierten hinaus und warfen dabei einen flüchtigen Blick in den gegenüberliegenden Raum. Die Leute dort standen in Grüppchen an der Bar, schlenderten umher oder schwangen das Tanzbein. Ein Kinderspiel. Wir huschten in die Toilette.

»Und?«, fragte Maeve.

»Ich bin dabei«, sagte ich, zog meinen Lippenstift nach und lockerte mir das Haar auf. Die Tür schwang auf und ein Reptil mit Pudel-Dauerwelle kam herein. Es handelte sich offensichtlich um eine Brautjungfer von der Konkurrenz, und die Braut von nebenan schien bei der Auswahl der Kleider noch bedeutend sadistischer vorgegangen zu sein als Michelle. Unsere Leidensgenossin steckte in einem langen, grün gemusterten Schlauch mit Rüschen an den Seitennähten und einem kleinen Cape an den Schultern. »Die Echse«, wie ich die Unglückliche insgeheim titulierte, sah verächtlich schnaubend an mir herunter und drängte sich dann wortlos vor mich ans Waschbecken, um ihren lila Lidschatten aufzufrischen und sich den Pony zu toupieren, der vermutlich ihr ganzer Stolz war. Maeve und ich wechselten einen ungläubigen Blick. *Sie* machte sich über *unseren* Aufzug lustig?

Wir verdrückten uns. »Ich bin nicht mehr so sicher, ob ich die Leute da drin kennenlernen will«, sagte ich zu Maeve.

»Ach, komm schon. Hast du was gegen Kaltblüter?«, feixte Maeve und betrat ohne zu zögern den Saal. Das ist eine Connelly-Regel: Was immer du tust, tu es selbstbewusst, damit keiner Verdacht schöpft. Ich folgte ihr hocherhobenen Hauptes.

Der Zeremonienmeister hatte soeben den Dollar-Tanz eröffnet. Polka-Alarm! Ich zog unwillkürlich den Kopf ein, doch Maeve legte mir besänftigend die Hand auf den Arm. »Keine Panik. Dir kann nichts mehr geschehen.« Wir holten uns einen Drink an der Bar und verfolgten dann eine Weile das muntere Treiben. Die Braut war hübsch und schwang mit diversen rotgesichtigen älteren Herren, pickligen Teenagern und einem jungen Mann, der hinkte, das Tanzbein. Pfff! Ich verdrehte die Augen. Da war ich ja *um Welten* besser gewesen.

Die Brautjungfern, leicht zu erkennen dank ihrer Reptilienoutfits, waren sichtlich bemüht, sich den Bauch vollzustopfen, ehe die Uhr zwölf schlug. Gut aussehende Männer sichtete ich keine. Und dann versetzte eine Stimme hinter mir meine Schweißdrüsen in helle Aufregung.

»Also, jetzt übertreiben Sie aber langsam. Sie wollen es mit Ihren Hochzeitsauftritten wohl ins Guinness-Buch der Rekorde schaffen, wie? Haben Sie für Ihre Tour durch Nordamerika T-Shirts drucken lassen? Nächste Station: Detroit?«

Ich kannte diese Stimme. Ich *liebte* diese Stimme! Ich wirbelte herum. Der Anblick von Niall Devlin, diesmal unglaublich sexy in einem Smoking, verpasste mir einen Adrenalinschub, der sich gewaschen hatte. Einen Augenblick fürchtete ich, meine Sinne könnten mir einen Streich spielen. Hatte ich etwa schon Halluzinationen? Ich starrte mit offenem Mund in seine schokoladenbraunen Augen, umrahmt von den unverschämt langen Wimpern, halb darauf gefasst, dass sich seine Erscheinung in Luft auflöste. Kein Tequila mehr für mich, danke. Eines der Brautjungfernreptile rempelte mich an, aber Niall stand immer noch vor mir.

»Niall! Was führt Sie denn hierher?« Ich zermarterte mir das Hirn – hatte ich ein Heilmittel gegen Krebs erfunden oder sonst irgendeine gute Tat vollbracht, für die mich der liebe Gott belohnen wollte?

»Die Hochzeit meiner Cousine«, gab er trocken – und gleichermaßen überrascht – zurück. »Und *Sie*?« Schluck. Berechtigte Frage. Ich lief feuerrot an.

»Äh, nebenan heiratet *meine* Cousine. Ich … äh … war auf der Suche nach meiner Schwester.« Sein Lachen ließ keinen Zweifel darüber aufkommen, dass er mich durchschaute.

»Keine Sorge, ich war vorhin auch drüben bei Ihrer … Cousine, sagten Sie?« Ich nickte. »Allerdings nicht lange. Auf der Tanzfläche ging es ganz schön zur Sache. Dagegen ist *Dirty Dancing* heilig.«

»Nicht zu fassen, dass wir beide hier in LaGrange sind.« Da hatte ich monatelang von diesem Mann geträumt und ihn nicht ein einziges Mal getroffen, und jetzt … Mir kam ein beunruhigender Gedanke: War Niall bloß ein Hirngespinst, eine Ausgeburt meiner lebhaften Fantasie? Hatte ich nach all den Hochzeiten den Verstand verloren? Wir waren uns genau einmal *nicht* im Rahmen einer Trauung über den Weg gelaufen, und da war ich nach einem missglückten medizinischen Experiment total von der Rolle gewesen. Hatte ich ihn je in Interaktion mit anderen erlebt, oder war der Fall ähnlich gelagert wie der von Bruce Willis in *Sixth Sense?* Nein. Mona hatte mit ihm gesprochen. War das auch bloß Einbildung gewesen? Ich berührte ihn vorsichtig mit dem Zeigefinger, wohl wissend, wie dämlich das aussehen musste. Er lachte.

»Ich wollte eben dasselbe tun«, sagte er. »Ich hab mich schon gefragt, ob Sie vielleicht in einem Paralleluniversum existieren und wir lediglich auf Hochzeiten in Kontakt treten können, dank einer Falte im Raum-Zeit-Kontinuum, wie in diesem Film mit Sandra Bullock und Keanu Reeves.« Jetzt berührte er mich doch – er strich mir sanft eine Haarsträhne von der Schulter. Ich schauderte.

»*Das Haus am See?* Ich hatte eher an *Sixth Sense* gedacht.«

»Ah, ja … Sie haben also auch befürchtet, ich könnte womöglich für Ihre Mitmenschen unsichtbar sein?« Ich nickte. Mir wurde warm bis in die Zehenspitzen, als er mir tief in die Augen sah und lächelte. »Tja, da bleibt uns nur eins – wir müssen uns zum Dinner verabreden, sobald wir wieder in Washington sind. Werden wir bedient, obwohl wir uns *nicht* auf einer Hochzeit befinden, dann existieren wir wirklich.« Mir wurde schwindlig. War das etwa ein Date? Er blinzelte. »Die Wahl des Outfits überlasse ich Ihnen.«

»Abgemacht.« Hm. Date oder nicht Date, das war die Frage.

Genau in diesem Augenblick näherte sich eine attraktive Brünette mit einem Umschlag. »Niall, könntest du das bitte verwahren? Es ist das Geld von Pennys Dollar-Tanz. Du hast ja gesehen, was für einen Aufruhr die Schokolademünzen verursacht haben. Wer weiß, was passiert, wenn es um echtes Geld geht; es sind immerhin siebenhundert Dollar.« Pah! Amateure. Doch mein Stolz schwand schnell dahin – wer war wohl diese Frau?

»Ach, so nennt sich diese sanktionierte Form der Prostitution also, die wir eben erlebt haben, während unsere Ohren mit Polkaklängen malträtiert wurden?«, fragte Niall. Die Brünette verdrehte die Augen.

Dann legte er plötzlich die Stirn in Falten. »Vi, darf ich vorstellen, das ist Anne«, sagte er. Oh-oh. Er wirkte angespannt. Was hatte das zu bedeuten? »Anne gehört zur Familie, das heißt, sie ist eine Verwandte von mir. Eine *Bluts*verwandte, meine ich.« Er lief rot an. Anne warf ihm einen seltsamen Blick zu. »Keine Schwester, aber nichtsdestoweniger eine sehr, sehr enge Verwandte«, wiederholte er etwas fahrig. Ich grinste. Anne musterte mich neugierig.

»Habe ich schon erwähnt, dass der Anrufer, der mich auf Adeles Hochzeit so penetrant belästigt hat, auch quasi ein Verwandter von mir war?«, fragte ich. Er lächelte. »Mittlerweile verschieden.« Sein Lächeln wurde breiter.

Anne hatte die Nase voll von unserem kryptischen Geschwafel. Sie drückte Niall den Umschlag in die Hand. »Hier, nicht verlieren!«, befahl sie und ließ uns stehen.

»Ich musste mich selbst als Zuhälterin meiner Cousine verdingen«, verriet ich Niall und klopfte mir auf das Mieder. »Und ich trage die Einnahmen sicher an meinem Herzen.« Er richtete den Blick auf meine Oberweite. Prompt überzog erneut eine verräterische Röte meine Wangen. Argh!

»Schon ein seltsamer Brauch«, sinnierte er und schob den Umschlag in seine Jackentasche. *»Pimp My Bride* sozusagen.« Ich starrte ihn an. Er teilte *meine* Leidenschaft für Titelanspielungen! Der Mann raubte mir schier den Atem. Ich konnte förmlich das Surren hören, als mich Amors Pfeil traf. So fühlte sich das also an.

Benommen registrierte ich, dass er immer noch sprach.

»Wenn man beim Dollar-Tanz *eine Handvoll Dollar* für einen Tanz mit der Braut bezahlt, braucht man dann für den Ententanz Enten?« Niall musterte mich erwartungsvoll.

»Nur bei Trauungen mit schwarzen Messen«, entgegnete ich. »Da ist allerdings Vorsicht geboten – ein harmloser Boogie mit einer Ente könnte sich als Voodoo-Zauber entpuppen. Ich kenne eine Frau, die auf diese Art und Weise siebzehn Cousinen verloren hat.«

»Sie wirken außerordentlich versiert, was Hochzeiten und ungewöhnliche Kleider in noch ungewöhnlicheren Farben angeht. Verdienen Sie sich Ihren Lebensunterhalt als professionelle Brautjungfer?«

»Schön wär's, aber leider fließt das Kapital nur in die entgegengesetzte Richtung«, klagte ich. »Beruflich bin ich Weineinkäuferin für Darien & Dodd.«

»Ach ja, das hat Henry erwähnt«, sagte er und wurde rot. Ich frohlockte innerlich – er hatte sich über mich erkundigt! –, tat aber, als hätte ich es nicht gehört.

»Und was machen Sie beruflich?«

Er verzog das Gesicht. »Zurzeit bin ich Fotojournalist für die Washingtoner Dependence der BBC und auf der Suche nach einer neuen Stelle.«

Ich blinzelte überrascht. »Im Ernst? Klingt aber spannend.« Fotojournalist. Gott, was war der Kerl sexy!

»Könnte man annehmen, ja. Leider hortet die im wahrsten Sinne des Wortes graue Eminenz sämtliche interessante Berichte für sich und würde lieber am Schreibtisch das Zeitliche segnen als in Rente zu gehen, während sich meinereiner den lahmen Lückenfüller-Storys widmen darf. Die haben dann so zündende Schlagzeilen wie ›Sonny das Streifenhörnchen stiehlt Wasserski-Profis die Show‹.«

»Sonny sollte sich ein paar astreine Alliterationen zulegen«, scherzte ich. »Bestellen Sie doch mal ein paar Party-Buckets von Kentucky Fried Chicken ins Büro. Dann können Sie sich einfach zurücklehnen und zuhören, wie die Arterien Ihrer werten Herren Kollegen verkalken. Bis eine leitende Position frei wird.«

Er brach in prustendes Gelächter aus. »Sie sind ja richtiggehend davon besessen, eine Querverbindung zwischen Federvieh und Tod herzustellen.«

»Das kommt daher, dass ich den Buchtitel *Hühnersuppe für die Seele* erst falsch interpretiert habe«, konterte ich.

»Oh, Chick-Lit. Von diesem literarischen Genre verstehe ich ungefähr so viel wie der Hahn vom Eierlegen. Übrigens, ich hoffe, hier fliegen heute Abend keine faulen Eier. Es wird ja ganz schön gebechert.«

Ich verdrehte die Augen. »Da lachen ja die Hühner!«

Er funkelte mich belustigt an. »Oho! Da will das Küken wohl klüger sein als die Henne, wie?«, sagte er kämpferisch.

»Ganz und gar nicht. Ein blindes Huhn findet eben auch mal ein Korn.«

»Apropos Korn, was halten Sie davon, wenn wir uns einen Drink holen, und dann erzählen Sie mir von Ihrer Arbeit?«

Ich hob eine Augenbraue. »Sie wechseln das Thema? Ich bin Ihnen doch hoffentlich nicht auf die Hühneraugen getreten?«

»Ganz und gar nicht, aber Ihr Job klingt *wirklich* interessant.«

»Nun, ich muss sagen, meine Arbeit behandelt mich äußerst anständig. Es landet in regelmäßigen Abständen Geld auf meinem Konto, womit sich die Arbeit an ihren Teil der Abmachung hält. Ich dagegen benehme mich schrecklich respektlos: Ich erzähle überall herum, dass ich ernsthaft an unserer gemeinsamen Zukunft zweifle. Ich liebäugle mit Nebenbuhlern, ja, hintergehe meine Arbeit sogar ganz ungeniert, sei es nun mit der Happy Hour oder dem Kater danach, sei es mit Urlaub, E-Mails und Computerspielen. Die Liebe zu meiner Arbeit ist also eher ambivalenter Natur, dafür liebe ich mein Gehalt über alles.«

Er lachte erneut. »Ich sehe schon, Sie setzen die richtigen Prioritäten. Da fällt mir ein – unsere oberste Priorität sollte jetzt wirklich der Getränkenachschub sein, ehe wir diese faszinierende Unterhaltung fortführen.« Er hielt mir die Hand hin.

Ich ergriff sie und spürte einen Stromstoß durch meinen Körper gehen. Niall schien es ähnlich zu gehen, denn er blieb wie angewurzelt stehen und murmelte etwas, das verdächtig nach »Donnerwetter« klang.

»Wie bitte?«, hauchte ich.

Er schüttelte bloß den Kopf und zog mich hinter sich her zur Bar unweit der Tür, die langen, schlanken Finger mit den meinen verschränkt. Ich wollte eben etwas zu ihm sagen, als sich auf dem Korridor plötzlich lautes Gezeter erhob.

»Waaas?«, hörte ich jemanden kreischen.

»Du redest doch *hoffentlich* nicht mit mir?« Oh-oh. Dieser Brooklyn-Verschnitt klang verdächtig nach meiner streitbaren Cousine. Ich reckte den Hals. Richtig, Alice stand vor der Tür zur Toilette, Nase an Nase mit der Echse, die sie abschätzig musterte.

»Und ob ich mit dir rede, du … Kürbis.« Die Echse ließ ostentativ eine Kaugummiblase platzen. »Selten so einen *hässlichen* Fetzen gesehen. Dagegen wirkt dein Gesicht ja schon *fast* hübsch.« Oje. Das konnte ja heiter werden. Alice ist bekannt für ihr aufbrausendes Temperament.

»Hast du gerade Kürbis gesagt? Trägt ein Outfit, grün wie Dinosaurierrotz, und zieht über mein Kleid her!«, keifte Alice, die Augen zu Schlitzen verengt. Wenn Blicke töten könnten. Kate baute sich bereits mit drohender Miene hinter ihr auf. Oje, oje.

»Landpomeranze«, spieh die Echse und setzte zur nächsten Kaugummiblase an. Zwei ihrer grün gewandeten Kolleginnen bezogen hinter ihr Stellung. Manche Saurier jagen bekanntlich gern im Rudel.

»Na warte, du Gremlin«, zischte Alice und kippte der Echse kurzerhand ihr Glas Bier ins Gesicht, sodass diese einen Augenblick nach Luft schnappte. Der Pony hing ihr schlaff in die Stirn. Oje, oje. Alice wandte sich mit Unschuldsmiene zu Kate um. »Hoppla. Ich vergaß – Gemlins sollten nach Möglichkeit nicht nass werden, oder?«

Die Begossene heulte erbost auf und stürzte sich auf Alice. Kate sprang die Echse mit einem Wutschrei von hinten an und zog sie mit aller Kraft an den Pudellocken, bis sie ihrerseits von zwei feindlichen Brautjungfern attackiert wurde. Die Nachricht von den Handgreiflichkeiten verbreitete sich wie ein Lauffeuer in beiden Ballsälen. Niall stellte sich schützend vor mich, als jemand einen Drink auf den Haufen kreischender Amazonen kippte, als gelte es, zwei ineinander verkeilte Hunde zu trennen.

»Das wird ein Spaß«, frohlockte Maeve, die sich am Rande des Getümmels zu uns durchkämpfte. Sie hatte kaum den Satz beendet, da wurde sie ebenfalls Opfer einer Bierattacke.

»Nimm dassu Trampel!«, lallte die Angreiferin.

Maeve erstarrte zur Salzsäule, triefend vor Gerstensaft. Oooje. Auch Maeve verliert schnell mal die Beherrschung, »wegen ihrer erhöhten Testosteronwerte« (*Oprah*, Juli 2000). Wie auch immer, es ist nicht ratsam, sich mit ihr anzulegen, wenn sie zu tief ins Glas geschaut hat.

»Verfluchtes Miststück«, fauchte sie empört.

»Maeve, nicht!« Ich versuchte, sie zurückzuhalten, doch zu spät. Sie hatte ihre Widersacherin bereits zu Boden gerissen und wälzte sich mit ihr über den Korridor. Die Tussenschlacht war jetzt in vollem Gange; ein Knäuel aus grünen und orangebraunen Gestalten, fliegenden Petticoats und ausgerissenen Haarbüscheln. Um die Meute herum hatte sich ein Kreis sensationslustiger Männer gebildet, die das Geschehen gebannt verfolgten. Der für unsere Gesellschaft zuständige androgyne Angestellte quetschte sich am Gewühl vorbei und spurtete in Richtung Kommandozentrale, gefolgt von seinem gleichermaßen androgynen Kollegen von der Konkurrenzhochzeit.

Nach einer Weile drängte sich unsanft ein Hüne an uns vorbei, der mit seiner roten Rübe und dem hängenden Schnauzbart aussah wie Kaiser Wilhelm.

»Endlich, Pennys Vater spricht ein Machtwort«, sagte Niall, der mich noch immer mit Körper und Armen abschirmte. Mein Gehirn meldete von den Stellen, an denen wir uns berührten, ein heftiges Kribbeln, das sich selbst in Anbetracht des herrschenden Aufruhrs nicht ignorieren ließ. Ich stellte mich auf die Zehenspitzen und spähte über seine Schulter.

»Was zum Teufel geht hier vor?«, donnerte der Brautvater. Sämtliche Protagonistinnen der Prügelei erstarrten mitten in der Bewegung, wie in einem Zeichentrickfilm.

»Sie hat mich gehauen, Onkel Terry«, log die Echse mit der Pudelfrisur dreist und zeigte mit dem Finger auf Alice. Kate hing noch immer wie ein Affe auf ihrem Rücken.

»Ist das wahr?«, bellte er Alice an. »Du wagst es, die Hochzeit meiner Kleinen zu ruinieren?«

Nun kam auch Michelle hinzu. »Was um Himmels willen ist hier los?«, rief sie mit einem erstaunten Blick in die Runde.

»Das kann ich dir sagen.« Kaiser Wilhelm ging sogleich auf Konfronationskurs. »Deine Leute machen Ärger.«

Michelle versuchte es mit Diplomatie. »Lassen Sie uns das doch wie zivilisierte Menschen ausdiskutieren.«

»Von wegen Ausdiskutieren! Deine verkommene Sippe hat meiner Tochter den großen Tag verdorben, und das wird euch teuer zu stehen kommen.« Der Kaiser bohrte Michelle wiederholt den Zeigefinger in die Brust, um seinen Worten Nachdruck zu verleihen. Ich zog den Kopf ein.

»Shelley, hat dieses Schwein dich etwa angefasst?«, bellte Michelles Vater da auch schon erbost und drängte sich durch die Menge. Totenstille. Onkel Leo ist eine beeindruckende Erscheinung; seinen Stiernacken und seine Popeye-Arme verdankt er unter anderem seiner jahrelangen Tätigkeit als Fleischer im Halsted Packing House. Weitaus alarmierender als sein massiger Körper war allerdings der Glanz in seinen Augen, der von seiner leidenschaftlichen Affäre mit einer Flasche Paddy's Whiskey zeugte.

»Nimm gefälligst deine Wurstfinger von meiner Tochter!«, dröhnte er und fuhr blitzschnell die Faust aus. Der Kaiser taumelte, griff sich kurz an die blutende Nase und ging postwendend zum Gegenangriff über. Wütend knurrend rammte er Onkel Leo den Kopf in die Leibesmitte, sodass dieser mit einem »Uff!« rücklings an die Wand knallte. Da nun auch die ehrwürdigen Herren Brautväter in das Handgemenge verwickelt waren, warfen die Umstehenden ihre Hemmungen über Bord und begannen kräftig mitzumischen. Die Männer verteilten Kinnhaken, die älteren Damen machten von ihren Ellbogen Gebrauch. Das Knäuel auf dem Fußboden verwandelte sich zusehends in ein vielbeiniges Monster.

»Die haben doch alle den Verstand verloren«, stieß Niall hervor und schob mich in den Saal zurück, aus dem wir vorhin gekommen waren. Zahlreiche Gäste boxten sich an uns vorbei, um sich an der Auseinandersetzung zu beteiligen, die sich bereits in die beiden Festsäle ausbreitete. »In diesem Aufzug sind Sie hier nicht sicher«, stellte Niall besorgt fest, als wäre ich zu Zeiten der Französischen Revolution mit einer Krone auf dem Kopf unterwegs. Er schlüpfte aus seinem Jackett. »Hier, ziehen Sie das über und binden Sie sich das Kleid hoch, damit man möglichst wenig davon sieht.« Ich tat wie geheißen, raffte mein Kleid und verknotete es kunstvoll auf Hüfthöhe. Hm. Ich sah tatsächlich anders aus. Noch dämlicher als vorher. Während mich Niall in die hinterste Ecke des Saales bugsierte, telegrafierte mein Gehirn begeistert: Er ist um dein Wohl besorgt! Er kümmert sich um dich! Er versteckt dich! Ich kam mir vor wie Maria von Trapp in *The Sound of Music.*

»Warten Sie hier und verhalten Sie sich unauffällig«, befahl er. Ich ging hinter einem Tisch in Deckung (Maria hinter dem Grabstein in der großen Fluchtszene!), um Unauffälligkeit bemüht. Hach, war das alles dramatisch! Mit der

Zeit bekam ich es allerdings wirklich mit der Angst zu tun. Das Knäuel wälzte sich bedrohlich auf mich zu, mit Onkel Leo, dem selbst ernannten König der Hiebe mittendrin. Wo blieb bloß Niall? Hatte ihn die Lawine überrollt?

Dann drang plötzlich eine verzerrte Megafonstimme an mein Ohr: »Hier spricht die Polizei. Stellen Sie unverzüglich jegliche Kampfhandlungen ein und ergeben Sie sich!« Die Raufbolde prügelten unbeeindruckt weiter aufeinander ein.

»Lieber Himmel, die werden uns alle verhaften«, flüsterte ich halblaut.

»Nicht, wenn ich es verhindern kann.« Gott sei Dank, Niall! »Durch den Haupteingang kommen wir nicht hinaus. Wir müssen uns einen anderen Weg suchen, und zwar rasch. Sind Sie bereit?« Oh, ja. Ich schlüpfte sicherheitshalber aus meinen hochhackigen Sandalen und wagte dann einen letzten Blick zurück. Du meine Güte, verpasste mein Cousin Rudi etwa gerade einem Polizisten einen Kinnhaken?

»Kann losgehen!«

Er lächelte und ergriff meine Hand. Es kribbelte heftig. Lieber Himmel, Vi, reiß dich zusammen, schalt ich mich. Total unpassendes Timing für lüsterne Gedanken. Und überhaupt, es ist bloß seine Hand. Tja.

Wir rannten zu einer Tür mit der Aufschrift NOTAUSGANG – ALARMGESICHERT! NICHT ÖFFNEN!, was mich in diesem Moment beim besten Willen nicht abschrecken konnte. Kaum hatte Niall sie aufgestoßen, ertönte ein ohrenbetäubendes Gebimmel, das sich harmonisch in den allgemeinen Tumult einfügte. Hinter der Tür lag ein kleiner Balkon. Ich spähte über die Brüstung. Hm. Zwar nur erste Etage, aber Hinunterspringen kam trotzdem nicht infrage. Niall presste sich ängstlich an die Wand.

»Was ist los?«, fragte ich.

Er wirkte verlegen. »Höhenangst.«

»Es ist nicht sonderlich hoch, aber zu hoch zum Springen allemal.« Bei dem Wort »springen« erbleichte er und blickte panisch nach rechts und links.

»Okay«, presste er hervor. »Wir haben wohl keine andere Wahl.« Damit erklomm er die Betonbrüstung und überwand mit einem großen Schritt gaaanz vorsichtig die knapp neunzig Zentimeter zum nächsten Balkon. Dass er sich dabei etwas ungeschickt anstellte, lag teils an dem Bündel, das er in der freien Hand hielt. Nanu? Hatte er etwa sein Hochzeitsgeschenk wieder mitgenommen? Mir blieb keine Zeit, lange darüber nachzudenken, denn er trieb mich zur Eile an, sichtlich bestrebt, den Balkon möglichst rasch zu verlassen. Ich warf meine Schuhe zu ihm hinüber, ergriff die Hand, die er mir entgegenstreckte, und kletterte hinterher. Kaum war ich gelandet, da schwang die Tür auf, durch die wir geflüchtet waren.

»Hey, Sie da! Stehenbleiben! Sie gehören doch auch zu diesen Verrückten da drin!«, schrie ein rotgesichtiger Polizeibeamter. Schon das Gebrüll strengte ihn derart an, dass ihm Schweißperlen auf die Stirn traten.

Ich wagte zu bezweifeln, dass er es überhaupt auf die Balkonbrüstung schaffen würde, geschweige denn, zu uns hinüber, aber ich hatte nicht vor abzuwarten, bis er mir das Gegenteil bewies. Niall hatte bereits die nächste Notausgang-Tür aufgerissen und den dahinterliegenden Raum betreten. Ich folgte ihm hastig. Meine Sandalen ließ ich liegen, ein unbescholtenes Strafregister war mir wichtiger.

Der Bankettsaal, in den wir nun kamen, war über einen anderen Korridor zu erreichen und daher von dem nebenan herrschenden Chaos verschont geblieben. Jedenfalls, bis wir durch das Öffnen des Notausgangs den Alarm ausgelöst und die Rede des Trauzeugen empfindlich gestört hatten. Zweihundert elegant gekleidete Gäste starrten uns entgeistert entgegen.

Niall durchquerte lässig den Saal. »Machen Sie den Mund zu, mein Lieber, sonst verschlucken Sie noch eine Fliege«, scherzte er und zwinkerte dem Trauzeugen zu, der mit hängender Kinnlade am Mikrofon stand. Dann wandte er sich an die Gäste: »Bitte beachten Sie uns gar nicht. Wir drehen gerade ein Remake von *Die Reifeprüfung*. Sie haben ja das Infoblatt erhalten, zusammen mit einer kleinen Aufmerksamkeit von der Produktionsfirma. Gleich kommt die Szene, wo wir in den Bus steigen, nur, dass es in der neuen Version ein Heißluftballon ist. Bisschen romantischer. Weckt Kindheitserinnerungen an den *Zauberer von* Oz und so. Hervorragende Regiearbeit. Spielberg, müssen Sie wissen. Also, entschuldigen Sie bitte die Störung. Ach, Sie sind aber eine bildhübsche Braut …« So ging das ohne Unterbrechung, bis wir an der Tür zum Korridor angelangt waren. Ich schielte ängstlich über die Schulter. Kein Bulle zu sehen. Niall beendete seinen kleinen Vortrag mit den Worten »So, weiter im Text, bitte. Halten Sie im Kino Ihrer Wahl nach uns Ausschau« und winkte zum Abschied freundlich.

Draußen auf dem Korridor herrschte gähnende Leere zu meiner grenzenlosen Erleichterung. Schwer atmend verharrten wir einen Augenblick, dann zog mich Niall an sich und stöhnte, das Kinn auf meinen Scheitel gestützt. Ich schmiegte mich an ihn.

»Halten Sie im Kino Ihrer Wahl nach uns Ausschau?«, murmelte ich in seine Jackenaufschläge.

Er schnaubte und sah lächelnd auf mich hinunter. Fuhr mir mit der Hand übers Haar. »Ich bin nur froh, von diesem

Balkon runter zu sein.« Dann sah er sich wachsam um. »Wir müssen weiter. Sie dürfen sich in diesem Kleid auf keinen Fall sehen lassen – es liegen Haftbefehle gegen sämtliche Gäste beider Hochzeiten vor.«

Ich ging zielstrebig auf eine verbeulte Schwingtür zu. Meine langjährige Erfahrung im Catering sagte mir, dass sich dahinter der Bereich für das Personal befand.

»Bingo.« Wir befanden uns in einem langen Gang mit kahlen Betonwänden. Vorsichtig schlichen wir an Metallregalen mit diversen Gastronomiegeräten entlang, bis wir zu einem Aufenthaltsraum gelangten.

»Ah, voilà!« Niall deutete auf einen sackförmigen grauen Arbeitskittel aus Polyester, wie ihn Zimmermädchen tragen. Ich starrte ihn entgeistert an. »Wäre ja nur geborgt, nicht gestohlen. Wir bringen ihn zurück.«

Er hatte meinen Blick missverstanden – mein Entsetzen hatte weniger moralische als vielmehr modische Gründe. »Ich soll *diesen Kartoffelsack* anziehen?« Er hob eine Augenbraue. Zugegeben, ich sah bescheuert aus in meinem braunen Kleid mit verknotetem Petticoat. »Aber dieses Ding ist aus Polyester«, wandte ich verzweifelt ein. Er verzog keine Miene. »Und außerdem Größe vierundvierzig!«

Zehn Minuten später hatte ich mir missmutig das steife graue Leichenhemd übergestreift und trug eine Yamswurzelknolle unter dem Arm, eingehüllt in einen Kissenbezug. Niall konnte sich ein süffisantes Grinsen nicht verkneifen, hielt aber wohlweislich den Kopf gesenkt.

Wir verließen das Hotel über den Lieferanteneingang. Jenseits des Parkplatzes erhob sich ein Hügel. Ich trat unschlüssig von einem nackten Fuß auf den anderen.

Niall drückte mir sein Bündel in die Hand. »Hier, verstauen Sie das in Ihrem Kissenbezug.« Dann kehrte er mir den Rücken zu und ging ein wenig in die Knie. »Steigen Sie auf.«

»Wie bitte?«

»Barfußwandern soll ziemlich schmerzhaft sein, also nehme ich Sie huckepack. Ich wette, wir haben einen herrlichen Ausblick von dort oben.« Er grinste schelmisch. Ich warf mir wie Knecht Ruprecht mein Bündel über die Schulter und kletterte auf seinen Rücken. Niall hatte den Hügel selbst mit Ballast im Nu erklommen, und die sich bietende Aussicht war in der Tat großartig.

»Wunderschön«, hauchte ich, ganz verzaubert von dem Meer aus bunten Lichtern zu unseren Füßen. Sämtliche Polizei- und Ambulanzfahrzeuge aus LaGrange und Hinsdale hatten sich in schönster Katastropheneinsatzmanier rund um das Holiday Inn versammelt. Dazwischen tummelten sich insektengroße Menschen, teils uniformiert, teils in Abendrobe. Letztere ließen sich mehr oder weniger freiwillig von den Uniformierten in diverse Polizeiautos bugsieren.

Wir verfolgten das Schauspiel eine Weile gebannt, dann breitete Niall mein Kleid im Gras aus, setzte sich und knüpfte sein mysteriöses Bündel auf. Es entpuppte sich als Regenmantel, in den er zwei Gläser eingewickelt hatte, nebst einer offenen, aber wiederverkorkten Flasche Wein.

Angesichts meiner überraschten Miene grinste er. »Tja, Sie waren wohl nicht die Einzige, die ein Kleidungsstück hat mitgehen lassen.« Er schenkte ein, reichte mir ein Glas und prostete mir zu, dann lehnten wir uns zufrieden aneinander und widmeten uns wieder dem Spektakel zu unseren Füßen.

»Ich muss Ihnen etwas anvertrauen«, verkündete er plötzlich feierlich. Mein Magen vollführte einen Salto. Oh, Gott, dachte ich. Er hat eine Freundin. Er findet es peinlich, dass ich auf ihn stehe. Was auch immer es ist, es wird mir nicht gefallen. Er holte tief Luft, den Blick starr auf das Chaos unter uns gerichtet.

»Gold ist das erste Grün der Fluren, vergänglichste der Morgenspuren. Die ersten Blätter sind wie zarte Blüten; ihr Glanz lässt sich Sekunden nur behüten …«

An dieser Stelle musste ich dermaßen lachen, dass mir der Wein aus der Nase schoss, und auch Niall konnte sich das Grinsen nicht länger verkneifen. Doch er rezitierte tapfer weiter, ließ Zeile für Zeile den Wortwechsel zwischen Ponyboy und Cherry aus *Die Outsider* von Francis Ford Coppola wiederauferstehen. Mit jedem Vers wurde seine Stimme theatralischer. »Bald folgen tausend Blätter wie mit einem Schlage. Die Dämmerung vergeht und wird zum Tage. So sank das Paradies aus Lust in Trauer …« Er wackelte mit den Augenbrauen.

»Nichts Goldnes bleibt, nichts ist von Dauer!«, riefen wir unisono und stießen miteinander an. Robert Frost würde in seinem Grab rotieren, wenn er wüsste, dass man sein wunderschönes Gedicht in erster Linie aus einem Film über rivalisierende Jugendgangs kannte.

»Prost, Ponyboy«, sagte ich feierlich.

»Prost, Cherry.« Er grinste und sah mir tief in die Augen, bis ich verlegen den Blick abwandte.

»Oh, meine Schwester!« Ich zeigte auf Maeve, die, noch immer triefend nass, soeben in Handschellen abgeführt wurde. Sah ganz danach aus, als würde sie mit dem Polizisten flirten. »Sie mag Männer in Uniformen«, erklärte ich.

»Und Sie, was mögen Sie?«, fragte Niall unvermittelt und sah mich an. Mein Herz setzte einen Takt aus. Was für eine Frage! Ich überlegte fieberhaft. Sollte ich das Risiko eingehen, ihm die Wahrheit zu sagen? Und mich womöglich bis auf die Knochen blamieren? Sein Ausdruck war warm, aufrichtig und vorsichtig zugleich. Ach, was soll's?, dachte ich. Wer nicht wagt, der nicht gewinnt.

»Sie«, flüsterte ich. »Ich mag Sie, Niall Devlin.«

»Das freut mich zu hören.« Er lächelte erleichtert. »Ich bin nämlich bis über beide Ohren in Sie verknallt, seit sich unsere Wege das erste Mal gekreuzt haben.«

»Im Ernst?«, fragte ich perplex.

»Im Ernst«, murmelte er und starrte auf meine Lippen. »Sie wirkten so authentisch auf Tims Hochzeit, als alle anderen Getränke gehamstert und sich wegen der Armbänder so fürchterlich aufgeregt haben. Sie waren so erfrischend anders. Sie haben das Ganze beobachtet, als würden Sie eine psychologische Studie über menschliche Verhaltensweisen verfassen und wüssten nicht recht, was Sie davon halten sollen. Keine Attitüden. Und dann haben wir uns auf all diesen anderen Hochzeiten getroffen, und Sie haben mich jedes Mal zum Lachen gebracht.« Er lächelte.

»Tatsächlich?«, staunte ich.

»Ja … Nun, wohl nicht ganz freiwillig. Aber Sie waren – *sind* – clever und hübsch, und sehr loyal; bereit, Ihr letztes Hemd für Ihre Freundinnen zu geben. All die törichten Dinge, die Sie getan« – hier runzelte ich die Stirn – »und die lächerlichen Kleider, die Sie getragen haben … und dabei stets humor- und würdevoll … Ich weiß noch, wie ich dachte: Diese Frau ist eine richtig liebenswerte Person. Und kess obendrein. Ich hab mich mit der Zeit sogar richtiggehend auf jede Hochzeit gefreut, in der Hoffnung, Sie wiederzusehen.«

»Ich hatte ja keine Ahnung …«, hauchte ich.

Er beugte sich zu mir, bis unsere Lippen nur noch Millimeter voneinander entfernt waren und unser Atem sich vermischte. »Aber wann immer wir uns näherkamen, haben Sie Reißaus genommen«, murmelte er. »Bis ich mich irgendwann fragte, ob … es wohl jemals … zu diesem … Kuss … kommen würde …«

Ich wartete atemlos ab. Gleich würde ich vor Aufregung in Ohnmacht fallen. Bitte, lieber Gott, lass es geschehen! Mein Puls raste, als er mir endlich die Lippen auf den Mund drückte. Das Feuerwerk in meinem Inneren hätte selbst die Light-Show der Einsatzfahrzeuge dort unten in den Schatten gestellt, und meine Kopfhaut kribbelte, als hätte ich einen Elektrodenhelm auf. Der Mann konnte küssen. Und er hörte gar nicht mehr damit auf. Er umfasste mein Gesicht mit beiden Händen und fuhr mir mit den Fingern durchs Haar. Es mag kitschig klingen, aber neben diesem Kuss verblassten alle anderen Küsse, die ich bisher erlebt hatte. Es kam mir vor, als wäre ich noch gar nie richtig geküsst worden. Dies war *der Kuss* – der Kuss aus dem Film mit mir in der Hauptrolle, der Kuss, von dem man gemeinhin denkt, etwas derart Sensationelles kann es im echten Leben gar nicht geben. Ein Kuss, der einschlägt wie ein Blitz. Endlich.

Niall lehnte sich zurück, holte tief Luft und lächelte sein verschmitztes Lächeln. »Jetzt kriege ich dich wohl endgültig nicht mehr aus dem Kopf«, neckte er mich.

Ich seufzte selig. Er fuhr mir mit dem Daumen zärtlich über die Lippen und küsste mich erneut.

»Bei dir fällt es schwer, sich zu beherrschen«, stellte er fest. Noch ein Kuss. Und noch einer.

Hmpf. Als würde ich wollen, dass er sich beherrschte. Ich zog ihn am Hemdkragen näher und erwiderte seine Küsse, mit offenem Mund wie ein Pornostar. Vorbei die erste zaghafte Zärtlichkeit; jetzt verschlangen wir einander. Seine Hand glitt auf mein Schlüsselbein und von dort in den Ausschnitt des viel zu weiten Polyesterkittels, um meine Schulter zu liebkosen. So sanken wir langsam rückwärts, bis wir eng umschlungen nebeneinanderlagen. Ich vergrub die Finger in seinen dichten Locken, fuhr mit der anderen Hand über seinen muskulösen Rücken. Gott, was fühlte er sich himmlisch an, männlich und makellos! Im Stillen frohlockte ich die ganze Zeit über und fragte mich zugleich, ob ich womöglich träumte. Die ganze Szene kam mir noch surrealer vor als die Tatsache, dass soeben meine gesamte Familie verhaftet wurde. Niall legte mir den Arm um die Taille und zog mich an sich, bis kein Blatt mehr zwischen uns passte. Seine Lippen wanderten meinen Hals entlang nach unten und kehrten dann zu meinem Mund zurück. Ich biss ihn zärtlich in die Unterlippe, dann ging ich wieder dazu über, ihn richtig zu küssen. Wir knutschten, als wären wir am Verhungern. Ich stöhnte auf und umklammerte seine Hüften, als er anfing, an meinem Ohrläppchen zu knabbern, bis sich ein Gedanke in mein Hirn drängte. Ich drehte und wendete ihn träge, unfähig, mich auf etwas anderes zu konzentrieren als auf das Kribbeln, das seine Lippen an meinem Hals hervorriefen. Der Gedanke war hartnäckig.

»Moment, warte«, keuchte ich. »Wir sollten … oh, das fühlt sich himmlisch an … wir sollten versuchen, unsere Leute freizukaufen.« Ich vernahm ein Schnauben, das ich erst als Lachen identifizierte, als er sich auf den Ellbogen stützte und auf mich hinuntergrinste.

»Du bist einmalig«, murmelte er und zupfte mir einen Zweig aus dem Haar. »Und du hast natürlich Recht. Als einzige Überlebende der wilden Sause im Hotel William Tell müssen wir etwas unternehmen.« Wir richteten uns auf und spähten zum Hotel hinunter, wo die Polizei gerade die letzten Verwandten in ihre Autos verfrachtete und mit ihnen davonfuhr.

»Hast du den Erlös von deiner Zuhältertätigkeit noch bei dir?«, wollte er wissen.

»Es nennt sich Dollar-Tanz, und im Übrigen wurde ich dazu gezwungen, aber um deine Frage zu beantworten: ja.« Ich tätschelte den Kissenbezug, in dem der Umschlag steckte. »Du auch?« Er nickte und klopfte sich an die Brust.

»Allerdings bezweifle ich, dass es reichen wird. Das waren ganz schön viele grüne Minnas.« Ich schickte mich an, aufzustehen, doch Niall hielt mich zurück und grinste schelmisch.

»Es dauert vermutlich, bis die Polizei die Personalien sämtlicher Gäste aufgenommen hat.«

Ich verspürte das Bedürfnis, mich zu kneifen, weil ich nicht glauben konnte, dass dieser Traum von einem Mann mir gehörte. Äh, genau genommen gehört er natürlich nur sich selbst, aber auch mir. Mir, mir, mir! Ich wollte schreien und tanzen vor Freude. Stattdessen schenkte ich ihm ein strahlendes Lächeln.

»Auch wieder wahr.« Ich schmiegte mich an ihn. »Da herrscht garantiert noch eine Weile Ausnahmezustand. Ich bleibe wohl besser hier bei dir.«

»Hier bei mir«, murmelte er. »Das klingt gut.« Er sah mich an, als wäre ich Fußballweltmeisterschaft, Lottogewinn und Weihnachten zugleich.

»Finde ich auch.« Ich schlang ihm die Arme um den Nacken, und er drückte mich an sich, um mich zu küssen, wie ich noch nie zuvor geküsst worden war. Es fühlte sich an wie ein Neubeginn und wie das Ende einer Ära zugleich.

An: Ben@siddickens.com
Von: ViViVooom@gmail.com
Datum: 27. April
Betreff: Himmelhoch jauchzend

Hi Ben,

Du wirst nicht glauben, was auf der Hochzeit meiner Cousine passiert ist! Das war eindeutig der schönste Tag meines Lebens – bis jetzt …

V.

TEIL VIER

Zerfallstendenzen

Kapitel 36

Ich bin verliebt!

Ich wollte mich zur Seite rollen, wurde jedoch von etwas Schwerem daran gehindert. Mühsam kämpfte ich mich aus dem Schlaf und stellte fest, dass es ein gebräunter männlicher Arm war, der quer über meiner Taille lag. Sogleich durchzuckte mich dasselbe unverändert anhaltende Glücksgefühl wie jeden Tag in den vergangenen drei Monaten, an dem ich neben Niall aufgewacht war. Ich freute mich neuerdings sogar auf das Aufstehen. Das war mir zuletzt passiert, als ich sieben war, und selbst damals nur an Weihnachten. Unauffällig schielte ich durch die Wimpern zu Niall hoch, doch er war bereits wach und grinste mich an.

»Mistkerl.« Ich verpasste ihm lachend einen Klaps. »Immer bist du vor mir munter.«

»Ich sehe dir gern beim Schlafen zu.« Er küsste mich auf die Nasenspitze und strich mir das Haar aus dem Gesicht. »Und noch lieber bei dem verzweifelten Versuch aufzuwachen.«

»Hmpf.« Ich kuschelte mich an ihn und verlangte einen richtigen Kuss. Und noch einen. Und noch einen. Bis der Film mit mir in der Hauptrolle eindeutig *Hart und Härter* hieß.

Tja, Morgenstund hat Gold im Mund. Wie wahr, wie wahr.

»Ich bin verliebt«, trällerte ich, erfüllt von postkoitaler

Euphorie, als ich zwei Stunden später durch die Tür von Darien & Dodd trat. Traci verdrehte die Augen. Ich zeigte ihr die Zunge und ging weiter.

»Ich bin verliebt«, teilte ich Giles noch auf der Schwelle zu unserem Büro mit.

»Und ich erst!«, erwiderte er überdreht. Er war kürzlich mit Matt zusammengezogen. Wir verbrachten neuerdings die erste halbe Stunde unserer Arbeitszeit damit, uns gegenseitig mit Geschichten über unsere perfekten Freunde zu übertrumpfen. Für unsere neueste Lieblingsbeschäftigung verzichteten wir notfalls sogar auf die Pandacam. »Hab ich dir schon erzählt, was Niall neulich gesagt hat …« oder »Und dann hat mich Matt völlig überraschend …«, wurden wir nicht müde, einander vorzuschwärmen. Es wurde nie langweilig – uns jedenfalls nicht.

Das Telefon klingelte. Auf dem Display erschien Imogens Nummer.

»Ich bin verliebt«, sang ich anstelle einer Begrüßung.

»Ja, das ist mir aufgefallen«, sagte sie trocken. »Aber hast du's ihm auch schon gesagt?« Die berühmten drei Worte waren bislang noch nicht gefallen, und ich hatte Bammel, sie als Erste auszusprechen, obwohl ich in Bezug auf Niall durchaus zuversichtlich war.

»Was gibt's?«

»Was soll ich Ethan zum Jahrestag schenken?«, fragte sie.

»Eine Mitgliedschaft in einem Fitness-Club«, prustete ich.

»Du willst wohl, dass er mit mir Schluss macht?« Aufgelegt.

Ich lachte. Imogen und Ethan waren das perfekte Paar, gleich nach Niall und mir natürlich. Ich hing noch kurz meinen Träumen von uns beiden als Lehrer unter afrikanischer Sonne nach, dann lenkte ich meine Aufmerksamkeit auf die Arbeit. Die offen gesagt nicht viel Aufmerksamkeit erforderte. Ich sah zu, dass ich auf dem Laufenden blieb, fraß mich durch Zeitschriften, Pressemitteilungen und Werbebroschüren von Winzern wie die kleine Raupe Nimmersatt, doch mein Enthusiasmus für D&D schwand zunehmend. Meine Arbeit stellte keine Herausforderung mehr dar, jetzt, da ich endlich den nötigen Durchblick hatte und bereit war, meine Kreativität unter Beweis zu stellen, denn Al schmetterte den Großteil meiner Vorschläge ab. Hat man die Grundpfeiler des Eventmanagement erst einmal verinnerlicht, ist es keine große Kunst mehr. Dasselbe gilt für die Bestandskontrolle. Ich interessierte mich brennend für die aufregenden neuen Trends aus Northern Virginia, von denen in unseren heiligen Hallen allerdings nicht viel zu spüren war. Die Produktpalette von D&D ist konservativ. Al gestattete mir zwar, ein, zwei experimentierfreudigere Winzer ins Programm aufzunehmen, aber im Großen und Ganzen blieb es bei den erprobten Traditionsbetrieben. Gähn. Mir waren die Hände gebunden.

Ich machte mich an die Planung der anstehenden Events, eine Weinverkostung vor Ort sowie das Catering für einen Brunch anlässlich einer Pensionierung. Um zwei war ich fertig. Selbst nach eingehender Lektüre diverser Fachzeitschriften und einer E-Mail an Ben blieb mir noch ausreichend Zeit, um ein wenig im Internet herumzusurfen. Ich suchte nach einer Möglichkeit, um Al etwas aus der Reserve zu locken, vor allem was die Weine aus der Region betraf.

»Na, was macht ihr am Wochenende?«, erkundigte sich Giles kurz vor Feierabend. Es war ein herrlicher Julifreitag.

»Wir sind zu einer Hochzeit eingeladen – zum ersten Mal gemeinsam.« Ich lachte. »Huch, ich muss los. Bin in dreißig Minuten mit Niall verabredet.«

Exakt einundvierzig Minuten später betrat ich den romantischen winzigen Speisesaal des Obelisk. Niall begrüßte mich mit einem Kuss, der Ober führte uns zu einem gemütlichen Tisch und entzündete eine Kerze.

»Wie war dein Tag, Liebling?« Niall ergriff meine Hand, um mit meinen Fingern zu spielen.

Ich zuckte die Achseln. »Okay. Es ist schwer, in Begeisterungsstürme auszubrechen, wenn ich ständig dieselben Weine einkaufen und austauschbare Events organisieren muss. Ich bemühe mich, mal etwas frischen Wind reinzubringen, aber ich habe nicht viel Spielraum.«

»Sieh dich doch nach einem anderen Laden um.«

»Ach, das wär bloß dasselbe in Grün.«

Der Ober kam und fragte Niall nach unseren Getränkewünschen.

Ich räusperte mich. »Wir möchten bitte einen vollmundigen Sangiovese-Rotwein, gerne einen aus der Region, dessen Aroma in Richtung Brunello oder Vino Nobile geht«, sagte ich, sehr zur Verblüffung des Obers. Niall grinste. »Haben Sie zufällig einen der innovativen Winzer aus Virginia im Programm? Soweit ich weiß, gibt es seit Kurzem den Octagon Piedmontese Nebbiolo vom Weingut Barboursville.«

Niall gluckste in sich hinein, während mir der Ober mit verklärtem Blick lauschte. »Ich glaube nicht, dass wir Weine aus Virginia führen.«

»Oh.« Ich warf seufzend einen Blick auf die Weinkarte. »Hm. Sie haben einen Justin – ist das zufällig der Isosceles?«

»Äh, ich bin nicht sicher.«

»Könnten Sie mal nachfragen? Auch wegen des Jahrgangs? Vielen Dank.« Ich schenkte ihm mein charmantestes Südstaatenlächeln, mit Augenaufschlag.

Kaum waren wir allein, prustete Niall los. »So dick aufgetragen hast du zuletzt bei deinem Anruf bei der Bank wegen der verlorenen Geldkarte.«

Ich grinste. »Sie waren wirklich außerordentlich hilfsbereit. Kommen Sie doch mal auf einen Mint Julep vorbei, mit extra viel Bourbon ... Weißt du, Niall, es ärgert mich, dass die Erzeugnisse aus Virginia so stiefmütterlich behandelt werden, sogar von den Restaurants vor Ort. Es gibt da unten ein paar richtig gute Tropfen.«

»Mit deinem Wissen solltest du nicht bei D&D versauern. Warum bewirbst du dich nicht bei einem Restaurant als Sommelière, spezialisiert auf Weine aus Virginia?«

»Hab ich mir auch schon überlegt, aber ich interessiere mich mehr für die Herstellung als fürs Verkaufen.« Ich zögerte.

»Ich spiele mit dem Gedanken, eine Weiterbildung zu machen.« Das hatte ich bislang noch niemandem anvertraut. Womöglich war ich ja total unqualifiziert dafür.

Nialls Miene erhellte sich. »Hervorragende Idee! In Georgetown?«

»Nein, das ist es ja. Die beste Sommelier-Schule ist in Kalifornien, UC Davis. Hier in der Gegend gibt es nichts dergleichen, und ich will nicht aus Washington weg. War auch nur so ein Gedanke.« Der Kellner kehrte zurück und teilte uns mit, der Justin sei in der Tat ein Isosceles, also bestellten wir ihn.

»Erzähl du mal, wie war's bei dir?«, sagte ich.

Niall warf mir einen Blick zu, der besagte: Das Thema ist aber noch nicht abgehakt. »Ach, Sonny das Streifenhörnchen, wie gehabt«, berichtete er resigniert.

»Hast du über die Stelle bei der *Washington Post* nachgedacht, die meine Freundin erwähnt hat?«

»Die als Redakteur für den Bereich Internationales?« Er schnaubte. »Dazu hab ich nicht das Zeug.«

»Und ob!« Ich drückte seine Hand. »Du kannst alles schaffen, wenn du dich ordentlich ins Zeug legst. Einen Versuch ist es allemal wert.«

»Schon möglich«, sagte er unverbindlich und lächelte mich an. Seine maskulinen Züge, erhellt vom Kerzenschein, ließen mich vergessen, worüber wir gerade geredet hatten. »Danke für dein Vertrauen in mich.«

Ich nickte bloß und staunte wieder einmal darüber, dass mich dieser Mann genauso brauchte wie ich ihn.

Middleburg, eine ländliche Kleinstadt in Virginia, liegt zwar praktisch vor den Toren von Washington D. C., kulturell gesehen allerdings liegen Lichtjahre dazwischen. Die Gegend ist grün und idyllisch – eine hügelige Landschaft am Fuße der Appalachen, Weingärten, Bürgerkriegsschlachtfelder, Fuchsjagd und Polo. Modisch gesehen könnte man sagen: Washington ist Jackie O., Middleburg ist Camilla Parker und Prinz Charles, allerdings ohne Thron oder britischen Akzent. Stichwort Reitstall-Couture.

»Ein Offizier des Unabhängigkeitskriegs hat das Land hier einem Vetter von George Washington abgekauft, für sechs Dollar pro Hektar«, erzählte ich Niall.

»Hm. Jedenfalls ist Four Fox Vineyards einer der nächstgelegenen Winzer. Wir sind jetzt gerade mal fünfundzwanzig Minuten unterwegs.«

»Streng geheime Abkürzung«, sagte ich selbstgefällig. Es gefiel mir, dass er mir die Planung der Reiseroute überließ. Wir durchquerten den Ort. »Sieh mal, das Red Fox, das älteste Gasthaus Amerikas. Es hat den Konföderierten seinerzeit als Versammlungsort gedient.«

Four Fox befindet sich etwas außerhalb von Middleburg. Dort angekommen, bewunderten wir erst einmal den Panoramablick.

»Sagenhaft«, stieß Niall hervor, und zu Recht. Zu unseren Füßen erstreckte sich Weingarten um Weingarten bis zu den Ufern eines Sees, umrahmt von malerischen Hügeln, hinter denen sich wie ein blauer Schatten die Gebirgskette erhob. Das Anwesen wurde dominiert von einem großen weißen Herrenhaus im Kolonialstil mit dicken Säulen, schwarzen Fensterläden, schmiedeeisernen Beschlägen und einem Springbrunnen vor dem Eingang. Daneben gab es einen geschmackvollen, neu errichteten Raum für die Verkostungen, einen Weinkeller und natürlich die Weinpresse sowie diverse hübsch angelegte Grünanlagen für Picknicks, Veranstaltungen und Besucher.

»Sieht ja aus wie das Herrenhaus von Monticello, in dem Thomas Jefferson residiert hat.« Niall zog mich an sich. »Die Trauung ist übrigens erst später; ich hab geflunkert. Hast du Lust auf eine Verkostung?«, murmelte er mir ins Ohr. Auf meinen entrüsteten Blick hin hob er eine Augenbraue. »Was ist? Ich wollte bloß nicht, dass wir zu spät kommen.« Mann, wie ich ihn um diesen Augenbrauentrick beneidete.

Der Raum für die Verkostungen war leer bis auf einen jovialen Kerl um die siebzig. Er trug rote Hosenträger und erinnerte mich an Wilford Brimley (als Gus Witherspoon in *Unser Haus*, nicht als Werbeträger für Diabetesmedikamente).

»Nur herein in die gute Stube!« Er hatte schon die Gläser bereitgestellt. »Chester mein Name. Ich bin der Inhaber des Anwesens.« Wir gesellten uns zu ihm an den Tresen und waren bald in einen lebhaften Meinungsaustausch verwickelt. Chester und ich jedenfalls; Niall lauschte fasziniert, während wir uns über Weinbau und -handel in Virginia unterhielten und neue Wege zur Erhöhung des Ertrags diskutierten.

»Respekt, junge Dame, Sie sind recht versiert«, lobte mich Chester nach einer Weile. »Und lokalpatriotisch obendrein. So jemanden könnte ich gut gebrauchen.«

Niall und ich erstarrten.

»Tatsächlich?« Ich sah mich bereits mit einem Respekt einflößenden Klemmbrett in der Hand über dieses traumhafte Anwesen stolzieren und einem begeisterten Journalisten des *Wine Spectator* von unseren neuesten Auszeichnungen vorschwärmen. Komm wieder runter, Vi.

»Tja, ich möchte mich in ein bis zwei Jahren zur Ruhe setzen, und bis dahin muss ich jemanden finden, der den Laden hier schmeißt. Ich beschäftige eine ganze Schar Leute, die alle auf einen bestimmten Bereich spezialisiert sind. Was ich benötige, ist ein Generalist, der sie koordiniert und die Entscheidungen trifft. Ein Allround-Job, schließlich gilt es, neben der Weinherstellung eine ganze Reihe von Events vor Ort und auswärts zu planen, und dann ist da natürlich noch der Vertrieb. Seit der Oberste Gerichtshof erlassen hat, dass wir unsere Weine auch außer Landes verkaufen dürfen, haben wir mehr zu tun als der Weihnachtsmann im Dezember.«

»Sollte der oder die Betreffende irgendwelche besonderen Qualitäten vorweisen können?«, fragte Niall und trat mich unter dem Tresen, weil ich den Mund nicht aufbrachte.

»Es sollte vor allem jemand sein, der mit Verstand und Begeisterung ans Werk geht. Ich hab noch nicht ernsthaft angefangen zu suchen; noch bin ich ja nicht tot.« Er lachte. »Aber ich halte die Augen offen.«

»Oh.« Mir war schon ganz flau vor Aufregung. Mein Traumjob!

»Zufällig sucht Vi gerade nach einer neuen Herausforderung in diesem Bereich«, kam mir Niall zu Hilfe.

»Was Sie nicht sagen.« Chester beäugte mich. Draußen begann ein Streichquartett zu fiedeln. »Gehören Sie zu den Hochzeitsgästen?« Wir nickten. »Wissen Sie was, junge Frau? Kommen Sie demnächst mal zum Lunch vorbei, damit wir uns etwas ausführlicher unterhalten können. Vielleicht passen Ihre Fähigkeiten und meine Vorstellungen ja ganz gut zusammen.«

Ich nickte dümmlich, noch immer sprachlos. Niall schüttelte Chester kräftig die Hand. »Sie werden es nicht bereuen, Sir. Vi wird Sie vom Hocker reißen.« Dann führte er mich hinaus.

Ich lief wie in Trance den Hügel hinunter und wäre ohne Nialls Intervention geradewegs in den Teich spaziert.

»Mein lieber Schieber, so wortkarg kenne ich dich ja gar nicht.«

»Oh, Niall«, hauchte ich. »Das wäre mein absoluter Traumjob.« Mir schwindelte.

Er sah mir in die Augen. »Und du wärst genau die Richti…«

In diesem Moment stürzten drei athletisch aussehende Typen herbei. »Hey, Niall! Setz dich zu uns, damit wir standesgemäß applaudieren können, wenn es vollbracht ist.« Der Bräutigam hatte offenbar seine gesamte Rugbymannschaft eingeladen. Während sie uns zu unseren Plätzen geleiteten, erging ich mich in Fantasien von Niall, der mich stolz anlächelte, während ich mich mit einer eloquenten Ansprache für die Verleihung des Four Fox Decanter World Wine Award bedankte.

Abends kuschelten wir uns auf dem Sofa in Nialls Wohnung aneinander. Mein Fels in der Brandung lag hinter mir; ich spürte, wie sich seine Brust gleichmäßig hob und senkte.

»Das war eine tolle Hochzeit«, resümierte ich. Sie war schön gewesen, weil ich mit Niall hatte hingehen können. Vorbei die Zeiten, in denen ich verzweifelt und verloren in einer Ecke gestanden hatte.

»Ich fand es toll, wie du meine Kumpels beeindruckt hast«, sagte er selbstgefällig. »Woher hast du gewusst, dass die Trauung genau zweiundzwanzig Minuten dauern würde?«

Kunststück.

»Hundertzweiundsechzig Dollar Wettgewinn«, krähte er. »So viel kam noch auf keiner Hochzeit zusammen, und es sind schon einige meiner Teamkollegen unter der Haube. Und *mein Mädchen* hat sie eingestrichen.« Er küsste mich auf den Scheitel und gluckste. »Keine Sorge, Liebes, ich sorge dafür, dass bei unserer Trauung keine dämlichen Wetten abgeschlossen werden.«

Ich lachte. »Nicht nötig, wir heiraten ohnehin nicht.«

»Wie bitte?« Er klang erstaunt.

»Du hast Glück. Ich hatte nach der zweimillionsten Trauung eine Erleuchtung: Ich will nicht heiraten«, erklärte ich.

»Du meinst, im Augenblick nicht.«

»Nein, überhaupt nicht«, erwiderte ich fest. Er warf mir einen merkwürdigen Blick zu, doch ich war zu überdreht, um der Angelegenheit auf den Grund zu gehen. Aufgeregt wälzte ich mich zu ihm herum. »Stell dir nur mal vor, ich würde diesen Job kriegen …!«

»Dieser Chester wirkte jedenfalls äußerst sympathisch.«

»Ja, nicht? Und erst das Anwesen, einfach traumhaft. Überleg doch mal, was ich dort alles auf die Beine stellen könnte! Weinverkostungen, Events, Touren, und ich könnte alles über den Weinanbau und das Keltern lernen, vielleicht sogar selbst mitmischen, einen Weinclub gründen …«, schwärmte ich. »Und eine Open-Air-Konzertreihe. Du weißt doch, Virginia gilt als Geburtsstätte der Country-Music …«

Niall unterbrach meinen Redeschwall, indem er mich lachend an sich drückte und küsste. »Gott, ich liebe dich«, sagte er. Die Erde stand still. Dann spielten meine Neuronen verrückt.

»Wie bitte?«, keuchte ich. Ich musste es noch einmal hören. Beim ersten Mal war ich nicht darauf gefasst gewesen.

»Ich liebe dich.« Er lächelte, sah mir tief in die Augen und schob mir eine Haarsträhne hinters Ohr.

»Du liebst mich?«

»Wie verrückt, fürchte ich.«

Ich hatte einen Frosch im Hals und Tränen in den Augen. Es dauerte eine ganze Weile, bis ich wieder in der Lage war zu sprechen. »Oh, Gott, ich … ich liebe dich auch, und wie! Ich liebe dich. Von ganzem Herzen!«

Ich fiel über ihn her und küsste ihn, und dann wurde eine Zeit lang nichts mehr geredet.

»Hallo-ho!« Babette schnippte mit den Fingern.

»Was ist?« Ich schrak aus meinem Tagtraum auf. Ach richtig, Sonntagabend. Gruppentherapie im Clyde's. Ich war zu spät gekommen, weil Niall …

»Es geht schon wieder los«, bemerkte Ellis fasziniert.

»Bemerkenswert«, staunte Babette.

»Aber so heftig war's noch nie.« Mona schmunzelte. »Wurde auch Zeit.«

Diesmal strahlte auch Imogen. »Ich vermute, es ist etwas passiert?«

Ich strahlte zurück. »Er hat es gesagt! Die berühmten drei Worte! Und zwar als Erster, gleich zweimal. Und dann hat er es mir bewiesen.« Bei der Erinnerung daran wurde mir innerlich ganz warm.

»Und tschüss«, konstatierte Mona.

»Nächster Halt: siebter Himmel«, sagte Ellis.

Ich warf einen Blick in die Runde und seufzte. »Ich bin verliebt.«

Kapitel 37

Höhenangst

An: Ben@siddickens.com
Von: ViViVooom@gmail.com
Datum: 24. August
Betreff: Donna Karan oder Diane von Furstenberg?

Hi Ben,

sei so gut und schick einen Memory Block an Kathryn Fisher, 1112 Belmont Street, NW, Washington D. C., 20009, ja? Niall meinte, Du sollst einfach einen aussuchen und es von seiner Kreditkarte abbuchen (die Nummer, die ich dir für die Hochzeit im Juli angegeben habe). Er war übrigens sehr angetan von Eurer Unterhaltung neulich.
Und Du meinst wirklich, ich soll lieber das braune Kostüm anziehen als das Wickelkleid? Chester ist wie gesagt ziemlich locker drauf, aber Du hast vermutlich Recht. Ich will ja möglichst professionell auftreten.

V.

An: ViViVooom@gmail.com
Von: Ben@siddickens.com
Datum: 24. August
Betreff: Re: Donna Karan oder Diane von Furstenberg?

Definitiv das Karan-Kostüm. Und glaub mir, Du irrst, wenn Du denkst, ein

Klemmbrett würde Dich seriöser wirken lassen. Nimm lieber eine elegante Lederaktentasche mit.
Viel Glück. Du wirst bestimmt einen guten Eindruck machen.

Gruß
Ben

»Schon wieder eine Hochzeit?«, fragte Ellis erstaunt. Es war Freitag, Happy Hour, und wir saßen in einer Bar namens Zaytinya. Die Hitze in Washington war inzwischen nicht mehr zu überbieten, und die Luftfeuchtigkeit tat ein Übriges. Cocktails auf der Terrasse waren ein Ding der Unmöglichkeit.

Ich stöhnte. »Der Geheimbund um Martha Stewart hat wieder zugeschlagen. Als Paar ist man der Gefahr ja doppelt ausgesetzt. Immerhin konnte ich Niall davon überzeugen, dass wir im Sinne meiner K.U.S.-Taktik die Einladung seines ungeliebten Arbeitskollegen ausschlagen, der an Bord der Odyssey feiert, samt Flusskreuzfahrt und allem drum und dran. Niall meinte, wir sollten uns stattdessen etwas richtig Dekadentes gönnen, also sind wir zum Hershey Chocolate Spa gefahren und haben uns das ganze Wochenende in Schokoladebädern gesuhlt und Schokoladen-Gesichtspeelings verpassen lassen. Meine Katzen haben mich tagelang auf Schritt und Tritt verfolgt.«

»Warst du diesen Sommer nicht bereits auf vier Hochzeiten?«, fragte Mona.

Ich schlug die Augen nieder. Imogen grunzte. »Dreieinhalb?«

»Die letzte hätten wir fast verschlafen«, gestand ich verlegen. »Wir haben es immerhin noch zum Empfang geschafft.« Ellis schüttelte bloß den Kopf und lachte. »Hey«, verteidigte ich mich. »Daran war eindeutig das reichhaltige

Probedinner schuld. Niall hat sich schreckliche Vorwürfe gemacht, aber dem Brautpaar ist unsere Abwesenheit gar nicht aufgefallen. Es muss ziemlich turbulent zugegangen sein; während der Trauung fiel eine der Brautjungfern in Ohnmacht, weil die Braut wider besseres Wissen darauf bestanden hat, dass ihre Mädels Samtkleider tragen, und das zur Mittagszeit, im August, im Freien. Das hätte ich zu gern miterlebt.«

»Du bist ganz schön zynisch geworden«, stellte Ellis fest.

Ich zuckte bloß die Achseln. Seit meiner Erleuchtung fühlte ich mich zur Anti-Hochzeits-Missionarin berufen, vor meinen verheirateten Freundinnen hielt ich mich allerdings zurück.

»Und wer ist es diesmal?«, wollte Imogen wissen.

»Ein Freund von Niall. Stellt euch vor, Niall geht gern auf Hochzeiten«, erzählte ich und legte eine Kunstpause ein. »Wir überlegen, ob wir zusammenziehen sollen.« Ich hatte es kaum erwarten können, diese Neuigkeit loszuwerden.

»Was? Wann?«, stürmten sogleich alle auf mich ein.

Ich lachte. »Es war bloß so eine Idee. Unsere Mietverträge laufen demnächst aus, und Nialls Kumpel Dale ist ein erfahrener Makler. Wir halten einfach mal die Augen offen.«

»Wollt ihr euch etwas kaufen?«, fragte Imogen überrascht.

»Ist nicht ausgeschlossen.«

Ellis lachte. »Du willst nicht heiraten, aber ihr kauft euch gemeinsam eine Immobilie? Lass dir eins gesagt sein: Ein Haus ist eine viel größere Verpflichtung als eine Ehe. Und eine größere Prüfung für die Beziehung. Und ein enormer Zeitfresser.« Sie und Jack waren ständig mit irgendwelchen Renovierungsarbeiten an ihrem trauten Heim beschäftigt.

»Noch ist nichts fix«, sagte ich und stimmte in das allgemeine Gelächter mit ein. Ich schwebte noch immer auf

Wolke sieben. Niall hatte das Thema neulich Abend angesprochen, als wir uns gerade leidenschaftlich geliebt hatten und ich noch ganz atemlos auf ihm gelegen war, total erschöpft nach einem sagenhaften multiplen Orgasmus. Danach hatten wir die halbe Nacht damit zugebracht, unsere imaginäre zukünftige Wohnung einzurichten. Dann hatten wir uns Eisbecher gemacht, und die Schlagsahne hatte uns dann wieder auf allerlei Gedanken gebracht … Ich sage nur *91/2 Wochen*. Und so war ich schließlich ein zweites Mal keuchend und verschwitzt auf Nialls Brust gelandet.

Mona umarmte mich. »Ich freu mich so für dich!«

»Danke.« Ich drückte sie. »Ich muss zugeben, ich hätte nie gedacht, dass ich so glücklich sein kann. Seit ich mit Niall zusammen bin, habe ich das Gefühl, es kann gar nichts schiefgehen.«

Ich hätte wissen müssen, dass es nicht ratsam ist, so etwas auszusprechen.

»Fertig?« Niall stand schon an der Tür, den Autoschlüssel in der Hand.

»Äh, ich muss noch mal schnell.« Ich huschte in sein Büro und schob die Jobanzeige aus der *Washington Post* in seine Computertasche, gleich neben den Laptop, wo er sie nicht übersehen konnte. Dann eilte ich zur Wohnungstür.

»Du siehst umwerfend aus.« Niall küsste mich. Ich trug ein knöchellanges schwarzes Kleid mit tiefem V-Ausschnitt und dazu meine silbernen Sandalen. Er war aber auch nicht zu verachten in seinem schicken Smoking.

Auf dem Weg zum Hotel Washington erkundigte ich mich nach seinem Rugbytraining, obwohl ich kaum still sitzen konnte.

Niall schnaubte und ergriff meine Hand. »Als würde dich das interessieren. Du platzt doch gleich! Erzähl, wie war's?«

»Toll. Ziemlich vielversprechend. Dieser Chester ist echt auf Zack und wird demnächst ernsthaft auf nationaler Ebene mitmischen. Und er braucht wirklich jemanden. Ach, Niall, wenn ich den Job nur schon hätte!«

»Du rechnest dir also Chancen aus?«

»Oh, ja. Es gibt besser qualifizierte Bewerber, aber wie es aussieht, wäre Chester bereit, mich zu nehmen, wenn ich mich ordentlich ins Zeug lege und möglichst viel Erfahrung sammle, solange er noch der Boss ist. Ich müsste allerdings eine fundierte Weinbau- und Önologieausbildung absolvieren.«

Er lachte. »Öno … was? Klingt irgendwie unanständig.«

Ich kicherte. »Das ist die Lehre vom Keltern und Reifen des Weines.«

»Ich dachte, nach all den Abenden im Clyde's verfügst du längst über das nötige Fachwissen.« Er lächelte verschmitzt.

»Nein, aber die bringen Extrapunkte.« Ich wurde wieder ernst. »Ich muss mich erst informieren. Die meisten Anbieter derartiger Kurse sitzen natürlich im Westen der USA, aber vielleicht finde ich ja einen in Maryland. Oder einen guten Fernlehrgang. Auf diese Weise könnte ich mir, bis Chester in Rente geht, das theoretische Wissen aneignen und zugleich die nötige praktische Erfahrung sammeln.«

Niall sah mich an. »Und das möchtest du wirklich machen?«

»Ja«, sagte ich nachdrücklich. »Weißt du, ich habe meinen Job nur durch Zufall bekommen, aber ich finde ihn faszinierend. Bei Four Fox könnte ich in dem Bereich tätig sein, der mich am meisten interessiert – Innovationen in der Weinherstellung … Es kommt mir so vor, als würde ich endlich aufwachen und mein Leben selbst in die Hand nehmen. Bis jetzt habe ich stets andere für mich entscheiden lassen. Ich war mit Caleb zusammen, wann immer er gerade Lust darauf hatte, mein Notenschnitt bestimmte, auf welchem College ich landete, ich zog nach Washington, weil es die größte Stadt zwischen Charlotte und New York ist, und meinen Job habe ich mir auch nicht selbst ausgesucht. Es kommt mir vor, als hätte ich Hemmungen gehabt, mir etwas zu wünschen, aus Angst vor der Enttäuschung, falls sich meine Wünsche nicht erfüllen.« Ich fuhr ihm sanft über die Wange. »Dich hätte ich mir auch fast durch die Lappen gehen lassen.« Er küsste meine Hand, schwieg jedoch, also fuhr ich fort.

»Ich möchte endlich herausfinden, was *ich* will, und dann alles daransetzen, dass ich es bekomme. Jahrelang habe ich meinen Eltern vorgeworfen, sie würden mich nicht richtig wahrnehmen, aber im Grunde genommen gab es nicht viel wahrzunehmen. Ich bin bloß mit dem Strom geschwommen. Doch das ist jetzt vorbei. Ich kriege diesen Job«, sagte ich zuversichtlich. »Ich werde endlich *agieren* statt *reagieren*.«

Wir hielten vor dem Hotel Washington und überließen dem Parkservice den Wagen. Als wir durch die Tür traten, schlang mir Niall den Arm um die Taille und drückte mir einen Kuss auf die Schläfe. »Du wirst sie alle umhauen, davon bin ich überzeugt. Mich beeindruckst du jedenfalls höllisch.« Mein Herz schlug schneller. »Vielleicht hast du ja Recht; vielleicht sollte ich mich um die Stelle bei der *Washington Post* bewerben. Was hab ich schon zu verlieren?«

Nach der sechsundzwanzigminütigen Trauung stiegen wir in den Aufzug und fuhren zum Empfang auf die Dachterrasse. Dort angekommen, war Niall plötzlich wie ausgewechselt.

»Alles okay?«, fragte ich besorgt.

»Ja, ja«, sagte er knapp und schluckte. »Könntest du vielleicht die Drinks besorgen?« Ich sah hinüber zur Bar, von der aus sich ein atemberaubender Blick über The Mall und das Weiße Haus eröffnete.

»Oh, macht dir die Höhe zu schaffen?« Er nickte kurz, verlegen. Ich umarmte ihn. »Wir müssen nicht hierbleiben. Wir können auch unten warten, bis es Zeit ist fürs Essen.«

»Nein, ich schaff das schon. Ich halte mich einfach vom Geländer fern. Ich weiß, es ist töricht, aber ich habe das Gefühl, es zieht mich richtig nach unten.«

Ich tätschelte ihn beruhigend. »Ich bin gleich wieder da.«

Auf dem Rückweg von der Bar blieb ich wie angewurzelt stehen, als ich plötzlich Vanessa, den Feuer speienden Drachen, neben Niall stehen sah. Ich umklammerte die gläsernen Stiele. Hm. Sah aus, als würde sie den Großteil der Konversation bestreiten. Meine Sorge war unbegründet gewesen. Niall war nicht Caleb. Ich beobachtete die beiden unbemerkt aus einiger Entfernung, ehe ich mich gemächlich zu ihnen gesellte und Niall seinen Drink reichte.

»Hier, Liebling. Das war bedeutend unkomplizierter als auf der Hochzeit von Tim und Traci, wo du mich verbotenerweise mit Wein versorgt hast … Ach, hallo, Vanessa.« Erleichterung hin oder her, ein bisschen Spaß musste sein.

»Nein, wie süß«, ätzte Vanessa. »Sie bedient dich.« Sie sah nach wie vor umwerfend aus. Grrr.

»Stimmt ja, du ziehst es vor, dich bedienen zu lassen, nicht?«, schoss Niall zurück. Sowohl Vanessa als auch ich waren geschockt. Caleb hätte sich diese Chance, zwei Frauen um seine Gunst buhlen zu sehen, keinesfalls entgehen lassen. Niall dagegen legte mir den Arm um die Schultern und zog mich an sich. »Vi ist eben eine Expertin auf dem Gebiet der kleinen Liebenswürdigkeiten, die eine perfekte Freundin ausmachen.« Er lächelte mich an. »Wenn ich Grund zur Klage habe, dann höchstens deshalb, weil sie sich nicht öfter mit Pralinen, Fußmassagen und dergleichen verwöhnen lässt.«

»Pralinen machen dick«, wandte ich ein.

»Oh«, sagte Vanessa sichtlich gedämpft. Sie riss sich am Riemen. »Nun, hat mich gefreut, *euch* wiederzusehen.« Sie musste bei Dani der Rezeptionistin in die Lehre gegangen sein, denn ich war damit definitiv nicht gemeint.

»Tja, mich auch«, sagte ich zu Niall, sobald sie weg war.

»Ich kann auf ihr dummes Geschwätz verzichten«, erwiderte er. Ich sah ihn aufmerksam an.

»Sie geht dir echt auf die Nerven, oder?«, staunte ich.

»Pfff. Sie ist ja auch eine Nervensäge. Ich schäme mich richtiggehend, dass ich mit ihr zusammen war. Die Sache mit Gwendolyn hatte mich eben ziemlich aus der Bahn geworfen.«

Ich spitzte die Ohren. Gwendolyn war Nialls Exfreundin, und ich hätte nur zu gern mehr über sie erfahren. Er lachte leise angesichts meiner neugierigen Miene. »Du Ärmste. Ich habe mich diesbezüglich bisher in Schweigen gehüllt, dabei hast du weiß Gott jedes Recht darauf, Bescheid zu wissen. Ich habe Gwendolyn in Oxford kennengelernt, gleich im ersten Collegejahr. Wir waren das gesamte Studium über zusammen und sind dann nach London gezogen. Dort habe ich bei der BBC angefangen, und als ich nach einer Weile eine Stelle in Budapest angeboten bekam, befristet auf ein Jahr, war es Gwendolyn, die mich dazu überredet hat, sie anzunehmen, dabei hat sie es dort dann keinen Monat ausgehalten. Ständig Stromausfälle, fast nie heißes Wasser … Ich habe ihr angeboten, sie könnte bis zu meiner Rückkehr in meiner Wohnung in London wohnen. Für mich stand außer Frage, dass wir irgendwann heiraten würden.« Er verstummte und nahm einen Schluck Wein.

»Und?«, hakte ich mit unverhohlener Neugier nach.

»Tja, wie das eben so läuft. Als ich sie eines schönen Tages überraschend besucht habe, war ein ehemaliger Kommilitone bei ihr eingezogen – in meine Wohnung. Ich war wie vor den Kopf gestoßen, doch sie meinte bloß, ohne Verlobungsring hätte sie keinen Anlass gesehen, mir treu zu bleiben. Und das, nachdem wir sieben Jahre ein Paar gewesen waren«, erzählte er verbittert.

»Vermisst du sie noch?«, fragte ich mit klopfendem Herzen.

»Um Himmels willen, nein!« Er stellte das Glas ab und nahm mein Gesicht in beide Hände. »Ich hätte wissen sollen, dass es nicht klappen würde. Gwendolyn ist kein schlechter Mensch, sie ist nur ungeheuer egozentrisch. Wir waren jung, und ich war sehr romantisch veranlagt und bis über beide Ohren verliebt.« Er grinste. »Aber das Leben hatte ohnehin anderes mit mir vor. Statt nach London zurückzukehren, habe ich dann die Stelle in den USA angenommen. Ich wollte lange nichts mehr von Frauen wissen, bis mir jemand Vanessa vorgestellt hat. Gwendolyn war eine Heuchlerin, dagegen wirkte Vanessa erfrischend durchschaubar; so direkt und durch und durch amerikanisch. Ich fühlte mich sicher mit ihr, weil ich wusste, sie konnte mich nicht täuschen oder mir das Herz brechen. Und dann bist du mir über den Weg gelaufen.« Er lächelte mich an. »Du hast so viel Redlichkeit ausgestrahlt, dass ich plötzlich wieder das Bedürfnis nach einer Beziehung mit einem intelligenten, empfindungsfähigen Wesen hatte, mit einer Frau, der ich vertrauen konnte. Ich bin nicht gerade der Typ Mann, der jeden Tag mit einer anderen ausgeht. Da verbringe ich meine Zeit lieber mit Menschen, die ich wirklich mag.« Er tippte mir an die Nase. »Und zwar mit einem ganz *bestimmten* Menschen. Seit ich dich kenne, weiß ich, wie es sich anfühlt, wenn man jemanden wirklich von ganzem Herzen liebt. Davor hatte ich bloß geübt.« Er küsste mich so innig, dass ich beinahe in Tränen ausgebrochen wäre. Stattdessen dackelten wir wie Pawlowsche Hunde artig nach unten, als uns ein Kellner mit einer Triangel zum Dinner lud.

Kaum war das Essen vorüber, betraten wir als erstes Paar die Tanzfläche. Als sich Niall nach einigen Songs entschuldigte, um »den Lokus aufzusuchen«, kehrte ich zu unserem Platz zurück. Seltsam, die Herren der Schöpfung waren samt und sonders ausgeflogen, und auch an den anderen Tischen bot sich ein ähnliches Bild. Die Tanzfläche war wie leergefegt. Es kam mir direkt unheimlich vor.

»Wo ist denn Ihr Göttergatte?«, fragte ich meine Sitznachbarin Janelle.

»Der ist vor dreißig Minuten auf die Toilette verschwunden und nicht mehr aufgetaucht.«

»Juan auch«, schaltete sich Laney, die ebenfalls an unserem Tisch saß, ein.

»Auf Lee warte ich schon seit einer geschlagenen Dreiviertelstunde!«, ereiferte sich eine Frau namens Christelle. »Der kann was erleben!« Oje, der Ärmste.

»Merkwürdig«, sagte ich. Hoffentlich kam Niall bald zurück. Ich fürchtete schon das Schlimmste (eine Entführung durch Außerirdische, die ein paar Forschungsobjekte benötigten?), da sah ich ihn endlich mit einem höchst befremdlichen Gesichtsausdruck den Saal durchqueren. Dem Himmel sei Dank!

»Was …« Doch ehe ich ihn mit Fragen löchern konnte, hatte er schon meine Hand ergriffen und mich aufs Parkett geführt. »Tanz mit mir.« Ich kam nicht mehr dazu, ihn nach dem Grund für sein langes Ausbleiben zu fragen – plötzlich ertönte ein gellender Schrei und die wutentbrannte Braut rannte wie ein geölter Blitz hinaus, gefolgt von ihrem besorgten Gemahl. Niall verzog das Gesicht.

»Was ist denn da draußen los?«, fragte ich gespannt.

»Es ist widerlich. Wie konnte sie nur?«

»Was denn? Und wer?«

»Stell dir vor, die Exfrau des Bräutigams hat in jedes Urinal ein großes Foto des Brautpaars gelegt.«

»Was?« Ich schnappte nach Luft. »Im Ernst?«

»Das ist noch nicht alles. Sie hat außerdem ein Bierfass in der Toilette deponiert, damit die Männer länger dort herumhängen und mehr pinkeln.« Er rümpfte die Nase. »Der Pfarrer singt da drin bereits schottische Trinklieder.«

»Ach, du Schande! Das ist ja niederträchtig und genial zugleich.« Wider Willen musste ich kichern.

Niall musterte mich strafend. »Ich finde das nicht zum Lachen, sondern ziemlich erbärmlich. Das sollte für das Brautpaar der schönste Tag des Lebens sein, und sie macht eine Farce daraus.«

»Das ist doch ohnehin fast jede Hochzeit«, winkte ich ab. »Dafür haben Eric und Kathryn schon selbst gesorgt, indem sie einen verängstigt heulenden Vierjährigen in einen Miniaturfrack gesteckt und mit einem blauen Satinkissen in den Händen zum Altar geschickt haben – und wofür? Es lagen noch nicht einmal die echten Ringe drauf; die hätten ja verloren gehen können! Der Kleine braucht garantiert mal eine Therapie.«

Niall musterte mich entgeistert. »Meinst du das ernst?«

»Todernst«, versicherte ich ihm. »Und das alles nur, um eine absolut sinnlose Institution zu feiern – die Ehe.«

»Die Ehe ist doch etwas völlig Natürliches«, wandte er ein.

»Warum sagen das bloß immer alle? Kein anderes Lebewesen außer dem Menschen geht eine lebenslange Partnerschaft ein. Das sind alles bloß Gerüchte; nach der Paarungszeit ist es aus und vorbei. Natürlich ist bloß der Tod, und dem versuchen wir mit allen Mitteln zu entrinnen.«

Noch mehr Entgeisterung. »Du glaubst nicht an lebenslange Partnerschaften?« Mist, jetzt hatte er mich.

»Doch, natürlich tue ich das«, räumte ich ein.

»Warum dann also nicht heiraten? Wo liegt der Unterschied?«

»Weil man einem Menschen auch ohne Ehering treu sein kann bis zum Tod. Weil ich nicht heiraten will, bloß weil ›sich das eben so gehört‹. Für mich stellt sich vielmehr die Frage: *Wozu* heiraten?«

»Weil die Ehe quasi die offizielle Bestätigung einer Beziehung ist.«

»Eine Beziehung sollte sich selbst genügen und keiner Bestätigung bedürfen«, konterte ich. »Ich bin der Ansicht, die Ehe schadet einer Beziehung. Sie macht faul.«

Nialls Gesicht nahm einen harten Ausdruck an. »Da bin ich anderer Ansicht.«

»Ich wurde schon als ganz kleines Mädchen darauf gedrillt, meinen ASTIL, den allerschönsten Tag im Leben, herbeizusehnen. Die Vision von der Traumhochzeit kommt mir vor wie ein Angelhaken, an dem die Frauen unerbittlich vor den Traualtar geschleppt werden, sobald sie einen heiratswilligen Kerl aufgetrieben haben. Sie ist eine Obsession, die zu unüberlegten Entscheidungen zwingt. Da erhalte ich mir lieber meine objektive Sichtweise, indem ich mich nicht einwickeln lasse.«

»Für mich ist die Ehe keineswegs eine sinnlose Institution. Man muss nur die richtigen Entscheidungen treffen, wie du selbst sagst.«

»Tja, wir werden uns wohl darauf einigen müssen, dass

wir diesbezüglich uneins sind.« Okay. Themenwechsel, bitte schön!

»Und wie soll das funktionieren, wenn wir auf Dauer zusammenbleiben wollen?« Er zögerte. »Ich nehme mal an, dass wir das beide wollen.«

»Natürlich.« Es überraschte mich, dass er das infrage stellte.

»Dann würden wir über kurz oder lang heiraten.«

»Niall …«

Wir wurden von einem weiteren Aufschrei unterbrochen. Das war dann wohl das Ende der Happy Hour auf der Männertoilette. In Anbetracht von Nialls aufgebrachter Miene unterdrückte ich ein Kichern.

Ich legte ihm die Hand auf die Wange und küsste ihn. »Wir müssen unsere Differenzen bezüglich der Ehe ja nicht unbedingt gleich heute Abend beilegen. Ich weiß nur eines: dass du genau das bist, was ich will.«

Er erwiderte meine Küsse, bis von draußen erneut hysterisches Geheul hereindrang und unserem Tanz endgültig den letzten Hauch von Romantik nahm.

»Lass uns zu dir gehen«, schlug er vor. »Sonst muss ich an Ort und Stelle über dich herfallen.« Seine Augen lächelten, doch die Falte auf seiner Stirn blieb.

»Ich verstehe nicht, warum er es nicht kapiert«, sagte ich zu Giles, als wir am Montagmorgen unseren Kaffee tranken. »Oooh, sieh nur, er bewegt sich!« Tai Shan watschelte auf einen Eukalyptuszweig zu.

»*Hin*reißend. Also, ich bin ehrlich gesagt auf Nialls Seite«, verkündete Giles zu meiner Verblüffung.

»Was?«

»Ich bin total für die Ehe. Ich finde es höchst bewegend, wenn jemand eine große Feier organisiert, um der ganzen

Welt zu demonstrieren, dass er mich zur Liebe seines Lebens auserkoren hat. Ich will unbedingt heiraten.«

»Im Ernst?« Ich war komplett von den Socken. »Dabei hätte ich gerade von dir erwartet, dass du dagegen bist, wo doch Schwule diesbezüglich diskriminiert werden.«

»Es sind die Idioten im Kongress, die uns diskriminieren, Vi. Die Ehe ist lediglich eine Verbindung zweier Menschen.«

»Eine Verbindung *vor dem Gesetz*.«

»Nüchtern betrachtet, ja, doch aus romantischer Sicht symbolisiert eine Heirat: ›Ich entscheide mich für dich.‹ Ich hab mich für Matt entschieden, und ich würde alles dafür geben, dass er mich heiratet. Ich muss nur noch den Mumm aufbringen, ihn zu fragen.«

»Aber …«

»Schätzchen, du bist ein wundervoller, intelligenter Mensch und meine beste Freundin, aber was das Thema Ehe angeht, stellst du dich ein bisschen doof an. Du hast dich zu einer derart besessenen Hochzeitsgegnerin entwickelt, dass ich mich gelegentlich frage, ob du bei all deinen Überzeugungen eigentlich selbst noch durchblickst.«

»Natürlich«, entrüstete ich mich.

»Pass bloß auf«, ermahnte er mich und tätschelte mir nachsichtig das Knie. »Du kannst einen Mann nicht zwingen, deine Ansichten zu teilen. Wenn das möglich wäre, gäbe es von Armani lachsfarbene Satinanzüge.«

Kapitel 38

Zwei Trennungen, eine Scheidung und eine eingetragene Partnerschaft

»Ich bin verliebt«, trällerte ich einige Wochen später im Scherz zum millionsten Mal in Richtung Traci, als ich das D&D betrat. Zu meinem Entsetzen brach sie in Tränen aus.

»Traci! Was ist los?« Ich eilte zu ihr und legte ihr unbeholfen den Arm um die Schultern. Sie schluchzte. Eigentlich kannten wir uns kaum, aber ich mochte sie. Immerhin hatte ich Niall auf ihrer Hochzeit kennengelernt. Nach ein paar Minuten machte sie sich von mir frei und schnäuzte sich. Um ihre Kasse lagen bereits mehrere gebrauchte Taschentücher verstreut.

»Was hast du denn?«

»Tim hat mich verlaaaassen …«, heulte sie auf. Ach, herrje.

»Er hat dich verlassen? Warum denn?«

»Er meinte, ich würde ihn nicht verstehen und hätte es nur auf sein Geld abgesehen«, würgte sie hervor. »Er findet mich du-hu-humm …« Sie schluchzte erneut los, und ich versuchte sie nach Kräften zu beruhigen. Als ich mich nach angemessener Zeit schließlich in mein Büro verdrückte, sann ich über ihre Enthüllung nach. Tim hätte doch eigentlich ziemlich genau über Traci, ihre Absichten und ihren Intellekt Bescheid wissen müssen, die beiden waren vor der Heirat zwei Jahre ein Paar gewesen. Doppelt so lang wie verheiratet. Allerdings waren sie das gesamte zweite Jahr mit den Hochzeitsvorbereitungen beschäftigt gewesen. Und soweit ich mich erinnerte, hatte Traci das erste damit zugebracht, Tim dazu zu bewegen, ihr den Antrag zu machen, damit sie zu ihm in sein »sagenhaftes« Haus in Bethesda ziehen konnte.

»Wieder jemand, der es unbedingt wollte, ohne sich zu fragen, ob es überhaupt ratsam ist«, brummte ich und stürmte zu meinem klingelnden Telefon. Die Unterhaltung mit Giles blendete ich geflissentlich aus.

»Hallo?«

»Vi? Hier ist Lila.«

»Lila!« Ich konnte an einer Hand abzählen, wie oft wir uns seit ihrer Hochzeit gesehen hatten, und bei den wenigen Gelegenheiten hatte sie jedes Mal verschlossen und nervös gewirkt. Sie trank keinen Alkohol mehr und ging kaum noch aus. »Schön, von dir zu hören. Wie …«

»Ich lasse mich scheiden«, verkündete sie matt.

Ich war wie vor den Kopf gestoßen. »Was?«

»Ich habe Hart verlassen. Die Scheidung ist so gut wie durch.« Sie lachte. Es klang wie ein Bellen. »Ich bin endlich zur Vernunft gekommen.«

»Was ist passiert?«

»Du hast doch erlebt, was passiert ist. Ich war nicht mehr ich selbst. Erst hörte ich auf zu reden, weil Hart behauptete, von meinem Geschnatter würde ihm der Kopf schwirren. Als Nächstes hörte ich auf, auszugehen und Alkohol zu trinken, weil Hart es nicht guthieß. Dann hörte ich auf zu lachen, weil er mir Angst einjagte. Als ich aufhörte zu atmen, wurde mir klar, dass ich gehen musste, wenn mir mein Leben lieb war.«

»Oh, Gott. Das ist ja grauenhaft.« Mich plagte das schlechte Gewissen. »Und ich war nicht für dich da. Es tut mir so leid.«

Sie bellte erneut. »Wag es ja nicht, dir die Schuld dafür zu geben, Vi. Ich habe mich zurückgezogen, habe mich weder bei dir noch bei anderen Freundinnen gemeldet, und Hart hat sämtliche anderen Kontakte unterbunden, um die totale Kontrolle über mich zu haben.«

»Was meinst du mit ›Er jagte dir Angst ein‹?« Ich fürchtete mich vor der Antwort.

Sie schwieg. »Er hat mich nie geschlagen – noch nicht. Aber er ist zunehmend durchgedreht. Zu Hause durfte ich nicht telefonieren, von der Arbeit aus sollte ich ihn alle paar Stunden anrufen. Er hat von mir verlangt, dass ich Geschäftsreisen ablehne, und wenn er mal unterwegs war, durfte ich das Haus nicht verlassen! Es wurde immer schlimmer.« Ihre Stimme klang kläglich. »Am schlimmsten ist, dass ich mir das alles gefallen ließ.«

Ich schwieg einen Augenblick. »Es heißt, wenn man einen Frosch in siedendes Wasser setzt, springt er heraus, setzt man ihn aber in lauwarmes Wasser und erhitzt es ganz langsam, dann lässt er sich zu Tode kochen. Bei eurer Hochzeit war Hart doch noch ganz anders.«

»War er das? Wer weiß? Er hat all meine Anforderungen erfüllt, aber ich bin nicht sicher, ob ich ihn wirklich kannte. Ich wusste nur, dass er der richtige *Typ* Mann war.«

»Tut mir leid, dass ich dich im Stich gelassen habe. Dass ich dich nicht gezwungen habe, genauer hinzuschauen.«

»Ich hab mich *selbst* im Stich gelassen«, winkte sie ab.

Als wir auflegten, war mir das Herz schwer wegen Lila, aber ich verspürte noch etwas anderes: Angst. Ein Teil von mir fürchtete, ähnliche Anrufe von Jen und Amy zu bekommen. Dass auch meine Eltern ein ähnliches Schicksal ereilt hatte, bewies doch: Die Ehe war alles andere als ein sicherer Hafen. Ich saß stocksteif da, bis Giles kam.

»Ich bin *verliebt*«, sang er und hopste durch die Tür. Dass meine Antwort ausblieb, schien ihn zwar zu überraschen, trotzdem fuhr er sogleich überdreht fort: »Und ich werde heiraten!«

»Was!?!«, stieß ich hervor.

Vor Aufregung hopste er auf und ab wie ein Gummiball. »Ich hab's getan! Ich hab ihn gefragt! Mann, war ich nervös ... Total neben der Spur. Und er hat Ja gesagt!«

»Aber ...«

»Oh, wie ich diesen Mann liebe. Und er wird mich *heiraten*!« Er vollführte einen kleinen Freudentanz.

»Ähm ...« Ich wollte seinen Enthusiasmus nicht dämpfen.

Als Giles meine zweifelnde Miene sah, gab er mir einen Klaps. »Ich weiß, *vor dem Gesetz* ist es unmöglich, aber das ist uns egal. Wir werden eine verbindliche Lebensgemeinschaft eingehen. Die Feier findet in der All Soul's Church statt, und du bist meine Trauzeugin. Warte, bis du erst den *Ring* siehst ...«

Ich ließ seine Begeisterung über mich hinwegspülen. Seinem festen Glauben an die Ehe zum Trotz lieferte mir Giles damit ein weiteres Gegenargument: Matt und Giles sind einander aufrichtig zugetan und treu ergeben, sprich, sie könnten eine erfüllte *Bilderbuchehe* führen, so man sie denn von Rechts wegen ließe. Lässt man sie aber nicht. Wer dagegen aus kindlichem Gehorsam (Lila) oder um des sozialen Aufstiegs willen (Traci) heiratet, der wird dazu sogar noch ermutigt. Die Ehe ist ein künstliches Konstrukt, davon war ich mehr denn je überzeugt. Ein Glück, dass ich Niall hatte. Die Stimme, die mir »Er ist anderer Meinung« zuflüsterte, ignorierte ich.

»Dann bist du also am Samstag dabei?«

»Am Samstag?«, echote ich perplex. »So bald schon?«

»Wozu warten?«, trällerte er aufgeregt und verwickelte

mich umgehend in seine hektische Planung, damit in einer Woche *My Big Fat Queer Wedding* steigen konnte.

Als ich abends Nialls Wohnung betrat, fühlte ich mich ausgelaugt. Ich warf meine Schlüssel auf den Tisch im Flur. »Schatz! Ich bin zu Hause.«

»Hallo«, tönte es matt aus dem halbdunklen Wohnzimmer.

»Ganz schön düster hier.« Ich setzte mich neben Niall auf das Sofa und lehnte den Kopf an seine Schulter.

»Hm.« Er strich mir zerstreut übers Haar. »Du riechst gut.«

Ich schmunzelte. »Das sagst du immer.«

»Es stimmt ja auch immer.« Er küsste mich abwesend.

Ich machte mich von ihm los und musterte ihn. »Ist was?«

Er seufzte. »Ach, meine Schwester ...«

»Fiona?« Ich hatte Fiona richtig ins Herz geschlossen.

»Nein, Nora, die in Irland. Sie trennt sich von ihrem Mann.« Seine Stimme klang bleiern.

Ich starrte ihn fassungslos an, versuchte im Dämmerlicht seine Züge auszumachen. »Im Ernst? Traci und Tim haben sich nämlich auch gerade getrennt, und Lila hat mir heute erzählt, dass sie sich von Hart scheiden lässt.«

»Tatsächlich? Was haben die nur alle?«

Ich schnaubte. »Das kann ich dir sagen: übersteigerte Erwartungen an die Ehe, das haben sie. Eine Heirat ist kein Wundermittel, das jegliches Übel abwenden kann.«

Ich spürte, wie er mich prüfend musterte. »Es ist dir ernst«, sagte er bedächtig. »Du wirst mich nicht heiraten.« Seine Worte versetzten mir einen Stich. Jetzt war allergrößte Vorsicht geboten. War das ein Antrag?

»Ich habe von Anfang an gesagt, ich will keine Hochzeit,

kein Riesentamtam«, erwiderte ich zögernd. »Trotzdem liebe ich dich und will für immer mit dir zusammen sein.«

»Wenn du das wirklich wollen würdest, dann würdest du mich heiraten«, konterte er. »Eine Hochzeit muss kein Riesentamtam sein.«

»So einfach ist das nicht …«

»Oh, doch. In meiner Familie wird geheiratet, wenn man mit jemandem den Rest seines Lebens verbringen will.«

»Ach, und deine Schwester?«, rutschte mir heraus.

»Das ist etwas ganz anderes. Sie war schwanger und musste heiraten, obwohl sie ihn nicht liebte. Das war damals eben so in Irland. Aber du und ich, wir lieben uns. Jedenfalls dachte ich das.«

»Ja, das tun wir!«, beteuerte ich nachdrücklich. Endlich bewegten wir uns auf sicherem Boden.

»Dann gibt es keinen Grund, nicht zu heiraten. Es sei denn, du willst dich nicht festlegen, weil du fürchtest, du könntest es irgendwann bereuen.« Er klang schrecklich verletzlich. Wäre diese Gwendolyn in der Nähe gewesen, ich hätte sie auf der Stelle erdolcht.

»Das ist es nicht«, versicherte ich ihm verzweifelt. »Unsere Beziehung ist perfekt.«

»Wenn wir nicht irgendwann den logischen nächsten Schritt tun, ist unsere *Beziehung* nichts weiter als ein In-den-Tag-hinein-Leben. Aber offenbar hast du nicht genug Vertrauen zu mir, um über eine ernsthafte Bindung nachzudenken.«

»So ist das nicht.« Ich hyperventilierte beinahe. »Ich halte die Ehe für kontraproduktiv. Viele denken, wenn sie erst einmal verheiratet sind, haben sie die nötigen Investitionen in die Beziehung bereits getätigt. Aber eine Ehe kann weder Probleme lösen noch Menschen verändern, sie macht höchstens bequem. Ich bin sehr für ernsthafte Bindungen, aber meiner Ansicht nach ist ein Ehering dafür weder nötig noch zuträglich.«

»Meiner Ansicht nach schon«, sagte er leise und erhob sich. »Entschuldige mich, ich bin müde und lege mich jetzt mit einem Buch ins Bett.«

Ich blieb allein in dem inzwischen stockfinsteren Wohnzimmer zurück und rang nach Luft. Ungefähr so musste sich Lila gefühlt haben.

Fünf Tage später stand ich neben Giles am Altar der All-Soul's-Kirche. Er war den ganzen Tag wie ein bipolarer Pingpongball durch die Gegend gehüpft und hatte abwechselnd geheult und gelacht. Matt war das reinste Wasserwerk. Zu meiner Rechten stand Imogen, verdrehte in einer Tour die Augen und verteilte Taschentücher. Ethan und Niall saßen in der ersten Reihe. Ethan wirkte amüsiert, Nialls Miene war undurchdringlich.

»Was ist denn los?«, hatte mir Imogen vorhin zugeflüstert. Ich hatte bloß den Kopf geschüttelt, unfähig, darüber zu reden. Nach unserem Streit neulich waren wir stocksteif nebeneinander im Bett gelegen, bis sich Niall schließlich mit einem Stöhnen zu mir gedreht hatte und wir verzweifelt übereinander hergefallen waren. Seither hatten wir uns nicht gesehen. Giles hatte mich quasi rund um die Uhr in Beschlag genommen, Niall war jeden Tag erst spätabends aus dem Büro gekommen. Ich litt noch immer unter Atemnot, war aber überzeugt, dass er irgendwann zur Vernunft kommen würde. Matt und Giles waren mit ihrer überdrehten Fröhlichkeit denkbar wenig hilfreich. Da ich mir den ersten Korintherbrief strikt verbeten hatte, las Mona Edward Lears Gedicht vom Kauz und der Katze. Ich schielte zu Niall, ertappte ihn dabei, wie er mich ansah. Er hielt meinem Blick einen Moment stand, dann wandte er sich ab.

Der Empfang fand im Perry's statt, wo Giles und Matt ein Tänzchen wagten, ehe sie die Torte anschnitten. Später zauberte Giles einen lächerlichen Brautstrauß aus roten Mohnblumen hervor. »Davon träume ich schon mein Leben lang«, verkündete er. »Also, meine Damen, Singles vor …« Ich ließ mich widerstrebend an die vorderste Front der Junggesellinnenschar schieben, zwischen Imogen und Mona. Giles strahlte uns an. Der Glanz in seinen Augen, als sein Blick auf mich fiel, verhieß nichts Gutes. Als könnte er meine Gedanken lesen, wandte er sich um und warf mir zielsicher das Bouquet an den Kopf. Ich stand stocksteif da, die Arme wie gelähmt, sodass der Strauß von mir abprallte und auf den Boden plumpste. Fassungslos starrte ich auf das grellrote, leblose Bündel und wagte es kaum, den Kopf zu heben. Ich hätte mir keine Sorgen machen müssen. Niall mied meinen Blick ebenfalls.

Kapitel 39

Koffer packen

Ich saß auf dem Bett, krampfhaft um Fassung bemüht, und verfolgte, wie er seine Habseligkeiten in einer Sporttasche verstaute. Keine Tränen, bis er weg war. *Saving Private Crying.* Es dauerte, denn er verschwand mehrfach im Bad, von wo er jedes Mal mit rotgeränderten Augen zurückkehrte.

»Das war alles.« Er zog den Reißverschluss zu. »Ruf mich an, falls ich etwas übersehen habe, ja?«

»Niall ...«, krächzte ich. Weiter kam ich nicht.

Er sah mich an, erschöpft, abgezehrt. Wir hatten die ganze Nacht geredet, ohne Ergebnis. Sämtliche Erklärungsversuche meinerseits hatten nichts gebracht.

»Ich kann nicht ...« Seine Stimme versagte. Er schloss die Augen und räusperte sich. »Ich kann nicht mehr, Vi. Ich habe keine Kraft mehr. Wir haben unterschiedliche Ziele, unterschiedliche Ansichten zum Thema Beziehungen. Es ist besser, dass wir das jetzt herausgefunden haben, ehe ...«

Konnte es schlimmere Qualen überhaupt geben? Ich konnte es mir nicht vorstellen. Verzweifelt startete ich einen allerletzten Versuch.

»Weißt du noch, wie wir damals über deine Höhenangst geredet haben? Ich habe eben Angst vor dem Heiraten. Nicht vor Beziehungen – ich will eine Beziehung, mit dir. Aber jede Partnerschaft braucht einen Schutzwall, und diesen Schutzwall untergräbt die Ehe meiner Meinung nach. Der Gang zum Traualtar dient viel zu häufig nur dazu, eine Beziehung aufzuwerten, die es gar nicht wert ist. Und wie oft sind die Gründe dafür die völlig falschen: ›Och, wir sind jetzt ein Jahr zusammen, da ist es Zeit zu heiraten‹.« Ich warf ihm einen flehentlichen Blick zu. »Ich will mich nicht irgendwann fragen müssen, warum du mich geheiratet hast. Wenn wir aber zusammenbleiben, obwohl dich kein Eheversprechen, keine Verpflichtung an mich bindet, dann kann ich sicher sein, dass du aus freien Stücken bei mir bist, weil du mich liebst. Und sollten je Probleme auftauchen, werden wir uns umso mehr bemühen, sie zu bewältigen.«

»Ich hatte gehofft, du wüsstest auch so, dass ich dich liebe«, murmelte er.

»So, wie du weißt, dass die Erde nicht wirklich die Finger nach dir ausstrecken und dich von einem Balkon zerren kann? … Die vermeintliche Sicherheit der Ehe ist doch höchst trügerisch. Sie lullt ein und verleitet zu der irrigen Annahme, nur weil man verheiratet ist, müsse man sich nicht tagtäglich neu um die Partnerschaft bemühen. Ich will nicht, dass unsere Beziehung zur Selbstverständlichkeit wird, Niall. *Ich liebe dich*. Bitte, versteh mich doch!«, flehte ich, wohl wissend, dass ich mich nicht verständlich genug ausdrückte. Wie sollte ich ihm klarmachen, dass ich zwar gegen die Ehe, nicht aber gegen langfristige Bindungen war? Es lag ja nicht nur daran, dass mir Hochzeiten zuwider waren; ich konnte mich des Eindrucks nicht erwehren, dass der Wunsch nach einem Ehering das reine, ursprüngliche Motiv gefährdete. Er lenkte von dem ab, was wirklich wichtig war, und wenn das geschah, konnte man alles verlieren. Ich rang nach den richtigen Worten.

Nialls Miene spiegelte die Qualen wider, die ich empfand. Einen Augenblick schien es, als sei er ins Wanken geraten, doch dann schüttelte er den Kopf.

»Ich bin ein einfacher Mann, Vi. Für mich symbolisiert die Ehe, dass man den Menschen gefunden hat, mit dem man sein Leben verbringen will, und bei der Hochzeit tritt man vor Gott, allen Freunden und Familienmitgliedern den Beweis dafür an. Sie symbolisiert, dass man seinem Partner genügend vertraut, um eine Verbindung mit ihm einzugehen, die jeden Aspekt des Lebens umfasst.« Er seufzte tief. »Nenn mich altmodisch, aber ich will sicher sein, dass die Frau an meiner Seite mich mehr als alles andere liebt und keine Angst hat, es der Welt zu zeigen.« Das erinnerte sehr an Giles und sein »Ich entscheide mich für dich«. Ich war hin- und hergerissen.

Niall nahm seine Tasche und ging zur Schlafzimmertür.

»Niall ...« Ein erstickter Laut entrang sich meiner Kehle.

Er hielt inne und sah zu mir zurück, die braunen Augen voller Trauer. »Ich hoffe, du wirst glücklich, Vi«, sagte er leise. Und dann war er weg.

Wie auf Eiern ging ich die Treppe hinunter und versuchte, den unvermeidlichen Zusammenbruch mit der Verrichtung alltäglicher Tätigkeiten abzuwehren. Katzen füttern. Er war uneinsichtig. Wäsche aufhängen. Er würde schon noch zur Vernunft kommen. Briefkasten leeren. Er hatte nicht erlebt, was ich erlebt hatte. Erst, als ich den Umschlag von der University of California, Davis, öffnete und die Anmeldeformulare sah, die Niall angefordert haben musste, um mich zu überraschen, sank ich schluchzend zu Boden. Erst da wurde mir klar, wie es sich anfühlt, wenn einem das Herz bricht. Davor hatte ich bloß geübt.

TEIL FÜNF

Ring frei zur zweiten Runde

Kapitel 40

Solo

An: ViViVooom@gmail.com
Von: Ben@siddickens.com
Datum: 20. September
Betreff: Wo steckst du?

Hallo Vi,

ich mache mir allmählich ernsthaft Sorgen um Dich. Du hast auf keine der Nachrichten reagiert, die ich Dir auf den AB gesprochen habe. Ich weiß, du machst eine sehr schwere Zeit durch, aber ich bin äußerst beunruhigt. Bitte, bitte, melde Dich und lass mich wissen, wie es Dir geht und ob ich irgendetwas für Dich tun kann.

Herzliche Grüße
Ben

»So kann das nicht weitergehen«, stellte Imogen mit einer ausholenden Handbewegung fest. »Seit zwei Wochen sperrst du dich zu Hause ein, gehst nicht ans Telefon, isst nichts und läufst nur im Pyjama rum. Herrgott, wie lang ist es her, dass du geduscht hast, eine Woche? Vermutlich noch länger, so wie du aussiehst.«

»Es geht mir gut«, brummte ich.

»Es geht dir nicht gut«, widersprach Ethan.

»Was soll das werden, eine Intervention?«, brummte ich.

»Jawohl!«, sagten Imogen und Mona im Duett. »Siehst du die ganzen Leute hier, die unauffällig die Luft anhalten, damit sie dich nicht riechen?« Außer den beiden hatten sich Ellis, Babette, Ethan und Giles in meinem Wohnzimmer versammelt.

»Süße, ich weiß doch, wie weh es tut.« Imogen rieb mir den Rücken. »Aber es wird Zeit, dass du dich am Riemen reißt. Es ist jetzt zwei Wochen her. Du kannst dich nicht ewig hier verkriechen und *Der Untergang* nachspielen. Alle warten gespannt auf die Fortsetzung von *Die Mutige kehrt zurück*.«

Ich hatte nicht das Gefühl, meine Wohnung je wieder verlassen zu können. Ich war am Ende, konnte nicht einmal an die kommende Woche denken, ohne eine Panikattacke zu bekommen. Kein Niall. Die Zukunft gähnte vor mir wie ein schwarzes Loch, unerträglich qualvoll. Mein Gehirn schreckte vor dem Abgrund zurück wie Niall vor einem Balkon. Niall … Bei dem Gedanken an ihn krampfte sich mein Herz zusammen, aber ich war längst zu erschöpft zum Weinen.

»Vi, bitte«, flehte Mona. »Bitte geh wieder zur Arbeit. Oder zumindest vor die Tür.«

»Kann nicht.« Ich war unfähig, mich der Welt zu stellen.

»Was *kannst* du denn?«, fragte Ellis sanft.

Ich starrte sie an. »Filme gucken.« Das war mein einziger Trost: in eine fremde Fantasie abzutauchen und mein Leben kurz zu vergessen.

Mona versuchte, mich mit meinem Lieblingsessen zu locken. »Komm, wir spazieren zum Dupont Circle und holen uns einen Chipotle-Burrito. Es ist herrlich draußen.«

Ich sah aus dem Fenster. Die Sonne lachte mit einer Gleichgültigkeit, die mich schon die ganze Woche wurmte.

Wie konnte sie nur? Wusste sie nicht, dass ich dahinsiechte? Der Anblick der Menschen, die draußen vorbeigingen, erstaunte mich – wie konnten sie einfach weiterleben, als wäre nichts geschehen?

»Du wirst deine Höhle demnächst verlassen müssen. Ich habe nämlich bei Pizza Mart angerufen und ihnen befohlen, dir nichts mehr zu liefern«, sagte Ethan. Das war ihm durchaus zuzutrauen.

Imogen sank neben mich und zog mich an sich, bis ich fast auf ihrem Schoß saß. »Ich will meine Vi zurück. Was ist mit ihr geschehen? Wo ist meine beste Freundin, die ihre Überzeugungen hat und danach handelt, hm? Die schon ganz andere Schläge einstecken musste und auch diesen überstehen wird? Die mich lehrt, jeden Tag zu leben, als wäre er ein ungeöffnetes Geschenk?« Ich sah sie ratlos an. Ich wusste nicht, wohin dieser Mensch verschwunden war.

Mona nahm auf der anderen Seite Platz. »Vi, es ist traurig, dass es mit Niall nicht geklappt hat, aber du hast getan, was du tun musstest, um deine Prinzipien nicht zu verraten. Halt an der Erleuchtung fest.«

»Vielleicht ist es ja noch gar nicht vorbei«, bemerkte Ellis. »Fiona hat Jack erzählt, Niall sei ein nervliches Wrack.« Ihre Worte versetzten mir einen Stich.

»Wie auch immer, *wir* lieben dich und wollen dich wiederhaben. Wir brauchen dich. *Ich* brauche dich.« Imogen drückte mich fest an sich.

»Ich auch.« Mona tat es ihr gleich. »Ich auch«, ertönte es von allen Seiten. Mir stiegen Tränen in die Augen, und zum ersten Mal seit zwei Wochen waren es keine Tränen des Kummers. Ich spürte einen Funken Lebenswillen aufflackern.

»Und ich erst«, betonte Giles. »Bei den sommerlichen Temperaturen wird mir Al die Ausrede mit deiner Lungenentzündung nicht mehr lange abkaufen. Außerdem wirst du dringend im Büro gebraucht: Ich muss meine Flitterwochen planen, Tai Shan vermisst dich, auf deinem Schreibtisch stapeln sich die Nachrichten für dich, Ben erkundigt sich jeden Tag nach dir, und ein Typ namens Chester hat schon fünfmal angerufen.« Das riss mich aus meiner Lethargie.

»Was sagst du?« Ich starrte ihn an. »Wer hat angerufen?«

»Ben, erbarmungslos jeden Tag, ey.«

»Nein, der andere Anrufer.«

»Ein gewisser Chester. Wollte ausdrücklich mit dir reden. Meinte, du wüsstest Bescheid.«

Der Funke wurde zur züngelnden Flamme. Alles starrte mich an, als ich mich von meinen Umarmerinnen losmachte und vom Sofa erhob. Es *gab* etwas außer Niall, das ich unbedingt wollte, und es war mir plötzlich ungemein wichtig. Es ist mein Leben, dachte ich. Zeit, die Zügel in die Hand zu nehmen.

»Ich gehe jetzt unter die Dusche.« Ich roch wirklich übel. Und ich hatte auf einmal Hunger. »Und danach will ich einen Burrito. Übrigens, Imogen, es war nicht *Der Untergang,* sondern *Was das Herz verstört*«, rief ich über die Schulter und sah gerade noch, wie reihum die Münder aufklappten. Ein Bild für die Götter.

»Hast du eine Affäre mit einem Kerl namens Chester?«, rief mir Imogen hinterher.

Kapitel 41

Ring frei zur zweiten Runde

»Wir werden Sie furchtbar vermissen«, sagte Al bedauernd. Ich umarmte ihn.

»Wird mir genauso gehen, aber Middleburg ist ja nicht aus der Welt. Ich komme zu Besuch, und außerdem wird D&D doch bestimmt mal eine Verkostung von Four-Fox-Weinen organisieren«, scherzte ich. Ich konnte meine Freude kaum verbergen. Mein neuer Job gab mir gewaltig Auftrieb, obwohl ich noch immer sehr unter der Trennung von Niall litt.

Al lachte. »Abgemacht.« In ein paar Wochen war es so weit – ich würde die Zügel an meinen Nachfolger übergeben und dann offiziell meine Stelle bei Four Fox antreten. Mein Fernstudium hatte ich bereits begonnen. Ich hatte die Zuständigen an der University of California Davis überreden können, mich noch einsteigen zu lassen, obwohl ich die ersten zwei Wochen des Herbstsemesters verpasst hatte, und ich verbrachte jede freie Minute damit, das Versäumte nachzuholen. Neuerdings spielte ich also die Hauptrolle in *Die Tage des Weines und des Büffelns*, aber solange ich beschäftigt war, kreisten meine Gedanken wenigstens nicht ständig um das schwarze Loch.

Kaum war Al in sein Büro verschwunden, begann Giles wie schon in den vergangenen Tagen, theatralisch stöhnend im Büro auf und ab zu rennen. »Ich *ertrage* das nicht! Was soll ich nur ohne dich *anfangen*? Wer auch immer deine Nachfolge antritt, ist bestimmt ganz miserabel!«, jammerte er. »Du *kannst* mich nicht verlassen.«

»Ich werde beim Vorstellungsgespräch das Thema Musical-Night anschneiden«, gelobte ich.

Er horchte auf. »Begleitest du uns kommenden Montag?«

Ich verzog unschlüssig das Gesicht. Ich fühlte mich noch nicht bereit, mich wieder ins Nachtleben zu stürzen. »Ich kann nicht«, sagte ich ausweichend. »Zu viel zu tun …«

»Ich *ertrage* das nicht!«, heulte Giles auf. »Wir werden uns *nie* wiedersehen. Ich brauche einen Latte zur Stärkung. Du auch?«

Ich lachte. »Gern. Fettarm.«

»Dauert nur eine Sekunde.«

Sobald er weg war, griff ich seufzend zum Telefon.

»Wann wird es besser?«, fragte ich statt einer Begrüßung.

»Keine Ahnung«, sagte Lila. »Nach etwa null bis zwei Jahren und drei Monaten.« Seit Niall vor einem Monat gegangen war, rief ich sie regelmäßig an. Sie verstand mich.

»Jemand sollte Grußkarten zu diesem Anlass entwerfen. Zwei Jahre, drei Monate also. Eine ziemlich präzise Aussage.«

Lila lachte. Es war schön, sie wieder lachen zu hören. »Du wirst es nicht glauben, aber mein Bruder Guy will wieder heiraten. Wir reichen quasi das Staffelholz hin und her.«

»Was? Er hat sich doch geschworen, nie wieder zu heiraten!«

»Tja, das war, bevor er Kimberley kennengelernt hat.«

»Wow. Und du konntest es ihm nicht ausreden?«

»Ausreden? Machst du Witze? Er war noch nie so glücklich.«

»Ich meine doch nicht Kimberley, sondern das Heiraten.«

»Warum sollte ich es ihm ausreden?« Lila klang erstaunt.

»Na, bist du nach deinen schlechten Erfahrungen nicht der Ansicht, dass eine Ehe die Beziehung kaputtmacht?«

»Quatsch. Es spricht doch nichts dagegen zu heiraten, solange man sich bei der Partnerwahl nicht so dämlich anstellt wie ich«, sagte sie. »Ich habe aus den falschen Gründen geheiratet und deshalb den falschen Mann erwischt. Ich dachte, verheiratet zu sein würde meinen Wert steigern, weil ich der Welt beweisen konnte, dass mich ein Mann auserwählt hat. Die Verlockung von der Traumhochzeit tat ein Übriges. Ich habe Harts offensichtliche Fehler ignoriert und mich von ihm unterbuttern lassen, weil ich Angst hatte, allein wäre ich weniger wert. Versagen kannst du mir vorwerfen, nicht aber der Institution der Ehe.«

In meiner Brust regte sich Furcht. Heirat, Halluzinationen, Herzschmerz – allmählich verschwammen die Grenzen, die mir vor Kurzem noch so klar erschienen waren. »Dann würdest du also noch einmal heiraten, obwohl das erste Mal so ein Reinfall war?«, hakte ich nach.

»Definitiv«, erwiderte sie. »Es ist natürlich schade, dass ich erst einen Riesenfehler machen musste, um zu kapieren, worauf es ankommt. Aber ich will auf jeden Fall noch einmal heiraten, und beim nächsten Mal wähle ich den Mann mit mehr Bedacht aus – und feiere in einem viel kleineren Rahmen.«

»Meine Freundin Paula hat mich und neunzehn andere Leute vorige Woche zu einer Dinnerparty eingeladen, die quasi eine Wiederholung ihrer Hochzeitsfeier werden soll. Mark und sie hatten an ihrem großen Tag nämlich nur Stress und überhaupt keinen Spaß. Diesmal wollen sie sich auf das Wesentliche konzentrieren.«

»Klingt gut«, sagte Lila. »Ich wünschte, ich könnte dasselbe tun und Hart einfach ausradieren. Bereut Paula denn, dass sie geheiratet hat?«

Ich schüttelte bedächtig den Kopf. »Ganz und gar nicht. Die beiden sind verliebter denn je.« Und ich war verwirrter denn je. Ich schnaubte. »Vielleicht sollte man die erste Hochzeit einfach überspringen.«

»Ja, vielleicht.« Lila lachte. »Vi, es geht nur um den Menschen, nicht um die Institution. Selbst bei meinem Bruder, der sich geschworen hat, nie wieder zu heiraten, habe ich nicht den geringsten Zweifel, dass er das Richtige tut.«

»Oh«, sagte ich.

Kurz darauf klingelte das Telefon. Ich ging nachdenklich ran und vernahm zu meiner Überraschung die Stimme meiner Mutter, die äußerst ungern telefoniert.

»Was gibt's?«

»Ich wollte dir zu deinem neuen Job gratulieren, Liebes.«

»Danke, Mom.«

Bedeutungsschwangere Pause. »Maeve hat mir das von Niall erzählt«, sagte sie schließlich. Oh. »Tut mir sehr leid.«

»Ich komm schon drüber weg«, log ich.

Erneute Pause. »Haben dein Vater und ich dir das Heiraten verleidet, Kevin? Ich weiß, unsere Familie ist etwas unkonventionell, aber …«

»Aber nein, Mom!«, unterbrach ich sie. Ich fühlte mich schrecklich. Ich hatte meine Eltern dafür bestraft, dass sie nicht perfekt waren, nur weil ich unbedingt hatte glauben wollen, dass Perfektion möglich war.

»Ich weiß, die Erkenntnis, dass ich schon einmal verheiratet war, hat dich sehr verstört. Irgendwie hat sich einfach nie die Möglichkeit ergeben, es dir zu erzählen.«

»Ich muss mich bei dir entschuldigen, Mom. Ich schäme mich in Grund und Boden für meine Reaktion.« Ganz gleich, was meine Eltern getrieben hatten, ehe sie zusammengekommen waren, sie führten eine beneidenswerte

Ehe, in der jeder dem anderen den nötigen Freiraum zugestand.

»Ich mich bei dir auch, Vi. Wir erwarten von euch Kindern, dass ihr euch wie Erwachsene benehmt und alles versteht, und dabei behandeln wir euch wie Kinder und verschweigen euch Dinge, über die ihr Bescheid wissen müsst. Als du noch jünger warst, habe ich dir nicht zugetraut, dass du die Sache mit Daniel verstehst, deshalb hab ich es dir auch nicht erzählt. Es war dumm von mir zu erwarten, dass du es jetzt, als erwachsene Frau, gelassen aufnehmen würdest, nur weil die Angelegenheit jetzt noch länger zurückliegt.«

Ich fühlte mich besser. »Erzähl mir von ihm«, bat ich. Ich brauchte dringend ein paar Antworten.

Sie lachte leise. »Gott, ich war so jung! Jackie war nicht die Einzige, die es kaum erwarten konnte, zu heiraten und aus dem Haus zu kommen. Daniel war bloß das Mittel zum Zweck. Es hielt nicht einmal ein Jahr. Ich wusste sofort, dass ich einen großen Fehler gemacht hatte. Nicht, dass er ein schlechter Mensch gewesen wäre; er war bloß nicht der Richtige für mich. Nach der Scheidung brach der Kontakt total ab, deshalb war es so ein Schock, als er nach Maggies Tod mit mir Kontakt aufnahm …«

»Vermisst du ihn?« Ich fürchtete mich vor der Antwort.

»Oh, nein, eher vermisse ich meinen damaligen Idealismus. Obwohl ich zu der Zeit ehrlich gesagt ziemlich naiv war.« Wie ich in Bezug auf Caleb. »Nach der Scheidung nahm ich mir erst einmal Zeit, um mich selbst besser kennenzulernen. Zu spät wurde mir klar, dass ich auch ohne Daniel jederzeit flügge werden und von zu Hause ausziehen hätte können. Aber wenn man jung ist …

Als ich deinen Vater kennengelernt habe, war ich bereit für eine Beziehung, weil ich genauer Bescheid wusste –

über mich selbst und über die Realität. Und ich konnte mich viel besser leiden, das ist definitiv auch hilfreich. Meine zweite Ehe hat sich genau so entwickelt, wie ich es gehofft hatte. Ich habe nie etwas bereut.« Pause. »Ich glaube, ich hätte es bereut, wenn ich ihn nicht geheiratet hätte.«

»Warum muss man sich immer zwischen heiraten und nicht heiraten entscheiden? Es gibt doch noch andere Optionen«, brummte ich frustriert.

»Tja, Kevin, nicht alle Menschen machen sich so viele Gedanken wie du. Ich weiß, du hast eine recht zynische Einstellung zum Thema Hochzeit, verständlicherweise. Die Sehnsucht nach der Märchenhochzeit wird den jungen Frauen ja schon eingeimpft, ehe sie wissen, was ein Tampon ist, und alles nur im Interesse der Wirtschaft. Manchmal habe ich den Eindruck, da steckt diese Martha Stewart dahinter.« Ich lachte. Vielleicht war meine Mutter ja gar nicht so weltfremd, wie ich dachte? »Aber die Hochzeit ist nur ein ganz unbedeutender Teil der Gleichung. Die Ehe selbst kann wunderbar sein.«

»Ist Dad für dich nicht zur Selbstverständlichkeit geworden, seit du weißt, dass er sich nicht einfach aus dem Staub machen kann?«

»Aber natürlich ist er das!« Sie lachte. »Und jeder, der nach fünfunddreißig Ehejahren das Gegenteil behauptet, lügt. Aber wie sich die Beziehung entwickelt, liegt in deiner Hand. Die Liebe ist nicht einfach plötzlich da und perfekt, sie muss sich erst entfalten. Da sind Fehlstarts und Irrwege vorprogrammiert. Aber mit dem richtigen Partner kann sie wachsen und gedeihen.«

»Mom?«

»Ja?«

»Danke.«

»Dein Vater und ich können dir das Leben nicht erleichtern, Vi, denn das Leben ist eine komplizierte Angelegenheit. Aber wir lieben dich, auch wenn du uns auf den Wecker fällst.«

»Ich liebe dich auch, Mom.«

Sobald wir aufgelegt hatten, wählte ich die Nummer meines kanadischen Seelenklempners.

»Sid Dickens, Sie sprechen mit Ben.«

»Findest du, ich habe einen Fehler gemacht, Ben?«, fragte ich ihn ohne Umschweife.

Kurzes Schweigen. »Das kann ich dir nicht beantworten, Vi. Ich weiß, du liebst Niall, und es klang, als würde er dich auch lieben. Da müsste es meiner Meinung nach Mittel und Wege geben, sich zu einigen.«

»Auch, wenn ich heiraten müsste, obwohl ich nicht an die Ehe glaube?«

»Schwer zu sagen. Auf diese knifflige Frage musst du schon selbst eine Antwort finden ... Hat sich etwas geändert?«

»Nein. Mir wird immer noch übel bei dem Gedanken an ein Leben ohne ihn. Und auf einmal wollen alle wieder heiraten, sei es einen neuen Partner oder den alten. Es ist die reinste Verschwörung.«

»Und, wie geht es dir damit?«, fragte mein treusorgender Therapeut.

»Teils habe ich panische Angst, ich könnte alles falsch gemacht haben, teils ärgere ich mich, weil mich keiner versteht, aber zum größten Teil habe ich das Gefühl, dass ich allmählich meinen Standpunkt aus den Augen verliere. Es verschwimmt alles.«

»Erzähl.«

»Am Anfang stand wie bei jeder Frau der Wunschtraum vom ASTIL, dem allerschönsten Tag im Leben. Dann verspürte ich Beklemmung, als ich feststellte, dass viele nur um des Heiratens willen heiraten statt aus Liebe, gefolgt von Abscheu, weil Hochzeiten so kommerziell und künstlich sind. Und zum Schluss kam noch Angst dazu – Angst, die Ehe könnte der Art von Liebe, die ich suche, mehr schaden als nützen.«

»Wovor fürchtest du dich denn?«

»Davor, dass Niall …« Ich schluckte. »Davor, dass mein Ehemann vergisst, mich zu lieben, und nur bei mir bleibt, weil er muss … Davor, dass die Ehe nichts bedeutet, weil ganz einfach vorausgesetzt wird, dass man irgendwann heiratet.« Meine Stimme war nur noch ein Flüstern. »Davor, dass man womöglich gar nicht aus Liebe geheiratet wird, sondern bloß, weil es jeder erwartet.«

»Du hast offenbar sehr intensiv über all das nachgedacht, Vi. Wenn du mich fragst, ist es kaum möglich, dich nicht zu lieben. Ich weiß, die Angelegenheit ist kompliziert, aber ich bin sicher, du wirst sie meistern. Du kannst mich jederzeit anrufen.«

»Ey, danke, Ben.«

Nachdenklich legte ich auf, nur um gleich noch einmal zu wählen. »Ich brauche einen Schnaps. Hast du Zeit?«

»Du brauchst einen Schnaps?«, wiederholte Imogen ungläubig. »Jetzt sofort? Und überhaupt: Igitt.«

»Es hat schon einmal gewirkt. Local 16, in einer halben Stunde. Bring Ethan mit.«

Ich legte Giles eine Nachricht hin und machte mich unverzüglich auf den Weg. Ich war so damit beschäftigt, dem vagen Gedanken aufzulauern, der mir im Kopf umherspukte, dass ich erst im letzten Moment den wolkenbruchartigen Regen draußen bemerkte und an der Tür abrupt abbremsen musste. Es goss so heftig, dass man keine sechs Meter weit sehen konnte. Ich wollte eben kehrtmachen, um einen Schirm zu holen, da erspähte ich auf der gegenüberliegenden Straßenseite einen verschwommenen Schatten; bewegungslos, in einen Regenmantel gehüllt und trotzdem vertraut. Mit klopfendem Herzen kniff ich die Augen zusammen, um besser sehen zu können, doch er hatte sich bereits abgewandt und eilte davon. Ich wollte ihm nachrufen, aber ich hatte nicht die Kraft. Erschöpft ging ich zurück in den Laden, um einen Regenschirm zu holen.

Kapitel 42

Von Erbsen und Walnüssen

Mit Beklemmung in der Brust starrte ich eine Woche später Monas Verlobungsring an. Es hatte sich bereits abgezeichnet, und ich fürchtete auch nicht mehr, sie als Freundin zu verlieren. Natürlich würde sich einiges ändern, aber ich hatte inzwischen gelernt, dass eine Heirat wahrer Freundschaft nichts anhaben kann. Woher also rührte die Angst, die sich wie ein eisernes Band um meine Lunge legte?

»Der ist ja sagenhaft«, schwärmte Babette. Mona errötete vor Freude.

»Wie war der Antrag? Romantisch?«, wollte Ellis wissen.

»Ich finde schon«, sagte Mona. »Brad hat Moxie Gassi geführt, damit ich noch liegen bleiben konnte, und danach kamen sie beide zu mir ins Bett und er ließ den Ring über die Leine runterrutschen. Ich war zu Tränen gerührt.« Das war sie immer noch – sie konnte sie nur mit Mühe zurückhalten. Ich ebenfalls, wenn auch aus anderen Gründen. »Und das Beste ist, dass er es bewusst an einem Sonntag getan hat, damit ich es euch gleich erzählen kann.«

Imogen nickte zufrieden. »Hervorragend. Er weiß, dass er uns alle heiratet.«

Ellis lachte. »Ich gebe ihm Jacks Telefonnummer.«

Charlie brachte Champagner aufs Haus, während ich gezwungen lächelnd ein paar matte Ohs! und Ahs! von mir gab und die anderen so taten, als würden sie meinen mangelnden Enthusiasmus nicht bemerken. Ich fürchtete, das entsetzliche schwarze Loch in mir könnte alle Worte, die aus meinem Mund kamen, in ätzendes Gift verwandeln.

Wie auf ein Stichwort sagte Mona: »Vi, bitte, entspann dich. Ich weiß, du bist unglücklich, aber es ist ja nicht so, als könntest du mich damit anstecken.« Das rüttelte mich wach. Ich stierte sie mit offenem Mund an. Sie drückte mir die Hand. »Sei nicht so streng mit dir selbst.«

»Hast du denn keine Angst, dass uns womöglich jemand Scheuklappen verpasst hat?«, fragte ich sie. »Dass nach der Hochzeit die Beziehung vernachlässigt wird?«

»Nein. Ich glaube, Brad und ich haben ein ziemlich klares Bild voneinander, auch, was die Macken angeht. Ich freue mich schon darauf, ihn jeden Tag noch ein bisschen besser kennenzulernen, und ich bin ziemlich sicher, dass ich keine unschönen Entdeckungen machen werde.« Ein Gefühl regte sich in meiner Brust: Zweifel. Ich dachte an Niall, der lachend zusah, wie ich seinen Koffer umpackte, weil er seine Sache meiner Meinung nach nicht gut genug gemacht hatte. Niall, der bewundernd »Was du alles weißt« sagte, wenn ich ihn wieder einmal mit Belanglosigkeiten zu Tode langweilte. War das »ein klares Bild vom anderen haben«? Ich dachte an die Marionette, die für Caleb getanzt hatte, und wusste eines mit Sicherheit: Sie hatte noch nie einen Fuß ins Clyde's gesetzt, und sie hatte nie für Niall getanzt. Oh, Gott. Ich hielt die Luft an. Hatte ich einen Riesenfehler gemacht?

»Imogen, erzähl, wie ist das bei euch?«, flehte ich.

Imogen überlegte. »Eine Ehe ist doch bloß die Verbindung zweier Menschen, und die besteht zwischen Ethan und mir bereits. Mir ist es egal, ob wir vor dem Gesetz verheiratet sind oder nicht. Komischerweise glaube ich, du hattest die ganze Zeit völlig Recht, was das Heiraten anbelangt. Zu viele Paare vergessen völlig, an ihrer Beziehung zu arbeiten, weil sie glauben, mit der Hochzeit wäre alles getan. Als wäre der Ehering eine Art Gütesiegel.«

Mein erbsengroßes Hirn dehnte sich, als ich mir Nialls Worte in Erinnerung rief. »Aber vielleicht benötigen wir noch mehr«, sagte ich nachdenklich. »Man kann nicht einfach in den Tag hinein leben. Wer eine echte, lebenslange Partnerschaft eingehen will, muss seine Bereitschaft dazu unter Beweis stellen. Ein Zeichen setzen, das aus dem bloßen Zusammensein eine Ehe oder eheähnliche Gemeinschaft macht, egal, ob vor dem Gesetz oder anderweitig.«

Imogen grinste mich an. »Dieses Zeichen haben wir gesetzt, indem wir dir erzählt haben, dass wir ein Paar sind. Das war ein verdammt großer Schritt für uns, weil wir damit beide aufs Spiel gesetzt haben, was uns am wichtigsten ist: deine Freundschaft.« Ihre Worte bohrten sich in mein Herz wie ein Pfeil. »Dass wir bereit waren, dieses Risiko auf uns zu nehmen, hat unser Vertrauen zueinander gestärkt.«

»Dann ist Imogen also auch verheiratet«, scherzte Babette.

»Vielleicht ist es an der Zeit, dass du aufhörst, den Hochzeitsschreck zu spielen, und dir überlegst, was du wirklich willst«, schlug Mona sanft vor.

Sie hatte Recht, genau wie Imogen. Nicht das Heiraten war das Problem, sondern meine Angst. »Mein Leben lang war ich emotional träge«, gab ich zu. »Ich wollte keine Verantwortung für meine Entscheidungen übernehmen. Selbst nach Caleb habe ich mich an die Vorstellung geklammert, dass die Liebe wie ein goldener Kelch ist, den man irgendwo unterwegs findet, und damit ist die Sache gegessen. Aus Angst, die falsche Wahl zu treffen, habe ich an die schicksalhafte Liebe ohne Aufwand oder Risiko geglaubt.«

»Und jetzt?«, fragte Imogen.

»Ich will mit Niall zusammen sein, aber für mich ist Ehe gleich Trägheit, genau wie mein Schicksalsglaube. Hat man erst den Ring am Finger stecken, dann gerät man in Versuchung zu denken, die Arbeit sei getan. Man wähnt sich unwillkürlich – fälschlicherweise – in Sicherheit. Ich will nicht wieder so orientierungslos und passiv werden wie früher, ich will mich jeden Tag bewusst entscheiden. Für Niall.«

Sie warteten.

»Aber dann bin ich doch wieder in meine alte Trägheit verfallen. Statt mich mit Niall zusammenzuraufen und einen Kompromiss zu finden, habe ich nichts getan. Er glaubt, ich wäre nicht bereit gewesen, für ihn ein Risiko einzugehen, dabei ist das Gegenteil der Fall.«

»Fehler kann man beheben«, sagte Ellis. »Was man so hört, ist Niall seit eurer Trennung total durch den Wind.«

»Vergiss nicht, dass er deinen Standpunkt auch nicht gelten lassen wollte«, erinnerte mich Imogen. »Deine Einstellung ist durchaus legitim, und du hast jeden Grund, dich gegen die Zwänge der gesellschaftlichen Normen aufzulehnen, statt dich manipulieren zu lassen.«

Ich nickte bedächtig. »Ich will mit Niall zusammen sein, aber ohne Trauschein. Ich will das Vertrauen, die Klarheit, die Beständigkeit, die eine Ehe angeblich ausmachen – das heilige ›Ich entscheide mich für dich‹. Und ich bin bereit, ihm entgegenzukommen und ein Zeichen zu setzen, selbst wenn es mir Angst einjagt. Weil ich ihm vertraue. Weil ich ihn liebe«, verkündete ich mit Tränen in den Augen. Das liebevolle Getätschel von allen Seiten hätte mich beinahe unter den Tisch befördert. Ein Telefon klingelte. Alles griff nach den Handtaschen.

»Es ist Brad!« Mona, die glückliche Gewinnerin, trat ein paar Schritte zur Seite.

Charlie brachte eine weitere Flasche Champagner und flüsterte Ellis etwas ins Ohr. Ich registrierte es kaum. Wie konnte ich das wieder ins Lot bringen? Ellis verkündete, sie müsse auf der Stelle nach Hause, küsste mich zum Abschied und flüsterte Imogen etwas ins Ohr, worauf diese schneller verduftete als Maeve beim Anblick eines Mikrofons. »Ich muss mal.«

»Babette, begleitest du mich kurz zum Auto?«, sagte Ellis in einem Tonfall, der keine Widerrede duldete.

Babette musterte sie verdattert. »Wozu das denn? Au! Du hast mich getreten!« Dann sprang sie plötzlich auf. »Ach so, natürlich.« Und weg waren sie. Ich war völlig in Gedanken versunken, weshalb es einen Augenblick dauerte, bis mir aufging, dass ich mutterseelenallein war. Ich warf einen suchenden Blick über die Schulter – und erstarrte.

Niall, unrasiert und ausgezehrt, in einem arg verknitterten Anzug. Mir stockte der Atem. Mit schlaff herunterhängenden Armen, als wüsste er nichts mit ihnen anzufangen, stand er da und sah mich sehnsüchtig an. Wir starrten uns eine Sekunde lang an, dann flog ich in seine Arme.

»Entschuldige«, flüsterte er in mein Haar und drückte mich an sich. »Ich weiß, es ist Weiberabend, aber ich hätte es keine Sekunde länger ausgehalten. Gott, riechst du gut.«

»Ich muss mich entschuldigen, weil ich dir nicht vertraut habe«, schluchzte ich.

»Nein, ich habe *dir* nicht vertraut«, flüsterte er und übersäte meine tränennassen Wangen, Lider und Lippen mit Küssen. »Und ich habe dir nicht zugehört, jedenfalls nicht aufmerksam genug. Ich habe mich benommen wie ein kindischer, verbohrter Esel und hätte damit fast alles ruiniert. Du glaubst gar nicht, was ich mir Vorwürfe gemacht habe.« Wieder regnete es Küsse auf mich nieder. »Ich lag falsch, Vi. Ich war stur, nicht traditionsbewusst. Ob du mich heiratest oder nicht, das ist kein Maß für deine Liebe zu mir. Gwendolyn hat mich nicht in Ermangelung eines Verlobungsringes verlassen, sondern weil sie mich nicht geliebt hat. Ich will sicher sein können, dass du freiwillig bei mir bist und nicht bloß, weil wir verheiratet sind oder weil die anderen das erwarten. Die Ehe kann mich nicht davor schützen, dass du mich verlässt – das kann nur ich selbst, indem ich dich mit jeder Faser meines Herzens liebe, und das sollte ich hinbekommen. Ich bitte dich, lass es mich noch einmal versuchen.«

»Ist das dein Ernst?« Ich sah zu ihm hoch.

»Mein voller Ernst.« Er küsste mich auf die Nase. In seinen braunen Augen funkelte ansatzweise schon wieder der frühere Glanz. »Ich hab die Stelle bei der *Washington Post* bekommen. Vor dir steht ein frischgebackener Redakteur für den Bereich Internationales.« Ich quiekte vor Freude auf. »Das verdanke ich bloß dir. Ich hätte mich gar nicht beworben, aber du hast dafür gesorgt, dass ich an mich glaube. Und als ich dann die Zusage bekam, konnte ich niemandem davon erzählen. Es war grauenhaft. Und da wurde mir klar, dass es nicht die großen Bekenntnisse sind, die eine Beziehung ausmachen, es sind die kleinen, alltäglichen Beweise … Du fehlst mir so. Bitte komm zurück und versprich mir, dass du mich täglich aufs Neue nicht heiraten wirst.«

»Ja!« Ich lachte. »Ja, ja, ja! Aber ich war genauso blind. Die Ehe an sich ist nichts Schlechtes, und wer liebt, muss vertrauen und bereit sein, Risiken einzugehen. Du sollst nie daran zweifeln müssen, ob ich auch wirklich aus ganzem Herzen liebe. Für mich hieß das, *nicht* zu heiraten, aber für dich hätte ich meinen Prinzipien noch gründlicher auf den Zahn fühlen müssen.«

»Wir müssen unsere Differenzen bezüglich der Ehe ja

nicht unbedingt heute Abend beilegen«, zog er mich mit meinen eigenen Worten auf, dann wurde er wieder ernst. »Ich liebe dich.«

Ich sah ihn lange an. »Und ich könnte dich vielleicht eines Tages heiraten.« Ich lächelte.

»Keine Chance.« Er drückte mir die Lippen auf den Mund, und nicht einmal das wüste Gejohle der Mädels konnte uns stören.

TEIL SECHS

ASTIL

Kapitel 43

ASTIL

Etwas kitzelte mich im Gesicht. Ich schob es weg. Es hörte auf, fing wieder an. Als ich widerstrebend die Augen öffnete, um den Störenfried zu identifizieren, stellte ich fest, dass Niall neben mir lag, auf einen Ellbogen gestützt, und mir mit einer wunderschönen weißen Rose über die Wange fuhr. Er sah zum Anbeißen aus mit seinen wirren Locken und dem stoppeligen Kinn. Ich lächelte ihn selig an.

»Sehe ich da etwa die viel gerühmte *Wild Irish Rose*?«, neckte ich ihn.

»Also, ich sehe gleich zwei.« Er kniff mich in die Nase. Wir waren in einer entzückenden Frühstückspension im County Wicklow, dem »Garten Irlands«, abgestiegen, und ich kam mir vor wie im Märchen angesichts der sanften grünen Hügelketten und der Rosenbüsche überall. Zuvor hatten wir eine Woche in Galway verbracht, wo ich Nialls gesamte Familie kennengelernt hatte.

»Ich liebe dich«, sagte ich.

»Du verschlägst mir den Atem«, gab er zurück. »Jetzt wache ich seit einem Jahr tagtäglich neben dir auf und kann mein Glück noch immer nicht fassen.«

»Mich wirst du so schnell nicht mehr los.« Ich liebkoste seine Wange. »Ich entscheide mich für dich.«

Er lächelte. »Bist du bereit?«

»Noch nicht ganz.« Ich schmiegte mich in seine Arme und küsste ihn.

Später schlüpfte ich in ein schlichtes weißes Kleid mit Spaghettiträgern und in meine Sandalen. Niall trug ein weißes Hemd mit offenem Kragen, der seinen muskulösen gebräunten Nacken enthüllte. Sexy. Er drehte mich herum, damit ich mich im Spiegel der Frisierkommode sehen konnte, und legte mir ein entzückendes Halsband von David Yurman um den Hals.

»Einfach so«, sagte er und sah meinem Spiegelbild in die Augen. Mir blieb die Luft weg. Womit hatte ich diesen Traum von einem Mann verdient? Ich wandte mich zu ihm um – schweigend, um nicht in Tränen auszubrechen –, und er küsste mich feierlich und fuhr mir mit dem Daumen über die Wange.

Dann brachen wir auf, schlenderten auf den Spuren meiner Ahnen Hand in Hand durch die Straßen von Glendalough, bis wir zum Kloster kamen, gegründet im sechsten Jahrhundert von meinem Namenspatron, dem heiligen Kevin.

»Lass uns erst durch den Friedhof spazieren«, schlug ich vor. »Nach keltischer Überlieferung bildet der Friedhof den Übergang vom Diesseits ins Jenseits.« Wir blieben zwischen den verwitterten Grabsteinen stehen, um die Schönheit des Ortes auf uns wirken zu lassen – die Ruinen, das Tal, die beiden Seen, alles eingebettet in mit Blüten gesprenkelte saftige grüne Wiesen.

»Wusstest du, dass Glendalough ›Tal der zwei Seen‹ bedeutet?«, sagte ich.

Niall küsste lächelnd meine Finger. »Was du alles weißt.«

An der Schwelle zur verfallenen Kathedrale hielt er mich zurück. »Warte, ich möchte dir meine Lieblingsgeschichte vom heiligen Kevin erzählen. Eines Tages betete der heilige

Kevin mit ausgestreckten Armen, da setzte sich ein Vogel auf seine Hand und legte ein Ei hinein. Der heilige Kevin interpretierte das als ein Zeichen von Gott und verharrte so lange reglos, bis das Junge geschlüpft und davongeflogen war.« Er sah mir ernst in die Augen. »Meine Hand wird immer für dich offen sein, Vi. Ich würde geduldig an deiner Seite warten bis in alle Ewigkeit, nur um dich aufwachen zu sehen. Das, was uns verbindet, ist viel stärker, als es ein Eheversprechen je sein könnte.«

Ich nickte und flüsterte: »Ich weiß.« Das tat ich wirklich.

Er küsste mich erneut. Wir betraten die Kathedrale, deren Dach vor langer Zeit eingestürzt war, sodass sich über uns der strahlend blaue Himmel wölbte, und ich taumelte erschrocken zurück, als ein Vogel aufflog. Niall fing mich auf und wirbelte mich herum, dass mein Kleid flatterte. Lachend klammerte ich mich an ihn und ließ mich dann von ihm über die Schwelle nach draußen tragen.

»Sieh nur, die Höhle des heiligen Kevin«, sagte Niall, als wir Hand in Hand den Weg zum oberen See einschlugen. Er deutete auf ein Loch in der Felswand am gegenüberliegenden Ufer. »Sie wird auch St. Kevin's Bed, Schlafstätte des heiligen Kevin, genannt.« Wir hielten kurz inne und blickten zu unserem Ziel hoch, dann setzten wir unseren Weg fort. Am Fuße der Felswand blieben wir erneut stehen und nahmen das letzte Stück des Pfades in Augenschein, den wir erklimmen mussten. Schweißperlen traten auf Nialls Stirn.

»Niall …« Ich legte ihm die Hand auf den Arm.

»Wir gehen da rauf«, sagte er entschlossen. Er steckte meine Sandalen in die Jackentasche, dann legten wir los. Zwanzig Minuten später erreichten wir keuchend den Aussichtspunkt. Niall zog mich auf den Vorsprung hinauf, dann lehnte er sich an den Felsen, um wieder zu Atem zu kommen. Ich schmiegte mich an ihn und küsste ihn leidenschaftlich.

»Du riechst gut«, murmelte er, als er sich etwas erholt hatte. Dann trat er mit entschlossener Miene, meine Hand fest umklammert, einen Schritt nach vorn, um die Aussicht zu betrachten. Und wurde gleich noch eine Spur blasser.

»Hast du Angst?«

Er grinste schief. »Wäre ich allein hier, würde ich mich zu Tode fürchten, aber mit dir kann ich alles schaffen.«

»Huh, ganz schön feierlich.« Ich schmunzelte. »Soll ich das Hohelied der Liebe aufsagen?«

Er lachte, ohne meine Hand loszulassen. »Hübsche Idee, aber …«

»… aber die Größte unter ihnen ist die Liebe – zum festen Boden unter den Füßen.« Ich grinste. »Dann mal los.«

Wir machten uns an den Abstieg. Unten angelangt ergriff Niall sichtlich erleichtert meine Hand, und wir schlugen den Weg rund um den See ein.

»Das war ein schöner Tag.« Niall drückte meine Hand.

»Ein richtiger ASTIL«, stimmte ich ihm zu.

Er zog mich an sich und küsste mich auf die Schläfe. »Was sollen wir morgen unternehmen?«

»Mal sehen, worauf wir Lust haben.« Ich lächelte. »Die Möglichkeiten sind unbegrenzt.«

An: Ben@siddickens.com
Von: ViViVooom@gmail.com
Datum: 21. September
Betreff: Ihr seid die Besten

Hi Ben,

wir sind eben aus Irland zurückgekommen und haben eure Memory

Blocks erhalten. Sehr großzügig, vielen Dank! Ich bin nicht sicher, womit wir uns ein »Anti-Hochzeitsgeschenk« verdient haben, aber wir freuen uns riesig. Dass du noch genau gewusst hast, welche ich am schönsten finde! Sie werden sich prächtig machen in unserem neuen Heim – du musst unbedingt mal zu Besuch kommen. Wir wohnen in der Nähe des Tierparks. Ich stelle dir dann Tai Shan vor.
Ich muss Schluss machen, denn ich kippe gleich vom Stuhl vor Müdigkeit, und außerdem hat Niall gerade angefangen, mich zu kitzeln, aber ich rufe dich morgen an. Danke noch einmal für das Geschenk, auch an Sid. Ich war noch nie so glücklich. Hmmm … das sage ich in letzter Zeit oft. Tja, es gibt eben nichts Schöneres als einen ASTIL – und man kann so viele davon haben, wie man will, jeder noch schöner als der vorige.

Liebe Grüße
Vi

Epilog

An: Ben@siddickens.com
Von: ViViVooom@gmail.com
Datum: 1. April
Betreff: Was???

Hi Ben,

hast Du uns ernsthaft gerade zu Deiner Hochzeit eingeladen??!! Ruf mich sofort an!

Vi

PS: Oh, Gott, was sollen wir Dir bloß schenken? Ich werde wohl oder übel einkaufen gehen müssen …«

Dank

Zunächst möchte ich meinen Eltern Kathy und Paul Reichs danken, ohne die dieses Buch niemals entstanden wäre. Sie haben mich in dem Entschluss, meinen Job als Anwältin aufzugeben und nach Kalifornien zu ziehen, um einen Roman zu schreiben, vorbehaltlos unterstützt, oder jedenfalls nicht versucht, ihn mir auszureden. Überhaupt bin ich meiner gesamten Familie zu Dank verpflichtet: Meine Schwester Courtney würde mir nie verzeihen, wenn ich sie an dieser Stelle nicht extra erwähne; und auch mein Bruder Brendan hat mich zur rechten Zeit mit einem Vertrauensvotum zum Weitermachen angespornt. An meine Tante Renate Reichs, Bücherfreundin und Testleserin der ersten Stunde, ergeht ein ganz besonderes Dankeschön.

Des Weiteren gebührt meine grenzenlose Dankbarkeit meiner genialen Literaturagentin Lisa Grubka sowie Jennifer Rudolph Walsh – dafür, dass sie uns bekanntgemacht hat. Ein großes Danke auch an meine Lektorin Carrie Feron und ihre Assistentin Tessa Woodward, die mir stets das Gefühl gaben, brillant und etwas Besonderes zu sein, auch wenn ich nichts Außergewöhnliches vollbrachte. Elizabeth Rapoport half mir, mich aus schriftstellerischen Sackgassen zu manövrieren, und leistete mir als Erstlektorin unschätzbare Dienste.

Ted Robertson ist zweifellos der ungewöhnlichste Leser, den sich ein Autor nur wünschen kann. Ich bin ihm nicht nur für seine Ratschläge unheimlich dankbar, sondern auch dafür, dass er meiner Arbeit Farbe verleiht.

Meinen Job nach sechs Jahren an den Nagel zu hängen, erforderte eine gehörige Portion Mut, die ich ohne Mentor Christopher Smith und ohne die Ratschläge von Rev. Robert Hardies und Rachel Becker nicht gehabt hätte. Es erforderte auch den sprichwörtlichen Tritt in den Hintern: David Williams und Kyle Robertson trugen maßgeblich zur Entstehung dieses Buches bei; David mit seinen Beteuerungen, dass ich es schaffen würde, und Kyle, indem er sicherstellte, dass ich mein Vorhaben in die Tat umsetzte. Ich danke ihnen beiden für ihren unerschütterlichen Glauben an mich.

Ich zog mit nichts weiter als zwei Katzen und einer vagen Vorstellung von meinem Vorhaben nach Kalifornien, doch es wurde meine Heimat, und das wäre undenkbar gewesen ohne die erstaunlichen Ladys von Venice Beach: Kimberley Cayce, Jamie Lanfranco, Janelle Moody, Hiwa Bourne und Tammy Chase. Ich danke euch. Des Weiteren möchte ich hier das Novel Café erwähnen, dessen Angestellte einen stundenlang vor einer Tasse Kaffee sitzen lassen und sich auch noch freuen, wenn man tags darauf wiederkommt. Ich kann mir kein fruchtbringenderes Umfeld für das Schreiben eines Romans vorstellen.

Bei technischen Beratern muss ich mich nicht bedanken, denn in diesem Buch geht es um Hochzeiten, und diesbezüglich verfüge ich über einen reichen Erfahrungsschatz. Unzählige befreundete Paare haben mir mit ihren originellen, berührenden und humorvollen Eheschließungszeremonien ausgezeichnetes Material geliefert. Deshalb danke ich allen, die mir die Ehre erwiesen haben, mich an ihrem großen Tag teilhaben zu lassen. Bitte verzeiht mir, falls ihr in diesem Buch über etwas stolpert, das euch bekannt vorkommt, insbesondere Kim Linkner, Ann Baker und Barbara Zeller, denen ich die ersten blauen Kleider und Hochzeitserfahrungen verdanke. Veronique Bardach, Leigh Sweet, Jen Paisner, Lisa Hopson, Lori Hodsoll und Emily Reichs haben für weiteren Input gesorgt. Doch nicht einmal meiner Fantasie hätten alle Einfälle für dieses Buch entspringen können. Deshalb danke ich an dieser Stelle Kathryn Chinnock, Christelle LaPolice, Andrea Lohse, Kristen Milhollin, Lisa McCabe, Ruth Fisher, Jane Braden, Rebecca Fry, Maya Kabat, Wendi Norris, Cass Sturkie, Gabriela Daniels, Kathryn Falk, Caren Braun, Kirsten Hencken, Mina Guli, Jennifer Lehmann-Wenig, Lesley Malus Reed, Kathy Prendergast, Page Faulk, Anne Kenney, Anna Spencer, Hillary Stewart, Jessica Murty und Sabina Fogle für ihre Freundschaft und ihre Geschichten. Ohne euch wären die Sonntagabende im Clyde's wohl nicht geschrieben worden.

Zu guter Letzt – obwohl ihm das Ende nicht gefiel und er die komplizierten Wörter nachschlagen musste – danke ich Alastair – dafür, dass er mir die wahre Bedeutung des ASTIL nähergebracht und mir drei davon beschert hat.